现代文学史
1915—2016（上）
（第三版）

朱栋霖　吴义勤　朱晓进　主编

北京大学出版社
PEKING UNIVERSITY PRESS

图书在版编目(CIP)数据

中国现代文学史. 1915—2016. 上/朱栋霖,吴义勤,朱晓进主编. —3 版. —北京：北京大学出版社, 2018.5
(博雅大学堂·文学)
ISBN 978-7-301-28900-6

Ⅰ.①中⋯ Ⅱ.①朱⋯ ②吴⋯ ③朱⋯ Ⅲ.①中国文学-现代文学史-1915—1949 Ⅳ.①I209.6

中国版本图书馆 CIP 数据核字 (2017) 第 257079 号

书　　名	中国现代文学史 1915—2016（上）（第三版）
	ZHONGGUO XIANDAI WENXUESHI 1915—2016 (SHANG)(DI-SAN BAN)
著作责任者	朱栋霖　吴义勤　朱晓进　主编
责任编辑	张雅秋
封面设计	奇文云海
标准书号	ISBN 978-7-301-28900-6
出版发行	北京大学出版社
地　　址	北京市海淀区成府路 205 号　100871
网　　址	http://www.pup.cn　新浪微博：@北京大学出版社
电子信箱	pkuwsz@163.com
电　　话	邮购部 62752015　发行部 62750672　编辑部 62757065
印　刷　者	三河市博文印刷有限公司
经　销　者	新华书店
	965 毫米×1300 毫米　16 开本　21.5 印张　386 千字
	2007 年 1 月第 1 版　2014 年 6 月第 2 版
	2018 年 5 月第 3 版　2022 年 6 月第 7 次印刷
定　　价	55.00 元

未经许可，不得以任何方式复制或抄袭本书之部分或全部内容。
版权所有，侵权必究
举报电话：010-62752024　电子信箱：fd@pup.pku.edu.cn
图书如有印装质量问题，请与出版部联系，电话：010-62756370

出版与使用说明

《中国现代文学史 1915—2016》(第三版)(上、下册)是高等院校的中国语言文学、新闻传播、影视、广告、文秘等专业的必修课程"中国现当代文学"的主教材,系教育部"十五"国家级教材规划《中国现代文学史 1917—1997》的最新修订版,也是教育部国家级精品资源共享课"中国现当代文学"的配套教材。本教材以新的文学观、文学史观重新阐释中国文学 1915—2016 年的发展。上册是现代文学部分(1915—1949),下册是当代文学部分(1949—2016)。

本教材立足于本科教学,着重加强了对经典作家作品的研读。作为一个贯彻新时代高校教学改革理念的新教材,本书旨在探索、建构思考型、探究型、教学互动型的教学方法与教学模式。为此,此版教材在编写体例和应用形式上的新特点有三:

一、在文学史各章节增加了"声音"栏目,就相关的文学史阐释、作品评述列出不同观点的甚至论争性的资料文字。作为本教材主体的有机组成部分,不同观点的"声音"所提供的学术论争信息与本教材叙述主干形成了生动而直观的学术张力。这一新的文学史呈现方式不同于历来的文学史教材,是一种新的尝试。同时,由于本教材主要立足于本科的教学,注重对作品的研读,所以有若干重要的文学论争没纳入"声音",请读者理解。

二、本书几乎每章都加设了两个二维码(绪论及小部分篇章只有论文二维码),分别包含两类内容:一为本书主编特邀的专家学者就相关专题所做讲座的视频,此类视频,上下两册共有 47 个;其中,上册有 26 个,下册有 21 个。二是与各章内容相关的提升性学术论文若干篇,本书的论文二维码共 15 个。您用手机扫一扫二维码,即可直接视听讲座、阅读相关论文。

三、上下册都有与之相配套的教学课件。

各校教师在教学时,可结合各章的"声音",与学生一起剖析、反思、比照、探究,引导学生扫描二维码,聆听专家学者的专题讲座,并提升性地参读学术论文,以此开展课堂讨论,灵活组织教学活动,加深对现当代文学史和文学作品的理解、把握。

与本书配套的教学课件,由出版社免费向任课教师提供,各校教师可与北京大学出版社文史编辑部直接联系索取。具体联系方式参见书后所附"教师反馈及课件申请表"。

恳切希望各校同行、教师在使用过程中对本教材的进一步完善提出宝贵意见。

朱栋霖

2018 年 2 月 28 日

目　　录

出版与使用说明 ⋯⋯⋯⋯⋯⋯⋯⋯⋯⋯⋯⋯⋯⋯⋯⋯⋯⋯⋯⋯⋯⋯ 1
绪论　中国现代文学的发生 ⋯⋯⋯⋯⋯⋯⋯⋯⋯⋯⋯⋯⋯⋯⋯⋯ 1
　　第一节　"人"的观念与文学史构成 ⋯⋯⋯⋯⋯⋯⋯⋯⋯⋯⋯⋯ 2
　　第二节　中国文学的现代性的开端 ⋯⋯⋯⋯⋯⋯⋯⋯⋯⋯⋯⋯ 7
　　第三节　近代文学观念变革 ⋯⋯⋯⋯⋯⋯⋯⋯⋯⋯⋯⋯⋯⋯⋯ 9
　　第四节　近代文体革命 ⋯⋯⋯⋯⋯⋯⋯⋯⋯⋯⋯⋯⋯⋯⋯⋯⋯ 12
　　第五节　近代市民通俗文学初兴 ⋯⋯⋯⋯⋯⋯⋯⋯⋯⋯⋯⋯⋯ 16
第一章　新文学革命 ⋯⋯⋯⋯⋯⋯⋯⋯⋯⋯⋯⋯⋯⋯⋯⋯⋯⋯⋯ 22
　　第一节　新文化运动与新文学革命 ⋯⋯⋯⋯⋯⋯⋯⋯⋯⋯⋯⋯ 22
　　第二节　文学思潮与论争 ⋯⋯⋯⋯⋯⋯⋯⋯⋯⋯⋯⋯⋯⋯⋯⋯ 29
　　第三节　新文学社团及流派 ⋯⋯⋯⋯⋯⋯⋯⋯⋯⋯⋯⋯⋯⋯⋯ 33
第二章　1920 年代小说（一）：鲁迅 ⋯⋯⋯⋯⋯⋯⋯⋯⋯⋯⋯⋯ 41
　　第一节　鲁迅的文学道路 ⋯⋯⋯⋯⋯⋯⋯⋯⋯⋯⋯⋯⋯⋯⋯⋯ 41
　　第二节　《呐喊》《彷徨》《故事新编》⋯⋯⋯⋯⋯⋯⋯⋯⋯⋯⋯ 45
第三章　1920 年代小说（二） ⋯⋯⋯⋯⋯⋯⋯⋯⋯⋯⋯⋯⋯⋯⋯ 58
　　第一节　1920 年代小说 ⋯⋯⋯⋯⋯⋯⋯⋯⋯⋯⋯⋯⋯⋯⋯⋯⋯ 58
　　第二节　叶绍钧　许地山 ⋯⋯⋯⋯⋯⋯⋯⋯⋯⋯⋯⋯⋯⋯⋯⋯ 63
　　第三节　郁达夫等 ⋯⋯⋯⋯⋯⋯⋯⋯⋯⋯⋯⋯⋯⋯⋯⋯⋯⋯⋯ 68
第四章　1920 年代新诗和散文 ⋯⋯⋯⋯⋯⋯⋯⋯⋯⋯⋯⋯⋯⋯⋯ 79
　　第一节　1920 年代新诗 ⋯⋯⋯⋯⋯⋯⋯⋯⋯⋯⋯⋯⋯⋯⋯⋯⋯ 79
　　第二节　郭沫若　闻一多　徐志摩 ⋯⋯⋯⋯⋯⋯⋯⋯⋯⋯⋯⋯ 87
　　第三节　1920 年代散文 ⋯⋯⋯⋯⋯⋯⋯⋯⋯⋯⋯⋯⋯⋯⋯⋯⋯ 98
　　第四节　周作人的散文和鲁迅的《野草》⋯⋯⋯⋯⋯⋯⋯⋯⋯ 105
文学大事记（1897—1927） ⋯⋯⋯⋯⋯⋯⋯⋯⋯⋯⋯⋯⋯⋯⋯⋯ 112

第五章　1930 年代文学思潮 … 122
第一节　人文主义文学思潮 … 123
第二节　左翼革命文学思潮 … 127

第六章　1930 年代小说（一）… 138
第一节　京派与海派 … 139
第二节　左翼小说 … 146

第七章　1930 年代小说（二）… 156
第一节　茅盾 … 156
第二节　老舍 … 164
第三节　巴金 … 171
第四节　沈从文　李劼人 … 179

第八章　现代通俗文学 … 188
第一节　市民文化与通俗文学潮流 … 188
第二节　包天笑　周瘦鹃等 … 194
第三节　张恨水　李寿民等 … 199

第九章　1930 年代新诗散文 … 205
第一节　1930 年代新诗 … 205
第二节　戴望舒　卞之琳 … 209
第三节　1930 年代散文 … 214
第四节　鲁迅　林语堂　何其芳 … 218

第十章　1920—1930 年代戏剧 … 227
第一节　1920 年代戏剧　田汉 … 227
第二节　1930 年代戏剧 … 235
第三节　曹禺 … 240

文学大事记（1928—1937）… 250

第十一章　1940 年代文学思潮 … 257
第一节　国统区文学思潮 … 257
第二节　解放区文学思潮 … 262

第十二章　1940 年代小说 … 267
第一节　1940 年代小说 … 267
第二节　张爱玲　钱锺书 … 279

第十三章　1940年代新诗 ·········· 290
　第一节　1940年代新诗 ·········· 290
　第二节　艾青 ·········· 293
　第三节　九叶诗派 ·········· 297

第十四章　1940年代戏剧散文 ·········· 302
　第一节　1940年代戏剧 ·········· 302
　第二节　1940年代散文 ·········· 312

第十五章　解放区文学 ·········· 315
　第一节　解放区文学 ·········· 315
　第二节　赵树理 ·········· 320

文学大事记(1937—1949) ·········· 324

第三版后记 ·········· 330

本教材所含视频(二维码)目录

注:视频二维码位于各章篇首,手机扫码即可观看。
　另,每章末尾还附有二维码,内含各章"研习提升"论文,手机扫码即可阅读。

绪　论　中国现代文学的发生
　朱栋霖(苏州大学):"人"的发现与中国现代文学的发展

第一章　新文学革命
　钱理群(北京大学):我的现代文学史观
　　一、文学史研究的两大问题
　　二、文学史研究的两大原则
　朱栋霖:现代文学史著新观念和教学创新
　　一、中国现代文学经典化
　　二、现代文学史新观念
　　三、当代文学史与教学新探索
　陈平原(北京大学):在文学史著与出版工程之间

第二章　1920 年代小说（一）：鲁迅
张全之(重庆师范大学)：《阿 Q 正传》解析
李今(中国人民大学)：重读《伤逝》
汪卫东(苏州大学)：《在酒楼上》《孤独者》
郑家建(福建师范大学)：鲁迅的六种形象

第三章　1920 年代小说（二）
张全之：《沉沦》解析

第四章　1920 年代新诗散文
朱寿桐(澳门大学)：郭沫若的人生体验与创作风格
魏　建(山东师范大学)：郭沫若

第五章　1930 年代文学思潮
吴福辉(中国现代文学馆)：游走双城

第六章　1930 年代小说（一）
王中忱(清华大学)：丁玲

第七章　1930 年代小说（二）
王中忱：茅盾
朱栋霖：关于茅盾与老舍

第八章　现代通俗文学
范伯群(苏州大学)：民国通俗文学
汤哲声(苏州大学)：《啼笑因缘》解读

第九章　1930 年代新诗散文
骆寒超(浙江大学)：戴望舒的创作个性
吴晓东(北京大学)：中国现代派诗歌的艺术母题
　　一、作为原型母题的纳蕤思
　　二、两种时间、艺术史观

第十章　1920—1930 年代戏剧
朱栋霖：经典《雷雨》：从话剧到苏州评弹
苏州市评弹团：苏州弹词《雷雨》(第一回选段、第三回选段)

第十一章 1940 年代文学思潮
　　赵卫东（浙江大学）：延安文学

第十二章 1940 年代小说
　　锺正道（东吴大学）：张爱玲的电影梦

第十三章 1940 年代新诗
　　骆寒超：穆旦的创作道路

第十四章 1940 年代戏剧散文
　　朱寿桐：梁实秋的文坛地位

第十五章 解放区文学
　　陈子善（华东师范大学）：现代文学史料学

绪论
中国现代文学的发生

中国现代文学,是中国文学在20世纪持续获得现代性的长期、复杂的过程中发展形成的。这个过程中,文学本体以外的各种文化的、政治的、世界的、本土的、现实的、历史的力量都对文学的现代化发生着影响,这些外因影响着它的萌生、兴起,影响着文学运动、文艺论争、文学创作,形成中国现代文学种种迅速、纷纭的变化,构成一部能折射历史的方方面面、多姿多彩的中国现代文学史。

中国现代文学的发展,经历了三个彼此联系又有所分野的历史阶段。

第一个阶段,中国现代文学的现代性以精神启蒙为主体,发生在从20世纪初经五四新文学革命到1949年。其特点是,以现代理性精神为核心、以现代人道主义、启蒙主义思想为基础的"人的文学"为主流,期间也产生了阶级革命和社会理想主义、民间形态、政治意识形态等激进的形式。

第二个阶段,中国现代文学的现代性以阶级革命的意识形态和社会主义的理想精神为重要内容,最终统一于新中国的民族国家现代性。它发生于1949年中华人民共和国成立至1976年"文化大革命"结束期间,包括1949年之后的"十七年"文学和"文革"文学两个部分。这是革命文学高度体制化的阶段,承续1940年代作为区域性存在的解放区文学发展而来。它一方面抽掉了"人的文学"这一基本的现代性原则,压抑对人情味、人性化的普遍认同,聚焦于在阶级分析与阶级斗争语境中的人,因此片面、极端、激进地以人的社会阶级关系解释一切;一方面压抑个人的主体性与价值,倡导个人服从集体,另一方面又赞扬和推崇新人精神,认为人的主观意志能够改天换地。

第三个阶段,中国现代文学的现代性以"重返五四"、人文精神的复归为主线,同时随着中国社会的深刻转型而生发出新质。它由1970年代末至1980年代的新时期文学、1990年代的后新时期文学和2000年以来的新世纪文学三个部分构成。新时期文学肇始于五四"人的文学"的复归,具有精英文学的鲜明品格。对人的尊严、人性解放、人性的深刻性复杂性的探索,对人的主体精神的张扬与守护,是它持续的发展主线。在其发展过程中,特别是新世纪以来,关注人与物的关系,关注人的日常生活、世俗状态与境遇,以及欲望世界的复杂性,构成了探索生活现代性的文学新形态。

第一节 "人"的观念与文学史构成

中国现代文学的发展,离不开19—20世纪中国社会的巨大变动与变革所带来的重大影响。但是,什么是推动与贯穿20世纪中国文学发展的内在动力?是何根本性因素激发与规约了20世纪中国文学的纷繁复杂现象与诸多创作方法的更迭、流派的纷呈重组?

对"人"的现代性的发现,现代人对自我的认识、发展与描绘,人对自我的对象化,即"人"的观念的现代性演变,是贯穿与推动20世纪中国文学发展的内在动力。[1] 所谓"人"的观念,包括人对自我的认识,人的本质,人性、个人、个性,人的价值、人的自由、人的权利、人的地位,以及人生观、人道观、义利观、荣辱观、幸福观、爱情婚姻观、美丑观、友谊观、人的未来与发展等。人类对自我的认识,以及这种认识的不断发展、嬗变构成了人类的文明史与发展史。人类社会与文明的发展,就是人类一次次地发现与认识自我的历史,也是人类面对自我如何协调、平衡人与人、人与社会、人与自然、人与历史的关系的过程。可以说,整个人类社会与文明的发展史,就是一部"人"的观念的演变史:我们是什么?我们从何而来?我们应该是怎样的?我们应如何发展与实现自我?我们向何处去?马克思主义的主题就是人的全面发展;"人的自由"是马克思人学理论的落脚点和归宿。马克思在《德意志意识形态》中"以个人的全面而自由的发展为基本原则的社会形式"[2]来指称未来共产主义社会的本质特征;《共产党宣言》也指出,在未来社会,"每个人的自由发展是一切人的自由发展的条件"[3]。"个人的全面发展",正是人类的目标。

人类对自我的发现与认识,也决定了文学的发展。

---

[1] 朱栋霖:《人的发现与文学史构成》,《学术月刊》2008年第3期;朱栋霖、赵黎明:《现代文学史,如何"新修订"?——朱栋霖教授访谈》,《新文学评论》2016年第3期。
[2] 马克思:《资本论》,《马克思恩格斯文集》第5卷,人民出版社2009年,第683页。
[3] 马克思、恩格斯:《共产党宣言》,《马克思恩格斯文集》第2卷,人民出版社2009年,第53页。

古人对"人"的发现与认识,决定了中国古典文学的发展。上古人怀着对自然的恐惧、崇拜与憧憬,形成了原始朴素的"天人合一"观;上古神话就反映了上古人对自我,对人与自然关系的憧憬、恐惧与探索。儒家理念以仁为本,"仁者,人也","仁者,爱人",以人性与伦理道德的协调关系为主体,形成了以封建宗法观念为基础的传统的理性人文主义。老庄主张"无知无欲""适性逍遥",以"虚静恬淡"为道德之至。佛家主张人生本质乃在于痛苦、解脱、修行,主张"本无""无常""性空"。禅宗主张"心性本净""万法尽在自心中"。有儒家人学观,就有古代千年繁若星汉的言志抒情之作;有老庄"适性逍遥""虚静恬淡"论,就有陶渊明、王维、苏轼、马致远等人的清新脱俗;有禅宗"心性""禅悟"说,才有以诗谈禅、以禅趣入诗,才有"妙悟""顿悟""性灵""神韵"说。宋明理学主张"存天理灭人欲",明代中叶新的社会发展因素涌动,市民阶层出现,于是有对"人"的新的发现。新的人学观质疑、挑战程朱理学,有"天理人欲之辨"。王阳明创心学,提出"心,即是天理","良知是尔家的准则",他提倡"致良知",回到自己的本心。王艮标立心学左派,"人性之体,即是天性之体","身与道原是一体"。李贽独创"童心"说,认为"人道即是天道","吃饭穿衣,即是人伦物理"。萌动于16世纪后期至17世纪末的个性主义思潮,推动了中、晚明新的文学观念的发展,各种长篇叙事性文体勃兴。从吴中四才子唐伯虎、祝允明的疏狂脱略,徐文长的狂放不羁、为情而作,到公安派、竟陵派主张"独抒性灵,不拘格套",金圣叹独标"才子书",力赞《西厢记》为"天地妙文";从汤显祖尊情抑理的《牡丹亭》、冯梦龙等以"情教"代"礼教"的"三言""二拍",到《水浒传》《金瓶梅》《红楼梦》《儒林外史》对人性、人情、人欲、人格的刻画,以及诸多人情、言情、艳情小说的问世,到晚明、晚清闲适、人情、香艳小品,乃至沈复《浮生六记》等,都反映了对人的新发现与文学创作中新的"人"的观念的活跃、涌动。

近代以来,中国社会大裂变,梁启超倡"新民"说。所谓"新民",就是新的"人"的观念。这是对中国社会现代化与"人"的观念的现代化的呼唤。梁启超的"新民"说剥落了封建君主、宗法家族的因束,认为人属于国家,属于社会,称为"国民"。所以近代新文学创作与文学观尤其注重文学的社会性、政治功利性。

新文学倡扬个性的旗帜。胡适宣传"易卜生个性主义",周作人提出"人的文学"。五四对人的个性的发现,被称为"个人主义的人间本位主义"。这一"人"的观念具有20世纪文化的现代性。在这一"人"的观念基础上产生了新文学的新的主题、新的人物,有《狂人日记》对"人"的历史、现实与未来的思考,有《阿Q正传》对旧"人"的反思,有《沉沦》中人性的表现,有《女神》

青春的放歌,有新月派的人性抒发。

文学是人学。人学观念的现代性及其对象化的过程,构成了中国现代文学发展的历史主线,并孕育出它的丰富而复杂的面貌。中国现代文学创作中的现实主义、浪漫主义、现代主义、后现代主义,是又一意义上的对"人"的发现。各种创作方法的形成决定于创作主体从何角度发现"人"、思考"人"。看重人的社会性、人与人的关系、人与社会的关系的,就形成现实主义;着眼于人的心灵情感的,则倾向于浪漫主义;认定人的心灵真实、潜意识的深刻性的,就走向现代主义;发现非本质的人、世俗性的人,关注人的日常生活的复杂、无序乃至虚无,则倾向于后现代主义。这些都包含于"文学是人学"这一命题的深刻性中。在中国现代文学百年发展史上,尤见如此。

文学史,就是在创作主体、创作对象(文学形象)、接受主体(阅读与批评)这三个层面上,实践与表现着对"人"的不断发现。中国现代文学史,就是由文学如何实践与表现这一不断演变着的"人"的观念,而构成着,丰富着,发展着。

20世纪中国文学的发展,始终贯穿着两种或多种"人"的观念、"人"的声音的对话、交流、对抗、激荡、交融。

1928年出现的革命文学、1930年代的左翼文学发现了人的阶级性。这是继五四发现人的个体性、社会性之后,再向另一端推进的结果。中国传统文化一贯看重人的社会性,看重社会群体与个人发展的关系,这使受西方个性主义思想影响的五四新文化与"人"的观念也并不完全等同于西方个性主义人学观,五四人学观始终与人的社会性相结合。因此,关注被压迫者、被侮辱者,为被压迫者、被侮辱者的不幸命运呼喊,这曾是五四"人"的观念的一个重要方面。从这一关注人的社会性的思想出发,一部分持激进思想的人很容易认同阶级论。在由不同阶层的人存在的社会中,人必然有其阶级性。这是左翼文学对人的新发现,也为中国文学开拓了一个新的视角,展示了一个人与社会关系的新天地。左翼文学进而以人的阶级性、革命性取代人性、对峙人情,否定人的个性的自由发展,这是革命文学主导的"人"的观念与话语。另外,20世纪三四十年代还有茅盾着重表现人的个性与社会性关系的文学,有巴金、曹禺、沈从文、张爱玲、路翎等各具特点地承传五四个性主义、人文主义的"人"的观念,有老舍、钱锺书等强调人的文化属性的"人"的观念。

此外,第三种"人"的观念,是近现代通俗文学中表达的"人"的观念:充分世俗化中的充分人性化,传统世俗社会的大众道德与大众人性观。

综观"文革"前的"十七年"文学,是多种"人"的观念、"人"的话语在对抗、冲突、交奏。五六十年代社会主义现实主义文学主导文坛,阶级的、革命的"人"的观念与话语成为主流。这一时期,连续不断地批判"资产阶级人性论"、人道主义,否定五四个性主义与人文主义。《我们夫妻之间》《组织部来了个年轻人》《红豆》《小巷深处》,电影戏剧《早春二月》《舞台姐妹》、"第四种剧本"、《茶馆》《关汉卿》等作品,不绝如缕地发出人性的轻微声音。这声音是轻微的,但也是顽强的。即使在《百合花》《青春之歌》《三家巷》这些革命小说中,"人"的声音也若隐若现。《青春之歌》以追求个性主义的林道静终于走上革命道路,否定了五四个性主义道路。但是作家以女性的笔触细致地描写了女主人公在人生道路与婚姻问题上的选择,使这部实质上是重返1930年代"革命+恋爱"模式的小说富有人情味与人性美。

"文革"之后,从伤痕文学、反思文学、改革文学到寻根文学的发展流变,正是以对"人"的逐步再发现,对五四的"人"的现代性观念的再寻找,构成新时期文学发展的内在律动。到了1990年代,尤其是新世纪以来,对于人的日常生活现代性、世俗生活复杂性的持续关注和多元探索,进一步带来"人"的观念的多元碰撞与众声喧哗。

同时,20世纪中国文学的这种变化也与外来文化的强烈刺激分不开。

中国现当代文学,与中国古典文学相比,最基本的不同,是中国古典文学是在大体固定的政治文化环境中发生、发展的,而中国现当代文学是在世界文学潮流中成长、发展的,它自身也是世界文学一员。中国现当代文学的历史,是在前所未有的中国向世界敞开、同时也走向世界的变革中,通过与世界文化的对话交流,走出自我,实现创新的历史。

晚清西学东渐以来,一个新颖奇异、生机勃勃的西方文化景观展现在中国人面前。自此,中国文化、文学乃至民族心理所发生的巨变,都源于外来文化的刺激,启发着20世纪中国文学如何表现"人"。

在20世纪二三十年代,西方文学进入中国文坛的第一次高潮中,从古希腊到19世纪的众多作家被译介到中国,其中影响最大的有四位代表性人物。易卜生在五四高潮时期被《新青年》隆重推出。但是戏剧家易卜生在中国主要是被作为思想家接受的。他的《玩偶之家》对夫权家庭的批判、对妇女平等自由权利的呼唤,成为当时中国文化界倡扬个性主义的旗帜。卢梭是又一位对中国现代文学产生重要影响的西方人。《忏悔录》从1928至1945年间有张竞生、汪丙琨、凌心勃、沈起予、陈新等数种中译本问世。这位启蒙主义思想家袒露自己本来面目的真诚与勇气,激发了许多中国人。郁达夫、郭沫若、张资平、叶灵凤、巴金的小说中都有卢梭式的自剖。那大胆的自我暴露,对于在中国道德裹挟下的人性是暴风雨般的闪击,使伪道学者感受到作假的困难。尼采曾在一些激进的文化人中激起共鸣。他那攻击一切偶像与张扬超我的精神,吻合了五四彻底反传统的思潮。弗洛伊德的精神分析学也曾在五四时期的文学界引起反响,鲁迅、郁达夫、郭沫若、张资平、叶灵凤、茅盾、曹禺、沈从文等人描写性爱与人物心理都运用了精神分析学理论。

这四位西方人进入中国,对于新文学最重要的意义,在于他们启发中国人重新认识"人"——从四个层面揭示了人学现代性的内涵。易卜生以理性的个人主义,使个人的自由、自尊、人格、人权显现出耀眼的价值。启蒙主义者卢梭,以理性主义思想呈现人性的复杂与丰富,使人的真实自我获得了理性的确证。尼采把人的自我张扬到极致,并且颂扬个人对传统社会的叛逆精神。弗洛伊德则揭穿人的深层意识,揭示在个人潜意识中涌动着的欲望。易卜生、卢梭所揭示的人,是人类对自我的理性主义认识,尼采、弗洛伊德对人的非理性层面的揭示,则使"人"的内涵获得了现代性。他们的影响,使得五四时期中国文化、文学对于"人"的发现,构成一个完整丰富的、现代性的人学观。鲁迅十分敏感地把握到文学的这一内核,他在新文学的开山之作《狂人日记》中,猛烈抨击封建礼教的"吃人"本质,明确发出"真的人"的呼喊。

新时期文学是对"人"的现代性的寻找与恢复,伤痕文学、反思文学、改革文学、寻根文学、先锋文学的发展流变体现了这种寻找、恢复与深入的过程。与这一过程相呼应的,是西方文学的又一次深刻的影响。西方数个世纪的文学在新时期短短十多年中几乎都曾被介绍进中国,其中影响最大、最广、最深的是20世纪现代主义文学,尼采、弗洛伊德、贝克特、萨特这四位是对新时期文学影响最大的西方思想家。"上帝死了""力比多""人的荒诞性""他人即地狱""存在先于本质"等思想观念渗透在新时期的文学创作中。易卜生、巴尔扎克、托尔斯泰、司汤达等所提倡的传统的人道主义、人文主义思想,已为中国文坛所熟知并普遍接受,而在1920年代仅为少数激进知识分子所欣赏的尼采、弗洛伊德,在1980年代再度进入中国时,则掀起了一阵广泛而经久的热潮。詹姆斯提出的人的意识流理论,伍尔夫、普鲁斯特、乔伊斯的意识流小说,都展示了人的深层意识空间,这是人类对自我的一次新发现。以卡夫卡、贝克特为代表的荒诞派文学,揭示了人的生存的荒诞性,这是人类对自我处境、人与社会关系的又一次哲学的探询与发现。新时期中国文学的异彩都是因为汲取了这些异域的养料,共同体现了对人学现代性的发现与重塑。当然,1980年代上半期文学所谓对"人"的寻找,是对五四时期"人"的现代性观念的再发现,是重塑被扼制、摧毁了的"人"的观念、"人"的形象。1980年代,文学在推动社会变革方面产生了不小的影响。从

1980年代中期开始,萨特、海德格尔的存在主义思想开始在中国传播,从1980年代末至1990年代,"存在主义热"取代了"弗洛伊德热""尼采热"。"存在先于时期""自由选择",人的异化、人与社会对立、个人的尊严、当代人的失落感、孤独感,这些存在主义思想渗透在1990年代的文学创作中。1990年代的私人化写作、女性写作、先锋文学等,其文学观念中无不深藏着存在主义。尽管整个1990年代并未产生足以代表这一时代的经典杰作,但是1990年代文学所体现的对人的现代性的新发现,人学观念现代性的新发展,却是不容忽视的。

第二节 中国文学的现代性的开端

从19世纪末到1917年大张旗鼓的文学革命兴起之前的近20年,是中国文学现代性的发生期;有了这个先导和基础,才有五四运动后30年文学在现代性道路上的发展。20世纪初,清王朝覆灭,民国初年,政坛剧烈动荡,文化领域尚未出现革命性变化,但是,戊戌变法至辛亥革命前后,在来自西方的现代文化的冲击下,中国社会的震荡日益激烈,中华民族被震惊而奋起,启动了的现代化进程已经不可遏止。在政治领域,激烈的社会革命取代了温和的维新,推翻了王朝的政治权力正在寻求建构自己的合法性,现代民族国家在强权与专制的夹缝中艰难地走向独立。在经济领域,沿海城市在西方世界殖民过程中依靠输入开始了工业化,资本主义生产方式逐渐形成;在社会领域,一方面由于科举制的废除,另一方面由于资本主义生产关系出现,传统秩序开始瓦解,新的社会集团与阶层日渐成形;在文化领域,现代文化的生产机制逐步建立,具有现代思想的新型知识阶层逐渐形成并成为推动社会进步的一支重要力量。新型知识阶层利用文学作为政治改良、社会变革工具的功利主义意识,以文学为人生的探索、表现,和保持文学独立审美价值的纯文学意识,以前所未有的歧异形态构成了中国文学现代性展开过程中的内在张力。文学创作在传统基础上酝酿着重大的改良与革新。

19世纪与20世纪之交,中国文化与文学在民族存亡背景上开始了外部与内部双重的现代化努力。许多观念的变革在1898年前后发生。[①]

甲午战争失败后,知识分子的民族危机感日益强化,这对民族文化产生了巨大影响。严复通过翻译将西方19世纪主要思潮的一部分介绍到中国,

---

① 参见范伯群、朱栋霖主编:《1898—1949 中外文学比较史》上册,江苏教育出版社1993年,第4—23页。

其中影响最大的是标举进化论思想的《天演论》。中国知识分子开始以近代科学的眼光来思考民族命运,在人类世界的发展历史中看到了古老的中华民族正面临被淘汰的危机,有了对自身的深深的不足感,于是有了强烈的变革要求,有了追随日本明治维新的想法,有了学习西方工业化国家的自觉。梁启超在《五十年中国进化概论》(1922)中指出:"近五十年来,中国人渐渐知道自己的不足了。……第一期,先从器物上感觉不足。……第二期,是从制度上感觉不足。……第三期,便是从文化根本上感觉不足。"①他所说的第二期的时间"从甲午战役到民国六、七年间",与中国文学现代性的先导期基本一致。

这一阶段,主要是从社会的组织结构上寻求变革,从而带来文化机制的变化,影响到文学。

第一,法律对从事文学活动者和报刊的基本保障。晚清王朝尽管在新政措施上左右摇摆,但还是颁布实施了一系列有利于文化生产的法律。1906年的《大清印刷物件专律》,1908年的《钦定宪法大纲》,规定给予臣民言论、著作、出版等自由;1910年公布《著作权章程》;1911年颁布《钦定报律》;同年《大清民律草案》完成,虽未及公布,但它是民国初年暂行民法典的蓝本②。辛亥革命后,《临时约法》更明确规定:"人民有言论、著作、刊行及集会、结社之自由",并且先后颁布了《出版法》《著作权法》《著作权法注册程序及规费施行细则》,这些法律从制度层面保障和促进了文化产业的发展。

第二,报刊、书籍等现代出版业的发展。维新时期发挥过作用的报刊传媒,在清末的十年里发展出了相当的规模,在民国更是大步地前进。到1921年,20年里,报纸、杂志增加了十倍左右;据统计,1902—1917年间,以"小说"命名的报刊就创办过27种(含报纸一种),仅据阿英《晚清戏曲小说书目》收录1898—1911年出版的小说(含翻译)就有1145种;为文学的现代化发展准备了充足的外部条件。③ 报刊编辑在栏目、体裁、题材、主题上都追求对普通民众的影响力,以保证销量,刺激文学的发展。报刊繁荣与政治的封建色彩减退及文学的现代化同步进行。从1904年起,出版重心已经转移到民营出版业。④ 与官办和教会出版不同,民营出版向产业化方向发展,受制于市场这只看不见的手,它与大众的文化需求保持着联系,这决定了现代出

---

① 汤志钧编:《梁启超全集》(第十一集),中国人民大学出版社2018年,第404—405页。
② 民国元年刊行的《民国暂行民律草案》"其基本体例和主要条文与《大清民律草案》没有区别",见杨立新点校《大清民律草案 民国民律草案》之序言,吉林人民出版社2002年,第7页。
③ 陈平原:《中国小说叙事模式的转变》,上海人民出版社1988年,第20页。
④ 张静庐辑注:《中国现代出版史料》(丁编)下册,中华书局1959年,第384页。

版业的大众化与平民化的民主特性。它给以具有现代思想的独立知识分子为主的进行文学创作的人提供了重要的公共空间,为实现文学的现代性创造着机会。这种状况一直延续到1949年。

第三,现代社会分工在文学创作队伍方面率先实现。1905年废科举的新政措施将一批读书人抛进了独立知识分子的境地,另有一批知识分子从官场退出,也转入了自由撰稿人行列,上海、天津等现代都市形成的过程为自由撰稿的知识分子提供着活动空间,一些接受新式教育的人与上述两种知识分子一起活跃在文学领域。晚清四大小说杂志的编辑者和主要撰稿人梁启超、李伯元、曾朴、徐念慈、黄摩西和周树人兄弟等即是代表。

在报刊传媒繁荣、出版业平民化、自由的文学撰稿人队伍出现的基础上,文学接受机制也发生了变化。朝廷的策论变为报刊上的自由论述,小说由对说书人叙述表演的欣赏变成了阅读的理解。文学接受者的队伍随着维新、立宪和革命的进展而日益扩大,同时,伴随着社会思潮的迅速更新、市场机制的调节,文学接受者也唯新是骛,推动着文学自身的变更。

第三节　近代文学观念变革

从晚清开始,中国文学现代性发生期的观念变革,首功归诸梁启超。梁启超(1873—1929,广东新会人,字卓如,一字任甫,号任公,笔名有饮冰室主人等)曾拜康有为为师,学习经世致用之学,协助发动"公车上书",投身变法维新活动。他主编、创办过《中外纪闻》《时务报》《清议报》《新民丛报》《新小说》,创"新文体",提倡"新民说",广泛介绍西方近现代文化思潮,宣传思想启蒙。他著名的《少年中国说》《新民说》的中心思想就是国民启蒙,提出批判、改造中国的国民性,"制造中国魂"。"新民"就是呼唤新人,这是对20世纪中国社会与人的现代化的呼唤。梁启超及其同时代人尤重文学的社会性、政治功利性,这样的文学观一直影响到五四及以后新文学的整体走向。

诗界革命　中国文学发展到清代,以诗文为正统,以古人约束今人。晚清文学的革命就是要打破这种格局。梁启超提出"诗界革命":"第一要新意境,第二要新语句,而又须以古人之风格入之,然后成其为诗。"[①]新意境即"理想之深邃闳远";新语句则是指来自欧洲、表现新思潮的名词术语;以古人之风格入之,说明他的诗界革命是革其精神而不一定革其形式,即如他所

[①] 梁启超:《夏威夷游记》,《饮冰室合集·专集》卷二十二,中华书局1936年,1989年影印本,第189页。

称谭嗣同那样的"独辟新界而渊含古声"。梁启超以诗评家身份标榜"诗界革命",但其保留诗歌旧形式的革命终不彻底。真正以诗人面目倡言诗界革命、以俗白文字入诗的是黄遵宪。后来朱自清在《中国新文学大系·诗集·导言》中曾总结说:"清末夏曾佑谭嗣同诸人已经有'诗界革命'的志愿,他们所作'新诗',却不过检些新名词以自表异。只有黄遵宪走得远些,他一面主张用俗话作诗——所谓'我手写我口'——,一面用新思想和新材料——所谓'古人未有之物,未辟之境'——入诗。这回'革命'虽然失败了,但对民七(1918)的新诗运动,在观念上,不在方法上,却给予很大影响。"

小说界革命 "小说界革命"声誉最著。小说观念的变化始自 1897 年天津《国闻报》所刊《本馆附印说部缘起》。执笔者严复、夏曾佑称,"夫说部之兴,其入人之深,行世之远,几几出于经史之上,而天下之人心风俗,遂不免为说部所持",并说"且闻欧、美、东瀛,其开化之时,往往得小说之助"。鉴于小说历来在四部中只能附于子、史,他们从小说营构人心的角度强调"小说为正史之根",一改历来小说评点家攀附经史的做法,将小说凌驾于经史之上。梁启超更是充满激情地夸示小说的社会功能,把这种自古为小道的卑贱文体提到有"不可思议之力"的高度。其《论小说与群治之关系》(1902)称:"欲新一国之民,不可不先新一国之小说。故欲新道德,必新小说;欲新宗教,必新小说;欲新政治,必新小说;欲新风俗,必新小说;欲新学艺,必新小说;乃至欲新人心、欲新人格,必新小说。何以故?小说有不可思议之力支配人道故。"梁启超特别看重小说作为启蒙、新民的工具的作用。

小说在被无限提升其社会作用以后,也有其自发的矫正。1908 年徐念慈(1875—1908,江苏常熟人)发表《余之小说观》,指出:"昔冬烘头脑,恒以鸩毒霉菌视小说,而不许读书子弟一尝其鼎,是不免失之过严;今近译籍稗贩,所谓风俗改良,国民进化,咸惟小说是赖,又不免誉之失当。"并称"小说与人生,不能沟而分之"。①这是五四时期文学研究会作家"文学为人生"的主张的滥觞。徐念慈更强调小说的审美价值,他的观点介于梁启超的推崇小说的社会功用与王国维的倡扬小说的独立价值之间。西方小说的译入对中国小说观念也有影响。徐念慈曾在《小说林》发表英美法等国的翻译小说。林纾依赖自己的体悟,也总结概括出一些西方小说的艺术经验。

戏剧改良 提倡戏剧观念革新的代表有陈独秀。1904 年,他在《论戏曲》中指出"戏馆子是众人的大学堂,戏子是众人大教师,世上人都是他们教

---

① 徐念慈(觉我):《余之小说观》,《小说林》第 9 期(1908 年)。

训出来的"①，认为戏剧改良有小说、报馆所不及的方便，不识字的人也可以由看戏而开通风气。据载，1899年上海圣约翰书院已有中国学生演剧活动开展，而且很快有其他学校仿而效之。②1904年，陈去病、柳亚子创办我国最早的戏剧杂志《二十世纪大舞台》。1906年李叔同、曾孝谷在日本东京发起成立春柳社，不久欧阳予倩、陆镜若也加入进来，其宗旨是"研究新旧戏曲，冀为吾国艺界改良之先导"③。1907年，他们首先公演《茶花女》（第三幕）、《黑奴吁天录》，为新剧开端。新剧家王钟声在上海发起成立春阳社，也演出新剧《黑奴吁天录》。1908年，他又在从日本回来的任天知的帮助下，以通鉴学校名义演出根据杨紫麟、包天笑译英国小说《迦因小传》改编的同名新剧；该剧摆脱了京剧的戏曲特征，标志着国内新兴话剧的萌芽。新剧被称为文明戏，是中国现代话剧的早期形态。

文体革命 文体革命有着相应的语言变革的背景。提倡白话（"俗语"）在当时是许多先进知识分子的共识。最早提出"言文合一"主张的是黄遵宪。出使欧美、日本诸国的经验告诉他，"言文合一"使各国文化普及，科技发达，社会进步；中国的言文乖离致使科技文化落后。倡导白话文的还有裘廷梁、陈荣衮等。他们主要从维新的社会用途着眼，是为经世致用的实学打算，并非专从文学角度考虑。从文学出发论白话的是梁启超，他在《小说丛话》中指出："文学之进化有一大关键，即由古语之文学变为俗语之文学是也。各国文学史之开展，靡不循此轨道。……苟欲思想之普及，则此体非徒小说家当采用而已，凡百文章，莫不有然。"④这成为后来胡适更彻底地主张以白话取代文言的先导。

文学思想与理论新潮 诗歌、小说、戏剧、文体诸文学观念的现代性初展，终将上升为中国文学史学观念的现代性萌动。1904年，京师大学堂的林传甲、东吴大学的黄人分别撰写的《中国文学史》问世，是为中国人自撰的首两部《中国文学史》。黄人《中国文学史》启动了新的文学史观念，在现代中国文学史上具有划时代意义。黄人（1866—1913），苏州常熟人，原名振元，字慕庵，一作慕韩，中岁易名黄人，字摩西，别署蛮、野蛮等，1901年起受聘为东吴大学国学教习，同时创办《小说林》。他编撰的东吴大学教材《中国文学

---

① 陈独秀：《陈独秀文集》（第一卷），人民出版社2013年，第67页。
② 据朱双云：《新剧史》；参见范伯群、朱栋霖主编：《1898—1949中外文学比较史》上册，第24页。
③ 《春柳社开丁末演艺大会之趣意》，《中国话剧运动五十年史料集》第1辑，中国戏剧出版社1958年。
④ 梁启超：《小说丛话》，徐中玉编：《中国近代文学大系·文学理论集二》，上海书店1995年，第308—309页。

史》全书 29 册，前 3 册为总论、略论、分论，后 26 册是作家评点与主要作品辑录，体现了清末民初中国文学史学科的学术自觉，钱仲联称其"多石破天惊的议论"①。黄人以真、善、美相统一的标准论文学，用进化论观念来阐释与叙述中国文学史的变化与发展历程，注重在世界各民族文明冲击的背景下，在近代建构民族国家话语体系的文化自觉中，建构进化的中国文学史观，具有鲜明的时代精神和现代性色彩。黄人为现代的中国文学史学科的建立起了奠基性作用。

与此相呼应，当时在苏州任教的王国维（1877—1927，浙江海宁人，字静安，号观堂）在其《〈红楼梦〉评论》(1904)、《人间词话》(1908)及此后的《宋元戏曲考》(1912)中，从理论上表述了现代性的文学观念。他将叔本华和康德的哲学思想引入文学的精神世界，较同时代人由进化论思想进入文学，更接近文学本体。他从叔本华的"意志"（欲）说出发，作《〈红楼梦〉评论》，认为现实生活中的"欲与生活与苦痛，三者一而已"，要想超然于意志欲望不能满足而造成的痛苦，只有"美术"（艺术）最合适，"艺术之美所以优于自然之美，全存于使人易忘物我之关系"。他指出，《红楼梦》的厌世解脱精神是"哲学的也，宇宙的也，文学的也"，是悲剧之最上乘者，是"悲剧中的悲剧"。②《人间词话》以"境界"为中心概念，表达了新的诗学理论。《宋元戏曲考》专为戏曲做史，推许元杂剧为"一代之绝作"，是"中国最自然之文学"。王国维没有梁启超提倡文学革命的煽动力，却建构了实实在在的文学本体新品质。他将文学从"文以载道"的定位上解放出来，成为本体自主的独立存在，具有重大的理论意义和深远的学术影响。

将小说、戏剧以及白话文从不入文坛的末流提升到文坛正宗的地位，是梁启超与他的追随者对文学观念现代创新的最大贡献；和他同时的一批有识之士又提倡言文合一，为五四白话文运动打下了基础；此外再有黄人以进化论、持真善美标准建构中国文学史观念，王国维强调文学"超然于利害之外"，追求"文学自己之价值"；这样，一个完整的、具有现代意义的文学观念就呼之欲出了。

第四节　近代文体革命

中国文学现代性的发生，从文学的意义上来说，最重要的是叙述学策

---

① 钱仲联：《梦苕庵诗话》，齐鲁书社 1986 年。
② 王国维：《〈红楼梦〉评论》，浙江古籍出版社 2012 年，第 2、4、13、15 页。

略,即用什么样的文体与语言作出表达才是现代性表述？观念的变革并未能在每一文体上直接转换成文学的实绩。在中国文学现代性发生期的20年里,各类文体创新的成就不一。

诗界革命以后,诗人们仍持续创作采用新思想、新材料的诗歌。1909年成立的南社是这一时期影响最大的诗歌社团,不过南社诗人除了政治态度比维新派激进外,在诗歌艺术创新方面没有太大进展,内部甚至曾为是宗盛唐之音,还是倾向江西诗派(有如同光体诗人)有过争执。

戏剧改良走了两条不同的探索道路：一是汪笑侬式的旧剧改良,把时代政治热情与外来的审美要素注入京剧,对程式讲究的戏曲进行改良；一是春柳社在日本演出的新派剧和上海春阳社等在话剧中渗透戏曲因素的表演,人称文明戏。春柳社在表演形式上有严肃的艺术追求,但剧本常常采用幕表制。春阳社的剧目革命政治色彩浓烈。文明戏重表演、轻剧本的倾向产生了一定的消极影响,在演员失去艺术追求的自觉性和演出市场化之后,艺术品位无可奈何地流于庸俗。

内容与形式两方面更具有比较鲜明的现代性因素的,是**政论散文**和**小说(含翻译)**。

晚清文界革命是一场真正的文体革命。尽管维新派文人的文章仍保留着一些古文雅言,还没有勇气全盘采用俗语,但成绩是可观的。从王韬、郑观应的报章文体到梁启超新文体崛起,加之后来的革命派文人创作的诸文体,中国散文走过了相当长的一段路。五四后第一个十年的文学成就以小品为最大,溯其原因,离不开发生期内政论诸文体的铺垫。本时期散文广泛涉及政治思想文化领域的方方面面,反映出新一代知识分子强烈的忧患意识、变革意识和批判意识,体现着初步的启蒙思想的兴起,以及在启蒙和民族革命主题下各种观念的更新。

梁启超是本时期最重要的散文家。先前的报章文体鼓吹变法图强,对他和康有为、谭嗣同等有重要启发,他的政论成就与报刊密不可分,依托于近代大众传媒的发达。梁启超称自己亡命日本时的文字为新文体,这些政论文章具有空前的开拓创造精神,思想新颖,文字介于文言白话之间,"平易畅达,时杂以俚语韵语及外国语法","条理明晰","笔锋常带感情"[①],有很强的鼓动性。他的感情是忧患、变革、爱国的情理交融,《少年中国说》《新民说》《说希望》《过渡时代论》等都是富有魅力的情理文字。他不以"传世之文"而以"觉世之文"自期,其"新文体"是改造中国国民性("新民")、重造中

---

① 梁启超：《清代学术概论》,东方出版社1996年,第77页。

国魂的觉世之文,是"笔锋常带感情"的"魔力"文字,也是"读万国书"而后成者。他吸纳古希腊罗马的雄辩体与英法近代随笔体,结合魏晋文章的旷放,把古文从义理、考据、词章中解放出来,以西方近代思潮替代圣贤经典章句的义理,以丰富的世界进化维新的史实突破拘谨的考据,以俗语、外来语入文以丰富文章的表达方法。在钱玄同攻击"桐城谬种"以前,他就以实际创作突破了桐城古文的藩篱。

革命派散文,与新文体一样依赖现代传播媒介来宣传自己的主张。变法维新的说服对象起初主要是当政者,后来的启蒙更多针对一般读书人,革命则要鼓动全民,要更为浅俗直接地向民众宣传。革命派散文因此体现出革命性、斗争性、鼓动性与通俗性相统一。除章太炎文风古奥外,其他一般较能深入普通民众。邹容的《革命军》以浅近直接的文字写成,揭露控诉几千年来的封建专制统治,号召以民族民主革命去除奴隶根性,恢复天赋人权,实现独立、自由、民主、平等、幸福的"中华共和国"。陈天华的《警世钟》宣扬反帝爱国思想,写法带说唱气息,是知识分子主动采用民间手法向大众靠拢的滥觞。秋瑾文章有新文体类型的,也有用精纯的白话写成的。《敬告中国二万万女同胞》《敬告姊妹们》等推心置腹,新鲜活泼,深入浅出,明白晓畅有谈话风。她难能可贵地率先真正做到了言文合一,让人惊讶在白话文运动前竟有这样炉火纯青、历久弥新的白话文章。

章炳麟(1869—1936,浙江余杭人,字枚叔,号太炎)少从俞樾学经史,国学造诣精深,是"有学问的革命家",他的文章的突出主题是鼓吹排满、反清的民族民主革命,以《序〈革命军〉》《驳康有为论革命书》最为著名。前者与邹容《革命军》一并风行天下,后者是革命派与改良派论战的代表作。章太炎字里行间活跃着疾恶如仇的个性,行文尖锐大胆,富于创造性和挑战性,渊深的学养与奇倔的个性浑然一体。章太炎虽然在《国学概论》中讲古代"语言文字,出于一本",但在现实写作中却不愿言文一致,用雅言而贬低俗语,常常故为古奥,他的深邃思路,很耗读者的脑筋。这时卓然成家的还有章士钊。辛亥革命后,他主笔《民立报》,大力提倡逻辑,所作社论文章也被命名以逻辑文,以精辟严谨著称。1914年二次革命后,他流亡日本,创办《甲寅》杂志,写政论文反对袁世凯复辟。人称他"文体简洁有法,铿锵有力,句斟字酌,语无虚说,文无落空……"[①]

本时期,散文是知识精英的产物,一直有特定的精神价值作支撑,而主导小说趋向的则主要是平民化的市场。小说发展呈现出曲折多元的探索,

---

① 张申府:《我所认识的章行严先生》,《张申府散文》,中国广播电视出版社1993年,第521页。

内容上严肃与娱乐(时称"游戏")并存,形式上则逐渐改良。大致分为两个时期。前期即清末的倾向是理想与谴责并存,刊物阵地以四大小说杂志(《新小说》《绣像小说》《月月小说》和《小说林》)为主;后期即民初主要倾向于消遣游戏,以改革前的《小说月报》与《礼拜六》等杂志为主。

在晚清,梁启超的小说界革命并没有带来纯文学的小说观念,只是理想化地提出了一些小说难以承担的社会与政治使命。基于此,小说界出现过一批主题先行、理想化、概念化的作品,如梁启超的《新中国未来记》、陈天华的《狮子吼》(未完),还有写"理想的维新的完人"的妇女题材小说《黄绣球》,以及塑造"中国女斯宾塞"形象的《女子权》等。当时《新小说》(1902年创刊)杂志甚至惯于以自由、平权等思想概念给小说人物命名。这类创作艺术上没有多少价值,却是中国现代文学史上最早以宣传为使命的文学。此时还是中国问题小说的滥觞期,诸如妇女缠足、扫除迷信、立宪、华工、反帝国主义等主题均有表现。

翻译小说 这一时期,翻译小说带动着创作。自清末开始,形成了中国小说中、西两个传统并存的局面:章回小说、笔记小说继续发展,章回小说从口头演说的评书评话体向书面形式转移,笔记体也呈现出向短篇嬗变的端倪;西方小说被翻译介绍进来,虽然不都是一流,但其叙说方式也对中国小说创作发生着影响。有统计显示,1906—1910年是清末小说的高峰期,1907年则是翻译小说的高峰期,与创作的繁荣相同步[①]。清末有徐念慈、包天笑等的译著和周树人兄弟的《域外小说集》,影响最大的是林纾的翻译。

林纾(1852—1924),福建闽侯(今福州人),字琴南,号畏庐,一生译欧美小说一百八十多种,一千二百多万字,《巴黎茶花女遗事》《迦因小传》译笔哀感顽艳,《黑奴吁天录》《块肉余生述》《撒克逊劫后英雄略》译笔质朴古劲。其译作都是与精通外语者合作,但译笔传神还是靠自己。《巴黎茶花女遗事》与中国的才子佳人小说一脉相通,描写又细腻真切,因此风靡一时并深深影响了民初及以后的言情小说。他将《黑奴吁天录》与在美华工受虐联系,发出"黄种之将亡"的警告,深入人心。林纾肯定西方写实方法,但文学观念仍是中国的,他将狄更斯比附司马迁、班固,他的笔记体小说接近唐代的段成式,长篇则采用桐城笔法,情调近才子佳人,对民初的姚鸳雏等鸳鸯蝴蝶派作家有较深影响。林纾还译有大批通俗作品,在出版市场上很风行,其中英国作家哈葛德的作品译得最多,科南道尔的侦探小说也由他最先翻

---

① 参见樽本照雄:《阿英说〈翻译は创作より多い〉事实か》,《清末小说から》第49期,日本清末小说研究会1998年。

译过来。

第五节　近代市民通俗文学初兴

近代中国,随着上海作为都市的崛起,新的市民阶层逐步形成,与之相适应的市民通俗文学随之兴起。1892年韩邦庆创办了个人刊物《海上奇书》,并在其上连载自撰的长篇小说《海上花列传》。韩邦庆(1856—1894),江苏松江人(今属上海市),字子云,号太仙,别署大一山人、花也怜侬。《海上花列传》显示出了近代市民通俗文学的很多特征:它描述的是上海通商以来"今社会",直面当今都市生活,表达人生劝诫或社会思考,有着与中国古代文学不同的思维取向。它是一部现代意义上的"移民小说",不是写由于战争或者饥荒而出现的流民迁徙,而是记录了由于追逐财富而聚集的市民的形成,写中国乡民如何向市民转型;是具有浓厚的地域色彩的都市小说。小说不再写农耕社会的乡绅观念、田园、酒肆、客舍,而是写上海都市形成过程中的观念和物质变化,是中国都市现代化过程的文字记录。不再是汇集整理或者集成刻印,而是在现代媒体上逐日连载,这样的创作方式对小说的构思、结构的形成、情节的处理等都产生了深远的影响,是一部在美学上有特色、有众多突破的连载小说。特别是小说采用双语系统(叙述语言用官话,人物语言用吴语),体现了作者对小说语言生动性、性格化的追求。

韩邦庆的《海上花列传》拉开了中国近代通俗文学的序幕。延续这条创作道路的是鸳鸯蝴蝶派。鸳鸯蝴蝶派并没有什么创作宣言,也不是什么组织严密的文学团体,它只是以文学杂志为纽带,文学趣味相近的中国传统文人们形成的活跃于清末民初的松散的文学流派,是新文学作家对他们的称呼。[1] 鸳鸯蝴蝶派是新文学登上文坛之前中国文学的创作主体。

鸳鸯蝴蝶派作家是在新的历史时期沿袭着几千年中国传统文化的文学传人,他们大多是南社成员。他们的传统性主要表现在文化观念上。1912年民国政府刚刚成立,包天笑就曾说过一句话:"所持的宗旨,是提倡新政制,保守旧道德。"[2] 他们提倡的政治制度是指刚刚成立的共和制度,但是,他们所坚持的文化观念并不是共和制度所要求的人权、民主和自由,而是传统

---

[1] 据现有资料,最早这样称呼的是周作人。他在1918年《新青年》第5卷第1号上发表《日本近三十年小说之发达》一文,谈论到中国文学流派时说:"此外还有《玉梨魂》派的鸳鸯蝴蝶体,《聊斋》派的某生者体。"

[2] 包天笑:《钏影楼回忆录》,香港,大华出版社1971年,第391页。

的伦理道德。从这个角度看,他们具有很强烈的民族主义和爱国主义精神。对外,他们反对帝国主义侵略,是现代文学史上写爱国文学、国难文学最多的作家;对内,他们反对袁世凯的帝制和军阀的统治,认为袁世凯的复辟是历史的倒退,军阀的统治是社会混乱的根源。他们将民族主义和爱国主义看作中国人的气节,认为这是做人的大节。他们以中国的伦理道德为做人的原则,仁爱忠孝、诚信知报、修己独慎,是他们论人处事的基本标准,也是他们在文学创作中评价的标准。鸳鸯蝴蝶派文学的传统性还表现在对中国传统美学表现手法的继承,他们的小说基本上是章回体和传奇体,诗歌主要是乐府体和民间歌谣,散文则追求明清小品的风味,虽然也写一点时事新剧,但对传统戏曲更感兴趣。

这些作家们毕竟生活在一个社会转型时期,新的文化观念、美学观念必然会对他们产生影响,城市发展过程中所产生的精神和物质变化都在他们的作品中留下了印记。他们是清末民初中国引进外国文学热潮中的翻译作家主体,翻译了二十多个国家的众多作品,屠格涅夫、托尔斯泰、果戈理、契诃夫、莫泊桑等世界一流作家作品是他们首先引进到中国来的。1917年3月由中华书局出版的周瘦鹃的《欧美名家短篇小说丛刊》收入的49篇小说,涉及意大利、西班牙、瑞典、荷兰、塞尔维亚等14个国家。当时鲁迅正在教育部主持通俗教育研究会小说股的工作,曾与周作人共同报请教育部表扬这套译作,并充满热情地称赞此书:"所选亦多佳作。又每一篇告著者名氏,并附小像略传,用心颇为恳挚,不仅志在娱悦俗人之耳目。足为近来译事之光……当此淫佚文字充塞坊肆时,得此一书,俾读者知所谓哀情、惨情之外,尚有更纯洁之作,则固亦昏夜之微光,鸡群之鸣鹤耳。"[①]

清末民初以来,新兴的现代传媒在上海蓬勃发展起来,报纸成为最新的文化产业。断了科举之路的鸳鸯蝴蝶派文人纷纷进入报馆,成为各种报纸副刊的主笔和作者。这些文人也许对现代新闻理念缺乏了解,对文学创作却充满热情,报刊因此成为鸳鸯蝴蝶派作家创作的主要载体。在他们的努力下,报纸副刊开始向文学杂志过渡:以《民权报》副刊为大本营,派生出《民权素》《小说丛报》《黄花旬报》《小说新报》《小说季报》《五铜元》《消闲钟》等;从《申报》副刊《自由谈》、《时报》副刊《滑稽时报》、《新闻报》副刊《庄谐丛录》起家,派生出《小说月报》《自由杂志》《游戏杂志》《礼拜六》《女子世界》《小说大观》《小说画报》《半月》《星期》《小说时报》《妇女时报》等数十

[①] 王智毅编:《周瘦鹃研究资料》,天津人民出版社1993年,第309—310页。

种杂志。有的刊物如《自由杂志》《小说时报》本身就是报纸副刊的汇刊。①新闻意识对鸳鸯蝴蝶派文学产生了重要影响。此时,新闻报纸是国民启蒙教育的主要途径,从副刊意识出发,鸳鸯蝴蝶派作家强调文学的休闲性和趣味性,同时也将国民启蒙作为文学创作的主要取向。新闻报刊的功能主要是记载事情、传播信息、评论是非,这决定了新闻文体的纪实性、新闻性特征,这个特点因此也成为鸳鸯蝴蝶派文学的文体特色,即注重以传奇的故事写当今的社会生活。新闻报纸面向大众,要求文字浅白,通俗易懂。此时鸳鸯蝴蝶派文学虽还有一些文言作品,但白话创作已成为主流。有些杂志甚至明确地提出以白话创作为"正宗"。例如,1917年1月,包天笑为其主编的《小说画报》写的"凡例"中就明确提出:"小说以白话为正宗,本杂志全用白话体取其雅俗共赏,凡闺秀学生商界工人无不咸宜。"同年同月,胡适在《新青年》上发表《文学改良刍议》,提出文言已死,白话为正宗。

与古典文学相比,短篇小说兴盛是现代文学的一大特色。中国短篇小说产生于清末民初鸳鸯蝴蝶派作家手中。短篇小说的形成并不是这些作家对之有特别的认识,而是由新闻报纸所推动。报纸的篇幅有限,而且是按日发行。这个载体的特殊性催生了短篇小说。中国第一批真正意义上的职业作家由此产生。现代报刊的一个重要特征是,它是一个产业;既然是一个产业,它与作家之间就有了契约关系。作家给它写作品,它付给作家报酬。写文学作品还可以卖钱,无疑这给长期以来视舞文弄墨为闲适之事的中国文人以巨大的刺激。于是,专门以创作为生的职业作家就此诞生。职业作家的出现对中国的文学创作、运行体系、文化走向等各个方面都产生了重要影响。

近代市民文学的主要成就是小说创作。此时成就最高的小说是狭邪小说、言情小说和社会小说。狭邪小说也被称为冶游小说,由于写的是妓家的故事,鲁迅将这类小说称为狭邪小说。在《中国小说史略》中,鲁迅认为,真正地写妓女嫖客故事的,应从《海上花列传》开始:

> 然自《海上花列传》出,乃始实写妓家,暴其奸谲,谓"以过来人现身说法",欲使阅者"按迹寻踪,心通其意,见当前之媚西子,即可知背后之泼于夜叉,见今日之密与糟粕,即可卜他年之毒与蛇蝎"(第一回)。开宗明义,已异前人,而《红楼梦》在狭邪小说之泽,亦自此而斩也。②

---

① 参见李良荣:《中国报纸文体发展概要》,福建人民出版社1985年。
② 鲁迅:《中国小说史略》,《鲁迅全集》第9卷,人民文学出版社2005年,第271—272页。

《海上花列传》产生影响后,在清末民初引发了一股狭邪小说创作热。其中代表性的作品是孙玉声的《海上繁华梦》和张春帆的《九尾龟》。此时,众多的狭邪小说无论在思想性还是艺术性上都明显逊色于《海上花列传》。但是,由于这些小说的纪实性很强,它们为上海都市发展留下了珍贵的文字资料。

晚清最早致力于言情小说创作的是吴趼人。他不仅竭力宣扬小说中的情的作用,还创作了很多言情小说。他此时写了《恨海》《劫余灰》《情变》三部小说,分别标注为写情小说、苦情小说和奇情小说。到民国初年,言情小说已成燎原之势。此时的言情小说大致上分为四类。第一类是《红楼梦》的余绪继续蔓延,代表作是陈蝶仙的《泪珠缘》。第二类是怨情小说;这类小说遵循发乎情止于礼的传统言情小说思路,既写情的可爱,又怨情的害人,代表作是徐枕亚的《玉梨魂》。第三类是痴情小说;这类小说认为情是可爱、可亲的,那些阻碍情的发展的一切束缚都是可恶、可憎的;这类小说的作者对情的追求达到了痴迷的程度,代表作是吴双热的《孽冤镜》。第四类是哀情小说;这类小说多写生离死别,极其哀怨,代表作有苏曼殊的《断鸿零雁记》和周瘦鹃的《留声机片》《此恨绵绵无绝期》等。这些处于社会变革、思想创新时期的言情小说虽然还是采用中国传统的才子佳人模式,却也处处散发出新的气息。它们无不对中国传统的婚姻模式提出疑问,无不流露出对情的追求的肯定,甚至对寡妇恋爱也深表同情。这些作品在艺术上受到当时很为流行的林纾翻译的《巴黎茶花女遗事》的影响,绝大多数故事以悲剧告终。煽情之中流露出痛苦,绝望之中表现着渴望,这些言情小说为后来新文学提倡恋爱自由、婚姻自主做了社会心理准备。

徐枕亚《玉梨魂》是民初言情小说代表作,也是当时最著名的畅销小说。小说叙述接受新式教育的善感才子何梦霞在无锡一乡村作小学教师,与年轻寡妇白梨娘相恋,却难以摆脱名教束缚。梨娘荐小姑代嫁,自己情郁而亡;小姑也自怨自艾地死了;梦霞投军,捐躯战场;各人物以不同方式殉了情。小说有自叙传色彩,运用诗化语言抒情,充分地渲染因情而生的种种细微心理变化,有现代小说的细腻,又有古代诗赋语言的典雅,是中西古今文化激荡交融而出的艺术产品。其感伤情调不仅在同时的《孽冤镜》《玉田恨史》等作品中蔚然成风,而且对此后的鸳蝴派有长期的影响,甚至也影响到早期的部分新文学作品。小说主人公先恋爱,后革命,以革命作为苦恋的解脱,这成为 20 世纪叙述此类纠葛的作品的先驱。

鸳蝴派中最具影响的是被誉为"五虎将"的徐枕亚、李涵秋、包天笑、周瘦鹃、张恨水。除张恨水的影响发生在 20 世纪二三十年代,其余四人都在民初有过大的影响。"四大说部"(即《玉梨魂》《广陵潮》《江湖奇侠传》《啼笑因缘》)的前两部产生在民初。包天笑的创作贯穿晚清、民初直到1940年代。周瘦鹃继王钝根主编过《礼拜六》,这份杂志标榜休闲、趣味,将小说与觅醉、买笑、听曲相提并论,所取的是完全的娱乐态度。但《礼拜六》上发表的作品并不都是游戏的,也间有暴露专制黑暗的和翻译西方名家的作品。周瘦鹃以创作哀情风格的短篇为主,曾创办个人杂志《紫罗兰》,专写一己哀情。他还是民初出色的翻译家。

近代的社会小说有个发展过程。最先登场的是官场谴责小说。谴责小说兴起于1903年,李伯元这一年主编《绣像小说》,刊载自己的《文明小史》《活地狱》和刘鹗(洪都百炼生)的《老残游记》,此前他已在《繁华报》连载《官场现形记》。《新小说》也连载了吴趼人(我佛山人)的《二十年目睹之怪现状》。这些小说不顾温柔敦厚的诗教传统,极力丑诋官府,进行笔无藏锋的讽刺。《老残游记》在谴责之外稍显作者的信心,小说中有一些抒情成分,比李伯元、吴趼人的峻切刻薄多几分艺术美感。曾朴的《孽海花》当时最畅销,于谴责之外,《孽海花》有历史与政治小说的特点,在写法上也不像《二十年目睹之怪现状》那样草率。典型的谴责小说,在审美上往往"毫无节制",相当程度是借写作发泄作者无望而浮躁的情绪,不像《儒林外史》那样是传统的婉而多讽,而是连讽刺带谩骂。小说结构也缺乏节制。由于与新闻业的密切关系,作者常将未经加工的素材编辑成文应付连载。任情揭发、扩充的写法与结构经验影响了民初小说家们,使得他们热衷于将一些话柄组织到小说中去,堆砌成社会黑幕。小说界革命后,小说显示出前所未有的活力,但由于与报刊市场结合,小说家作为以此谋生的专业化人员,从依附大众的一般趣味到媚俗,进而粗制滥造,逐渐形成小说的危机,这很快表现在民初小说中。

稍后一点,到了辛亥前后,有两类社会小说值得关注,一类是工商界小说,一类是政治畅想小说。这两类小说更加合乎上海社会的发展进程。工商界小说的代表作是姬文的《市声》和恽铁樵的《工人小史》。《市声》的叙述比较散乱,这是中国第一部写中国民族工业的发展的小说。同样有首创之功的还有恽铁樵的《工人小史》。这是中国第一部写现代产业工人生活的小说。民初的政治畅想小说延续着梁启超的《新中国未来记》的思路,故事性和政治想象力都有明显的发展,代表作家是陆士谔。他的政治畅想小说的代表作是《新水浒》《新三国》《新中国》《新野叟曝谈》等。民国初年,社会小说向两个方向发展,一是世情小说,一是黑幕小说。此时世情小说的代表作家作品是李涵秋的《广陵潮》。这是一部在民国初年产生广泛影响的小说,一百多万字,从鸦片战争一直写到五四前夕,具有史诗性质。黑幕小说此时最有影响的是朱瘦菊的《歇浦潮》。小说主要写上海都市化、现代化进程中的道德沦丧。由于这类小说以纪实的笔法写丑恶的人生和丑恶的事件,缺乏引导社会的取向,受到新文学作家的严厉批判。

研习提升

1. 朱栋霖:《人的发现与文学史构成——关于国家级教材〈中国现代文学史〉的思考》,《学术月刊》2008年第3期。
2. 梁启超:《论小说与群治之关系》。

第一章
新文学革命

第一节　新文化运动与新文学革命

一　新文化运动兴起的背景

辛亥革命结束了两千多年的皇权专制,亚洲第一个共和国宣告成立。但是,新生的共和国从一起步就遭遇内忧外患的困境。

所谓内忧,包括共和政体运行不畅、财政窘迫、"削藩"后各省督军与省长间争权夺利、白朗起义、宗社党蓄谋叛乱等。所谓外患,包括善后大借款中的对外交涉问题、中俄关于蒙古国独立、中英关于西藏独立等交涉问题,以及中日之间的"二十一条"①交涉问题等。

政治复辟、文化复古的呼声此起彼伏,"民国不如大清"的论调开始蔓延。1. 作为中华民国宪法顾问,美国政治学学者古德诺发表《共和与君主论》:"用君主制,较共和制为宜。"② 2. 在谋国者杨度运筹下,孙毓筠、严复、刘师培等成立了"以研究君主、民主国体何者适于中国"为目的的筹安会。③ 3. 康有为坚持宣传君主立宪学说,倡导尊孔复辟,还抬出"特殊国情论",认为共和虽好但不适用于中国。④ 4. 德皇威廉二世力劝袁世凯、袁克定应当建立强有力的君主制。5. 袁克定策划了包括编造假的《顺天时报》等"欺父误

---

① 实际签订条约两项、换文十三件的"中日新约"。王芸生:《六十年来中国与日本》(第6卷),三联书店2005年,第263—275页。
② 古德诺:《共和与君土论》,《亚细业日报》刊载了曲译后的中文版本:辛亥革命由专制而一跃为共和,"此诚太骤之举动,难望有良好结果"。《亚细亚日报》1915年8月3日。
③ 杨度在《君宪救国论》中提出"中国之共和,非专制不能治也","计惟有易大总统为君主,使一国元首,立于绝对不可竞争之地位,庶民足以止乱。……拨乱之后,始言致治,然后立宪乃可得言也"。《东方杂志》第12卷第10号(1915年10月)。
④ 康有为发表《中华救国论》《中国从何方救危论》《中国还魂论》和《大同书》等。

国"的大戏,袁世凯利令智昏,走上复辟不归路。6. 袁世凯在晚清大变局中已形成君主立宪的政治理想,南北和谈中因为妥协才勉强接受共和制,他迷恋超验的宿命论,具备走君宪治国之路的文化背景。

与政治复辟遥相呼应的是文化复古思潮,其表现就是尊孔、定孔教为国教。

1912 年 10 月 7 日,康有为弟子陈焕章和沈曾植、梁鼎芬等人在上海发起成立孔教会。① 1913 年 4 月,康有为发表《以孔教为国教配天议》。1913 年 6 月 22 日,总统袁世凯发布《尊孔祀孔令》②,十几个省都督提出设孔教为国教的申请。1913 年 8 月,陈焕章、严复、梁启超等人提呈《请定孔教为国教》。1913 年 9 月 17 日,教育部致电各省,把旧历 9 月 27 日孔子生日定为圣节。严复、马其昶、夏曾佑、林纾、吴芝英等二百余人发起成立孔教公会。1914 年 2 月 7 日,总统袁世凯通令各省,以春秋两丁为祭孔之日。汤化龙任教育总长,令中小学全部读经,拟定孔教为国教,将蔡元培的现代教育方针抛弃。1915 年初,教育部出台《教育要旨》《教育纲要》,明令效法孔孟。1916 年宪法会议时,陈焕章等人联络了一百多名议员,在北京组织成立国教维持会,并得到张勋等 13 省区督军的回应。各地的尊孔会社联合组建成了全国公民尊孔联合会,掀起第二次请立孔教为国教的运动。

在复辟运动与复古思潮的双重推动下,袁世凯于 12 月 12 日称帝,63 天后下台。之后,袁世凯病逝,民国政体仍处飘摇之中。张勋等上演了民国成立后的第二次复辟运动。尽管这一次复辟仅仅历时 12 天便结束,但是造成了恶劣影响。

另一方面,呼应世界潮流的新思潮也波翻浪涌,生生不息,新理念、新思想不断涌现。其要者,孙中山于 1905 年首次提出民族、民权、民生三大主义,坚持民族、民主救中国和三民主义建中国的信念与理想。他强调学习西方先进思想,"内审中国之情势,外察世界之潮流,兼收众长,益以新创",振兴中华。历经辛亥革命、二次护法等国运变化,孙中山的民族、民权、民生三大理念获广泛宣传,深入国民人心。梁启超于 20 世纪开局之年发表著名的《少年中国说》(1900)。1902 年他创办《新民丛报》,发表《新民说》:"欲维新吾国,当先维新吾民。"他宣传"新民"思想,为开启民智鼓与呼。辛亥革命之后他曾一度入袁世凯政府,之后对袁世凯称帝、张勋复辟等严词抨击。这

---

① 陈焕章:《孔教会序》,《孔教会杂志》第 1 卷第 1 号(1912 年 2 月)。
② 《政府公报》称孔子为"万世师表",要对其"以表尊崇,而垂永远","以正人心,以立民极"。《政府公报》1913 年 6 月 23 日。

些成为后来新文化运动开展的本土思想资源。

1919年5月爆发了震惊中外的五四运动。五四运动是中国现代史上第一场爱国运动,它既是新文化运动进行现代启蒙的成果之一,也是新文化运动的助推器。五四运动极大地促进现代思想启蒙,民主与科学的观念广泛为国人所认可,成为中国现代思想和学术现代化的重要标志。

二 新文化运动

新生共和国内发生帝制复辟以及兴起立孔教为国教的运动,可谓庙堂和民间、公权力和知识阶层上下互动,此起彼伏。一些接受了现代文明的新文化人开始思考和反省何以让国情适应新建立的民主共和制度。

1915年9月,陈独秀(1879—1942年,原名庆同,字仲甫。安徽怀宁人,新文化运动的倡导者之一,中国共产党的创始人和早期的主要领导人之一)在上海创办《青年杂志》(第二卷起更名为《新青年》),毅然充当共和国的卫士,掀起了一场关系共和国命运的新旧文化争夺战,所谓的新文化运动即由此肇始。① 两年后的1917年,陈独秀接受北京大学校长蔡元培的邀请,出任文科学长,同时将《新青年》迁到北京。从此,以民主、自由、进取的北大和《新青年》为号召,集结了陈独秀、胡适、高一涵、钱玄同、刘半农、李大钊、周作人、鲁迅、傅斯年、罗家伦、顾颉刚等一大批推进新文化的先驱人物,形成新青年阵营,将新文化运动推向高潮。

在对政治复辟和孔教运动的反思与批判中,《新青年》同人旗帜鲜明地张扬现代思想、价值,并以之为武器向中国数千年的君主专制制度下形成的文化传统发起挑战。②

---

① 新文学革命为新文化运动的一个重要方面,本书叙述新文学运动即从1915年新文化运动开端为缘起。过去曾以1917年为新文学运动开端,这是受了胡适的影响。胡适在1935年写的《中国新文学大系·建设理论集·导言》,和被他列为该书首篇的《逼上梁山》(系1933年胡适写的《四十自述》的一章),即以他1917年发表《文学改良刍议》为开端。他反复说明"这个白话文工具的主张,是我们几个青年学生在美洲讨论了一年多的新发明,是向来论文学的人不曾自觉的主张"。他提出的文学语言改革,"怎样偶然在国外发难的历史"。这是不适当的以白话语言改革替代文学革命整体。

② 对于这一点新文化人有清醒认识。陈独秀《旧思想与国体问题》说:"中国多数国民口里虽然是不反对共和,脑子里实在装满了帝制时代的旧思想,欧美社会国家的文明制度,连影儿也没有。所以口一张,手一伸,不知不觉都带君主专制臭味。""要诚心巩固共和国体,非将这班反对共和的伦理文学等等旧思想,完全洗刷得干干净净不可。否则不但共和政治不能进行,就是这块共和招牌,也是挂不住的。"见《新青年》第3卷第3号(1917年5月)。

高一涵《非"君师主义"》说:"共和政治,不是推翻皇帝,便算了事。国体改革,一切学术思想亦必同时改革;单换一块共和国招牌,而店中所卖的,还是那些皇帝'御用'的旧货,绝不得谓为革命成功。……中国革命是以种族思想争来的,不是以共和思想争来的;所以皇帝虽退位,而人人脑中的皇帝尚未退位。所以入民国以来,总统之行为,几无一处不摹仿皇帝。"见《新青年》第5卷第6号(1918年12月)。

《新青年》发刊词《敬告青年》中,陈独秀提出,所谓新文化是:1.自主的而非奴隶的;2.进步的而非保守的;3.进取的而非退隐的;4.世界的而非锁国的;5.实利的而非虚文的;6.科学的而非想象的。他鲜明地标举"科学""人权"两个理念为新文化的旗帜:"国人而欲脱蒙昧时代,羞为浅化之民也,则急起直追,当以科学与人权并重。"①在《东西民族根本思想之差异》中,陈独秀宣称:"举一切伦理,道德,政治,法律,社会之所向往,国家之所祈求,拥护个人之自由权利与幸福而已。思想言论之自由,谋个性之发展也。法律之前,个人平等也。个人之自由权利,载诸宪章,国法不得而剥夺之,所谓人权是也。……国家利益,社会利益,名与个人主义相冲突,实以巩固个人利益为本因也。"②个人、自由、民主、人权、科学成为《新青年》与新文化的关键词。他又在《〈新青年〉罪案之答辩书》中提出要从西方请进"德先生"(即民主Democracy)和"赛先生"(即科学Science),来"救治中国政治上、道德上、学术上、思想上一切的黑暗"。③在《什么是新文化运动》中,陈独秀直接宣布:"新文化运动是人的运动。"④新文化运动第一次在中国把个体的人作为历史与社会的主体,从现代意义上提出了人的观念的解放。这种现代人学理念的呼唤顺应了人类文明发展的趋势,中国文化开始了与世界接轨的长途跋涉。

新文化阵营既然确立了以人文主义、个人主义为核心的现代价值观,必然要对占据主导地位的专制时代的文化传统予以重估和清算。胡适借尼采的"重新估定一切价值",提出"新思潮的精神是一种评判的态度"⑤。事实上,批判、重估旧文化旧道德,与建设新文化新道德,是同时进行的。

新文化运动猛烈批判专制宗法制度下形成的旧道德旧礼教旧文化旧传统,及其对社会对个人的戕害。陈独秀抨击:"宗法制度之恶果,盖有四焉:一曰损坏个人独立自尊之人格;一曰窒碍个人意思之自由;一曰剥夺个人法律上平等之权利;一曰养成依赖性,戕贼个人之生产力。"⑥鲁迅在《狂人日

---

① 陈独秀:《敬告青年》,《新青年》第1卷第1号(1915年9月)。
② 陈独秀:《东西民族根本思想之差异》,《新青年》第1卷第4号(1915年12月)。
③ 陈独秀:《本志罪案之答辩书》,《新青年》第6卷第1号(1919年1月)。
④ 陈独秀:《新文化运动是什么?》,《新青年》第7卷第5号(1920年4月)。
⑤ 胡适:"新思潮的精神是一种评判的态度。新思潮的手段是研究问题与输入学理。新思潮的将来趋势……应该是注重研究人生社会的切要问题,应该于研究问题之中做介绍学理的事业。新思潮对于旧文化的态度,在消极一方面是反对盲从,是反对调和;在积极一方面,是用科学的方法来做整理的工夫。新思潮的唯一目的是……再造文明!"《新思潮的意义》,《新青年》第7卷第1号(1919年12月)。
⑥ 《东西民族根本思想之差异》,《新青年》第1卷第4号(1915年12月)。

记》中将专制制度下的礼教文化定义为满纸写着仁义道德的"吃人"文化。新文化人发出号召:"要拥护那德先生,便不得不反对孔教,礼法,贞节;旧伦理,旧政治。要拥护那赛先生,便不得不反对旧艺术,旧宗教。要拥护德先生,又要拥护赛先生,便不得不反对国粹和旧文学。"①

> **声音**
>
> 这个时代的显著特色就是在文化方面的全盘性反传统主义的特色。
>
> 就我们所了解的世界史中社会和文化改革运动而言,这种反传统的、要求彻底摧毁过去一切的思想,在很多方面都是一种空前的历史现象。
>
> (林毓生《中国意识的危机——五四时期激烈的反传统主义》)

新文化人在经历一番痛苦求索后终于发现中国问题的根本所在,于是便以空前决绝的姿态开始反传统、反礼教、反专制、反迷信、反奴性等。他们讨论时下中国的思想问题、伦理问题、制度问题、法律问题、家庭问题、妇女解放问题、宗教问题、教育问题、文学艺术问题等等。在"破"的同时,他们接续和确立了欧洲文艺复兴和启蒙运动以来的人文主义精神,张扬人的尊严和人的价值,强调人的中心地位和自由意志,呼唤个体的主体地位。鼓吹个性自由,为妇女呐喊,为儿童呼唤,为平民鸣不平,成为新文化人的时代课题和使命。主要有三个方面:

其一,张扬个人主义。新文化人在《新青年》上开辟"易卜生专号",宣扬易卜生主义。他们强调:"个人须要充分发达自己的才性,须要充分发展自己的个性","须使个人有自由意志"。② 个人与国家的关系:"个人有个人之价值,不可戕贼之。国家与社会者,所以保障个人之平等自由者也。故个人对于国家社会有维持之责任,国家社会对于个人有保障之义务;个人之行为有违害国家社会者,法律得以责罚之","国家社会有戕贼个人者,个人能以推翻而重组之"。③

其二,关注妇女解放问题。新文化人认为,女子问题是个大问题,涉及女性、婚姻、恋爱、家庭、教育、道德等,也是一个迫切的问题。他们在《新青年》上刊发文章和译文,④广泛讨论恋爱和婚姻自由问题、男尊女卑问题、女子职业问题、节烈和贞操问题、妇女接受教育问题、女人独立问题等。他们

---

① 陈独秀:《本志罪案之答辩书》,《新青年》第6卷第1号(1919年1月)。
② 胡适:《易卜生主义》,《新青年》第4卷第6号(1918年6月)。
③ 新文化人不主张狭义的国家主义和爱国主义,还特别辨析和批判德国和日本主张"国家为无上尊严之所寄,个人当牺牲一己以为国家谋强力;国家有存在,个人无存在,是极端反对个人主义者也"。蒋梦麟:《个性主义与个人主义》,《教育杂志》第11卷第2号(1919年)
④ 例如《女子教育》《女子问题之大解决》《论中国女子婚姻与育儿问题》《女权平议》《社会与妇女解放问题》《贞操论》《我之节烈观》《美国的妇人》《结婚与恋爱》《近代的恋爱观》等。

认为,"贞操不是个人的事,乃是人对人的事","夫妻之间若没有爱情恩意,即没有贞操可说"。① 在妇女受教育问题上,他们主张,"欲求达到真正解放的目的,须受高等教育。有教育,而后知识生;知识生,而后可以谋经济独立;经济独立,即可以脱离各种束缚"。

其三,确立现代新型的家庭、伦理观念。他们倡导,"自由结婚的根本观念就是要夫妇相敬相爱,先有精神上的契合,然后可以有形体上的结婚"②。表现在经济上,女人"在家应该先获得男女平均的分配"③。"觉醒的人,应该先洗净了东方古传的谬误思想,对于子女,义务思想须加多,而权利思想却大可切实核减,以准备改作幼者本位的道德。"④

归纳来说,新文化人致力于创建一个与过去中国极不相同的人的世界,他们要建构的是一个不同于中国传统的、现代的人学新观念。在他们看来,人的生命是第一位的,人的自由发展是最高价值尺度,是否承认这一点,正是新文化与旧文化、人的道德与"吃人"的道德的根本区别。他们坚信:"人格是神圣的,人权是神圣的。"⑤

> **声音**
>
> 这种"新思想"的趋势,是一面对于农业社会旧思想的攻击,一方是西洋工业资本社会新思想的介绍。
>
> (郭湛波:《近五十年中国思想史》)
>
> 五四运动是在当时世界革命号召之下,是在俄国号召之下,是在列宁号召之下发生的。五四运动是当时无产阶级世界革命的一部分。
>
> (毛泽东《新民主主义论》)

三 新文学革命

一个基本事实是,新文化运动的发起者同时又是新文学革命的开创者,新文化运动与新文学革命的进程相生相伴、同步进行,在内容与形式、文学理论与创作主张、思想内核与精神气质等诸多方面也都兼具同一性。

陈独秀从介绍西方文艺入手,树起"文学革命"的旗帜。《新青年》从创刊起,就开始译介屠格涅夫、王尔德、泰戈尔、易卜生、托尔斯泰作品与美国国歌等。1915年11月,陈独秀在《现代欧洲文艺史谭》一文中,将欧洲文艺思想的变迁阐释为一种文学的进化,即由古典主义而变为理想主义,再变为

---

① 胡适:《贞操问题》,《新青年》第5卷第1号(1918年7月)。
② 胡适:《美国的妇人》,《新青年》第5卷第3号(1918年9月)。
③ 鲁迅:《娜拉走后怎样》,《妇女杂志》第10卷第8号(1924年8月1日)。
④ 鲁迅:《我们现在怎么做父亲》,《新青年》第6卷第6号(1919年11月)。
⑤ 胡适:《我们对于西洋近代文明的态度》,《现代评论》第4卷第83期(1926年7月10日)。

写实主义,进而为自然主义,①他提出,中国文学变革也应该循此路线。这种新鲜刺激的提法在当时引起文坛包括远在大洋彼岸求学的胡适等人的重视。陈独秀在《新青年》上刊发胡适《文学改良刍议》时,断言:"白话文学,将为中国文学之正宗。"接着,他在1917年2月发表了措辞和态度更为鲜明强硬的《文学革命论》②,"甘冒全国学究之敌,高张'文学革命军'大旗","曰推倒雕琢的、阿谀的贵族文学,建设平易的、抒情的国民文学;曰推倒陈腐的、铺张的古典文学,建设新鲜的、立诚的写实文学;曰推倒迂晦的、艰涩的山林文学,建设明了的、通俗的社会文学"。

早在1916年,受赫胥黎、严复、梁启超等人影响的胡适(1891—1962,安徽绩溪人,原名嗣穈,学名洪骍,字希疆,后改名胡适),在进化论的基础上形成了文学进化观。③ 呼应陈独秀在《新青年》上倡导的文学进化观,胡适撰写了《文学改良刍议》,提出白话写作的"八事"。④ 胡适又在《历史的文学观念论》《建设的文学革命论》等文中明确标示出"国语的文学,文学的国语"⑤的宗旨。胡适重视宣扬个性主义、写实主义。他在《易卜生主义》中,批判家庭、社会和国家对个性、自由独立精神的压迫禁锢,主张"个人须要充分发达自己的天才性,须要充分发展自己的个性""自由选择之权""自己独立的人格"。⑥ 这些主张引发了第一个十年的问题小说与问题剧的创作热潮。作为白话诗的倡导者、先行者和实验主义者,胡适在《谈新诗》《〈尝试集〉自序》等文章中提出"诗体的大解放"⑦,诗体只有解放了,"丰富的材料,精密的观

---

① 他还声言欧洲"自古相传之旧道德旧思想旧制度,一切破坏,文学艺术,亦顺此潮流"。陈独秀:《现代欧洲文艺史谭》,《青年杂志》第1卷第3、4期(1915年11月,1916年1月)。

② 陈独秀把"政治界虽经三次革命,而黑暗未尝稍减"的现实归咎于"盘踞吾人精神界根深底固之伦理道德、文学艺术诸端,莫不黑幕层张,垢污深积"。他将批判孔教问题阐释为"伦理道德革命之先声"。《文学革命论》,《新青年》第2卷第6期(1917年2月)。

③ 胡适在美留学时,与梅光迪、任鸿隽等留学生的辩论中便提出:"一整部中国文学史,便是一部中国文学工具变迁史——一个文学或语言的工具去替代另一个工具";"一部中国文学史也就是一部活文学逐渐代替死文学的历史"。《逼上梁山》,《中国新文学大系·建设理论集》,良友图书公司1935年,第10页。

④ 胡适:"今日而言文学改良,须从八事入手,即:须言之有物。不摹仿古人。须讲求文法。不作无病之呻吟。务去滥调套语。不用典。不讲对仗。不避俗字俗语。"《文学改良刍议》,《新青年》第2卷第5号(1917年1月)。

⑤ 胡适:"我们所提倡的文学革命,只是要替中国创造一种国语的文学。有了国语的文学,我们的国语才可算得真正国语。"《建设的文学革命论》,《新青年》第4卷第4号(1918年4月)。

⑥ 胡适:《易卜生主义》,《新青年》第4卷第6号(1918年6月)。

⑦ 胡适:"若要做真正的白话诗,若要充分采用白话的字、白话的文法,和白话的自然音节,非做长短不一的白话诗不可","把从前一切束缚自由的枷锁镣铐"打破。《〈尝试集〉自序》,《胡适文集》3,人民文学出版社1998年,第127页。

察,高深的理想,复杂的感情,方才能跑到诗里去"①。这为白话诗歌散文化、平民化提供了实践的样板。胡适在美国杜威实验主义(Experimentalism)和清代朴学治学方法的影响下,于1923年与沈兼士等创办了《国学季刊》,提出"整理国故"的学术主张和"大胆的假设,小心的求证"的学术理路,将注重归纳、演绎的科学研究方法运用于《白话文学史》(上卷)和关于《红楼梦》《镜花缘》等小说的考证研究中,并由此开创了"新红学"等新的学术研究方向。

作为新文学最有影响力的理论先导和批评家,周作人的首要贡献是提倡"人的文学"。他于1918年底发表《人的文学》,开宗明义宣布:"我们现在应该提倡的新文学,简单的说一句,是'人的文学'。应该排斥的,便是反对的非人的文学。"他阐释所谓"人的文学","当以人的道德为本","用这人道主义为本,对于人生诸问题,加以记录研究的文字,便谓之人的文学"。周作人还着重强调所谓人道主义,"并非世间所谓'悲天悯人'或'博施济众'的慈善主义,乃是一种个人主义的人间本位主义"。②1919年初,周作人在《平民文学》一文中指出,平民文学"决不单是通俗文学""慈善主义的文学""专做给平民看的",而是"应以普通的文体,记普遍的思想与事情。我们不必记英雄豪杰的事业,才子佳人的幸福,只应记载世间普通男女的悲欢成败","应以真挚的文体,记真挚的思想与事实","乃是研究平民生活——人的生活——的文学",③其核心就是现实主义。④1923年,周作人在评论集《自己的园地》中,进一步强调尊重创作个性,主张"人生的艺术派"。

第二节　文学思潮与论争

新文化运动和文学革命兴起之后,启蒙思潮成为那一时代新文化和新文学人的追求,但是作为舶来品的启蒙思潮,力量尚且薄弱,因此,新文化知识分子采取了激进的批判精神,对顽固的旧文化、旧思想、旧文学阵地发起猛烈的挑战和攻击。

---

① 《谈新诗》,《星期评论》(1919年10月)。
② 《新青年》第5卷第6号(1918年12月)。
③ 《每周评论》第5号(1919年1月)。
④ 周作人在《新文学的要求》的讲演中(1920年1月),针对当时文坛"人生派"与"艺术派"的分野问题指出,"为什么而什么"的态度是不可取的,因为"艺术派"的缺点是"重技工而轻情思","甚至于以人生为艺术而存在";"人生派"的流弊"容易讲到功利里边去,以文艺为伦理的工具变成坛上的说教。文学根本不必"为什么",只是用"艺术的方法",表现作者对于"人生的情思"。《中国新文学大系·文学论争集》,良友图书公司1935年,第141页。

一 与旧文学的论争

桐城派、选学派、江西派是当时较有影响力的旧文学流派，新文化阵营便将攻击矛头指向它们。陈独秀在《文学革命论》中将明代标榜"复古"的归有光、前后七子，清代桐城派代表人物方苞、刘大櫆、姚鼐并称为"十八妖魔"，说他们"尊古蔑今，咬文嚼字，称霸文坛"。① 钱玄同在致陈独秀的公开信中将旧文学称作"选学妖孽，桐城谬种"②。面对新文学阵营的围剿，传统文学阵营最初采取鄙夷不屑的态度，③直至钱玄同、刘半农演出"双簧信"后，林纾公开反击，并借《荆生》《妖梦》两部短篇小说嘲讽蔡元培、陈独秀、胡适等新文化运动的领导者。林纾先后撰写了《论古文白话之相消长》《致蔡鹤卿太史书》，对白话文运动大加挞伐，指责北大的新派人物"覆孔孟，铲伦常"。④ 辜鸿铭发表文章斥白话文是"矮子的文学""死文学"，还说大部分中国人不识字是大众的幸事。⑤ 北大教授刘师培、黄侃等创办《国故》《国民》等刊物，提倡文言文、孔教和旧伦理，与新文化阵营对抗。时任北京大学校长的蔡元培在《答林琴南书》中对此一一批驳。他首先辩明北京大学教员既没有"覆孔孟，铲伦常"之举，也没有"废古文而专用白话"，"《新青年》杂志中，偶有对于孔子学说之批评，然亦对于孔教会托孔子学说以攻击新学说者而发，初非直接与孔子为敌也"。蔡元培指出："白话与文言，形式不同而已，内容一也"，不能将白话与引车卖浆者之语画等号。对于林纾的"守常"之说，蔡元培申明大学宗旨："循思想自由原则，取兼容并包主义。"⑥

在新文化知识分子提倡下，白话报刊和白话文学逐渐发展起来，据统计，1919 年下半年起，全国白话报刊风起云涌，据统计达 400 种之多。到 1920 年，在白话取代文言已成事实的情况下，北洋政府教育部终于承认白话为"国语"，通令国民学校采用。⑦ 至此，肇始于晚清的白话文运动取得全面

---

① 陈独秀：《文学革命论》，《新青年》第 2 卷第 6 号(1917 年 2 月)。
② 《通信》，《新青年》第 2 卷第 6 号(1917 年 2 月)。
③ 林纾(林琴南)最初也只是要求不要革除古文，而应当像西方对拉丁文那样对文言加以保存。《新青年·通信》第 3 卷第 3 号(1917 年 5 月)。
④ 林纾：《致蔡鹤卿太史书》，《公言报》，1919 年 3 月 18 日。
⑤ 《辜鸿铭文集》(下)，海南出版社 1996 年，第 169 页。
⑥ 蔡元培：《答林琴南书》，《中国新文学大系·建设理论集》，良友图书公司 1935 年，第 165—169 页。
⑦ 1917 年，全国教育联合会第 3 次会议提出了"推行注音字母方案"。1919 年 4 月，国语统一筹备委员会成立大会上议决拟请教育部推行国语教育办法案、注音字母案和颁行新式标点符号案。时蔡元培等人在孔德学校自编了白话文国语读本。江苏省不待教育部颁令，便自行通过了《学校用国语教授案》，各学校开始采用国语教材，用白话文进行教学。1920 年 1 月 12 日教育部下令各省改国文为语体文。同年 1 月 24 日，教育部公布修正《国民学校令》，规定将"国文"改为"国语"，国民学校第一、二、三、四年级均学语体文。继之，师范学校、中学校等也采用语体文教学。

胜利,开辟了中国文学的新时代。

二 批判鸳鸯蝴蝶派文学

1921年,原鸳鸯蝴蝶派大本营《小说月报》在沈雁冰的主持下全面改革,成为新文学社团文学研究会的刊物。沈雁冰在《自然主义与中国现代小说》中批评鸳蝴派"思想上的一个最大的错误就是游戏的消遣的金钱主义的文学观念"①。郑振铎写了《新旧文学的调和》《血和泪的文学》等多篇文章予以呼应。鸳蝴派阵营予以回击,如袁寒云写了《小说迷的一封信》,胡寄尘写了《文丐的话》。鸳蝴派还复刊《礼拜六》,又创办《红杂志》《半月》《快活》《小说世界》等与新文学争夺市场。针对当时影响较大的黑幕小说,周作人在《论"黑幕"》《再论"黑幕"》中,批判晚清以来那种专门泼污水、揭阴私的黑幕小说,指出它与写实小说、社会问题、人生问题、道德全无关系,在文学上的价值"不值一文钱"。② 新潮社罗家伦在《今日中国之小说界》中称黑幕小说实行的是"骗取金钱教人为恶的主义"。③ 与此同时,新文学倡导者们对于旧戏曲以及团圆主义的文学观念和模式展开了激进的抨击。④

三 东西文明之争

1915年前后,陈独秀在《东西民族根本思想之差异》中提出西洋民族以个人、法治、实利为本位,东洋民族以安息、家族、感情、虚文为本位的观点。1918年4月开始,《东方杂志》第15卷第4号刊发了杜亚泉的《迷乱之现代人心》,一方面极力开掘传统文化中可与现代人权、民主等观念相契合的思想资源,一方面指出国人对西洋学说认识的混乱。陈独秀在1918年9月发表《质问〈东方杂志〉记者——〈东方杂志〉与复辟问题》,提出16条质问,涉及立宪共和、民权自由与文化教育等问题,引发论争。杜亚泉于1918年12月发表《答〈新青年〉杂志记者之质问》予以辩驳。陈独秀接连发表《再质问〈东方杂志〉记者》《调和论与旧道德》等将论争引向高潮。关于中西文化的差异,严复曾总结过:"中国最重三纲,而西人首明平等;中国亲亲,而西人尚

---

① 沈雁冰:《自然主义与中国现代小说》,《小说月报》第13卷第7号(1922年7月10日)。
② 周作人:《再论"黑幕"》,《新青年》第6卷第2号(1919年2月)。
③ 罗家伦:《今日中国之小说界》,《新潮》第1卷第1号(1919年1月)。
④ 见本书第8章第1节"大众文化与通俗文学潮流"。

贤;中国以孝治天下,而西人以公治天下……"①,"推求其故,盖彼以自由为体,以民主为用"②。这一话题迄今仍广为中国学界热议。

四 与学衡派论争

1922年1月,东南大学教授梅光迪、胡先骕、吴宓、柳诒徵、汤用彤等创办《学衡》。《学衡》同人曾留学美国哈佛大学,师从新人文主义的白璧德。白璧德对孔子推崇备至。③ 在白璧德的影响下,学衡派诸君试图以学理立言,在中外文化比较中坚持"昌明国粹,融化新知"的宗旨,并对新文化和新文学运动提出批评。吴宓在《论新文化运动》中提出:"中国之文化,以孔教为中枢,以佛教为辅翼","今欲造成中国之新文化,自当兼取中西文明之精华,而熔铸之,贯通之"。④ 梅光迪、胡先骕撰写了《评提倡新文化者》《评〈尝试集〉》等文章予以声援。尽管学衡派公开宣称"渴望真正新文化之得以发生"⑤,但是其看似中庸客观的观点,显然是在追求趋向稳健、调和的文化抉择和文化重构,对日新月异的新文化运动很难构成威胁。鲁迅发表《估〈学衡〉》予以批驳。除了针对文言与白话,双方还就文学史观、新人文主义与唯科学主义以及新青年群体在论争中的谩骂方式等相关问题展开争论。这场上世纪初的论争,在1990年代国学讨论尤其是儒学热后重新受到关注,新文化阵营也被贴上激进、割断了传统和文化的虚无主义等标签,而学衡派则大有翻身、重见天日之感。⑥

五 与甲寅派的论争

1925年,时任民国政府司法总长、教育总长的章士钊复刊《甲寅》周刊,并发表了《评新文化运动》《评新文学运动》等文,试图从逻辑学、语言学、文化史等角度论证白话文不能取代文言文,在思想上主张中西、新旧文化的调和。他认为"吾之国性群德,悉存文言,国苟不亡,理不可弃",并重新提倡

---

① 严复:"夫自由一言,真中国历古圣贤之所深畏,而从未尝立以为教育者也。彼西人之言曰:'唯天生民,各具赋畀,得自由者乃为全受。'故人人各得自由,国国各得自由,第务令毋相侵损而已。"《论世变之亟》,《直报》(天津),1895年2月4日。
② 严复:《原强》,《直报》(天津),1895年3月4—9日。
③ 白璧德认为"中国立国之根基,乃在道德也","中国旧学中根本之正义,则务宜保存而毋失也",而所谓道德、正义,实即"孔教之学说"。胡先骕译:《白璧德中西人文教育谈》,《学衡》第3期(1922年3月)。
④ 《学衡》第4期(1922年4月)。
⑤ 吴宓:《论新文化运动》,《学衡》第4期(1922年4月)。
⑥ 沈卫威:《吴宓与〈学衡〉》,河南大学出版社2000年。

"读经救国",①甚至断定白话文学已成强弩之末。瞿宣颖、陈子豪等撰文表示赞同。对此,胡适先是以"不值一驳"的态度处之,后撰写《"老章又反叛了!"》公开答辩。文中,胡适讥讽章士钊是"时代的落伍者;而却又虽落伍而不甘落魄,总想在落伍之后谋一个首领做做"②。章士钊又作《答适之》。鲁迅先后撰写《两个桃子杀了三个读书人》《再来一次》《答KS君信》等多篇文章批评、讥讽章士钊。吴稚晖也撰文批判章士钊是鬼魂附身,疯头疯脑。《现代评论》派的唐钺、徐志摩以及郁达夫、成仿吾等人也先后撰文批驳章士钊等。

在与旧文化、旧文学阵营的论辩之外,新文化、新文学内部也发生了一些论争,其中最具影响的当属文学研究会与创造社以及胡适、李大钊之间的问题与主义之争。这些论争虽然仍然不免有意气用事的成分,但是与旧文化、旧文学之争一样,论争本身同样也有助于丰富新文化、新文学自身的成长。

第三节 新文学社团及流派

新文化人开放的胸襟和自信的拿来主义态度,使得人道主义、进化论、实证主义、尼采超人哲学、叔本华悲观论、弗洛伊德主义、托尔斯泰主义、基尔特社会主义、无政府主义、国家主义和马克思主义等各种西方哲学和社会思潮先后涌入中国。文学革命掀起之后,西方文艺复兴以来的各种文学思潮如现实主义、自然主义、浪漫主义、唯美主义、象征主义、印象主义、心理分析派、意象派、立体派、未来派等,在中国也都拥有了自己的信徒,并付诸文学实践。可以这样说,无论是现实意义上的中国还是思想意义上的中国,虽然都与文明世界尚有一段距离,但是已经充分融入其中,并紧紧跟随、遥相呼应。现代中国文化的转型开始步入正轨,现代中国文学开始成长。这其中的标志就是受外来文艺思潮影响而产生各种文学社团和流派。

一 外来文艺思潮影响下的新文学

中国文学现代化的历史,不但与外来文艺思潮的影响分不开,而且其自身的发展演进就是中国文化融入和拥抱现代性的一个重要内容。可以说,没有外来文艺思潮影响,也不会有新文学革命以及现代中国文学。

---

① 《读经救国》,《甲寅周刊》第1卷第9号(1925年9月)。
② 《京报副刊》,1925年8月30日。

在思想探索与理论构建方面,新文学运动初期,文学革命运动的先驱者们便以西方文学为参照系,寻求新文学的出路和方向。1916年,远在美国的胡适提出文学改革的"八事",其要旨与同期注重艺术形式具体化和日常口语的欧美意象派不谋而合。陈独秀宣称中国的文学革命要以欧洲文艺复兴为楷模,所谓的"三大主义"即脱胎于欧洲19世纪现实主义文学。胡适曾明确地说,要使中国文学进化,务必学习相较而言更先进的西洋文学,因为"西洋的文学方法,比我们的文学,实在完备得多,高明得多,不可不取例"。① 周作人提出中国文学建设"目下切要的办法,也便是提倡翻译及研究外国著作"②,其关于"人的文学"的理论论述,直接来自于日本当时文坛的"白桦派"。李大钊发表于1920年的文章《什么是新文学》,显然是受了马克思主义理论和俄国现实主义文学观点的影响。

文学革命的先驱者们都有意识地通过翻译来介绍外国文艺思潮。《新青年》从创刊之时即率先开始译介外国文学作品,曾先后译载了屠格涅夫、王尔德、史密斯(美国诗人)、契诃夫、易卜生等俄国、欧美作品,为当时被言情、黑幕小说占据的文坛吹进了一股强劲的西风。1918年,《新青年》第4卷第6号刊登一期"易卜生专号",发表《娜拉》《国民之敌》等剧作,一时间易卜生成为偶像,尤其是青年学生狂热地热爱和谈论娜拉、斯铎曼医生,还催生了"问题小说"和"问题剧"等文学现象。与《新青年》一样,新潮社、文学研究会、创造社等也都十分注重翻译活动,仅创造社便翻译了歌德、雪莱、海涅、惠特曼、泰戈尔、波德莱尔、伯格森、尼采等人的著作。新文学运动初期,几乎所有文学革命的倡导者、参与者都曾译介过外国文学作品,如鲁迅、胡适、刘半农、周作人、沈雁冰、郑振铎、瞿秋白、耿济之、郁达夫、郭沫若、田汉等。《新潮》《少年中国》《文学周报》都刊登翻译作品。《小说月报》还辟专栏"小说新潮""海外文坛消息",报道西方文艺思潮和文坛动态,介绍外国作家及其创作。

在创作影响上,许多新青年纷纷选择运用西方多种文学样式和创作手法,表达自己内心的苦闷和愿望,表现反传统、反礼教、追求自由、个性解放的精神。如鲁迅小说集《呐喊》中的作品,在现实主义这一基本精神和手法外,还广泛吸收了浪漫主义、象征主义等多种手法;郭沫若的浪漫主义诗篇《女神》深受泰戈尔、歌德、惠特曼、雪莱、华格纳等的影响;郁达夫的《沉沦》等"自叙传"抒情小说,主要取法于19世纪欧洲浪漫主义以及近代日本的

---

① 胡适:《建设的文学革命论》,《新青年》第4卷第4号(1918年4月)。
② 周作人:《日本近三十年小说之发达》,《新青年》第5卷第1号(1918年5月)。

"私小说";周作人等平和冲淡的小品散文,个中随处可见英国随笔散文的痕迹;冰心、宗白华等人的小诗,明显模仿了泰戈尔诗歌和日本俳句。

二 新文学社团

在文学革命倡导时期,尚无专门的文学社团,《新青年》以及继起的《新潮》《少年中国》等都是综合性的刊物。直至1921年初,新的文学社团及纯文艺刊物开始出现。此后,新文学社团蜂起,新文艺刊物激增。据统计,1921至1923年,全国出现大小文学社团四十余个,出版文艺刊物五十多种。至1925年,文学社团与相应刊物已有一百多个。这显示出新生的文学创作力量开始致力于建设新文学。同时,"同人杂志和同人社团传播民主自由的思想,提升了中国人的人文素质,尤其是接受新式教育的青年一代,成为五四新文学的后备作家,使之薪火相传"①。

在众多文学社团中,文学研究会和创造社成立最早,影响最大,也最具有代表性。

文学研究会 1921年1月,郑振铎、沈雁冰、叶绍钧、王统照、许地山、朱希祖、周作人、蒋百里、耿济之、瞿世英、郭绍虞等12人发起,在北京成立文学研究会,后来发展成员一百七十多人。他们以沈雁冰革新后的《小说月报》为代用会刊,相继编印了《文学旬刊》(后改为《文学》周报)和《诗》《戏剧》月刊等,出版了"文学研究会丛书"二百余种,并推出了茅盾(即沈雁冰)、老舍、巴金、施蛰存、沈从文、丁玲等知名作家。1932年《小说月报》停刊,文学研究会也可以说是结束了。

文学研究会以"研究介绍世界文学,整理中国旧文学,创造新文学"②为宗旨,肯定了文学和作家服务人世的重要性,被视为"为人生而艺术"的一派。针对当时在社会上流行的鸳鸯蝴蝶派的游戏文学观,文学研究会宣称:"将文艺当作高兴时的游戏或失意时的消遣的时候,现在已经过去了。我们相信文学是一种工作,而且又是于人生很切要的一种工作。"③"文学应该反映社会的现象,表现并且讨论一些人生一般的问题。"④文学研究会的文学观念和创作方法较多地受到19世纪以来俄国和欧洲的批判现实主义文学的影响,也借鉴了自然主义文学。在这种观念的影响下,文学研究会成员的初期创作虽然不成熟、不稳定,且风格各有不同,难以归纳为流派,但都对文学抱

---

① 杨春时主编:《中国现代文学思潮史》(上),南京大学出版社2011年,第177页。
② 《文学研究会简章》,《小说月报》第12卷第1号(1921年1月)。
③ 《文学研究会宣言》,《小说月报》第12卷第1号(1921年1月)。
④ 茅盾:《中国新文学大系·小说一集·导言》,良友图书公司1935年。

着严肃的态度,力图以文学反映现代中国社会的某些问题,希望改变社会不公的现实;或以人生的某种真实为题材,表达对灰色人生的诅咒。在理论批评方面,文学研究会亦有可观成果。沈雁冰的《文学与人生》《自然主义与中国现代小说》,郑振铎的《文学的使命》《新文学观的建设》等文章对中国新文学的创作、现代文学批评的构建以及现实主义理论的传播都有重要影响。

创造社 1921年6月,创造社成立于日本东京,初期成员有郭沫若、张资平、郁达夫、成仿吾、田汉、穆木天、张凤举、徐祖正、陶晶孙、何畏等人。创造社成立后,先在上海出版创造社丛书,自1922年起,又先后办有《创造日》《创造周报》《创造月刊》《创造》季刊、《洪水》等十余种刊物。创造社较多地受到欧洲启蒙主义与浪漫主义、新浪漫主义(包括唯美主义、颓废主义、象征主义、表现主义等)文学思潮的影响,流派特色比较明显。他们在初期主张"为艺术而艺术",强调文学应该忠实地表现作者"内心的自然的要求",讲求文学的"全"与"美",推崇文学创作的灵感、直觉与天才。从文学创作看,创造社成员的作品大多侧重于自我表现,直抒胸臆和病态的心理描写往往成为他们表达内心矛盾和对现实的反抗情绪的主要形式。同时,创造社也提出以建设新文学为己任,认为文学应该担负起"时代的使命"[1],这一基本倾向与文学研究会相通。因此,虽然创造社的成立是有意与文学研究会相抗衡,但事实上正如胡风在《文学上的五四》一文中所总结的:"当时的'为人生的艺术'派和'为艺术的艺术'派,虽然表现出来的是对立的形势,但实际上却不过是同一根源的两个方面。前者是,觉醒了的'人'把他的眼睛投向了社会,想从现实的认识里面寻求改革的道路;后者是,觉醒了的'人'用他的热情膨胀了自己,想从自我的扩展里面叫出改革的愿望。如果说,前者是带着现实主义的倾向,那后者就带有浪漫主义的倾向了,但他们却同是属于在市民社会出现的人本主义的精神。"[2]创造社的文学活动以1925年五卅运动为界,分前后两期。后期增加了李初梨、冯乃超、彭康、朱镜我、李一氓、阳翰笙等成员,出版了《创造月刊》《文化批判》《流沙》等刊物。同时,后期创造社改变了前期的文艺主张,并转向提倡"表同情于无产阶级"的革命文学,成为现代文学一个引人注目的现象。鲁迅在《上海文艺之一瞥》中将他们这种忽然转向的行为斥为"才子+流氓"。

新月派 这是稍后出现的另一个影响颇大的文学社团。其活动始于1923年,由胡适、陈源、徐志摩、闻一多、梁实秋等受过欧美教育的学者在北

---

[1] 成仿吾:《新文学之使命》,《创造周报》第2号(1923年5月20日)。
[2] 《胡风全集》2,湖北人民出版社1999年,第622—623页。

京发起。起初,新月社是一个社交性的聚餐会,后来发展成新月俱乐部,1924年夏成立新月社,最初主要开展戏剧、诗歌活动。1925年4月,徐志摩接编《晨报副刊》后创设《诗镌》,这是新月诗派形成并产生影响的开端,包括闻一多、徐志摩、朱湘、饶孟侃、孙大雨、于赓虞、刘梦苇等人。他们深受西方唯美主义文艺思潮的影响,思想上比较倾向于自由主义、人文主义,视文学为人文主义的美的形式,强调艺术的独立和尊严。在诗歌艺术方面,他们提倡新格律诗,因此又被称为"新格律诗派"。徐志摩称诗"与音乐与美术是同等同性质的"①,闻一多鼓吹诗的"三美",即"音节美,绘画美,建筑美"②,还肯定中国戏剧程式化、象征性的特点。1926年6月后,因为闻一多、饶孟侃、胡适、徐志摩等相继离京,新月社在无形中解散。1927年,徐志摩、闻一多、梁实秋等人在上海创办股份制新月书店,胡适任董事长,这是联系新月社前后两个时期活动的纽带,还增加了陈梦家、方玮德、林徽因、方令孺等新诗人。1928年3月,新月社创办《新月》月刊,1931年创办《诗刊》季刊。至1932年,《新月》共出4卷7期,出版图书近百种。后期的新月社依旧强调健康、有尊严的文学创作,但开始反思过分关注格律的流弊,诗歌出现向自由诗发展的趋向。这一流派对中国新诗的发展产生过深远的影响。

此外,这一时期还有一些比较活跃的文学社团。

语丝社 1924年10月成立于北京,也是一个同人社团,主要成员有鲁迅、周作人、钱玄同、林语堂、刘半农、孙伏园、冯文炳、俞平伯等,1924年11月17日开始出版以文学为主的综合性期刊《语丝》周刊。该刊多发表针砭时弊的杂感小品,着重社会批评和文化批评,特色是"任意而谈,无所顾忌"③、幽默泼辣的随笔文体,被称为"语丝体",对现代散文的发展影响颇大。语丝社同人也因此获得"语丝派"之称。语丝社后期逐渐分化,至1930年3月《语丝》停刊,社团自行解散。

浅草社、沉钟社 这是两个有连贯的社团。1922年成立的浅草社,主要成员有林如稷、陈炜谟、陈翔鹤、冯至等。办有《浅草》季刊,并在上海《民国日报》副刊中出过《文艺旬刊》。1924年,由原浅草社成员加上杨晦、蔡仪等另办刊物《沉钟》周刊、半月刊,并因此得名"沉钟社"。浅草社和沉钟社都是标示"为艺术而艺术"的青年文学社团,致力于介绍外国文学,特别是德国浪漫派文学,作品多是书写知识青年苦闷的生活和忧郁的情感,特点是朴实而

---

① 徐志摩:《诗刊弁言》,《晨报副刊·诗镌》第1号(1926年4月1日)。
② 闻一多:《诗的格律》,《晨报副刊·诗镌》第7号(1926年5月13日)。
③ 鲁迅:《我和〈语丝〉的始终》,《萌芽月刊》第1卷第2期(1930年2月1日)

带点悲凉。浅草—沉钟社是本时期维持最久的一个团体，直到1934年2月才解体。

南国社　由创造社成员田汉创立的一个综合性艺术社团，可追溯至1924年出版的《南国》半月刊。1927年冬，南国电影剧社改组，正式定名为南国社，设有文学、绘画、音乐、戏剧、电影五部，以戏剧的成就与影响最大。主要成员有田汉、欧阳予倩、徐志摩、徐悲鸿等。其宗旨是"团结能与时代共痛痒之有为青年，作艺术上之革命运动"。创办刊物《南国月刊》《南国周刊》。

湖畔诗社　1922年3月成立于杭州，以写作爱情诗闻名，成员有应修人、潘漠华、冯雪峰、汪静之。他们曾合作出版刊物《支那二月》。1922年4月，合作出版诗集《湖畔》《春的歌集》。该诗社的活动在1925年即已告终，但那些率真质朴、清醒大胆的情诗使它在中国现代白话诗史上占有独特的位置，很能代表这个时代所唤起的一代新人的纯真与热情。

弥洒社　1923年成立于上海，创始人有胡山源、钱江春等，办有《弥洒》月刊（共6期），出版有《弥洒创作集》（3种），1927年春停止活动。《弥洒》月刊的出版广告宣称"两无两不主义"，即："无目的无艺术观不讨论不批评而只发表顺应灵感所创造的文艺作品"[①]，"我们一切作为只知顺着我们的Inspiration（灵感）！"[②]

莽原—未名社　1925年4月，在鲁迅支持下，原狂飙社成员合办刊物《莽原》周刊，主要成员有高长虹、韦素园、韦丛芜等。1925年秋，鲁迅、韦素园、台静农、李霁野、曹靖华等又组成未名社。1926年1月将《莽原》改为半月刊复刊，另又出版《未名》半月刊和"未名丛刊""乌合丛书""未名新集"三种丛书。莽原—未名社的成员多为乡土文学作家和翻译家，多写反映农村现实的乡土小说，还译介过一些俄国文学与十月革命后苏联文学作品，有同人社团的性质。

> **声音**
>
> 关于五四的想象，日后经过一代代中国人的不断的阐发、对话，以后加入了自己时代的一些意义，以至于今天我们所理解的五四可以说是常说常新的五四。
>
> （陈平原《对话五四》）

新文学革命的历史意义体现在以下几方面：

实现了中国文学由古典向现代的转化，开创了中国文学新时代。新文学革命倡白话、反文言，成功地以白话文取代了占正宗地位的文言文，白话成为中国社会和文化统一使用的主流语言，使文化在中国现代社会得以大

[①] 《弥洒》月刊的出版广告，《民国日报·觉悟》，1923年3月24日。
[②] 胡山源：《宣言〈弥洒凡曲〉》，《弥洒》第1期（1923年3月）。

普及。这是一项顺应时代发展的伟大行动。与此相呼应的是以现代白话为书写语言的现代小说、新诗、话剧、散文("美文")的文体写作实验的成功,奠定了中国现代文学四大主流文体的文学地位,并为其发展开拓了道路。

建构起现代启蒙精神和人文主义文学传统。启蒙精神既是新文学反专制主义的利器,更是新思想、新文化的主体,构成了新文学革命的精神主题和新的人学观念。新文学革命以民主、科学、自由等思想启迪民众,重塑现代人格,视文学为启蒙民众、改造社会、实现人格独立的崇高事业。新文学借鉴西方近代以来人性论、人文主义思想资源,提倡尊重人的权利和基本欲望,深刻批判非人的旧礼教和非人的文学,敢于表现真切的人性内涵,充满人文主义情怀和光辉。新文学的现代启蒙精神和人文主义,成为中国现代文学的核心思想与理念。正是在现代启蒙精神的作用下,民主与科学的观念逐渐在中国产生影响,中国文学走上了现代文化发展之路。

建立起中国现代社会与文化时代的精英文学。新文学就是中国现代的精英文学,其标志在于启蒙立场、批判精神和人文关怀。新文学所建构的现代精英文学,在百年来的中国现代文化与文学的发展中建树起一杆标帜,具有引导方向的作用。在中国文学发展过程中,新文学——精英文学将要历经与各个时代文化的对话、碰撞、批判、改造、重铸。凡是坚持新文化运动开辟的精英文学之路,文学就取得长足进步;进入21世纪,在市场化、商品化、世俗化潮流下,中国文学的现代启蒙精神被消解,精英文学立场迷失,应该引起深刻反思。而在新文学革命和此影响中诞生的一批新生代文学家,成为20世纪中国现代文学的创作主体,也成为20世纪中国的文学精英,发挥着重要的作用。

实践了中国文学与世界文学的对话、交流。新文学的催化剂是世界文学的引入。新文学的建设者们在接受外来文学影响方面表现出强烈的主体精神、开放气度和宽容心态。影响最大的是欧洲18、19世纪的写实主义文学思潮、现代主义文学资源与多元文学观念,这些都成为中国文学走向现代化的资源。新文学的主导——写实主义文学,是新文学与以易卜生等为代表的欧洲现实主义文学对话、交流的结果;浪漫主义文学所表现出来的现代危机感、焦虑感、浪漫激情和理性精神,也是中国作家对世界文学做出的回应。中国文学开始走上与世界文学同步发展的轨道,世界文学的主题选择(批判精神和现代性焦虑)与文学技术(写实文学技术和现代派文学技术),都在新文学中有所体现。从此,中国文学具有了世界视野和人类意识,它所蕴含的精神意识与20世纪世界文学有着深刻的相通之处。

新文学革命,开创了中国文学新纪元。

研习提升

1. 周策纵:《五四运动——现代中国的思想革命》,江苏人民出版社2005年。
2. 林毓生:《中国意识的危机——五四时期激烈的反传统主义》,贵州人民出版社1986年。
3. 朱栋霖:《现代文学史,如何新修订?》,《新文学评论》2016年第3期。
4. 张全之:《从〈新世纪〉到〈新青年〉:无政府主义与五四文学革命》,《中国现代文学研究丛刊》2005年第5期。

第二章
1920年代小说（一）：鲁迅

第一节　鲁迅的文学道路

鲁迅是中国现代文学的奠基人。

鲁迅（1881—1936，浙江绍兴人，原名周樟寿，字豫才，南京求学时取名周树人，1918年发表《狂人日记》时署名鲁迅）出身于一个没落的士大夫家庭，少时家道中落，亲历"从小康人家而坠入困顿"——祖父系狱和父亲病殁。作为家中长男，在这一过程中，他过早体验了世态的炎凉与人情的冷暖。之后又随母亲避难到农村，体验了农村的生活。1898年，带着"走异路，逃异地"的决绝，鲁迅到南京读书，入江南陆师学堂附设的矿务学堂。此间，他接触了宣传变法维新的《时务报》和当时翻译过来的科学和文艺书籍，受到很大影响，特别是阅读了严复翻译的《天演论》，接受了进化论思想。

1902年3月，鲁迅赴日本留学。他先入东京弘文学院。当时的东京是中国革命党人在海外活动的中心，留学生在那里展开了反清爱国运动，鲁迅积极参与。他阅读了维新派和革命派在日本发行的进步书刊，明治三十年代日本的思想言论环境也对青年鲁迅产生深远影响，让他了解了大量西方文学和哲学思潮，形成了自己的关心和思考。其时鲁迅关注的是三个相互关联的问题："一，怎样才是最理想的人性？二，中国国民性中最缺乏的是什么？三，它的病根何在？"[①]刚开始，他的注意力主要在科学方面，除了译述《斯巴达之魂》外，先后写了《说鈤》《中国地质略论》等文章，介绍居里夫人新发现的镭，研究中国的地质矿产。1904年4月从弘文学院毕业，同年9月离开东京，前往仙台医专学医，"预备卒业回来，救治像我父亲似的被误的病

[①] 许寿裳：《亡友鲁迅印象记》，上海峨嵋出版社1947年10月。

人的疾苦,战争时候便去当军医,一面又促进了国人对于维新的信仰"①。在仙台二年,他一方面得到了藤野先生的关怀与帮助,另一方面也受到了一些日本学生的歧视。在仙台医专,学校在课余经常放映报道日俄战争的幻灯片。有一次,画面上是一个被示众的健壮的中国人,他为俄军当侦探,要被日军处决,周围站着看热闹的是一群身体健壮的中国人。鲁迅受到很大刺激,深深感到:"医学并非一件紧要事,凡是愚弱的国民,即使体格如何健全,如何茁壮,也只能做毫无意义的示众的材料和看客","所以我们的第一要着,是在改变的精神,而善于改变精神的是,我那时以为当然要著推文艺,于是想提倡文艺运动了"。② 其间,鲁迅接到母亲信,回绍兴被迫结婚,几天后即返回日本。1906年4月初,鲁迅离开仙台回到东京,开始了他的文学活动。首先是筹办文学杂志《新生》,但因提供经费的人中途离开而流产;其次是在《河南》杂志先后发表了《人之历史》《科学史教篇》《文化偏至论》《摩罗诗力说》《破恶声论》等文言论文,系统梳理19世纪西方文明的来源,追问其"真源"所在,提出鲜明的"立人"主张,并将其诉诸"诗力",看重文学发出和召唤"心声"的功能。但发表后却没有得到任何反响。再次是从1908年起,鲁迅和周作人翻译了外国短篇小说,出版《域外小说集》(二册),但销路惨淡。文学计划接连受挫,给青年鲁迅以重大打击,"凡有一人的主张,得了赞和,是促其前进的,得了反对,是促其奋斗的,独有叫喊于生人中,而生人并无反应,既非赞同,也无反对,如置身毫无边际的荒原,无可措手的了,这是怎样的悲哀呵,我于是以我所感到者为寂寞"③。鲁迅逐渐陷入沉默,时间长约十年。

1909年鲁迅回国,先后在杭州、绍兴任教。1911年辛亥革命爆发,他在故乡绍兴积极参加宣传活动,并根据生活实感创作了以辛亥革命为背景的短篇文言小说《怀旧》。1912年应教育总长蔡元培之邀,到南京就职于新成立的民国政府教育部,不久,随部迁到北京。北京期间,鲁迅寄住在绍兴会馆,革命形势的倒退和个人婚姻的不幸,使他陷入沉默,埋头抄古书,校古碑,同时也在沉默中思考中国社会和历史。

新文化运动和文学革命的兴起,使鲁迅从长期的沉默和思索中走了出来。据他自述,《新青年》编辑钱玄同向他约稿,他先是拒绝,但钱玄同提到的"希望"又打动了他,答应写文章。1918年5月,《新青年》发表了他的在现代文学史上具有划时代意义的第一篇现代白话小说《狂人日记》,引起巨大反响。之

---

① 鲁迅:《呐喊·自序》,《鲁迅全集》第1卷,人民文学出版社2005年,第438页。
② 同上书,第439页。
③ 同上。

后，鲁迅一发而不可收，又发表了一系列小说。呼应社会对文化的思考，鲁迅在《新青年》的"随感录"栏目中发表了许多杂文，如《我之节烈观》《我们现在怎样做父亲》等，对妇女问题、家庭问题、青年问题等作了深刻分析，批判专制思想、文化道德。他的文学创作和翻译，不仅深刻批判了中国国民劣根性，传达了现代思想和观念，而且以卓越的文学成就，为文学革命提供了实绩。至1923年，写成小说15篇，后集为《呐喊》，并完成了之后集成《热风》的大部分杂感，翻译了《现代日本小说集》《现代小说译丛》和《工人绥惠略夫》；同时，还在北京大学和北京师范大学等校兼课；在北大讲授中国小说史的讲义，编为《中国小说史略》出版。这些初步的成就奠定了他在现代文坛的地位。在创作之外，鲁迅还先后支持和组织了语丝社、未名社，出版《语丝》《莽原》《未名》等刊物，主编过《国民新报·文艺副刊》，还编辑了《未名丛刊》和《乌合丛书》等。1925和1926年，他在先后发生的"女师大风潮"和"三·一八惨案"中声援学生，因此被北洋政府通缉。在此期间，鲁迅收到许广平来信，因共同的立场和相互的同情，两人通信逐渐增多，萌生爱情。为了躲避通缉，也是为了开始新的生活，1926年8月，鲁迅与许广平相约南下，鲁迅赴厦门大学担任文科教授，许广平赴广州。在厦门期间，鲁迅写了回忆性散文《朝花夕拾》和后来收在《故事新编》中的小说《奔月》与《铸剑》。1927年1月，应聘任中山大学文科教授兼教务主任。7月15日，广州爆发捕杀共产党人的清党事件，许多学生失踪，鲁迅力主营救，遭到校方拒绝，他辞去教职，搬往校外白云楼，其间赴广州夏期学术演讲会作了《魏晋风度及文章与药及酒之关系》的演讲。

　　1927年9月鲁迅离开广州，10月与许广平定居上海。1928年初，鲁迅与太阳社、创造社年轻成员展开了有关革命文学的论争，在这一过程中，他研究、翻译了国外马克思主义的文艺论著。他说："我有一件事要感谢创造社的，是他们'挤'我看了几种科学底文艺论，明白了先前的文学史家们说了一大堆，还是纠缠不清的疑问，并且因此译了一本蒲力汗诺夫的《艺术论》，以救正我——还因我而及于别人——的只信进化论的偏颇。"[①]时势的急剧变迁和马克思主义学说的影响，使他的思想有了进一步的发展。1930年3月，中国左翼作家联盟成立，鲁迅在成立大会上讲话，此后热心投入左联工作，扶持左联青年作家的成长，翻译出版革命文艺论著和小说，提倡新兴的木刻运动；1931年，柔石等五位左联青年遇害，鲁迅愤而写下《中国无产阶级革命文学和前驱的血》和《为了忘却的记念》，揭露当局非人的暴行。他与共产党人瞿秋白、冯雪峰等建立了诚挚的友谊，这对其晚年的人生选择产生了直接的影

[①] 鲁迅:《三闲集·序言》,《鲁迅全集》第4卷,人民文学出版社2005年,第6页。

响。此外他还积极参加其他进步的社会活动,先后加入革命互济会、中国自由运动大同盟、中国民权保障同盟和反帝反战同盟。1928 年,鲁迅接编《语丝》半月刊,并与郁达夫合编《奔流》月刊。1929 年起,与柔石等组织朝花社,编译《近代世界短篇小说集》,出版《朝花周刊》和《朝花旬刊》等。左联成立后,他先后编辑过《萌芽》《前哨》《十字街头》和《译文》等公开或地下的刊物,并参与了《文学》和《太白》的编辑工作。在创作上,杂文是鲁迅晚年的主要创作形式,这些杂文记录了他思想的发展和变化。他不断变换笔名,针砭现实,杂文手法炉火纯青。晚年鲁迅还坚持完成了《故事新编》里的五篇小说。1936 年 10 月 19 日,鲁迅因肺病在上海逝世。

鲁迅将毕生的精力献给了中国的新文化和新文学建设,被毛泽东称为"中国文化革命的主将"①。鲁迅思想是中国 20 世纪最宝贵的精神财富之一。20 世纪是中国文化向现代转型的世纪,鲁迅关注现代转型中人的精神层面,从一开始就提出"立人"的主张,对人的思考,对人的价值的重视,一直是鲁迅思想的重要组成部分。鲁迅探究过古今中外的思想领域,受到多方面的影响,包括进化论和尼采个性主义等,但从未成为任何思想的"俘虏",他总是从自己的问题意识出发,对各种思想进行选择、扬弃和改造。进化论是鲁迅前期思想的一个重要内容,他汲取了进化论中注重生存斗争、相信事物的新陈代谢和社会的进步、强调人类精神发展的重要性等积极因素。个性主义思想也是鲁迅早期思想的重要内容之一,他早期受尼采思想影响,从尼采思想中汲取一种发扬人的个性的"图强"精神,呼唤精神界战士、与阻碍人性发展和社会进步的庸众作战,目的在于推进整个民族的进步。改造国民性是鲁迅早期思想的重要组成部分,认为"其首在立人,人立而后凡事举","国人之自觉至,个性张,沙聚之邦,由是转为人国"。② 他深切地感受到了中国国民性的弱点、劣点,并坚信"国民性可以改造于将来",因而主张"先行发露各样的劣点,撕下那好看的假面具来"③,以引起疗救的注意。鲁迅思想在后期有所发展。1928 年围绕"革命文学"与创造社、太阳社展开的论争,促使他阅读与翻译了马克思主义的文艺论著。④ 瞿秋白在《〈鲁迅杂感选集〉序言》(1933)中指出,"鲁迅从进化论进到阶级论,从绅士阶级的逆子贰臣进到无产阶级和劳动群众的真正的友人,以至于战士,他是经历了辛亥革命以

---

① 毛泽东:《新民主主义论》,《毛泽东选集》第 2 卷,人民出版社 1991 年,第 698 页。
② 鲁迅:《坟·文化偏至论》,《鲁迅全集》第 1 卷,人民文学出版社 2005 年,第 57—58 页。
③ 鲁迅:《华盖集·通讯》,《鲁迅全集》第 3 卷,人民文学出版社 2005 年,第 27 页。
④ 鲁迅译《艺术论》([苏联]卢那察尔斯基著),上海大江书铺 1929 年出版;鲁迅译《艺术论》([苏联]浦力汗诺夫著),上海光华书店 1930 年出版。

前直到现在的四分之一世纪的战斗,从痛苦的经验和深刻的观察之中,带着宝贵的革命传统到新的阵营里来的"①。鲁迅思想在前后期有着内在的统一性,只是在后期,他更多地自觉接受马克思主义的观点。学术界对鲁迅思想的个性、丰富性和复杂性有多方面的探索。

鲁迅是中国现代文学的奠基人。他的文学创作最先显示了新文学革命的实绩,在中国现代文学发展史上具有崇高地位。

鲁迅在小说创作方面取得了很高的成就。他创作于文学革命初期的白话短篇小说分别收入1923年8月由新潮出版社出版的《呐喊》和1926年8月由北新书局出版的《彷徨》两本小说集。1930年代鲁迅写了《非攻》《理水》《采薇》《出关》《起死》等"神话、传说及史实的演义"性质的小说②,这几篇历史小说与写于1920年代的《补天》《奔月》《铸剑》等同类作品,后来一并收入《故事新编》中。

第二节 《呐喊》《彷徨》《故事新编》

《呐喊》《彷徨》是中国现代小说的艺术高峰。中国现代小说自鲁迅开始,又以鲁迅的创作标示着这种新的文学样式的成熟。

《呐喊》收1918—1922年所写的14篇小说(初版时收入15篇,1930年1月第13次印刷时抽出《不周山》一篇),鲁迅把这个集子题作《呐喊》,意思是受新文化运动的鼓舞,"有时候仍不免呐喊几声,聊以慰藉那在寂寞里奔驰的猛士,使他不惮于前驱"③。《呐喊》具有充沛的反专制反传统的热情,表现了文化革新和思想启蒙的特色,深刻地揭露了宗法制度和专制文化传统的弊害,刻画了一群"老中国的儿女"④——沉默的国民的灵魂。《彷徨》收1924—1925年写的11篇小说。写于五四退潮时期的《彷徨》,与《呐喊》有所不同,在某种程度上说,《彷徨》更多的是为自己的。鲁迅后来在《题〈彷徨〉》一诗中说:"寂寞新文苑,平安旧战场。两间余一卒,荷戟独彷徨。"经历了新文化运动统一战线的分裂,"成了游勇,布不成阵"⑤,因而精神上有"寂寞""彷徨"之感。鲁迅在介绍《彷徨》时说:"技术虽然比先前好一些,思路

---

① 何凝(瞿秋白):《〈鲁迅杂感选集〉序言》,《瞿秋白文集》第2卷,人民文学出版社1953年,第997页。
② 鲁迅:《南腔北调集·〈自选集〉自序》,《鲁迅全集》第4卷,人民文学出版社2005年,第469页。
③ 鲁迅:《呐喊·自序》,《鲁迅全集》第1卷,人民文学出版社2005年,第441页。
④ 茅盾:《鲁迅论》,《小说月报》第18卷第11期(1927年11月)。
⑤ 鲁迅:《南腔北调集·〈自选集〉自序》,《鲁迅全集》第4卷,人民文学出版社2005年,第469页。

也似乎较无拘束,而战斗的意气却冷得不少。"①这些作品在对旧制度旧传统进行深刻的揭露的同时,比较集中地描写了在历史变动中挣扎浮沉的知识分子的命运,以及他们的软弱、动摇、孤独、颓唐的精神状况。纵观《呐喊》和《彷徨》,无论在思想性还是艺术性上,都堪称20世纪中国小说的巅峰之作。

《狂人日记》是中国现代文学史上第一篇现代白话小说,1918年5月发表在《新青年》第4卷第5号,它标志着新文学创作的开端。② 它以"表现的深切和格式的特别"③,从一问世就引起了巨大的反响④。

《狂人日记》通过对一个迫害妄想狂患者的精神状态和心理活动的描写,揭露了从家族到社会的"吃人"现象,抨击了家族宗法制度和礼教的"吃人"本质,表现了最初的现代觉醒意识。作品对专制制度和礼教的揭露与批判是多层次展开的。作品首先揭示了狂人周围的环境,一个充满杀机的生存空间。接着通过狂人的联想,将其所处的环境扩展到历史和社会。狂人从史书上"易子而食""食肉寝皮"的记述联想开去,引出了一个触目惊心的发现:"我翻开历史一查,这历史没有年代,歪歪斜斜的每叶上都写着'仁义道德'几个字。我横竖睡不着,仔细看了半夜,才从字缝里看出字来,满本都写着两个字'吃人'!"这个发现把历史和现实中具体的肉体上的"吃人",上升到仁义道德等纲常名教"吃人"这一更深的层次。其次,尤为深刻的是,鲁迅不仅看到了统治者要吃掉被压迫者这一事实,而且还看到了被压迫者之间也在相互地"吃人":"他们——也有给知县打枷过的,也有给绅士掌过嘴的,也有衙役占了他妻子的,也有老子娘被债主逼死的;他们那时候的脸色,全没有昨天这么怕,也没有昨天这么凶。"鲁迅以此揭示了民众的冷漠、残酷以及革命者终至"发狂"这一悲剧的深刻社会原因。再次,"吃人"现象更存在于家庭——中国数千年宗法专制社会的基础结构——之中。小说里令人心颤的是母亲吃亲生儿女的那一幕:母亲一面哭个不住,一面还是要吃。"这真是奇极的事!"最后,小说对"被吃者"的描写尤为发人深省;在这里,即将被吃的是一个思想高度清醒的"狂人",已被吃掉的是一个五岁的孩子,而狼子村人吃掉的是革命者的心。吃掉了"叛逆""改革者",将灭掉民族的希望

---

① 鲁迅:《南腔北调集·〈自选集〉自序》,《鲁迅全集》第4卷,人民文学出版社2005年,第469页。
② 陈衡哲于1917年创作白话短篇小说《一日》(笔名"莎菲",发表于当年《留美学生季刊》)。这是一篇类似散文的小说。
③ 鲁迅:《中国新文学大系·小说二集·序》,《鲁迅全集》第6卷,人民文学出版社2005年,第246页。
④ 吴虞曾发表《吃人与礼教》一文表示响应:"我觉得他这日记把吃人的内容和仁义道德的表面,看得清清楚楚。那些戴着礼教假面具吃人的滑头伎俩,都被他把黑幕揭破了。"吴虞:《吃人与礼教》,《新青年》第6卷第6号(1919年11月)。

之光、前进之动力;吃掉了孩子,则灭掉了民族的未来!所以《狂人日记》的结尾处,发出"救救孩子!"强烈召唤。

鲁迅深入地研究了"吃人"现象存在的原因,以及为什么没有遭到反抗。小说第八节可以说体现了鲁迅之中国研究的精华,在这里,革命者与统治者的全部理论,都以高度凝练的语言表现出来。在统治者那里,"吃人"制度的合法性在于"这是从来如此";而变革者对统治者的否定则是:"从来如此,便对么?"

《狂人日记》可以说是鲁迅小说创作的总纲。在这篇小说里,他把对中国问题的全部思考,以高度凝练集中的艺术形式反映出来:专制的罪恶,礼教的杀人,国民的麻木,革命者的孤寂,历史因袭的重担,现实的重重罗网,妇女问题,青年问题,儿童问题,等等,都被以极其震撼人心的艺术形式尖锐地提了出来,并在鲁迅以后的小说创作中构成各有侧重的主题,也成为现代中国小说之后的发展过程中若干思路的源头,有的甚至一直延续到今天。

在艺术表现上,《狂人日记》冲破传统手法,大胆采用了创新的现代创作方法,形成了独特的艺术效果。关于《狂人日记》的创作方法,学术界曾有过不同的看法,上世纪二三十年代较多的评论者认为该小说是现实主义[1],建国后一般沿用这一观点。新时期以后,一些学者认为《狂人日记》是象征主义的作品[2],曾有人指认是"中国的第一篇意识流小说"。此后有学者提出《狂人日记》是采用了"现实主义与象征主义相结合的创作方法"[3]。作品把

> **声音**
>
> 《狂人日记》意在暴露家族制度和礼教的弊害。
> (鲁迅《〈中国新文学大系〉小说二集序》)
>
> 狂人这形象的总的内涵是:疯子是假象,战士是实质。
> (公兰谷《论〈狂人日记〉》)
>
> 狂人确实是真狂……狂人在发狂前有一定的进步思想,而且这种进步思想在他病中还以曲折的方式继续起某种作用。
> (严家炎《〈狂人日记〉的思想和艺术》)

---

[1] 刘大杰:《鲁迅与写实主义》,《宇宙风》第30期(1936年12月)。
[2] 陈涌:《鲁迅与五四的现实主义问题》,《文学评论》1979年第3期;公兰谷:《论〈狂人日记〉》,《文学评论》1980年第3期。
[3] 现实主义与象征主义相结合,在《狂人日记》中是通过狂人这个特殊的艺术形象来实现的。狂人首先是真实的活生生的狂人,塑造这一形象用了现实主义方法。在《狂人日记》里,作家对狂人病态心理的描摹,"语颇错杂无伦次,又多荒唐之言"的思维特点和语言特点的状写,准确、真切,活脱成像。作品写到狂人的一切细节,无不切合"迫害妄想狂"患者的症状。外界事物在他病态的思维过程中,由联想、经夸张以至歪曲的推理,终于成了荒谬的妄想。作品准确入微地写出了狂人的精神病态,甚至经得起精神病理学者的检查。但是,如果靠单纯的现实主义方法塑造出来的狂人形象,是提不出礼教吃人这一深刻思想,达不到借小说来"暴露家族制度和礼教的弊害"这一创作意图的。参见严家炎:《论〈狂人日记〉的创作方法》,《求是集》,北京大学出版社1983年。

反对肉体上"吃人"提升到揭露礼教"吃人",是通过象征主义手法来实现的,融入了极精彩的象征性细节,尤其是巧妙地在狂人的疯话里,一语双关地寄寓象征的内涵。《狂人日记》并用了两种创作方法:实写人物,用的是现实主义;虚写寓意,用的是象征主义。作品的思想性是通过象征来实现的。

《阿Q正传》是中国现代文学史上的一个杰出成就,也是最早被介绍到世界去的中国现代小说。小说于1921年12月至1922年2月,以笔名"巴人"在《晨报副镌》上连载。之后,阿Q在中国几乎成了家喻户晓的人物,《阿Q正传》也被译成几十种文字;国内外关于它的研究、评论文章众多,对它的理解和评价众说纷纭,这是作品本身的丰富性所决定的。

对阿Q形象的基本特征,学术界有过长期的论争。有人认为阿Q是辛亥革命时期的落后农民的典型[①];有人认为阿Q"是一种精神的性格化和典型化"[②];有人认为,阿Q作为一个虚构的人物,是某些具有种种消极性格的人的"共名"[③];还有的人认为,阿Q是一个一步步走向革命觉醒的革命农民的典型[④]。

从青年时期在日本留学课间观看那部中国俘虏被斩杀示众的揪心影片开始,鲁迅终其一生都在思考国民性问题。他所着重描述并批判的国民劣根性,主要有"退守""惰性""巧滑""虚伪""麻木""健忘""自欺欺人""卑怯""奴性"和"无特操"等等,这与其说是国民劣根性本身,不如说是对民族文化负面性的剖析与鞭挞。《阿Q正传》是鲁迅以小说形态全方位展开对国民劣根性的集中批判。"优胜记略"和"续优胜记略"两章,从静态上表现阿Q的弱势生存策略——精神胜利法;这里,鲁迅集中揭示了诸种国民劣根性的表现:身为下贱而又自尊自大是"自欺",自轻自贱是"退守",既能自尊自大又能自轻自贱则体现为"巧滑""奴性",而自慰自欺必须具备"虚伪""麻木""健忘"的素质,怕强凌弱则为典型的"卑怯",亦是"奴性"和"无特操"的典型表现。此后几章,以动态叙述展现阿Q的苟活处境。第七章"革命"和第八章"不准革命",展现的是阿Q式"革命",在阿Q亢奋恍惚的臆想中,"革命"就是报复、抢东西和抢女人。"生计""恋爱"和"革命",是阿Q人生"欲望三部曲"。最后结局是第九章"大团圆"——阿Q被示众砍头,"刹那中,他的思想又仿佛旋风似的在脑里回旋了"。饿狼"两颗鬼火"的眼睛"不但已经咀嚼了他的话,并且还要咀嚼他皮肉以外的东西"。这是小说高潮处

---

① 蔡仪:《阿Q是一个农民的典型吗?》,《新建设》第4卷第5期(1951年8月)。
② 冯雪峰:《论〈阿Q正传〉》,《人民文学》第4卷第6期(1951年11月)。
③ 何其芳:《论阿Q》,《人民日报》1956年10月16日。
④ 陈涌:《论鲁迅小说的现实主义》,《人民文学》1954年10月号。

的画龙点睛,鲁迅从纵深的历史与社会环境出发透视阿Q的精神悲剧。

以鲁迅国民性批判的内在逻辑整合,会发现小说对国民劣根性的批判,有其相应的深层结构。鲁迅说阿Q"有农民式的质朴,愚蠢,但也很沾了些游手之徒的狡猾"①。阿Q思想性格最突出的特点是他的精神胜利法。他用夸耀过去来解脱现实的苦恼,用

> **声音**
>
> 要画出这样沉默的国民的魂灵来,在中国实在算一件难事,因为,已经说过,我们究竟还是未经革新的古国的人民,所以也还是各不相通,并且连自己的手也几乎不懂自己的足。
>
> (鲁迅《俄文译本〈阿Q正传〉序及著者自叙传略》)

虚无的未来宽解眼前的窘迫,夸口"我的儿子会阔的多啦!"以自己的丑陋傲视人,用自轻自贱来掩盖自己所处的失败者的地位,用健忘来遗忘所受的欺侮和屈辱。他身上有着畏强凌弱的卑怯和势利,在受了强者凌辱后不敢反抗,转而欺侮更弱小者。凭借这种可悲的精神胜利法,阿Q虽然常常遭受挫折和屈辱,但精神上却永远优胜,总能得意而满足。他有不少符合圣经贤传的思想,如"不孝有三",如对"假洋鬼子"的剪辫子深恶痛绝。阿Q是一个深受陈腐观念侵蚀和毒害的愚昧麻木的农民。

阿Q的愚昧麻木,更突出地表现在他对革命的态度和认识上。在传统观念的影响下,阿Q对革命一向是"深恶而痛绝之"的,但当他被逼到绝境,终于产生"要投降革命党"的愿望,但这并不是思想上的真正觉醒。作品第七章写他躺在土谷祠里想象革命党来到未庄的情形,表明阿Q是带着糊涂观念来理解眼前的革命的。阿Q神往革命,但只是为了抢点东西;他抱着狭隘的原始复仇主义思想,幻想着革命后可以奴役曾与他一样生活在底层的小D、王胡们。阿Q的革命观,是陈腐传统观念和小生产者狭隘保守意识合成的产物。

鲁迅痛彻地揭示和批判了阿Q式的革命,写出了阿Q至死不觉悟和他可悲的"大团圆"下场,反思辛亥革命更深层次的思想悲剧:愚昧民众糊里糊涂地参加革命,又糊里糊涂地被杀;而且可以想象,阿Q即使参加革命并掌握政权,他那样的落后的"革命"意识又将导致怎样的后果!鲁迅通过对阿Q的遭遇和阿Q式的革命的描写,深刻揭示了国民劣根性顽久存在的深层历史教训与社会原因,反思了辛亥革命终于失败的历史教训。赵太爷、钱太爷们从害怕革命、投机革命到垄断革命和镇压阿Q,说明革命的对象仍然执掌着政权,而应在革命中获得解放的民众却再次陷入任人宰割的命运。

---

① 鲁迅:《且介亭杂文·寄〈戏〉周刊编者的信》,《鲁迅全集》第6卷,人民文学出版社2005年,第154页。

《阿Q正传》是鲁迅长期以来关注和探讨国民性问题的结果,它画出了国人的灵魂,暴露了国民的弱点。在谈到创作动机时,鲁迅说是想"写出一个现代的我们国人的魂灵来"①,"是想暴露国民的弱点"②。阿Q形象所表现出的国民精神弱点并不只是农民才有的,它具有广泛性和普遍性。鲁迅把阿Q性格作为国民劣根性的表现加以鞭挞,从整个国民的思想和精神状况出发,对其精神、思想的痼疾进行典型概括,引导人们反思和自省,因而具有广泛的社会意义和深远的历史意义。

　　《阿Q正传》具有独创的艺术风格。一是外冷内热。作者将思想启蒙者的热情,转化为对阿Q悲剧命运的深切同情,哀其不幸又怒其不争,转化为对辛亥革命中途夭折的无比痛惜,转化为对赵太爷、假洋鬼子之流凶残暴虐、横行乡里的憎恶、鄙视;他以犀利的解剖刀冷峻地解剖着一切。二是以讽抒情。鲁迅善用讽刺手法,以讽刺手法批判了阿Q的落后、麻木和精神胜利法,鞭挞了赵太爷、假洋鬼子等人的凶残、卑劣,谴责了知县大老爷、把总、"民政帮办"的反动实质。鲁迅的讽刺,贵在旨微而语婉,虽无一贬词而情伪毕露。三是形喜实悲。作品展示了一出出喜剧:阿Q种种可笑的行径,未庄人的种种可笑可鄙等。但在这种喜剧性场面背后却都隐藏着深刻的悲剧,我们在被那些喜剧场面引得发笑的同时,又总是有一股无情的力量,把阅读的笑变成一种含泪的笑:我们在笑阿Q精神胜利法时,又不能不为国民的变态心理而感到悲痛;我们在阿Q可笑地厉行"男女大防"和"排斥异端"的行径中,看到的是专制制度对人的思想的扭曲;在阿Q与王胡比虱子而大逞武功中,看到了阿Q极度困窘的物质生活悲剧和极度空虚贫乏的精神生活悲剧;我们更在阿Q可笑的革命中,看到了辛亥革命不发动群众,不被群众所理解的悲剧;末章"大团圆",更将这种精神悲剧的控诉推到高潮。这种形喜实悲的悲喜剧色彩,正是作品产生巨大艺术魅力的重要原因之一。

　　从《狂人日记》开始的反宗法专制"吃人"的主题,在《呐喊》《彷徨》其他篇中,从各个不同的角度、侧面在延伸扩展。《孔乙己》《白光》通过孔乙己和陈士诚的悲剧命运,揭露了科举制度的"吃人";《明天》《祝福》通过对中国农村妇女命运的揭示,深入而具体地写出了旧礼教的"吃人"本质;《药》《阿Q正传》从更深的层次揭示了专制思想意识和愚民政策的"吃人";《示众》写出了看客的"吃人";即如《高老夫子》《肥皂》等作品,又何尝不是写出了旧伦

---

① 鲁迅:《集外集·俄译本〈阿Q正传〉序》,《鲁迅全集》第7卷,人民文学出版社2005年,第83页。
② 鲁迅:《伪自由书·再谈保留》,《鲁迅全集》第5卷,人民文学出版社2005年,第154页。

理道德的陈腐虚伪同样在"吃人"……鲁迅在《狂人日记》中所体现的揭露宗法专制制度、思想"吃人"的总主题,几乎贯穿在《呐喊》《彷徨》的每篇小说中。

在《呐喊》《彷徨》中,农民题材的小说占有重要的位置。鲁迅对中国农民的命运是深切同情的,他看到了农民们所遭遇的苦难,也洞察他们的弱点与病态,当然更理解造成他们精神上病弱的社会原因和历史原因。在创作中,鲁迅一方面把中国农民放在中国农村社会各种现实关系(经济、政治,尤其是文化心理和意识结构等)中加以形象再现,从而展现了一个辛亥革命时期未经彻底变革的落后而闭塞的农村的典型环境;另一方面,鲁迅着力塑造在这样一个典型环境中生存、挣扎的中国农民的典型性格,把解剖灵魂和改造国民性问题联系起来,通过对农民性格中的愚弱、麻木和落后的批判,导向对造成这种性格的社会根源的揭露和批判。在这方面,《阿Q正传》堪称代表,其他如《药》《风波》《故乡》等也是如此。《药》通过清末革命者夏瑜惨遭杀害,而他的鲜血却被愚昧的劳动群众"买"去治病的故事,深刻揭示了华老栓们的无知、迷信,既是落后、愚昧的民族社会生活的反映,也是辛亥革命失败的原因之一。《风波》通过发生在乡场上的一场因"皇帝又要坐龙廷"的传闻而引起的复辟与剪辫风波,揭露了辛亥革命后中国农村的停滞、落后和农民的贫困、愚昧与精神麻木。《故乡》中,最震动人心的不仅是闰土的贫困,更是一声"老爷"中所显示的精神的麻木,以及在无出路之中把命运寄托于香炉和烛台的迷信和愚昧。鲁迅所表明的是这样一个思想认识:中国必须有一场深刻而广泛的思想革命,这个革命的主要任务是清除存在于以农民为中心的广大社会群众中根深蒂固的专制势力的影响。[①]

在鲁迅的农民题材的小说中,《明天》《祝福》《离婚》等是以反映农村妇女命运为内容的作品。在这些作品中,鲁迅对传统社会中妇女的命运寄予深切的同情,更揭示了造成她们悲剧命运的精神的与制度的原因。《明天》中,单四嫂子的不幸不仅在寡妇丧子,更在于她周围的人对于受苦人的冷漠以及她处在这样的氛围中不得不承受的精神上的孤独和空虚。《祝福》通过祥林嫂的悲剧命运,一方面批判了造成其悲剧的传统宗法与礼教绳索编织成的严密的网,另一方面也把谴责的笔指向了祥林嫂周围的一大群麻木的群众,他们和祥林嫂同属受压迫剥削的劳动者,然而偏偏又是他们维护着三纲五常,并用统治阶级的观念审视、责备、折磨着祥林嫂。《离婚》写出了爱姑外表的刚强泼辣,敢于反抗,但同时也挖掘出了其灵魂深处的软弱。

---

① 参见王富仁:《中国反封建思想革命的一面镜子——〈呐喊〉〈彷徨〉综论》,北京师范大学出版社1986年,第11—93页。

《在酒楼上》《孤独者》《伤逝》，是**《彷徨》**的主干，它们的存在，使《彷徨》显出了不同于《呐喊》的强烈的自我色彩。《彷徨》如题，表达了在绝望中寻找不到道路的苦闷状态。通过《彷徨》，鲁迅寄托了个人在绝望中的情绪，进行了深刻的自我反思，并通过对自我结局的悲观预测，试图向旧我告别。鲁迅创作了多篇知识分子题材的小说，有以深受科举制度毒害的下层知识分子为主人公的《孔乙己》和《白光》，有以传统卫道士为讽刺对象的《高老夫子》和《肥皂》。但他着力描写的，倾注了更多艺术心血的，是那些寻找道路、彷徨、苦闷与求索的知识分子，他们是一些具有一定现代意识，首先觉醒，然而又从前进道路上败退下来，带有浓重的悲剧色彩的人物，如《在酒楼上》中的吕纬甫、《孤独者》中的魏连殳、《伤逝》中的子君与涓生。鲁迅着重揭示他们的精神悲剧，也深刻地剖析自我的精神危机。

《在酒楼上》中的吕纬甫曾经是一个富有朝气的青年，敢于议论改革，曾到城隍庙去拔神像的胡子。可是十多年后却锐气尽消，变得迂缓而颓唐。小说叙述的是他回乡为早夭的小弟迁葬和给一个船家女儿送剪绒花。《孤独者》中的魏连殳曾经是一个使人害怕的"新党"，在世人的侮辱、诽谤中，他孤独地挣扎着。祖母之死，敲响了魏连殳的丧钟。整篇小说写的就是他的死亡过程。魏连殳写给"我"的唯一也是最后一封信，显现了一种复杂的死亡逻辑：不是立即自杀，而是"躬行我以前所憎恶、所反对的一切"——在精神上杀死自己，让无意义的肉体暂时存活下来。魏连殳如此选择自己的死亡方式，推测其因，一是他说的"偏要为不愿意我活下去的人们而活下去"；二是，有意延缓死亡过程，让一个清醒的自我看着另一个自我慢慢走向灭亡，更接近自残与自虐！

《伤逝》与《孤独者》的写作日期，同署为1925年10月，也是鲁迅于结集前没有公开发表的两篇小说。《伤逝》以"涓生的手记"的形式，通过带有忏悔情调的独白，讲述涓生与子君的爱情悲剧。《伤逝》中这场恋爱悲剧成因，究竟在客观还是主观？历来有不同看法。从客观原因看，在广大的社会群众实现广泛的思想启蒙和广泛的社会解放之前，知识分子想要单独地实现他们的理想是不可能的。但作品对其主观原因的揭示同样也是深刻的：导致两人分手的，不是生活的艰难本身，而是面对爱情的态度。这也是小说聚焦所在。这对五四时期勇敢地冲出旧家庭的青年男女，由于他们把争取恋爱自由看作人生奋斗的终极目标，眼光局限于小家庭凝固的安宁与幸福，缺乏更高远的社会理想来支撑他们的新生活，所以他们既无力抵御社会经济的压力，爱情也失去附丽，结果，子君只好又回到顽固的父亲身边，最后凄惨地死去，而涓生则怀着矛盾、悔恨的心情，去寻找"新的生活"。鲁迅较早地提出了个性解放、知识分子命运与道路的主题。《伤逝》,似乎也是鲁迅在做出个人生活的重大抉择时,对未来结果的一种悲观预测,更是自我总结和自我清算。在做出最悲观的预测后,作者也开始与旧我告别。①

《故事新编》是鲁迅的第三本小说集,写作时间几乎贯穿其白话小说创作的始终。这个小说集收1922至1935年所作小说八篇,1936年出版。第一篇《补天》,原名《不周山》,是1922年所作,最先收入《呐喊》集;《铸剑》(发表时初名《眉间尺》)和《奔月》1926年写于厦门;剩下的五篇作于上海,《非攻》作于1934年,《理水》《采薇》《出关》《起死》作于鲁迅去世前一年的1935年。《故事新编》是以古代神话、历史与传说为题材的小说,但对于它是否属于历史小说,一直存在争议。鲁迅在谈到这部小说集时说:"对于历史小说,则以为博考文献,言必有据者,纵使有人讥为'教授小说',其实是很难组织之作,至于只取一点因由,随意点染,铺成一篇,倒无需怎样的手腕。"②他没有明确说它不是历史小说,但又有意将其与一般意义上的历史小说分开,强调其"随意"性,并且一再提到小说中存在"油滑"之处。所谓"油滑",就是将现代人、事与语言穿插进古代情节之中,古今杂糅,随意调侃。对于"油滑",历来也有争议,鲁迅谈到它时似乎有所不满,但同时又说"不过并没有将古人写得更死,却也许暂时还有存在的余地的罢"③。有人同意鲁迅所说的"油滑是创作的大敌"④,有人又认为"油滑"恰恰是小说的创新所在。⑤

鲁迅说创作《不周山》时,"是想从古代和现代都采取题材,来做短篇小说"⑥,《不周山》曾被收入《呐喊》,如果联想到《呐喊》中几乎都是现实题材的作品,那么,从古代取材的《不周山》有可能是鲁迅有意拓展新的小说题材的一次尝试。《不周山》重写女娲补天的神话传说,意在以弗洛伊德的学说

---

① 有学者提出,《伤逝》中,鲁迅借助复杂的"隐含作者",指向了一个极为隐深的自我反思层面。
② 鲁迅:《故事新编·序言》,《鲁迅全集》第2卷,人民文学出版社2005年,第354页。
③ 同上书,第354页。
④ 同上书,第353页。
⑤ 王瑶的《鲁迅〈故事新编〉散论》(《鲁迅研究》1982年第6辑)认为"油滑之处"的运用,明显的有使作品整体"活"起来的效果,有助于使古人获得新的生命。刘铭璋的《关于〈故事新编〉的"油滑"问题》(《衡阳师专学报》1982年第4期)、王黎的《卓越的讽刺历史小说——〈故事新编〉是鲁迅创造的新文体》(《河北师大学报》1984年第1期)、龚剑祥的《如何理解〈故事新编〉的油滑之处》(《广州师院学报》1984年第1期)、周成平的《论〈故事新编〉中的油滑》(《江苏教育学院学报》1988年第2期)等都肯定了"油滑"手法的新意。
⑥ 鲁迅:《故事新编·序言》,《鲁迅全集》第2卷,人民文学出版社2005年,第353页。

来解释人与文学创造的缘起;《铸剑》借干将莫邪为楚王铸剑的历史传说,写黑色人替眉间尺为父报仇;《奔月》糅合嫦娥奔月和后羿射日的神话传说,写嫦娥离弃后羿的奔月故事。《铸剑》中的复仇情结与《奔月》中的个人隐忧,分明有与《彷徨》相似的自我色彩;而写于晚年的最后五篇,取材于历史传说,涉及儒、墨、道诸家,小说对中国思想传统的回顾,寄托着鲁迅晚年的总结性反思,以及面对现实试图在传统中寻找积极资源的努力。作为以历史、神话与传说为题材的小说,《故事新编》有许多创新之处,一方面,它在本事与具体情节上都有历史的依据,另一方面,又不局限于历史本身,而是有更高的真实性追求,这既表现在个人情感的真诚投入,这就是作者所说的"认真",如《铸剑》与《奔月》,也表现在将古今打通,揭示基于历史与人性基础上的真实性,这就是古今杂糅的"油滑"的运用。尤其是在晚年写的五篇小说中,杂文手法大量进入《故事新编》的创作,使其成为杂文化的小说。鲁迅以浩茫而通脱的心态,展现了天马行空的艺术创造力。

鲁迅小说标志着中国现代小说的建立,并成为 20 世纪中国现代小说的杰出范式。鲁迅小说所体现的现代性,不仅在于成熟的现代白话语言以及现代小说格式,而且深刻地体现在现代小说意识上;这些小说,不仅具有 20 世纪西方现代文学所共有的现代质素,而且创造性地表现了 20 世纪中国文学现代性的特色。

新文学初创期的白话文学语言尚处于稚嫩尝试中,《狂人日记》等小说一出现,就以精确省净的现代白话,创立了一个成熟的并具有鲜明个人风格的文学语言世界。其精确,体现在语法结构上对西方文学语言的借鉴;鲁迅有长期翻译外国小说的语言经验,在语法结构上吸取外语语法的精确性,潜在地改造了中国现代白话文学语言的内在构造;其省净,则表现在吸取了传统文言、日常口语甚至中国传统艺术的某些长处。鲁迅小说塑造人物笔墨简洁,又能入木三分,写人状物多用白描与"画眼睛"法,继承了中国艺术重在写意传神的传统,"极省俭的画出一个人的特点"[1],"显示灵魂的深"[2]。

鲁迅是中国现代小说形式的最早探索者和先锋。茅盾当年就评价说:"鲁迅君常常是创造'新形式'的先锋;《呐喊》里的十多篇小说几乎一篇有一篇新形式,而这些新形式又莫不给青年作者以极大的影响,欣然有多数人

---

[1] 鲁迅:《南腔北调集·我怎么做起小说来》,《鲁迅全集》第 4 卷,人民文学出版社 2005 年,第 527 页。

[2] 鲁迅:《集外集·〈穷人〉小引》,《鲁迅全集》第 7 卷,人民文学出版社 2005 年,第 105 页。

跟上去试验。"①《狂人日记》的成功不仅在于它是白话的,而且在于其创造性的象征格式,是中国第一篇真正意义上的现代性小说。《孔乙己》的旁观者限知叙事视角的运用、《药》的明暗双线结构、《阿Q正传》的典型化与理念化的成功结合等,每一篇都有独到的匠心;而《彷徨》对中国传统小说表达技巧的借鉴、《故事新编》天马行空的创造力,则更为丰富地展现了鲁迅小说文体的现代创新。鲁迅小说艺术风格多样,《呐喊》的冷峻、深刻,《彷徨》的蕴藉、深沉,《孤独者》《伤逝》则将个人隐痛寓于诗意抒情与富有音乐节奏的叙述,创造了现代抒情小说的典范,以及《故事新编》的天马行空,都显示了鲁迅作为一个思想家型与艺术家型的小说家,总能找到思想与艺术之间的最佳融合点。

语言、格式等形式因素的创新,是现代小说意识的表现。鲁迅是20世纪中国具有最深刻、最富原创性的文体意识的小说家。从《狂人日记》创作前十年,他弃医从文开始,就确立了全新的文学观念,并通过对外国小说的翻译和对传统小说的长期研究,积累了丰富的经验。鲁迅既自觉远离中国固有的以文学为游戏和消遣之具,及"文以载道"、以文学为治化之助的实用文学观念,也不同于晚清刚刚传入的以审美为唯一目的的西方纯文学观念,而是将文学视为参与现代变革的一个终极性的精神立场和独立的行动,并想要通过强大的感染力传达给需要精神振拔的国人。人的精神现状及其存在的问题,始终是鲁迅关注的重点。《彷徨》则以对绝望期的自我精神世界的深层挖掘,空前展示了小说世界的复杂性和深度。对内在精神世界的关注,不仅是现代小说观念的体现,也是鲁迅以小说参与中国现代变革的方式;以文学启蒙民众,移人性情,改良社会,始终是鲁迅小说的目的。②鲁迅小说对精神世界的关注,及批判性、自我反思的深度,以及因此而对复杂多样的小说构型的追求,都与这一具有20世纪中国特色的文学观念息息相关。鲁迅小说展现了以文学积极参与历史、干预现实的文化品格,成为20世纪中国艰难转型的丰富见证或痛苦"肉身",提升了我们对文学的理解。

鲁迅从小就喜欢阅读中国古典笔记与小说,后来更是全面地接触和研究过中国古典小说,他先后辑录了《古小说钩沉》,著述了《中国小说史略》

---

① 雁冰(茅盾):《读〈呐喊〉》,《文学周报》1923年10月8日第91期。
② 鲁迅晚年谈到为什么做起小说来:"我仍抱着十多年前的'启蒙主义',以为必须是'为人生',而且要改良这人生。"鲁迅:《南腔北调集·我怎么做起小说来》,《鲁迅全集》第4卷,人民文学出版社2005年,第526页。

《中国小说的历史的变迁》等。鲁迅对《儒林外史》的"指摘时弊""掊击习俗""洞见所谓儒者之心肝"、不饰一辞而"情伪毕露"等优点予以赞誉①;更从《红楼梦》中看到了它打破"传统的思想和写法"的示范作用:"敢于如实描写,并无讳饰,和从前的小说叙好人完全是好,坏人完全是坏的,大不相同,所以其中所叙的人物,都是真的人物。"②从鲁迅小说所坚守的如实描写、抨击时弊和洞察深渊的清醒的现实主义精神中,从鲁迅小说描写的凝炼、白描手法的运用、对人物形象的传神勾勒、富于抒情性和长于讽刺性等方面,都可以体察到其与中国古代小说的深刻的内在联系。这是形成鲁迅小说民族性特点的重要原因。

鲁迅小说创作所受的外来影响主要有俄罗斯文学、东欧弱小民族文学与日本文学。俄罗斯作家果戈理、契诃夫对小人物、灰色人物的病态心理的现实主义刻画,以及"哀其不幸,怒其不争"的人道主义创作思想,给鲁迅以深刻启悟。波兰作家显克微支"寄悲愤绝望于幽默"的思想风格、俄罗斯作家安德列夫的"阴冷"、阿尔志跋绥夫的心理刻画、日本作家夏目漱石幽默讽刺的"轻妙笔致",都被鲁迅融化进小说创作中。鲁迅欣赏陀思妥耶夫斯基对病态心理的挖掘,认为他"显示着灵魂的深",是"高的意义上的写实主义者"③。鲁迅还接受过有岛武郎的"爱幼者"进化观念与爱罗先珂式的博爱思想,翻译了日本厨川白村建构于弗洛伊德精神分析学基础上的《苦闷的象征》。鲁迅以"拿来主义"态度,形成了独具特色的现代现实主义小说艺术。

鲁迅的小说以其深刻的思想和精湛的艺术,深远地影响着中国现代小说以至中国新文学的发展。

研习提升

1. 竹内好:《鲁迅》,三联书店 2005 年。
2. 严家炎:《〈狂人日记〉的创作方法》,《求是集》,北京大学出版社 1983 年。
3. 毛泽东谈《阿 Q 正传》,《论十大关系》,《毛泽东选集》

---

① 鲁迅:《中国小说史略》,《鲁迅全集》第 9 卷,人民文学出版社 2005 年,第 228—232 页。
鲁迅高度评价《世说新语》在人物描写上的成就,认为"魏晋人的豪放潇洒的风姿,也仿佛在眼前浮动"。鲁迅:《且介亭杂文·病后杂谈》,《鲁迅全集》第 6 卷,人民文学出版社 2005 年,第 168 页。
鲁迅对唐传奇的"文采与意想""叙述宛转,文辞华艳"等特点极为赞赏,称之为"唐代特绝之作"。鲁迅:《中国小说史略》,《鲁迅全集》第 9 卷,人民文学出版社 2005 年,第 73 页。
② 鲁迅:《中国小说的历史的变迁》,《鲁迅全集》第 9 卷,人民文学出版社 2005 年,第 348 页。
③ 鲁迅:《集外集·〈穷人〉小引》,《鲁迅全集》第 7 卷,人民文学出版社 2005 年,第 105—106 页。

第 5 卷,人民出版社 1977 年。

4. 钱理群:《鲁迅的小说——以〈在酒楼上〉〈孤独者〉为例》,《鲁迅小说十五讲》,北京大学出版社 2003 年。

5. 汪卫东:《鲁迅的又一个"原点":一九二三年的鲁迅》,《文学评论》2005 年第 1 期。

6. 郑家建:《被照亮的世界——〈故事新编〉诗学研究》,福建教育出版社 2001 年。

7. 张梦阳:《鲁迅在今天的意义》,《光明日报》2006 年 10 月 23 日。

第三章
1920年代小说(二)

第一节　1920年代小说

自1918年开始,鲁迅在《新青年》上陆续发表《狂人日记》《孔乙己》《药》等作品,"算是显示了'文学革命'的实绩"[1]。随后以《新潮》杂志为中心,聚集了汪敬熙、罗家伦、叶绍钧、俞平伯等一批青年作家,史称"新潮作家群"。重要作品有罗家伦《是爱情还是苦痛》、汪敬熙《瘸子王二的驴》、杨振声《渔家》、俞平伯《花匠》等。这些作家的作品清新、质朴,直面社会问题,但"往往留存着旧小说上的写法和语调;而且平铺直叙,一泄无余"[2]。

现代小说的繁荣,是在1920年代。鲁迅高举启蒙主义的文学旗帜,卓然独立,成为新文学的一座高峰;以文学研究会、创造社为代表,形成写实主义和浪漫主义两大潮流,先后出现了问题小说、乡土小说、自叙传抒情小说等创作现象,它们共同构成了1920年代小说创作的主潮;浅草—沉钟社、弥洒社、狂飙社等,构成了1920年代小说版图中不可或缺的部分。

对"人"的多元思考,是新文学的根本精神,其文化价值大于审美价值。西方启蒙主义、个性主义、人道主义思想是新文学作家借以思考"人"、发现"人"的主要思想资源。

文学研究会有冰心、庐隐、叶绍钧、王统照、许地山等一批青年作家。他们最初以问题小说进入文坛。问题小说的滥觞,与周作人在理论上的倡导有关系。周作人指出:"提出一种问题,借小说来研究它,求人解决的,是问

---

[1] 鲁迅:《〈中国新文学大系〉小说二集序》,《鲁迅全集》第6卷,人民文学出版社2005年,第246页。
[2] 同上书,第247页。

题小说";"问题小说所提倡的,必是尚未成立,却不可不有的将来的道德"。[1]

冰心(1900—1999,原名谢婉莹,福建长乐人),现代著名小说家、散文家、诗人。其早期小说《两个家庭》《斯人独憔悴》《去国》《庄鸿的姊姊》等,重点关注婚姻家庭、社会教育、个性解放等问题,是新文学初期问题小说的代表性作品,冰心也被誉为问题小说的"首席作家"[2]。还有小说如《一个军官的笔记》《一个不重要的军人》《一个兵丁》等,从人性的角度拷问战争的罪恶,揭露军阀混战的血腥本质,写出了军人无奈而又悲苦的命运。

冰心努力将对社会人生问题的思考提升到哲学层面,使其问题小说带上了哲理韵味,核心就是贯穿其作品中的"爱的哲学"。她认为"真理就是一个字'爱'"[3],而这"爱"包含着母爱、童心和自然三个组成部分,它以此来疗救青年们受伤的心,以抵御社会对人的侵害。《超人》《悟》《烦闷》等作品是这一哲学思想的集中体现。《超人》中的何彬原本信奉尼采的超人哲学,认为同情和怜悯都是罪恶。后来在儿童禄儿的感召下,他的人生态度发生了很大的转变,并最终意识到:"世界上的母亲和母亲都是好朋友,世界上的儿子和儿子也都是好朋友,都互相牵连,不是互相遗弃的。"[4]何彬性格的转变,诠释着冰心"爱的哲学"的力量,这一方面显示她浓郁的人道主义情怀,另一方面也说明她当时涉世未深,对现实的观察和理解还是较为肤浅的。抗战时期,在重庆以"男士"的笔名发表纪实性散文《关于女人》,表达了她对女性坚忍、奉献等美好品质的赞美。冰心还著有散文集《寄小读者》和诗集《繁星》《春水》等。

> **声音**
>
> 她将源于基督教义的具有超验性质的"爱"的观念置入母亲形象……实际上是在新的历史条件下女性意识的一种退步。
>
> (王侃《历史:合谋与批判——略论中国现代女性文学》)
>
> 冰心"孩子/天使+母爱"这个文学模式……却是那样熨贴了人们的心灵,给人们带来心灵上的抚慰。
>
> (林丹娅《冰心儿童观及其写作意义辨》)

庐隐(1898—1934,原名黄英,福建闽侯人)与冰心、林徽因并称"福建三才女",是新文学初期女作家群的代表作家之一。她的创作带有浓郁的浪漫感伤气息,更接近创造社的郁达夫。其作品多表达女性在时代解放思潮中面临的种种情感困惑和人生歧路,茅盾曾赞赏她是"'五四'的产儿"[5]。代

---

[1] 仲密(周作人):《中国小说里的男女问题》,《每周评论》第7号(1919年2月)。
[2] 杨义:《中国现代小说史》第1卷,人民文学出版社1986年,第230页。
[3] 冰心:《自由——真理——服务》,《冰心全集》第1卷,海峡文艺出版社1994年,第199页。
[4] 冰心:《超人》,《冰心全集》第1卷,第190页。
[5] 未明(茅盾):《庐隐论》,《文学》1934年第3卷第1号。

表作《海滨故人》以自叙传的手法写露沙和几位女同窗从聚首言欢到风流云散的过程,宣泄了寻求人生意义和自我价值的郁闷心理,流露出强烈的女性意识和现代意识。庐隐正是在这一群女子的悲剧命运中,体味着女性解放带来的时代狂欢和个体在命运抉择时无法摆脱的困顿与窘迫。长篇小说《象牙戒指》以石评梅为原型塑造了张沁珠这一形象,以哀怨诗性的笔触抒写了五四知识女性的爱情悲剧和难以摆脱的人生宿命。《何处是归程》《丽石的日记》《或人的悲哀》等作品,也都反复咏叹经过新文化启蒙后的知识女性对人生意义的不懈探究以及无法破解的人生迷局。早期女性解放运动,给新女性提供了个性解放的理论和勇气,却没有为她们准备好适宜她们生存的社会条件,就像在苦寒的冬天里,唤醒种子让它抽芽,等待它的只能是磨难。庐隐以其女性作家特有的敏锐和细腻,记录了一代女性觉醒者内心的痛苦与挣扎。她大量运用日记体、书信体和第一人称叙述,对于男女情爱心理的描绘尤为缠绵哀怨感人,深受中国古典言情小说和婉约派诗词影响,风格感伤,基调悲戚,与郁达夫同为新文学抒情小说的开拓者。但天不假年,这位才力旺盛的女作家不幸因难产而死,其色彩斑斓的文学道路也随之戛然而止。

新文化运动与女性解放催生了一大批女性作家,陈衡哲、冯沅君(淦女士)、苏雪林、凌叔华、林徽因、石评梅等,她们和冰心、庐隐一起,为早期新文学提供了柔婉绮靡的别样风景。不同于文学研究会作家凝注于社会生活,新月派的**凌叔华**(1900—1977,原名凌瑞棠,祖籍广东番禺,生于北京)以灵致优雅之笔精细刻画知识女性的心理,在新文学早期作家中独具风格,有短篇小说集《花之寺》。

王统照(1897—1957,山东诸城人,字剑三)早期作品属于问题小说的范畴,以"论及人生诸问题"①为指归。在反思人生、批判社会现象的同时,王统照早期作品倾向于对爱与美的演绎和追寻,显示了青年作家的浪漫情怀。《沉思》写女优琼逸,给画家当裸体模特儿,希望他能画出"一幅极有艺术价值而可表现人生真美的绘画"②。但她这份纯洁的爱美之心,为社会习俗所不容。她的爱人、狡猾的官吏和艺术家为她大打出手,乱作一团。她只能一个人独自沉思:"……到底我有我的自由啊!……世上的人怎么对于我这种人这么逼迫呢?"③《微笑》写盗窃犯阿根被一位女犯人的微笑所感染,最终走

---

① 周作人认为:"问题小说,是近代平民文学的出产物,这种著作,照名目所表示,就是论及人生诸问题的小说。"见仲密:《中国小说里的男女问题》,《每周评论》1919年第7号(1919年2月)。
② 王统照:《沉思》,《王统照文集》第1卷,山东人民出版社1980年,第9页。
③ 同上书,第15页。

向正途;《雪后》写孩子们在雪地上堆起的小楼,被夜里路过的军队踏成泥浆。这些作品都带有浪漫、虚幻色彩。而《湖畔儿语》是他早期最为重要的作品,通过一个儿童的口,讲述了他的母亲做暗娼的凄惨故事,写实性明显增强,但对人间爱与美的呼唤依然贯穿始终。1933年发表的《山雨》标志着他现实主义创作风格的成熟,作品内容也更沉实。《山雨》塑造了农民奚大有的形象,展示了中国农民在苦难中逐渐觉醒、走向反抗的过程。

文学研究会的一部分作家追慕鲁迅,取材乡土,揭示乡村社会的种种悲剧。语丝社和未名社的一部分青年作家也投身其中,乡土小说创作蔚为大观,形成了**乡土写实派**。

学步鲁迅、注目乡土的青年作家有许杰、蹇先艾、许钦文、王鲁彦、黎锦明、黄鹏基、尚钺、向培良、王任叔、徐玉诺、台静农、彭家煌等。这些来自乡村、寓居于京沪等都市的游子,目击现代文明和宗法制农村的差异,在鲁迅改造国民性思想的启迪下,带着对故乡和童年的回忆,用隐含着乡愁的笔触,将"乡间的死生,泥土的气息,移在纸上"①,以其刚健、清新、质朴之气使创作界面目一新,又由于挟带着对各地乡情民俗的纪实和描写,显示出鲜明的地域色彩,从整体上呈现出比较自觉而可贵的本土化追求。

乡土写实小说继承了鲁迅乡土小说的启蒙主义传统,揭示闭塞的乡村世界里农民的愚昧与麻木、世故与巧滑、冷漠与势利、贫穷与落后,以及由此带来的种种人生悲剧。鲁彦(1901—1944)有短篇小说集《柚子》《黄金》等,1930年代有长篇小说《野火》(《愤怒的乡村》)。鲁彦《岔路》写两个村子的农民为了驱赶鼠疫举行关爷出巡大典,在出巡的岔路口,因为先到哪个村的问题出现分歧,最终发生械斗,农民的愚昧和野蛮从中得到了充分表现。《黄金》写乡间的传统观念与世态炎凉,作者笔如刀锋,冷峻犀利地剖开了乡村社会人情世态的恶痈肿瘤。许杰(1901—1993)是那时"成绩最多的描写农民生活的作家"②,"最长的《惨雾》是那时候一篇杰出的作品"③。它惊心动魄地铺展了乡村人们的械斗场面,揭示了传统观念和剽悍蛮野民风相结合所酿成的血的悲剧,这跟鲁彦写械斗的《岔路》相近。彭家煌的《怂恿》,台静农(1903—1990)的《拜堂》《新坟》等一系列作品,在对旧中国农村病态社会的解剖和农民精神痛苦的表现方面,颇具鲁迅式的"忧愤深广"之风。

---

① 鲁迅:《〈中国新文学大系〉小说二集序》,《鲁迅全集》第6卷,人民文学出版社2005年,第263页。
② 茅盾:《〈中国新文学大系·小说一集〉导言》,《茅盾全集》第20卷,人民文学出版社1990年,第490页。
③ 同上书,第491页。

乡土小说家在发掘乡土世界种种龌龊与罪恶的同时,也难掩其内心对故乡的怀恋与思念,这使作品带上了苦涩的乡愁。鲁迅是第一个提出"乡土文学"这一概念的人,他当时就指出,这些"侨寓文学的作者"笔下"隐现着乡愁"[①]。许钦文(1897—1984)有小说集《故乡》《回家》等,短篇《父亲的花园》通过对故乡花园中一家人幸福生活的回忆,寄托着往事不再、故乡黯淡的愁思,曾得到鲁迅好评。贵州作家蹇先艾(1906—1994)有小说集《朝雾》《一位英雄》《酒家》《还乡集》,短篇《乡间的回忆》《到家的晚上》都渗透着故乡寂寥破败、往事不堪回首的伤感情绪。

乡土写实小说对一些奇异的乡风民俗进行了细致的描绘,在揭示乡间悲剧的同时,也使作品具有了民俗学价值。蹇先艾的《水葬》写了贵州当地将小偷"水葬"的残酷乡俗成规。小偷骆毛被水葬后,尚不知情的母亲每日黄昏站在门前等儿子回来。鲁彦的《菊英的出嫁》写了浙东民间奇异的冥婚风俗。菊英8岁夭折,10年后,母亲为她找了一门阴亲,陪上丰厚的嫁妆,吹吹打打地把她"嫁"出去。许杰的《赌徒吉顺》写赌徒吉顺赌博输了钱以后,按照当地"典子"的习俗,将老婆"典"给有钱人替人家生儿子。这类作品具有浓厚的乡土气息和尖锐的批判意识,是乡土写实小说中的精品。

几乎所有的乡土作家都效仿鲁迅乡土小说的写法。废名(1901—1967,湖北黄梅人)则师法周作人的淡泊宁静,在乡土小说创作中走出了一条与众不同的路子。其作品以《竹林的故事》最负盛名。作者以清新、淡雅的文笔,描绘了乡间和谐、宁静的生活,具有典型的牧歌情调。

与文学研究会形成双峰并峙的是创造社。前者被称为"人生派",后者被称为"艺术派",文学观念上的明显差异,令这两大社团之间爆发过论争,使1920年代初期的文坛显得异常活跃和精彩。

前期创造社和与之相近的其他社团的一些小说家,他们的"人"的观念、文学观念与"人生派"不同。他们强调个性,崇尚自由,也受到晚明以来中国传统的个性叛逆思想影响,力主忠于自己"内心的要求",标举自我情绪与性灵的审美表现,潇洒叛逆不羁,在文学上另辟蹊径,开拓出现代小说的新空间——浪漫抒情小说。

创造社作家在小说、诗歌、散文、戏剧等诸多领域均有突出贡献。就小说而言,郁达夫、郭沫若、张资平的作品,是文坛的重要收获。另外还有倪贻德、叶灵凤、陶晶孙、叶鼎洛、周全平及冯沅君(她虽非创造社成员,但其作品多在

---

① 鲁迅:《〈中国新文学大系〉小说二集序》,《鲁迅全集》第6卷,人民文学出版社2005年,第255页。

创造社刊物上发表)等。浅草—沉钟社的陈翔鹤、林如稷,弥洒社的胡山源,艺林社的刘大杰,乃至文学研究会会员王以仁、滕固等,他们的创作各具特色,其共同处是都承受了郁达夫浪漫抒情风格的影响。这些,将在本章第三节专论。

第二节　叶绍钧　许地山

叶绍钧(1894—1988,字圣陶,1894年生于苏州),现代著名小说家、语文教育家,也是中国现代第一位童话作家。

1911年,叶绍钧中学毕业便做了小学教员,1918年在《妇女杂志》上发表第一篇白话小说《春宴琐谭》,他开始自觉地向新文学靠拢;1921年参与发起成立文学研究会。陆续出版小说集《隔膜》《火灾》《线下》《城中》等,以其题材之广和刻画知识分子形象之独特,为时人瞩目。叶绍钧的《稻草人》和《古代英雄的石像》成为中国现代童话的滥觞。1923至1937年,先后担任上海商务印书馆和开明书店编辑,还参与编辑《小说月报》《文学旬刊》《中学生》《文学》等杂志,因善于发现和提携青年作家,被称为文坛"伯乐"。叶绍钧一直关注国文教学,参与编写了从幼儿园到大学的国文教材,成为著名的语文教育家。

叶绍钧早期小说属于问题小说的范畴,跟冰心、王统照有些相似,在作品中追寻着虚幻的爱与美,讨伐着现实生活中的恶劣现象。《这也是一个人》(即《一生》)中的"伊"15岁出嫁,丈夫死后,她被婆家卖了,"伊是一条牛","把伊的身价充伊丈夫的殓费,便是伊最后的义务!"[1]这跟鲁迅的《祝福》相似,但在发掘女性悲剧命运的根源方面,没有达到《祝福》的深度。

叶绍钧曾长期在中小学执教,对当时的教育状况有着深刻的观察和了解,他创作了大量教育题材的作品,当时的评论家就肯定叶绍钧是"现代中国文坛上的教育小说作家"[2]。《饭》写吴先生千方百计谋到一个小学教员的职位,但因为没有师范文凭,他的薪水被学务委员克扣,而他只能唯唯诺诺地忍受这不公正的待遇。《校长》写叔雅为了让自己的几个孩子受到好的

> **声音**
>
> 《潘先生在难中》……只是侧重于生活现象的描绘,对这种卑琐思想却批判的不够。(丁易《中国现代文学史略》)
>
> 不能把人对最基本的生存需要的渴望和努力视为一种堕落,更不能把战争中的责任归罪于懦弱的知识分子。
> (张福贵《错位的批判:一篇缺少同情与关怀的冷漠之作——重读叶圣陶的小说〈潘先生在难中〉》)

---

[1] 叶绍钧:《这也是一个人》,《叶圣陶集》第1卷,江苏教育出版社1987年,第102页。
[2] 钱杏邨:《叶绍钧的创作的考察》,《现代中国文学作家》第2卷,泰东图书1930年,第10页。

教育,就费尽周折谋得一个小学校长的职位。面对教员的懒惰、学生的浮躁,他忧心忡忡。这位校长在恶劣风气面前畏首畏尾,最终在颓唐、失望中应付了事。《潘先生在难中》是叶圣陶最成功的作品。小说写潘先生在逃难中的琐屑、苟且行为与所见所闻。最后写他为军阀写匾,心里想着战争的罪恶,手里写着歌颂军阀的条幅;潘先生虽良知未泯,但其懦弱、卑怯的性格得到了充分展示。小说有大量的细节描写,如潘逃难时的狼狈,为保住饭碗匆匆返回学校时的惶惑,从红十字会讨到小旗时的惊喜,发现战事未开、后悔逃难多花了一笔费用时的懊恼,给学生写入学通知时的得意,在红房子见到局长时的局促。作者将一位小知识分子自作聪明又苟且懦弱的性格表现得十分生动、活灵活现。沈雁冰称它"把城市小资产阶级的没有社会意识,卑谦的利己主义,precaution(戒备),琐屑,临虚惊而失色,暂苟安而又喜,等等心理,描写得很透彻"①。

叶绍钧的长篇小说《倪焕之》(1927)是其教育题材小说的代表作。主人公倪焕之,怀抱着教育救国的梦想,改革乡村教育,却无声地流产了。他幻想同恋人金佩璋一起改良中国教育,但婚后金佩璋忙于日常生活琐事。对教育改革和爱情的双重失望,使他离开学校,到了上海。五卅运动爆发,他汇入时代洪流,但残酷的现实使倪焕之感到失望,他消沉、酗酒,最终死去。小说时间跨度长,涉及辛亥革命、五四运动、五卅运动等重大历史事件,绵密、扎实地写出了小知识分子从教育救国转向社会革命的历程,曾被茅盾誉为现代长篇小说初起时的"扛鼎"之作。②

叶绍钧的文学创作,感应时代的神经,及时传递时代的动荡与变迁。五卅运动的时候,他发表散文《五月卅一日急雨中》,成为记录这一事件的名篇。从1927年下半年至1928年,叶绍钧连续发表多篇作品,记录血雨腥风中斗争者们的抗争精神。《冥世别》以荒诞手法,描写为信仰献身的五位青年,不堪忍受阳世宣传家们的诽谤,想辞别阴间重返人世诛杀丑类的故事。他们身上带着弹孔刀痕,或将头提在手里,向冥王辞行。冥王怎样安慰和挽留,都不能改变他们的决心。小说写得元气淋漓、惊心动魄,看似荒诞不经,

---

① 方璧(茅盾):《王鲁彦论》,载《小说月报》第19卷第1期(1928年1月)。

② 茅盾指出:"把一篇小说安放在近十年的历史过程中的,不能不说这是第一部;而有意识要表示一个人——一个富有革命性的小资产阶级知识分子,怎样地受十年来时代的壮潮所激荡,怎样地从乡村到都市,从埋头教育到群众运动,从自由主义到集团主义,这《倪焕之》也不能不说是第一部。在这两点上,《倪焕之》是值得赞美的。""这样'扛鼎'似的工作,如果有意识地继续做下去,将来我们大概可以说一声:'五卅'以后的文坛倒不至于像'五四'时代那样没有代表时代的作品了。"见茅盾:《读〈倪焕之〉》,《文学周报》第8卷第20号(1929年5月)。

实则入木三分地揭露了当政者和谣言家们的血腥与无耻。《夜》写一对年轻革命者被杀害,他们的遗孤改易姓氏,由外婆抚养。老妇人痛恨杀人者,痛惜被杀者,决心承担起抚养遗孤的使命。整个作品在压抑、恐怖的气氛中展开情节,婴儿的啼哭与刑场上的尸血相叠加,暗示了屠杀者的暴虐和革命成功的希望。进入 1930 年代,叶绍钧发表《多收了三五斗》,对"丰收成灾""谷贱伤农"的社会进行了犀利的剖析,成为这一题材领域的名作。

叶绍钧小说有着鲜明的艺术风格。首先在于他对灰色人生的冷静观察和客观描写,表现了鲜明的写实主义特征。他把自己的意图和感情隐藏在客观的叙述中,但冷隽、客观的风格色彩并不排斥他的内在热情和主观见解,正如他自己所说的,他"很有些主观见解",只是寄托在"不著文字的处所"[1]罢了。

同情与讽刺兼备,是叶绍钧对小市民知识分子用笔的基本特色。潘先生(《潘先生在难中》)、吴先生(《饭》)、叔雅(《校长》)以及《一包东西》《英文教授》等作品的主人公,都是生活碾盘重压下的知识者,作者看不惯他们的怯弱、空虚、自私,不由要刺它一下;但是他也深知这些人物身上沾有的细菌是那个社会赐予的,因此他在讽刺的同时又毫不含糊地把笔锋指向其背后的黑暗现实制度,从而使他的批判现实主义达到了一定的深度,于是讽刺也就显得温婉、醇厚,不失客观写实的基本风格。叶绍钧"除了稳健的技巧之外,他的作品还具有一份醇厚的感性,虽是孕育于当时流行的观念和态度中,却能不落俗套,不带陈腔"[2]。

精于布局,结构谨严,形式多样,讲究结尾饶有余味,是叶绍钧小说艺术的又一方面。《多收了三五斗》无一中心人物,颇有散文风;《金耳环》以"戒指"一物贯穿全篇,写了一个士兵的悲剧;《遗腹子》写女人的七次生养,力避写法的雷同;而《多收了三五斗》《潘先生在难中》《风潮》等不少小说结尾的艺术匠心,尤见功力。叶绍钧小说的结构艺术颇似作家故乡苏州园林的格局,尺幅之间,峰回路转。早在 1920 年代,评论者就肯定了叶绍钧是和鲁迅一样讲究结构的少数小说家之一。叶绍钧对人物的描写细腻扎实,特别注重通过细节描写刻画人物性格。《金耳环》先写兵痞席占魁看到女人的手臂和手臂上的金首饰而产生的冲动,后写训练的时候排长手上的金戒指引起他无限的向往。席占魁看到排长戒指时的惊异、回想女人手臂时的猥琐、敲

---

[1] 叶圣陶:《〈叶圣陶选集〉自序》,刘增人、冯光廉编:《叶圣陶研究资料》,北京十月文艺出版社 1988 年,第 257 页。
[2] 〔美〕夏志清:《中国现代小说史》,刘绍铭等译,香港中文大学出版社 1979 年,第 51 页。

诈当铺时的傲慢和渴望开拔时的焦躁,都通过一个个细节表现得充分、细腻。

叶绍钧最初"作小说的兴趣可以说因中学时代读华盛顿·欧文的《见闻录》引起的"①,他羡慕欧文那种清新的创意,但他对灰色人生冷静客观的再现与同情讽刺兼具的风格,则与契诃夫小说异曲同工,而对卑琐小人物的刻画,又有陀思妥耶夫斯基小说之韵味。他的文字简洁、俭省、朴实、纯正。作为一位语文教育家,他有意识地践行语言的规范化,这使他的作品成为现代白话文的典范文本之一。

许地山(1893—1941,笔名落花生、落华生,生于台湾省台南市一个爱国志士的家庭)不满3岁便随父迁徙,最后落籍福建龙溪;中学毕业以后,在福建漳州和缅甸仰光当过几年教员;1917年考入燕京大学;1919年参加了五四爱国学生大游行;1921年参与发起成立文学研究会,在《小说月报》发表《命命鸟》《商人妇》《换巢鸾凤》等具有传奇色彩的作品,令人耳目一新。1925年出版小说集《缀网劳蛛》和散文集《空山灵雨》,奠定了他在文学史上的地位。许地山生在一个佛教色彩浓厚的家庭,他本人对佛教也情有独钟,曾专门到印度研究过佛教;对道教、基督教,他也怀有浓厚兴趣,这使其早期作品或浓或淡地散发着宗教气息。

他的小说故事往往发生在缅甸(《命命鸟》)、印度(《醍醐天女》)、新加坡(《商人妇》)、马来西亚(《缀网劳蛛》)等异域,国内的"生活区"大多在闽、粤等地(《换巢鸾凤》《黄昏后》等)。许地山小说引人注目的特点就是鲜明的异域色彩:闪着金光的瑞大光塔,被热带植物环绕的绿绮湖,蒲葵、槟榔、大象、孔雀,美妙的雀翎舞,动听的巴打拉……一切都呈现着馥郁清新的南国风情与异域色彩;其次是他小说中的宗教氛围:法轮学校、《八大人觉经》、乞食、礼拜、涅槃、晚祷、讲经说法、极乐寺、放生池,还有敏明、加陵以情死为超度,尚洁以宗教精神对待生活中的不幸,以及惜官的乐天知命、克己容人,都使其小说流溢出某种宗教气息。在情节上,几乎都贯穿着一条爱情(婚姻)的线索,如《命命鸟》中的加陵与敏明、《商人妇》中的惜官和林荫乔、《枯杨生花》中的云姑与日晖,乃至《黄昏后》中的关怀与其亡妻,这些男女主人公悲欢离合的爱情(婚姻)故事,都相当曲折离奇。异域色彩、宗教氛围、爱情(婚姻)线索的交织融合构成了许地山初期小说倾向于浪漫传奇的三个主要因素,也是笼罩在作品上的三重纱幕,隐伏其下的是作者深沉的人生之痛、哲理之思。

---

① 叶圣陶:《过去随谈》,《叶圣陶集》第5卷,江苏教育出版社1989年,第302页。

许地山以异国风情为背景的浪漫传奇小说,关注"人"的解放的艰难历程与女性的坎坷命运,是人的觉醒与女性解放思潮在早期新文学中绽放的奇幻花。

《命命鸟》是一个并不让人悲伤的爱情悲剧。缅甸仰光的世家子弟加陵与俳优之女敏明痴心相爱,但因双方家长反对,两人投湖自杀。这本是一个老套的爱情故事,作者却给它披上了一件华丽的宗教外衣,将主人公爱情受挫的痛苦,转化为追寻彼岸世界的幸福,所以当他们携手走向绿绮湖水深处时:"好像新婚的男女携手入洞房那般自在,毫无一点畏缩。在月光水影之中,还听见加陵说:'咱们是生命的旅客,现在要到那个新世界,实在叫我快乐得很。'"①浓厚的宗教情绪钝化了小说的批判锋芒,掩盖了悲剧的血腥气息,但它呈现了宗教世界的另外一种人生形式,就像"梁祝化蝶"提升了悲剧的审美层次一样,《命命鸟》中的宗教色彩,使小说的内涵变得更为厚重、沉实。

《商人妇》中的惜官、《缀网劳蛛》中的尚洁,都曾被丈夫遗弃,但她们在命运的拨弄面前,以宗教的容忍心、苦乐观处事待人。惜官被发达致富的丈夫卖给一个印度商人,在印度商人病故后,她又重游旧地。在她看来,"人间一切的事情本来没有什么苦乐的分别,你造作时是苦,希望时是乐;临事时是苦,回想时是乐……"②这种达观的信念,既有沉稳坚毅的积极面,也有某种消极面,无不体现着作者人生观的二重性。尚洁跟惜官一样信奉着这样的人生观:"我的行为本不求人知道,也不是为要得人家的怜悯和赞美;人家怎样待我,我就怎样受,从来是不计较的。"③她的这种人生态度并没导向对现实人生的否定,却进一步强化了人物生存的意志。宗教使这些女性具有了忍受苦难的能力,但苦难本身在宗教的外衣下依然显示出其狰狞的面目,使人体会到女性命运的悲剧性及其人生信念的坚毅。

许地山把对人生的思考探究推到了哲学的、形而上的境界。他真实的意图是从教义里"拈取一片",放进一个他自认为合理的人生观,而并没有把小说化为形象的宗教教义。他"借用宗教的哲理,没有导向现实人生的否定,而是通过平衡心灵,净化情感,进一步强化生存的意志和行动的欲望,这是许地山小说特殊的宗教色彩"④。作为宗教学者,许地山的小说创作的确深受印度文学与宗教思想影响,他吸收了泰戈尔的宗教思想与文艺观,难得

---

① 许地山:《命命鸟》,《许地山文集》,线装书局2009年,第92页。
② 许地山:《商人妇》,《许地山文集》,第105页。
③ 许地山:《缀网劳蛛》,《许地山文集》,第151页。
④ 陈平原:《论苏曼殊、许地山小说的宗教色彩》,《中国现代文学研究丛刊》1984年第3期。

的是,"他把基督教的爱欲,佛教的明慧,近代文明与古旧情绪糅合在一处,毫不牵强的融成一片"①,由此形成了他特异的东方式的情调与风格。他立足世俗生活,描写普通人物,将人的解放尤其是女性解放作为作品的核心主题,以女性的悲剧命运彰显女性解放的迫切性,以女性逆来顺受的心性,来显示女性解放的艰难历程。茅盾认为,许地山在新文学初期的作家中是"顶不'回避现实'的一人"②。

1928年发表的《在费总理的客厅里》是其创作从传奇走向写实的开端,社会的不平和阶级的对立,开始成为这一时期许地山小说的基本主题。《春桃》的发表,标志其现实主义创作的新成就。这部"一女二男"式的婚恋小说,以其大胆的想象和匪夷所思的结局,揭示了人性的复杂。

许地山的小说创作几乎都收在《缀网劳蛛》和《危巢坠简》两部集中,他的小说资质清纯、奇幻不群,在新文学发展史上有特殊的位置。

第三节　郁达夫等

郁达夫(1896—1945,原名郁文,浙江富阳人),现代著名小说家、散文家,在古体诗词创作方面也有较高成就。

郁达夫自幼就有文学天赋,"九岁题诗四座惊"③。1913年,他随长兄郁华负笈东瀛,次年入东京第一高等学校预科,获得官费生资格。1919年考入东京帝国大学经济学部。1921年6月,与郭沫若、张资平等人发起成立创造社。9月回国,在上海筹办《创造季刊》。10月,小说集《沉沦》作为"创造社丛书"之三由上海泰东书局出版,这是现代文学史上的第一本短篇小说集。1922年3月返回日本参加毕业考试,4月获经济学学士学位。随后以学士身份面试进入东京帝国大学文学部言语学科,但因经济等方面的原因,于7月回国,结束了近十年的留学生涯。之后郁达夫除在高校教书之外,大部分时间和精力都用在了编辑刊物和文学创作上,成为闻名遐迩的文坛名家。1927年,风流倜傥、浪漫多情的郁达夫与王映霞一见钟情,随即订婚,与原配孙荃分居。1928年与王映霞在杭州举行婚礼,居西湖风雨茅庐。此后风波迭起,1940年郁王离婚。1938年应新加坡《星洲日报》社电邀,参与该报副刊编务。1945年8月29日,被日本宪兵秘密杀害于印度尼西亚的苏门答

---

① 沈从文:《沫沫集·论落花生》,《沈从文全集》第16卷,北岳文艺出版社2002年,第161页。
② 茅盾:《落华生论》,《茅盾全集》第20卷,人民文学出版社1990年,第229页。
③ 郁达夫《自述诗》(十八首),《郁达夫全集》第7卷,浙江大学出版社2007年,第66页。

腊岛。

郁达夫有着多方面的文学成就,影响最大的是小说创作。从题材和手法来说,郁达夫小说突出的特点是自叙传。他大部分作品,都直接取材于自己的生活,他认为:"至于我的对于创作的态度,说出来,或者人家要笑话我,我觉得'文学作品,都是作家的自叙传'这一句话,是千真万确的。"[1]把文学作品视为作家的自叙传,并非郁达夫首创。在西方,19世纪的圣伯夫、勃兰兑斯等人就已提出此说;在中国,胡适在《〈红楼梦〉考证》中也强调,《红楼梦》是一部"曹雪芹的自叙传"[2],但却很少有作家像郁达夫,如此执着地坚持自叙传式的写作,且将由情欲产生的复杂心理表现得如此淋漓尽致。

他的第一部小说集《沉沦》包括《沉沦》《南迁》《银灰色的死》三篇作品,都带有自叙传性质,其中《沉沦》最有代表性。《沉沦》主人公"我",是一位留学日本的青年,患着青春期忧郁症。与孤独伴随的,是被压抑的爱欲和情欲,他赤裸裸地告白:"知识我也不要,名誉我也不要,我只要一个安慰我体谅我的'心'。一副白热的心肠!从这一副心肠里生出来的同情!从同情而来的爱情!"[3]但"弱国子民"的心态,使他不敢接近日本女孩,便自怨自叹。他偷窥老板的女儿洗澡,激动兴奋之余又悔恨自责。他偷听到一对男女在梅林深处幽会,更加勾起了他难以遏制的欲望。在一夜嫖妓酗酒,放纵之后,他走向波涛的深处,发出了这位弱国子民饱受压抑之后的最后哀泣!《银灰色的死》中的"他",也是一位留日学生,他一边怀念着亡妻,一边到酒馆买色买醉;他默默地喜欢酒馆里的女招待静儿,听说静儿要嫁人了,他便把自己的几本旧书当掉,给静儿买了嫁礼。之后他流落街头,死在大街上。小说跟《沉沦》一样,充盈着无法排遣的愁苦和欲望压抑,表现了主人公在不甘沉沦中继续沉沦、

> 声音
>
> 《沉沦》出世的影响不仅在文坛上,在现今中国社会上,道德的变动,我可以大胆的说一句是发自它的原动。今日公开的性的讨论,那神圣的光,是《沉沦》启导的;今日青年在革命上所产生的巨大的反抗性,可以说是从《沉沦》中那苦闷到了极端的反映所生的。虽然,《沉沦》并不是一部记述关于性的问题,革命心理的文字,然而那真实的情感的启示比《呐喊》那较明显的激荡,尤其来得深远。
>
> (黎锦明《达夫的三个时期》)
>
> 主人公的难以排除的忧郁苦闷,反映了"五四"时期那些在重重压迫下,有所觉醒而又不知如何变革现状的青年共同的心理状态,具有时代特征。
>
> (唐弢《中国现代文学史简编》)

---

[1] 郁达夫:《五六年来创作生活的回顾》,《郁达夫全集》第10卷,第312页。
[2] 胡适:《〈红楼梦〉考证(改定稿)》,《胡适文集》第2卷,北京大学出版社1998年,第449页。
[3] 郁达夫:《沉沦》,《郁达夫全集》第1卷,第47页。

在不想放纵中继续放纵的矛盾人生,灵与肉的激烈冲突,欲望和理性的无情撕扯,被表现得很充分。这类自叙传式的小说,一直是郁达夫小说创作的主要形态。

他回国以后,虽然先后在多所学校任教,也多有作品发表,但愤世嫉俗之情未能稍减,作品中的苦闷情绪依然十分浓厚。小说《空虚》(最初发表时题为《风铃》)中的质夫,日本帝国大学经济学部毕业,想回国做一番事业,但回国后发现"中国的社会不但不知道学问是什么,简直把学校里出身的人看得同野马尘埃一般的小"①。相反,那些不学无术之徒则飞黄腾达。在人生失意的时候,引起他回味的,依然是关于女人的故事。一个风雨之夜,一位独自住在隔壁的少女因为害怕,就跑到他的房间,躺在他的被子上睡去,这引起了他欲望的腾涌。待天亮少女离去之后,"质夫就马上将身体横伏在刚才她睡过的地方。质夫把两手放到身底下去作了一个紧抱的形状,他的四体却感着一种被上留着的余温。闭了口用鼻子深深的在被上把她的香气吸了一回,他觉得他的肢体都酥软起来"②。随后虽然与这位日本少女多次见面,但这位少女有他的表哥陪着,他所有的幻想都落空了。怀才不遇带来的"生的苦闷",和得不到异性之爱带来的"性的苦闷",是郁达夫自叙传小说反复表达的主题。《青烟》中的"我"感慨地说:"我手里只有一溜青烟!"③

郁达夫自叙传小说中的主人公,无论是"他""我",还是质夫、伊文、文朴等等,都带有作者的影子,都有着相似的气质和命运,这反映了郁达夫小说中"自我形象"的近似性。他们恃才傲物,鄙视社会上种种庸俗、恶劣现象,不愿同流合污,但常常怀才不遇,生计窘迫,落魄潦倒;他们"孤独、内省、敏感、自卑、愤世嫉俗,而又负载着不堪忍受的感伤"④;他们情感丰富,爱欲强烈,渴望着灵肉一致的爱情奇遇,但现实常常击碎他们的梦想,于是他们在痛苦中放纵自己,在酒色的沉迷中获得短暂的解脱,事后又是无尽的悔恨和自责。

郁达夫笔下的这一自我形象,充分反映了现代知识分子觉醒以后面临的困境。如果说鲁迅式的"梦醒之后无路可走"是知识分子找不到出路的痛苦,那么郁达夫笔下的人物,则是梦醒之后难以生存的痛苦;前者是理想破灭、激情消失之后的精神之痛,后者是食难果腹、欲难满足的肉身之痛。这

---

① 郁达夫:《空虚》,《郁达夫全集》第 1 卷,第 188 页。
② 同上书,第 183 页。
③ 郁达夫:《青烟》,《郁达夫全集》第 1 卷,第 266 页。
④ 杨义:《中国现代小说史》第 1 卷,人民文学出版社 1986 年,第 548 页。

二者无高下之分,都是只有觉醒的人才能体会的现代之痛,"这是血的蒸汽,醒过来的人的真声音"①。

当然,自叙传式的创作是作家的一种姿态,并不意味着作品中的人物就等同于作者自己。文学创作,毕竟是作家在个人生活经验的基础上进行的虚构和想象,与作家的真实生活存有一定距离。

在创作自叙传小说的时候,郁达夫也有少数作品,关注下层民众的生活,将个人的苦闷与社会的苦难融为一体,使这些作品具有很强的社会批判意义,超越了自叙传作品内容过于逼仄、有时流于重复的弊病。《春风沉醉的晚上》(1923)、《薄奠》(1924),明显受到当时社会主义思潮和"劳工神圣"口号的影响,也反映了郁达夫的创作视点开始从过分关注自我向关注社会、关注下层民众转移;下层民众的苦难而不再是知识分子的欲望,成为作品的核心内容,使作品充溢着浓郁的人道主义情怀。

郁达夫是现代小说欲望叙事的先锋。作为创造社的重要作家,他和郭沫若一样,自幼性情敏感而又早熟。《沉沦》主人公在妓院的情节,来自于他自己的经历。回国后,冶游经验成为他小说欲望叙事的重要题材和情感来源。他的作品中,欲望压倒感情,欲望的冲撞与宣泄成为情节,欲望承载的社会文化内涵构成了作品的思想。这种对情色欲望主体地位的彰显,使作品带上了颓废色彩,这也是他常常为人诟病的原因。《沉沦》集中的三篇作品,欲望成为推进叙事的核心动力,性压抑成为主人公内心痛苦的根源。在《茫茫夜》中,于质夫跟吴迟生之间的暧昧程度,显然已经超越了同性之间的友谊。《秋柳》是《茫茫夜》的续篇,详细写他与妓女海棠之间的交往,将个人欲望冲动与学校风潮和社会病相织为一体,欲望始终是故事背后的推动力。《迷羊》写男性对女性身体的陶醉与迷恋,近乎病态。回到作品创作的年代,就会发现郁达夫对情色与欲望的过度张扬,对情欲苦闷、压抑的大胆暴露,

> 声音
>
> 但用自然主义手法描写性爱,势必削弱以致损害作品积极的思想内容。
>
> (唐弢《中国现代文学史简编》)

在新文学"人的解放"的时代有别样意义:首先,它是作者自觉反叛传统道德、抨击虚伪礼教的叛逆精神的惊世骇俗之举,对于长期以来束缚着中国人身心的传统伦理观念是一种大胆的宣战和勇敢的挑衅;其次,这些描写,不是对性行为、性活动的无意义的展览,它伴随着作者痛苦的自我解剖、自我认识,是他对于纯真爱情的向往追求以及求之而不得的结果。他的真率和坦诚的自我暴露有力地证明:人的情欲,人的天性本能,人对于性的渴望要

---

① 鲁迅:《随感录四十》,《鲁迅全集》第1卷,人民文学出版社2005年,第338页。

求,原本是自然的、正常的,而不是可耻的、罪恶的,文艺作品不可以表现的;再次,郁达夫在描写人物的性饥渴、性变态以及狎妓嫖娼时,总是不能摆脱精神上的折磨、压迫,严厉的自我谴责和良心的审判,向善的焦躁与贪恶的苦闷之间紧张的内心冲突,时有冲动而尚思克制,主人公在内心的搏战之后获得灵魂的净化与升华。《迟桂花》在淳朴美好的自然环境中呈现出人性的优美,弥漫于小说全篇的馥郁淡雅的迟桂花的香气,赋予作品纯美的诗的意境。郁达夫情色小说的某些篇什,笔触虽过于露骨,但在有的篇什中却颇为含蓄,在越轨中往往不失想象的奇特、用笔的清淡,赋予读者别样的审美愉悦。《沉沦》出版以后,曾遭受很多人的非议,周作人及时撰文予以辩护,认为它"虽然有猥亵的分子而并无不道德的性质"①;郭沫若说:"他的清新的笔调,在中国的枯槁的社会里面好像吹来了一股春风,立刻吹醒了当时的无数青年的心。他那大胆的自我暴露,对于深藏在千年万年的背甲里面的士大夫的虚伪,完全是一种暴风雨式的闪击,把一些假道学、假才子们震惊得至于狂怒了。为什么? 就因为有这样露骨的真率,使他们感到作假的困难。"②郁达夫的情色文学是新文学"人的文学"的重要组成部分。随着作者年龄的增长和时代的变化,郁达夫小说中的欲望色彩也在逐渐淡化。1927 年发表的《过去》是一个标志,他的情欲明显得到克制。

  郁达夫的文学创作活动开始于日本,所以他深受日本文学的影响,尤其当时在日本广为流行的私小说对他的影响最大;此外,俄罗斯的"多余人"("零余者")文学,对郁达夫的影响也十分明显。私小说是日本大正年间(1912—1925)产生的一种小说形式,又称"自我小说"。这类作品重视描写个体的心理活动和欲望纠葛,不重视作品反映社会生活的深度和广度,带有心理小说的特点。如该流派的重要作品《棉被》,写一位文学老师爱慕女弟子的故事,虽然情节简单,但是作者着重表现了主人公的复杂心理和焦灼的欲望。郁达夫的小说《空虚》中质夫在少女躺过的被子上吸享香气的情节,就明显脱胎于《棉被》。在日本私小说家中,对郁达夫影响最大的是佐藤春夫。郁达夫说:"在日本现代的小说家中,我所最崇拜的是佐藤春夫。"③佐藤春夫的《病了的蔷薇》和《田园的忧郁》是郁达夫十分钟爱的作品,其中的世纪末情调,深得他的共鸣。所以郁达夫作品中大胆的自我暴露,和对"穷"与

---

① 周作人:《〈沉沦〉》,见李杭春、陈建新、陈力君主编:《中外郁达夫研究文选》(上),浙江大学出版社 2006 年,第 3 页。
② 郭沫若:《论郁达夫》,见王自立、陈子善编:《郁达夫研究资料》(上),花城出版社 1985 年,第 86 页。
③ 郁达夫:《海上通信》,见《郁达夫全集》第 3 卷,第 61 页。

"色"的偏好,都与日本私小说的影响有关。除日本私小说外,屠格涅夫的《零余者日记》也深得郁达夫的激赏。郁达夫曾说:"读杜葛捏夫的 The Diary of a Superfluous Man,这是第三次了,大作家的作品,像嚼橄榄,愈嚼愈有回味。"[1]他另有一篇题为《零余者》的小说,写一个"袋里无钱,心头多恨"的年轻人的内心苦闷;《茑萝行》的主人公在外面受排挤,无力反抗,回到家里便把怨恨发泄在妻子身上,事后又懊悔不迭。他反思自己的命运时,意识到自己是"一个生则与世无补,死亦于人无损的零余者"[2]。所以说,郁达夫是一位广泛吸收异域营养而成长起来的中国作家,在他的身上,我们能够清楚地看到,中国现代文学与世界文学之间的密切联系。

郁达夫开创了**现代抒情小说**(有人称"自我小说")的新体式,形成了一时风气,还影响了后代不少作家,形成了一个独具特色的文学流派,具体表现在:

自我的抒写。郁达夫虔信法郎士关于"文学作品都是作家的自叙传"这一断言,他的小说大多带有自叙传的色彩。他的一系列小说中都有一个连贯性的抒情主人公。这是一个以自我为原型、浸透着作者本人强烈主观色彩的零余者的文学形象。小说以自我的个人经验、情感生活为线索,宣泄一己的情怀。他的小说中,既有卢梭式的自白,也有维特式的自怜,还将自惭、自卑与自尊、自傲相纠结,构成了零余者的情绪史,在当时中国文坛上展现出独特的风采。作者深信透过自我心灵的观照,也能折射大千世界,因为,深刻地表现,即能表现社会,个人的情感体验,最真切、最可靠。

感伤的情调。郁达夫认为:"小说的表现,重在感情"[3],并且把"情调"二字视为衡量小说优劣高下的主要标准。他最喜欢的俄罗斯小说家屠格涅夫即以感伤的抒情笔调而著称;德国施托姆也是以《茵梦湖》的感伤抒情描写令郁达夫沉醉;具有颓废与伤感情调的英国诗人道森,以及王尔德的颓废与唯美主义的小说《道林·格雷的画像》、斯特恩的《感伤的旅程》,都是郁达夫偏爱的作品。在这些作品影响下,他的小说以抒情为艺术中轴,通常不去经营情节的曲折紧张,而是注重抒发主人公抑郁寡欢、孤独凄清的情怀,坦诚率真地暴露和宣泄人物感伤的、悲观的甚至厌世颓废的情绪。

小说结构散文化。郁达夫的小说既以抒情为中轴而轻视情节的营构,也就必然造就其小说的散文化倾向。他写小说时常常随心所欲、自由挥洒,

---

[1] 郁达夫:《水明楼日记》,见《郁达夫全集》第5卷,第324页。
[2] 郁达夫:《茑萝行》,《郁达夫全集》第1卷,第252页。
[3] 郁达夫:《小说论》,《郁达夫全集》第10卷,第147页。

极少考虑小说的结构和章法,也极少采用复杂的叙事形式。他的作品基本都是按照时间的先后顺序,信笔由之,一泄而下,缺少节制。往往人物的心理变化,就是情节的发展过程,人物被压抑后的哀鸣,就是情节发展的高潮。这类写法有时显得凌乱、枝蔓,但多数情况下都是成功的。换言之,郁达夫的小说的结构不是以情节为中心,而是以情绪为中轴,依人物感情的波澜起伏结撰成篇。《沉沦》虽无贯穿前后的情节线索,但主人公"他"的孤独感、苦闷感及感伤情调,却一以贯之,形成作品内在的凝聚力量,因此,它被视为郁达夫的代表作。现代小说中的一种新文体——自我写真的抒情小说,在他的富有创造性的实践中得以确立。

文笔流畅、清新,浸透着浓郁的感情色彩。他的用笔与其主观色彩、抒情倾向相契合,富有色彩与节奏,一如风行水上,流动感强。异国的苍空皎日(《沉沦》),古都的芦荡残照(《小春天气》),北方的晴天远山(《薄奠》),南方的湖山残雪(《蜃楼》),还有满山迟开的桂花的馥郁香气(《迟桂花》)……笔触所到,都显出清、细、真的特色。淡远的清愁配以清丽、流畅、自然、真挚的文词,摹写着主人公心灵的某种律动,于平淡无奇间显出跌宕多姿的笔意。

郭沫若、张资平,与郁达夫同为创造社主要成员,其作品是文坛的重要收获。郭沫若在小说、诗歌、散文、戏剧等诸多领域均有突出贡献。**郭沫若**的小说复杂多变,特别是他写于五四落潮期的小说,总是浸淫着一种苦闷求索、穷愁落魄的情绪,以《牧羊哀话》《残春》《喀尔美萝姑娘》等较为成熟,在怪诞而神秘的欲望叙事之下,表现人的情感矛盾和非理性的潜意识冲动。**张资平**(1893—1959,广东梅县人)初期的短篇小说《梅岭之春》《她怅望着祖国的天野》等有浪漫感伤的气息。他是一位多产作家,共有24部中长篇小说,5部短篇小说集;他还为新文学史贡献了第一部长篇小说《冲积期化石》(1922),这是一部带有自传性的作品,写贫苦学生韦鹤鸣的求学和恋爱经历,对辛亥革命前后的教育界及政治和家庭制度进行了激烈的批判。从1925年发表长篇小说《飞絮》开始,其创作滑向了专写多角恋爱的深渊,终至沉溺于性爱、肉欲描写的泥潭,俨然一颗"脱了轨道的星球",他的作品虽然畅销,但也招致了鲁迅等人的激烈批评。

郁达夫作为现代浪漫抒情小说的开创者,就像鲁迅开创的现实主义小说一样,吸引了一大批年轻的追随者,形成了现代浪漫抒情小说的一脉传统。受其影响的作家,主要集中在创造社和浅草—沉钟社、弥洒社等文学社团中。

倪贻德(1901—1970,浙江杭州人)收在《玄武湖之秋》和《东海之滨》两个集子中的小说,堪称浪漫抒情派的正宗。主人公多为画家、艺术青年,清寂失意、感觉敏锐,在怀旧中排遣感伤的情绪,富阴柔之美。强烈的自我表现与赤裸裸的真情流露,使他的小说非常接近郁达夫的风格。

陶晶孙(1897—1952,江苏无锡人)有在日本长达15年的留学经历,所作有浓重的东洋风味。《木犀》全篇笼罩着木犀花的香气,把主人公忆念中的师生恋情写得虚幻而温馨,飘逸而甜美。《音乐会小曲》全篇分三章,以春、秋、冬三季更迭及音乐的旋律,感应人物与三位女性之间微妙的情愫,形式颇为别致。他的小说喜用"晶孙"或"无量君"为主人公命名,日本私小说的影响历历可见。

叶灵凤(1905—1975,江苏南京人)的文学创作时间很长,有《女娲氏之遗孽》《菊子夫人》《鸠绿媚》《处女的梦》等短篇小说集及长篇小说《爱的滋味》《红的天使》《未完成的忏悔录》等多种。叶灵凤擅写两性恋爱题材,情节扑朔迷离而结构多变,受弗洛伊德学说的影响很深,对于变态心理的描写有相当深度,尤擅剖析恋爱中的女性心理,且以明显的现代主义色彩而独放异彩。《女娲氏之遗孽》解剖有夫之妇蕙与青年学生箴相恋时的隐秘心理,丝丝入扣,"把妇人诱惑男子的步骤和周围对于他们的侧目都一步一步地精细地描写出来"[①]。《姊嫁之夜》写姊弟之间的幻恋,《红的天使》写多角恋爱,《落雁》写老人狎男色,《鸠绿媚》写怪诞的骷髅之恋,古今错综,真幻莫辨,至为新异。

冯沅君(1900—1974,笔名淦女士,河南唐河人)是创造社推出的唯一有影响的女作家,以《卷葹》《春痕》《劫灰》三个短篇集,显示了与文研会的冰心不同的女性文学风格。她崇尚主观、个性的表现,所作皆带自传性,表现了青年女性对爱情的大胆追求,以及家庭人伦之爱和男女异性之爱的冲突,委曲动人,别具风姿。《旅行》《隔绝》《隔绝之后》采用第一人称或书信体,写出时代女性在新旧两难处境中的复杂心理,思想内涵较为丰富,笔触大胆泼辣,鲁迅称其"实在是五四运动之后,将毅然和传统战斗,而又怕敢毅然和传统战斗,遂不得不复活其'缠绵悱恻之情'的青年们的真实的写照"[②]。

弥洒社和浅草社、沉钟社,都是典型的五四青年文学社团,在艺术倾向上与前期创造社相呼应,为1920年代浪漫抒情文学推波助澜。

[①] 郑伯奇:《中国新文学大系·小说三集·导言》,《中国新文学大系》,上海良友图书公司1935年,第21页。

[②] 鲁迅:《〈中国新文学大系〉小说二集序》,《鲁迅全集》第6卷,人民文学出版社2005年,第253页。

胡山源(1896—1987,江苏江阴人)有《散花寺》等小说。作为五四时期专心致志写爱情小说的社团弥洒社的主要小说家,胡山源的《电影》《三年》等篇,歌颂圣洁的爱情,描写主人公的爱情体验,并不顾及作品的结构情节,以散文化的体式而与郁达夫的抒情小说相吻合,显示了浪漫抒情小说的共同性。他的一篇《睡》,被鲁迅赞为实践弥洒社宣言、"笼罩全群的佳作"①。

浅草社、沉钟社的成员有林如稷、王怡庵、陈翔鹤、陈炜谟、陈学昭、冯至、邓均吾、罗石君和杨晦等。这些年轻人受郁达夫影响很大,作品多取材于身边日常生活,重在表现人物的心理,具有明显的浪漫抒情特征,但在借鉴西方现代艺术方法方面,他们比郁达夫表现得更大胆,所以描写人物心理的手段也更为丰富。**陈翔鹤**(1901—1969,重庆人)的小说接近郁达夫,他的《不安定的灵魂》《西风吹到了枕边》《独身者》《茫然》《写爱冬空》等,都属自叙传体的浪漫小说,常有一个名为 C 君(陈的第一个字母)的主人公,带着郁达夫笔下人物的穷愁潦倒、感伤迷惘,追求个性解放,在人世之丑中彰显艺术之美,有相当强烈的主观抒情倾向。**林如稷**(1902—1976,四川人)是浅草社的发起人,他的小说《流霰》《将过去》,在创作风格上受郁达夫的影响较为明显,着力刻画人物内心的苦痛、颓丧与忏悔。"向外,在摄取异域的营养,向内,在挖掘自己的灵魂,要发见心灵的眼睛和喉舌,来凝视这世界,将真和美唱给寂寞的人们"②,"却唱着饱经忧患的不欲明言的断肠之曲"③。鲁迅的评价道出了陈翔鹤、林如稷等浅草—沉钟同人小说的抒情风貌。

文学研究会中的一些成员也深受郁达夫的影响。**王以仁**(1902—1926,浙江天台人)的《孤雁》《幻灭》在自叙传的体式、凄苦变态的人物心理、忧郁感伤的情调、亦叹亦咏的笔致诸方面都酷肖郁氏,甚至郁达夫自己都称"王以仁是我直系的传代者"④。文学研究会的另一位成员**滕固**(1901—1941,上海宝山人)的风格与王以仁有相近之处。他对绘画颇有研究,其代表作《壁画》写青年画家单恋三位女子而不果,乃以血作画于壁,发泄失恋的悲哀,笔调奇崛,另外一些作品也多写主人公对异性的单相思,且多有癖性畸行,具唯美倾向。

---

① 鲁迅:《〈中国新文学大系〉小说二集序》,《鲁迅全集》第 6 卷,人民文学出版社 2005 年,第 250 页。
② 同上书,第 250 页。
③ 同上书,第 251 页。
④ 郁达夫:《新生日记》,《郁达夫日记集》,浙江文艺出版社 1986 年。

受郁达夫影响的**浪漫抒情派小说**,是典型的青春派文学(作者都是二十多岁的青年)。感伤的抒情是青春文学的主调,他们的创作在艺术上有共同的美学特征,一如他们追慕的郁达夫,不再赘述。

浪漫抒情派小说,是受西方文学影响最明显的文学现象。德国浪漫抒情文学中,歌德《少年维特之烦恼》、施托姆《茵梦湖》有多种中译本,屠格涅夫的《初恋》《前夜》《父与子》也成了五四文学界译介的热点,卢梭《忏悔录》颇受浪漫抒情派文学青年的钟爱。法国诗人果尔蒙的田园诗、英国湖畔诗人华兹华斯咏叹大自然的诗篇、俄国浪漫派诗人普希金、英国浪漫主义诗人雪莱的诗作,都在这派作家中激起深切的回应。五四时代追求个性解放、肯定自我价值的风气,对现状的不满和叛逆意识,对理想的憧憬和感伤苦闷的心理,在作品中都有出色的表现。

这类创作以浪漫主义为主,同时又兼采现代主义艺术手法。他们"融合了象征主义、表现主义、未来主义等现代主义思潮"①。他们欣赏、吸收尼采、弗洛伊德的思想,汲取王尔德唯美主义、法国印象主义、德国表现主义等"新浪漫主义"这些"世纪末"果汁。受弗洛伊德泛性学说的影响,不少作品写梦、写潜意识,《喀尔美罗姑娘》《残春》(郭沫若)就把梦作为潜意识的一种形式;《木犀》(陶晶孙)则表现人物变态的性心理。一些小说家接受德国表现派的文学主张,认为文学不是反映外部客观生活,而是着力表现作者主观品性、气质,认为艺术不是再现,而是表现,如郁达夫的《青烟》、郭沫若的《残春》《喀尔美罗姑娘》就采用了表现主义的幻影、梦境手法。至于现代主义小说的常用技巧意识流,也为多位作家所用。《阳春别》《残雪》(郭沫若),《将过去》(林如稷),《木犀》《音乐会小曲》(陶晶孙)等都是如此。创造社的不少作家留学日本,其创作发端于日本,当时风行日本文坛的横光利一、川端康成、伊藤整等新感觉派的心理主义、厨川白村的文艺思想都对这派浪漫抒情创作产生影响。这些作者是1920年代在中国小说创作中最早受现代派文学影响的群体。

这些自我写真的抒情小说更新了中国传统小说的写法,丰富了小说的体式,以独特的美学价值,为中国现代小说的发展作出了重要贡献。

---

① 范伯群、朱栋霖主编:《1898—1949 中外文学比较史》(上),江苏教育出版社 2007 年,第 297 页。

研习提升

1. 鲁迅:《〈中国新文学大系·小说二集〉导言》,良友图书公司 1935 年。
2. 张福贵:《错位的批判:一篇缺少同情与关怀的冷漠之作——重读叶圣陶的小说〈潘先生在难中〉》,《文艺争鸣》2004 年第 9 期。
3. 许子东:《郁达夫新论》,华东师范大学出版社 2014 年。
4. 席建彬:《论郁达夫小说的欲望叙事理路及文学史意义》,《文学评论》2010 年第 3 期。
5. 张全之:《中国无政府主义思潮与五四新文学》,《文学评论》2007 年第 6 期。

第四章
1920年代新诗和散文

第一节　1920年代新诗

中国近代社会新变,曾经主盟诗坛的同光体渐趋式微。梁启超、黄遵宪等人主张"我手写我口",作为诗界革命发展的方向。这就开启了中国诗歌现代性的序幕。然而,一种文体及其观念的创新只能是在整体文化变革的语境中完成,中国文化的现代性变革尚在起步中,所谓诗界革命只是一种早期的预愿,"言文一致"只停留于在古典诗的运思语汇中加一些新名词新术语。当然这对于后来新诗的发展有很大影响。

1917年1月《新青年》发表胡适《文学改良刍议》。他立足"以今世历史进化的眼光观之,则白话文学之为中国文学之正宗,又为将来文学必用之利器"①,提出以白话诗取代文言诗词。后来,他又提出"诗体的大解放"口号,要求"有什么话,说什么话;话怎么说,就怎么说。这样方才可有真正白话诗"②。1917年《新青年》第2卷第6号刊出胡适的《白话诗八首》,它是新诗最初的尝试之作。不久,《新青年》《新潮》《星期评论》《少年中国》《学灯》《觉悟》发表了一批初期白话新诗。

胡适是中国新诗最初的倡导者与探索者。1916年,他就接触到欧美诗坛上的意象主义运动,从意象派诗人庞德诗歌要靠具体意象的主张,提出写"具体性""能引起鲜明扑人的影象"的新诗。③ 1920年3月,他将自己的诗

---

① 胡适:《文学改良刍议》,《新青年》第2卷第5期,1917年1月。
② 胡适:《尝试集·自序》,《胡适学术文集·新文学运动》,中华书局1993年,第381页。
③ 胡适:《谈新诗》,《中国新文学大系·建设理论集》,上海良友图书公司1935年。

歌在上海亚东图书馆结集出版,题名为《尝试集》①,两年内销售一万部。《尝试集》中既有不少以白话写作的自由诗,也有许多未能脱尽旧体诗词影响的半文半白的作品,打上了鲜明的新旧转型时期的烙印。②

文学革命初期,在先期觉醒的知识分子那里,"人"的观念发生变动,平民而非贵族、自然而非天理构成"人"的观念所建构的基本趋向与文化立场,敦促中国诗歌发生了自外到内的相应现代性转换。

受"人"的观念解放的影响,初期白话新诗敢于说真话、道真情,在题材、主题上摆脱了旧诗帝王将相、才子佳人的狭窄范围,抒写社会现象和人生问题,实现了从"向上"到"向下"、从写少数人的穷通利达到为人生、为平民的转变。刘半农的《相隔一层纸》《学徒苦》《铁匠》,刘大白的《卖布谣》《田主来》《劳动节歌》,沈尹默的《人力车夫》、康白情的《棒子面》《女工之歌》等,黄琬的《自觉的女子》、沈玄庐的《十五娘》、胡适的《老鸦》《鸽子》,沈尹默的《月夜》、俞平伯的《菊》以及周作人的《小河》等诗,表现了对平民的关注、同情,对个性解放、自由的向往与追求。

在艺术上,周作人受法国象征派诗人波德莱尔散文诗影响,写出了被胡适称为"新诗中的第一首杰作"③的《小河》(1919),这是一首具有象征意味的散文诗。刘半农《教我如何不想她》讲求押韵,以自然音节契合流淌的诗情,婉转悦耳。康白情《草儿》借音乐一鸣惊人,他的写景诗、纪游诗以白话描写色彩、摹写声音,洗尽传统诗人的脂粉气。当时不少诗人从民间歌谣吸取新诗资源,刘半农《瓦釜集》(1926)是用江阴方言创作的民歌体新诗,刘大白《旧梦》(1924)中的《卖布谣》《田主来》等诗具有古乐府民歌的特点。

初期白话新诗总体看来相当幼稚。许多作品所表现的人道主义往往是浅薄的,如胡适的《人力车夫》,刘半农的一些作品表达的只是对劳动者冷眼旁观的廉价同情。一些作品虽然触及个性主义话语,但个性主义理念并未被真正张扬,作为抒情主人公的自我,尚未获得真正独立的人格。艺术上更是存在明显的非诗化倾向。胡适创造了以通俗明白为主要特征的"胡适之体",诗人们一味地遵循"有什么话,说什么话,该怎么说,就怎么说"的原则,使诗趋向大白话、散文化;初期白话新诗大都缺乏飞扬的激情与真正的诗美。

---

① 1922年10月,他重加增删,附《去国集》,共存诗词64首。陆游曾说"尝试成功自古无",胡适反其意而用之,改为"自古成功在尝试",其诗集因此命名为《尝试集》,以鼓励大家试作新诗。

② 《尝试集》的价值正如后来陈子展所言:"在与人以放胆创造的勇气。"陈子展:《最近三十年中国文学史》,上海书店1989年,第227页。陈炳堃(陈子展):《最近三十年中国文学史》,上海太平洋书店1930年,第227页。

③ 胡适:《谈新诗》,《中国新文学大系·建设理论集》,第295页。

1921年,随着个性主义理念的高扬,人的自由本质开始被肯定,自我成为言说的中心话语,诗的个性也相应地受到尊重,体现不同主体观念的诗歌流派开始出现,新诗发展进入新阶段。1920年代新诗可以就其创作的总体特征,划分为以下流派倾向或诗歌群体。

人生派 文学研究会成立后,于1922年1月在上海创办了第一个新诗专刊《诗》。文学研究会以《诗》《小说月报》《文学周报》等为阵地,聚集了一个风格相近、阵容强大的诗人群。1922年6月,朱自清、俞平伯、周作人、刘延陵、徐玉诺、郭绍虞、叶绍钧、郑振铎等八位诗人出版了诗合集《雪朝》,它反映了文学研究会诗歌创作的基本特点。文学研究会还出版了徐玉诺《将来之花园》、王统照《童心》、俞平伯《西还》、朱自清《踪迹》等专集。文学研究会的诗人提出了"为人生"的诗学观,将诗和"为人生"联系起来,因此,他们被称为诗歌中的"人生派"。他们承袭了初期白话诗人关注现实、表同情于下层平民的写实主义精神,反对雍容尔雅、吟风啸月的贵族文学,提出了"血和泪的文学"口号,直面普通民众的不幸人生。叶绍钧《浏河战场》、郑振铎《成人之哭》《社会》《漂泊者》、朱自清《光明》《新年》《煤》《毁灭》、徐玉诺《人与鬼》《火灾》《问鞋匠》《夜声》等诗,或暴露黑暗,鞭笞现实,或同情底层社会的不幸,激励人民起来抗争,或展示自我复杂矛盾的情感世界,探寻人生的价值与意义,使诗真正做到了"为人生"。与初期白话诗人相比,他们对于外在写实与表现自我关系的认识要深刻得多。

浪漫派 1920年代初,创造社诗人郭沫若、田汉、成仿吾、郑伯奇、邓均吾、徐祖正、倪贻德等人,以西方个性主义思想为武器,诗人主体性得到了空前张扬。他们接受了拜伦、雪莱、济慈、海涅、歌德、惠特曼、华兹华斯等西方浪漫主义诗人及其作品的影响,对初期白话新诗的拘谨、单调、缺乏想象与激情,对写实派过于拘泥于现实,对小诗派和湖畔诗派狭小的境界与格局,深感不满,起而强调诗歌创作的灵感、激情与想象,主张诗歌形式的"绝端的自由、绝端的自主"[①],由此形成了一套比较完整的现代浪漫主义诗学体系,创作了大量的现代浪漫主义诗歌。浪漫派的作品主要发表在《创造季刊》《创造周报》《创造日》《创造月刊》上,代表诗人是郭沫若,代表作是其诗集《女神》。创造社浪漫派的其他诗人,也像郭沫若一样,感应着五四时代精神,创作了许多与《女神》颇为相似的热烈豪放的诗篇。例如周赞襄《魔鬼的夜歌》、朱公垂《火的洗礼》、程可怀《火焰》等诗,歌颂了焚毁旧世界的大火,以张扬自我意志。他们将爱情婚姻自由作为个性解放、自我觉醒的重要内

---

① 郭沫若、宗白华、田寿昌:《三叶集》,上海亚东书局1920年,第49页。

容,洪为法《她·他》、成仿吾《诗人的恋爱》、邓均吾《遗失的星》、穆木天《泪滴》《水声》等诗,抒写了爱情的喜乐忧愁,变奏出一曲曲生命的乐章。创造社浪漫派诗歌的精魂是表现自我,真正表现了狂飙突进的时代精神。

小诗派 五四高潮后,诗人们的感情由热而冷,感慨颇多,热衷于沉思,不断叩问宇宙、世界、生命和现实人生的真谛,追寻自我价值与意义,以体验思想的自由。这种精神状态使他们对日本短歌、俳句和印度诗人泰戈尔的《飞鸟集》颇感兴趣;受其影响,1921—1923年,小诗盛行。小诗的特点是形式短小,或缘事抒情,或因物起兴,或寄情于景,以捕捉刹那间的自我感受与哲思,变外部世界的客观描写为内心感觉的主观表现,充分体现了人觉醒之后的内在困惑。当时几乎所有的诗人都写小诗,使小诗成为"新诗坛上的宠儿"①,形成风靡一时的小诗派。确定小诗美学规范的是周作人、朱自清,代表诗人是冰心和宗白华。冰心有小诗集《繁星》(1923)、《春水》(1923),她的小诗往往以三言两语的格言警句,清丽素洁的诗句,表现少女内省的沉思和灵感的顿悟,发掘事物所蕴含的哲理意蕴,在诗坛自成一格。宗白华有小诗集《流云》(1923),其诗"跟冰心的比较起来,更是哲理的"②。他以哲学家的智慧、胸怀去把握自然乃至整个宇宙。吴雨铭《烈火集》、何植三《农家的草紫》、梁宗岱《晚祷》(1925),都是当时颇有影响的小诗集。小诗派不以写景见长,而以表现哲理取胜,哲理小诗是他们对于新诗的独特贡献。1925年以后,小诗创作潮流逐渐消歇。

湖畔诗派 1922年4月,潘漠华、冯雪峰、应修人、汪静之等在杭州西子湖畔成立湖畔诗社,出版四人诗歌合集《湖畔》("湖畔诗集"第一集);1922年9月汪静之诗集《蕙的风》出版;1923年12月,潘漠华、冯雪峰、应修人三人诗歌合集《春的歌集》("湖畔诗集"第二集)出版;1925年,谢旦如的《苜蓿花》也作为"湖畔诗集"出版。1925年五卅后湖畔诗派基本停止了活动。

湖畔诗派是沐浴新文学革命时代精神而成长起来的诗人,他们清新、自然、纯情、率真,个性解放思想是他们诗歌创作的基石。他们将爱情、婚姻自由,几乎当作个性解放、自我完善的全部内容。爱情诗是他们对于诗歌的主要贡献。朱自清曾指出:"中国缺少情诗,有的只是'忆内''寄内',或曲喻隐指之作;坦率的告白恋爱者绝少,为爱情而歌咏爱情的更是没有。"③湖畔诗派没有初期白话诗人潜意识中的传统阴影,他们坦率地告白爱情,抒写爱

---

① 任钧:《新诗话》,上海新中国出版社1936年,第56页。
② 同上书,第54页。
③ 朱自清:《中国新文学大系·诗集·导言》,《中国新文学大系》,第4页。

的觉醒。汪静之《西湖小诗·七》中写道:"梅花姊妹们呵,/怎还不开放自由花?懦弱怕谁呢?"在他看来,自由是爱情的基本含义,爱是实现自由的途径。率真的爱情表白无疑是对传统男女关系的背叛。在他们看来,爱是人的正常的情感,而非传统卫道者所言的兽行冲动,所以他们大胆地写爱欲:"我昨夜梦着和你亲嘴,/甜美不过的嘴呵!"(《别情》)湖畔诗派的情诗,没有沾染旧诗文的习气,男女之爱是以人的率真和独立性为前提的,展示了时代新人的青春人格与气质,体现了对女性人格、尊严、价值的尊重,对人的情爱自由的肯定,它们是真正的现代情诗。

新月诗派 新月社最初发起于 1923 年。1926 年 4 月《晨报》副刊《诗镌》(徐志摩主编)创刊,标志着新月诗派的形成。代表诗人是闻一多、徐志摩,重要诗人有朱湘、饶孟侃、孙大雨、杨世恩、刘梦苇、于赓虞、方令孺、林徽因、陈梦家、方玮德、邵洵美、卞之琳,等等。他们大都曾留学欧美,个人出身背景、欧美文化的熏染以及新文化运动以来中国的现实情形,使他们的人学观念相对于初期白话诗人、浪漫派诗人和湖畔诗人而言,发生了较大的变化。他们心中的人不再是"自然""平民"意义上的人,而是理性化、士绅化的现代人。他们不认同胡适的"有什么话,说什么话;该怎么说,就怎么说"的诗学观,更不满意郭沫若的"绝端的自由、绝端的自主"的诗歌创作原则。闻一多认为,诗是一种选择的艺术:"选择是创造艺术的程序中最紧要的一层手续,自然的不都是美的;美不是现成的。其实没有选择便没有艺术。"[①]在他看来,诗人应依据自己的审美理想,对自然形态的情感进行选择、修饰与规范,使其审美化。

他们努力使新诗由初期的散文化、自由化向审美化转换。审美化的举措是"本质的醇正""情感的节制""格律的谨严"。所谓"本质的醇正"是针对新诗非诗倾向而言的,也就是要求新诗回到诗本身;他们认为只有"言志"的内容与语言形式的和谐统一,才能实现诗歌"本质的醇正"。"情感的节制"就是反对诗歌中情感的泛滥,主张理性节制情感。闻一多的《口供》、陈梦家的《摇船夜歌》等诗中的主观情感,经诗人的想象,幻化成为具体可触的客观对象,蕴藉而含蓄。闻一多的《死水》《心跳》将炽烈的感情凝结为"死水""静夜"意象,情感被节制。朱湘的《雨景》以"雨景"意象呈现感觉,用感觉传达情感,蕴藉而充满诗意。闻一多的《飞毛腿》《洗衣歌》,徐志摩的《大帅》《一条金色的光痕》,方玮德的《海上的声音》,卞之琳的《几个人》《寒夜》《酸梅汤》等诗,将戏剧式的对话与独白引入诗中,使诗歌戏剧化,情感客观化。与"情感的节制"原则相一致,新月诗派提出了新诗形式格律化,音乐

---

① 闻一多:《女神之地方色彩》,《闻一多全集》(第 5 册),开明书店 1948 年,第 197 页。

美、绘画美、建筑美是新月派新格律诗的基本主张。①

在进行理论建构的同时,他们写出了许多优秀的新格律诗,大都收入陈梦家编选的《新月诗选》(1931)。朱湘(1904—1933)是闻一多、徐志摩之外新月诗派最重要的诗人。生前出版了诗集《夏天》(1922)、《草莽集》(1927),去世后出版了《石门集》(1934)、《永言集》(1936)。他在新诗章法、音韵上进行了艰难的探索,代表作《采莲曲》与闻一多的《死水》被称为新格律诗的典范之作。他的长诗《王娇》格律严谨,向来为人称道。《采莲曲》《催妆曲》《晓朝曲》《摇篮歌》《雌夜啼》等诗篇,将无拘无束的诗情熔铸到和谐的形式中,境界优美。

新月诗派在艺术上受英美诗歌和中国古典诗歌影响。英美诗歌音节凝练、绵密、婉约,为新月诗人格律诗实验提供了有力的参照和借鉴。新月诗人阅读、翻译英美诗歌,特别是英国诗歌,尝试用英诗形式如十四行诗和英诗格式如五步抑扬格创作新诗;他们还吸收中国古典诗歌的格律艺术,创造出新的诗体。新月诗派纠正了自由诗过于散漫而流于平淡肤浅的弊端,为新诗发展探索出了一条新的路径。

早期象征诗派　1920年代中后期,在新月诗派致力于新诗规范化的同时,涌现出了另一个新诗流派,即早期象征诗派,代表诗人是李金发,诗人有王独清、穆木天、冯乃超、蓬子、胡也频、林松青、石民等。早期象征诗派受西方现代哲学思想与艺术的熏染,当时称为新浪漫主义,对新文化运动落潮后的中国和自我命运深感迷茫,在他们心中,人既是理性的崇拜者,也是迷惘、悲观的失望者,对世界、他人及自我充满怀疑与虚无情绪。所以,他们醉心于自我独语,沉溺于个人感觉世界。他们对初期白话诗的散文化深感不满,1926年穆木天(1900—1971)提出了"纯粹诗歌"的概念,要求将诗与散文划清界限,要求诗人"找一种诗的思维术""以诗去思想",认为诗歌"要暗示出人的内生命的深秘",创作"表现败墟的诗歌"。② 王独清(1898—1940)与之相呼应,强调"色""音"在"纯粹诗歌"中的重要性,认为波德莱尔的精神是真正的诗人精神,纯粹诗人须"为感觉而作",不求民众的了解。③ 这种纯诗观念,旨在纠正新诗太实、太露的弱点。有论者将这一派诗艺称为"新浪漫类现代主义"④。

李金发(1900—1976,广东梅县人)1920年在法国受波德莱尔、魏尔伦等

---

① 闻一多:"诗的实力不独包括音乐的美(音节)、绘画的美(词藻),并且还有建筑的美(节的匀称和句的均齐)。"《诗的格律》,《晨报副刊·诗刊》,1926年5月13日。
② 穆木天:《谈诗——寄沫若的一封信》,《创造月刊》第1卷第1期,1926年10月5日。
③ 王独清:《再谈诗——寄给木天、伯奇》,《创造月刊》第1卷第1期,1926年10月5日。
④ 参见骆寒超:《新浪漫类现代主义》,《新诗主潮论》,上海文艺出版社1999年,第392—448页。

影响①,开始诗歌创作,这一时期相继出版诗集《微雨》(1925)、《为幸福而歌》(1926)、《食客与凶年》(1927)等。他率先将西方象征主义的丑恶、死亡、虚无和恐怖的主题引入新诗中,摒弃了中国诗歌"思无邪"、温柔敦厚的传统,并从波德莱尔、马拉美、魏尔伦的诗中感应了世纪末的病态美,学来了人生痛苦的摹拟和无名忧伤的沉吟。他内心有着"一切的忧愁/无端的恐怖"(《琴的哀》),风给他"临别之伤感"(《风》),雨告诉他"游行所得之哀怨"(《雨》),生命成为"死神唇边的笑"(《有感》),只有美人与坟墓才是真实(《心游》)。"歌唱人生和命运的悲哀;歌唱死亡和梦幻;抒写爱情的欢乐和失恋的痛苦;描绘自然的景色和感受"②,这四个方面构成了李金发诗歌的主要内容。艺术上,他重视象征与暗示,打破了真实描写和直抒胸臆的传统表现方式,寻找思想与情绪的客观对应物,《弃妇》《律》《春城》《风》《雨》等诗,就是通过选择某一客观对应物以展示独特的心态与情感。诗中大量出现的省略、跳跃、通感、远取譬和意象奇接,打破了正常的思维逻辑和语法习惯,使诗风朦胧、晦涩而怪异,李金发因此被称为"诗怪"。朱自清评他:"他要表现的不是意思而是感觉或情感;仿佛大大小小红红绿绿一串珠子,他却藏起那串儿,你得自己穿着瞧。"③从当时新诗发展现状看,他们对象征主义诗艺的移植、借鉴,"给新诗带来了一股奇怪而又新鲜的艺术潮流"④。

王独清诗集《圣母像前》(1926)、《死前》(1927)、《威尼市》(1928)等,以感伤的情调,唱出了一个没落阶级飘零子弟内心的挽歌和追求。穆木天诗集《旅心》(1927)表现了漂泊异国青年的凄苦和忧郁。冯乃超《红纱灯》(1928)歌咏颓废、阴影与梦幻,朦胧地照出了"现实的哀怨""伤痛的心瘁"。蓬子的《银铃》(1929)摇响的是烦闷、忧愁之音。他们对于死亡的颤栗与讴歌,他们的病态呻吟与欢乐,乃是颓废、绝望、神秘的现代情绪的典型反映。

> **声音**
>
> 太不能把握中国的语言文字。
> (刘西渭《鱼目集——卞之琳先生》)
>
> 以色彩,以音乐,以迷离的情调,传递于读者,而使之悠然感动的诗,不可谓非有力的表现的作品之一。
> (钟敬文《李金发底诗》,《一般》第1卷第4号1926年)

早期无产阶级革命诗歌 1923年,共产党员邓中夏著文反对新诗人专门做"欣赏自然""讴歌恋爱""赞颂虚无"的诗歌,新诗人"须从事革命的实

---

① 范伯群、朱栋霖主编:《1898—1949中外文学比较史》,第455—463页。
② 孙玉石:《中国初期象征派诗歌研究》,北京大学出版社1988年,第75页。
③ 朱自清:《中国新文学大系·诗集·导言》,《中国新文学大系》,第8页。
④ 孙玉石:《中国初期象征派诗歌研究》,第65页。

际活动","须多做能表现民族伟大精神的作品","须多作描写社会实际生活的作品";主张"文体务求壮伟,气势务求磅礴,造意务求深刻,遣辞务求警动"。① 不久,沈泽民亦强调了革命意识与革命文学的关系,革命的实际生活经验对于革命文学创作的重要意义。② 无产阶级革命者、共产党人对人的理解已经超离了个性解放的层面,他们看重的是人的阶级性与革命性,将人界定为阶级的人、社会的人,人的解放被置换为无产阶级和被压迫者的解放。这种新的人学观催生了新的诗歌,即早期无产阶级诗歌。

蒋光慈(1901—1931,安徽六安人,笔名光赤)是早期无产阶级革命派诗歌的代表诗人。1921年在苏联时开始新诗写作,这一时期出版诗集《新梦》(1925)、《哀中国》(1927),其中大多是政治抒情诗。他提出革命文学的主人"应当是群众,而不是个人"③,所以他的诗中不再有五四时期那种个人主义的感伤、哀怨、缠绵的调子,在他这里,新文学个性解放的主题被阶级解放、集体主义主题所取代,对劳工、平民的人道主义同情发展成为对无产阶级的热烈而空洞的歌颂,人民群众开始成为社会历史的积极倡导者、推动者。他的诗具有雄强豪放的气势和强烈的政治鼓动性。《新梦》是中国现代第一部为十月革命和社会主义新生活放声歌唱的诗集,热情澎湃而空洞。《哀中国》写于回国后的1924—1926年,《新梦》中那种天真的理想已被现实悲愤所代替,奔放的情感代替了政治宣讲,其中渗透着"我"特有的感受和体验,表现角度与手法也丰富些。

早期无产阶级革命诗歌,一方面沿袭了以胡适为代表的早期白话诗歌直露、平实的特点和郭沫若自由诗直抒胸臆的情感表现方式,另一方面在精神上却以无产阶级解放、集体主义等主题取代了新诗个性解放等主题,体现了新诗的另一种发展走向。

冯至(1905—1993,河北涿县人,原名冯承植)的诗作独树一帜,很难被归入某个流派,但他曾被鲁迅誉为"中国最为杰出的抒情诗人"④。1927年4月北新书局出版了他的第一本诗集《昨日之歌》,作品写于1921—1926年。《昨日之歌》的爱情诗别具一格,表现了诗人对于人的哲思。《我是一条小河》以爱情为切入点,揭示了现实世界特别是人的存在的荒诞性,以及诗人对自由的渴望。《在郊原》《默》《蛇》等作品同样表现了诗人对于人的深沉思考,它们"不似郭沫若的爱情诗,坦率,热情如火;不似《湖畔》派诗质朴自

---

① 邓中夏:《贡献于新诗人之前》,《中国青年》第10期,1923年12月22日。
② 沈泽民:《文学与革命的文学》,《民国日报·觉悟》,1924年11月6日。
③ 蒋光慈:《关于革命文学》,《太阳月刊》二月号,1928年2月1日。
④ 鲁迅:《〈中国新文学大系〉小说二集序》,《鲁迅全集》第6卷,鲁迅全集出版社1938年,第247页。

然,天真烂漫;不似刘梦苇杜鹃般啼血;也不似李金发的流于颓废伤感;冯至用奇妙的想象、幻象情丝,比喻和象征的手法,织成一幅幅爱的美锦"[1]。与同时代许多诗歌相比,这些诗歌的感情由热烈而沉潜,在艺术上留下了德国浪漫主义诗歌影响的痕迹。《昨日之歌》下卷的四首叙事诗是《吹箫人的故事》《帷幔》《蚕马》和《寺门之前》,写于1923—1926年,均在百行以上。它们受中国传统叙事诗、德国谣曲和海涅等浪漫派诗人作品的影响,情节浪漫曲折,叙事生动有趣,成功地塑造了几个生动的艺术形象,例如忠于爱情、热爱艺术的吹箫人,为婚姻自由而削发为尼的少女,至死心不变的蚕马,炽情不灭的和尚等。它们既揭露了封建婚姻制度的罪恶,表现了青年人对自由爱情的向往,又表现了诗人对于人与自我的荒诞性体验,展示了人的更为深沉的悲剧,如《吹箫人的故事》写的是"爱情实现了的悲剧"[2]。这样,冯至就将文学革命以来的新诗引向了一个较为深刻的思想层面,特别是将现代叙事诗推到了一个新的艺术高度。

第二节 郭沫若 闻一多 徐志摩

郭沫若(1892—1978,原名郭开贞)出生于一个地主兼商人家庭,幼年时开始诵读《诗经》《唐诗三百首》等。小学、中学时代,广泛涉猎中国古典文学,打下了坚实的文学基础;并大量阅读《国粹学报》《清议报》以及风行一时的林纾翻译的小说,接受维新思想启迪,培养了民主思想与叛逆意识。1912年郭沫若于新婚五天后即离家。

1913年底,郭沫若东渡日本留学,先后就读于东京第一高等学校预科、冈山第六高等学校医科、福冈九州帝国大学医学部。由于当时日本高校外语教材多为西方原版文学名著,所以这一期间,他大量阅读了泰戈尔、歌德、海涅、雪莱、席勒、惠特曼等人的作品。1916年,他热恋日本少女佐藤富子,为她起名安娜;安娜与父母脱离关系,两人同居生子;《新月与白云》《死的诱惑》就是郭沫若为安娜写的情诗。此时,受王阳明的"万物一体"宇宙观和泰戈尔、歌德等人思想的牵引,郭沫若接受了16、17世纪流行于西欧的斯宾诺沙泛神论思想。1919年下半年至1920年上半年,在五四狂潮激荡下,受惠特曼《草叶集》豪放诗风影响,他的创作激情如火山爆发,进入诗创作的爆发期,《凤凰涅槃》《地球,我的母亲!》《天狗》《炉中煤》等都是这一时期写成

---

[1] 陆耀东:《冯至评传》,《中国现代四作家论》,武汉大学出版社1988年,第142页。
[2] 蓝棣之:《现代诗的情感与形式》,人民文学出版社2002年,第77页。

的。1921年诗集《女神》出版,奠定了他在中国新诗史上的地位。

1921年7月,他参与发起成立创造社。1921—1922年,他几度回国,目睹国内惨状,产生理想破灭感,创作诗文集《星空》,并于1923年出版。同年,毕业回国,参与创办《创造周报》《创造日》。1924年赴日本,翻译河上肇的《社会组织与社会革命》,开始接受马克思主义影响。1925年,经受五卅运动的严峻考验,开始较自觉地运用阶级观点分析中国形势。1926年写出《革命与文学》,它标志着郭沫若文学思想的巨大变化。7月投笔从戎参加北伐。1927年3月,写出讨蒋檄文《请看今日之蒋介石》,揭露蒋介石反共、反人民的真面目。后参加"八一"南昌起义,并经周恩来介绍加入中国共产党,起义失败后,回上海。

1928年出版诗集《恢复》《前茅》,并于同年2月携家前往日本,开始了长达十年的政治流亡生活。这期间著有《中国古代社会研究》《甲骨文字研究》,并写了自叙传《我的童年》《反正前后》《创造十年》《北伐途次》等作品。

1937年抗战爆发后,他抛妻别子毅然回国,任抗日统一战线军事委员会政治部第三厅厅长。1938年与于立群同居结婚。这期间有诗集《战声集》(1938)、《蜩螗集》(1948)等,历史剧的创作成就尤为突出。其实早在1926年,他就出版了包括《聂嫈》《王昭君》《卓文君》三个剧本的《三个叛逆的女性》,显示了历史剧创作的才华。抗战期间的代表作是《屈原》《棠棣之花》《虎符》《孔雀胆》等六部历史剧。

1949年8月,他当选为中华全国文学艺术工作者联合会主席。新中国成立后,主要从事科学、文化等方面的领导工作,出版诗集《新华颂》《百花集》《东风集》以及历史剧《蔡文姬》《武则天》等。1978年6月12日病逝于北京。

《女神》是郭沫若的第一本诗集,1921年8月由上海泰东图书局出版。全书除《序诗》外,共3辑。第1辑收《女神之再生》《湘累》《棠棣之花》等3篇诗剧;第2辑收《凤凰涅槃之什》《泛神论者之什》《太阳礼赞之什》各10首;第3辑收《爱神之什》10首、《春蚕之什》8首和《归国吟》5首。全书包括《序诗》共有诗歌54首、诗剧3篇。这些诗写于1916—1921年,绝大多数创作于五四高潮时期,即1919—1920年。

《女神》一问世,便以其情感的大解放、诗体的大解放,宣告诗坛上"胡适的时代"的结束,真正的现代自由体新诗时代的到来。与中国传统诗歌和早期白话新诗相比,它最突出的成就是创造了一个体现五四时代精神的现代自我形象。

这个现代自我形象,借助于泛神论,将"人—自我"第一次提高到本体和神的地位。泛神论是16、17世纪流行于西欧的一种哲学思想,代表人物是意大利的布鲁诺和荷兰的斯宾诺莎。泛神论认为,"本体即神,神即自然",否认神为自然界的创造主。郭沫若从中国现实出发对泛神论作了自己的解释，他说："泛神便是无神。一切的自然只是神底表现，自我也只是神底表现，我即是神，一切自然都是自我的表现。"①相比于西欧的泛神论，他特别强调了"我"的重要性，将"我"与神相等同。这样，泛神论在他那里便近似于"泛我论"②。这是郭沫若五四时期的人学观。这种被改造过的泛神论思想，无疑是《女神》现代自我形象最直接的精神资源。

《地球，我的母亲》，将地球当母亲，草木当同胞，宇宙中一切均为地球的化身，这确实是"本体即神，神即自然"思想的艺术体现。对地球的赞美，其实是对自我的肯定，"我的灵魂便是你的灵魂，/我要强健我的灵魂"，也就是自觉铸造现代自我，以应对新的时代。《在梅花树下醉歌》如此歌咏："我赞美这自我表现的全宇宙的本体！"全宇宙成为"我"的自我表现，"我"与万物合一，你、我、古人、名胜浑然不分，"一切的偶像都在我面前毁破！""我"即是神。《湘累》中，他借屈原之口作夫子自道："我的诗便是我的生命！""我效法造化底精神，我自由创造，自由地表现我自己。我创造尊严的山岳，宏伟的海洋，我创造日月星辰，我驰骋风云雷雨，我萃之虽仅限于我一身，放之则可泛滥乎宇宙。"类似的作品很多，如《我是个偶像崇拜者》《天狗》等，在破除偶像的同时，将自我神化，自我既内在于一切，又超越一切，由此完成了对无视自我存在价值和意义的中国专制社会的猛烈批判。

这个现代自我形象具有超凡的毁坏与创造力。在《立在地球边上放号》中，他情不自已地咏道："啊啊！不断的毁坏，不断的创造，不断的努力哟！"破旧立新是其志向与个性。《凤凰涅槃》③中，凤凰"集香木自焚"体现了彻底破坏旧世界的精神，"复从死灰中更生"则是创造意志的写照，新生后的图

> **声音**
>
> 郭沫若的"泛神论"思想来源十分宽广、复杂，包括了歌德、斯宾诺莎、泰戈尔、加皮尔、王阳明、庄子、老子、孔子等古今中外多种倾向的诗人和哲学家的著作。……无论是唯物还是唯心，都揉进了他所谓的"泛神论"。
>
> （孙党伯《郭沫若对现代学术思想的贡献》）

---

① 郭沫若：《少年维特之烦恼序引》，《文艺论集》，光华书局1929年，第256页。
② 孙党伯：《郭沫若评传》，人民文学出版社1987年，第139页。
③ 郭沫若："《凤凰涅槃》那首长诗是在一天之中分成两个时期写出来的。上半天在学校的课堂里听讲的时候，突然有诗意袭来，便在抄本上东鳞西爪地写出了那诗的前半。在晚上将就寝的时候，诗的后半的意趣又袭来了，伏在枕上用着铅笔只是火速的写，全身都有点作寒作冷，连牙关都在打战。就那样把那首奇怪的诗也写了出来。那诗是在象征着中国的再生，同时也是我自己的再生。诗语的定型反复，是受着华格讷歌剧的影响，是在企图着诗歌的音乐化，但由精神病理学的立场上看来，那明白地是表现着一种神经性的发作。那种发作大约也就是所谓'灵感'（inspiration）吧？"《我的作诗的经过》，《沫若文集》第11卷，人民文学出版社1959年，第144页。

景是诗人对五四后中国的创造性想象。《女神之再生》中,他借女神们高唱:"我们要去创造个新鲜的太阳,/不能再在这壁龛之中做甚神像!"表现出强烈的历史责任感与创造意志。《匪徒颂》对一切政治革命、社会革命、宗教革命等"匪徒们"高呼万岁,实际上是对历史上具有进步意义的破坏力与创造力的赞美。他崇拜力,"力的绘画,力的舞蹈,力的音乐,力的诗歌,力的Rhythm哟!"(《立在地球边上放号》),表现出与中国传统静穆、"思无邪"、温柔敦厚人格理想截然不同的现代性格。

这个现代自我形象对五四后新生的中国、也对新生的自我,无限眷恋热爱。《凤凰涅槃》中的"凤凰更生歌"是祖国的新生之歌,新生的凤凰是《女神》中的现代自我的化身;他不仅想象、描绘了新鲜、净朗、华美、芬芳、和谐、自由的新中国,而且为之欢唱、赞美,爱国之情由沉郁而激越。《晨安》中,他深情地向年轻的祖国、新生的同胞、扬子江、黄河、万里长城等问候"晨安"。《炉中煤》则是他的爱国恋歌。在《创造十年》中,郭沫若如此写道:"'五四'以后的中国,在我的心目中就像一位很葱俊的有进取气象的姑娘,她简直就和我的爱人一样。……'眷恋祖国的情绪'的《炉中煤》便是我对于她的恋歌。"他将祖国比作"年青的女郎",自己为"炉中煤",为了心爱的"人儿",他"燃到了这般模样!"由此可见,这个现代自我形象,自觉地将自我与祖国联系在一起,体现了中国知识分子忧国忧民的精神。

他不仅爱祖国,而且胸襟开阔,具有广博的人类情怀、宇宙意识。《立在地球边上放号》中,他"要把地球推倒";《地球,我的母亲》中,他"想宇宙中一切现象都是你的化身",以宇宙为背景审视地球与自我,表现出前所未有的气度。《晨安》中,他不仅向祖国道一声"晨安",而且深情地问候俄罗斯、泰戈尔、恒河、印度洋、大西洋等,表现出胸怀世界的现代精神。《我是个偶像崇拜者》《天狗》所表现出的超凡力量,更是与这种宇宙意识密切相关。

他想象力丰富,天马行空,气势如虹,是"自由""强力"的化身,表现出与传统士大夫和早期白话新诗中抒情主人公截然不同的现代品格,他是五四时代精神的体现者,是现代新人的典型。

郭沫若广泛接受了泰戈尔、雪莱、海涅、歌德、惠特曼以及波德莱尔、魏尔伦等外国诗人的影响,特别是惠特曼那豪放的诗歌对他影响极大。通过创造性借鉴,他形成了自己独特的诗风。[①] 总体看来,《女神》以浪漫主义为主调,象征是其精义。《女神》对现实的揭露、批判是以对未来理想社会的乐观想象与坚定信仰为基础和前提的,理想主义是其浪漫主义的精髓。那火

---

① 范伯群、朱栋霖主编:《1898—1949中外文学比较史》,第420—427页。

山般的激情、华丽繁复的语言、急遽的旋律、大胆的夸张,烘托、渲染了诗歌的浪漫激情。尤其是那奇异的想象,使诗人火山爆发式的情感以一种浪漫的方式得以释放,如他以宇宙为背景,想象自己站在地球边上放号(《立在地球边上放号》);以神话为依托,将自己比作涅槃的凤凰,表现出令人神往的更生景象(《凤凰涅槃》);把自己想象成气吞宇宙万象的天狗,以神化自我本质(《天狗》);神思飞扬地描画缥缈的"天上的市街",翱翔于神奇的太空;等等。借助这种奔放不羁、纵横驰骋的想象力,《女神》表现了五四时期那种冲破一切丑恶事物、推倒一切腐朽势力的力量,在浪漫的天空创造了中国文学史上空前的现代自我形象。郭沫若喜欢象征主义诗人波德莱尔和魏尔伦的作品,受其影响,他自觉地将象征纳入浪漫主义的总体框架中,强化诗的精神底蕴。《女神》那些充满激情与想象的诗篇,几乎都有象征意义,或象征某种精神,或象征某种情感,或象征某种愿望。《凤凰涅槃》就是以凤凰的更生象征诗人自己和祖国的新生。《女神之再生》中共工颛顼之争,象征当时中国的南北战争,女神之再生象征诗人的再生。《天狗》《炉中煤》《晨安》《匪徒颂》等均具有象征意蕴。象征拓展了《女神》的表现空间,构成其浪漫主义的精义。

《女神》的形式多种多样,有自由体、半格律体、诗剧体等等,其中自由体是诗人最得心应手的。这种自由体格式不拘,诗节不限,字数不定,音节自然,一切服从感情的倾泻,真正做到了"绝端的自由,绝端的自主",《女神》在新诗史上的一个重要贡献就是创造了这种自由体。

最能代表《女神》风格的是惠特曼式的豪放诗歌,它们"雄而不丽";《女神》中也有《死的诱惑》《Venus》《霁月》《日暮的婚筵》那种泰戈尔式的"丽而不雄"的清新、婉约之作,它们表现了诗人丰富复杂的情感世界。

《星空》于 1923 年由上海泰东书局出版,共收诗歌 32 首、诗剧 3 篇、小说散文 4 篇。它们创作于 1921—1922 年,反映了诗人在五四高潮后思想上的苦闷与矛盾。

> **声音**
>
> 我要时时刻刻想着我是个中国人,我要做新诗,但是中国的新诗,我并不要做个西洋人说中国话,也不要人们误会我的作品是翻译的西文诗。
>
> (闻一多《〈女神〉之地方色彩》,《创造周报》第 5 号 1923 年)

《前茅》1928 年由创造社出版部出版,所收诗歌创作于 1921—1924 年,多数为 1923 年所作,它们是诗人告别《星空》中那种苦闷、矛盾后的希望战歌。

《瓶》是一部爱情诗集,写于 1925 年二、三月间,刊于 1926 年 4 月《创造月刊》1 卷 2 期,包括《献诗》在内共 43 首。它们抒写了一个中年男子对一个少女的爱恋之情,着重表现了他等信、收信、读信时焦急、喜悦、失望的情感变化历程,诗行大体整齐,音调悠扬,情意缠绵而想象奇丽。

《恢复》1928年由创造社出版部出版,共收诗歌24首。它们是诗人在大革命失败后血雨腥风的岁月里创作的。这些诗情感直率、真切,节奏急促,旋律激越,格调雄壮。

闻一多(1899—1946,湖北浠水人,原名闻家骅)出生于一个世家望族、书香门第之家。1913年考入清华学校,1919年开始新诗创作,1922年毕业后赴美留学,专攻美术,1923年出版第一本诗集《红烛》,1925年回国后一直在大学从事教学工作,1928年出版第二本诗集《死水》。他的诗歌大都收入《红烛》《死水》中。1928年创作了长诗《奇迹》。他是前期新月派的代表诗人和新格律诗理论的倡导者。

从《红烛》到《死水》,闻一多诗呈现了中国现代知识分子深沉、激越的民族意识与爱国情感。与郭沫若《女神》中那种通过反传统和赞美新生中国以表达爱国情感不同,他所热爱的是具有悠久历史的文明古国。在《我是中国人》中,他自豪地宣称:"我们的历史可以歌唱";《忆菊》中,他的爱国之情聚焦在"四千年的华胄底名花"——秋菊上:"我要赞美我祖国底花!/我要赞美我如花的祖国";他心系故国,祈求太阳"让我骑着你每日绕行地球一周,/也便能天天望见一次家乡!"(《太阳吟》)望不见家乡,他将自己比作失群的"孤雁",慨叹"不如棹翅回身归去罢!"(《孤雁》)

1925年他毅然提前回国。然而,现实使诗人陷入失望中:"我来了,我喊一声,迸着血泪,/'这不是我的中华,不对,不对!'"失望中他不敢相信自己的眼睛,只好"拳头擂着大地","追问青天,逼迫八面的风",最后"呕出一颗心来,——在我心里!"(《发现》)爱与失望相交织,爱国之情达到极致。在接下来的日子里,他热望将民族伟大的"记忆""抱紧",以复兴中国(《祈祷》);高呼"咱们的中国",以激励民众的爱国热情(《一句话》);挥洒"眼泪"浇醒"威武的神狮"(《醒呀》);将英、日、德、法等国侵占的中国七地比作祖国的"七子",以控诉帝国主义的侵略罪行(《七子之歌》)。在《洗衣歌》《荒村》《天安门》《飞毛腿》《欺负着了》《静夜》等诗中,他将爱国情具体化为对帝国主义的揭露批判和对苦难人民的深切同情。1926年发表在《诗镌》第3期上的《死水》,通过对中国"恶之花"的"赞美",以愤激之语表现了深切的情感。从《红烛》到《死水》,诗人经历了由幻想到现实、由诗境到尘境的人生转变,诗中的爱国情感也由激越而转为深沉。

爱情是闻一多诗歌中的另一重要内容。出国后写的《红豆篇》,收入《红烛》,多为抒写真心相思、相爱之作,其中虽有深挚之情,但基调是凄楚、清切;《死水》中的爱情诗较《红豆篇》内容要复杂得多,其中没有美满的爱情,只有烦恼、苦闷和悲怆。①

闻一多钻研过杜甫、陆游等人的诗艺,受李贺影响尤深,他的《律诗底研究》(1922)对传统格律诗形式特征的论析颇见功力。从济慈那里,他接受了唯美的诗学观;从哈代、豪斯曼、勃朗宁那里,他意识到了以理性约束情感的重要性;从波德莱尔那里,他获得了寓愤激于沉静的抒情方式和由丑恶开垦美的现代艺术经验;丁尼生诗歌辞藻华丽,富有音乐性,这对闻一多颇有启发;拜伦、雪莱、华兹华斯、史文朋等人的诗歌对闻一多的影响也很大。

他的新格律诗理论是建立在对中外诗歌艺术广泛借鉴基础上的,他的诗歌大都体现了他的新格律诗主张,具有绘画美、建筑美与音乐美。他曾专攻美术,对色彩非常敏感,特别擅长以富丽的辞藻,勾勒线条,描绘形象,创造意境,使诗中有画,呈现出一种"绘画美"。如《什么梦?》涂抹了一层阴暗沉重的色彩;《一个观念》色彩美丽、亲切;《死水》则以多种色彩描画出一幅"恶之花"。对辞藻他总是反复推敲而又不露痕迹,如"鸦背驮着夕阳"中的"驮着"(《口供》),"热情开出泪花"中的"开出"(《"你指着太阳起誓"》),"家乡是个贼,他能偷去你的心"中的"偷去"(《你看》),等等,一词千金,给诗以生命。这些美的辞藻、画面传达的是诗人对于社会人生的某种理解、认识与情感形式。

> **声音**
>
> 他作诗有点像李贺的雕镂而出,是靠理智的控制比情感的驱遣多些。但他的诗不失为情诗。另一方面他又是个爱国诗人,而且几乎可以说是唯一的爱国诗人。
>
> (朱自清《中国新文学大系·诗集导言》,上海文艺出版社 2003 年)

"建筑美"指的是诗歌因"节的匀称和句的均齐"而在视觉上给人一种建筑的立体美感。《红烛》中的作品,"建筑美"尚不明显,但《死水》则做到了"节的匀称和句的均齐",呈现出鲜明的"建筑美"。闻一多诗歌的"建筑美"并不以某一种诗形样式为最佳,而是根据情感抒写的需要而变化。大体而言,其诗的形体约有十几种,如《你莫怨我》每节 4 行,各行字数为 4、7、7、4,《一句话》每节 8 行,各行字数为 9、9、9、9、9、9、3、5,等等,每节行数和每行字数各不相同,以对应、承载不同的内容。不过,闻一多诗中的"建筑美"总体来说过于整齐,有如豆腐干,给人局促、呆滞感。

"音乐美"指的是诗歌借助于音尺、平仄、韵脚等获取某种节奏,在听觉上给人一种音乐感。闻一多借鉴外国诗歌经验并依据汉语特点,认为对

---

① 陆耀东:《二十年代中国各流派诗人论》,中国社会科学出版社 1985 年,第 214—216 页。

于诗歌来说,"节的匀称,句的均齐"是外在形式,节奏是内在血脉;而节奏的经营必须注意:一行诗有几个音尺,其中有几个三字尺、二字尺;音尺的排列可以不固定,但每行的三字尺、二字尺数目应该相等。闻一多诗歌的押韵方式也是多种多样的,变化中有规律,使诗歌获取了一种内在的生命节奏。①

闻一多对新诗"绘画美""建筑美"与"音乐美"的倡导与成功实践,使新诗走出了"绝端的自由"的散文化误区,为新诗发展提供了新的路径与经验。

徐志摩(1897—1931,浙江海宁硖石人,原名徐章垿,留学英国时改名志摩)出生于海宁富商家庭。1915 年入大学预科,拜梁启超为师。1918 年赴美攻读银行学和社会学。因仰慕哲学家罗素,1920 年改赴英国剑桥大学皇家学院,兴趣转向文学,受英美诗歌影响开始诗歌创作。1921 年回国后,参加新月社,主编《晨报》副刊《诗镌》,创办《新月》杂志。并在北京、上海等地的光华大学、大夏大学、北京大学、中央大学、东吴大学等担任教授。1931 年因飞机失事身亡。

> **声音**
>
> 志摩是中国布尔乔亚"开山"的同时又是"末代"的诗人。
>
> 圆熟的外形,配着淡到几乎没有的内容,而且这淡极了的内容,也不外乎感伤的情绪,——轻烟似的微哀,神秘的象征的依恋感喟追求。
>
> (茅盾《徐志摩论》)

徐志摩是中国现代自由主义知识分子,向往个人自由,崇拜哈代、托尔斯泰、罗曼·罗兰、泰戈尔、罗素、卢梭、尼采等人,他的理想是个人性灵的自由发展。他一生的四本诗集《志摩的诗》(1925)、《翡冷翠的一夜》(1927)、《猛虎集》(1931)、《云游》(1932),呈现了他独特的生命体验和复杂的思想、情感历程。

徐志摩深受英美文化熏染,向往现代人自由的精神与情感生活,他的许多诗歌如《婴儿》《为要寻一颗明星》《我有一个恋爱》等,抒写了自己追寻自由理想与情感世界之心,体现了那一代自由主义知识分子的精神倾向。茅盾曾在《徐志摩论》中认为,徐志摩的全部作品表现的只是自己的政治理想,即"英美式的资产阶级的德谟克拉西"。由于茅盾主要是从社会革命的视角审视徐志摩,所以未能看到他诗歌丰富而复杂的内涵。因为"对于徐志摩,

---

① 如《死水》的第一节:"这是|一沟|绝望的|死水,/清风|吹不起|半点|漪沦。/不如|多扔些|破铜|烂铁,/爽性|泼你的|剩菜|残羹。"每行均由一个三字尺和三个二字尺构成。闻一多诗歌的押韵方式也是多种多样的:或间一句押韵,例如《荒村》《死水》等;或每两句押一韵,随即换韵,如《发现》《静夜》等;或每句都押韵,如《你看》,等等。参见陆耀东:《二十年代中国各流派诗人论》,第 227—229 页。

生活就是诗","徐志摩的诗则是赤裸地抒写生活中的真实情感"①,其内容恰恰是丰富的。

胡适说徐志摩一生的历史,是追求爱、自由、美所构成的单纯信仰的历史。② 这颇有见地。徐志摩留学康桥(剑桥大学),开启了他精神与情感自由飞翔的时代,"心灵革命的怒潮,尽冲泻在你妩媚河中的两岸"。他与原配张幼仪是父母包办婚姻,感情不和,1922年离婚。在剑桥,他认识才女林徽因,如"吹了一阵奇异的风",因爱的失落而写下热恋的诗。林徽因嫁给梁思成,徐志摩转而热恋沪上名媛陆小曼(时为王赓妻),写下《爱眉小札》。徐陆婚姻,遭父母反对,经济支持中断。关于《翡冷翠的一夜》,徐志摩说这是"我的生活上的又一个较大的波折的留痕"。他诗歌主要表现的就是对爱情、自由、美的追求、赞美,与苦恼怨楚。在徐志摩看来,理想的爱情、婚姻意味着"良心之安顿""人格之自由""灵魂之救度",他的大部分诗歌抒写了自己对于爱情的渴望、想象与多种体验。《雪花的快乐》以雪花自喻,雪花的追求即诗人对爱情的向往,雪花的快乐是诗人对自由爱情的愉快体验。《我等候你》抒写的是爱的想望与痴情。《"起造一座墙"》想象爱情能够在现实生活中为自己"起造一座墙",以维护人生自由。《沙扬娜拉》对日本女郎含情脉脉的娇羞美态的写真,既暗示了相思之苦,又表现了对女性的尊重。

爱情,在他笔下是温柔甜美的,是人间痴情,但严酷的现实常使他的痴情受挫。《海韵》一面表现了女郎和诗人自己对于爱情的"单纯信仰",一面则暴露了容不得恋爱的现实世界。《翡冷翠的一夜》中,诗人深深地感到"地狱"般的现实使"娇嫩的花朵""难保不再遭风暴"。然而,诗人的可爱就在于他的痴情,他"是一种痴鸟","一种天教歌唱的鸟,不到呕血不住口"。③ 在他心中,爱是神圣的、忠贞的,"你放心走","凶险的途程不能使我心寒","我爱你!"(《你去》);在"容不得恋爱"的世界,"我拉着你的手,/爱,你跟着我走;/听凭荆棘把我们的脚心刺透,/听凭冰雹劈破我们的头,你跟着我走,/我拉着你的手,/逃出了牢笼,恢复我们的自由!"(《这是一个懦怯的世界》)

在徐志摩诗歌中,爱情与自由、美往往又是同义的,对爱的歌咏就是对自由、美的向往与赞美。《我有一个恋爱》《翡冷翠的一夜》《"起造一座墙"》《决断》《这是一个懦怯的世界》《我来扬子江边买一把莲蓬》《雪花的快乐》

---

① 蓝棣之:《现代诗的情感与形式》,人民文学出版社2002年,第41页。
② 胡适:《追悼志摩》,《北晨学园哀悼志摩专号》1931年12月。
③ 徐志摩:《猛虎集·序》,《猛虎集》,上海新月书店1931年,第12页。

等诗,爱与美、自由相互渗透、生成,成为诗歌内在的情感、思想结构,诗化地表现了诗人的"单纯信仰",构成了徐志摩诗歌的主要魅力所在。

对爱、美、性灵自由的追寻,使诗人对妨碍人性自由发展的现实社会深感不满,对下层人民生出一种人道主义的同情。《先生!先生!》《叫化活该》《谁知道》《盖上几张油纸》《太平景象》《一小幅的穷乐图》《婴儿》《毒药》《大帅》《人变兽》等诗,或暴露军阀战争的罪恶,或展示淫猥的世态,或同情叫化子、孤老鳏寡,或哀悼不幸的爱国青年。这一切其实还是在维护他的"单纯信仰",是他真性情的自然流露,体现了其作为诗人的珍贵品质。

对妨碍人性自由发展的现实社会的失望,使诗人憧憬大自然,崇拜大自然。他曾说大自然是安顿人类灵魂最伟大的一部书,能使人的性灵迷醉。他那些抒写自然的作品,如《山中大雾看景》《再别康桥》《石虎胡同七号》《雷峰塔》《常州天宁寺闻礼忏声》等,描绘了旖旎的自然山水,给人以美的享受。不过,它们大都并非单纯的自然风景诗,其中仍有他那"单纯信仰"。在五老峰前,他"饱啜自由的山风"(《五老峰》);以快乐的"雪花",表现精神的自由(《雪花的快乐》);渴望"不朽的灵光""神明的火焰"永远跳动、不变(《那一点神明的火焰》)。大自然有时是他抒写爱、美与自由的场所,有时则是自由性灵的化身,寄予着他的人生理想。

徐志摩后期的《秋虫》《西窗》《我不知道风是在哪一个方向吹》等诗,书写了自己"单纯信仰"受挫后的悲观迷茫,是那一时期一些自由主义知识分子心境的写照。

徐志摩是一位在艺术上不断追求创造性的诗人。他的诗歌大都想象丰富,构思巧妙,意境新奇。《"起造一座墙"》,写热恋之人希望对方"在这流动的生里起造一座墙;/任凭秋风吹尽满园的黄叶,/任凭白蚁蛀烂千年的画壁;/就使有一天霹雳震翻了宇宙,——/也震不翻你我'爱墙'内的自由!"也就是期望恋人建造爱情之墙以维护情感的纯真与自由,想象奇异,意境独特。《雪花的快乐》描画了晶莹美丽的雪花,翩翩地在半空里潇洒、飞舞,朝着恋人"清幽的住处"努力飞扬的优美图景,生动地表现了诗人对于爱情和理想的执着追求。朱自清力赞徐志摩诗"最讲究用比喻——他让你觉着世上一切都是活泼的,鲜明的"[①]。比喻联翩而飞,且往往富有暗示性。《我等候你》将"我"等候她时的种种复杂情绪化为一系列独特的比喻:将等待她的情绪比作"希望,在每一秒钟上开花";因她不来,"希望在每一秒钟上枯死";对"我"的打击颇大,"打死我生命中乍放的阳春""打死可怜的希冀的嫩

[①] 朱自清:《中国新文学大系·诗集·导言》,《中国新文学大系》,第7页。

芽";最后,如此吟咏:"每一次到点的打动,我听来是/我自己的心的/活埋的丧钟。"微妙复杂的情绪借助于比喻而变得形象生动,暗示出人生的无望与苦痛。《生活》将生活比作"阴沉,黑暗,毒蛇似的蜿蜒"甬道,比作"在妖魔的脏腑内挣扎"。

作为新月诗派的代表诗人,他的诗歌具有一种个性化的绘画美、建筑美、音乐美。诗中之画主要靠辞藻来描画,徐志摩诗歌的辞藻大都明丽、富有色彩感。《她是睡着了》《五老峰》《月下雷峰影片》《消息》《北方的冬天是冬天》等诗,以富有色彩感的语词,描绘诗人经验中或想象中的某种情景,将之化为形象的画面,明丽或暗淡,灵动或静止,传达出诗人某种独特的情感。其代表作《再别康桥》,每一节都是一幅迷人的图画,如第二节,康河边那被夕阳染成金色的婀娜多姿的垂柳,与波光潋滟中荡漾的艳影,构成了一幅迷人的康河晚照图;又如第五节,斑斓星辉倒映着的水面,随着小舟激起的潋滟柔波荡漾开去,是一幅充满诗情画意的星夜泛舟图,诗中有画,画中有情。

同闻一多一样,徐志摩重视诗歌的建筑美,但与闻一多诗歌形体过于整饬、缺少变化不同,"他至少运用和创造了十几种类型的诗形"①。其中虽也有闻一多那种豆腐块式的,但绝大多数诗体是在变化中求整饬,整饬中求变化,富有现代自由感。《悲思》《那一点神明的火焰》《落叶小唱》《为要寻一颗明星》等诗歌,都是典型的徐志摩式的单节参差不齐而各节形式基本相同的诗体。《再别康桥》全诗7节,每节4行,整齐匀称,但诗人为避免过于整齐而导致的呆板,别出心裁地将每节的二、四行退后一格,且将每行的字数稍作增减,使全诗整齐中富有变化,呈现出参差错落之美。

音乐美是徐志摩诗歌艺术的重要特点。《海韵》《雪花的快乐》《半夜深巷琵琶》等诗,节奏鲜明,抑扬顿挫,具有音乐的旋律美。如《再别康桥》,每行均为两到三个节拍,二、四行押韵,且每节自然换韵,旋律轻柔、悠扬。② 大体而论,徐志摩诗歌的节奏轻柔舒缓,旋律和谐悠扬,生动地表现了诗人情感与精神的自由。

---

① 陆耀东:《二十年代中国各流派诗人论》,第264页。
② 《沙扬娜拉》第一、二句缓慢的节奏和柔和的旋律,传神地表现了娇羞的日本女郎低头与人道别时的情景;第三句,"道一声珍重,道一声珍重",平声多于仄声,是女郎与人道别时清脆声音的艺术表现;第四句在音乐上则是第三句的延伸和深化,是整个诗乐曲的高潮;第五句是女郎道别话语的直接记录。全诗五句,长短相间,旋律柔和多情,反映了女郎与人道别时的真实神态与情绪。参见陆耀东:《二十年代中国各流派诗人论》,第266—267页。

第三节　1920 年代散文

中国现代散文的兴起和其后的繁荣,与现代社会报刊业的发达密切相关。

《新青年》的随感录中的一些文艺性的短论和杂文,为新文学早期现代散文开辟了道路。杂文经鲁迅的运用,在新文学运动中有特殊重要的地位。1920 年代鲁迅出版的杂文集有《热风》《华盖集》《华盖集续编》《坟》《而已集》。此外,1932 年出版的《三闲集》是 1927—1929 年杂文的结集。1920 年代鲁迅的杂文比之《新青年》时期的随感录,内容深刻犀利,形式也多样,出现了熔叙事、抒情、议论于一炉的《记念刘和珍君》这样的长篇。

抒情散文、叙事散文有较大的发展。1927 年鲁迅《野草》出版,标志着散文诗的成熟。1928 年出版的《朝花夕拾》是鲁迅对青少年时代生活的回忆,对父亲、塾师、故友的追忆浸透绵厚的温情;旨在社会批判的篇什如《无常》《狗·猫·鼠》《二十四孝图》行文明快、流畅,并时杂幽默。

《语丝》周刊刊载的社会批评和文化批评,"任意而谈,无所顾忌,要催促新的产生,对于有害的旧物,则竭力予以排击",文笔幽默、泼辣,时称"语丝体"。

周作人是语丝社重要的散文作家,①他的平和冲淡的美文在艺术上达到了炉火纯青之境。

俞平伯的散文属周作人提倡的"美文"一派。他 1920 年代的散文集有《燕知草》和《杂拌儿》。《桨声灯影里的秦淮河》《陶然亭的雪》《西湖六月十八夜》都是散文中的名篇。《桨声灯影里的秦淮河》轻晕、朦胧,是他散文的代表作。《陶然亭的雪》中,冬日黄昏的迟暮,为静穆凄清之情浸染,在记叙、抒情中又生发一些闲闲而来旋又闲闲而去的哲学意想,情、景、理、趣水乳交融,笔浓而意淡。《西湖六月十八夜》用细腻的笔触绘出倦意朦胧的西湖的变幻的美,造成一种空灵的意境。俞平伯的散文独抒性灵,用笔细腻,意境朦胧而灵动、闲适而伤感,语言运用透出古典文学的深厚滋养,被周作人称"自具有一种独特的风致。……这风致是属于中国文学的,是那样地旧而又这样地新"②。但有时描写繁缛,用力太过。

文学研究会的散文作家中,朱自清、冰心以文字优美著称。**朱自清**

---

① 有人统计,1918—1928 十年间,周作人在《新青年》《每周评论》《晨报副刊》《语丝》等 20 种报刊上发表散文近千篇。

② 周作人:《〈杂拌儿〉跋》,《周作人文类编·本色》,湖南文艺出版社 1998 年,第 637 页。

(1898—1948,字佩弦,号秋实,祖籍浙江绍兴)于1924年出版诗文合集《踪迹》,1928年出版散文集《背影》。他自谦为"大时代中一名小卒",用文学写人生是他写作的宗旨。《执政府前大屠杀记》揭露军阀屠戮爱国人民的血腥暴行,为批判"三·一八"惨案的名篇。《背影》《儿女》《悼亡妇》等以饱蕴情感的笔墨写家庭及亲人的琐事,这类文字以一种绵厚之力及深长的韵味而耐人咀嚼。杨振声赞:"他文如其人,风华是从朴素出来,幽默是从忠厚出来,腴厚是从平淡中出来。"①朱自清散文写景描形、摹声、敷色、设喻、拟想,均面面俱到,一笔不苟,富丽典雅,将人眼中见、心中有、笔下无的景色闲闲叙来,细细描出,从赏心悦目的图景,领略并沉醉于情、理、趣、景相融为一的艺术境界。有人将朱自清散文比为中国画中的工笔画。朱自清写景的散文有时引用古诗文点明文中警策之处,造成一种"诗中有画,画中有诗"的意境。这在他或许是一种文人的积习,读者却从中看到了文人笔下的中国作风。朱自清写景的名篇,更是抒情的名文。《桨声灯影里的秦淮河》融情入景,以情见长。写景名作《荷塘月色》状景色之幽美,但转回现在,平添了游子的惆怅。对美的人生的追求,在《"月朦胧,鸟朦胧,帘卷海棠红"》《绿》《白水漈》中得到积极的表现,《绿》对勃勃怒生的生命(绿色)的陶醉与惊诧,充满喜悦之情。

冰心最初于1920年发表散文《往事》《寄小读者》。《寄小读者》是用通讯形式写的文艺散文。冰心散文"情绪多于文字",她以清丽典雅的文笔和温暖的柔情诉说对祖国、母亲、兄弟、弱小者、自然的爱,表现了她的"爱的哲学"。冰心说若非"童心来复",她决不提笔(《寄小读者·通讯一》)。在写作中,她爱心当头,辅以理性哲学。在《往事》和《寄小读者》中,冰心把诗情画意与哲理兼容,表述她的"爱的哲学"。《寄小读者·通讯十》说母爱普遍地包围着一切:它包围着"我",连带着也"包围着一切爱我的人;而且因着爱我,她也爱了天下的儿女,她更爱了天下的母亲"。因而她对她的小读者说:"世界便是这样的(由母爱)建造起来的!"冰心体散文哀而不伤,柔和委婉,无刻意渲染却直抵人心。郁达夫说中国传统文化的熏陶、故乡的山水、留学生活"助长了她的诗思,美化了她的文体"。时人称:"她的诗似的散文的文字,从旧式的文字方面所申引出来的中国式(并不是固定的名辞,只是说明她的句法不完全是欧化的)的句法,也引起广大的青年的共鸣与模仿,而隐隐的产生了一种'冰心体'的文字。"②

许地山、叶圣陶也是文学研究会的重要作家。**许地山**(1894—1941,广

---

① 杨振声:《朱自清先生与现代散文》,《文讯》第9卷第3期文艺专号,1948年9月15日。
② 黄英:《谢冰心》,《现代中国女作家》,北新书局1931年,第40页。

东揭阳人,笔名落花生)的《空山灵雨》收散文小品44篇,是文学革命后最初成册的个人散文集。其"弁言"说"生本不乐","入世以来"又"屡遭变难,四方流离"。然而《空山灵雨》中直接抒写生之苦痛及变难流离之作却并不多见,更多的是面对人生艰难的奋斗勇气。《暗途》以"暗途"喻人生,主人公吾威拒绝灯火,要"在幽暗中辨别"险途猛兽,那晚上他"在暗途中走着……一点害怕也没有","没有跌倒,也没有遇见毒虫野兽;安然地到他家里"。茅盾说许地山尝试着寻找一个合理的人生观,然而他没有建立起这样的人生观作为自己"理想"的象牙塔,于是他"多少带点怀疑论的色彩",但"虽然怀疑,却并不消极悲观"。①《鬼赞》中面对鬼众们赞颂死之快乐的诱惑,"我"仍从寒潭那边传来的鱼跃出水的声音,认出了"归路"。《空山灵雨》叙事、抒情、设喻时禅机迭出,这并不是从佛教世界观寻求消极的解脱,而是借佛教文化的智慧探求人生哲理,或用以自身之惑,或用以启迪读者。如《美的牢狱》中夫妻关于美的辩论就颇有谈禅的意味,提出人的努力在建立合理合意的生活中的作用,是颇有启发的。然而谈禅而又不至于迷恋,《暾将出兮东方》说"光明不能增益你什么,黑暗不能妨害你什么,你以何因缘而生出差别心来?"这无差别境,是一种宗教的虚无主义玄理,很容易让人由怀疑堕入虚无,文中的"我"作出了"朝霞已射在我们脸上,我们立即起来,计划那日的游程"的选择,从虚无主义摆脱了出来。力图从虚无主义摆脱,反映出许地山宗教人生观的矛盾和挣扎。《空山灵雨》中有许多作品意境幽远,文笔美丽,可视为散文诗;就艺术品位而言,那些语含机锋的寓言及抒情小品精致玲珑,最能代表作者的创作个性,有很高的美学价值。但平实素朴的叙事、抒情之作,在集中也占相当的比例。其中《落花生》最为著名,阐述了"人要做有用的人,不要做伟大、体面的人"的道理。

> **声音**
> 那些散文的情调是承袭诗词的传统的。
> （叶圣陶《杂谈我的写作》）

叶圣陶1920年代的散文,收入他和俞平伯合著的散文集《剑鞘》及1931年出版的散文小说合集《脚步集》中。1935出版的《未厌居习作》除36篇新作外,选《剑鞘》5篇,《脚步集》9篇(其中还包括1930年的散文3篇)。叶圣陶多年从事语文教学和文学编辑工作养成的谨严作风,也在他的散文写作中留下烙印,因而郁达夫说:"我以为一般的高中学生,要取作散文的模范,当以叶绍钧氏的作品最为适当。"②《五月三十日急雨中》《藕与莼

---

① 茅盾:《落华生论》,《文学》第3卷第4号,1934年10月1日。
② 郁达夫:《中国新文学大系·散文二集·导言》,《中国新文学大系》,第18页。

菜》《没有秋虫的地方》都是名作。

风格上与文研会相近的,是后来被称为"**白马湖作家群**"①的作家群体。上世纪20年代在浙江上虞白马湖地区春晖中学,夏丏尊、丰子恺、朱自清、朱光潜、刘大白、叶圣陶、俞平伯与李叔同等,人生追求与艺术旨趣相近,其散文写作风格同白马湖的青山秀水相呼应,朴素清新,淡雅隽永,满贮温馨与韵味。他们都推崇日本自然主义作家夏目漱石。夏丏尊(1886—1946,浙江上虞人)是其中代表,结集出版的只有一本《平屋杂文》,其中《白马湖之冬》一篇享有盛誉,被台湾散文家杨牧评为"白话记述文的模范"②。《白马湖之冬》描写白马湖的大风严寒,在萧瑟的冬景中寄托了一个正直知识分子的寂寞情怀。夏丏尊散文从日常琐事中开掘出较为深刻的内涵,能将叙事与抒情、议论有机地结合起来,文字简练含蓄,耐人咀嚼。

1920年代,瞿秋白散文有《心的声音》《饿乡纪程》《赤都心史》《宛漫的狱中日记》《那个城》等。《饿乡纪程》《赤都心史》是现代文学史上最早的文艺通讯,也是最早反映十月革命后俄国社会真相的作品,它以长篇写20世纪初震撼世界的第一件也是头等重要的大事。

郁达夫1920年代的散文有以叙事和抒情为主的(如《还乡记》《还乡后记》《立秋之夜》),有书简(如《海上通信》《一封信》《北国的微音》)、游记(如《感伤的行旅》)、日记(如《病闲日记》)等。《还乡记》《还乡后记》是郁达夫早期写"零余者"羁旅生活的记行体作品,途中风物人情和人物的伤感彷徨交相描绘,抑扬变化、往复回环,构成了作品的内在节奏和情韵之美。《海上通信》和《还乡记》一样,也写于旅途之中,也是情景兼美之作。他的《病闲日记》从容坦率地记叙了他1926年12月在广州的一段生活。作家这些恣笔写来的日记中,喜怒哀乐,苦闷无聊,乃至个人隐私都兴会淋漓。

郁达夫说:"现代的散文之最大特征,是每一个作家的每一篇散文里所表现的个性,比从前的任何散文都来得强。"这一特点在早期创造社作家的散文里表现得格外鲜明。郁达夫的散文文笔恣肆,对社会黑暗、世风颓败的愤激,和因这愤激而生的苦闷、无聊、自怜,乃至自暴自弃、自虐自残,都有着"个性解放"、离经叛道的意味,是对"秦汉以来的中国散文的内容"③的叛离。其恣肆放诞处,隐约可见魏晋名士的余绪;而不能免于颓废,又是1920年代郁达夫散文与其小说的相互呼应之处。

---

① 张堂锜:《"白马湖作家群"的散文世界》,《民国文学中的边缘作家群体》,山东文艺出版社2016年。
② 同上,第207页。
③ 郁达夫:《中国新文学大系·散文二集·导言》,《中国新文学大系》,第5页。

郭沫若前期散文分别收在《橄榄》《水平线下》等集中。1924年12月至1925年1月间以"小品六章"为总题发表于《晨报副镌》的六篇散文(《路畔的蔷薇》《墓》《白发》《山茶花》《水墨画》《夕暮》)最为别致。《路畔的蔷薇》寄寓着作者对飘零的自身的怜爱。《墓》中飘零者连"昨日的尸骸"并自造的"坟墓"也无处寻觅,伤痛之情达于极致。《山茶花》用"山上"的野趣装点居室,得到"清秋活在我壶里了!"的意外惊喜。《水墨画》通过对日光、海水、沙岸、渔舟、飘忽的轻烟的随意点染,画出了一幅幽淡的水墨,然而由于"我"的心境,它只透出一种"淡白无味的凄凉的情趣"。《夕暮》画出了野趣的牧歌境界。《小品六章》含蓄淡远,表现了散文诗的特点。伤景即自伤,怜物亦自怜,贯穿于其间的是一种甚深的飘流感,重主观性情的抒写等都表现了郭沫若的浪漫主义诗人的风格。《小品六章》外,《芭蕉花》《铁盔》《卖书》《尚儒村》等回忆散文,用平实的文字、写实的手法,记述了过往生活的某些片断,爱憎分明,现实感很强,针砭社会黑暗处入木三分,显示出郭沫若对国事的关心、对人民的同情。张扬自我,热爱自然,关心社会是郭沫若前期散文的特点。

梁遇春(1906—1932,福建闽侯人)的散文独树一帜,多收于《春醪集》;《泪与笑》中也有几篇他写于1920年代的散文。他的散文谈人生哲理,博学敏思,"如星珠串天,处处闪眼,然而没有一个线索,稍纵即逝"①。梁遇春探索人生的独立思考,很是别致。在《"还我头来"及其他》一文中,他提出"还我头来"的口号,来抵制胡适一类"思想界的权威"用"文力"来"统一"青年学生的头脑的做法;当"人生观"问题讨论正酣之时,他偏提出"人死观"这个题目来研究②,这些不谐和的调子都是他对这"糊涂世界""重新一一估定价值"③的表现。然而"将一个问题,从头到尾,好好想一下"又"总觉头绪纷纷",常"找不出自己十分满意解决的方法"④,于是不免彷徨,有时堕入怀疑论,而喟叹"人生的意义,或者只有上帝才晓得吧!还有些半疯不疯的哲学家高唱'人生本无意义,让我们自己做些意义。'梦是随人爱怎么做就怎么做的,不过我想梦最终脱不了是一个梦罢。"⑤《春醪集》就是他的"醉中梦话"。

他感到困惑、彷徨,然而却用异常的执着,在悲苦、怀疑中追求一种有意义的、生气勃勃的、有色彩的人生。这种追求与努力表现在《笑》《滑稽和愁闷》这两篇"醉中梦话"里,也表现在《论麻雀及扑克》《谈"流浪汉"》中。后

---

① 废名:《泪与笑·序一》,开明书店1934年,第3页。
② 梁遇春:《人死观》,《春醪集》,北新书局1930年。
③ 梁遇春:《泪与笑·黑暗》,开明书店1934年,第89页。
④ 梁遇春:《"还我头来"及其他》,《春醪集》,第46页。
⑤ 梁遇春:《人死观》,《春醪集》,第61—62页。

两篇文章批判了中外绅士们的灰色人生,在《谈"流浪汉"》中更提出了"流浪汉"来与"绅士"对立。他的"流浪汉"不是吉普赛人式的飘流者,而是"生命海中的弄潮儿",是有冒险精神的、"具有出类拔萃的个性的人物"[1],是梁遇春对自身的人生追求的描述。他的思想与文风都是非绅士的。

梁遇春被郁达夫称为"中国的爱利亚"[2](即英国散文家查尔斯·兰姆),他青睐兰姆的随笔文体。英法随笔 Essay,曾是那一时期深受知识分子钟爱的文体,同"信腕信口"的晚明小品一起引起这一代散文家的共鸣。"在各种形式的散文(按此地的散文两字,系指广义的散文而言)之中,我们简直可以说 Essay 是种类变化最多最复杂的一种。自从蒙泰纽最初把他对于人和物的种种观察名作 Essais 或试验以来,关于这一种有趣的试作的写法及题材,并不曾有过什么特定的限制。尤其是在那些不拘形式的家常闲话似的散文里,宇宙万有,无一不可以取来作题材,可以幽默,可以感伤,也可以辛辣,可以柔和,只教是亲切的家常闲话式的就对了。"[3]周作人曾在《美文》中对 Essay 有过介绍,方重在《英国小品文的演进与艺术》一文中作了系统概括,蒙田、培根、爱迪生、兰姆、欧文、赫士列特、哈得逊、吉辛等名家随笔被纷纷译出。郁达夫指出:"英国散文的影响,在我们的知识阶级中间,是再过十年二十年也决不会消灭的一种根深底固的潜势力。"[4]梁遇春偏爱兰姆,嗜读他的《伊利亚随笔》,写有《查理斯·兰姆评传》。梁遇春说,他写"流浪汉",受英国19世纪末叶小品文家斯密士的影响,对"流浪汉"精神的颂扬,则是受兰姆的启发,兰姆"主张我们有时应当取一种无道德态度,把道德观念撇开一边不管,自由地来品评艺术同生活"[5]。梁遇春不是刻意模仿兰姆,而是像兰姆一样,率性真诚地纵谈人生,毫不掩饰自己的全人格。读梁遇春文,可以听到他那笑中有泪、泪中有笑的心声。对英、美、法国文学的大量引述,是梁遇春散文写作上的显著特点。英国作家的诙谐,和法国蒙田、伏尔泰的怀疑论的糅合,形成了梁遇春的非绅士的、"流浪汉"的散文风格。他在《滑稽和愁闷》中论及伏尔泰、蒙田和法朗士的风格时说:"因为诙谐是从对于事情取怀疑态度,然后看出矛盾来,所以怀疑主义者多半用诙谐的风格来行文",这话对于认识梁遇春的散文风格也大体适用。他的《谈"流浪汉"》对文学史事实有大量引述,甚至近于堆砌,这种不免于"散"的散文风格,十

---

[1] 梁遇春:《谈"流浪汉"》,《春醪集》。
[2] 郁达夫:《中国新文学大系·散文二集·导言》,《中国新文学大系》,第11页。
[3] 同上书,第8—9页。
[4] 同上书,第11页。
[5] 梁遇春:《查理斯·兰姆评传》,《春醪集》,第105页。

分接近兰姆与蒙田。废名说梁遇春的散文"没有一个线索",既指它的思想上的彷徨、寻求,也指它纵意放谈时的活泼恣肆;这种看似芜杂、不精炼的特征,正显示着年轻作者的英气。

新月派和现代评论派的散文以徐志摩和陈西滢影响最大。徐志摩1920年代的散文集有《落叶》《自剖》《巴黎的鳞爪》;《秋》是他在1929年的演讲集,1931年出版。徐志摩的散文笔调轻盈飘然,语言华丽夸饰。华丽则不免繁复,潇洒则有时流于轻盈,以其鲜明的个人风格而为人所爱重。

《西滢闲话》(1928)以"闲话"的绅士风度为其风格,作者因与鲁迅论战而引人注目。《西滢闲话》收作者杂文78篇,内容广泛,涉及文明批评与社会批评等诸多方面,是现代杂文开创时期的重要收获之一。陈西滢(1896—1970,江苏无锡人),16岁即赴英国留学,先后入爱丁堡大学和伦敦大学学政治经济学,获博士学位。1922年回国,在北京大学执教。1929年到武汉大学任教授兼文学院院长,1946年出任国民党政府驻巴黎联合国教科文组织首任常驻代表。陈西滢于1924年与徐志摩等人创办《现代评论》,开辟《闲话》专栏。陈西滢持自由主义立场,以旁观者姿态,闲话式笔调,展开自己的思考、观察和批评。他的文章中,既有对殖民者傲慢心态、阴暗心理的讽刺和揭露,对英、日帝国主义在五卅惨案中残暴行径的批判(《多数与少数》),又有对"三·一八"事件中段祺瑞政府屠杀爱国学生的有节制的批评,对军阀混战和腐败统治的不满(《共产》),还有自己对民众戏剧、小戏院的关注,对中国现代版权制度建设的思考,对新文学运动不失中肯的评价。在文化态度上,陈西滢强调公正、理智,既支持新文化运动,反对复古排外,又赞同"整理国故"和"全盘西化";对当时社会上存在的各种文化现象和文化心理,都能给出适度的批评和建议。陈西滢受英国作家艾狄生、斯梯尔的影响,他的杂文清晰晓畅,意态从容,析理细密,轻松幽默,当时很受文人读者的欢迎。在女师大事件中,他批评学生,将风潮中的女师大视作"臭毛厕"(《粉刷毛厕》),指责支持学生的鲁迅等教员为"土匪"(《吴稚晖先生》);因此而遭鲁迅痛骂。

中国散文有悠久传统。现代散文始于新文学革命,报刊的繁盛,文学流派的纷纷形成,西学东渐更新了知识和观念,这一切都造成了新文学运动中现代散文的繁荣,也决定了现代散文的主要特点。第一,新文化运动对人的发现,影响于散文,便是表现个性与自我,革新了散文的内容。郁达夫说传统的"散文的心"是"尊君,卫道,与孝亲"[①],现代散文是对传统的"散文的

[①] 郁达夫:《中国新文学大系·散文二集·导言》,《中国新文学大系》,第4页。

心"的背离。第二,扩大了表现生活的范围。《人间世》发刊词曾有"宇宙之大,苍蝇之微,无不可谈"的话,道出了现代散文的这一特点。第三,文体多样,表现自由,不拘一格。第四,渗透了世界文学的影响:英国的小品文,蒙田的随笔,尼采的箴言警句,屠格涅夫的散文诗,泰戈尔、厨川白村等人的作品,在 1920 年代对我国散文的文体、风格都或直接或间接地发生过影响。第五,新文学运动初期和 1920 年代的散文,都表现着作者们深厚的学养。鲁迅式的杂文,周作人的美文小品,冰心、朱自清的文笔,对后来散文的发展都发生过或仍在发生着深刻的影响。

第四节 周作人的散文和鲁迅的《野草》

周作人(1885—1967,浙江绍兴人,常用的笔名有岂明、开明、独应、仲密、周卓、遐寿等)1901—1905 年在南京求学期间接触了西方科学和民主思想,开始了最初的文学活动。1906 年赴日求学。此期间更多地接受了西方民主思想的影响,与其兄周树人一起筹办《新生》杂志,合译《域外小说集》。新文学革命时期在《新青年》《每周评论》等杂志上发表《人的文学》《平民文学》等论文,把文学革命由形式的改革转向内容的革新。他起草文学研究会宣言,揭起了"为人生"的文学旗帜。1924 年与孙伏园等创办《语丝》周刊,在"女师大风潮"中,站在进步青年一边,写了大量杂文。1928 趋于消沉。抗日战争爆发后变节附逆,出任伪职。华北沦陷期间,在敌伪报刊发表文章数百篇,一部分为吹捧日帝、汪伪的汉奸文学,如在为《汪精卫先生庚戌蒙难实录》所作的"序言"中吹捧汪精卫有"投身饲饿虎"的精神。1945 年因汉奸罪判刑,1949 年 1 月交保释放。晚年定居北京,翻译希腊文学与日本文学,写有《鲁迅的故家》《鲁迅小说里的人物》《鲁迅的青年时代》等著作。

新文学革命时期及 1920 年代是周作人散文创作的鼎盛期,出版散文集《自己的园地》(1923)、《雨天的书》(1925)、《泽泻集》(1927)、《谈虎集》(1927)、《谈龙集》(1927)、《永日集》(1929),另有诗和散文诗合集《过去的生命》(1929)。1926 年编就《艺术与生活》,收五四前后的论文(如《平民文学》《人的文学》),关于俄国文学、欧洲文学、日本文学的论译,关于日本新村的论文等 21 篇。

周作人的散文历来就有浮躁凌厉与平和冲淡两种风格。新文学革命时期及 1920 年代谈时事的杂文属于浮躁凌厉的一类,而这一时期的杂感、读书随笔及 1920 年代他称之为"美文"的艺术性散文,则归于平和冲淡。

《谈虎集》是 1919—1927 年间的杂文集。《谈虎集·序》说:"我这些小文,大抵有点得罪人、得罪社会,觉得好象是踏了老虎尾巴,私心不免惴惴,大有色变之虑,这是我所以集名谈虎之由来。"集中"得罪"的是旧文化、反动军阀、帝国主义、国民党的"清党"罪行。《思想革命》《前门遇马队记》讽刺锐利,闪耀着匕首的寒光。

最能表现周作人散文个性的是他称之为"美文"的艺术性散文,即散文小品。1921年6月周作人发表了《美文》,界定"美文"①这一概念,指出它不是批评的,不是学术性的,而是艺术性的,是"个人的文学之尖端,是言志的散文,它集合叙事说理抒情的分子,都浸在自己的性情里"②。这种美文在重个性的"英语国民里最为发达"③。他借散文批评,强调好的散文须具备饶有"趣味"的内容,"平淡自然"的气质,追求能引发读者体味思索的"涩味"与"简单味"。这些批评概念更多体现的是他对古代名士风致的崇好,却将散文创作的规律提升到美学批评的高度。可以说,中国现代散文所取得的成就与周作人的倡导是分不开的,称其为中国现代散文的鼻祖亦不为过。

周作人说,美文即现代散文小品,"是那样地旧而又这样地新"④,这是因为它是"公安派与英国的小品文两者所合成"⑤,这大致说出了周作人散文小品的渊源。他的散文小品的外来影响,不止于英国的小品:对法国的蒙田,特别是日本的俳文,也多有借鉴。这种外来影响也不止于文体上的借鉴:蔼理斯的自由与节制相协调、平衡的原则,影响了他的人格与文格,在他的散文中便"充满'直率'与'和谐'"⑥。所有这些外来影响,又都通过周作人本人的文化教养、个性气质与人生态度而起作用,他的闲适、幽默、忧患意识、中庸精神、博学多识,把外来文化、传统文化融为一体,形成了他的性格;表现在文章里,便是他的风格。

周作人散文的风格内涵丰富。最突出的,便是它的冲淡平和。在娓娓絮谈中将知识、哲理与趣味融于一体,在艺术上达到了炉火纯青的地步。冲淡平和,在周作人的散文中,不只是写作上的特点,更是人生态度,一种境界,这需要高雅的审美品位、渊博的学识和甚深的艺术功力。《吃茶》《谈酒》《乌篷船》《故乡的野菜》等名篇所写的都是平平常常的事物,平平常常的生活,然而经周作人细细品味,其中便另有一番情趣与哲理:

---

① 周作人:《中国新文学大系·散文一集·导言》,《中国新文学大系》。
② 周作人:《冰雪小品选序》,《看云集》,开明书店1932年,第191页。
③ 周作人:《美文》,张菊香编:《周作人散文选集》,百花文艺出版社1987年,第31页。
④ 周作人:《〈杂拌儿〉跋》,《永日集》,北新书局1929年,第171页。
⑤ 周作人:《〈燕知草〉跋》,《永日集》,第180页。
⑥ 钱理群:《两大文化撞击中的选择与归宿》,《周作人论》,上海人民出版社1991年。

喝茶当于瓦屋纸窗下,清泉绿茶,用素雅的陶瓷茶具,同二三人共饮,得半日之闲,可抵十年尘梦。(《吃茶》)

你如坐船出去,可是不能象坐电车那样性急,立刻盼望走到。……你坐在船上,应该是游山的态度,看看四周物色,随处可见的山,岸旁的乌桕,河边的红蓼和白苹、渔舍,各式各样的桥,困倦的时候睡在舱中拿出随笔来看,或者冲一碗清茶喝喝……夜间睡在舱中,听水声橹声,来往船只的招呼声,以及乡间的犬吠鸡鸣,也都很有意思。(《乌篷船》)

周作人就是用这种艺术的态度品味生活的,这也是他的生活艺术在他的言志小品中的表现。这种将雅趣与野趣融合、提炼而成的闲适冲和的艺术真趣,是周作人散文的个性和灵魂。钱理群评:"在周作人的散文里,不仅在内容上着意表现返归自然,顺乎天性,自由率性而适度的生活情趣,而且在艺术表现上追求表现自己与隐蔽自己,感情的倾泻与控制,放与收,通与隔,丰腴与清涩,奇警与平淡,猥亵与端庄……之间微妙的平衡。"①在周作人的散文中,一切都贯注着他的艺术趣味,一切都因艺术的雅致而冲淡平和,连"杞天之虑"也只是淡淡的忧思。郁达夫称道其文体:"周作人的文体,又来得舒徐自在,信笔所至,初看似乎散漫支离,过于繁琐!但仔细一读,却觉得他的漫谈,句句含有分量,一篇之中,少一句就不对,一句之中,易一字也不可,读完之后,还想翻转来从头再读的。"②

> **声音**
>
> 在理论上彻底放弃了对于国家、民族、社会、人民的……责任感,还原为纯粹的个体,把五四时期已经提出的"救出你自己"的个人本位主义原则发展到极端。
>
> (钱理群:《周作人传》)

鲁迅的《野草》收散文诗23篇,作于1924—1926年间的北京,当初发表于《语丝》。③ 1927年在广州结集出版。

在《〈野草〉英文译本序》中,鲁迅作过如下说明:

因为讽刺当时盛行的失恋诗,作《我的失恋》,又因为憎恶社会上旁观者之多,作《复仇》第一篇,又因为惊异于青年之消沉,作《希望》。《这样的战士》,是有感于文人学士们帮助军阀而作。《腊叶》,是为爱我

---

① 钱理群:《周作人论》,第84—85页。
② 郁达夫:《〈中国新文学大系·散文二集〉导言》,《中国新文学大系》,第14页。
③ 鲁迅在1919年连载于《国民公报》"新文艺"栏上的"随感"《自言自语》,可算他最初写的散文诗。

者的想要保存我而作的。段祺瑞政府枪击徒手民众后,作《淡淡的血痕中》,其时我已避居别处;奉天派和直隶派军阀战争的时候,作《一觉》,此后我就不能住在北京了。

所以,这也可以说,大半是废弛的地狱边沿的惨白色的小花,当然不会美丽。但这地狱也必须失掉。这是由几个有雄辩和辣手,而那时还未得志的英雄们的脸色和语气所告诉我的。我于是作《失掉的好地狱》。

历来对《野草》的解读,往往因这段话而将其视为鲁迅对所处的社会现实的表现。但是,对《野草》的解读还有一个心灵自剖的层面。

鲁迅写作《野草》之时,正值他内心再次陷入彷徨、绝望。《野草》与其说是一个写作的文本,不如说是心灵追问的过程,是穿越彷徨绝望的心灵行动,它伴随着心理、情感、思想和人格的惊心动魄的挣扎和转换的过程,鲁迅的诸多精神奥秘,蕴于其中。许寿裳曾指出:"至于《野草》,可说是鲁迅的哲学。"[1]作为穿越绝望的心灵行动,《野草》并非一般意义上的单篇的合集,而是一个精神整体。《野草》,是我们走近鲁迅的一条捷径,恐怕也是最难走的一条道路。[2]

> **声音**
>
> 《野草》的主导思想倾向也是积极地反抗战斗,讽刺和批判。
>
> (李何林《鲁迅〈野草〉注解》)
>
> 《野草》是鲁迅内心的冲突和纠葛的象征式(用厨川的定义)的写照,呈现的是一种超现实的梦境,与外界的社会和政治现实关系不大。……不必作捕风捉影式的政治索引。
>
> (李欧梵《铁屋中的呐喊》)

《野草》的写作时期,与《彷徨》《两地书》(北京时期)大致相同,作者陷入一种自厌情结中,一种潜隐而强烈的自虐倾向,也从这时期的写作中破土而出。鲁迅首先要解决的问题,是自我的精神危机,他已厌弃在重重矛盾中难以抉择的生存状态,希望来一次深刻的解决。《希望》《死火》《影的告别》《墓碣文》《过客》《这样的战士》等篇都程度不同地抒写了他精神的苦闷、矛盾和彷徨。

鲁迅直面矛盾的方式近乎惨烈,他以特有的执拗切入自我矛盾的深层,对纠缠自身的诸多矛盾,进行了彻底的展示和清理。于是,"希望"—"绝望"这一对矛盾,作为诸多矛盾的纠结所在,处于《野草》的核心。这在《希望》一篇中有极尽曲折的集中展示。该文将长期纠缠于内心的希望和绝望之争作了一次追根究底的审视,逐一剖析出希望的几层悖论,并最终确立了以行动

---

[1] 许寿裳:《鲁迅的精神》,《我所认识的鲁迅》,人民文学出版社 1978 年,第 76 页。
[2] 参见汪卫东:《〈野草〉的"诗心"》,《文学评论》2010 年第 1 期。

超越矛盾的姿态。《影的告别》中"影"徘徊于黑暗与光明之间,陷于无论怎样选择结局都是灭亡的两难处境;"影"明白自己没能预约到一个光明的"白天"和"黄金世界",而是"在黑暗里彷徨于无地"。那么,就没有"光明"么?"光明"当然是会到来的,只是我们不一定遇到而已:"我们总要战取光明,即使自己遇不到,也可以留给后来的。"①

勇敢地面对而不是规避和逃离现实的黑暗与自我心灵的苦闷,是鲁迅一贯的清醒的人生精神。这精神贯穿于《野草》整体,尤以《秋夜》《影的告别》为最。《秋夜》写深秋繁霜之夜,"我""自在暗中,看一切暗"②,借"我"的眼撕去被星、月装饰起来的秋夜的"天空"的神秘,把它的黑暗揭示给人间,指出它的凶残、卑劣、顽固、狡猾和虚弱,使它终于无法隐瞒那竭力隐瞒的凶相与丑态。③"我"就用他那深刻而敏锐的眼睛,"读"出了"秋夜"这部"世间书",赞扬了枣树的倔强,否定了种种的梦幻,轻蔑地笑对和驱逐了种种蝇营鸟乱。

发源于希望与绝望之争的诸多矛盾,最后归结为一个现实的难题——生与死的抉择,这就是《过客》《死火》和《墓碣文》《影的告别》中对生与死的追问。诗人在抒写他的苦闷、矛盾、彷徨时不免会生出低回哀婉乃至悲怆之情,然而同时激愤倔强的声影时可闻见。《希望》的结句归结为对"绝望"的否定;"死火"宁肯"烧完"也要重返"火宅";《死后》中的"我",为了驱逐他的敌人,决定"索心不死",而"坐了起来";《墓碣文》中的死者,也以"坐起"驱走了他的不敢正视自身血肉的"酷爱温暖"的朋友,结局虽不免悲凉,但无情地解剖别人也无情地解剖自己的勇气却显示了少有的倔强。《野草》中,这些被许多人目为"悲观""绝望""虚无"的形象,无一不怀抱"九死其未悔"之心。

"独战的战士"是《野草》独创的艺术形象,使《野草》的抒情风格为一种悲剧美所浸润。《秋夜》中的"枣树",《过客》中的"客",《这样的战士》中的高举投枪的战士,《复仇》(其二)中的"人之子",《雪》中被赞作"孤独的雪,死掉的雨,雨的精魂"的"朔方的雪"都是这样的独战的战士。这些独战

---

① 1936年3月26日鲁迅致曹白信。
② 鲁迅:《准风月谈·夜颂》,《鲁迅全集》第5卷,鲁迅全集出版社1948年,第239页。
③ 《秋夜》中的"我"是一个清醒的"观察者",他没有任何不切实际的梦幻,他不仅看到了小粉红花的梦、落叶的梦都是身无补,而且警惕有小粉红花的美丽的梦对战斗的枣树可能发生的不利影响;他看透了夜游恶鸟的得意的飞鸣,不过是倚仗着秋夜的淫威,于是他"吃吃地"蔑视它、耻笑它;他透过小青虫的"苍翠精致"的外壳和它的种种"英雄"作为,看出它为逃避黑暗,"挤"进窗纸的破洞里来,它们有的不慎投火焚身,但与为追求光明而战死不是一回事。那些侥幸活存的,正心有余悸地休憩在虚幻的"光明"和"春境"之中。

的战士有它的社会土壤和社会典型性,同时又都带有尼采思想的明显烙印。《复仇》(其二)中的"人之子"会使读者想起被尼采用作自传题目的那个警句:"看哪,这人!"它原是彼拉多指着钉上十字架的耶稣说的话。"过客"也使读者想起作为"过渡者"的查拉图斯特拉。"朔方的雪"使人想起尼采那体验着"精神惊骇中之快乐"的"鹰鸷"。这些有着明显"尼采气"的"独战的战士",是彷徨期的鲁迅独战的产物。从孤独战士到《淡淡的血痕中》"真的猛士"的出现,再到"坦然,欣然"地投身于"地火"中的"我",可以寻找出鲁迅由彷徨、独战走出的心灵踪迹。

《野草》中的彷徨、苦闷,实质上是时代的彷徨心理的折射。与《野草》中"独战的战士"相对立的,是《秋夜》中的"天空"、《淡淡的血痕中》的"造物"、《这样的战士》中的各种"好名称""好花样"……它们都是"无物之物",也具有象征意义。它们的长技是用阴柔、变幻的特别阵法"无物之阵"攫人取胜。这是些糅合了儒道两教"吃人"精髓的特别阴险、虚伪、既凶且怯的卑劣性格,《狂人日记》中忽隐忽现的吃人者也是这类形象,到《这样的战士》中被概括为"无物之物"。这类包括在短短篇幅中、用诗和警句写出的,包含深刻的历史、现实和文化内涵的反面系列形象,也是鲁迅的独创。在散文中创造像"独战的战士""无物之物"这样内涵深刻、艺术独特的典型,在中国现代文学中,《野草》是独一无二的。

《野草》的苦闷、彷徨情绪间接地反映着厨川白村《苦闷的象征》的影响;其深刻、警策与隐晦,以及一些形象的"尼采气",多见于《查拉图斯特拉如是说》及尼采的其他箴言体著作。《野草》对现实景象和梦境的交错描写,把一些微妙难言的感觉、直觉、情绪、想象、意识与潜意识准确而生动地表现了出来,有着丰富的心理内涵。这显然吸收了西方象征主义、表现主义艺术手法,也是厨川白村《苦闷的象征》之艺术观念的表现。《野草》思维的辩证性,在语言上表现为反义词语的相生相克,由此又派生出句式、节奏上的回环反复,旨远而词约,言尽而意永,把散文诗的抒情特点及诗的意韵发挥到了极致。

隐喻手法的大量运用,是《野草》修辞的显著特点,这和它思想的深刻、感情的潜沉是相表里的,因而读者阅读和欣赏时便往往偏重于探寻《野草》的思想、艺术底蕴;对《野草》的理解也人言人殊,个别篇什尤为隐晦难解。然而一有所悟,便顿觉品尝出人生的真味。

1927年之后,鲁迅从彷徨、颓唐中走出,欢呼"地火"的到来,在《野草·题辞》中,他以"去罢,野草,连着我的题辞!"一句,告别了他心爱的《野草》。

研习提升

1. 孙玉石:《郭沫若:一个浪漫主义诗人的艺术沉思》,《中国现代诗歌艺术》,人民文学出版社1992年。
2. 闻一多:《〈女神〉之地方色彩》,《创造周报》第5号,1923年。
3. 蓝棣之:《巴那斯主义浪潮:新月派》,《现代诗的情感与形式》,人民文学出版社2002年。
4. 茅盾:《徐志摩论》,《现代》第2卷第4期(1932年12月);《茅盾论创作》,上海文艺出版社1980年。
5. 郁达夫:《〈中国新文学大系·散文〉导言》,《中国新文学大系·散文》,上海良友图书公司1935年。
6. 钱理群:《周作人论》,上海人民出版社1991年。
7. 孙玉石:《〈野草〉研究》,中国社会科学出版社1982年。
8. 汪卫东:《〈野草〉的"诗心"》,《文学评论》2010年第1期。

文学大事记(1897—1927)

1897 年
商务印书馆在上海设立。
10 月 26 日　严复、夏曾佑等在天津创办《国闻报》。
10 月　熊希龄、陈宝箴、谭嗣同等在长沙创办时务学堂,梁启超任中文总教习。
12 月 8 日　《国闻汇编》旬刊创刊,第二册发表严复《译〈天演论〉自序》,同时在第二、四、五、六册发表《〈天演论〉悬疏》;
12 月 23 日　《清议报》旬刊在日本横滨创刊,第一册载梁启超《译印政治小说序》,并连载《佳人奇遇》。

1898 年
3 月　张之洞发表《劝学篇》,提出"中学为体,西学为用"。
5 月 11 日　《无锡白话报》创刊。
6 月　光绪帝下诏宣布变法维新。
7 月 3 日　光绪帝诏立京师大学堂。
9 月 21 日　慈禧太后复出训政。戊戌变法失败。
9 月 22 日　严复译《天演论》(慎始基斋本)出版。
9 月 28 日　谭嗣同等"戊戌六君子"遇难。

1899 年
在河南安阳发现商代甲骨卜辞。
在敦煌莫高窟发现藏经洞。
3 月　梁启超作《自由书》,直至 1904 年。

12月　圣诞节上海圣约翰书院学生演剧,据《新剧史》记载,新剧史自此始。

1900年
1月　清政府发布"变法上谕",宣布维新,推行新政。
7月　改组总理衙门,设立外务部。
8月29日　清廷下诏:次年起废八股,废武科。
梁启超作《新民说》。

1902年
11月　《新小说》月刊在日本横滨创刊,第二卷起迁上海,1906年1月停刊。

1903年
5月　邹容著《革命军》在上海出版。
《绣像小说》半月刊在上海创刊,李伯元主编,1906年4月停刊。
6月　上海《苏报》发表章炳麟《驳康有为论革命书》。两天后,章被捕。"苏报案"发生。后邹容死于狱中(1905)。
12月　《中国白话报》在上海创刊。
陈天华著《猛回头》《警世钟》在日本东京出版。

1904年
林传甲著《中国文学史》在京师大学堂问世;黄人著《中国文学史》在东吴大学问世。是为我国最早的"中国文学史"。
9月　《新新小说》月刊在上海创刊,陈景韩主编。

1905年
8月20日　中国同盟会在东京成立。
11月26日　中国同盟会机关报《民报》在日本东京创刊。孙中山在发刊词中首次提出"三民主义"。

1906年
11月　《月月小说》月刊在上海创刊,1909年1月停刊,

1907 年

2月　《小说林》月刊在上海出版,黄人(摩西)主编,1908年10月停刊。

6月(约)　《中外小说林》旬刊在广州出版。

春柳社在日本东京演出小仲马《茶花女》第三幕,后又演出《黑奴吁天录》。

1909 年

10月14日　《小说时报》月刊在上海创刊,17期后改为四月刊,至1917年11月停刊。

11月13日　陈去病、高旭、柳亚子等在苏州成立南社。

1910 年

8月　《小说月报》月刊在上海创刊,商务印书馆发行,革新前先后由王西神、恽铁樵主编。

1911 年

本年辛亥革命,1912年中华民国成立。

1914 年

本年第一次世界大战爆发。

1月　《中华小说界》月刊在上海创刊,1916年6月停刊。

4月　《民权素》月刊在上海创刊。

6月　《礼拜六》周刊在上海创刊。1916年4月出满100期停刊。

1915 年

本年1月日本提出对中国的21条,是有五·七、五·九"国耻"。

8月　《小说大观》季刊在上海出版,包天笑编辑,1921年6月停刊。

9月　陈独秀主编《青年杂志》(第2卷起改名《新青年》)在上海创刊。

1916 年

本年3月袁世凯取消帝制,6月殁,黎元洪继任大总统。

夏秋之交,郭沫若作《死的诱惑》《Venus》《别离》《新月与白云》,据作者在《我的作诗的经过》中回忆,这是他最早的白话新诗。

8月　茅盾从北大预科毕业后到上海商务印书馆编译所工作。

12月26日　蔡元培任北京大学校长。

1917年

本年俄国爆发十月革命。

1月　胡适《文学改良刍议》发表于《新青年》第2卷第5号。本月陈独秀被任命为北京大学文科学长，《新青年》随之迁京。

2月　陈独秀《文学革命论》发表于《新青年》第2卷第6号，同期发表胡适《白话诗八首》。

5月　刘半农《我之文学改良观》发表于《新青年》第3卷第3号。

11月7日　上海《时事新报》发表《本报裁撤黑幕栏通告》：因"效颦之黑幕""诲淫者有之，攻人隐私者有之"，"揆诸本报始揭黑幕之宗旨，实属背道而驰"，"爰特将本报黑幕一栏，即日取消"（1916年9月1日上海《时事新报》刊发"征稿启事"《黑幕大悬赏》，是为"黑幕"之始作俑者）。

1918年

本年11月以协约国胜利结束第一次世界大战。

1月　《新青年》第4卷第1期出版，发表胡适《鸽子》、刘半农《相隔一层纸》、沈尹默《月夜》等第一批白话诗。从这一号开始，采用白话与新式标点符号，同时《新青年》编辑部扩大，由有鲁迅、李大钊等参加的《新青年》编辑会同仁轮流值编。

3月　上海《时事新报》副刊《学灯》于本月4日创刊。《新青年》第4卷第3号在"文学革命之反响"题下刊出《王敬轩君来信》和刘半农的复信，即所谓"双簧信"。

4月　《新青年》第4卷第4号辟"随感录"专栏，发表陈独秀等人《随感录》七则，发表胡适《建设的文学革命论》。本月17日周作人在北京大学文科研究所做《日本近三十年小说之发达》讲演，讲稿发表于本年7月《新青年》第5卷第1号。

5月　《新青年》第4卷第5号发表鲁迅的《狂人日记》、胡适的《论短篇小说》（论文）。

6月　《新青年》第4卷第6号《易卜生专号》出版，发表罗家伦、胡适合译的易卜生《娜拉》，陶履恭译的易卜生《国民之敌》，同期发表胡适的《易卜生主义》（论文），并在通信栏发表张厚载的《新文学及中国旧戏》，胡适、陈独秀、钱玄同、刘半农等与之讨论旧戏。

10月　北京大学新潮社成立。《新青年》第5卷第4号刊登胡适、傅斯年、欧阳予倩等人讨论改良戏剧的文章，计有胡适的《文学进化观念与戏剧改良》、傅斯年的《戏剧改良各面观》《再论戏剧改良》、欧阳予倩的《予之戏剧改良观》、张厚载的《我的中国旧剧观》。

12月　周作人《人的文学》发表于《新青年》第5卷第6号。本月22日《每周评论》创刊，并设"随感录"栏。本月6日《北京大学日刊》发表李大钊《庶民的胜利》，此文后与《Bolshevism的胜利》一起发表于《新青年》第5卷第5号。

1919年

本年五四运动爆发。

1月　《新潮》月刊创刊，北京大学学生罗家伦、傅斯年等主编。本月《新青年》第6卷第1号通信栏在"黑幕书"题下，发表宋云彬致钱玄同信以及钱的复信，批判黑幕小说，同期发表陈独秀《本志罪案之答辩书》。

2月17日、18日林纾《荆生》发表于《新申报》；3月19—20日，又在该报发表《妖梦》。

3月　胡适"游戏的喜剧"《终身大事》(独幕剧)发表于《新青年》第6卷第3号。本月3日至5日，李大钊《新旧思潮之激战》连刊于《晨报》，本月18日林纾在北京《公言报》发表《致蔡鹤卿太史书》，蔡元培于同日作《答林琴南书》。蔡文发表于4月1日《公言报》。本月刘师培、黄侃等编的《国故》月刊创刊。

5月　《新青年》第6卷第5号辟《马克思研究》栏目，李大钊《我的马克思主义观》连载于《新青年》第6卷第5、6号。

6月　上海《民国日报》本月16日增辟《觉悟》副刊，1920年5月20日起改出八开四页单张，1931年12月31日停刊。《星期评论》创刊。

7月　《少年中国》月刊创刊，少年中国学会编辑，亚东图书馆发行，1924年5月停刊。本月20日胡适在《每周评论》第31期发表《多研究些问题，少谈些主义》。《每周评论》第35期发表李大钊《再论问题与主义》对胡适文章开展批评，形成了"问题与主义"的论战。

8月19日　鲁迅散文诗《自言自语》等在《国民公报》发表。

10月10日　胡适作《谈新诗——八年来一件大事》发表于《星期评论》纪念号第5张。

1920 年

本年 1 月 12 日北洋政府教育部训令全国国民学校"兹定自本年秋季起,凡国民学校一二年级,先改国文为语体文,以期收言文一致之效"。

1 月　沈雁冰主持《小说月报》的"小说新潮"栏。沈雁冰《小说新潮栏宣言》发表于《小说月报》第 11 卷第 1 号。本月郭沫若《凤凰涅槃》发表于 30、31 日上海《时事新报·学灯》副刊。

3 月　胡适《尝试集》由亚东图书馆出版。1922 年 10 月刊行经作者增删的增订 4 版。

5 月　《三叶集》由亚东图书馆出版。

10 月　英国哲学家罗素来华讲学,研究系张东荪、梁启超在《改造》杂志上宣传基尔特社会主义。

12 月　《新青年》第 8 卷第 4 号出版,发表陈独秀《关于社会主义的讨论》,分别辑录相关观点,并分析、批判基尔特社会主义。

1921 年

本年中国共产党成立。

1 月 4 日　文学研究会在北京成立,郑振铎、叶绍钧、沈雁冰、王统照、许地山、耿济之、周作人、郭绍虞等 12 人为发起人。《小说月报》第 12 卷第 1 号起革新,沈雁冰主编。本期发表《改革宣言》、冰心《笑》、许地山《命命鸟》,于"附录"中发表《文学研究会宣言》《文学研究会简章》等。本月 8 日周作人《美文》在《晨报副刊》发表。

3 月　沈雁冰、郑振铎、欧阳予倩、陈大悲、江仲贤、熊佛西等 13 人在上海发起组织民众戏剧社,提倡"爱美剧"("爱美的"系 Amateur 音译)。5 月,创办《戏剧》月刊。《礼拜六》复刊,编者周瘦鹃、王钝根,在出满 100 期后停刊。

4 月 22 日　陈大悲《爱美的戏剧》(论文)开始连载于北京《晨报副刊》,至 9 月 4 日止。

5 月 10 日　《文学旬刊》创刊,郑振铎主编,附《时事新报》发行。

6 月　郭沫若、成仿吾、郁达夫、田汉、郑伯奇、张资平等组成的创造社在日本成立。

8 月　郭沫若《女神》(剧曲诗歌集)作为"创造社丛书"之一由上海泰东图书局出版。

9 月　《半月》创刊。《小说月报》第 12 卷号外"俄国文学研究"专号出版。

10月12日 《晨报》第7版独立印行,定名为《晨报副刊》。本月白话短篇小说集郁达夫《沉沦》由上海泰东图书局出版。本月《吴虞文录》由上海亚东图书馆出版。《小说月报》第12卷第10号"被损害民族的文学号"出版。

11月 陈大悲、李健吾等发起组织北京实验剧社。

12月4日 鲁迅《阿Q正传》开始在《晨报副刊》连载,署名"巴人",至1922年2月12日刊完,共刊9期。《胡适文存》由上海亚东图书馆出版。本月在上海戏剧社和少年化装宣讲团基础上组织上海戏剧协社,最初的成员有应云卫、谷剑尘等,后欧阳予倩、汪仲贤亦加入,1923年洪深加入,1924年4月协社举行第6次公演,上演洪深改编、执导的《少奶奶的扇子》。

1922年

1月 叶圣陶、朱自清、俞平伯、刘延陵等主持的《诗》月刊创刊,初以"中国新诗社"刊行,1卷5号起编者改为"文学研究会",并标"文学研究会定期刊物之一",出至2卷2号共7期停刊。冰心《繁星》(小诗)连载于18日至20日、22日、23日上海《时事新报·学灯》。本月《学衡》杂志在南京创办,编撰者有东南大学教授吴宓、梅光迪、胡先骕等人,创刊号发表梅光迪《评提倡新文化者》。郑振铎主编的《儿童世界》创刊。

3月 《创造》季刊在上海创刊,郭沫若、成仿吾、郁达夫编辑,上海泰东图书局发行,1924年2月下旬停刊。叶绍钧短篇小说集《隔膜》作为文学研究会丛书之一由商务印书馆出版。康白情诗集《草儿》、俞平伯诗集《冬夜》由上海亚东图书馆出版。

4月 冯雪峰、应修人、潘漠华、汪静之等在杭州组织湖畔诗社,出版《湖畔》诗集。本月胡适主编的《努力周报》创刊。

6月 文学研究会朱自清、周作人、徐玉诺、郭绍虞、叶绍钧、刘延陵、郑振铎诗合集《雪朝》由商务印书馆出版。

7月 沈雁冰《自然主义与中国现代小说》发表于《小说月报》第13卷第7号。

8月 《红》杂志周刊创刊于上海,编辑主任严独鹤,世界书局出版。

9月 瞿秋白《饿乡纪程》(又名《新俄国游记》)作为"文学研究会丛书"之一由商务印书馆出版。

11月 蒲伯英、陈大悲等创办人艺戏剧专门学校。闻一多、梁实秋合著的《〈冬夜〉〈草儿〉评论》由清华文学社出版。

1923 年

1 月　冰心《繁星》作为"文学研究会丛书"之一由商务印书馆出版。胡适创办《国学季刊》,发起整理国故运动。《小说月报》第14卷第1期起由郑振铎主编,增辟"整理国故与新文学运动"栏。胡山源主编的《弥洒》月刊创刊。商务印书馆的通俗文学期刊《小说世界》月刊创刊。

3 月　浅草社出版发行《浅草》季刊,该社于1922年初成立。

4 月　张君劢、丁文江等发起"科学与玄学"的论争。

5 月　郭沫若与郁达夫等一起创办《创造周报》,1924年5月出至52号停刊。

6 月　《侦探世界》创刊。文学研究会北京会员创办机关刊物《文学旬刊》,附《晨报副刊》发行,王统照主编。

7 月 21 日　《创造日》(《中华新报》文艺副刊)创刊,出至101期停刊。《文学旬刊》自81期起改为《文学》周刊,仍附《时事新报》发行

8 月 21 日　章士钊《评新文化运动》发表于上海《新闻报》,连载至22日。鲁迅《呐喊》集由北京新潮社出版,为"新潮社文艺丛书"之一。

9 月　周作人《自己的园地》由晨报社出版。闻一多《红烛》由泰东图书局出版。《小说月报》第14卷第9、10号"泰戈尔号"(上、下)先后出版。

11 月　叶绍钧《稻草人》作为"文学研究会丛书"之一由商务印书馆出版。

12 月　应修人、潘漠华、冯雪峰的合集《春的歌集》由湖畔诗社出版。本月24日《文学》周刊自102期起改由叶绍钧主编,直至1927年7月10日。

1924 年

本年1月国民党第一次全国代表大会召开,提出联俄、联共、扶助农工三大政策,第一次国共合作建立。

1 月　田汉创办《南国》半月刊。

4 月　郭沫若赴日本福冈,翻译日本进步经济学家河上肇的《社会组织与社会革命》。印度诗人泰戈尔来华,文学研究会编《欢迎泰戈尔先生临时增刊》附《小说月报》第15卷第4号发行,该号系"拜伦纪念号"。《小说月报》第15卷号外"法国文学研究号"出版。

8 月 20 日　《洪水》周刊在上海创刊,周全平、敬隐渔、倪贻德、严良才编辑。《小说月报》第15卷第7、8号"非战文学号"先后出版。

9 月 15 日　鲁迅作散文诗《秋夜》,为散文诗集《野草》首篇。16日《洪水》改为半月刊复刊,周全平编辑。

11月　《语丝》周刊在北京创刊,前三年由周作人任主编,1927年10月被查禁,共出156期,后即移上海北新书局出版,鲁迅接编,始于第4卷第1期。

12月5日　《京报副刊》(日刊)创刊。《现代评论》周刊在北京创刊,1927年3月第138期起移至上海出版,1928年12月终刊。朱自清诗文集《踪迹》出版。

1925年

本年爆发五卅运动。

4月　鲁迅编《莽原》周刊在北京出版。

5月　发生五卅惨案。随后,《文学》周刊自172期起改名《文学周报》,并脱离《时事新报》独立发行。自172期起连载沈雁冰长篇论文《论无产阶级艺术》(173、175、196期),自177期起大量刊发记载五卅惨案真相的文章。

7月　章士钊在北京将《甲寅》复刊为周刊。

8月　《苏俄文艺论战》(任国桢编译,鲁迅作前记)由北新书局出版。

9月　鲁迅支持韦素园、李霁野、台静农、曹靖华等组织未名社。约9月徐志摩《志摩的涛》由中华书局代印,北新书局发行。

10月1日　徐志摩开始主编《晨报副刊》。陈翔鹤、陈炜谟、杨晦、冯至等在北京组成沉钟社,编辑出版《沉钟》周刊,10期后停刊,1926年8月出版《沉钟》半月刊。冯文炳(废名)《竹林的故事》由新潮社出版。

11月　李金发诗集《微雨》由北新书局出版。

12月　《紫罗兰》创刊。周作人散文集《雨天的书》由北新书局出版。25日张我军《乱都之恋》出版,为台湾的第一本新诗集。

本年赵太侔、余上沅在北京艺术专门学校增设戏剧系。

1926年

本年北京发生"三·一八"惨案。7月,国民革命军北伐开始。

1月　蒋光慈《少年飘泊者》(中篇)由亚东图书馆出版。

3月　《创造月刊》创刊,郁达夫编辑。穆木天作《谭诗——寄沫若的一封信》、王独清《再谈诗——寄给木天伯奇》发表于《创造月刊》第1卷第1号。

4月1日　《晨报副镌·诗刊》创刊,至6月10日停刊,共出11期。《A.11.》创刊。《创造月刊》第1卷第2号发表郭沫若组诗《瓶》,在同期发表的《孤鸿》中郭沫若宣称"我现在成了个彻底的马克斯主义的信徒了!"

5月　冰心散文集《寄小读者》由北新书局出版。闻一多《诗的格律》发表于15日《晨报副镌·诗刊》。

6月17日　《晨报副刊·剧刊》创刊,至9月23日,共出15期,倡导"国剧运动"。《幻洲》周刊创刊。平江不肖生《江湖奇侠传》由世界书局出版,1至11册,1929年9月出齐。

8月　鲁迅离开北京南下,小说集《彷徨》由北京北新书局出版。

9月　狂飙社在上海成立。

10月　张恨水《春明外史》由《世界日报》社开始出版,3册,至1929年8月出齐。

1927年

本年初国民政府从广州迁至武汉。国民党清党分共,4月,"四·一二"政变发生,7月,"七·一五"事变发生,国共合作破裂,国民革命失败。

1月　成仿吾在《洪水》第3卷第35期发表《完成我们的文学革命》,开始讨论"文学革命"问题。

3月　郭沫若作《请看今日之蒋介石》。《新消息》周刊创刊。胡适、徐志摩、邵洵美等在上海开办新月书店。

4月　冯至《昨日之歌》由北新书局出版,为沉钟社丛刊之二。

7月　鲁迅散文集《野草》由北京北新书局出版。

6月2日　王国维自沉于昆明湖。1928年陈寅恪撰《海宁王静安先生纪念碑铭》。

8月　蒋光赤、钱杏邨等筹备成立太阳社。

9月　茅盾《幻灭》连载于《小说月报》第18卷第9、10号。

10月　鲁迅抵上海,此后定居于上海。

12月　《语丝》迁上海出版。

冬,田汉领导的南国社正式建立,同时创办南国艺术学院。冯乃超、李初梨等由日本归国,展开后期创造社活动,倡导革命文学运动。

第五章
1930年代文学思潮

现代文学的第二个十年,即从1928到1937年全面抗战前的这一阶段,亦称1930年代文学。

1930年代的文学思潮延续了新文学革命的"人的文学"的精神观念,并且在理论资源方面多有所开掘,左翼组织的文学运动的兴起形成了以阶级为标志、以斗争为导向的无产阶级革命文学观念。由是构成了1930年代贯穿着多种"人"与"阶级"理念的对话、冲突、交流与交融的思潮格局。

从1928年开始,无产阶级革命潮流介入文学,新文学队伍发生新的分化组合。新文学革命精神的秉承者在创作与理论两方面继续探索与发展,另又有带着鲜明的革命政治色彩的新人逐渐成为文坛的舆论先锋。因此,构成第二个十年文学基本风貌的,一是上承新文学革命"人的文学"的文艺、美学思潮及文学创作中的多彩艺术成就,二是左翼革命文学思潮与文学创作。

1930年代的文学观念与话语中,主要存在着三种"人"的观念与话语的对话、冲突、交流与交融。一种是新文学革命民主科学背景上的人文主义观念与话语还在承续与发展,一种是左翼革命文学的阶级的"人"观念与话语。前者延续着新文学"人的文学"的观念,除了丰子恺、梁实秋、朱光潜等人在阐述与论争中明确这一观念以外,更多是通过创作实践表现出"人"的观念来:茅盾着重探讨个人与社会的关系(当然也吸收了阶级论因素),巴金、曹禺、沈从文执着于新文学的个性主义与人道主义,老舍创作的地域特色背后是文化属性的人,此外还有更深厚复杂的人的因素。1928年的普罗文学(无产阶级革命文学)、1930年代的左翼文学的发生也基于对社会与人的关系的思考。革命文学理论按照阶级来划分人,指出有一定经济、政治地位的是地主阶级、资产阶级,要坚决反对;农民、工人没有经济地位,他们应该是文学的主体与主人,应该被歌颂。这是从新文学革命对人的社会性的发现进而发展为对人的阶级性的发现。中国传统文化一贯看重人的社会性,看重社会群体与个人发展的关系,这使受西方个性主义思想影响的新文化与人的观念并不完全等同于西方个性主义人学观,新文学的人学观始终与人的社会性相结合。因此,关注被压迫者和被侮辱者,为被压迫者、被侮辱者的不幸命运呼喊,这曾是新文学中人的观念的一个重要方面。在有不同阶层的人存在的社会中,人必然有其阶级性。这是左翼文学对人的新发现,也为中国文学开拓了一个新的视角,展示了一个人与社会关系的新的天地。与此相联系的,是左联对唯物辩证法创作方法与社会主义现实主义理论的提倡。1930年代世界流行红色革命,从事文学的革命工作者辗转接受了当时苏联的拉普派文学理论,意在凭借其理论的革命性取代五四新文学传统。左翼文学以组织形式推动文学运动,这不同于五四时期的一般民间文学社团倡导文学观念的方式。

另外还有第三类人的观念与话语,那就是近现代市民通俗文学中的人的观念:充分世俗化中的充分人性化,传统世俗社会的大众伦理道德与大众人性观。这种观念承续着中国文化传统又有新质,主要渗透在包天笑、周瘦鹃、张恨水、刘云若等作家表现社会日常生活的通俗小说创作中。关于市民通俗文学思潮与创作,将在第八章评述。

第一节 人文主义文学思潮

1930年代的人文主义文学思潮的特点是沉潜深入而不激越,更深刻、更淋漓尽致地阐扬了新文学的人学思想的学理流脉。1930年代人文主义文学思潮的发展既在创作实绩中有辉煌的体现,也在对"人的文学"的理论探究深化中演进。前者有老舍、巴金、曹禺、沈从文、李劼人、茅盾诸小说家以及林语堂、何其芳、戴望舒、卞之琳、丁玲(早期)、新感觉派等各种文体创作实绩的鲜活体现,后者主要是理论资源的开拓,其间的翻译、介绍西方文艺美学思想的工作有不小的成绩与开拓性价值。在大学里也开设有"文学与人生"课程,这项工作虽然以学理为主,却不可避免地与强调政治的、阶级的人的观念有着内在的冲突。新月派理论家梁实秋在1920、1930年代持人文主义文学思想,并且因其与左翼文艺思想的抵牾而产生过影响;与他相近且与左翼文艺思想有较大距离的,还有沈从文、朱光潜等人的文学主张。他们共同的特点是对西方的文艺思潮有一通观,较多了解世界文艺,与民族传统文化之间的贯通也超出当时一般水平。他们的文艺思想本质上是承传了新文学的人文主义思潮,与当时左翼革命文学家所理解的中国政治革命的需要有差异,因此曾不断地受到左翼的批评,引发争辩、碰撞。

1930年代人文主义文学思潮的阐扬是以翻译与介绍西方的文艺美学论著的方式展开的,同时,体现本土学者的学理性探索的论著也不断出现。被介绍进来的外国文艺与美学理论有柏拉图、托尔斯泰、康德、席勒、柏格森、克罗齐、叔本华、尼采、波德莱尔、瓦雷里、芥川龙之介等人的思想,以19世纪与20世纪初的西方美学文艺学思想为主,其中被介绍、引用最多的是克罗齐《美学原理》的表现论与精神分析学影响下的泛性论美学思想,影响也最大。日本美学家厨川白村的《苦闷的象征》于1925年被丰子恺、鲁迅翻译出版两遍,1925年鲁迅还翻译出版了厨川白村的《出了象牙之塔》;他的另一著作《文艺思潮论》也于1924年翻译出版(译者樊从予),此外还有《文艺与性爱》(日本松村武雄著,谢六逸译)于1927年问世。接受了弗洛伊德精神分析学的厨氏的关于文艺是"苦闷的象征"的理论,显然在中国新文学家那里大受青睐。五四时期的郭沫若、郑伯奇、郁达夫等都认同文艺是苦闷的象征,从而形成了创造社的文艺自我表现说。厨川白村对"苦闷"作了深入开掘,提出"人间苦""社会苦""劳动苦",这使强调"为人生"和"为艺术"的艺术家都从"苦闷"中契近社会人生。鲁迅对此理论大加称赞,认为这能推动文学走出肤浅的再现社会现象的困境。① 这与新文学革命时期周作人的"人的文学"观颇为相近。另外,与此理论相近的,是朱光潜融合了克罗齐、弗洛伊德诸西方现代理论的《谈美》(1932)、《文艺心理学》(1936)在中国问世。尽管1930年代的鲁迅、郭沫若不再谈论厨川白村,但那一类理论的影响已广泛存在。在此前后翻译与出版的一系列文艺、美学论著,标志着中国文学艺术的理论自觉、对艺术与人生的表现关系的理解的深入。例如,曹禺于1936年发表的那篇阐释《雷雨》的著名文论《雷雨·序》②,就是体现精神分析学思想的典型范本。

　　这一时期,吕澂、徐朗西、丰子恺、宗白华、梁实秋、朱光潜、王森然、向培良、李幼泉等人发表、出版了一系列论著,对艺术与美的本体特征、门类、构成以及它们与人生的关系作出了论述。这些融合了西方近现代人文主义美学文艺学思想的理论表述,大体可归纳为,在艺术表现论的主导性观念下,对艺术本质、艺术特性、艺术传达与内容、艺术功能的探讨。艺术与人生是这些理论关注的中心。他们指出,艺术是情或情绪的表现,艺术的起源是性,艺术是生命力的投射,是主观的,是个性的展现;艺术无功利,不是道德

---

① 鲁迅在北京大学、北京女子师范大学授课,即以此书为教材。
② 曹禺:《雷雨·序》,原载天津《大公报·文艺》1936年1月19日;收入《雷雨》,上海文化生活出版社1936年。

行为,是人生的升华,是人与人之间情感的交流、审美的移情等。关于这些,当时都有全方位的思考:

> 生命力受了压抑而生的苦闷懊恼乃是文艺的根柢,而其表现法乃是广义的象征主义。①

> 美的表现,即吾人"精神活动的表现"(Expression of mental activities),吾人的精神活动,即"知""情""意"三大心理作用的总称,美是心理生活全部的表现……②

> 文学是诉于情感的。③

> 艺术是情绪之物质底形式。④

> 文学发于人性,基于人性,亦止于人性。⑤

这些文学观念的表述显示出与新文学人文主义传统的一脉相承,更深刻地体现着西方人文主义传统的影响。其源于欧美的理论概括及自我反思形式,与当时盛行的苏联的拉普(俄罗斯无产阶级作家联盟)、日本的纳普(全日本无产阶级艺术联盟,改组后称"全日本无产阶级艺术团体协议会")革命写实主义机械反映论有质的区别,更异于同时期以阶级斗争论为核心的左翼宣传理论。⑥

从1920年代末起,有一部分人将原先关注艺术与生命力本体的目光部分地转移到唯物史观上来,开始关注文艺与政治、文艺与阶级(有鲁迅翻译卢那察尔斯基《艺术论》、冯雪峰翻译卢那察尔斯基《艺术之社会的基础》

---

① 这是鲁迅引用并表认同的厨川白村语,见鲁迅:《引言》,《苦闷的象征》(鲁迅译),北新书局1925年。另见《鲁迅全集》第10卷,人民文学出版社2005年,第257页。
② 徐庆誉:《美的根本问题》,《美的哲学》,世界学会1928年,第30页。
③ 马仲殊:《文学的要素》,《文学概论》,现代书局1930年,第91页。
④ 向培良:《艺术通论》,商务印书馆1937年,第17页。
⑤ 梁实秋:《文学的纪律》,《文学的纪律》,新月出版社1928年;人民文学出版社原本重印本1988年,第122页。
⑥ 例如,赵景深《文学概论》认为文学是一种个性化的表现。他以安徒生的作品为例,分析"地主,路人,邮驭夫,少年,车夫,画师,小孩七种人就有七种树的观点,这自然是因为他们的个性不同之故"。很明显地,他没有将其归纳为阶级地位的原因,仍然是新文学的个性主义的文学观念。

等)的关系,但大部分人仍一如既往地将研究视野与兴趣投注于艺术与人生。宗白华主张的诗意人生,梁宗岱对象征主义的研究,朱光潜将现代人文主义心理学与美学思想运用于文学研究,沈从文关注人性表现与作家风格的批评视角,刘西渭(李健吾)重视批评家的主体艺术感受的印象式批评,新感觉派对人的潜意识、直觉的挖掘与表现,还有胡秋原、杜衡的自由主义文艺思想……综合考察1930年代中国文坛多姿多彩的创作现象与实绩,可见那些开放的文艺思想的影响与价值。

梁实秋的新人文主义文艺思想,借用西方新古典主义反思新文学创作,追溯人文主义的中外历史根源,较引人注目。

梁实秋(1902—1987,浙江杭县人,生于北京,原名梁治华,字实秋)的文艺思想,代表了新月派的现代绅士文学理想。他以美国白璧德新人文主义为背景,对五四以来的中国新文学进行反思与评价,提出以"健康的常态的普遍的"人性为核心评价文学,以古典主义的"节制"理念为其美学追求。①在梁实秋的文艺思想中,人性是一个基本概念:"伟大的文学乃是基于固定的普遍的人性。"②他的人性论思想,与周作人等新文学先行者的人文主义思想相类。他强调"人性是测量文学的唯一标准"。他所谓的人性是二元的,一是以想象、情感为代表的,一是以理性为代表的,他认为后者是健康的,前者是病态的。梁实秋的人性概念本质上是一个伦理概念,他在《文学的纪律》一书中陈述了自己的人性观:"情感想像都要向理性低首。在理性指导下的人生是健康的常态的普遍的;在这种状态下所表现出的人性亦是最标准的。"③因此他主张文艺上的"合于理性的束缚"。梁实秋的人性论,是以理制欲的人性论,因此他对新文学的泛人道主义不能接受,把它看成是情感泛滥的结果。

---

① 白璧德主义是第一次世界大战后对西方历史进行反思的产物,当时的西方社会陷入了社会与精神的重重危机。新人文主义者认为当时社会危机的根源在于传统道德信仰的丧失,必须重建古代人文精神,恢复"人的法则",以理性作为衡量一切的准绳起而拯救之。白璧德将古典主义以后的西方文艺思潮作为一个整体进行批判,以浪漫主义为其代表,诸如:抛弃古典艺术的理性原则和节制精神,一味放纵情感与想象;推崇个性而忽略艺术的普遍性,无节制地宣泄而破坏适度的古典原则。梁实秋于1924—1925年在美国哈佛大学师从白璧德学习"十六世纪以后之文学批评",系统地读过白璧德的五部主要著作《文学与美国文学》《卢梭与浪漫主义》《新拉奥孔》《法国近代批评大师》《民主与领袖》。

② 梁实秋:《文学与革命》,《偏见集》,正中书局1934年。

③ 梁实秋:《文学的纪律》,《文学的纪律》,新月出版社1928年;人民文学出版社原本重印本1988年,第122页。

第二节　左翼革命文学思潮

　　左翼文学活动的主要特点是，以组织化的方式推动文坛格局的变化。当时的提倡者从新文学对被压迫的劳动者的同情强化开去，明确了阶级意识和革命观念，并将这种阶级意识与革命观念渗透到"人的文学"中，以更替新文学的人文主义传统。

　　1928年开始的无产阶级革命文学(普罗文学)运动,有下述特定的历史背景和原因：早期共产党人对革命文学的倡导,有些共产党人从政治革命直接走向了文学；因社会急剧变革而产生的"历史的误会"，使激进的小资产阶级作家首先卷进了革命的怒潮,充当无产阶级文化的代表,创造社、太阳社酝酿、提倡的无产阶级文艺就是这样；1927年后的现实政治斗争形势,使建设无产阶级文学成为某种需要；国际无产阶级文学运动("红色30年代")的影响,诸如苏联文学、日本左翼革命文学,西方的辛克莱、巴比塞、德莱塞等人的作品；激进、前卫的青年作家(较多是从日本留学归来的)相对集中于上海,为组织革命文学队伍提供了可能性。

　　早在1923—1926年就有革命文学倡导。邓中夏、恽代英、瞿秋白、萧楚女等人通过《新青年》季刊(中国共产党理论刊物,瞿秋白主编)、《中国青年》周刊、《民国日报》副刊《觉悟》等刊物,宣传革命文学主张。[①] 1924年开始出现以提倡革命文学为宗旨的文学社团,如春雷社。创造社的郭沫若号召文艺青年"到兵间去,民间去,工厂间去,革命的漩涡中去"[②]。

　　无产阶级革命文学的基本理论主张由后期创造社和太阳社成员首先提出。1928年1月《创造月刊》(1卷8期)发表麦克昂(郭沫若)的《英雄树》,宣称"个人主义的文艺老早过去了"，"代替他们而起的"将是"无产阶级文艺"。此后,在《文化批判》《流沙》和太阳社的《太阳月刊》等刊物上发表的

[①] 邓中夏的《贡献于新诗人之前》一文中强调,新文学应该是"傲醒人们使他们有革命的自觉,和鼓吹人们使他们有革命的勇气"。他们强调文学的阶级性。蒋光慈在《无产阶级革命与文化》中提出"因为社会中有阶级的差别,文化亦随之而含有阶级性"。沈雁冰发表《论无产阶级艺术》,进一步强调：" 无产阶级艺术决非仅仅描写无产阶级生活即算了事,应以无产阶级精神为中心而创造一种适应新世界(就是无产阶级居于统治者地位的世界)的艺术。"沈雁冰:《论无产阶级艺术》，《文学周报》第172、173、175期及196期(1925年5月始)。

[②] 1925年"五卅"运动后,产生了一批反帝题材的作品,如蒋光慈的诗《新梦》《哀中国》和小说《鸭绿江上》《少年漂泊者》。广大文艺青年受政治上国共合作后社会形势的鼓舞,都不同程度地接受革命的影响。沈雁冰、郭沫若、成仿吾、应修人、潘漠华等作家纷纷投入革命斗争,郭沫若、郁达夫、鲁迅等都南下广东。郭沫若发表《革命与文学》(《创造月刊》1卷3期,1926年5月),鲁迅发表《革命时代的文学》(1927年4月8日在黄埔军官学校讲演)。

《怎样地建设革命文学》(李初梨)、《从文学革命到革命文学》(成仿吾)、《关于革命文学》(蒋光慈)等,都是提倡无产阶级革命文学。倡导者强调,为创造无产阶级文学,小资产阶级作家要"把自己否定一遍","克服自己的小资产阶级的根性"①;要"牢牢地把握着无产阶级的世界观","我们的文学家,应该同时是一个革命家"。②倡导者在一定程度上否认无产阶级革命文学运动之于新文学的继承关系,把五四时期的小资产阶级作家当作革命的对象。在后期创造社创办的《文化批判》创刊号上,冯乃超发表《艺术与社会生活》一文,把鲁迅、茅盾、叶绍钧、郁达夫、张资平都当作"社会变革期中的落伍者"③加以批判。鲁迅在《"醉眼"中的朦胧》《我的态度气量和年纪》(后收入《三闲集》)等文中予以反击。④

1929年秋冬,在上海的中共江苏文委负责人出面过问文化工作,要求双方停止论战,加强团结。党组织安排当时刚从日本回来、未介入双方论战的沈端先(即夏衍)来联络双方。冯乃超、沈端先、冯雪峰与鲁迅出席了以"清算过去和确定目前文学运动底任务"为中心的座谈会。商谈的结果是停止论战、成立左联("中国左翼作家联盟"的简称)。鲁迅与冯乃超、冯雪峰等人参加了左联的筹备工作。

1930年3月2日,鲁迅、冯雪峰、柔石、沈端先、冯乃超、李初梨、彭康、蒋光慈、钱杏邨、田汉、阳翰笙等四十余人出席了中国左翼作家联盟的成立大会。当时尚在日本的郭沫若、茅盾、郁达夫都列名参加了左联。会上通过了由蒋光慈、冯乃超、冯雪峰等根据苏联拉普和日本纳普纲领制定的左联理论纲领和行动纲领:

---

① 成仿吾:《从文学革命到革命文学》,《创造月刊》第1卷第9期(1928年2月1日)。
② 李初梨:《怎样地建设革命文学?》,《文化批判》第2号(1928年2月15日)。
③ 《文化批判》第4号(1928年4月)刊发了批判鲁迅特辑,《太阳月刊》(3月号)发表了钱杏邨批评鲁迅的长篇论文《死去了的阿Q时代》,杜荃(郭沫若)的文章骂鲁迅为"封建余孽""双重反革命"。《创造月刊》(2卷5号,1928年12月)发表了批评茅盾的文章。
④ 鲁迅说创造社从"为艺术而艺术"发展到提倡无产阶级文学,仍是敏感的小资产阶级在阶级斗争尖锐化时,为将自己从没落中救出而走向大众的表现,"从这一阶级走到那一阶级去,自然是能有的事,但最好是意识如何,便一一直说","不要脑子里存着许多旧的残渣,却故意瞒了起来,演戏似的指着自己的鼻子道,'惟我是无产阶级!'"鲁迅:《现今的新文学的概观》,《鲁迅全集》第4卷,人民文学出版社2005年,第139页。
鲁迅对倡导革命文学的意见是"当先求内容的充实和技巧的上达,不必忙于挂招牌"(鲁迅:《文艺与革命》,《鲁迅全集》第4卷,第84—85页);他说革命文学家是"踏了'文艺是宣传'的梯子而爬进唯心的城垒里去了"(鲁迅:《壁下译丛·小引》,《鲁迅全集》第10卷,第307页)。茅盾在《从牯岭到东京》中也对此提出了批评。

我们不能不站在无产阶级的解放斗争的战线上,攻破一切反动的保守的要素,而发展被压迫的进步的要素,这是当然的结论。

我们的艺术不能不呈现给"胜利不然就死"的血腥的斗争。

艺术如果以人类之悲喜哀乐为内容,我们的艺术不能不以无产阶级在这黑暗的阶级社会之"中世纪"里面所感觉的感情为内容。

因此,我们的艺术是反封建阶级的,反资产阶级的,又反对"失掉社会地位"的小资产阶级的倾向。我们不能不援助而且从事无产阶级艺术的产生。①

鲁迅在会上作了题为"对于左翼作家联盟的意见"的讲话,对无产阶级革命文学倡导期的经验教训作了总结。②

左联主要进行了下列文学活动:

一、创办刊物。左联的刊物包括创刊于左联成立前的《创造月刊》《文化批判》《太阳月刊》,和左联成立后的《拓荒者》(蒋光慈主编)、《萌芽》月刊(鲁迅、冯雪峰主编)、《十字街头》(鲁迅主编)、《北斗》(丁玲主编)、《文学月报》(姚蓬子、周起应主编)、《光明》半月刊(洪深、沈起予编辑)以及秘密发行的《文学导报》(创刊号名《前哨》)等。

二、成立了马克思主义文艺理论研究会,加强对马克思主义文艺理论的翻译、介绍和研究工作。冯雪峰等翻译介绍了列宁的《托尔斯泰——俄罗斯革命的明镜》(今译《列夫·托尔斯泰是俄国革命的镜子》)、《论新兴文学》(即《党的组织和党的文学》的主要段落),鲁迅翻译介绍了《苏俄的文艺政策》、卢那察尔斯基的《艺术论》《文艺与批评》、普列汉诺夫的《艺术论》。1928年底开始出版"文艺理论小丛书",1929年陆续出版"科学的文艺论丛书"等。瞿秋白从俄文版翻译了马克思主义经典的文艺理论著作,并写了《马克思恩格斯和文学上的现实主义》《恩格斯和文学上的机械论》《关于列宁论托尔斯泰两篇文章的注释》等文,对马克思主义经典作家的文艺思想作

---

① 《中国左翼作家联盟的理论纲领》,《萌芽月刊》第1卷第4期(1930年4月1日)。该文件同时刊登于《拓荒者》第1卷第3期(1930年3月10日)"国内外文坛消息"栏,第129页,题为"中国左翼作家联盟的成立(报导)"。其中"又反对'失掉社会地位'的小资产阶级的倾向"一句变更为"又反对'稳固社会地位'的小资产阶级的倾向"。

② 鲁迅根据中国无产阶级文学运动首先经过革命的小资产阶级作家的转变而开始形成起来的历史特点,尖锐地提出作家队伍的改造问题,强调"'左翼'作家是很容易成为'右翼'作家"的危险性。鲁迅在讲话中还针对中国无产阶级文学运动一开始就暴露出来的宗派主义、小团体主义的先天性弱点,号召左联在"目的都在工农大众"的共同目标下扩大联合战线。《对于左翼作家联盟的意见》,《鲁迅全集》第4卷,人民文学出版社2005年,第238—244页。

了较系统的介绍与阐述。①

三、加强了与国际无产阶级文学运动的联系。左联设立了国际文化研究会,努力输入苏联与西方激进作家的文学作品。②

四、推进文艺大众化运动。左联成立后,就设立了文艺大众化研究会,并在1931年左联执委会决议《中国无产阶级革命文学的新任务》中将"文学的大众化"作为建设无产阶级革命文学的"第一个重大问题"。

五、左联的文学思想,集中体现为对无产阶级现实主义、社会主义现实主义创作方法的提倡。

左翼文学运动始终标举无产阶级写实主义,但对写实主义的认识与把握却有历史的阶段性。革命文学运动在开始时独尊无产阶级写实主义创作方法,将写实主义与其他创作方法相对立。从创造社的浪漫主义文学主张中反叛出来的郭沫若提倡"彻底反对浪漫主义的写实主义的文艺",宣称"浪漫主义文学早已成为反革命的文学"③,创作方法问题自此染上了政治色彩。1928年,无产阶级文学的倡导者钱杏邨等人介绍日本藏原惟人根据拉普的唯物辩证法创作方法建构的"新现实主义"理论④,提出了阶级意识和无产阶级世界观问题⑤,以为"在旧写实主义的写实方法上加上了现在的无产阶级世界观,就是新写实主义了"⑥;呼吁作家直接用集体主义意识这类原则来指导创作。李初梨《怎样地建设革命文学》(1928)是较早运用拉普理论阐述中

---

① 1936年还有郭沫若等翻译的"文艺理论丛书"出版。

② 高尔基的《母亲》、法捷耶夫的《毁灭》、绥拉菲摩维支的《铁流》、肖洛霍夫的《被开垦的处女地》等一批早期无产阶级文学作品被介绍到中国来。西方进步作家的作品,如辛克莱的《屠场》《石炭王》,雷马克的《西线无战事》、德莱塞的《美国的悲剧》等作品也先后被介绍到中国来。

③ 郭沫若:《革命与文学》,《创造月刊》第1卷第3期(1926年5月)。

④ 1928年7月《创造月刊》发表藏原惟人《到新现实主义之路》(林伯修译),提出:"第一,用普罗列塔利亚前卫的眼光观察世界,第二,用着严正的写实者的态度描写出它来——这就是向着普罗列塔利亚写实主义的唯一的路。"《拓荒者》创刊号(1930年1月)发表藏原惟人《再论新写实主义》,提出三点:(一)掌握唯物辩证法,把无产阶级必然走向胜利的前途用艺术表现出来;(二)个人的性格和思想绝不是个人先天就有的,而是"代表某一一定的时代,某一一定的社会,某一一定的阶级、集团的东西",必然"由社会的阶级的观点看一切";(三)要注意到人的复杂性。

⑤ 钱杏邨:"一个普罗列塔利亚作家要想在一切方面都坚强起来,他一定要能够把握普罗列塔利亚的人生观与世界观。他应该懂得普罗列塔利亚的唯物辩证法,他应该应用着这种方法去观察,去取材,去分析,去描写","问题只在作家的观点,不必在其题材"。《中国新兴文学中的几个具体问题》,《拓荒者》创刊号(1930年1月)。

⑥ 冯雪峰:《论民主革命的文艺运动》,《雪峰文集》第2卷,人民文学出版社1983年,第131页。

国的无产阶级革命文学;①当时冯乃超、成仿吾、蒋光慈、钱杏邨、麦克昂(郭沫若)、彭康等人的文章都表示了与此相同的观点。在与创造社、太阳社关于革命文学的论争中,鲁迅、茅盾则较认同普列汉诺夫、托洛茨基(拉普的对立面)的文学观点。

在1930年11月国际革命作家联盟第二次作家代表会议上,中国左联被吸收为该联盟成员,与在该联盟中起主要领导作用的拉普建立了直接的组织联系。辩证唯物主义创作方法被强调为左翼文学法定的创作方法。左联执委会决议《中国无产阶级革命文学的新任务》(1931年11月通过)中就明确提出:"在方法上,作家必须从无产阶级的观点,从无产阶级的世界观,来观察,来描写。作家必须成为一个唯物的辩证法论者。中国无产阶级革命文学的作家,指导者及批评家,必须现在就开始这方面的艰苦勤劳的学习。"②以政治、哲学代替艺术,以辩证唯物主义代替创作方法,进一步助长了公式化、概念化的倾向。

1933年,由于受苏联对拉普的清算和社会主义的现实主义创作方法讨论的影响,左联根据苏联文艺界的新形势与新阐释,对现实主义理论进行再认识。1933年11月,周扬在《现代》杂志发表了《关于"社会主义的现实主义与革命的浪漫主义"》,第一次向国内介绍了社会主义的现实主义理论,并批判了唯物辩证法创作方法的错误。周扬的文章根据当时吉尔波丁《苏联文学之十五年》,从理论上阐发了社会主义的现实主义(革命现实主义)创作的基本原则。③

这一时期,鲁迅、瞿秋白、茅盾、冯雪峰、周扬、胡风等人试图以马克思主

---

① 李初梨:"文学,与其说它是社会生活的表现,毋宁说它是反映阶级的实践。""假若他真是'为革命而文学'的一个,他就应该干干净净地把从来他所有的一切布尔乔亚意德沃罗基完全地克服,牢牢地把握着无产阶级的世界观——战斗的唯物论,唯物的辩证法。"《怎样地建设革命文学》,《文化批判》第2号(1928年2月)。
1920年代,苏联文艺界以"无产阶级文化派"与"岗位派"为核心形成拉普。"无产阶级文化派"代表人物波格丹诺夫在其《普遍组织起来的科学》中提出"普遍组织科学",指出真理是"社会经验的组织"而不是客观存在的反映,艺术是主观的阶级心理的体现。这一理论被写进无产阶级文化协会的《无产阶级与艺术》的决议中,"艺术通过活生生的形象的手段,不仅在认识领域,而且也在情感和志向的领域组织社会经验。因此,它乃是阶级社会中组织集体力量——阶级力量的最强有力的工具"(白嗣宏编:《无产阶级文化派资料选编》,中国社会科学出版社1983年,第1页)。岗位派宣称要在艺术领域进行一场"像政治经济领域中进行的那样的革命",他们还批判"同路人"。(《拉普资料汇编》[上],中国社会科学出版社1981年,第170—176页)。
② 中国左翼作家联盟执行委员会决议:《中国无产阶级革命文学的新任务》,《文学导报》第1卷第8期(1931年11月15日)。
③ 周起应(周扬):《关于"社会主义的现实主义与革命的浪漫主义"——"唯物辩证法的创作方法"之否定》,《现代》第4卷第1期(1933年11月)。

义的唯物史观为指导,阐释作者思想与其作品的构成。他们的理论文章与批评标志着当时运用马列主义文艺理论指导文学创作的努力,并显示出不同的理论个性。

1935年"一二·九"运动爆发,在全民族救亡运动的推动下,周扬、郭沫若等提出了"国防文学"口号。在这个口号中,左翼作家仍不能免除左倾幼稚病与宗派主义的情绪,这突出表现在其与"民族革命战争的大众文学"口号的论争中。后一口号是鲁迅与冯雪峰、胡风为补救"国防文学"的不足而提出的。鲁迅写了《论我们现在的文学运动》《答徐懋庸并关于抗日统一战线问题》,主张两个口号并存,并解释了抗日统一战线内部的关系:"我以为文艺家在抗日问题上的联合是无条件的,只要他不是汉奸,愿意或赞成抗日,则不论叫哥哥妹妹,之乎者也,或鸳鸯胡蝶都无妨。但在文学问题上我们仍可以互相批判。"1936年10月,鲁迅、郭沫若、巴金、谢冰心、周瘦鹃、林语堂等联合发表了《文艺界同人为团结御侮与言论自由宣言》,标志着新形势下文艺界开始了统一战线的筹建。

左联自1930年初成立,到1936年初受当时共产国际领导指示自动解散,在这几年中,提倡和实践无产阶级革命文学,对中国现代文学的发展产生的影响是深入而长远的。全面地看,左翼文学家的成绩应归因于新文学传统与革命文学的对话与交融。

──| 声音 |──

左翼文学现实主义,朝着政治化、社会化、理想化方向完成对"五四"现实主义传统的继承和超越的历史使命,为中国新文学开辟一条新路。

(林伟民《左翼文学:"五四"现实主义传统的背离与超越》)

一到里面去,即酱在无聊的纠纷中,无声无息。

(鲁迅《致胡风》)(1935年9月12日)

文艺思想批判与斗争是左翼文学活动的重要内容。除了语言上的文白之争外,这些论争基本上是在左翼革命文学与自由主义的人文主义文学之间展开。① 总体上,论争的焦点都不离文学与政治、文学的本体性、文学中的人性与阶级性、文学的功能等,反映了两种人的观念、两种文学理念的碰撞、冲突与交流。

---

① 1929年,国民党政权在相对稳定时,曾经提倡"三民主义文学",也发动过"民族主义文学运动",出版过《前锋月刊》,在创刊号上发表《民族主义文艺运动宣言》,鼓吹"民族意识代替阶级意识",攻击革命文学作家"把艺术囚在阶级上",是"虚伪投机,欺世盗名",反对左翼文学运动。在创作上产生了《陇海线上》《黄人之血》(作者均为黄震遐)那样拙劣的反动政治宣传品,但从未有过影响与号召力。

一 1928年革命文学派对鲁迅、茅盾等五四作家的批判

后期创造社、太阳社为了倡导革命文学,把鲁迅、茅盾、叶圣陶、郁达夫、张资平等人列为批判对象。冯乃超首先发难,在《文化批判》创刊号(1928年1月)上发表《艺术与社会生活》,"就中国混沌的艺术界的现象作全面的批判",全面否定了新文学与新文学作家。[①] 成仿吾称以鲁迅为首的语丝派是"闲暇,闲暇,第三个闲暇"[②]。接着,钱杏邨发表长篇论文《死去了的阿Q时代》(《太阳月刊》1928年3月号),全面批判与否定鲁迅创作的意义,称鲁迅的创作"只能代表庚子暴动的前后一直到清末"。《文化批判》(4月号)出版了批判鲁迅专辑。茅盾由于写了《蚀》三部曲,并发表《从牯岭到东京》为自己的小说与文学观辩解,也被革命文学派列为批判对象,《文学周报》(8卷10号,1929年3月)出版了批判茅盾专辑。后期创造社、太阳社为了借当时革命文学的理论否定新文学,以此构建无产阶级革命文学理论,把鲁迅、茅盾作为推行革命文学的障碍,甚至骂鲁迅为"封建余孽""二重的反革命"[③]。成仿吾搬过拉普的口号:"谁也不许站在中间,你到这边来,或者到那边去!"王独清宣布不能和他们组成联合战线的"就是我们的敌人!""先把这些敌人打倒!"

他们的理论源自当时苏联盛行的拉普派革命文学理论、日本纳普和藏原惟人的新写实主义提倡的"宣传鼓动的艺术",还有美国左翼作家辛克莱的"一切艺术都是宣传"的观念。成仿吾《从文学革命到革命文学》、李初梨《怎样地建设革命文学》都提出这一主张,这也是革命文学派与鲁迅、茅盾的分歧之一。李初梨说:"一切的文学,都是宣传。普遍地,而且不可避免地是宣传"[④],"艺术是阶级对立的强有力的武器"[⑤]。

鲁迅、茅盾对此提出反批评。鲁迅发表《"醉眼"中的朦胧》《革命时代的文学》等,提出:"一切文艺固是宣传,而一切宣传却并非全是文艺。"[⑥]茅盾

---

① 冯乃超批评叶圣陶"是中华民国的一个最典型的厌世家,他的笔尖只涂抹灰色的'幻灭的悲哀'"。他指责郁达夫本人对于社会的态度,与《沉沦》的主人公没有差别,沉陷于悲哀。他指责鲁迅是"追怀过去的昔日,追悼没落的封建情绪",反映了社会变革时代落伍者的悲哀,是"隐遁主义"。
② 成仿吾:《从文学革命到革命文学》,《创造月刊》1卷9期(1928年2月)。
③ 杜荃(郭沫若):《文艺战线上的封建余孽——批判鲁迅的〈我的态度气量和年纪〉》,《创造月刊》第2卷第1期(1928年8月)。
④ 李初梨:《怎样地建设革命文学》,《文化批判》第2号(1928年2月)。
⑤ 李初梨:《普罗列塔利亚文艺批评底标准》,《我们月刊》第2期(1928年6月)。
⑥ 鲁迅:《文艺与革命》,《鲁迅全集》第4卷,人民文学出版社2005年,第85页。

在《从牯岭到东京》中批评普罗文学的标语口号不是文学。① 钱杏邨引用托洛茨基语,提出标语口号是普罗文学不可避免的②。对此,茅盾给予尖锐的批评。③ 这场论争虽然在左联成立前结束,但就革命文学的理论问题其实并未分清是非。④

二 关于"文学基于普遍人性"的论争

这是发生在左联成立前后的重要论争(1928—1930),这次左翼的批判对象是新月派及其所主张的人性论。梁实秋以新人文主义的立场,针对左翼作家提倡的无产阶级文学,在《文学与革命》《文学是有阶级性的吗?》等文章中提出"文学乃是基于固定的普遍的人性"。他批评革命文学倡导者"把文学当做阶级斗争的工具而否认其本身的价值",指出"人生现象有许多方面都是超于阶级的"。梁实秋的普遍人性论使当时正热衷于提倡阶级斗争论的左翼作家大为光火,认为他代表了资产阶级的理论。彭康发表了《什么是"健康"与"尊严"——"新月的态度"与批评》,全面批判新月派。鲁迅在《"硬译"与"文学的阶级性"》等文中也全面批驳,认为文学只有通过"人",才能表现"性",然而"一用人,而且还在阶级社会里,即断不能免掉所属的阶级性"。⑤ 同时,鲁迅也批评了革命文学家为"使阶级意识明了锐利起来,就竭力增强阶级性说","那真是糟糕透顶了"。⑥

---

① 茅盾:"我们的'新作品'即使不是有意的走入了'标语口号文学'的绝路,至少也是无意的撞了上去了。有革命热情而忽略了文艺的本质,或把文艺也视为宣传工具——狭义的——或虽无此忽略与成见而缺乏了文艺素养的人们,是会不知不觉地走上了这条路的。"《从牯岭到东京》,《小说月报》第 19 卷第 10 期(1928 年)。

② 钱杏邨:"宣传文艺的重要条件是煽动,在煽动力量丰富的程度上规定文章的作用的多寡。我们不必绝对的去避免标语口号化,我们也不必在作品里专门堆砌口号标语,然而我们必定要做到丰富的煽动的力量的一点。""普罗文学不是普罗的消闲艺术,是一种斗争的艺术,是一种斗争的利器! 它是有它的政治的使命! 创作的内容是必然的要适应于政治的宣传的口号与鼓动的口号的!"钱杏邨:《幻灭动摇的时代推动论》,《海风周报》第 14—15 期合刊(1924 年 4 月)。

③ 茅盾:"我简直不赞成那时他们热心的无产文艺——既不能表现无产阶级的意识,也不能让无产阶级看得懂,只是'卖膏药式'的十八句江湖口诀那样的标语口号式或广告式的无产文艺,然而结果是招来了许多恶骂。"茅盾:《读〈倪焕之〉》,《文学周报》第 8 卷第 20 号(1929 年 5 月)。

④ 《上海新文学运动的讨论会》载,在左联筹备会上,检讨前两年的错误,归结为"过去的文学运动和社会运动不能同步调",表现为"独将文学提高,而忘却文学底助长政治运动的任务,成为'为文学'的文学运动",《萌芽月刊》第 1 卷第 3 期(1930 年 3 月)。

⑤ 鲁迅:《"硬译"与"文学的阶级性"》,《鲁迅全集》第 4 卷,人民文学出版社 2005 年,第 208 页。

⑥ 鲁迅:"在我自己,是以为若据性格感情等,都受'支配于经济'(也可以说根据于经济组织或依存于经济组织)之说,则这些就一定都带着阶级性。但是'都带',而非'只有'。所以不相信有一切超乎阶级,文章如日月的永久的大文豪,也不相信住洋房,喝咖啡,却道'唯我把握住了无产阶级意识,所以我是真的无产者'的革命文学者。"《文学的阶级性》,《鲁迅全集》第 4 卷,人民文学出版社 2005 年,第 128 页。

三 关于"文艺自由"的论辩

论争发生在胡秋原、苏汶(杜衡)和左翼作家之间。自称"自由人"的胡秋原,在1930年代翻译介绍过马克思主义文艺理论。1931年底,他连续发表文章《阿狗文艺论》《勿侵略文艺》《钱杏邨理论之清算与民族文学理论之批判》等文,坚称"文学与艺术,至死也是自由的,民主的","艺术虽然不是'至上',然而决不是'至下'的东西。将艺术堕落到一种政治的留声机,那是艺术的叛徒。艺术家虽然不是神圣,然而也决不是叭儿狗。以不三不四的理论,来强奸文学,是对于艺术尊严不可恕的冒渎"。① 胡秋原坚决坚持文艺自由论,反对艺术宣传政治,他主要是反对来自国民党民族主义文学的"极端反动主义者",也批评了左翼文坛的"急进的社会主义者",认为这两方面都是对文艺的"侵略"。② 左联认为,胡秋原是借攻击民族主义文学来攻击左翼文学,痛斥胡是"为虎作伥"。瞿秋白指责其目的是"要文学脱离无产阶级而自由,脱离广大的群众而自由"③。胡秋原批评连左联也认为是错误的钱杏邨理论,但是冯雪峰(洛扬)却批判胡这是"向普洛文学运动进攻"。苏汶(杜衡)自称代表"作者之群"的"第三种人",为胡秋原辩解④。于是两人被左联宣布为"托派""社会法西斯蒂""反动文人""口头上的马克思主义"等。

这场争论的焦点是文艺与政治的关系。胡秋原、苏汶等反对政治干涉文学,强调艺术的独立性。瞿秋白则提出"文艺也永远是、到处是政治的'留声机'"⑤。苏汶在《"第三种人"的出路》中再次说明:文学的武器作用"不能整个包括文学的涵意","一切非无产阶级的文学"并非"即是拥护资产阶级的文学"。文章还抗议左翼理论家"借着革命来压服人","有意曲解别人的话"及"因曲解别人而起的诡辩和武断"。歌特(张闻天)在党内刊物上发表《文艺上

> **声音**
>
> 文学与艺术,至死也是自由的,民主的。
>
> 将艺术堕落到一种政治的留声机,那是艺术的叛徒。
>
> (胡秋原《阿狗文艺论》)
>
> 文艺永远是、到处是政治的留声机。
> (瞿秋白《文艺的自由和文学家的不自由》)

---

① 胡秋原:《阿狗文艺论》,《文化评论》创刊号(1931年12月);《勿侵略文艺》,《文化评论》第4期(1932年4月)。
② 胡秋原:《阿狗文艺论》,《文化评论》创刊号(1931年12月)。
③ 易嘉(瞿秋白):《文艺的自由和文学家的不自由》,《现代》第1卷第6期(1932年10月)。
④ 苏汶:《关于〈文新〉与胡秋原的文艺辩论》,《现代》1卷3期(1932年7月)。
⑤ 易嘉(瞿秋白):《文艺的自由和文学家的不自由》,《现代》1卷6期(1932年10月)。

的关门主义》①一文,维护了文学真实性标准的独立价值,对真实性与党派性、政治倾向性作了较为辩证的分析。

这是左联成立初展开的第一次关于文艺与政治关系的论争。胡秋原、苏汶是在左翼政治文学初建时,最早起来捍卫艺术独立性的理论家。由于中国革命文学与政治的关系愈益紧密,这样的争论将伴随着中国现当代文学发展。

其他还有,左翼作家对林语堂、周作人等提倡的幽默与闲适文学的批判。在主张文学是战斗的武器的左翼理论家们看来,林、周的提倡是对社会现实的逃避。鲁迅与左翼作家周木斋、聂绀弩、洪为法、胡风、徐懋庸、唐弢、茅盾等不断撰文批评、反驳林语堂及其幽默闲适论。鲁迅批评幽默小品文是麻痹人心,"靠着低诉和微吟,将粗犷的人心,磨得渐渐的平滑"②。

左翼作家还批评朱光潜、沈从文等的人文主义文学思想。这些文学家追求人性的、永久的文学价值,强调文学与时代、政治的"距离"。

此外,还有大众语文论争。这次论争的焦点集中于文学语言问题。论争总结了"文白之争"以来文学语言发展的经验教训,批评了"欧化"与"半文半白"的倾向,也纠正了一些左翼作家否定白话、认为语言有阶级性的言论,探讨了现代文学语言的特点及其发展方向。

1930年代,文学发展的基本面貌,比1920年代更多地受到政治斗争、阶级斗争、社会革命的影响。1930年代人文主义文艺、美学主张与左翼革命文学理论的对话、碰撞与交流的特点是,它始终被左翼集中在文学艺术发展的外部关系(文艺与政治革命、文艺与阶级、文艺与生活及时代、文艺与人民)上,即使人文主义者致力于探讨文学艺术内部关系、美学范畴问题,但是在民族问题、阶级斗争问题突出的时期,美学及艺术探索也难免受限于舆论潮流。

研习提升

1. 李初梨:《怎样地建设革命文学》,《文化批判》第2号(1928年2月)。

2. 中国左翼作家联盟:《理论纲领》,《萌芽月刊》第1卷

---

① 歌特在《文艺战线上的关门主义》中提出,"不是无产阶级的作品,但可以是有价值的文艺作品"。文章认为,否认文学真实性标准的独立意义,会导致这样的观点:"凡不愿做无产阶级煽动家的文学家,就只能去做资产阶级的走狗",这反而把文学的范围缩小了,束缚了文学家的自由。该文发表于当时中国共产党秘密发行的机关刊物《世界文化》1933年1月15日第2期。据程中原《"歌特"为张闻天化名考》,《中国社会科学》1983年第4期。

② 鲁迅:《小品文的危机》,《鲁迅全集》第4卷,人民文学出版社2005年,第591页。

第 4 期(1920 年 4 月 1 日)。

3. 胡秋原:《阿狗文艺论》,《文化评论》创刊号(1931 年 12 月)。

4. 胡秋原:《勿侵略文艺》,《文化评论》第 4 期(1932 年 4 月)。

5. 王富仁:《关于左翼文学的几个问题》,《中国现代文学研究丛刊》2002 年第 1 期。

6. 张中良:《左翼文学与历史背景》,《中山大学学报》2015 年第 3 期。

7. 朱栋霖、徐德明:《被遮蔽的1930年代文学思潮》,"历史与记忆:中国现代文学国际研讨会",香港中文大学 2006 年 1 月。

第六章
1930年代小说（一）

中国现代小说到1930年代进入成熟、繁荣期。

社会、历史的巨大变动以及与异质文化的激烈碰撞，为长于叙事的小说文体提供了发展空间。以上海为中心的沿海都市加速了资本主义化的现代进程，而广大内地农村却仍然笼罩着封建宗法统治的阴影。两种异质文明的对峙与冲突引起了城乡社会生活的急剧动荡。小说题材空间极大拓展，既表现于对时代风云、城乡生活等多方位的横向展现，也表现于对历史的纵向开掘。从乡村到都市，从政治到文化，从影响整个中国现代历史进程的重大事件到小人物的日常生活，在1930年代小说中有多方位的展现。

多种文明的激荡，促进了1930年代文学中"人"的观念的转变，为1930年代小说注入了深厚的文化基因。社会剖析小说与五四时期的问题小说、乡土小说存在着诸多的内在关联。1930年代的小说家对于激变时代的人性、人的内心世界、人与人、人与社会的复杂关系有了许多新的看法与体察。他们或接受马克思主义学说的影响，开始以人的社会经济性和阶级性理论来观察现实、思考改变现实的路径，或从西方现代主义汲取营养，返回自身和内心，去关注人的感官、直觉、潜意识、性等非理性的方面。

小说家形成了个人的独特风格与创作流派。这一时期较成熟的小说家大都以比较稳定的风格构建出了属于自己的独特的艺术世界。《子夜》问世标志着茅盾找到了现代都市生活这一属于自己的艺术表现世界，他在对法、俄现实主义、自然主义的继承与创造中形成了恢弘而严谨的艺术风格；老舍以幽默、温婉的笔触状写北京市民社会；巴金激情四射地展示年轻人的世界及其与封建家族的激烈对抗；李劼人以法国自然主义式的精细、逼真，对四川近代社会作出了恢弘的再现。现代小说流派开始涌现，成就显著而产生重要影响的，有新生的左翼小说，还有京派和海派这两个各具特色的小说流派。茅盾《蚀》《虹》《子夜》，巴金《灭亡》《家》，老舍《离婚》《骆驼祥子》，蒋光慈《咆哮了的土地》、李劼人《死水微澜》的诞生,标志着中国现代长篇小说样式的成熟。

广泛借鉴、多方择取中外文学资源。欧美批判现实主义小说、现代派小说和苏联社会主义现实主义小说等三类小说的翻译最为突出[①],对此期小说创作的影响也最为明显。中国古典小说艺术传统对此期的小说创作也有影响。茅盾、老舍、巴金、李劼人的现代长篇小说,无疑是传承与创新了《三国演义》《水浒传》《西游记》《红楼梦》等中国古典长篇小说的传统。

第一节 京派与海派

1930年代小说的主要流派京派、海派、左翼小说,各有其人学观念与文学观。左翼小说是在马克思主义学说的影响下,凸显人的社会性和阶级性;京派坚守五四人文主义精神,认同人与自我的价值、个性主义等理念,所持的乃是五四时期的自然人性观、人道主义观念与启蒙精神;海派(此处专指新感觉派)则在西方现代主义和都市商业文化影响下,关注人的感官、直觉、潜意识、性等非理性方面。三个流派的并存与竞争,推动了1930年代小说的多元发展。

文学流派,是指某个历史时期内出现的一批作家,由于文学观念、创作风格类似或接近,自觉或不自觉地形成的文学集团和创作派别。有的文学流派具有明确的文学主张和组织形式,有的则不具有,但因客观上创作风格相近而形成有特色的派别。京派与海派,主要以其创作的美学特征为标识,相近的文化倾向与审美趣味形成其群体意识,促成其同人刊物的产生与发展,如京派的《骆驼草》《文学杂志》《大公报·文艺副刊》《水星》等,海派则如新感觉派的《无轨列车》《现代》。

京派,是指1930年前后新文学中心南移上海后继续在北平(北京)活动的自由主义作家群,有周作人、俞平伯、闻一多、废名、杨振声、凌叔华、沈从文,后起的林徽因、曹禺、芦焚(师陀)、何其芳、李广田、卞之琳、萧乾、郑振铎、章靳以,理论批评家陈西滢、朱光潜、梁宗岱、李健吾(刘西渭)等。京派小说家在艺术上标举健康与纯正,反对"文以载道"的浅陋,拉开与现实政治的距离,关注纯朴、原始的乡村世界,寻找和挖掘人性美、人情美。他们没有

---

① 参见范伯群、朱栋霖主编:《1898—1949中外文学比较史》,下卷第四编第4、5、6、7章,江苏教育出版社1993年;秦林芳执笔《中国三十年代文学发展史》(郭志刚、李岫主编)第8章第3节"三十年代的翻译小说",湖南教育出版社1998年。

放弃对城市生活的描写,但这种描写常常是作为与乡村对立的人生而被纳入其叙述框架,因而其意义也往往不是自足的,常常是从反面凸显了乡村的价值。他们在文化思想上继承了五四文学改造国民性的传统和人文主义理念,以人性的价值尺度严肃地表现着"民族品德的消失与重造"①的主题,并试图探索"中国应当如何重新另造",表现出了与社会剖析派不同的文化诉求。在审美趣味上,京派小说家崇尚和谐,鼓吹"情感的节制与艺术技巧的恰当",一如梁实秋新人文主义所提倡的情感表现合乎古典法则。朱光潜提出了心理距离说,沈从文则主张情绪的体操——"一种使情感'凝聚成为渊潭,平铺成为湖泊'的体操"②。情感的内敛和理性的节制,使小说具有了乡野的自然平和质朴之美。京派小说还讲究艺术技巧,追求题材的新鲜、结构的多样和文字的明净,注重氛围渲染和风情描写,具有圆熟静穆的诗美和牧歌的情调,为现代抒情小说的发展作出了贡献。

> **声音**
> 京派小说体式较为醇正,他们把东方情调的诗情画意融合在乡风民俗的从容隽逸的描绘之中,形成一种洋溢着古典式的和谐和浪漫性的超越的人间写实情致。
> (杨义《中国现代小说史》[2])

在京派小说家中,沈从文的成就和影响最大(详见"第七章 沈从文")。其他代表性作家还有废名、萧乾、芦焚等。**废名**(1901—1967,原名冯文炳,湖北黄梅人)收在《桃园》《枣》等集中的短篇小说和长篇小说《桥》,以朴讷简约的诗化语言和散文化的笔法,描写了故乡黄梅优美的田园风光,显示出了荡漾在乡村朴野之间的平和的人性之美,具有冲淡、典雅、宁静的情趣和意境。此期的代表作《桥》是废名用素朴的芦笛精心吹奏出来的一支平淡而悠远的田园牧歌。它以程小林和史琴子的情感历程为线索,上篇写出了童心的无邪、民情的淳朴、风物的美丽,下篇写到十年后两人因琴子的妹妹细竹的长成而引起了微妙的感情关系,也仍然显得毫无挂碍、一无机心。小说营造出来的这种规避了人生丑陋的和谐、宁静的牧歌世界,反映了作者对扰攘尘世的厌弃、对人间纯美的追求。艺术表现上,废名小说淡化故事情节,不追求结构的完整;喜写富有情致的片段,精心构建诗境和画境;善于提炼语言,讲求炼字炼句,并在白话中糅进了一些文言成分,使文字显得古奥简练,富有韵味和涩味。所有这些,使他的小说在散文化的同时也诗化了。废名小说对后起的京派小说家发生了很大的影响。

---

① 沈从文:《〈长河〉题记》,《沈从文文集》第7卷,第4页,花城出版社、生活·读书·新知三联书店香港分店1983年。

② 沈从文:《废邮存底·情绪的体操》,《沈从文文集》第11卷,第327页。

芦焚(1910—1988,原名王长简,师陀是他1940年代用的另一重要笔名,河南杞县人),有短篇小说集《谷》,曾于1936年获京派主持的《大公报》文艺奖金。他的小说大抵取材于故乡农村生活。较之废名、沈从文等人,芦焚作品中梦的成分减少了,现实的成分增加了。在他的小说中,虽然田园诗意、古朴民风尚存,但已不时飘散出中原农村衰败的悲音,其中掺和着作者对黑暗社会的讥刺和对悲凉人生的感叹。

萧乾(1910—1999,蒙古族人,原名塔塔木林,生于北京)1933年开始发表小说,结集出版的有《篱下集》《栗子》和长篇小说《梦之谷》。与其他京派作家一样,萧乾观察现实社会时喜用人性视角,小说多展示人间的不平和世态的炎凉。《篱下》《雨夕》等篇在表现这样的内容时均采用儿童视角,以儿童的天真反衬出世道的污浊。这既加强了作品的反讽力量,又给作品染上了忧郁的色彩。萧乾小说侧重表现都市生活,在题材取向上与废名、沈从文等人不同,但他却通过对独立的叙述者的设计,拉开了自己与现实的审美距离,净化了原发情绪。正是在这一点上,他的小说表现出了京派的审美趣味。长篇小说《梦之谷》(1937)具有自叙传色彩,是其爱情经历的写照。由于没有充分拉开审美距离,小说中充溢着未曾净化过的感伤与反抗的情绪,颇有浪漫之风。

京派作家还与海派发生过论争。所谓**海派**,最初源于晚清画坛,将一批寓居上海、变革传统画法以因应时代与新的受众者的画风,称为"海派",如吴湖帆。后来又称重做功的上海新派京剧如汪笑侬、周信芳一路为海派京剧,以谭鑫培为代表的正统京剧被称为"京朝派"。"海"者的另一含义为海上,即受到西洋风影响,变革传统,迎合市场与受众,带有明显的贬义。清末民初,礼拜六派即鸳鸯蝴蝶派小说崛起于上海,是最早的海派小说,可称为旧海派小说。现代文学史上,通常指出现在上海的、从1920年代末一直延续到1940年代的新小说流派群。海派小说是一种新文学,其现代质素主要表现在:"应当最多地'转运'新的外来的文化";"迎合读书市场,是现代商业文化的产物";"是站在现代都市工业文明的立场上来看待中国的现实生活与文化的"。[①] 海派小说有四大作家群:1920年代末及以后的张资平、叶灵凤等性爱小说作家群;1930年代的刘呐鸥、穆时英、施蛰存等新感觉派;1940

---

① 吴福辉:《导言·为海派文学正名》,《都市漩流中的海派小说》,湖南教育出版社1995年。

年代张爱玲、徐訏、无名氏等,以及予且、苏青等新市民小说。① 本节讨论的海派小说,指新感觉派小说,这是海派小说的重要一支。

> **声音**
>
> 京派不妨说是古典的,海派也不妨说是浪漫的;
>
> (曹聚仁《笔端》)
>
> "京派"是官的帮闲,"海派"则是商的帮忙
>
> (鲁迅《"京派"与"海派"》)

新感觉派,是活跃于1920年代末至1930年代前半期的一个现代主义小说流派,有《无轨列车》《新文艺》和《现代》等刊物,主要作家是施蛰存、刘呐鸥、穆时英,此外还有黑婴、徐霞村等。

施蛰存(1905—2003,生于杭州)1928年后参加过《无轨列车》《新文艺》的编辑工作,1932年应邀担任《现代》杂志编辑。施蛰存1920年代中期开始创作小说,是新感觉派中成就最高的作家。最初的试作大都收在《江干集》《娟子姑娘》和《追》等集中,艺术上比较幼稚。他认为"我正式的第一个短篇集"是《上元灯》。其中的十篇作品,大多以成年人怀旧的感情来回顾少年时期的生活,抒发人生的慨叹,有诗的意味。除《渔人何长庆》外,其余九篇都用第一人称,或真切叙写少男少女纯洁的初恋(《上元灯》),或以出人意料的人事侧面反映世态(《栗芋》《闵行秋日纪事》)。《周夫人》《宏智法师底出家》两篇,受到弗洛伊德学说的影响,预示了他后来创作的变化。

他自觉运用弗洛伊德精神分析学说创作的小说,主要在《将军底头》《梅雨之夕》和《善女人行品》三本集子中。施蛰存曾热心译介奥地利心理分析小说家施尼茨勒(又译显尼志勒)的作品,他"翻译这些小说,还努力将心理分析移植到自己的作品中去"②。施蛰存心理小说中的二重人格描写、变态性心理解剖、人物内心意识流动之表现等,显然来自施尼茨勒。他用心理分析去开掘人物的潜意识和隐意识领域,表现人物的变态心理和梦幻心理,引出了本我(性本能)与超我(道德)尖锐冲突的主题。《将军底头》"写种族和爱的冲突"③。主人公唐代将军花惊定奉命征讨吐蕃,途中遇一美女,遂成为其情欲对象,但军纪、道德压抑着他的情欲,他带着这一矛盾挥刀上了战场,后在战斗中被杀了头,还策马回到他心爱的姑娘身旁。小说重点展现的是

---

① 吴福辉:《都市漩流中的海派小说》,第3、62—101页,湖南教育出版社1995年。对此学界有不同看法。李今认为应该从小说家对于上海这个现代大都市所出现的"新的生活方式、新的行为方式、新的概念、价值或意义"的立场和态度来判断,其创作的小说才可算是海派小说,并因此将张资平、徐訏等排除在外。李今:《海派小说与现代都市文化》,第4、5页,安徽教育出版社2000年。

② 施蛰存:《关于"现代派"一席谈》,《文汇报》1983年10月18日。

③ 施蛰存:《将军底头·自序》,《将军底头》,新中国书局1932年。

情欲与道德的冲突,带有一定的神怪、魔幻色彩。收在《将军底头》集中的其他三篇也均以精神分析法来写历史人物。能更充分地体现施蛰存心理分析小说特点、有较强社会意义的,是收在《梅雨之夕》和《善女人行品》中描写现实生活的作品。存理灭欲是中国封建意识形态的主要内容之一,因而,施蛰存围绕性爱意识在日常生活中取材、用精神分析法来剖析国人本我和超我之间的矛盾,就具有了较为鲜明的反封建意义。比较成功的作品有描写城镇青年女性性苦闷的《春阳》和《雾》。《春阳》中的婵阿姨年轻时为了钱财同丈夫的牌位拜堂,牺牲了自己的青春,但对情欲的渴望仍然留在心底,她某天来到上海银行取钱,在春暖阳光下萌发出对一个年轻银行职员的爱欲冲动。小说表达了人性无法压抑的思想,对封建道德摧残人性、对资本主义金钱关系异化人性进行了比较深刻的揭露。《雾》写28岁的神父女儿素贞偶然在火车上遇到一位令她颇为中意的青年绅士,但当她得知这个男子是个电影演员时,竟"好像受到意外的袭击",内心里骂他是"一个下贱的戏子"。小说通过对素贞的心理分析,剖析了封建等级观念和守旧思想。1936年施蛰存出版小说集《小珍集》,反映的社会生活内容较前开阔。他运用心理分析方法描写上海附近区域里发生的各种怪现象,表现出回归现实主义的倾向。

刘呐鸥、穆时英的作品更具新感觉主义的特征。**刘呐鸥**(1905—1940,原名刘灿波,台湾台南人,1920年入日本青山学院,1926年毕业后插入上海震旦大学法文班学习,结束学业后滞留上海),1928年开始创作,著有短篇小说集《都市风景线》和未成集的《赤道下》等少量小说。刘呐鸥是中国新感觉派小说的开山作家,收入《都市风景线》中的8篇小说也是较早运用感觉主义写出的作品。如书名所示,这些小说是描写上海这个大都市的现代"风景"的,它们采用与现代都市生活快速节奏相适应的跳跃手法(电影蒙太奇)、意识流手法,着重暴露资产阶级男女放纵、刺激的色情生活,写出了大都市的病态和糜烂。《游戏》《两个时间的不感症者》《礼仪和卫生》等都是以男女两性关系为题材,从都市街头到家庭生活全面展示了现代都市里逢场作戏式的情欲泛滥,揭示现代都市人性已被金钱异化,人已堕落为行尸走肉。刘呐鸥曾自我评介:"呐鸥先生是一位敏感的都市人,操着他的特殊的手腕,他把……现代生活,下着锐利的解剖刀。有一两篇也触及到阶级的对立和斗争,在一定程度上暗示了新

> **声音**
>
> 我只是从显尼志勒、弗洛伊德和艾里斯那里学习心理分析方法……但中国的马克思主义者一开头就指责我的创作方法是唯心论,不能容许它们在社会主义文学中存在。
>
> (施蛰存《英译本〈梅雨之夕〉序言》)

兴阶级的远大前途(如《流》)。"①但他在暴露都市的病态和糜烂时,却也不无欣赏,流露出别样的情调。

穆时英(1912—1940,浙江慈溪人)1929年开始小说创作。小说集有《南北极》《公墓》《白金的女体塑像》《圣处女的感情》等。穆时英第一个小说集《南北极》并没有新感觉派的特征。集中的五篇小说,大多以闯荡江湖的流浪汉为主人公,宣泄出一种破坏一切、占有一切的流氓无产者的情绪。1932年前后,他的创作开始转向,用感觉主义、印象主义的方法状写上海社会中的形形色色的人物和纸醉金迷的生活。小说集《公墓》和《白金的女体塑像》集中反映出穆时英小说的新感觉派特征。他醉心于描写都市的爱情生活,表现爱情与死亡的主题。刊登在《现代》创刊号上的《公墓》以流畅、细腻的散文笔调抒写了一个凄凉感伤的爱情故事,具有浓郁的抒情气息。小说写"我"和欧阳玲同来公墓上坟,祭奠各自的亡母。互通情愫之后,"我"暗暗地爱上了这个患有肺病的姑娘。后来,她因故南去香港,"我"转学北平。等"我"公开向她表白爱情时,她已经长眠在亡母墓旁。作品缱绻缠绵、哀情脉脉,把爱情和坟墓(死亡)联结为一体,表现了作者对爱情的现代主义的理解。

不过,穆时英的这类纯情、干净的作品并不多,他写得较多的是十里洋场上海畸形的"风景",这里充满着"战栗和肉的沉醉"。《夜总会里的五个人》将五个人物聚集到周末的夜总会,展示了他们的不同命运。他们带着极大的苦恼涌进夜总会,在疯狂的音乐中跳舞取乐,寻找刺激。最后,破产的金子大王胡均益开枪自杀,其余人为他送葬。中篇《被当做消遣品的男子》以穆本人大学时代的一段恋爱经历为原型,直白袒露的叙述与意识流手法,使作品轰动一时,也受到左翼文坛的激烈批判。《上海的狐步舞》则揭露了上海这个"造在地狱上面的天堂"。小说没有连贯的情节,而以感觉主义、印象主义和意识流的方法描写了令人眼花缭乱的都市风景,展示了都市没落疯狂的状态。在描写人物的疯狂、半疯狂的精神状态时,作者往往还能写出人物内心深处的悲哀;这个特点,也就是他说的"在悲哀的脸上戴了快乐的面具"②。《黑牡丹》里那个外号叫作"黑牡丹"的舞女为了逃避遭奸淫的噩运跳车奔逃,得到别墅主人的救护,终于成为他的妻子,但她对自己以往的舞女身份始终讳莫如深、不敢公开。就是那夜总会里寻欢作乐的五个人,哪个内心没有伤痕?在欢乐的假面具下写出人物内心的悲哀,这是穆时英

---

① 见《新文艺》第2卷第1号(1930年)。
② 穆时英:《〈公墓〉自序》,《穆时英小说全集》,时代文艺出版社2000年,第718页。

的深沉处。他在《公墓》和《白金的女体塑像》这两个主要的具有新感觉派特征的小说集中,对畸形都市风景的描绘和其间流露出来的欣赏的心态造成了海派文学或洋场文学的风气。穆时英也曾被人誉为"新感觉派圣手"。抗战爆发后,他曾赴香港任《星岛日报》编辑。1939年返沪,在汪伪政府主持的《国民新闻》任社长。1940年6月被暗杀。

中国新感觉派是在日本新感觉派与法国都市主义文学的影响下发展来的。刘呐鸥等人曾大量介绍过横光利一、片冈铁兵等人的小说。日本新感觉派经历了从提倡新感觉主义到提倡

> **声音**
>
> 对于恋爱,在各种形势下恋爱,无理解力,无描写力。作者所长,是能使用那么一套轻飘飘浮而不实的文字任意涂抹。
> （沈从文《论穆时英》）

新心理主义两个阶段。其中,刘呐鸥、穆时英较多地受到了前者的影响,施蛰存较多地受到了后者的影响。同时,他们还推出法国都市主义作家保尔·穆杭。保尔·穆杭小说以新的技巧表现人们普通的价值理念的毁灭及对于及时享乐的沉湎。"在他的著名的短篇（《夜开》,《夜闭》等）,我们带着一种世界大战以后的贪婪而无法满足的肉感,找到了他所描画的这个时代所固有的这种逃避的需要。"[1]刘呐鸥等人创作的"都市文学则注意现代都市里繁华、富丽、妖魅、淫荡、沉湎、享乐、变化、复杂的生活"[2],显然受到了他的影响。中国新感觉派作家的创作各有特点,但作为一个流派,又表现出一些共同的倾向。

新感觉派小说表现畸形大都市形形色色的日常现象和世态人情,并侧重展现都市生活的畸形与病态,从而提供了另一类型的都市文学。新感觉派小说家喜欢感性地描写从舞女、水手、投机商、银行职员到少爷、姨太太等富于现代都市气息和特征的人物,这些人物活动的处所多是影戏院、赛马场、夜总会等畸形繁荣的都市环境。在描写这种畸形环境中的人物时,又突出了他们病态的行为和畸形的心理：卖淫、乱伦、暗杀和性放纵心理、二重分裂人格等。新感觉派尤擅描写那本身就象征着繁华和堕落、联结着社会上层和下层的舞女,这造成了海派文学的甜俗。新感觉派作家对1930年代都市文学的崛起作出了自己的贡献,在一定程度上也提供了半殖民地都市的真实画面,揭示了资本主义的罪恶和对人性的戕害。

新感觉派在小说结构、形式、方法、技巧等方面有所创新。它"刻意捕捉

---

[1] 倍尔拿·法意：《世界大战以后的法国文学》（戴望舒译）,《现代》第1卷第4期。
[2] 苏雪林：《新感觉派穆时英的作风》,严家炎、李今编《穆时英全集》第3卷,北京十月文艺出版社、北京出版社2008年,第518页。

那些新奇的感觉、印象"①,并把主体感觉投诸客体,使感觉外化,创造出具有强烈主观色彩的"新现实"(如写天上的白云"流着光闪闪的汗珠"等)。有时还进行感觉的复合,因此,通感现象在新感觉派小说里每每出现,如:"钟的走声是黑色的""她的眸子里还遗留着乳香""我听得见自己的心的沉重的太息"等等。穆时英《上海的狐步舞》等借鉴西方意识流手法结构作品,《街景》等时空颠倒,没有贯穿的情节和人物,场景组切迅速,具有跳跃性。在人物刻画上,新感觉派借鉴弗洛伊德精神分析学说,注重开掘和表现人的非理性、潜意识和变态心理,其中,以施蛰存的表现最为深入。

新感觉派小说是中国现代小说史上第一个独立的现代主义文学流派,也是1930年代海派文学中一个较有成就的流派。它不但促进了现代都市文学的发展,而且丰富了现代小说的表现方法。刘呐鸥、穆时英的一些作品在暴露都市男女的荒淫堕落时,也流露出对腐朽生活方式的留恋欣赏,表现出作家主体精神的失持。

现代历史小说开始崭露头角。比较重要的作品有:郑振铎《桂公塘》《黄公俊之最后》,茅盾《大泽乡》《豹子头林冲》,鲁迅《故事新编》中的《理水》《非攻》《采薇》,施蛰存《将军底头》等。取材自文天祥写《指南录》的《桂公塘》被称为本时期历史小说的代表作。鲁迅、施蛰存的历史小说,多不是"博考文献,言必有据",而是"只取一点因由,随意点染"②,重在对于历史或传说中的人物、故事作出新的解释,以观照现实世界。

第二节　左翼小说

左翼小说,是伴随无产阶级革命文艺运动新兴的文学潮流,以新的人学思想与文学理念而引人注目,成就显著。

在左翼小说的发展历程中,最早形成流派特点的是**普罗小说**。普罗,是英语 Proletariat("无产阶级""普罗列塔利亚")的音译。早期普罗小说家主要是太阳社成员,如蒋光慈、洪灵菲、楼建南、戴平万,还有后期创造社成员郭沫若、郑伯奇、华汉(阳翰笙)等。他们高举普罗列塔利亚文学的旗帜,标明革命立场,描写现实革命斗争题材,着力表现无产阶级与其他劳苦大众生活的痛苦不幸及走向革命的必然历程,并试图将一些重大的历史事件和真实的历史人物摄入创作视野。华汉《暗夜》、洪灵菲《大海》、戴平万《陆阿

---

① 严家炎:《论三十年代的新感觉派小说》,《中国社会科学》1985年第1期。
② 鲁迅:《故事新编·序言》,《鲁迅全集》第2卷,人民文学出版社1981年,第342页。

六》、蒋光慈《咆哮了的土地》等叙写农民革命运动;蒋光慈《短裤党》正面描写上海工人第二、第三次武装起义,并且刻画了史兆炎(原型为赵世炎)、杨直夫(原型为瞿秋白)等人物形象。这类作品在艺术风格上多显得粗粝浓烈。

普罗小说中还有一类侧重反映大革命前后青年知识分子的思想、人生道路,并形成"革命+恋爱"的主题模式。洪灵菲的长篇《流亡》写小资产阶级知识分子型的革命者的流亡历程,"在革命的故事中揉杂了不少的恋爱场面"①。它触及当时比较普遍地存在于这类知识分子中的个性主义与革命冲突的问题。有些作品(如胡也频的《光明在我们前面》)还比较深刻地呈示了他们走向革命过程中的痛苦、矛盾的心理。但是,这类作品在对革命与恋爱、集体与个人关系的理解上比较普遍地存在着简单化的倾向,所表现的无非是革命如何为恋爱所累、又如何战胜恋爱,或情感最终在革命中升华;往往在写恋爱心理时比较细腻、真切,写革命活动时却相当浮夸;有些作品还脱离文本实际,故意加入爱情的调料,显示出相当突出的浪漫蒂克的倾向。

普罗小说作者大多对实际的革命情形缺乏真切深入的认识,写工农群众及其斗争生活不免苍白,在作品中流露出对革命的不切实际的幻想和狂热情绪。它的这些不足很快引起了左翼阵营的关注。1932年,华汉的长篇小说《地泉》(包括《深入》《转换》《复兴》三部曲)由湖风书局重版。易嘉(瞿秋白)、郑伯奇、茅盾、钱杏邨和作者本人分别作序,对"革命的浪漫蒂克"倾向提出批评。瞿秋白指出《地泉》那些"最肤浅,最浮面的描写","连庸俗的现实主义都没有做到";正是"不应当这样写的标本"。②

蒋光慈(1901—1931,笔名光赤,安徽六安人)是普罗小说的代表作家。1925年,出版新诗集《新梦》《哀中国》,较早提出"革命文学"的口号。1927年与他人组建太阳社,1928年初主编《太阳月刊》。五卅运动后,他写出了第一部中篇小说《少年飘泊者》,作者自称这是"粗暴的叫喊"。小说写佃农的儿子汪中在社会的迫害下逐渐觉醒,最后在战斗中英勇牺牲的故事,充满着浪漫主义的激情。1927年4月,他完成中篇小说《短裤党》,对刚刚过去的上海工人武装起义作出了迅疾的反映。大革命失败后,蒋光慈因不满党内的左倾暴动倾向,被开除出党。他在低沉的心境中写了《冲出云围的月亮》等作品,控诉反动派屠杀革命者的暴行,反映大革命失败后知识分子的分化。这些小说反映重大社会历史事件,爱憎分明,具有很强的政治鼓动性,但由

---

① 孟超:《我所知道的灵菲》,《洪灵菲选集》,开明书店1951年。
② 瞿秋白:《革命的浪漫谛克》,《瞿秋白文集》文学编第1卷,人民文学出版社1985年,第457页。

于缺乏生活积累和深入思索,常常显得简单空幻不切实。《丽莎的哀怨》从人性的角度出发描写白俄贵族妇女丽莎在十月革命后流亡中国、被迫卖淫的痛苦经历。作品的基于特定人性尺度对人物的同情,遭到了左翼批评界的严厉批评。蒋光慈1930年3月起发表代表作《咆哮了的土地》(1932年出版单行本时易名为《田野的风》)。这是他的最后一部长篇,也是普罗小说的重要作品。小说在广阔的背景下摄取了一个具有开创性的题材,反映大革命前后湖南农村的阶级矛盾和阶级斗争,表现了当地农民在中国共产党的领导下开展武装斗争、最后奔向金刚山的过程。小说还比较成功地刻画了职业革命者、矿工张进德和回乡领导农民闹革命的知识分子李杰这两个革命者的形象。

左翼青年作家群,是普罗文学兴起之后逐渐崭露头角的一批追求革命的青年作家。成绩显著的有柔石、丁玲、张天翼、艾芜、沙汀、叶紫等。

柔石(1902—1931,原名赵平福,浙江宁海人)的《二月》(1929)描写他所熟知的青年知识者的生活,思考知识分子的道路。《二月》是柔石代表作,也是文坛早期优秀中篇小说。鲁迅为之作序,称主人公萧涧秋"极想有为,怀着热爱,而有所顾惜,过于矜持,终于连安住几年之处,也不可得"①。作品的诗意笔触与生动形象显示了个性主义、人道主义理想的脆弱,也表达了作者对小市民庸俗社会的沉痛反感。《为奴隶的母亲》(1930)以深沉的忧愤描写了浙东故乡罪恶的典妻习俗。春宝娘被丈夫典给邻村的秀才地主作生育工具,生下另一个男孩秋宝,三年后被赶回家。她处在奴隶地位上,既无人的尊严也没有母亲应有的爱的权利。小说具有强烈的控诉意义。柔石的这些作品没有普罗小说的概念化特征,显示出现实主义的力量。

柔石之后的左翼青年作家也开始朝现实主义方向发展。**艾芜**(1904—1992,原名汤道耕,四川新繁人)早年曾漂泊于中国西南边境和东南亚一带,归国后立志把"身经的,看见的,听见的,——一切弱小者被压迫而挣扎起来的悲剧,切切实实地给写了出来"②,开始了短篇小说的创作。《南行记》是代表艾芜这一阶段艺术风格的短篇集。作者依据自己漂泊期间的所见所闻,叙述了边疆异域特殊的下层生活。艾芜笔下命运各殊的流民们被生活挤出了正常的轨道,性格中包含被苦难生活扭曲的成分,但灵魂中仍具有美好、闪光的一面。《山峡中》在雄奇苍茫的山峡背景中,描写一群杀人越货的强盗的生活。学者杨义评《山峡中》"是三十年代前期屈指可数的短篇杰作"。

---

① 鲁迅:《柔石作〈二月〉小引》,《鲁迅全集》第4卷,人民文学出版社1981年,第149页。
② 艾芜:《原〈南行记〉序》,《艾芜文集》第1卷,四川人民出版社1981年,第7页。

它"既声态毕现地绘出了野猫子天真泼辣、粗犷强悍的性格,又意匠别具地剥视和肯定了追求光明的人性,从而使整篇小说升华到一个深邃的哲理境界"①。《南行记》以明丽清新的浪漫主义风格描写奇异跌宕传奇的人生漂泊故事。它运用第一人称叙述,通过对边地的奇丽风光、乐观的人物精神和传奇生活题材的表现,形成了一种浓烈的主观抒情性。

叶紫(1912—1939,原名余鹤林,湖南益阳人)来自底层,经历过湖南农民运动血与火的洗礼。1933年,他以深厚的生活积累和强烈的生活体验开始创作,其短篇小说集《丰收》《山村一夜》和中篇小说《星》大多取材于大革命失败前后洞庭湖畔农村的生活,以鲜明的时代感和强烈的爱憎反映了农村的阶级压迫以及农民的觉醒和斗争。《丰收》(续篇《火》)和茅盾的《春蚕》、叶圣陶的《多收了三五斗》一样,均以"丰收成灾"为主题。它状写出了农民从展开有组织的暴动到最后投奔红军根据地雷峰山的过程,"作者已经尽了当前的任务,也是对于压迫者的答复:文学是战斗的!"②《星》将婚姻伦理问题与社会政治问题相交织,叙述了农村妇女梅春姐的悲惨际遇和走向革命的斗争历程。

在左联青年作家群中,影响较大的有丁玲和张天翼。

丁玲(1904—1986,原名蒋伟,又名蒋炜,字冰之,湖南临澧人)出生于一个破落的封建世家,早年在湖南常德、长沙等地求学;1922年入上海平民女子学校,1923年就学于上海大学中文系;1924年到北京,次年秋天与文学青年胡也频结合。处于青春期苦闷中,丁玲开始创作;"《在黑暗中》的动笔,以及第一篇作品的问世,显然是出之于她这个同伴的鼓励与督促,写作的兴味,实又培养到那个同伴性格所促成的生活里的"③。1927年12月和1928年2月,在《小说月报》发表处女作《梦珂》和成名作《莎菲女士的日记》。她的早期小说主要收入《在黑暗中》(1928)、《自杀日记》(1929)、《一个女人》(1930)等三个集子中。1930年参加中国左翼作家联盟后,她出版了短篇小说集《一个人的诞生》《水》《夜会》和《意外集》,中篇《一九三〇年春上海》以及长篇小说《母亲》等。1933年被当局绑架,囚禁于南京,1936年赴陕北。

丁玲小说创作坦率地记录了一个青年知识女性的心灵历程和追随时代的踪迹,还典型地反映了1920、1930年代之交中国现代文学从文学革命到革命文学的转型以及稍后革命文学自身的发展。丁玲是"满带着'五四'以来

---

① 杨义:《中国现代小说史》(第2卷),人民文学出版社1998年,第479、480页。
② 鲁迅:《叶紫作〈丰收〉序》,《鲁迅全集》第6卷,人民文学出版社1981年,第220页。
③ 沈从文:《记胡也频》,《沈从文文集》第9卷,第68页。

时代的烙印"①而登上文坛的,其早期创作探讨的仍然是五四的思想革命和个性解放的命题,并且表现了由理想幻灭所导致的精神苦闷。关于此期的创作动机,她稍后(1933)有过这样的说明:"我那时为什么写小说,我以为是因为寂寞,对社会不满,自己生活无出路,有许多话需要说出来,却找不到人听,很想做些事,又找不到机会,于是便提起了笔,要代替自己给这社会一个分析。"②这段话道出了其早期创作的情思特色。

丁玲的早期作品大多"以其相对熟稔的生活为题材,以自己相对熟习的人物为表现对象,甚至其中有多篇都或多或少闪现着作者自己的影子"③。《梦珂》写一个出生于破落封建家庭的女子走出家庭、闯入社会后陷入困境。其中,梦珂去圆月剧社当演员的情节,就源于丁玲自己的经历。缘此,有外国学者甚至认为,丁玲"当演员未能如愿这件事成了她的第一个短篇《梦珂》的基础"④。小说承续五四浪漫抒情小说传统,以鲜明的女性意识,真实地写出了社会吞噬一位曾经对人生抱有理想的纯真女孩的过程,表述了现代女性真切的人生感受。

沿着《梦珂》的情思轨迹,《莎菲女士的日记》对现代女性的人生困境和心理矛盾作了更加深刻的开掘,它也因此成为早期同类作品的代表作。主人公莎菲是丁玲早期作品所塑造的叛逆、苦闷的青年知识女性形象系列中最成功、最突出的典型。在这一形象的塑造中,作者是"和莎菲十分同感而且非常浓重地把自己的影子投入其中去的"。⑤ 莎菲在五四个性主义浪潮的冲击下背叛封建礼教,大胆走出家门,她渴望纯真的爱情,要求"享有我生的一切"。但是,她对人生意义的执着寻求只能导致幻灭。这种痛苦的挣扎便不免带上浓重的悲怆情调和病态色彩。她也因此成了"心灵上负着时代苦闷的创伤的青年女性的叛逆的绝叫者"⑥。作品以大胆直率的描写,通过她在爱情追求上的复杂矛盾的心理和行为,展示了她的叛逆、病态的心灵。在两个男性中,她没有选择苇弟,也没有选择凌吉士。她在发现凌吉士灵魂的庸俗龌龊后却仍然接受了他的吻,而吻过之后又毅然离开了他。性爱的诱惑最终没有使她泯灭灵的光辉。从这个意义上来说,"莎菲女士是'五四'以

---

① 茅盾:《女作家丁玲》,《文艺月报》第 1 卷第 2 期(1933 年)。
② 丁玲:《我的创作生活》,《丁玲全集》第 7 卷,河北人民出版社 2001 年,第 15 页。
③ 秦林芳:《丁玲评传》,南京大学出版社 2012 年,第 51 页。
④ [美]梅仪慈:《不断变化的文艺与生活的关系》,袁良骏编:《丁玲研究资料》,天津人民出版社出版年 1982 年,第 564 页。
⑤ 冯雪峰:《从〈梦珂〉到〈夜〉》,《中国作家》第 1 卷第 2 期(1948 年)。
⑥ 茅盾:《女作家丁玲》,《文艺月报》第 1 卷第 2 期(1933 年)。

后解放的青年女子在性爱上的矛盾心理的代表者"①。莎菲的矛盾和苦闷,是经历过五四个性主义思想洗礼的觉醒青年在时代低压下陷入彷徨状态的真实写照。小说以第一人称日记体的形式,饱含感情地对女主人公的内心世界作了深入细腻的揭示,显示出了作者擅长心理描写的出色才能。

丁玲以《莎菲女士的日记》为代表的早期作品,受到了法国现实主义文学(尤其是福楼拜的《包法利夫人》、莫泊桑的《一生》等作品)对现代社会虚伪文明的批判、对女性命运的深切关注、对爱玛式女子的描写以及心理剖析技巧的启发,也受到了歌德的《少年维特之烦恼》感伤型浪漫主义抒情风格的影响。从中国现代文学自身的源流上看,这些作品也是对郁达夫所开创的以《沉沦》为代表的现代浪漫抒情—欲望叙事小说的回应。

在左翼作家的影响下,1929 年,丁玲开始左倾,其早期小说中的个性主义主题开始为集体主义的革命主题所替代,代表性地体现了 20 世纪二三十年代之交中国现代文学从文学革命到革命文学的转型。她创作了以革命者为主人公的长篇小说《韦护》。作品以

> **声音**
> 主人公是一个可怕的虚无主义的个人主义者。她说谎、欺骗、玩弄男性,以别人的痛苦为快乐,以自己的生命当玩具。这个人物虽然以旧礼教的叛逆者的姿态出现,实际上只是一个没落阶级的颓废倾向的化身。
> (周扬《文艺战线上的一场大辩论》)

五卅运动前的社会现实为背景,描写了小资产阶级女性丽嘉与革命者韦护(以瞿秋白为原型)的恋爱与冲突。丁玲对革命并无深刻的了解,故事本身也"陷入恋爱与革命冲突的光赤式的陷阱里去了"②。之后的《一九三〇年春上海》(之一、之二)在描写知识分子从个人主义走向集体主义的道路时也带有这样的痕迹。此期丁玲思想急剧左转,其"向外转"的创作在强化社会性和革命性的同时,忽略了艺术的独创性。这也显示了左翼文学提倡唯物辩证法创作方法的特点和问题。

1931 年秋,丁玲在《北斗》杂志上发表了短篇小说《水》。它以当年发生的 16 省大水灾为题材,描写了农民与水灾、官府作殊死搏斗的情景,场面壮阔,笔触粗犷,凸现了觉醒、抗争的农民群像。冯雪峰等左翼理论家赞为显示了"作者对于阶级斗争的正确的坚定的理解"③,小说被视为左翼提倡的唯物辩证法创作方法的成功代表。④ 之后,丁玲还沿着《水》的道路,写出了一

---

① 茅盾:《女作家丁玲》,《文艺月报》第 1 卷第 2 期(1933 年)。
② 丁玲:《我的创作生活》,《丁玲全集》第 7 卷,河北人民出版社 2001 年,第 16 页。
③ 冯雪峰:《关于新的小说的诞生——评丁玲的〈水〉》,《北斗》第 2 卷第 1 期(1932 年)。
④ 茅盾:《水》的发表,"不论在丁玲个人,或者文坛全体,这都表示了过去的'革命与恋爱'的公式已经被清算"。《女作家丁玲》,《文艺月报》第 1 卷第 2 期(1933 年)。

系列表现工农生活的作品,如《消息》《法网》《奔》《夜会》等。但这些作品显然已失去了她令人瞩目的创作个性与特色。

丁玲小说创作中仍然具有一以贯之的特色。首先,丁玲小说显现出了强烈的叛逆意识。在她的小说中,叙述话语带有强烈的个性色彩,内容是心灵世界的流动,而目标则往往指向社会批判,它们是个人叙事与社会批判的紧密结合。作家常常喜欢采用的"我"这一叙事角度和日记文体又加强了这一特征。她的作品文笔动情,文风犀利,锋芒毕露,具有很强的情感浓度和思想力度。这在女性作家的创作中是独特的。其次,作为一个女性作家,丁玲一直对女性命运给予极大的关注,表现出了鲜明的女性主义色彩。她是20世纪中国文学史上最早有着成熟的女性话语与独特的女性风格的作家。她独创性地刻画出了梦珂、莎菲、伊萨、阿毛、丽嘉、曼贞、贞贞、陆萍等女性形象,组成了独特的女性形象系列,具有丰富的历史、文化内涵。

张天翼(1906—1985,原名张元定,祖籍湖南湘乡,生于南京)是左翼文学优秀的讽刺小说家。1930年代出版了《小彼得》《从空虚到充实》《畸人集》等十余部短篇小说集,《清明时节》《鬼土日记》等中长篇小说多部。经过初期小说创作的实践与探索,他在1930年代中期形成了长于讽刺的艺术个性。

反虚伪、反庸俗、反彷徨是张天翼这一时期讽刺小说的基本主题。他在别具一格的喜剧世界里展示千姿百态的社会众生相,这些讽刺性形象大致可以分为两类:一类是伪善、狡诈的上层社会的人物。在对这类人物的刻画中,他以毁灭似的笑声烧去其道貌岸然的外衣,显露其人品的恶俗、虚伪。《砥柱》以反讽的笔触揭露出了这样的事实:社会上的道德"砥柱"其实不过是欲望的流沙。小说中的黄宜庵是一个信服程朱理学的老先生,他以"礼为人之本"的信条来教训女儿,但当他发现隔壁官舱中满嘴淫词的竟是自己的老友,便支走女儿,加入到了淫笑的行列中。张天翼紧紧抓住他言与行之间的矛盾,揭露了他们心灵深处的虚伪和肮脏。

另一类是庸俗可鄙的小知识者、小公务员和小市民。《从空虚到充实》里的荆野、《猪肠子的悲哀》里的"猪肠子"、《移行》里的桑华都是些小知识者,他们过着空虚无聊的生活,又不能自拔,甚或自甘堕落。在对小公务员、小市民向上爬心理的剖析方面,最有深度的是《包氏父子》。这篇写于1934年的作品也成了他的代表作。小说以讽刺笔法表现了一个下层小市民的悲喜剧。门房老包把改变自己低贱的社会地位的希望寄托在儿子包国维身上,费尽心机地借债供奉小包上洋学堂。但小包却沾上纨绔习气,最后走上堕落的道路。小说讽刺了小市民一心往上爬的庸俗观念,但老包理想的破灭,也反映了小人物的悲剧命运。

张天翼的讽刺小说善于捕捉日常生活中的喜剧性的矛盾,使之交错并结,从而在假象和实质的强烈反差中呈现出人物的真实面目;在人物刻画上,他抓住被讽刺人物的某个细节特征,以白描手法加以夸张、反复,以突出其性格;在结构上,他不注重情节的完整性,常常抓住一些生活的片段和戏剧化场面作速写式的描写,其短篇小说的结构单纯明快,结尾干脆利落而余味无穷;小说语言简劲、犀利,叙述推进快疾,富有跳跃感,从而形成了泼辣、劲捷的艺术风格。学者评其风格为"明快、冷峭、尖刻":"张天翼泼辣豪放而意气浮露,他追求新鲜,出奇制胜,人物的矛盾冲突前后激变,在冷笑中,常使蔑视旧世界的锋芒脱颖而出";他"对小资产阶级进步性的一面,很少凝神思考,他只对人物的种种丑相,极尽描写,它挖掘的是恶。老舍温婉,讽刺中带绅士气度。张天翼尖辣,笔调愤激而夸张"。① 在抗战时期张天翼写出了《华威先生》这样的讽刺名篇。

在左翼小说发展历程中,影响最大的是**社会剖析小说**。社会剖析派作家并非清一色的左联成员,但左翼作家是该派的中坚。他们以马克思主义社会科学理论为指导,继承并发展了文学研究会"为人生"的现实主义精神,创立了新的革命现实主义的文学创作模式。他们自觉将小说艺术与社会科学相结合,在大规模、全景式地再现中国社会、表现各个阶级现实动向的同时,以科学理性精神侧重从经济角度对中国社会性质、社会生活进行剖示。在文学观念方面,强调对社会现实进行细密的观察,注重在宏大的结构中对历史性题材作客观的描绘,善于在典型环境中塑造具有复杂性格和悲剧命运的典型人物。茅盾是社会剖析小说的开创者,他1930年代创作的《子夜》《春蚕》《林家铺子》等提供了该派小说的最初范型。在茅盾小说的影响和示范下,吴组缃、沙汀等青年作家也开始了社会剖析小说的创作。社会剖析小说不但是左翼小说中的一个重要流派,而且也是当时文坛上的一个重要流派。它对于1940年代乃至1949年后的小说创作产生了深远的影响。

吴组缃(1908—1994,安徽泾县人)虽然不是左联成员,但在创作上与茅盾等左翼作家表现出大体相同的倾向,短篇小说有《西柳集》《饭余集》。《箓竹山房》(1932)以第一人称叙述了一个凄婉的故事,在富有诗意的描绘中批判了封建伦理对人性的戕害。小说最后写二姑姑偷看青年夫妇的床笫之私,以神来之笔写出了无法压抑的人性之光。1933年以后,吴组缃以故乡

---

① 吴福辉:《锋利·新鲜·夸张:张天翼讽刺小说的人物及其描写艺术》,《带着枷锁的笑》,浙江文艺出版社1991年,第86页。

皖南为立足点和观察点,从社会经济的角度对农村破产的原因进行了深入的分析,创作出具有鲜明的社会剖析特征的小说。短篇小说《一千八百担》采用横截面写法,展示宋氏大家族的子孙为争夺一千八百担积谷而聚会祠堂、勾心斗角的场面,显现了农村宗法制度的崩塌之势,农民抢谷的情景更是表现了农村经济的破产以及由此导致的农村革命的兴起。《樊家铺》《天下太平》等也从不同角度以触目惊心的故事反映了农村破产所导致的惨状。吴组缃的这些作品形象地说明了农村的破产不是偶然的,而是世界经济危机和外国资本加紧入侵中国经济的结果。在小说艺术上,吴组缃擅长浓缩式地再现生活,场面集中,结构严谨;在人物刻画上追求个性化,具有浓郁的乡土色彩,讲究细节描写和气氛渲染,文字精致圆润。

沙汀(1904—1992,原名杨朝熙,四川安县人)曾受过蒋光慈等普罗小说的影响,又在茅盾创作的示范下,寻找到了适于自己的题材领域和创作方法。《兽道》《在祠堂里》揭露了旧军队对妇女的戕害与虐杀。《代理县长》则把观照的目光投诸乡村上层,写川西某地残破县衙里的代理县长以"瘦狗还要炼它三斤油"的心态,在濒于绝境的灾民身上刮油。在表现方法上,沙汀小说感情内敛,多用白描,善作客观化的叙述,犀利的讽刺和深刻的剖析常常蕴涵、寄托在对人物遭遇和性格的不露声色的叙写之中,风格含蓄而深沉。在叙写故事和人物时,他重视对四川所特有的世态人情的描摹,又善于以充满地方色彩的语言出之,因此,小说具有浓郁的乡土气息。沙汀作为一位有特色的讽刺作家,在1940年代的小说创作中又有发展。

除上述流派之外,1930年代还出现了一个**东北作家群**,这是在特定历史背景下出现的一个具有地域性的作家群体。"九·一八"事变后,东北相继沦陷。一批不愿做亡国奴的东北青年流亡到上海、北平等地,他们怀着对故乡的深切思念,以粗犷的风格把这片黑土地上的生生死死和不屈的灵魂移到了纸上,开了现代抗日文学的先河,具有浓郁的爱国主义情绪和鲜明的东北地方色彩。这一作家群中比较著名的有萧红、萧军、端木蕻良、骆宾基、舒群、罗烽、白朗等。尤其以萧红的影响为大。

萧红(1911—1942,黑龙江呼兰人,原名张廼莹)是有特殊文学天分的女作家。1934年到上海后,受到鲁迅的关怀,其成名作中篇小说《生死场》得以与叶紫的《丰收》、萧军的《八月的乡村》一起作为"奴隶丛书"出版。《生死场》展示"九·一八"事件前后东北农村生活图景,和东北农民原始的生活方式,反映了改造国民灵魂的时代历史内容。作品后七章直接描写了农民抗日的盟誓典礼,侧面叙述了革命军的抗日活动。鲁迅称誉它"力透纸背"地表现出了"北方人民的对于生的坚强,对于死的挣扎"①。

萧军(1907—1988,辽宁义县人,原名刘鸿霖)长篇小说《八月的乡村》(1935)描写一支抗日游击队在党领导下与敌伪军队、汉奸地主展开斗争,表现了东北人民不甘当亡国奴、在斗争中求生存的坚强意志和战斗精神,"显示着中国的一份和全部,现在和未来,死路与活路"②。艺术上虽略嫌粗糙,风格却雄浑而遒劲。

此外,东北作家群的其他作家也有不少名作行世,如端木蕻良(1912—1996)的《鹭湖的忧郁》《科尔沁旗草原》,舒群(1913—1989)的《没有祖国的孩子》,骆宾基(1917—1994)的《边陲线上》等。

研习提升

1. 秦林芳:《"自由":丁玲早期小说创作的精魂——以〈庆云里中的一间小房间里〉为中心考察》,《中国现代文学研究丛刊》2012年第9期。

2. [美]梅仪慈:《不断变化的文艺与生活的关系》,袁良骏编:《丁玲研究资料》,天津人民出版社1982年。

3. 周扬:《文艺战线上的一场大辩论》,《文艺报》1958年第5期。

4. 严家炎:《中国现代小说流派史》,人民文学出版社1989年。

5. 杨义:《京派海派综论》,中国社会科学出版社2003年。

---

① 鲁迅:《萧红作〈生死场〉序》,《鲁迅全集》第6卷,人民文学出版社1981年,第408页。
② 鲁迅:《田军作〈八月的乡村〉序》,《鲁迅全集》第6卷,人民文学出版社1981年,第287页。

第七章
1930年代小说(二)

第一节 茅 盾

茅盾(1896—1981),浙江省桐乡县乌镇人,原名沈德鸿,字雁冰,"茅盾"是1927年发表《幻灭》时开始使用的笔名[①]。

茅盾的童年、少年时代,正当中国社会在内忧外患中开始大转型时期,他的家乡地近上海,得时代风气之先。父亲沈永锡是一位医生,是当时的维新派人物,所以早在家塾启蒙阶段,茅盾就接触到"新学"知识,以后又就读新式小学、中学[②],既受到良好的中国古代文化教育,又学习了现代科学、文化知识。1913年,茅盾考入北京大学预科第一类(文科),1916年毕业后到上海的商务印书馆就职。1921年1月他出任《小说月报》主编,参与发起文学研究会[③]。

新文学革命时期茅盾文学活动的一个重要内容是外国文学的翻译和介绍。他把译介的重点放在文艺复兴以来的近代文学,尤其是写实派、自然派

[①] 茅盾在《写在〈蚀〉的新版的后面》中介绍过最初题署这个笔名的经过:"在那时候(即发表《幻灭》的时候——引者注),我是被蒋介石政府通缉的一人,我的真名如果出现在《小说月报》将给叶先生(指当时《小说月报》编辑叶圣陶——引者注)招来了麻烦,而且,《小说月报》的老板商务印书馆也不会允许的;为了能够发表,就不得不用个笔名,当时我随手写了'矛盾'二字。但在发表时却变为'茅盾'了"。《茅盾论创作》,上海文艺出版社1980年,第44页。

[②] 茅盾1904年7周岁时入家乡乌镇的第一所新式初级小学"立志小学",1907年考入乌镇植材高等小学,1909年高等小学毕业以后,曾先后就读于湖州中学、嘉兴中学、杭州安定中学。

[③] 《小说月报》曾被认为是文学研究会的机关刊物,这有欠准确。《小说月报》始终是商务印书馆的杂志,但在茅盾担任主编期间,采用的稿件确实"大部分为文学研究会会员所撰译"。参见茅盾:《我走过的道路》(上),人民文学出版社1981年,第164页。

的作家与作品上,同时又密切关注同时代外国文学的新走向。①

茅盾文学活动的另一个重要内容是文学批评,其中一以贯之的主题,是对文学社会功用的思索。他的文学评论,特别关注作家及其作品与社会、时代的关系,同时也注意从文学表现的"进化"脉络考察其艺术进境。茅盾对叙事文学抱有特别的兴趣,分析评断,都表现出特殊的艺术敏感。他及时评点刚刚崭露头角的小说家叶绍钧、冰心的新作,也对一个阶段的小说创作倾向进行概观式述评。其中《读〈呐喊〉》(1923年10月)是五四时期少见的关于鲁迅小说的精彩评论,在阐发鲁迅小说所表现的人性深度的同时,茅盾特别指出《呐喊》创造新形式的先锋意义:"十几篇小说几乎一篇有一篇新形式。"《自然主义与中国现代小说》(1922年7月)是这一时期茅盾写下的篇幅较长的论文,是关于当时小说渊源流别的综论。

1921年沈雁冰(茅盾)在上海参加了共产主义小组,成为中国共产党最早的党员之一,他在为《新青年》《共产党人》等杂志翻译介绍马克思主义文章的同时,也参与了政治活动。1925年五卅运动期间,茅盾在上海参加这场社会抗议运动的组织工作,并于同年发表长篇论文《论无产阶级艺术》,显示其文学观伴随激进的社会实践发生了变化。1926年1月,茅盾从上海奔赴广州,直接投身国共合作领导的国民革命,后辗转武汉、江西,1927年"四·一二"事变后遭到蒋介石政府通缉,几经曲折,潜回上海,蛰居家中,在苦闷的情绪中开始了小说写作。他描述当时的情景说:

> 我是真实地去生活,经验了动乱中国的最复杂的人生的一幕,终于感得了幻灭的悲哀,人生的矛盾,在消沉的心情下,孤寂的生活中,而尚受生活执着的支配,想要以我生命力的余烬从别方面在这迷乱灰色的人生内发一星微光,于是我就开始创作了。②

茅盾的第一部小说《幻灭》于1927年9、10月发表③。《蚀》三部曲(《幻灭》《动摇》《追求》)的故事内容取自他亲身经验的1927年大革命。茅盾后

---

① 从1921年1月至1924年6月,他在《小说月报》连续刊发"海外文坛消息"207则,迅速报道了当时世界文坛的人、事变迁和潮流起落,包括刚刚兴起的现代主义各个流派和苏俄的无产阶级文学,为发轫时期的中国新文学提供了新鲜的养料和有益的参照。

② 茅盾:《从牯岭到东京》,《小说月报》第19卷第10号(1928年10月)。

③ 发表于叶圣陶主编的《小说月报》第18卷第9、10号(1927年9、10月)上;翌年又在同一杂志上陆续刊登了另外两部:《动摇》和《追求》。1930年5月茅盾把这三部中篇"合为一册,总名曰《蚀》",交由开明书店出版。这三部小说后来被称为"《蚀》三部曲"。

来的小说写作也大都遵循同样的取材原则:当刚刚发生的重大社会事件"在他的同时代人头脑中所产生的第一印象还没有消失时","在"现实成为历史之前立刻以最大限度的精确把握住它","将其融合到艺术作品中去"。①《蚀》有展现大革命时代风貌的宏大叙事企图,大革命时期发生的一些重大事件,常常作为推动情节和人物性格转变的必要功能被写进作品。如《幻灭》里写到北伐军在武昌举行的第二次誓师典礼,就是主人公静女士性格成长的界标。作家说:"《幻灭》等三篇题目都是人的精神状态"②。从一定意义上完全可以说《蚀》三部曲正面展现的全部内容都是一种"精神状态",亦即知识分子的精神状态。作为姊妹篇,联系三部曲的结构线索,主要不是前后连贯的情节,而是弥漫在作品内的情绪。《动摇》对担负革命领导职责的男主角方罗兰在激烈斗争中进退失据状态的描写,《追求》对张曼青、王仲昭、史循等人在大革命失败后彷徨无路的心态的刻画,分别为置身大革命时代不同阶段的知识分子留下了精神写照。三部曲中最为鲜活生动的是时代女性的形象,她们天生丽质且观念开放,在她们身上,革命的激情和性爱的冲动,追求圣洁的理想与寻求肉欲的享乐刺激,是复杂地纠结在一起的。《幻灭》中的静女士,本来是作为狂狷放荡的慧女士的对比人物,以文雅娴静的性格出现的,但当她真正投身革命,特别是和置身革命漩流中的强惟力连长相恋之后,她的性格发生了明显变化,甚至大胆宣称享乐性爱是"有益处"的。《追求》中的章秋柳,则把自己"丰腴红润的肉体",作为自我救赎和拯救他者的最根本依凭,她企望通过爱情拯救悲观主义者史循,却因和史循的"肉感的狂欢"而染上不治之症。不过面临死亡时章秋柳并无悔意,因为在她看来,"短时期的热烈的生活实在比长时间的平凡的生活有意义得多"。《蚀》三部曲通过对这些时代女性的身体大胆乃至放肆的描写,多侧面地展示了她们的身体和社会变动、政治革命相互指涉的复杂关系。茅盾将郁达夫的欲望叙事与政治革命相结合,为新文学的小说叙事贡献了新的方法。

《蚀》三部曲奠定了茅盾小说家的地位,也受到革命文学阵营的指责。当时的批评主要集中在小说的悲观颓伤情绪。③ 1928 年 10 月,茅盾流亡日

---

① 参见捷克学者普实克《茅盾和郁达夫》,《普实克中国现代文学论文集》,湖南文艺出版社 1987 年,第 132—133 页。

② 茅盾:《补充几句》,附于 1980 年 4 月人民文学出版社第 7 次印刷的《蚀》单行本卷末。

③ 钱杏邨提出,茅盾没有做"'大勇者,真正革命者'的代言人",而做了"'幻灭动摇的没落人物'的代言人",并由此断言茅盾的意识"不是新兴阶级的意识","他完全是一个小布尔乔亚的作家"。《茅盾与现实》,原载《现代中国文学作家》第 2 卷,泰东书局 1930 年出版,其中批判《蚀》的文章都写于 1928 年。转引自孙中田、查国华编:《茅盾研究资料》(中),中国社会科学出版社 1983 年,第 128、101 页。

本期间,发表长文《从牯岭到东京》(《小说月报》第 19 卷第 10 号),反驳对方,阐述《蚀》的构思与写作过程,探讨描写小资产阶级知识分子与"时代描写"的关系。

茅盾在日本避难期间与秦德君同居,秦德君是为了逃婚从四川到上海的新女性,参加了北伐革命工作。茅盾根据秦德君提供的个人经历与素材创造了《虹》中的时代女性梅行素形象。1930 年 2 月《虹》由开明书店单行出版。《虹》的表现重心,明显转向了人与时代生活的关系方面。梅行素在努力挣脱旧式家庭、婚姻的束缚、寻求理想生活的过程中,也曾遇到挫折,受到精神重创,但她并没有像章秋柳那样陷入狂乱的精神状态,而是选择了投身于方向明确的社会革命。梅行素的性格,用作家本人的话说,是"有发展,而且是合于生活规律的有阶段的逐渐的发展而不是跳跃式的发展"①。《虹》里,《蚀》三部曲式的缠绵幽怨情调基本消退,当然这也与作家本人的思想精神状态有关。

1930 年 4 月,茅盾从日本回到上海,不久参加左翼作家联盟。他曾担任过左联的行政书记,参与创办《前哨》(1931)、《文学导报》(1931)、《文学》(1933—1937)、《译文》(1934—1937)等杂志,发表了大量的理论和评论文字,总结五四以来的新文学运动经验,发现和扶植左翼文学新人,自己也不断有新作问世。1932—1933 年间,在写作长篇小说《子夜》的同时,茅盾创作了一系列短篇小说,如《林家铺子》(1932)和《春蚕》(1932)及其续篇《秋收》(1933)、《残冬》(1933)。前者以 1932 年"一·二八"战争前后因日本侵略和腐败政治而日益凋敝的江南小城镇为背景,叙述"一·二八"前后江南某小镇林家杂货小店倒闭的过程,细致传神地刻画了林老板这位小商业者的生活境遇和委曲心态;后者也称"农村三部曲",在一幅具有浓郁的江南水乡风土人情味的风俗画中,通过农村"丰收成灾"的故事,揭示了帝国主义的跨国资本对中国农民的榨取,描述了新一代农民被迫萌生的反抗意识。这些作品没有按照一般短篇小说截取生活片断的写作程式,而是把人物放在相对长的时段上从容叙述,《林家铺子》以林老板与黑麻子、卜局长之间的冲突为主要矛盾,又有若干小事件作为多头线索,情节发展有起有伏,收放自如,首尾照应,在纷繁复杂的细节描写中又显得井然有序,无懈可击。这些作品注重在社会经济关系和阶级矛盾冲突中刻画人物的复杂性格与丰富的心理活动,展示人物命运,与《子夜》的写法近似,成为 1930 年代社会剖析小说的代表作。茅盾在《子夜》中未能实现的"都市—农村交响曲"的宏大叙事计

---

① 茅盾:《我走过的道路》(中),人民文学出版社 1984 年,第 36 页。

划,也在这些作品中得到了弥补。同属农村题材系列的短篇小说《水藻行》(1936)却塑造了一个身体健壮、乐观、蔑视恶势力也不受封建伦理束缚的农民形象。在这篇作品里,农村社会的阶级矛盾退居到背景位置,人的生理状态与伦理观念的冲突成为主要内容。这在同时期的左翼小说中也颇显异色。

1937年抗日战争爆发后,茅盾离开上海,在颠沛流离中,创办或参与编辑了《文艺阵地》(1938—1942)、《抗战文艺》(1938—1946)、《笔谈》(1941)等杂志。1941年5月,他在香港写作、发表的日记体长篇小说《腐蚀》,通过一个参加国民党特务组织的女性赵惠明的内心独白,从特殊的视角,展示了抗战时期诡谲变幻的政治风云和复杂的社会关系,其蕴涵的时代内容和达到的心理深度,为同时期文学作品所少见。1942年写于桂林的长篇小说《霜叶红似二月花》,避开了作家惯用的当代时事性题材,讲述辛亥革命到五四前夕的时代浪潮在一个江南小镇掀起的涟漪,以及所引起的社会和人物命运波动,故事结构、人物描写方式、对话口吻和叙述语态,特别是女主角婉卿形象的塑造,都流露着中国古典白话小说的韵致。

1949年中华人民共和国成立以后,茅盾出任新政府的文化部长,以后也一直担任国家和文艺界的领导职务。他在这一时期写作和发表的主要是文学理论和批评类文字,先后结集出版的有《夜读偶记》(1958)、《关于历史和历史剧》(1962)等。

《子夜》是茅盾于1931至1932年间创作的长篇小说,1933年初出版。[①]

《子夜》的情节正面展开的是民族资本家吴荪甫奋斗、发达、失败的悲剧。这位曾经游历欧美、精明强干并具有丰富的现代企业管理经验的工业巨子,有一个发展实业、建立强大工业王国的梦。为了实现这个梦想,他雄心勃勃地拼搏,也获得了相当的成功,甚至一气兼并了八个工厂,成为同业的领袖。但是,在公债交易市场上,他受到买办金融资本家赵伯韬的打压;双桥镇的农民暴动,则摧毁了他在家乡经营的产业。他苦心经营的丝厂工潮迭起,处心积虑组建起来的益中公司又因为产品滞销而成为箍在身上的

[①] 《子夜》写作期间,作者曾将第1、2章和第4章交给《小说月报》《文学月报》等杂志发表,全书由开明书店初版刊行,版权页上标注的初版时间是1933年4月,但根据茅盾的回忆,结合相关资料综合考察,《子夜》初版印出的时间当在1933年1月底至2月初。1936年初茅盾应史沫特莱之邀写作的"小传"中说,《子夜》"是在1933年1月出版的"。(见《子夜》手迹本第19页,中国青年出版社1996年);茅盾晚年写作的《我走过的道路》则说《子夜》初版于1933年2月初。此外,还有一些相关资料可供参考,如在《鲁迅日记》1933年2月3日条下,记载了当天收到茅盾赠送的《子夜》一本"。1954年茅盾曾对《子夜》做过修改删削,1958年收入《茅盾文集》第3卷,以后通行的多为这个修订本。

"湿布衫"。三条战线,条条不顺利,"到处全是地雷"。最后终因在公债市场和赵伯韬的角逐失败而破产。

茅盾在《子夜》中所选取和诠释的社会历史事件,表明了他对所处的时代的一些重要倾向的关注。1939 年,茅盾曾就《子夜》的写作构思做过这样的解释:

> 我那时打算用小说的形式写出以下的三个方面:(一)民族工业在帝国主义经济侵略的压迫下,在世界经济恐慌的影响下,在农村破产的环境下,为要自保,使用更加残酷的手段加紧对工人阶级的剥削;(二)因此引起了工人阶级的经济的政治的斗争;(三)当时的南北大战,农村经济破产以及农民暴动又加深了民族工业的恐慌。
>
> 这三者是互为因果的。我打算从这里下手,给以形象的表现。这样一部小说,当然提出了许多问题,但我所要回答的,只是一个问题,即是回答了托派:中国并没有走向资本主义发展的道路,中国在帝国主义的压迫下,是更加殖民地化了。①

茅盾的这一构思获得了瞿秋白的赞赏。瞿秋白指出,《子夜》是"应用真正的社会科学,在文艺上表现中国的社会关系和阶级关系"的扛鼎之作;"一九三三年在将来的文学史上,没有疑问的要记录《子夜》的出版"。② 茅盾的解释,以其特殊的权威性影响了后来关于《子夜》的研究和阐释。

> 【声音】
> 构成《子夜》与"五四"小说的第一个区别、也即《子夜》范式的第一个特点的是小说呈现出的政治意识形态的明晰性、系统性,从小说的功能方面说,它大大地强化了文学的意识形态的论辩性。中国小说的政治意识形态性和党派性的传统是从《子夜》开始得到确立的。
> (汪晖《关于〈子夜〉的几个问题》)

茅盾是怀着"大规模地描写中国社会现象的企图"③写作《子夜》的,虽然最后定稿的文本,较最初构想的规模有所缩小,但其呈现的矛盾线索和社会场面,已经相当繁复、宏阔。《子夜》的情节和场面,主要是在都市空间中展开的,这也是解读《子夜》不可忽略的角度。《子夜》共 19 章,除第 4 章外,书中人物的活动场景大都在上海展开。从黄浦外滩到南京路,从租界内的高级洋房到闸北的丝厂,《子夜》着眼于大规模大跨度展开的都市空间,而绝

---

① 茅盾:《〈子夜〉是怎样写成的》,《新疆日报》1939 年 6 月 1 日"绿洲"副刊。
② 瞿秋白:《〈子夜〉和国货年》,《申报》1933 年 3 月 12 日。
③ 茅盾:《〈子夜〉·后记》(初版),《子夜》,开明书店 1933 年,第 577 页。

少细致地展开都市风景,许多街巷道路的名字只是一掠而过。茅盾不像同时代的新感觉派小说家们那样,热衷于在大马路的街面、跑马厅的屋顶或百货公司的橱窗里发掘诗情。在1930年代兴起的都市文学中,《子夜》的独特性在于,它注重的不是静止的街市风景,而是由人的活动构成的社会风俗画面,诸如资本家的客厅,机器轰鸣的工厂,喧闹嘈杂的交易所等。绚烂繁富如油画般的环境景物描写是《子夜》的一大特色。类似的环境和人物情绪、心境、命运的对应性描写,在《子夜》里很多,并且对应的方式大都比较直接、明显,没有采取隐晦曲折的象征手法。《子夜》的这类手法,严格说基本还处于比喻的层面。并且,这种比喻式的表现并不限于局部的空间景致描写,而可以说是贯穿全书的一种写作原则。

> **声音**
>
> 当茅盾正式写下《子夜》的第一行词句时,它已经处在他感性经验的强有力的挟持当中了。
>
> (王晓明《惊涛骇浪里的自救之舟——论茅盾的小说创作》)

茅盾最初的构想,就不仅仅是为了叙述几个人物或几个故事,而是想"使一九三〇年动荡的中国得一全面的表现"[1]。追求宏大叙事,自然只能写得"大"而"全",既要写都市,又写农村,难免顾此失彼。就总体而言,《子夜》宏大叙事的追求,还是取得了预想的效果的,尤其是作品主体部分的安排,"采用多线交叉发展,然后两条主线先后发展的结构方法","从复杂的内容里突出中心,从纷繁的线索中见出主次,做到波澜起伏而有条不紊"。整个作品的情节发展十分紧凑,时间跨度小(三个月),人物众多,作者采用开门见山和盘托出的手法,一开始就在吴老太爷的吊唁仪式上把几乎全部的重要人物都推上前台,组成复杂的人物关系网络,设下情节因果关系的伏笔,从而经纬交汇地构成了《子夜》的"网状结构"。"作者又善于根据矛盾冲突的各种不同发展阶段的情况,运用借题牵线,烘托对比,虚实处理,前后照应等等艺术手法,来巧妙地安排故事情节,做到引人入胜而不落陈套。"[2] 茅盾建造的这座宏大建筑,局部虽不无缺憾,但材料坚固,气象壮观,为中国现代长篇小说写作开创了新的景观。

茅盾最初是从翻译介绍外国文学开始步入文坛的,他的小说创作也由此获得了丰富的营养。他喜欢读19世纪现实主义大师的作品,也兼及浪漫主义、自然主义、象征主义等作品,曾说:"我爱左拉,我亦爱托尔斯泰。我曾经热心地——虽然无效地而且很受误会和反对,鼓吹过左拉的自然主义,可

---

[1] 茅盾:《我走过的道路》(中),第109页。
[2] 叶子铭:《谈〈子夜〉的结构艺术》,《江海学刊》1962年第11期。

是到我自己来试作小说的时候,我却更近于托尔斯泰了。"①其实,茅盾笔下的所谓自然主义的描写直到后期也仍相当多。西方现实主义与自然主义文学对茅盾的最大影响是为人生的文学观的确立与现实主义"真实观"的形成,"我严格地按照生活的真实来写"②。他像欧洲现实主义大师们一样,"以冷静、清醒的态度,鸟瞰式地谛视与剖析人生,借助于对现实人生的敏锐观察与精细描写,来展示旧中国的众生相与百丑图"③。对茅盾创作《子夜》影响最大的外国小说家是巴尔扎克与托尔斯泰。茅盾说:"我喜欢规模宏大、文笔恣肆绚烂的作品。"④他钟爱巴尔扎克《人间喜剧》、托尔斯泰《战争与和平》以及司各特、大仲马等人的作品。《人间喜剧》这部史诗式的鸿篇巨著的创作宗旨是"社会研究",巴尔扎克对资本主义世界金钱的罪恶及对资产阶级上流人士家庭的形形色色悲喜剧的刻画,对事件、人物与环境的因果关系的追寻,都会给茅盾创作《子夜》以启发与借鉴。茅盾构思《子夜》也是力图进行全方面、多角度的审视与表现,他选取十里洋场的上海作为小说的中心地,聚焦于上海金融中心——股票市场,从中引发出了多条线索。茅盾也喜读《庄子》《水浒传》《儒林外史》《红楼梦》《海上花列传》,浓厚的古典文学修养,同样为《子夜》的写作提供了丰富资源。

　　吴荪甫一直是《子夜》解读中众说纷纭的形象,研究者们都注意到了吴荪甫性格的二重性、矛盾性,但如何评价这种性格的意义,则有多个角度,20世纪五六十年代的文学史著述,多从吴荪甫的社会、阶级身份着眼,认为吴的性格矛盾,是中国民族资本家的阶级属性的体现,"属于吴荪甫所处的社会阶级地位的共性,是通过他那特有的性格来表现的"⑤;小说通过吴荪甫等形象,"生动地指出了中国民族资产阶级的动摇性、买办性和反动性"⑥。吴的失败结局,则被认为是中国民族资产阶级在帝国主义、封建主义双重夹击中的必然命运。"文革"以后,研究界逐渐调整单一的阶级分析视角,改变以往研究中把人物的阶级属性等同于人物性格的思路,以及把吴荪甫笼统称为"反动的工业资本家"的观点。有的研究者把这种观点的源头追溯到1952

---

① 茅盾:《从牯岭到东京》,《小说月报》第19卷第10号(1928年10月)。
② 茅盾:《创作生涯的开始》,《新文学史料》1981年第1期。
③ 叶子铭:《取异域精髓创建现代文学的丰碑——漫话茅盾与外国文学》,《叶子铭文学论文集》,南京大学出版社1994年,第263页。
④ 茅盾:《我阅读的中外文学作品》,《中国现代文学研究丛刊》1982年第1期。
⑤ 参见王西彦:《论〈子夜〉》,新文艺出版社1958年,转引自孙中田、查国华编:《茅盾研究资料》(中),第263页。
⑥ 参见丁易:《中国现代文学史略》,作家出版社1955年,转引自香港文化资料供应社1978年重印本,第301页。

年小说作者本人给吴荪甫加上的"'反动'帽子",认为这深刻影响了后来人们的分析思路。"从此,人们只好不看作者对吴荪甫所曾倾注的同情,也不谈这种同情在读者心中引起的美学感应",并在此基础上分析说:"茅盾在创造吴荪甫这个人物时,决不是把他作为一个'反动工业资本家'来处理的。相反地,他是在塑造一个失败的英雄,一个主要不是由个人的失误而是由历史和社会条件所必然造成的悲剧的主人公。作者曾对他的命运深感遗憾和惋惜,并激起读者同样的感情"。[①] 也有的研究者从阅读感受出发,认为"当吴荪甫单纯以一个工业资本家的面目出现时,他并不怎样吸引人","但是,当他在书房里独自一人的时候,读者的感觉完全不同了。他不再仅仅是一个资本家,更是一个普通的中年男子,他的暴躁、沮丧,他那仿佛等待判决似的紧张,那种对失败的不由自主的预感,那种承受不住重负的虚弱,那种竭力要振作自己的挣扎:这一切都使人感到可信,因为那正是我们自己也能够体验的情感","一个真正丰满的人物形象,是不可能仅仅只向读者显示他的政治和经济属性的,作家越是深入开掘他的内心世界,就越会把他那些积淀着全部遗传和社会影响的深层心理揭示出来"。[②] 这些研究体现出一种与以往不同的思路。关于吴荪甫等形象的分析,无疑还需要继续深入下去。

第二节 老 舍

老舍(1899—1966,北京人,满族[正红旗],原名舒庆春,字舍予)出身寒苦,1913 年初考入京师第三中学,半年后因交不起学费而辍学,并于同年转入北京师范学校。1918 年 7 月,从北京师范学校毕业后,即在社会上做事,先后当过小学校长,做过京师郊外劝学所劝学员,担任过私立小学教师国语补习会的"经理"等。1921 年 5 月发表短篇处女作《她的失败》,1922 年上半年在北京缸瓦市伦敦教会接受基督教洗礼,同年 12 月发表第一篇译文《基督教的大同主义》,1923 年又在他任教的天津南开学校的《南开季刊》上发表了短篇小说《小铃儿》,以及文章《儿童主日学和儿童礼拜设施的商榷》。老舍真正开始他的创作生涯是 1924 年赴英国伦敦大学东方学院任教以后,到 1929 年夏回国之前,他在英国完成了三部长篇小说:《老张的哲学》(1926)、《赵子曰》(1927)、《二马》(1929),均连载于《小说月报》。

---

① 乐黛云:《〈蚀〉和〈子夜〉的比较分析》,《文学评论》1981 年第 1 期。
② 王晓明:《一个引人深思的矛盾——论茅盾的小说创作》,《中国现代文学研究丛刊》1988 年第 1 期。

第七章 1930年代小说（二）

《老张的哲学》以恶棍、高利贷者张明德残酷地拆散两对青年男女的爱情为中心线索，反映了1920年代前后北京普通市民生命遭迫害，人性受摧残的悲剧命运。小说深受狄更斯《尼古拉斯·尼克尔贝》《匹克威克外传》的影响，抱着人道主义的态度，剖析人性善恶，揭示社会的腐败罪恶。他采取戏谑的笔调，幽默的文笔，将"浮在记忆上的那些有色彩的人与事都随手取来"，信笔所致，不作精心组织，故结构显得"粗壮"。①《赵子曰》描绘一群青年学生浑浑噩噩、荒废学业的生活。作者对人性的思辨，对国民性的拷问，由普通的市民转向了五四前后的青年学生，讥讽了赵子曰们身上存在的糊涂混世、委靡懒怠的国民精神弱点。《二马》继续审视国民性，不过，作者将审视的市民人物拉到了英国伦敦，描绘老马（马则仁）和小马（马威）父子俩在生意、爱情上的遭遇。老舍说他写《二马》是为了比较中国人与英国人的不同，在比较中显示英国的进步与中国的"老化"，并剖露"老民族里的老分子"愚昧落后、麻木守旧的精神弱点，寄寓自己期待民族富强的爱国意识。在艺术形式上，他像康拉德那样"把故事看成一个球，从任何地方起始它总会滚动"，尝试新的结构布局，先写结局，然后倒回来写前因，增强了作品的艺术魅力。

老舍于1929年离英返国，途经新加坡逗留数月，写出了长篇童话《小坡的生日》。小说以中国小孩小坡为中心，表现"那点不属于儿童世界的思想"，即"联合世界上弱小民族共同奋斗"的愿望。②

自1930年回国后，老舍先后执教于济南齐鲁大学和青岛山东大学，到抗战爆发前，创作了6部长篇，即《猫城记》（1932）、《离婚》（1933）、《牛天赐传》（1934）、《骆驼祥子》（1936）、《文博士》（1936—1937），另有写于1930—1931年间的《大明湖》，但被战火所焚，未能出版。还写了一部中篇《新时代的旧悲剧》（1935）及三个短篇小说集《赶集》（1934）、《樱海集》（1935）、《蛤藻集》（1936）。

《猫城记》是作者在"对国事失望"的情绪中写出的寓言性的讽刺作品。小说从"我"去火星探险，因飞机失事坠落在火星上的猫国写起，运用了类似《格列佛游记》的写法，以"我"的所见所感，暴露了猫国的腐败黑暗以及猫民的种种精神劣质，讽刺深刻，但后半部分对"哄"党和信仰"马祖大仙"的青年学生的嘲讽，则显示了作者对国内当时复杂的政治情况认识不足和对革命运动的隔膜。作品发表时，王淑明认为小说"给一个将近没落的社会，以极

---

① 老舍：《我怎样写〈老张的哲学〉》，《老舍文集》第15卷，人民文学出版社1990年，第166页。
② 老舍：《我怎样写〈小坡的生日〉》，《老舍文集》第15卷，第180—181页。

深刻的写照",但又说作者把猫人写得太坏,让人在黑暗的背后,看不出光明的影子。① 李长之肯定了小说对"中国一般的国民性"的讽刺批判。②《猫城记》在"文革"中受到严厉的批判。到了新时期,这篇小说成了研究的热点,评论者充分肯定了它剖析社会现状和批判国民劣根性的思想价值。③

《离婚》通过对北京财政所几个公务员家庭风波和灰色精神状态的描绘,深化了作者在写作初期就形成的文化审视与社会批判的主题。小说从科员张大哥写起,他热心给人做媒,同事老李在乡下娶了个土歪歪的太太,心里不大舒展;张大哥帮助老李把太太从乡下接来,然而家庭团聚并没有给老李带来幸福,他的苦闷加深了,对隔壁马少奶奶有了潜意识的爱恋。几经波折,后来马少奶奶的丈夫回来,打破了老李富有"诗意"的幻梦,他于是带着全家离开北京回了乡下。小说以此种灰色人生,揶揄嘲讽了因循守旧、敷衍妥协的生存哲学。老舍用张大哥"统领着这一群人",这些人又都害着"苦闷病",于是就把他们拴在苦闷病的"木桩上"。④ 作品有条不紊,整齐匀净。这篇小说是老舍返归幽默之作,含蓄而机智,适度而有节制。

老舍于本时期创作的中、短篇小说,也有不少精致之作。他从自己的创作经验出发,觉得短篇似乎比长篇更难作,更"需要技巧"⑤,他的短篇差不多都注重艺术技巧。就文体而言,其短篇大体有两种类型:一是以写实与象征相融合的手法创作的抒情性小说,如《月牙儿》《微神》《阳光》等;二是以传统说话、民间讲唱辅之以西方小说表现手法的写实小说,如《断魂枪》《上任》《黑白李》《柳家大院》等。

从抗战爆发到全国解放,老舍的主要作品有长篇小说《火葬》(1944)、《四世同堂》(《惶惑》[1944]、《偷生》[1945]、《饥荒》[1947—1948]三部)、《鼓书艺人》(1949),中篇《我这一辈子》(1947),中篇小说集《月牙集》(1948),短篇小说集《贫血集》(1944)、《东海巴山集》(1946)、《微神集》(1947)和话剧《残雾》(1940)、《张自忠》(1941)、《面子问题》(1941)等 9 种,以及相当数量的通俗文艺作品。这些作品内容广泛,贴近时事,既描绘现实生活,又审视历史文化,显示了老舍创作思想的发展及艺术功力的

---

① 王淑明:《〈猫城记〉》,《现代》第 4 卷第 3 期(1934 年 1 月)。
② 李长之:《〈猫城记〉》,《国闻周报》第 11 卷第 2 期(1934 年 1 月)。
③ 但也有人认为它既批判了国民党,又批判了王明左倾路线。对此,唐弢指出:小说中的确有影射革命政党的地方,有人说"马祖大仙"指的是"王明'左'倾路线","这完全离开了历史的具体条件"。唐弢:《关于中国现代文学研究问题》,《文史哲》1982 年第 5 期。
④ 老舍:《我怎样写〈离婚〉》,《老舍文集》第 15 卷,第 192 页。
⑤ 老舍:《我怎样写短篇小说》,《老舍文集》第 15 卷,第 194 页。

深厚。

《骆驼祥子》于 1936 年 9 月 16 日至 1937 年 10 月 1 日在《宇宙风》杂志第 25 至 48 期上连载。上海人间书屋 1939 年初版。这是老舍"作职业写家的第一炮"①，老舍说它好比谭叫天的《定军山》，"是我的重头戏"②。

《骆驼祥子》描写了一个外号骆驼名唤祥子的人力车夫由满怀希望到城里谋生，刻苦勤奋地拉车生活，最后失去生活意志彻底堕落的人生悲剧。③年轻的人力车夫祥子希望自立，他买车丢车，历经三起三落，由原先对都市生活充满希望的新鲜感变成了独特的愤世感，"凭什么把人欺侮到这个地步呢？凭什么？'凭什么？'他喊了出来"。祥子愤世而不厌世，受挫折而不甘沉落，继续奋战，结果迎来了难以预料的"攒钱钱跑了"的悲剧。孙侦探的敲诈，给祥子造成极大的痛苦，这痛苦更多地体现在他心理的转折和剧变上。由怨恨到哀叹，他哀叹世界之大却无立足之地，被逼走投无路只好决定向虎妞投降。这是祥子悲剧心理历程的第二个层次。在这里，祥子由要强到软弱，由挣扎到妥协，觉察到"顾体面、要强、忠实、义气"没有一点用处，内心美的特质逐渐减弱。在老舍看来，由大兵、特务给祥子的打击，还不足以揭示他内心生活的隐秘性、丰富性，还不足以表现他遭遇的更深的悲剧性，只有将虎妞拉进祥子的生活圈子里，让他们"在性格上或志愿上的彼此不能相容"④，发生心灵撞击，才能加深悲剧色调。从这样的思考出发，老舍深入细致地描绘了祥子心理历程的第三个层次，即祥子和虎妞结婚后的精神遭遇。虎妞死后，祥子欲和小福子结合，但小福子自杀，祥子彻底失望，走向堕落，成了"个人主义的末路鬼"。老舍按照时间的进展，顺着客观事件的衍变描绘祥子的悲剧心理历程。现实生活的危机牵动着祥子内心生活的变化，而这个变化始终围绕着一个轴心，即祥子所追求的目的物——车子。对目的物的追求由强到弱直到消失，造成了他心理生活的希望、失望直至绝望的变化历程。围绕祥子彻底堕落的悲剧结尾，评论界有不同的意见。老舍本人

---

① 老舍：《我怎样写〈骆驼祥子〉》，《老舍文集》第 15 卷，第 205 页。
② 转引自亢德：《本刊一年》，《宇宙风》第 25 期（1936 年 9 月）。
③ 老舍说他最初的创作灵感与冲动来自和一位朋友的闲谈。那位朋友谈到他在北京时曾用过一个车夫，买了车又卖掉，三起三落，末了还是受穷。又有一车夫被军队抓了去，哪知因祸得福，他趁军队转移之时，偷偷牵回三匹骆驼。由此，1936 年从春到夏"心里老在盘算，怎样把那一点简单的故事扩大"而写成一部长篇小说。经过周密的构思，更加上作者"积了十几年对洋车夫的生活的观察"，才写出《骆驼祥子》。分别见老舍：《我怎样写〈骆驼祥子〉》，《老舍文集》第 15 卷，第 205 页；《三年写作自述》，同卷，第 431 页。
④ 老舍：《论悲剧》，《老舍文集》第 16 卷，第 446 页。

在作品发表不久,就说过:"收尾收得太慌了一点。"①

老舍写出了祥子肉体被摧垮、心灵被扭曲的全部历程,表现了"要由车夫的内心状态观察到地狱究竟是什么样子"②的主题。作品紧紧把握住祥子与社会生活的联系,揭示了造成祥子悲剧的客观方面的重要原因。一是军阀的混战,社会的动乱,大兵、特务的抢劫给祥子带来的灾难;二是以刘四为代表的车厂主的敲骨吸髓,还有杨先生、杨太太的侮辱,夏太太的引诱,陈二奶奶的迷信愚弄,都损害了祥子的身心;三是虎妞的控制与摆布,别扭的夫妻关系,加深了祥子的身心创伤。作品大量描写了他们在生活态度、生活理想、性格志愿上的别扭。婚后,拉不拉车一直是他们矛盾冲突的焦点,直到虎妞同意买一辆车给他拉,他才第一次感到"虎妞也有一点好处"。有的评论注意到,在更多的时日里祥子得到的是虎妞对他的精神上的伤害。这种精神伤害比抢他车的大兵、诈他钱的侦探还要可恶、可恨。再加上,虎妞为了满足自己强烈的性欲,使祥子处在接受不了的性生活的纠缠中,从而垮了肉体。祥子和虎妞结合,他得到的不是幸福,而是灾难,是身心的全面崩溃。③ 当然,在虎妞和祥子的矛盾关系上,祥子是受害者,而在虎妞与刘四的矛盾关系上,虎妞也是一个牺牲品。学术界在如何看待祥子的悲剧及对虎妞形象的认识问题上,经历了一个不断深化的过程。④ 有人认为虎妞和祥子结合是追求个性解放的表现。⑤ 有的论者从性心理学角度分析虎妞。⑥ 有的论者用文化心理分析方法,分析祥子与虎妞之间的感情冲突。⑦ 四是,作品

---

① 老舍:《我怎样写〈骆驼祥子〉》,《老舍文集》第15卷,第208页。
1955年人民文学出版社出版的《骆驼祥子》,作者将23章后半及24章删去,当时有人认为,这一删节本反映了作家对生活的再认识,删去了多余的蛇足和自然主义的"渣滓",比匆忙地让祥子堕落更真实、更有说服力。史承钧:《试论解放后老舍对〈骆驼祥子〉的修改》,《中国现代文学研究丛刊》1980年第4期。
另一种意见认为,删去结尾是有害无益,原版的结尾写出了祥子悲剧的必然性,增加了祥子这一典型人物的心理深度和社会批判、文化批判的力度。徐麟:《论〈骆驼祥子〉的结尾及其它》,《中国现代文学研究丛刊》1984年第1期。
② 老舍:《我怎样写〈骆驼祥子〉》,《老舍文集》第15卷,第206页。
③ 樊骏:《论〈骆驼祥子〉的现实主义》,《文学评论》1979年第1期。
④ 1930年代就有人把祥子看成是"代表着一群干苦活的弟们的一个典型",见毕树棠:《读〈骆驼祥子〉》,《宇宙风》(乙刊)第5期(1939年)。1940年代有人把他看成是世俗的"类型",见巴人:《文学读本》,上海珠林书店1940年。
⑤ 龙治民:《虎妞其人》,《中国现代文学研究丛刊》1983年第1期。
⑥ 宋永毅认为虎妞对祥子的爱是"变态的爱情+变态的性欲"。见宋永毅:《老舍与中国文化观念》,上海学林出版社1988年。
⑦ 谢昭新分析祥子与虎妞之间的感情冲突是"农民意识和市民意识的激烈交战",通过这种冲突达到了对农民意识和市民意识双重否定的目的。见谢昭新:《老舍小说艺术心理研究》,北京十月文艺出版社1994年,第201—204页。

生动地描写了祥子在烈日暴雨下拉车的凄惨情景,表现自然界的风雨给他制造的"苦刑"。"雨下给富人,也下给穷人;下给义人,也下给不义的人。其实雨并不公道,因为下落在一个没有公道的世界上。"雨的不公道其实是社会的不公道,表现了作家揭示祥子悲剧之社会原因的深刻性。

祥子的悲剧也有其主观方面的原因。他所走的个人奋斗道路,并不是解救他的根本办法。老舍把"个人主义末路鬼"的灵魂全部揭示了出来,这就预示了思想启蒙的重要性。对小说否定个人主义这一方面的思想意蕴,评论界有不同的看法。①

> **声音**
> 虎妞这样的一个形象,恰恰是中国现代文学史上最有光彩的女性形象。她没有经过男性眼光的过滤,是一个血肉分明、活力四射的生命的原生态。
> (陈思和《〈骆驼祥子〉:民间视角下的启蒙悲剧》)

《骆驼祥子》以祥子的三起三落为发展线索,以他和虎妞的爱情家庭纠葛为中心,两相交织,展示了祥子生活面貌及悲剧心理发展的全过程。小说以祥子的遭遇为主线,"写别的人正可以烘托他"。书中出现的人物有名字无名字的近20个,甚至第二、三节中出现的骆驼,都同祥子有直接或间接的关系,这样既写出了其他人的个性,写活了其他人,也烘托了祥子,写出了祥子丰富复杂的性格。小说善于用叙述的文字、精辟的议论、自我辩解和同情的笔墨以及心理剖白、景物衬托等多样艺术手法,描写人物(特别是祥子)的心理活动和心理变化。北京的风俗民情,比如洋车夫的门派,祥子虎妞的婚礼等,以及平易、亲切、新颖、恰当的京味儿语言,都使小说带上了浓郁的地方风味。

老舍的小说创作具有鲜明的特色。

浓郁的京味儿。老舍总是以北京作为小说的背景。他描绘古都北京的大杂院、小茶馆、狭窄的胡同和热闹的庙会,各种山水名胜、胡同店铺基本上用真名,汇聚起来共有二百四十多处。北京的自然景观在老舍笔下成了一张张色彩鲜明的图画,充满了诗意美。对北京特有的风俗民情的描绘,像繁缛的规矩礼节,办婚丧大事的讲排场图阔气,"洗三"的兴师动众,"有钱的真讲究,没钱的穷讲究"的生活方式,还有一些节令习俗,等等,都为其作品增添了深厚的北京味。

形象鲜明的市民王国。老舍作品提供了各式各样、千姿百态的中下层市民形象。诸如车夫、艺人、暗娼、巡警、教员、职员、拳师、土匪、游手好闲的

---

① 许杰认为,小说否定了个人主义,但没有给中国和中国人民指出或暗示一条正确的出路,其中"性生活的描写"用力过分,"几乎提高到成为祥子个人主义者之所以走上堕落之路的决定因素"。许杰:《论〈骆驼祥子〉》,《文艺新辑》第1辑1948年10月。

八旗子弟和为非作歹的洋奴汉奸等等,五行八作,三教九流,各色人等,应有尽有。这一点与茅盾不同。茅盾写都市社会生活,其审美视角多投向上层,老舍的审美视角则多投向下层,更注重描写大杂院、贫民窟里的人物;茅盾写大都市上海,资本主义文明程度较高,老舍写古都北京,具有更多的封建宗法色彩。生活在这样一个封建宗法色彩比较浓郁的古文化地域的市民们,是地地道道的"老中国的儿女",他们的生命形态大多是痛苦地活着,委屈地死去。老舍把 20 世纪文学领域的庶民文学推到了高峰。同时,也为后代的京味小说创作提供了艺术示范。

文化审视和社会批判相融合的思想意蕴。老舍不善于从政治角度审视社会,而善于对市民阶层的思想和性格进行文化的审视和批判;他批判了市民敷衍、苟且、安分守己、软弱胆怯、自我封闭、眼光狭隘的弱点,同时也在这些人身上发现了善良不屈和坚忍不拔的秉性。在不同时期,老舍所作的社会批判和文化审视又具备不同内涵。1920 年代,他从现实出发,反思历史文化,努力挖掘传统风习中积淀着的市民社会弱质心理;1930 年代,除了对市民社会的心理弱点进行剖析外,还将审美视角投向市民社会生活的各个方面,从现实的发展中探讨市民性格动态变化的时代原因,加深了对旧的社会制度、伦理道德的批判;1940 年代,老舍的文化审视、对社会现实的关注、对民族性格的思考更加深刻、深入。在《四世同堂》中,他从特定的时代精神出发,深化了中华民族所具有的反侵略的优良传统,表现北平人民在国破家亡这一危急时刻所作的不同形式的反抗,以及这种反抗精神的不断增长。

小说文体的创新。老舍运用了多种多样的小说文体,有长篇、中篇、短篇,有写实小说、抒情小说、讽刺小说,有童话、寓言、传记体,还有意识流,等等。在英国,他由读英法小说而懂得了写小说,"英国的威尔斯,康拉德,美瑞地茨,和法国的福禄贝尔与莫泊桑,都拿去了我很多的时间"①。《老张的哲学》等颇似《匹克威克外传》"流浪汉"式的讽刺小说模式。狄更斯的俏皮、讽刺,康拉德的新奇叙述方式,均被老舍吸取。回国后,开始多读俄国的作品,他认为"俄国的小说是世界伟大文艺中的'最'伟大的"②。老舍在 1930 年代的小说受到了果戈理、契诃夫"含泪的笑"的讽刺艺术的影响,又有福楼拜、莫泊桑小说艺术的悲剧味,更具有托尔斯泰、陀思妥耶夫斯基的心理透视的深度,《离婚》《骆驼祥子》即是如此。《四世同堂》采用生活化的手法,通过对历史变迁中市民生活的散点讲述传达出时代和人物性格的变迁,

---

① 老舍:《写与读》,《老舍文集》第 15 卷,第 545—546 页。
② 同上书,第 546 页。

人物众多,时间跨度长,具有史诗的品格。《月牙儿》的象征抒情,《微神》中现实与梦境的融合,《丁》的朦胧的意境美,这些都体现了老舍小说文体形式的创新。

语言的地域风味。老舍小说的语言带有"打哈哈"的性质,既是对现实的不满又是以笑代愤的发泄,还有自我解嘲。他善于运用精确流畅的北京口语,并将北京方言进行提炼,形成了通俗易懂而又凝练的特点,俗白中有着精制的美。其语言风格是俗白、凝练、纯净、生动而又风趣幽默。

第三节 巴 金

巴金(1904—2005,原名李尧棠,字芾甘)出生于四川成都一个官僚地主家庭。他的曾祖做过县官,祖父也做过九年官,父亲李道河曾任四川省广元县知县。童年时代的巴金基本上是在一种充满"父母的爱,骨肉的爱,人间的爱,家庭生活的温暖"①的环境中度过的。母亲是他童年时代的第一位先生,"她很完满地体现了一个'爱'字。她使我知道人间的温暖;她使我知道爱与被爱的幸福。她常常用温和的口气,对我解释种种的事情。她教我爱一切的人,不管他们贫或富;她教我帮助那些在困苦中需要扶持的人;她教我同情那些境遇不好的婢仆,怜恤他们,不要把自己看得比他们高,动辄将他们打骂"②。巴金幼小的心田里从此埋下博爱的种子。1917年父亲的死使"这个富裕的大家庭变成了一个专制的大王国。在和平的、友爱的表面下我看见了仇恨的倾轧和斗争;同时在我的渴望自由发展的青年的精神上,'压迫'像沉重的石块重重地压着"③。这些压迫主要来自专制的家庭观念以及长辈的威权,巴金看到了自己的兄弟姐妹在挣扎以至死亡。

新文化运动爆发,唤醒了巴金。最先打开少年巴金心扉的,是克鲁泡特金的政论《告少年》与廖·抗夫的剧本《夜未央》。克鲁泡特金是1870年代无政府主义思想家,巴金由于受到他的启蒙而对他的人格以及全部著作推崇备至,从此开始研究起安那其主义。《夜未央》描写的是俄国民粹主义者的革命斗争生活,巴金对他们为解放人民而不惜牺牲自己生命的大无畏英雄气概极为钦佩,从此大量阅读了俄国民主主义者及民粹主义革命家的传记与著作,早期思想中民粹主义的内容得到了加强。对于巴金早期世界观

---

① 巴金:《我的幼年》,《巴金全集》第13卷,人民文学出版社1990年,第5页。
② 巴金:《我的几个先生》,《巴金全集》第13卷,第15页。
③ 巴金:《家庭的环境》,《巴金全集》第12卷,人民文学出版社1989年,第398—399页。

中的这种矛盾现象,1949 年以来理论界的认识和评价有一个发展的过程。1950 年代中期,扬风在《巴金论》中把巴金的前期世界观解释成"革命民主主义","巴金所接受的只是无政府主义那些一般的抽象的思想影响,即反对一切束缚,无论是政治的、经济的或道德上的,要求个性解放;即那'万人享乐的新社会'。……这些思想影响大大地加强了和鼓舞了巴金反对旧制度旧礼教的信心和勇气,帮助了巴金民主主义思想的发展和巩固"①。巴金早期世界观实质是"把革命民主主义的内核裹藏在无政府主义的外衣之中","虽然他早期世界观中有反动成分,但那革命民主主义的战斗精神却是深深扎根在他的内心深处。由于我国反封建的任务相当艰巨,持续的时间又相当长,这就给他的热情提供了一个广阔的时间和空间。随着历史的发展,他的思想也更加成熟,而一个真正的民主主义者是能够更容易地理解共产主义的。"②正由于巴金对我国民主革命的历史任务有着深刻的理解,所以他的创作所特有的火样热情历久而不衰。

1923 年,巴金离开闭塞的四川来到上海、南京求学。1927 年,为了进一步对无政府主义进行"深的研究",巴金赴法国留学。旅法期间,国际国内发生的两件大事给予他很深的刺激。一是国内北伐战争的胜利成果被葬送,使他陷入极度痛苦之中,让他感到"生活完全失去了目标","失脚踏进那个不可挽救的深渊里去"③。另一件对巴金有重大影响的事件是,1927 年 7 月,两个被美国政府诬陷犯有抢劫行凶罪的意大利工人、无政府主义者萨柯和樊塞蒂被宣判死刑。樊塞蒂的人道主义思想以及对人类未来社会的坚定信念曾给巴金以极大的鼓舞。他们的被处死这一严酷的现实,和巴金头脑里所接受的那些思想发生了尖锐的矛盾。在极度痛苦之中,巴金开始了他方式独特的探索活动,他的第一部中篇小说《灭亡》诞生了。

巴金最早的创作,始于发表在 1922 年 7 月至 11 月《文学旬刊》(《时事新报》副刊)和 1923 年 10 月《妇女杂志》上的一些新诗和散文。《灭亡》的出世标志着作家文学生涯的正式开始。小说反映的是 1926 年左右北伐战争之前军阀孙传芳统治下的上海的生活。作品从第一章开始就以阴沉的笔调刻画了一幅阶级对立的血淋淋的图画,在这个背景上,作者塑造了一个恨人类的主人公——杜大心。他有强烈的正义感,有无畏的献身精神,"参加了社会主义的革命团体"。人民的苦难与个人的不幸齐集一身,使他变得异常阴

---

① 扬风:《巴金论》,《人民文学》1957 年 7 月号。
② 汪应果:《巴金论》,复旦大学出版社 2009 年,第 48、51 页。
③ 巴金:《我底眼泪》,《巴金全集》第 9 卷,人民文学出版社 1989 年,第 261 页。

郁,孤僻。他决心去刺杀戒严司令。然而刺杀未遂,他反而掉了脑袋。《灭亡》在当时寻求进步的青年读者中间激起了巨大反响,畅销二十多版。①"《灭亡》当然不是一部成功的作品",巴金自己这样说过。然而,在巴金的创作中却自有它的重要意义,它已经表现出巴金小说创作的某些基本特色。诚如作家所说,"我写的是感情,不是生活"②,巴金早期作品中大多是作者感情的直接或间接的倾诉。

1928年底,巴金回国,居住在上海。1929—1949年底,他一共创作了18部中长篇小说,12本短篇小说集,16部散文随笔集,还有大量翻译作品。中长篇小说无疑代表着巴金建国前创作的主要成就。比较著名的有《灭亡》(1929)、《死去的太阳》(1931)、《家》(1933)、《爱情的三部曲》(包括《雾》[1931]、《雨》[1933]、《电》[1935])、《春》(1938)、《秋》(1940)、《火》的第一部(1940)和第二部(1942),还有《憩园》(1944)、《第四病室》(1945)、《寒夜》(1947)等。

巴金在谈到自己的创作时,曾经使用过"前期"和"后期"概念。在前期创作中,他自己说喜爱的是总题为《爱情的三部曲》的三个中篇。③《雾》的主人公周如水是一个倾向革命的新青年,但是由于封建思想观念的束缚与优柔寡断、软弱的性格,他于患得患失中自编自导了一出爱情悲剧。《雨》的主人公吴仁民的爱情仍是悲剧性的,甚至有点悲壮的色彩,而革命者所面临的车尔尼雪夫斯基式的"怎么办"问题,仍然未有解答。《电》是整个《爱情三部曲》的总结。巴金让革命与反革命的搏斗白热化,围绕着E城开展斗争的敌我双方,即E城的最高统治者——一个新的军阀旅长,和反抗他的革命青年,都全部出场。《爱情三部曲》是巴金早年对"革命"这一重大的社会问题进行痛苦、紧张而又持久的思索的总结,它是作家早期世界观的形象化的展现。

1930年代也是他短篇小说创作的高峰期,出版了《复仇集》《光明集》《电椅集》《抹布集》《将军集》《沉默集》(一、二)、《沉落集》《神·鬼·人》和《长生塔》等10个短篇小说集。在同时代作家中,如此高产是少见的。这些

---

① 孙沫萍:《读〈灭亡〉》,《开明》第2卷第24期(1930年)。
② 巴金:《谈我的短篇小说》,《巴金全集》第20卷,人民文学出版社1993年,第518页。
③ 巴金曾说过这样的话:"我不曾写过一本叫自己满意的小说。但在我的二十几部文学作品里面却也有我个人喜欢的东西,例如《爱情的三部曲》";"我的确喜欢这三本小书。这三本小书,我可以说是为我自己写的,写给自己读。我可以毫不夸张地说,就在今天我读着《雨》和《电》,我的心还会颤动。它们使我哭,也使我笑。它们给过我勇气,也给过我安慰。"《〈爱情的三部曲〉总序》,《巴金全集》第6卷,人民文学出版社1988年,第3—4、6页。

小说的题材非常广泛,涉及的生活面也很宽:从国外到国内,从南方到北方,用作家的话说,"不仅是一个阶级,差不多全人类都要借我的笔来倾诉他们的痛苦了"①。

巴金多用第一人称写作。这是由于作家所写的内容多半"写的是感情,不是生活"②,而第一人称的写法无疑比较适合抒发情感。巴金注重对人的心灵的探索,并从人的心理的角度来透视社会。他注意人的复杂性格,而不愿作简单的"好人坏人"的伦理判断。从小说的结构上看,巴金早期短篇小说中往往有一个说故事的主人公来对读者娓娓长谈,有时大故事里套小故事,或几个似乎互不相关的故事互相交织,但却表现了共同的主题。

巴金1940年代的代表作有中篇小说《憩园》《第四病室》,长篇小说《寒夜》等。《寒夜》出色的现实主义成就表现在,善于通过小人物的平凡生活琐事的描写揭示重大主题,对人物内心世界的发掘,尤其是病态心理的刻画,达到了异常细腻深刻的程度。

与中国新文学的绝大多数开创者一样,巴金的成功是与借鉴西方文艺的经验分不开的。中国现代文学的一些杰出作家共同的特点,就是他们往往最先都是一个翻译家,他们一方面把大量西方的文学作品及文艺理论介绍到中国来,另一方面也在此过程中逐渐形成自己的文艺思想与创作风格。巴金曾自述"在中国作家中,我可能是最受西方文学影响的一个"③。对巴金创作产生重要影响的外国作家有左拉、罗曼·罗兰、卢梭、伏尔泰、雨果、莫泊桑、屠格涅夫、托尔斯泰、陀思妥耶夫斯基、赫尔岑、契诃夫和高尔基等一长串名单。俄罗斯文艺对他的影响最为深远。巴金早期的人生观、政治观深受无政府主义者克鲁泡特金的影响,体现在他的创作上,就是战斗色彩较为浓烈,而较少理性的分析,这就使得他的作品在批判封建专制主义的时候,情感激越而思想的厚度不足。《激流三部曲》在塑造人物的经验上得益于托尔斯泰。譬如,高觉慧的自我谴责就与《复活》中聂赫留朵夫的灵魂折磨极为相似。最后,契诃夫对小人物的关注在巴金的创作历程中也一直有所表现,尤其是后来像《寒夜》《憩园》对灰色人物、小人物的思想剖析与艺术刻画。

巴金的《家》写于1931年,最初在上海《时报》上连载,原题为《激流》,1933年出版单行本时改名为《家》。**《激流三部曲》**的总体构想是在后来的

---

① 巴金:《光明·序》,《巴金全集》第9卷,第161页。
② 巴金:《谈我的短篇小说》,《巴金全集》第20卷,第518页。
③ 巴金:《答法国〈世界报〉记者问》,《巴金全集》第19卷,人民文学出版社1993年,第498页。

写作中逐渐形成的,从《家》的发表到1940年完成《秋》,中间间隔了将近十年,有些最初的设想并没有实现,有些重要的人物、情节则是后来添加上去的。《激流三部曲》包括《家》《春》(1938)、《秋》(1940),是巴金的代表作品,特别是《家》,具有永恒的艺术价值。

巴金在《〈激流〉总序》中声称:"在这里我所欲展示给读者的乃是描写过去十多年的一幅图画,自然这里只有生活底一部分,但已经可以看见那一股由爱与恨,欢乐与受苦所组织成的生活之激流是如何地在动荡了。"作品所写的正是这样一股生活的激流,一方面随着专制宗法制度的崩溃,垂死的专制统治势力吞噬着年轻的生命,另一方面深为时代潮流所吸引的青年一代开始了觉醒、挣扎与斗争的悲壮历程。《激流三部曲》以对"人"的激情思考与其深刻的时代性激动了一代又一代青年读者。

《激流三部曲》所反映内容的时间跨度是1919—1924年,当时中国正处于一个风起云涌的动荡的历史转折时期,故事背景是中国还很闭塞的内地——四川成都。三部曲的第一部《家》,集中展现了专制社会大家庭的典型形态。在高老太爷统治下,这个家庭内部充满着虚伪和罪恶,各种矛盾在潜滋暗长,逐步激化。就在这一背景下,作品描写了高氏三兄弟的恋爱故事。其中高觉慧与婢女鸣凤构成了第一个悲剧事件;高觉新与钱梅芬及瑞珏构成了另两个悲剧事件。这几个悲剧事件虽然原因各异,但在一个基本点上却是共同的:他们都为追求幸福的爱情而和旧礼教及专制制度发生了不可调和的矛盾,从而导致了他们的悲剧命运,特别是,他们的不幸都与高老太爷直接间接地相联系着。鸣凤的故事在全书中起着重要的作用,她的死激化了家庭内部的矛盾,直接唤醒了它的第一个叛逆者——高觉慧。鸣凤的死与觉慧的叛逆标志着这个家族已走向盛极而衰的转折点。在觉慧的影响与帮助下,高觉民起而抗婚,并取得了胜利,从而进一步暴露了封建专制主义色厉内荏的虚弱本质。随着全家至高无上的"君主"——高老太爷的死亡,各种腐朽的东西统统明朗化、公开化了,原先隐匿着的各种矛盾冲突统统爆发出来。于是,一方面是专制家庭蛀虫般的腐蚀化,另一方面是以觉慧、觉民为代表的对高家统治原则的公然反抗,这构成了两把向着相反方向撕裂的钳子,把高家温情脉脉的情感纱幕撕撕粉碎。《家》的成功,有力地实现了作者写作的初衷:"我要反抗这个命运","我所憎恨的并不是个人,而是制度","我要向一个垂死的制度叫出我的 J'accuse(我控诉)"。[①]

三部曲的第二部《春》主要描写淑英抗婚的故事以及与之相对的蕙表妹

[①] 巴金:《关于〈家〉》,《巴金全集》第1卷,人民文学出版社1986年,第441、443、442页。

的悲剧。同样写爱情,但《春》和《家》中所描写的内容已有显著不同。《春》不是表现对美好婚姻的追求以及这一追求实际上不可能实现的矛盾,而是表现不合理的、丑恶的婚姻制度对妇女的摧残和作者对封建专制的婚姻制度的控诉与批判。淑英和蕙一样,受父母、上司之命,要与自己从未见过的、声名狼藉的男人完婚,不敢反抗的蕙患病致死,而淑英则受时代、新思潮的影响,在觉民、觉慧的帮助下,逃出了旧家庭的囚笼。《春》实际是表现了专制制度下妇女解放的主题;它也让读者看到,反叛者的队伍扩大了。旧家庭的统治者也转到第二代克明身上,但统治力量已大不如前了。

　　三部曲的最后一部《秋》,表现了旧家庭分崩离析、"树倒猢狲散"的结局。这主要是通过对高家第二代、第三代的道德加速腐化以及整个高家已后继无人的描写显示出来的,作品把注意力放到第三代的命运上,描写了周枚与高淑贞的悲剧,以及觉英、觉群的堕落。在这里,作者着重抨击了专制主义假手旧礼教腐蚀、摧残青少年的罪恶。随着第二代家长克明的死亡,整个大家庭的重担已经找不到任何人来承担了,因为就连长房长孙觉新也表示了不满。《秋》的主题可以说是着重揭示了专制主义精神支柱的崩溃。

　　在《激流三部曲》所塑造的众多人物形象中,高觉慧无疑是具有重要意义的。他是一个新人的典型。他从朴素的对劳动者的爱和对封建制度的恨出发,走到改良主义和民主主义,最后又走向社会斗争。作者通过这个人物的思想发展过程,表达了自己对新人、新时代的思考。觉慧对鸣凤的爱情远不及鸣凤对他的爱那么坚定和忠贞。最后,在关键时刻,他不顾自己先前的承诺,在痛苦之余决定"把那个少女放弃了"。这样的描写符合当时的历史条件。尽管觉慧的爱情观念已完全摆脱了旧的上层阶级的情趣,开始把鸣凤的价值即"人"的价值放到了中心位置,但他实际上却不可能逾越那一道深深的堡垒。他最后离家出走前的心情也是十分真实的,他和高老太爷思想上虽属不同的营垒,但他们毕竟是祖孙关系,他那恋恋不舍的心情正表现了他丰富的人性。

　　巴金塑造的觉慧形象揭示了他对"人"的思考的主题。觉慧是20世纪初在现代新思潮冲击下首先唤醒的中国青年人,是专制主义大胆的、勇敢的叛逆者,也是满怀热情的、可爱的革命者。他作为高家的第一个掘墓人,是高公馆内部这股汹涌"激流"的原动力。

　　《激流三部曲》还塑造了一个在专制主义重压下的软弱而病态的灵魂——高觉新。在这个贯穿全书的中心人物身上,进一步反映了巴金对于"人"的深刻思考。觉新的典型意义在于,他的软弱动摇的性格正是专制主义及旧礼教家族制度造成的,他的人生悲剧集中反映了这种制度对健康人性的戕害。作品正是通过觉新人格的分裂来控诉这种大家庭制度对人的摧残。觉新形象也表现出在专制主义与礼教重压下我们民族的懦弱苟且的国民性。鲁迅对这种性格生成的原因,有过精辟的论述。他认为根源就在于专制等级制度以及传统思想,这两者结合成为强大的政治和思想统治的力量。觉新所处的环境,上边有冯乐山、高老太爷,还有克明、克安、克定等长辈,他们像高高的金字塔重重地压在他的头上。传统礼教观念,是觉新无法克服的又一道障碍,他每次总是自告奋勇地把头往绞索中伸去。觉新事事退让的心理就在这种环境里形成了。

巴金对觉新的塑造很注意挖掘其内心的复杂性。从表面看来,觉新只是个动摇的人物,实际上他内心里却经历着新、旧两种观念的激烈冲突。巴金把这种冲突写成是民族心理积淀在现代民主思想冲击下的痛苦挣扎,从而体现出历史的深度。为了写好人物,作者还让觉新大段倾诉自己的内心情感,并用了很多富有人情味的细节回忆,衬托出人物心境。巴金也十分注意表现觉新的人性美,他与瑞珏在不幸中相濡以沫的爱情构成了作品中动人的篇章。觉新作为新文学史上中国"多余人"的代表,其艺术魅力是不容低估的。

《激流三部曲》在艺术上取得了杰出成就。它结构宏伟且精于构思。巴金比较擅长以"三部曲"的形式反映波澜壮阔的社会生活画卷以及大河奔流的历史趋势。以事件为主线索,以场面串联故事的结构特点,使得巴金的小说总是既规模浩大又有条不紊,诸如《家》中的学潮、过年、军阀混战、鸣凤之死,《春》中海儿之死、蕙的婚礼、淑英出走,《秋》中梅的婚礼、蕙的安葬直至大火、分家,这些大大小小的事件联结在一起,构成了网中的结,并通过场面描写把各种人物汇拢来,再往下一个事件推去。前后场面常有所呼应,形成作品的完整性。巴金小说的这一成就深受古典小说《红楼梦》的启发,法国作家左拉的影响也较为明显。左拉的小说从《卢贡——马卡尔家族的命运》到《崩溃》,都是借一个家族展开资产阶级的盛衰史,托马斯·曼的《布登勃洛克一家》"写了一个家族的四代人,写了这个家族的最兴盛的时期,也写到最后一个继承人的夭亡"[①]。这些都启发了巴金创作《家》以及整个《激流三部曲》的构思。

"家即社会"的情节典型化原则。在克鲁泡特金等人看来,家庭就是社会的缩影。巴金认同这一看法,将高家作为整个社会的代表或缩影来写,从中反映出19世纪末至20世纪初旧中国的整个社会动态,反映出时代的本质

---

① 巴金:《谈〈秋〉》,《巴金全集》第20卷,第454页。

规律。高家的金字塔形的权力结构就集中体现了几千年来中国社会专制宗法制度的特质。

> **声音**
> 巴金在塑造这些人物的时候,往往一方面以人物美的外形来打动读者,另一方面更以美的心灵来引起读者强烈的共鸣。这种美的心灵并不在于有多高的社会理想,有多宽广的政治胸怀,有多崇高的精神境界,不,它只是表现于一点:最强烈最无私的爱。
> （汪应果《巴金论》）

注重发掘人情美,善于通过抒情塑造人物形象。《激流三部曲》描写的人物有名有姓的有六十多位,他们性格鲜明,面目殊异。巴金塑造人物,不似茅盾重在多侧面表现,也不似老舍重在形神兼备,而是重在传情,重在刻画人物的心灵美、人性美。他笔下的人物,性格比较单纯,但这是丰富的单纯,是外形和内心高度统一的单纯。以鸣凤、瑞珏和梅这三位女性为例,她们都和"梅花"发生联系——鸣凤在梅园采梅,瑞珏爱画梅,梅表妹则以梅为名,从而表现她们"质本洁来还洁去"的梅花品格。作者又着重展示她们的内心活动——鸣凤是大段内心自白,瑞珏通过日记,梅则是长篇的内心倾诉。她们都有一个共同点,即在最困难的时候也想到别人,想到对方,这表达了巴金毕生以求的一个"爱"字。这三位女性形象极其感人。这与巴金偏爱屠格涅夫作品有关。巴金与屠格涅夫在人生态度、艺术旨趣方面有许多相似之处,他比较多地吸收了屠格涅夫抒情小说的艺术经验。例如小说的散文化结构与语言,比如情节的发展是让人物自己来行动,并无预设的人物行动提纲。这同茅盾写《子夜》像巴尔扎克那样先编详细提纲的做法不同,巴金的长篇缺点是结构松散,长处是便于人物抒情。独具一格的抒情正是巴金小说的艺术魅力。这几位作家都长于表现青年的心灵,特别是挖掘少女的心灵美。屠格涅夫擅长塑造一些哈姆雷特式的优柔寡断的"多余的人"性格,他还"时常使软弱、动摇的男子与精力充沛、意志坚强的女子结婚"。巴金小说中女性心理内涵往往强于男性。屠格涅夫的影响形成了巴金小说特具的抒情风格:忧郁的、哭诉的调子。这些在《爱情三部曲》中已形成特色,在《激流三部曲》中和现实主义艺术更成熟地融合了。

《激流三部曲》在现代文学史上占有着重要的地位。

《激流三部曲》是反映新文化运动中时代青年生活的长篇小说。虽然这场运动仅仅是作品的背景,但是它充分表达了时代精神,反映了那一代青年人的痛苦、彷徨、苦闷与觉醒、奋起、追求,表达了新的关于"人"的思考。因此,《激流三部曲》是20世纪中国文学中一幅杰出的时代画卷。

《激流三部曲》是我国现代文学作品中描写专制大家庭的兴衰史并集中抨击宗法专制的小说。对宗法专制及家族制度的攻击,从我国现代小说诞生起，就吸引了作家的注意。继鲁迅之后，真正把这一主题加以推进并取得重大发展的，当推《激流三部曲》。这部作品全面而深刻地揭示了宗法专制的特征、弊端和罪恶，诅咒它的必然灭亡。《激流三部曲》是 20 世纪中国文学史上抨击宗法专制的一座丰碑。

这部小说与茅盾的《子夜》、老舍的《骆驼祥子》、李劼人的《死水微澜》《暴风雨前》《大波》三部曲在 1930 年代先后问世，以各自卓异的艺术风格标志着中国现代长篇小说的成熟。

第四节　沈从文　李劼人

沈从文(1902—1988，湖南凤凰人，原名沈岳焕，笔名休芸芸等)出生于湘西行伍世家，祖母刘氏是苗族，其母黄素英是土家族，祖父沈宏富是汉族。6 岁入私塾，小学毕业后入伍，之后在长达 5 年多的时间里，辗转于湘川黔边境和沅水流域。1922 年受新文化运动影响，只身离开湘西来到北京，升学未成便开始学习写作。此后开始在《晨报副刊》《现代评论》《小说月报》等报刊上发表作品。1926 年出版第一个小说集《鸭子》。1928 年在上海与胡也频、丁玲合编文学刊物《红黑》。1930 年起，先后在武汉大学、青岛大学任教。1933 年返回北平，9 月接编《大公报·文艺副刊》，并主持《大公报》文艺奖。抗战爆发后任西南联大教授，抗战胜利后为北京大学教授，并主编《大公报》《益世报》的文学副刊。1949 年后中止文学创作，在中国历史博物馆工作，后从事古代服饰研究，出版有《中国古代服饰研究》。

1930 年代是沈从文创作丰盛时期，他一生中的三十多个集子大都出于这个时期。1934 年创作的中篇小说《边城》、1938 年创作的长篇小说《长河》(第一卷)及其他多个优秀短篇，标志着沈从文小说创作的成熟。沈从文小说潜心表现的是"于历史似乎毫无关系"的人性之"常"[1]。他认为"一个伟大作品，总是表现人性最真切的欲望"[2]，并称自己创作的神庙里"供奉的是'人性'"[3]。他的创作从审美、人性、道德的角度去审视和剖析人生。

沈从文的人性观与审美选择，决定了其对小说题材的摄取。他的小说题材主要有两类：一是有关乡村与下层阶级的，二是有关城市与知识阶级的。从总体上来看，沈从文这种双重的题材取向与他先乡村后都市的独特

---

[1] 沈从文:《湘行散记·一九三四年一月十八日》,《沈从文文集》第 9 卷,花城出版社、生活·读书·新知三联书店香港分店 1984 年,第 254 页。
[2] 沈从文:《创作杂谈·给志在写作者》,《沈从文文集》第 12 卷,第 110 页。
[3] 沈从文:《〈从文小说习作选〉代序》,《沈从文文集》第 11 卷,第 42 页。

的人生道路相关,也与他自己"实在是个乡下人"①的角色认知相关。②

在第一类题材的表现中,沈从文的健康人性观得到了极其鲜明的呈现。在这一由乡村和下层阶级构筑起来的湘西世界中,他正面提取了未被现代文明浸润扭曲的人生形式。对这种人生形式表现的极致,便是对所谓"神性"的赞美。在沈从文的美学观中,神性就是爱与美的结合,这是一种具有泛神论色彩的美学观念。既然爱与美就是神性,因此可以说在沈从文作品中神性就是人性的最高表现。在这类作品中,洋溢着化外民族青年男女真挚、热烈、活泼的生命活力,作者借此讴歌了浪漫的野性的原始生命形态。这显然是与《八骏图》中所状写的都市"侍宦"病相对立的。在这些小说中,作者"蕴藏的热情"明显可见。这是作者的睿智,也是他的无奈。

当他把这种原始的生命形态放到现代环境中来表现时,由这种生命形态所引发的人生悲喜剧就出现了。《柏子》《会明》《灯》《丈夫》等篇,在对乡下人性格特征的展现中,对湘西乡村儿女人生悲喜剧进行了价值重估。这些作品中的乡下人,其道德风貌与人生形式与过去的世界紧密相连,俨然出乎原始的文化环境,他们热情、勇敢、忠诚、正直、善良,德行品性纯洁高尚,合乎自然。但是,与此相伴随的理性的愚昧,却又导致其精神悲剧。这种悲剧不但表现在他们对悖于人性的雇佣制、童养媳制和卖淫制等丑陋社会现象的顺应,更表现在对自我实存状态的无知和对自我命运的无从把握上。作者以悲痛的心情写出了他们身上极其平凡、琐碎的一面。在对乡下人生存方式及人性的重估中,较有深度的是《萧萧》。主人公萧萧的人生始终处在被动的状态。作为童养媳,她没有人身自由,也无法把握自己的命运。在失身怀孕之后,面临的将是沉潭或发卖的命运。只是因为偶然的原因,才幸免于难。作品结尾处,饶有深意地写到萧萧的大儿子又在迎娶年长六岁的媳妇。生命的悲剧在不断轮回,根因就在于乡下人理性的蒙昧。作品中祖父对女学生的嘲弄、奚落正说明了这些乡下人与现代文明的隔绝以及由此而导致的理性缺失。

---

① 沈从文:《〈从文小说习作选〉代序》,《沈从文文集》第11卷,第43页。
② 经历过五四启蒙,已成为现代都市知识者的沈从文不可能再是严格意义上的"乡下人",但这样的角色认知,却一方面使他醉心于体认和再现"乡下人"的生活,从而使之成为湘西生活的自觉的叙述者,另一方面又使他在打量自己跻身其间的都市生活时自觉地保有"乡下人"的目光和评判尺度。它们相互对比、相互发明,前者使后者"具有了理想化了的形态",而后者则使前者"真正呈现出病态"。赵园:《沈从文构筑的"湘西世界"》,《论小说十家》,浙江文艺出版社1987年,第126页。

出于对过去人生形式追忆的茫然和对现实人生形式探索的失落,沈从文在想象中用审美理想之光烛照湘西现实及历史图景,吟唱出了理想的生命之歌。这类作品以古老湘西为根据,凭借着想象的翅膀构建理想的人生图景,以《边城》《长河》等作品再造出了完美的人生形式。沈从文在倾心营构理想的人性形式时,清醒地意识到了外在于湘西的现代世界的喧扰和威胁。小说在较为广阔的背景中,写出了社会历史之变,以此映衬乡间素朴美好的人生形式之"常";老水手的愚憨、质朴,滕长顺的义气、公正,三黑子的雄强、不屈,夭夭的活泼、乐观,都体现了美好人性面对生活剧变时的不同应对形式。虽然这些人物的性格灵魂在时代的大力挤压下不能不失去原有的素朴样式,但人性之美好仍然令人神往。作者也为在时代大力挤压下美好人性的行将失落唱出了一曲沉痛的挽歌。

> 🔊**声音**
>
> 就是想借文字的力量,把野蛮人的血液注射到老迈龙钟、颓废腐败的中华民族身体里去,使他兴奋起来、年轻起来,好在20世纪舞台上与别国民族争生存权利。
> (苏雪林《沈从文论》)
>
> 忽略或否认人在阶级社会所处的不同经济政治地位及其在人物身上的影响,亦即抹去人的思想上的阶级烙印,阉割人性中极重要的阶级性因素,结果人物也势必变成完全脱离社会现实的抽象的人,纯粹自然的人。
> (吴立昌《论沈从文笔下的人性美》)
>
> 不敢或不愿正视黑暗的社会现实,而喜欢用虚无缥缈、田园牧歌式的描写来代替对现实生活的严肃的反映和回答。比如代表作《边城》……那种乌托邦的理想乐园。
> (袁良骏《夏志清的历史评价》)

沈从文表现第二类题材的作品,以自然人性的道德尺度揭露了城市和知识阶级的病态,鞭挞了衣冠社会人性的堕落和道德的沦丧。《绅士的太太》以冷隽的笔调揭露了两个绅士家庭内部绅士淑女们的种种丑行:绅士在外偷情,太太出于报复与另一绅士家的少爷通奸;而那位少爷在与父亲的三姨太乱伦的同时,又宣布与另一名媛订婚。物欲横流的高等人精神空虚、道德堕落,已异化为两足的低等动物。《八骏图》则以犀利的讽刺之笔画出了八位教授的精神病态(性变态),从更深的层次上揭示出了都市人在理性与情感、意识与下意识的矛盾冲突中的精神分裂和人格异化。受现代文明的压抑,这一都市里的特殊群体生命活力退化,性意识已经严重扭曲;表面上道貌岸然,内心深处却龌龊不堪。这群"近于被阉割过的侍宦"急需由作为自然人生象征的海来治疗。《八骏图》写了他在青岛大学任教时,作品中的人物是他所熟悉的一群。总之,在沈从文都市题材作品中,都市文明导致的要么是人欲的泛滥,要么是人性的扭曲。因此,既要恢复生命的活力,又不要堕落为行尸走肉,这是沈从文这类小说从反面呈现出的人性道德价值取向。

沈从文是一位独创性的作家。他的文学观和文学理想不是从政治经济角度探索社会进步的道路,而是从人性角度去寻求重铸民族灵魂之路。他的小说在探索理想的人性时贯注着关于人的改造的理想,继承了新文学人的文学的理念和改造国民性的传统;他企盼通过民族人格的重造,进而探索"中国应当如何重新另造"[1]。

沈从文谈到自己所受的外国文学影响时,曾自述"较多地读过契诃夫、屠格涅夫作品",尤其对屠格涅夫的《猎人笔记》"把人和景物相错综在一起"的手法颇为赞赏[2]。屠格涅夫小说中表现出的那种自然与人相契合而散发出的浓郁诗意激发了沈从文的创作冲动。

沈从文小说呈现出一种温柔淡远的牧歌情调。他不愿写"一摊血一把眼泪",而喜欢"用微笑"来表现人类痛苦。[3] 他最擅长描写的是本身就富有牧歌因素的爱情,如《雨后》《三三》《边城》等。在描写这类题材时,他从人与自然的契合的泛神论思想出发,故意淡化情节,以清淡的散文笔调去抒写自然美,酿就了他小说的清新、淡远的牧歌情调。这种牧歌情调是对应于其理想的人性世界的。沈从文深知这种朴素的人性美正在日渐泯灭,他掺进了一丝沉郁、一缕隐痛,致使其温柔平和的牧歌中又混合着一层淡淡的哀愁。

小说的抒情性,是沈从文小说的特色。沈从文认为作家应"习惯于情绪体操"[4]。在小说创作中,他或者直截地把主体情绪投注到形象和物象之中,使之带上鲜明的情绪色彩,或者借助于记梦和象征曲折地表达主体的情感评价,酿造出浓郁的抒情性。从总体上看,沈从文小说有很强的写实性,比如《柏子》《萧萧》等对人生实存状态的描写。在这些写实性小说中,沈从文把自我情绪投注到柏子和萧萧等人物身上,使之均着"我"之色。沈从文小说又掺入了梦的成分。《月下小景》写爱情悲剧,用男女主人公含笑殉情作结;《边城》将人物和环境都作了理想化的处理,可以看出作者主观理想的张扬。

古朴简约的语言风格。他的小说语言,"格调古朴,句式简峭,主干凸出,少夸饰,不铺张,单纯而又厚实,朴讷却又传神"[5]。他的小说很少用"的"

---

[1] 沈从文:《若墨先生》,《沈从文文集》第4卷,第299页。
[2] 凌宇:《沈从文谈自己的创作》,《中国现代文学研究丛刊》1980年第4期。
[3] 沈从文:《废邮存底·给一个写诗的》,《沈从文文集》第11卷,第303页。
[4] 沈从文:《废邮存底·情绪的体操》,《沈从文文集》第11卷,第329页。
[5] 凌宇:《从边城走向世界》,生活·读书·新知三联书店1985年,第318页。

"了"等虚词,既有浅近文言的简约凝练,又有口语的生动活泼。沈从文语言风格根本上还是得力于丰富的湘西生活的经验。① 无论是叙述语言的流动飘逸,还是人物语言的生动风趣,都源于他湘西水上语言的积累。他的小说语言是在杂糅古典文学的句式、提炼湘西方言的基础上形成的。

《边城》是沈从文最负盛名的作品,原载于 1934 年《国闻周报》第 11 卷,1934 年 9 月由上海生活书店出版单行本。作品发表以后,获得了广泛的赞誉。京派批评家李健吾称它是"一部 idyllic(田园诗的,牧歌的——引者)杰作""一颗千古不磨的珠玉"。②

《边城》是沈从文浓郁的乡愁情结与深纠的情爱体验的艺术结晶,也是支撑他所构筑的湘西世界的心灵柱石。它展示一种素朴正直的人情美,"一种近于野兽纯厚的个性"。沈从文说:"我要表现的本是一种'人生的形式',一种'优美,健康,自然而又不悖乎人性的人生形式'。我主意不在领导读者去桃源旅行,却想借重桃源上行七百里路酉水流域一个小城小市中

>声音
>
>情感上积压下一点东西,家庭生活并不能完全中和它,我需要一点传奇,一种出于不巧的痛苦经验,一分从我'过去'负责所必然发生的悲剧。换言之,即爱情生活并不能调整我的生命,还要用一种温柔的笔调来写爱情,写那种和我目前生活完全相反,然而与我过去情感又十分相近的牧歌,方可望使生命得到平衡。……一切充满了善,然而到处是不凑巧。既然是不凑巧,因之素朴的善终难免产生悲剧。
>
>(沈从文《水云》)

几个愚夫俗子,被一件普通人事牵连在一处时,各人应有的一分哀乐,为人类'爱'字作一度恰如其分的说明。"③在端午节赛龙舟的盛会上,翠翠与外公失散,幸得当地船总顺顺的小儿子傩送相助。富有情义的傩送在翠翠灵秀的心灵中留下了深挚的印象。而傩送的哥哥天保也爱上了翠翠,并派人说媒。傩送与哥哥天保相约唱歌让翠翠选择。天保为了成全弟弟,外出闯滩,不幸遇难。傩送因哥哥的死已无心留恋儿女之情,也驾舟出走。外公在一个暴风雨之夜溘然长逝。翠翠守着渡船,等待着那个年轻人。

作者将审美的人性形式和古拙的湘西风情交融起来,以诗情语言和灵气飘逸的笔触勾画出"边城",一个净化、理想化的世界。他把自我浓郁的情爱投注到边城子民身上,描绘了乡村世界中的人性美和人情美,着重塑造了作为爱与美化身的翠翠这一形象。他写《边城》,翠翠这个"故事中的人物,一面从一年前在青岛崂山北九水旁见到的一个乡村女子,取得生活的必

---

① 沈从文说:"我文字风格,假若还有些值得注意处,那只是因为我记得水上人的言语太多了。"沈从文:《废邮存底·我的写作与水的关系》,《沈从文文集》第 11 卷,第 325 页。
② 刘西渭(李健吾):《〈边城〉与〈八骏图〉》,《文学季刊》第 2 卷第 3 期(1935 年)。
③ 沈从文:《〈从文小说习作选〉代序》,《沈从文文集》第 11 卷,第 45 页。

然,一面就用身边新妇作范本,取得性格上的素朴式样"①。那时他刚结婚不久;苏州女子张兆和,成了他的"身边新妇"。但将翠翠作为爱与美的精灵来塑造,则更多源于他对于湘西世界的记忆和理解。翠翠在湘西茶峒的青山绿水间长大,大自然既赋予了她清明如水晶的眸子,也养育了她清澈纯净的性格。她天真善良,温柔恬静,在情窦初开之后,便矢志不移,痴情地等待着情人。翠翠人性的光华,在对爱情理想的探寻和坚守中显得分外娇艳灿烂。结尾处所状白塔下绿水旁翠翠伫立远望的身影,闪发出熠熠动人的人性力量。但沈从文写《边城》,还源于他情感生活发生了"一种出于不巧的痛苦经验,一分从我'过去'负责所必然发生的悲剧";就是他所说的,"到处是不凑巧。既然是不凑巧,因之素朴的善终难免产生悲剧"。②他在《边城》中创造了一个传奇——一切都因善与爱而不凑巧,翠翠与两位年青人都不凑巧,两位年青人之间也不凑巧,好姻缘错失。于是借这个牧歌,他的过去痛苦的挣扎、受压抑无可安排的对于爱情的渴求得到了宣泄与弥补。有学者指出,《边城》表现婚恋的"不凑巧"之错失以及因此而生的憾恨与希望并存的复杂情感,"根源于现代文人沈从文切身的生命体验和爱欲苦闷",因此小说也就"成了作者个人爱欲隐衷的一种抒情性寄托"。③

作品中其他人物,如老船工的古朴厚道、天保的豁达大度、傩送的笃情专情、顺顺的豪爽慷慨,作为美好道德品性的象征,都从某一方面展现了理想人生形式的内涵。这些人物"各自有一个厚道然而简单的灵魂":"他们心口相应,行为思想一致。他们是壮实的,冲动的,然而有的是向上的情感,挣扎而且克服了私欲的情感。对于生活没有过分的奢望,他们的心力全是用在别人身上:成人之美。"④人与人的关系也是非常简单的,一言以蔽之,就是一个爱字,其中包括两性之爱、祖孙之爱、父子之爱、邻里之爱,而没有机心、阴谋、私欲和倾轧。

为了突出小说表现健全人性的主旨,小说整整三章介绍湘西风情,没有进入情节叙事,使我们充分感受到了边地安静和平、淳朴浑厚的文化氛围。在充分的静态描述之后,才在整体谐和的文化氛围中,较为集中地描写了一个美丽得令人忧愁的爱情故事。作者浓墨重彩地渲染了茶峒民性的淳厚。面的渲染与点的凸现,故事的推进与情感的浓化,画面的组接与意境的转

---

① 沈从文:《水云——我怎么创造故事,故事怎么创造我》,《沈从文文集》第10卷,第280页。
② 同上书,第279、280页。
③ 解志熙:《爱欲抒写的"诗与真"——沈从文现代时期的文学行为叙论(上)》,《中国现代文学研究丛刊》2012年第10期。
④ 刘西渭(李健吾):《〈边城〉与〈八骏图〉》,《文学季刊》第2卷第3期(1935年)。

换,以及对朴拙的古语和流利的水上语言的使用,共同推动着《边城》走进圆熟静穆、完美和谐的审美境地。

李劼人(1891—1962,原名家祥)生于四川成都"一个无产的小市民家"①。李劼人在新文学革命之前就开始了小说创作,兼用文言和白话。文言小说《夹坝》和白话小说《盗志》《做人难》《续做人难》等已显出不凡的文学才华。1919年到法国勤工俭学,精研法国文学,翻译法国文学作品。1924年9月回国,从事翻译、创作、教育和实业等。自1935年5月始,避居成都潜心创作。经过几年的努力,创作出以中国近代史为题材的连续长篇小说《死水微澜》《暴风雨前》和《大波》(上、中、下)。这三部连续的长篇小说以成都及成都以北20里处的天回镇为背景,反映了四川从甲午战争到辛亥革命这十余年间的政治风云、社会动荡以及广大民众的命运遭际,完整呈现了这死水一般的社会是如何在外来政治风波的冲击下,从水波"微澜"到"暴风雨前"再到"大波"汹涌的过程。小说气势恢弘如大河奔腾,起伏跌宕如涛飞波涌,因此被誉为"大河小说"。

《死水微澜》的故事发生在中日甲午战争以后至辛丑条约签订这段时间内,地点主要在天回镇。女主人公邓幺姑是一个随继父生活的乡下女孩,嫁给了天回镇憨厚老实、近乎呆傻的蔡兴顺。蔡家表哥罗歪嘴,是袍哥头目,强悍豪爽,吃喝嫖赌,一身江湖习气。罗歪嘴将到省城捐官的顾天成诱骗到赌场输了个精光。在罗的情妇刘三金的鼓动下,罗歪嘴和邓幺姑(蔡大嫂)很快搞到一起,如烈火干柴肆意放纵。顾天成带着刀客向罗挑衅,结果败北。义和团运动失败以后,八国联军攻占北京,信奉洋教的顾天成诬告罗歪嘴参与了捣毁教堂案,四川总督派兵砸烂兴顺号。顾天成想娶蔡大嫂。蔡大嫂答应嫁给顾天成。蔡大嫂的决定连她的父母都感到诧异,问她"就不怕旁的人议论吗?"她爽快地回答:"哈哈!只要我顾三奶奶有钱!……怕那个?"她的父亲只是摇着头道:"世道不同了!……世道不同了!……"李劼人在谈到创作这部作品的动机时说:"内容以成都城外一个小乡镇为主要背景,具体写出那时内地社会上两种恶势力的相激相荡(教民与袍哥)。这两种恶势力的消长,又系于国际形势的变化,而帝国主义侵略的手段是那样厉害。"②这段写于1955年的话大致反映了他的创作初衷:通过教民顾天成和袍哥罗德生的矛盾冲突,反映了在远离政治权力中心的四川,也因为洋货、洋教的冲击而发生的社会波澜。但小说毕竟不是历史,作者将政治事件淡化为悠远的故事背景,将人物的命运和性格

---

① 《李劼人自传》,《李劼人全集》第1卷,四川文艺出版社2011年,第1页。
② 李劼人:《死水微澜·前记》,《李劼人全集》第9卷,四川文艺出版社2011年,第242页。

拉到前台,从而让读者面对的不是历史,而是人物的性格和命运。小说中的罗歪嘴,是四川袍哥文化的代表,他放荡不羁、好勇斗狠,出入黑白两道,获取官民钱财。在封建末世,他是维持地方稳定的重要因素。但随着洋人势力的扩大,他遇到了强劲的对手,最终逃之夭夭。在女人问题上,他一向洒脱,认为找女人只是为了玩玩,自己不是一般人,不可能被女人捆住。所以他在包养刘三金的时候,还允许她招揽别的生意,自己从不妒恨。但遇到蔡大嫂以后,他百般奉迎,十分迷恋,明显在用情用心,这充分显示了其性格的复杂性。蔡大嫂是一位包法利夫人式的女性,她同样性格复杂、充满矛盾:一方面她有主见,敢叛逆,不拘泥于礼法,另一方面,她的人生选择都是为了满足个人的利益和欲望,而非为了维护个人的人格和尊严;一方面,她不爱像木头一样的丈夫蔡兴顺,迷恋有江湖豪气的罗歪嘴,甚至公开与罗寻欢作乐,但另一方面,当蔡被殴打时她不顾一切地去解救,为此被打得遍体鳞伤。她后来嫁给顾天成,其中一个原因是为了拯救蔡兴顺,这看上去也是一个重情重义之人。所以在她的身上,体现了社会动荡期底层女性人生观念的变化。小说通过复杂的人物形象,揭示了清末四川社会百病丛生的畸形状态。"死水微澜"题名是隐喻,作者意在通过揭示晚清成都各色人物的爱恨情仇、悲欢离合,描绘出"安静如死水一般的古城",在时代的风潮下激起微澜,"当义和团、红灯教、董福祥,攻打使馆的消息,传到成都来时,这座古城不过清风拂过水面,微微起了一点涟漪,做官的照样做官,做生意的照样做生意,居家、行乐、吃鸦片烟的,照样居他的家,行他的乐,吃他的鸦片,各处人心依然是微澜下的死水,没有一点动向"。

《暴风雨前》写辛丑条约签订后的成都,西方科学民主思潮涌入,维新运动在内地勃兴。小说以半官半绅的地主郝又三的家庭为核心,讲述了四川诸多新事物的产生和社会变化,包括宣扬维新思想的文明合作社成立,申报、沪报在成都的落户,东渡日本的留学潮,川汉铁路的建造,省城第一届运动会,孙中山等人的革命运动,四川郫县打毁教堂案,红灯教进城,江安事件,逮捕革命党人等,预示着暴风雨必然到来。

《大波》是以出生于新潮家庭的主人公黄澜生为依托,以保路运动为核心事件,叙述其发展经过及最后导致辛亥革命爆发等。李劼人曾亲身参与保路运动,他通过刻骨铭心的切身体验、严谨求真的史料调查,将纷繁复杂的历史事件清晰再现,演绎成曲折跌宕的故事。从艺术成就来看,第一部《死水微澜》最为精湛,后两部为了追求史诗品格,导致历史性有余而文学性不足。

李劼人对欧美文学涉猎广泛,对其创作影响最大的是法国文学。郭沫若在《中国左拉之待望》一文中,盛赞李劼人创作的地域文学,将他与左拉相提并论,并指出他的系列长篇有意效法左拉的《卢贡·马卡尔家族》,这一发现独具慧眼。事实上,不只是左拉,巴尔扎克、福楼拜、莫泊桑等法国现实主义作家,也深受李劼人喜爱,他多次翻译福楼拜的《包法利夫人》,《死水微澜》中的蔡大嫂就带有包法利夫人的影子,而他的"大河三部曲"系列小说,采用"编年史"的结构方式,就源于法国作家巴尔扎克《人间喜剧》和左拉的《卢贡·马卡尔家族》。《死水微澜》大量使用方言土语,罗歪嘴和蔡大嫂暗中"勾扯"(相好),"土苕"(土气)的人,"麻筋麻骨"的深情表白,充分展示了四川的民风民俗,是一部名副其实的"川味"小说。

曾朴以《孽海花》开创了中国近代历史小说的模式,而李劼人则以自然主义为特色、中西融合的艺术成就了中国现代历史小说的杰作。就像巴尔扎克做法国社会的书记员一样,李劼人有意识地以小说来记录历史,也自觉充当历史的书记员,他在谈到自己创作初衷时指出:"打算把几十年来所生活过,所切感过,所体验过,在我看来意义非常重大,当得起历史转捩点的这一段社会现象,用几部有连续性的长篇小说,一段落一段落地把它反映出来。"[①]李劼人是一位自觉的历史小说家,他坚守独立立场,以小说反映历史,让历史鲜活在文学叙述中。虽然自然主义没有成为1930年代的文学潮流,李劼人的小说长久以来也没有引起足够的重视,但他是沉默的黄金。元气充沛的《死水微澜》作为他的代表作,成为那一时代异彩鲜活的独特的文学存在。

研习提升

1. 叶子铭:《谈〈子夜〉的结构艺术》,《江海学刊》1962年第11期。
2. 汪晖:《关于〈子夜〉的几个问题》,《中国现代文学研究丛刊》1989年第1期。
3. 汪应果:《巴金论》,复旦大学出版社2009年。
4. 龙治民:《虎妞其人》,《中国现代文学研究丛刊》1983年第11期。
5. 沈从文:《水云——我怎样创造故事,故事怎样创造我》,《沈从文文集》第10卷,花城出版社、三联书店香港分店1984年。
6. 解志熙:《爱欲抒写的"诗与真"——沈从文现代时期的文学行为叙论》(上)(中)(下),《中国现代文学研究丛刊》2012年第10、11、12期。
7. 张中良:《李劼人的辛亥革命叙事》,《当代文坛》2011年12期。

---

① 李劼人:《死水微澜·前记》,《李劼人选集》第1卷,四川人民出版社1980年,第3页。

第八章
现代通俗文学

第一节　市民文化与通俗文学潮流

新文学革命以前,通俗小说曾在小说领域占重要地位。晚明冯梦龙等开创"三言""二拍"小说新潮以来,清朝以降的所谓讽刺小说、人情小说、狭邪小说、侠义小说及公案、谴责小说(或称拟古派、讽刺派、人情派、侠义派)①等,为现代通俗小说的发展铺就了大道。现代通俗小说常见的几种类型诸如社会小说、言情小说、武侠小说、历史小说等,都基本上是旧的传统小说的继承、延续和拓展。他们自称"民国旧派小说",或"礼拜六派",新文学派批评其为"鸳鸯蝴蝶派"。

一些有创新意识的传统文人,感于时代变化,率先提出文学的通俗化与白话文学,几乎与胡适等倡导白话文同步。1917年1月出版的《小说画报》,主编包天笑就在"例言"中宣称:"小说以白话为正宗,本杂志全用白话体,取其雅俗共赏,凡闺秀学生商界工人无不咸宜。"包天笑得出了与胡适一样的结论:"文学进化之道必由古语文学变而为俗语之文学。"②

新文学取代鸳鸯蝴蝶派文学成为中国现代文学之正宗,标志性的事件是1921年1月《小说月报》第12卷第1期开始由新文学人物沈雁冰接编。文学研究会宣言和《小说月报》革新,是新文学对鸳鸯蝴蝶派的公开挑战和对垒。茅盾批判其为"游戏的消遣的金钱主义的文学观念"(《自然主义与中国现代小说》),文学研究会宣称:"将文艺当作高兴时的游戏或失意时的消遣的时候,现在已经过去了。"③创造社对"《礼拜六》、《晶报》一流的东西",

---

① 采用鲁迅《中国小说史略》和《中国小说的历史的变迁》中的小说分类。《鲁迅全集》第9卷,人民文学出版社1981年,目录、第333页。
② 包天笑:《小说画报》第1号,1917年1月。
③ 《文学研究会宣言》,《小说月报》第12卷第1号(1921年1月)。

也嗤之以鼻,一如成仿吾之毫不留情的讨伐。①

他们也曾建立星社,这是一个以苏州为中心的文人雅集,一般被认为是这一派的中坚。② 1923年通俗文学新刊物《小说世界》终于面世了。但是失去了地位的通俗文学究竟何去何从,一开始并没有清晰的思路。③ 自身的条件和新文学的封杀使得他们只能试水于市场。他们明白,时代、社会与读者变了。他们揣摩着这个时代读者最喜欢读什么样的文学作品,从而走出了一条自己的路子。《小说世界》《红玫瑰》《紫罗兰》等是1920年代中国办刊时间最长、最有活力的文学期刊。

1929年,《红玫瑰》主编赵苕狂经过"几度考虑,几度斟酌,决定下了一种方针"。

一、主旨:常注意在"趣味"二字上,以能使读者感得兴趣为标准,而切戒文字趋于恶化和腐化——轻薄和下流。

二、文体:力求其能切合现在潮流,惟极端欧化,也所不采。

三、描写:以现代现实的社会为背景,务求与眼前的人情风俗相去不甚悬殊。

四、目的:在求其通俗化、群众化,并不以研求高深的文艺相标榜。

五、内容:小说、随笔、游记、各地通讯、学校中的故事、感想录……等项并重,务求相辅而行,并不侧重于某一项。

六、撰述聘定基本撰述员二十人和三十人。由主编者察其擅长于何路文字,并适应读者的需要,而随时请某人撰写某项文字。

七、变化:对于内容及体裁,当时时适应于环境而加以变化,不拘泥

---

① 成仿吾:"我们一方面要与全国的同志们,建设我们的新文学,一方面对于我们前面的妖魔,也应当援助同志们,不惜白兵的猛击。这丑恶的妖群,固然不免可惜了我们很贵重的弹药,然而,他们的横奔,是时代的污点,是时代的奇辱,时代要求我们把他的污点揩了,把他的奇辱雪了。朋友们!请来同我们更往前方追击,把他们的战线,一条条的夺了,把他们由地球上扫除了罢!"《编辑余谈》,《创造季刊》第1卷第3期,1922年10月。

② 1922年8月,范烟桥、赵眠云、郑逸梅、顾明道、范君博、屠守拙、孙纪于、姚苏凤、范菊高等9人,在苏州留园成立星社。星社是文人雅集,没有正式的宣言和组织,但日后却逐渐壮大。到1932年,已有36人,有周瘦鹃、程小青、程瞻庐、严独鹤、徐卓呆、江红蕉等名作家加入。到1937年,加盟者已达68人,包天笑、姚民哀、赵苕狂、张枕绿、陆澹庵、施济群、陈蝶衣等也成了社员。抗战爆发后,星社星散。中国现代文学史上,论支撑时间最长的文学社团非星社莫属,可见其凝聚力。

③ 通俗文学作家知道,他们失去《小说月报》的最直接的原因是,此刊在他们手上没有了销路。1920年第10期的《小说月报》只印了2000份,是《小说月报》有史以来销量的最低点。沈雁冰接编后的1921年第1期的《小说月报》就印了5000份,第2期印了7000份。见李频:《大众期刊运作》,中国大百科全书出版社2003年,第301页。

于一格。

八、希望:极度的希望读者不看本志则已,看了以后一定不肯抛了不看,一定不肯失去了一期不看——换一句话:每篇都有可以一看的价值,那,读者自然会一心一意地想着它,不愿失去一期不看的了。①

从1921年失去《小说月报》到1929年这一方针的确定,可以看出中国现代通俗文学对这几年来文学定位的摸索和前行的实绩感到满意,是对自己创作成就的肯定和总结。这个方针的核心内容是"读者意识",即:读者是否愿意看,读者看了以后是否"一定不肯抛了不看"。

> **声音**
>
> 一编在手,万虑都忘,劳瘁一周,安闲此日,不亦快哉。
> （王钝根《〈礼拜六〉出版赘言》）
>
> 游戏的消遣的金钱主义的文学观念。
> （茅盾《自然主义与中国现代小说》）

这是中国现代市民通俗文学一次方向性的战略调整。现代通俗文学是在晚清梁启超提出"新小说"和"新国民"的号召下出现的文学创作潮流。清末民初的通俗文学是消遣文化,但是作为当时的流行文学,它们是"新国民"的启蒙文学,坚持共和、移风易俗、批评婚姻的不自由以及不良的社会风气,"新民"意识是通俗文学创作的主要导向。进入20世纪二三十年代,通俗文学失去了潮流文学的地位,他们为市民、为市场而写作。走市场路线也就成为这个时期通俗文学的基本定位。

通俗文学的市场化定位给现代通俗文学创作带来了新的现象。

市场路线以市场效应作为价值判断依据,给现代通俗文学创作带来最为深刻影响的是作家中心体制的建立。所谓作家中心体制,是指名作家引领创作潮流、文学报刊以名作家的创作为标志确立自我的市场份额。名作家也是指具有市场效应的职业作家,职业作家名气的大小决定了市场份额的大小。这一时期通俗文学作家数以千位计,真正成名的也就十多人。社会小说代表作家是包天笑、毕倚虹;社会言情小说代表作家是张恨水、刘云若;武侠小说代表作家是顾明道、向恺然、李寿民、王度庐;侦探小说代表作家是程小青、孙了红;社会滑稽小说代表作家是程瞻庐;科幻小说代表作家是徐卓呆。他们在市场拼搏中成名,影响着市场的走向,文学期刊的生存和发展均倚重于他们,他们是期刊的"台柱子"。《星期》《红杂志》的中心是包天笑、毕倚虹;《新闻报·快活林》的中心是顾明道、张恨水;《红玫瑰》的中心

---

① 赵苕狂《花前小语》,《红玫瑰》1929年第5卷第24期。

是向恺然、程瞻庐;《天风报》等天津报刊的中心是李寿民、王度庐、刘云若;《紫罗兰》是周瘦鹃;《侦探世界》的中心是程小青、孙了红;《小说世界》的中心是徐卓呆。在市场化的环境中,文学期刊没有卖点就会消亡,而文学期刊的卖点也就是名家名作,名作家因此自然成为各类文学报刊的中心。有时候,一个名家的一部名作就能救一份刊物,最典型的例子是张恨水的《金粉世家》拯救了濒临倒闭的《世界日报》。由于是作家中心制,名作家的创作取向和创作风格对文学期刊的风格的形成也产生了根本的影响。不同风格的文学期刊给通俗文学创作、阅读市场带来了丰富多彩的景观。

在通俗文学创作和发表过程中,逐步建立了编辑负责制。所谓编辑负责制,是指将文学创作、发表以及产生影响视作一个整体工程,编辑负责整体策划和具体制作。犹如一部影视剧,作家只能是演员,真正的导演是编辑。根据市场的动向,编辑会向适当的作家约稿;接到稿件后,编辑同样会根据市场的要求对稿件进行处理;稿件连载过程中,编辑会制造市场效应;稿件连载完毕,编辑会根据市场状态继续发挥作品的市场效应。编辑严独鹤处理张恨水《啼笑因缘》稿件,就是编辑发挥特殊作用,促推《啼笑因缘》产生轰动效应的成功例子。1930年11月30日《啼笑因缘》刚连载完,严独鹤当天就在报纸上宣布,小说已由明星公司改编成电影。果然明星公司不久拍了正续集六部。就在电影《啼笑因缘》拍摄、放映之时,《快活林》主编严独鹤与严谔声、徐耻痕三人迅速成立了三友书社,抢先获得了《啼笑因缘》单行本的出版权。截至1933年1月30日,单行本已经销售5万余部。单行本最初的定价是2.6元。扣除给张恨水的版税和成本费,他们三人每人获利在万元以上。《啼笑因缘》之所以能在1930年形成一股旋风,张恨水当然贡献巨大,背后的编辑严独鹤也功不可没。

为了扩大作品的影响力,他们进行了各种市场运作。通俗文学作家、编辑无一例外地将读者是否喜欢阅读当作办刊的第一要素,无不注意与读者搏感情,具有强烈的读者意识。《谈话》《读者信箱》《人生信箱》《编辑部谈话》《交换》等等,均是通俗文学期刊设立的与读者交流的栏目。这些栏目涉及读者生活的各个方面,同时也为连载的小说摇旗呐喊。评价作品、猜测情节、代写结尾,通俗文学作家、编辑想尽一切办法来哄抬连载小说的声势。通俗文学期刊不断地更改刊名,例如《新声》办了一年改名《红杂志》,《红杂志》办了两年,改名《红玫瑰》;再如周瘦鹃办《半月》,办了两年,改名《紫罗兰》。每一次刊物的改名实际上也是刊物的改组,一方面是主编、作者的大调整,另一方面是为了避免读者的审美疲劳。所以这些期刊的每一次更名都带来一次新的阅读高潮。通俗文学的每一种期刊的装帧都很用心,例如

《红玫瑰》封面上几乎都是一幅滑稽画,因为它的市场定位就是大众化路线。《紫罗兰》的期刊封面是松竹梅兰,因为它的市场定位就是名士化路线。① 通俗文学期刊基本准时出刊,编辑们几乎对每一篇作品都作评说,有时还要因为填期刊的空白而补稿。考虑到他们的期刊不少是周刊,可以想象这些编辑们的工作量有多大。通俗文学期刊编辑都非常善于与各类作者打交道。一旦发现某位作者在读者中赢得了一定的好感,他们便会不遗余力地想办法向这位作者约稿。《晶报》主编余大雄人称"脚编辑",就是因为他为了一篇稿件,会想尽一切办法,直到稿件到手为止。脑力、体力的付出如此之大,折射出的是市场的压力和编辑们的敬业。

> **声音**
>
> "名士才情"与"商业竞卖"相结合。
>
> （沈从文《论"海派"》）
>
> 他们自寄生在以文艺为闲时的消遣品的社会里。
>
> （郑振铎《悲观》）
>
> 名为警世,实为诲淫,是上海"文丐"的拿手好戏。
>
> （玄［沈雁冰］《这也有功于世道么？》）

文学的市场化的重要标志是广告的推介。繁盛的通俗文学创作自然带来繁盛的文学广告。这一时期的通俗文学广告之所以繁盛,还有两个新的原因。一是书局的介入。新成立的世界书局和大东书局为了与商务印书馆和中华书局争夺市场份额,采取了用通俗文学打开市场的经营策略。它们办了很多通俗文学杂志,很多文学作品经过连载,逐步取得了市场的认可,然后再结集出版。杂志连载和书籍出版形成互动,杂志上连篇累牍地刊载相关书籍的广告,书籍上也经常附载数页杂志的广告。书局有自己的发行网,有几本甚至是十几本杂志,做起广告来可谓是声势浩大。二是通俗文学创作与商业电影的联姻。这一时期的电影正逐步成为中国民众最大的娱乐项目,很多吸引观众的电影均改编自畅销的通俗小说。电影为了吸引更多观众就不断地打广告,强调它改编于什么畅销书；书商为了攀上电影光

---

① 有例如下：那一年中秋节,《申报·自由谈》主编周瘦鹃说自己为"点缀令节,忽然心血来潮,想把版面排作圆形,以象征一轮团圆的明月,待向排字工友提出这个意图时,工友们都有难色,说从来没有排过这样的版面,不但费工费料,时间上怕也来不及"。"我因报头和插画都是为了排圆形面而设计的,早已准备好了,非在报上让读者赏月玩月不可。于是急匆匆地跑下三层楼,赶到排字房里去,凭着三寸不烂之舌,向工友们说了不少好话,几乎声泪俱下；并且以我本人通宵守候着帮助排版,亲看大样作为条件,终于说服了工友们,立即动起手来。……直到东方发白,版面上出现了一轮明月,这才感激涕零的,谢过了工友们,兴高采烈地回家去睡大觉了。这一页《自由谈》中秋号我至今珍藏着,今天捡出来看时,见有朱鸳雏的笔记《妆楼记》、程瞻庐的谐著《月府大会记》、李涵秋的小说《月夜艳语》等九篇作品,钱病鹤的插画《姮娥夜夜愁》……"周瘦鹃：《笔墨生涯鳞爪》,范伯群主编《周瘦鹃文集》（第四卷）,文汇出版社 2011 年,第 307—308 页。

环,同样也不断地打广告,强调哪部热映电影的原著是什么。于是作家、书商、导演、杂志、出版、电影都加入了广告大军,使得这一时期的中国通俗文学广告异常热闹、好看。

为了追求市场份额的最大化,通俗文学作品开始向其他大众艺术蔓延和渗透。这个时期通俗文学与大众文艺、传媒之间最引人注目的互动、影响,一是通俗文学与弹词,一是通俗文学与商业电影。

评弹是苏浙沪一带深受民众欢迎的一种民间曲艺。在相当长的时间内,中国通俗文学作家将弹词看作小说的一种类型,称为弹词小说。1922年上海创设无线电公司,开始电台播音。弹词与这一新的传播媒体相结合,从书场走向百姓的卧室厅堂。为了提高收听率,弹词名家成为各大无线电台争夺的对象,徐云志、周玉泉、薛筱卿、蒋月泉、严雪亭、杨振雄、朱雪琴、范雪君等一批响档名家都相继在电台弹唱。他们不仅唱弹词,还充当新闻和广告词的报告员。新的发展需要新的剧本,同样受市民欢迎的通俗文学作品因此自然成为弹词改编的主要来源。这个时期几乎所有的通俗文学名篇都被改编成弹词、评话,其中影响最大的是张恨水的《啼笑因缘》。新开业的书场萝春阁第一次在上海开演,唱的就是这部书改编的弹词,日夜场的听众达七百多人。弹词到20世纪40年代初再一次掀起高潮,这是由秦瘦鸥的《秋海棠》引发。陆澹安1945年春完成了《秋海棠》的改编。演出当天,近千座的书场加座至一千二百多人。表演者范雪君从此一炮打响,跃入名家响档行列,《秋海棠》成为其"看家书"之一,奠定了她的"评弹皇后"地位。同样,有些传统的弹词影响很大,书商们就请人将其改变成小说,最典型的例子是程瞻庐将弹词《三笑》和《换空箱》的故事融为一体,改编成一本畅销小说《唐祝文周四杰传》。通俗文学与弹词之结合更为深刻的影响,还在于在互相改编的过程中实现了美学内涵的互补。传统弹词主要改编于传统戏曲,结构宏大、刻画细腻,但同时也流于繁琐,同一件事往往不厌其烦地在不同人口中重复出现,情节进展缓慢。现在根据小说改编的弹词,不仅情节安排详略得当,如行云流水,一气呵成,还特别注重人物性格的刻画。在叙事方式和叙事角度上,也表现出许多小说的特征,甚至还采用了倒叙的手法,例如弹词《孤鸿影》。弹词艺术同样也影响了通俗文学创作,例如张恨水的《金粉世家》中金燕西对冷清秋的追求过程是惊艳、盯梢、接近、好感、旅游、定情、新婚。这样的过程,基本上是弹词《三笑》《苏小妹三难新郎》中的程式。

1920年代初,中国电影开始从通俗文学作品中寻找素材。中国电影人开始认识到,电影不仅仅是表演艺术,还需要有生动曲折的情节故事。电影艺术从通俗文学中寻找灵感,是电影在中国得以立足并开始有很大发展的转折点。电影人开始寻找通俗文学作家为他们编剧。包天笑是最早成为电影编剧的中国通俗文学作家之一,他的译作《空谷兰》是最早被改编成电影剧本的通俗小说之一。这一时期,通俗文学名家包天笑、周瘦鹃、徐枕亚、程小青等人几乎都是电影编剧。有些通俗文学作家甚至还自己开办了电影公司,例如朱瘦菊、徐卓呆。

电影与通俗文学联姻最成功的案例,是根据向恺然的小说《江湖奇侠传》改编的电影《火烧红莲寺》,和根据张恨水的小说《啼笑因缘》改编的同名电影《啼笑因缘》。电影《火烧红莲寺》连拍18集,《啼笑因缘》长达6集,这带来了小说畅销和电影热映,对中国文化市场来说,标志着中国现代通俗文学与电影比翼齐飞的时代来临,其运作和效应一直延续至今。

小说创作也开始有意地向电影靠拢。观众对电影中侠客的"口吐飞剑"和自天而降特别感兴趣,只要银幕上一出现,就能引起一片欢呼,这种电影手法在李寿民等人的武侠小说中被大量地使用。侦探小说讲究的是逻辑推理,此时也有人向电影艺术上靠。俞天愤将他的侦探小说中的情节拍成照片,穿插在文字描述之中,他这么做的理由是,电影依靠表情和动作才那么风行,侦探小说要想取得好的效果,也应该有表情和动作。电影的影像描述也成为当时通俗文学的表现方式。

第二节　包天笑　周瘦鹃等

上海开埠以来,以其特殊的区域优势,经济与社会获得了畸形发展。[1] 上海成为中国最大的经济中心、金融中心、交通枢纽、内外贸易中心。虽然被烙上了半殖民地的烙印,但1920—1937年的上海,仍被史学界称为中国民族资本主义发展的"黄金时期"。[2]

涌进上海的人群遍布于上海正在膨胀的各行各业,市民阶层逐渐形成。这个市民阶层不同于欧美那些有着数百年积淀的公共市民,它具有中国特

---

[1] 当代历史学家曾以1843年上海开埠作为坐标系作出如下表述:"开埠以前的上海,按照晚清人的说法,作为江苏省松江府下属的一个县,其地位与直隶静海、浙江临海、广东澄海相差无几,是一个普通的海滨县城。按照西方学者比较乐观的估计,在1843年以前,上海可以排进中国城市的前二十名,但排不进前十名,其规模远在北京、苏州、广州、武汉、杭州、成都、福州、西安、南京等城市以下。总之,在开埠以前,上海在中国的地位并不十分突出。开埠以后,上海以超常的速度膨胀、发展,人口在1900年超过100万,1915年超过200万,1930年突破300万大关,成为中国特大城市、远东第二大城市,也是仅次于伦敦、纽约、东京、柏林的世界第五大城市。"熊月之主编:《上海通史》"总序",上海人民出版社1999年,第2—3页。

[2] 熊月之主编:《上海通史》第8卷,第3页。

色；他们由从小在江南市镇接受传统教育和民间教育的乡民所组成；生活在租界或紧靠租界的地区，以租界为现代社会秩序样本或参照系；主要从事商贸、文教、体力劳动工作；以男性青壮年为主；他们到上海来是为了赚钱。

中国现代通俗文学是伴随着上海都市的崛起而形成的文学形态。它以上海与江南市镇生活为主要创作来源，以上海及江南市民为主要读者群。上海与江南地区的市民意识决定了中国现代通俗文学的基本性质、主要文化内涵和发展走向，是现代通俗文学创作思维的基点。从发展的角度上说，中国现代通俗文学的发生是中国上海城市发展过程中自然出现的一种文化现象。

现代大众传媒在上海率先跃上中国最前列。据统计，1912—1949年，上海一地的报纸有1580种，其中二三十年代创刊的报纸有近1200种之多，占76%以上；1936年12月，上海的出版机构达到120家以上。① 打开收音机听弹词，跟每天翻开报纸看连载小说一样，成为市民日常娱乐的一部分。到1930年代，弹词节目更是发展迅速，有二十多家电台，每天24小时轮番播出评弹演唱。而弹唱的文本就是中国市民通俗文学。

这为依托都市与市民发展的通俗文学提供了繁殖膨胀的极好温床。1920年代以后，走向市场的现代通俗文学迎来了繁荣期，其重要的标志是社会、武侠、言情、侦探、历史、科幻等文类已经成型，创作红火，并且涌现了一批代表性作家。

包天笑（1876—1973，江苏苏州人），近代著名报人，小说家，翻译家。1894年考中秀才。1900年与友人组织"励学社"，出版木刻本《励学编译》月刊。同年创办旬刊《苏州白话报》。1906年赴上海任《时报》编辑，创设副刊《余兴》，开近代报纸文艺副刊之先河。后又先后编辑《小说时报》《小说大观》《小说画报》等，皆风行一时。著译百余种，代表作有《上海春秋》《留芳记》《一缕麻》《沧州道中》等，译作有《迦因小传》《空谷兰》《馨儿就学记》等。作品曾被改编为电影搬上银幕。1936年，面临日本的侵略，中国文艺界发表《文艺界同人为团结御侮与言论自由宣言》，包天笑是签名者之一。1949年后定居香港，晚年作品有《钏影楼回忆录》（初、续编）等。

清末民初之际，包天笑主要创作家庭伦理小说，1920年代以后主要创作社会小说，成为通俗文学社会小说代表作家，代表作品有《留芳记》和《上海春秋》。1922年开始写作的《留芳记》，按照作者原计划，是以梅兰芳为贯串人物写一部80回或者100回的民国野史，但最后只写了24回，这部小说因此是一部未完成小说。从已写出的24回来看，"楔子"中提到梅兰芳出身，

---

① 熊月之主编：《上海通史》第10卷，第223、224、121页。

接着写吴佩孚、袁世凯身后的各种社会新闻。小说叙事杂乱,没有中心,结构松散,虽然不成功,但还是有很多人喜欢看,只因为这些人物及事件为当时的读者所关心。无论是真是假,小说都满足了读者的好奇心。

1922年10月,包天笑写出一部揭露社会黑幕的社会小说《上海春秋》。对于这部小说的创作目的和创作过程,作者说得很清楚:"都市者,文明之渊而罪恶之薮也。……上海为吾国第一都市,愚侨寓上海者将及二十年,得略识上海各社会之情状。随手掇拾,编辑成一小说,曰《上海春秋》,排日登诸报章。"①小说描述了当时上海发生的各种事件及其背后的来龙去脉,既有普通老百姓所知悉的事件,又有普通老百姓要详究的疑团,受到读者欢迎。由于以揭示重大社会事件背后的隐情和公众人物背后的隐私为情节,以传奇性、私密性满足读者的好奇心和阅读快感,包天笑的这两部小说被认为是都市黑幕小说的代表作。

江红蕉(1898—1972,江苏苏州人)编过《家庭》杂志,写过一些短篇小说,但是给他带来声誉的是他的长篇小说《交易所现形记》。小说以1921年底1922年初中国金融市场上的"信交风潮"②为题材,有现实性和纪实性,影响较大。

与包天笑、江红蕉小说的都市性不一样,程瞻庐的社会小说世俗性很强。**程瞻庐**(1882—1943,江苏苏州人)在1920年代之后主要写社会小说,而且数量极多,代表作品有《孝女蔡蕙弹词》《茶寮小史》及其续编、《黑暗天堂》《众醉独醒》《快活神仙传》《葫芦》《滑稽新史》《情茧》《童树的年轮》等等。后面5部小说都发表在《红玫瑰》上,因此,程瞻庐有"红玫瑰巨子"之称。程瞻庐的滑稽小说世俗性很强。他基本上是以平民的角度、世俗的眼光臧否是非。他的小说主要写两种题材,一是教育和知识分子;二是社会风气。他对当时的教育制度和知识分子基本上持批评的态度,认为老知识分子酸腐,新知识分子不学无术,都对平民不负责任。对社会风气,

---

① 包天笑:《上海春秋·赘言》,《上海春秋》,漓江出版社1987年,第1页。
② 1904年中国就有了交易所,但主要是日资为主的外国资本在其中经营。1914年北洋政府颁布《证券交易所法》。之后,上海证券物品交易所于1920年7月在上海开业;1921年5月由原来的上海股票商业公会改组成的上海华商证券交易所在上海开业。这两家华资经营的交易所开业之后,引起了上海乃至全国的股票买卖狂潮,也使得交易所赚了很多的钱。1921年5月至11月间,上海成立了百余家证券交易所,平均一、二天就成立一家,经营范围涉及各行各业。有些人办不成交易所,就办起了炒作本公司股票的信托公司,这段时间里,上海市场上一下就出现了十多家信托公司。1921年12月底,银行开始收缩银根,再加之法租界发布了严禁股票交易欺诈的21条。交易所、信托公司纷纷倒闭关门。一大批中小商人和广大股民在倒闭潮中纷纷破产,妻离子散、上吊、抹脖子、跳黄浦江的故事频频发生并广为流传。这就是1920年代初的"信交风潮"。参见熊月之主编:《上海通史》第8卷,第142—143页。

他同样持批评的态度,认为一方面所谓的新人物到处招摇撞骗,一方面很多迷信做法造就很多愚夫愚妇。程瞻庐小说的世俗性还在于,这些故事取之于世俗生活,听之于民间传言。他总是让人物在不合时宜的事件中进行夸张的表演,写酸人酸态,并在其中挖掘滑稽的趣味,所以,他的小说又被称为滑稽小说。

周瘦鹃(1894—1968,原名周国贤,笔名紫罗兰人等,江苏省苏州人)的贡献表现在三个方面。首先,他是一位翻译家。民国初年,他翻译了很多外国小说,其中一部分后来结集出版,名为《欧美名家短篇小说丛刻》。鲁迅当时在教育部任职,曾审定周瘦鹃的《欧美名家短篇小说丛刻》,并颁发给他一张奖状,对他热心介绍东欧诸弱小民族的文学表示奖励。其次,他是一位名编辑。1914年《礼拜六》创刊,他是《礼拜六》最主要的作者。此时是他创作的最高峰,既作又译,在《礼拜六》上发表了大量作品。到《礼拜六》后期,他成为主编之一,协助王钝根编辑杂志。之后,他又相继创办了《半月》《游戏世界》《紫罗兰》《紫葡萄》《新家庭》《乐观》等杂志,特别是他主编《申报》两大副刊《自由谈》和《春秋》近20年。他培养了很多作家,是中国现代通俗文学的推动者。再次,他是一位小说、散文作家。民初之际,他主要创作言情小说。周瘦鹃的言情小说基本上采用"离别模式"。所谓"离别模式",是指现实生活中的离别与人物感情的冲突。小说将感情揉碎了写,所以他的言情小说都是悲剧结局。代表作品是《留声机片》和《此恨绵绵无绝期》。1920年代以后,他创作了一系列"国难小说",代表作有《亡国奴日记》《亡国奴家的燕子》等。1949年以后,主要创作一些园艺、民俗题材的散文。周瘦鹃有很强的爱国情怀,五四时期,他曾在《申报》上发表多篇评论,声援学生运动。1936年10月,他与鲁迅、郭沫若、茅盾、巴金等文艺界21位代表共同列名发表《文艺界同人为团结御侮与言论自由宣言》。1949年后,曾任第三、四届全国政协委员。1968年8月被迫害致死。

向恺然(1890—1957,祖籍湖南平江县,常署平江不肖生)1916年,发表《留东外史》而成名,小说写中国在日本的留学生在留学期间的荒唐生活,是一部域外黑幕小说。向恺然产生很大影响的小说是《江湖奇侠传》和《侠义英雄传》。《江湖奇侠传》于1923年1月连载于《红杂志》,后来,《红杂志》改版为《红玫瑰》,小说继续连载。至106回后,向恺然回老家湖南,由赵苕狂续写,至160回结束。《江湖奇侠传》的贡献首先在它使得中国武侠小说从"江山"转向了"江湖"。传奇环境的拓展,明显地加强了武侠人物的主导地位和施展神奇的纵深感。其次是小说的民间立场。小说中穿插了大量的民间故事、民间争斗、荒山淫僧、巧遇奇人、得道成仙,那些在民间流传的人和事,被作者在小说中不断地描述着。《江湖奇侠传》将江湖的神奇境界和民间耳熟能详的故事混合在一起,构成了一个个似真似幻、亦虚亦实的武侠故事情节。后来风靡一时的电影《火烧红莲寺》就是从这部小说开始改编的。几乎在《江湖奇侠传》发表的同时,向恺然发表了另一部长篇小说《近代侠义英雄传》。这部小说同样彰显了他的江湖意识和民间立场。小说以王五和霍元甲为贯串人物,以王五救谭嗣同、霍元甲与俄国大力士比武为主要情节,写民族气节和爱国情怀。如果说《江湖奇侠传》侧重于江湖"武艺",《近代侠义英雄传》则侧重于江湖"武德"。这两部小说对后来的武侠小说影响很大,被认为是现代武侠小说的开山之作。

现代侦探小说影响最大的作家是程小青、孙了红。**程小青**(1893—1976,上海人,原名程青心)从1914年开始,一直致力于《霍桑探案》的创作。1946年,世界书局陆续出版了《霍桑探案全集袖珍丛刊》,共计30种。程小青侦探小说的故事基本上发生在上海中下层社会,在价值判断上除了法律之外,还常常将中国的道德标准穿插其中。程小青是柯南·道尔的《福尔摩斯探案集》中译本的主要翻译者之一,他的侦探小说受柯南·道尔的影响很深。

和程小青走"福尔摩斯——华生"的路不同,孙了红学习的是法国作家勒白朗《亚森罗频奇案》的创作模式,塑造了一个东方侠盗形象:鲁平。**孙了红**(1897—1958,浙江宁波人)最初涉足文坛大概是1925年左右,此时,他参加了大东书局出版的《亚森罗频案全集》的白话翻译。孙了红的小说真正成熟并自成一家,是在1940年代《万象》时期。他在《万象》上发表了《血纸人》《三十三号屋》《鬼手》《蓝色响尾蛇》《窃齿记》等小说。此时他的小说几乎篇篇都是精品,使他跻身于中国侦探小说一流作家的行列。别人以侦探为主体,他是以侠盗为主体;侦探破案是为了正义,侠盗破案却常揩油沾光;侦探破案正大光明,侠盗窥情却不择手段。所以孙了红的小说又可以称为"反侦探小说"。孙了红的贡献是将中国的传统文化写进了侦探小说中,显示出中国侦探小说本土化的努力。

蔡东藩(1877—1945,浙江萧山人)除了几次避让战祸离开家乡之外,基本上是蜗居乡里开蒙馆课徒。1916年他撰写的《清史通俗演义》出版,受到好评。在出版商和读者的促进下,他开始了《历朝通俗演义》的撰写。到1926年,依次出版了《西太后演义》《元史通俗演义》《明史通俗演义》《民国通俗演义》《宋史通俗演义》《唐史通俗演义》《五代史通俗演义》《南北朝史通俗演义》《两晋通俗演义》《前汉通俗演义》《后汉通俗演义》,共计12本,从秦始皇一直写到民国。全书1040回,651万字。这部大型的通俗演义用说故事的形式写正史,却也常常在小说的开头结尾处借古喻今。

现代科幻小说代表性作品是**顾均正**(1902—1980,浙江嘉兴人)的《和平的梦》(1946)。这部小说收了他创作的三部科幻小说《和平的梦》《伦敦奇疫》《在北极底下》。三则故事都是写一些阴谋家、野心家怎样利用科技手段欺骗人类。《和平的梦》写如何利用无线电集体催眠;《伦敦奇疫》写如何在空气中利用化合反应制造病毒;《在北极底下》写如何利用磁性控制地球。小说显然写的是一种"邪恶科幻"。顾均正揭示了科技的另外一面,即科技能造福人类,还有可能残害甚至毁灭人类。他的小说改变了清末民初以来科幻小说美好畅想的写作走向。

第三节 张恨水 李寿民等

北派通俗文学是指以天津为中心的中国北方地区的通俗文学创作。清末民初之际,当以上海为中心的南方通俗文学创作相当繁荣的时候,北方的通俗文学创作还不成气候,流行的还是南方的通俗文学作家作品,北方通俗文学的知名作家也就是赵焕亭、董荫狐等数人。这种状况到1920年代张恨水小说流行后有了很大的改变,一个通俗文学作家群体在天津地区形成了,他们的作品构成了20世纪现代通俗文学的北派。北派通俗文学创作以社会言情小说、武侠小说为特色,代表作家有张恨水、刘云若、何海鸣、李寿民、王度庐、白羽与郑证因。

北派通俗文学的崛起与1920年代后期京津地区的报业兴起有很大关系。张恨水的小说主要连载在北京的《世界日报》和《世界晚报》上。北派通俗文学其他作家以天津作家为主,他们的成名,是由天津报业促成。据统计,天津在1928年以前,报纸有14种,到1937年增加到58种,抗日战争之后,到1946年天津的报纸杂志还有51种。[①]其中著名的有《大公报》《益世报》《庸报》《商报》《天风报》等,均以刊登社会新闻和娱乐新闻著称。北派通俗文学就是在这个时期繁荣起来的。报业的兴起培养出一批善于创作社会故事和娱乐故事的通俗文学作家。那些著名的北派通俗文学作家都与这些报纸有着互为生死的依存关系,例如《大公报》与潘㔢公、《益世报》与赵焕亭、《商报》与白羽、《庸报》与王度庐、《天风报》与刘云若、李寿民(还珠楼主),他们是当时天津著名的通俗文学作家,也是这些报纸的主要编辑,甚至是主编。由于主要依靠报纸连载刊登通俗小说,北派的通俗小说大多是长

---

① 罗澍伟主编:《近代天津城市史》,中国社会科学出版社1993年,第610、774页。

篇,有些是没完没了的连载,很是冗长。

20世纪二三十年代,华北地区民族矛盾尖锐起来,然而天津是九国租界之地,再加上通俗文学的政治色彩比较淡,特殊的地域环境和自身的特点,使得通俗文学有了发展的空间。1920年代后期,上海逐步成为新文学的中心,特别是左联成立以后,为了获得意识形态上的话语权,左联展开了一系列的文化批判活动。通俗文学虽不是左联批判的中心,却也不断地受到批判。相比较而言,生活在北京的周作人、沈从文、废名等京派作家,大多崇尚个性,有名士作风,对意识形态的争斗、对市民大众的宣传,不甚关心,属于大众文化的通俗文学在这样的环境下因此得以茁壮成长。与上海不同,北派的通俗文学作家没有受到电影等时尚文化的影响,他们孜孜不倦地埋头于文学创作,作品量也很大。因此从全国来看,此时北派通俗文学实际上成了全国通俗文学的中心。

天津地处燕赵大地,侠气为重。这样的侠义精神,与古代题材结合起来就是侠义小说;与江湖题材结合起来,就是武侠小说;与天津当地的码头生活结合起来,就是帮会小说。侠义小说、武侠小说、帮会小说之所以成为北派通俗文学的特色,①有着传统的原因,也是天津的大众文化使然。20世纪二三十年代天津的曲艺开始繁盛,评剧成为最受欢迎的大众戏曲,与北京盛行的京剧成抗衡之势。这些曲艺、戏曲表演主要集中在租界和华界的结合部或者是城乡的结合部(例如"南市"等地),居住在那里的大多是中下层的城市贫民,他们成为这些大众文化的主要消费者。这些曲艺、戏曲名家都是编故事的好手,他们既有传统的、拿手的保留剧目,也不断增添新的内容。他们一方面为通俗文学提供了绝好的材料,另一方面那些曲艺的剧情也不断给市民小说提供素材。通俗文学就这样在与大众曲艺、戏曲互为依存、互相哄抬中繁荣起来。

北派通俗文学代表作家张恨水(1895—1967,安徽潜山人,原名张心远)1924年入《世界晚报》,开始了真正的文学创作。他的小说主要分三类,一类是社会言情小说,代表作品有《春明外史》《金粉世家》《啼笑因缘》等;一类是抗战小说,代表作品有《大江东去》《弯弓集》《虎贲万岁》;一类是社会讽

---

① 武侠小说是北派市民小说的强项。1923年南派作家向恺然(平江不肖生)作《江湖奇侠传》,拉开了中国现代武侠小说创作的大幕。《江湖奇侠传》等作品虽然令人耳目一新,但却并不比包天笑、周瘦鹃等人的社会小说、言情小说更吸引南方读者。1930年代以后,武侠小说的创作由北派作家接了过来,顿时蔚为大观。现在我们所认定的中国现代武侠小说的5大家、4大派,即李寿民(还珠楼主)及其"剑侠派",王度庐及其"侠情派",白羽、郑证因及其"帮会派"、朱贞木及其"历史派",都是北派作家所组成。可以说,如果没有这5大家、4大派,中国现代武侠小说几乎没有什么特别的成就可言。

刺小说,代表作品有《八十一梦》《五子登科》等。张恨水不仅小说数量多,还对中国传统章回小说作了现代化改造,堪称为中国现代通俗文学大师。

《啼笑因缘》连载于1930年3月17日至11月30日的上海《新闻报》副刊《快活林》,同年12月由上海三友书社出版单行本。接着又陆续被改编成话剧、电影、各种地方戏曲和连环画等。张恨水后来回忆说,他写《啼笑因缘》时要有意识地赶上时代,"当然,我的所谓赶上时代,只不过我觉得应该反映时代和写人民就是了"①。

> **声音**
>
> 《啼笑因缘》《江湖奇侠传》的广销不是《呐喊》《子夜》所能比拟,而且恕我说实话,若以前代小说的平衡标准来估价,民国以来实在不乏水准以上的章回小说,而我们的小说史中列着的新文艺作家们,何尝没有不成熟的滥竽充数的劣品。
>
> (徐文滢《民国以来的章回小说》)

这种意识给他的小说带来了新的气象,即:言情小说不再单纯地写男女之情,而是将男女之情与反军阀、反强暴结合起来。言情叙事和社会批判结合,这样的小说被称为"社会言情小说"。作为现代中国具有广泛影响的一部小说,《啼笑因缘》的吸引力首先在于,它提供了一个现代爱情模式,构画了"三角恋爱"的情节。这开拓了言情小说的表现空间,对后来的言情小说影响深远。小说艺术上的成功之处在于,人物性格生动、形象鲜活,作者善于以人物性格来推动故事情节的发展。故事以悲剧告终,既是军阀的残暴造成,也是人物性格缺陷所致。张恨水的抗战小说从1931年"九·一八"事变开始,并成为他之后创作的主要内容。《虎贲万岁》写抗战后期著名的常德之战,是在战役之后一个月根据实际材料写成,作者说:"一师人守城,战死得只剩下八十三人,这是中日战史上难找的一件事,我愿意这书借着五十七师烈士的英灵,流传下去。"②抗战胜利之后,国民政府给抗战有功人员颁发勋章,张恨水是为数不多的获得勋章的作家之一。《八十一梦》《五子登科》等社会讽刺小说写出了当时国民党政府的腐败和在接受敌产中的各种荒唐可笑之事,对国民党政权垮台的必然性作了形象的诠释。

对章回小说进行现代化改造,是张恨水的另一个贡献。他将中国传统章回小说的叙事中心逐步从写事转向了写人。1924年张恨水创作了《春明外史》。在这部小说中,他解决了将章回小说中散乱的材料集中起来的问题。他让所有的材料都服从于人物的命运,人物命运的起伏和发展成为小

---

① 张恨水:《我的创作与生活》,魏绍昌编《鸳鸯蝴蝶派研究资料》上册,上海文艺出版社1984年,第255页。

② 张恨水:《虎贲万岁·自序》,《虎贲万岁》,北岳文艺出版社1993年重印本,第1页。

说主要的情节结构。既然确立了人物的中心位置,心理分析就不可少,张恨水的《金粉世家》中有很多生动的心理描写。心理描写是西方小说的重要手法,鸳鸯蝴蝶派作家已经开始运用,张恨水在《金粉世家》中将之作为一种写作常态。《金粉世家》中的金燕西、冷清秋等人物的形象之所以生动丰满,细致的心理描写发挥了重要的作用。《啼笑因缘》中,张恨水将人物形象塑造视为叙事的中心,将人物性格作为小说情节发展的推动力,显得紧凑而生动。说故事、写人物,现代章回小说的美学形态至此基本成型。

天津作家刘云若有"小张恨水"之称。**刘云若**(1903—1950,原名兆熊,字渭贤)1930年在《天风报》连载的《春风回梦记》是其成名作。到1940年代末时,他大概写了四十多部小说,除《春风回梦记》外,著名的还有《小扬州志》《旧巷斜阳》《粉墨筝琶》等。刘云若的小说往往以底层平民的爱情为经,以天津世俗生活为纬。爱情线索构成了他的小说故事的起伏,世俗生活显示出他的小说神韵。天津的码头文化与混混、娼门文化与妓女、演艺文化与演员、租界文化与洋人等等,使得他的小说充满了津味,被称为"天津之魂"。

李寿民(1902—1961,四川长寿县人,笔名还珠楼主)从1932年创作《蜀山剑侠传》起,他以"蜀山"为核心创作了近30部武侠小说,构成了庞大的蜀山系列小说。他的小说以剑仙为主人公,想象奇特。他被称作中国现代武侠小说剑仙派代表作家。

《蜀山剑侠传》是一部以中国道家文化思想为主,其他文化思想为辅的武侠小说。道家文化为《蜀山剑侠传》开启了想象空间。道家文化的核心是人通过自身的修炼可以达到抗御外力的自由境界。所谓修炼是与天斗、与地斗、与己斗,当然也要与魔斗。《蜀山剑侠传》的主要情节就是众剑仙在修炼过程中的磨难和前行,其目标是达到神仙境界。要达到神仙境界,就要坚持善行,反对恶行。与儒家以道德作为善恶的标准不同,在道家那里,善和恶是以神性和魔性作为表现形态,因此道家文化中的善恶就有更多的灵异和玄幻色彩。《蜀山剑侠传》正是以神性和魔性作为正派与魔派的划分标准。

《蜀山剑侠传》被认为是一本奇书,其想象力至今无人能及,原因在于还珠楼主对传统因子所作的现代嫁接。《蜀山剑侠传》承中国神魔小说之传统,同时又运用现代武侠小说的成长模式,吸收科幻小说、电影特技镜头以及科普知识等现代艺术、科学之要素,构成了巨大的想象空间。作为连载数年的长篇小说,《蜀山剑侠传》的结构显得冗长。然而,作者说故事的能力很强,章节比全本生动,片段叙事优于整体的情节演绎。《蜀山剑侠传》是中国武侠文化的一座富矿,金庸等作家的小说和后来网络文学中的剑仙、玄幻小说都受其影响。

与李寿民几乎同时出现的还有王度庐、白羽、郑证因、朱贞木等一批成绩突出、具有特色的作家。他们与李寿民一起被称为北派武侠小说五大家。

王度庐(1909—1977,出生在北京贫困的旗人家庭)写了十多部武侠小说,其中最有名的是"鹤—铁系列",它们是《鹤惊昆仑》《宝剑金钗》《剑气珠光》《卧虎藏龙》《铁骑银瓶》。这5部小说自成一体又各自独立地写了五代武侠人物的恩怨情仇。王度庐是中国现代武侠小说侠情派的代表作家。他的小说是侠义、侦探和言情的结合体。侠义是指他小说中的江湖生活和价值判断标准,侦探是指他小说结构,言情是指他的小说的感情线索。

> **声音**
>
> 是封建势力对于动摇中的小市民的一碗迷魂汤。
>
> (沈雁冰《封建的小市民文艺》)

白羽(1899—1966,祖籍山东东阿,出生于天津,原名宫万选)第一部武侠小说是1926年创作的《青林七侠》。1938年创作的《十二金钱镖》是他的成名作,这部作品给白羽带来了社会和经济双效益,也促使他全心致力于武侠小说创作。他的主要作品有《血涤寒光剑》《毒砂掌》《武林争雄记》《牧野雄风》《联镖记》《大泽龙蛇传》《偷拳》《摩云手》等,大概20部左右。郑证因(1900—1960)出生在天津运河的古村落西沽,原名郑汝霈,号证因。郑证因走上写武侠小说的路子也是一个机缘。最初,他是被白羽请去做武侠小说创作的技击顾问。后来,他自己写起武侠小说来。现在列有郑证因之名的武侠小说近百种。他的武侠小说主要有《鹰爪王》系列、《太白奇女》系列、《铁狮王》系列、《女侠黑龙姑》系列等。代表作品《鹰爪王》。白羽、郑证因的小说基本上写镖局和帮会,走镖和黑道构成了小说的主要内容,有较强的神秘性,线索单纯而清晰。小说中武功技艺写得精彩纷呈,充满了阳刚之气。他们因此成为了现代武侠小说帮会技击派的代表作家。

朱贞木(约1905—?,浙江绍兴人)的武侠小说有两大系列:苗疆系列和历史系列。苗疆系列的代表作品有《苗疆风云》《罗刹夫人》等;历史系列的代表作品有《龙冈豹隐记》《虎啸龙吟》《七杀碑》等。苗疆系列小说明显受到李寿民的影响,走的是灵异之路。比较而言,历史系列展示了朱贞木的创作个性,他将江山的更替与江湖的纷争结合起来,所以被称为中国现代武侠小说历史派代表作家。

与以上写社会言情小说和武侠小说的作家相比,何海鸣显得比较另类,他以写倡门小说而成名。何海鸣(1891—1945,出生于广东九龙)年轻时曾参加革命党,1911年辛亥革命爆发时,他是汉口军分政府少将参谋长。他参加过辛亥革命、讨袁战争,袁世凯曾经用十万大洋买他的人头。他后来逃往日本，写下著名的《讨袁计划书》。袁世凯死后回到北京，卖文为生，笔名"求幸福斋主"。初写掌故小说，后写倡门小说。何海鸣的倡门小说较多，常被人们提及的有长篇小说《十丈尘京》、中篇小说《倡门红泪》，以及《老琴师》《倡门送嫁录》《妓债》等短篇小说。这些倡门小说大致上分为两类。一类是将妓女写成沦落风尘的有情人，这类妓女往往成为落魄政客、落魄文人的精神慰藉所，当然，也就演绎成一双可怜人批判社会不公的故事。这一类小说常常将批判的矛头指向社会，认为是社会黑暗造成了娼妓行业，社会不公造成了娼妓生活的窘迫与痛苦。如果说这一类小说还带有作者的理想性，另一类小说则更多是娼妓生活的实录。

研习提升

1. 范伯群：《世纪回眸：百年雅俗文学的分合消长及通俗文学的发展轨迹》，《中国市民大众文学百年回眸》，江苏凤凰教育出版社 2014 年。

2. 范伯群：《中国现代通俗文学史》，北京大学出版社 2007 年。

第九章
1930年代新诗散文

第一节 1930年代新诗

  进入1930年代以后,新诗呈现两种发展趋向,一些诗人承担起社会历史使命,在一定程度上疏离了诗歌艺术探索;另一些诗人则承担起诗艺探索的使命,但在一定程度上又疏离了社会责任。①

  新月后期诗人和现代派诗人,传承了新文学"人的发现"的主题,专注于主体精神世界的抒写,执着于新诗艺术美的追求。新月诗派在1927年后的活动由北京转移至上海,主要诗人有徐志摩、陈梦家、孙大雨、叶公超、梁宗岱、饶孟侃、林徽因、方玮德、卞之琳等。新月诗人后期活动以经营新月书店和刊行《新月》《诗刊》为主,1933年6月无形解体。1931年9月,陈梦家在其所编选的《新月诗选》的"序"中指出:"主张本质的醇正,技巧的周密和格律的谨严差不多是我们一致的方向","我们只为着诗才写诗",这可以视为后期新月诗人的创作宣言。后期新月诗人主张纯粹的自我表现,在艺术探索上取得了耀人的成果。其创作呈现两个新变:一是向内朝着更为隐幽的精神领域开掘;二是向外扩展显示出走向时代社会的倾向。纯诗理论使后期新月诗超越了前期新月诗古典含蓄的风格特征,显示出现代象征主义诗歌的特征。T.S·艾略特及其《荒原》等对后期新月诗的影响,主要表现在主智化倾向、非个人化倾向和"荒原意识"等方面。艾青认为,新诗史上的现代派诗是由新月派和象征派演变而来的。② 后期新月诗人参与了1930年代中国现代主义诗歌的合奏。

---

① 龙泉明:《中国新诗流变论》,人民文学出版社1999年,第179页。
② 艾青:《中国新诗六十年》,《文艺研究》1980年第5期。

《现代》(施蛰存主编)自 1932 年 5 月至 1934 年 11 月,共出刊 31 期。作者戴望舒、施蛰存、南星、玲君、陈江帆、侯汝华、李心若、史卫斯、金克木、林庚、路易士、何其芳、徐迟、废名等,在诗的题材选择、审美趣味、语言风格和艺术表现等方面有近似之处,他们以刊物为中心,形成了较稳定的诗人群,被人称为"现代派"。此后,卞之琳在北平编《水星》杂志(1934.10—1935.3),所刊诗歌与《现代》呼应。1936 年 10 月,戴望舒主编《新诗》杂志,并邀卞之琳、冯至、孙大雨、梁宗岱参与。早在 1930 年代,评论家就指出,以戴望舒为代表的这派诗,"是现在国内诗坛上最风行的诗式,特别是从一九三二年以后,新诗人多属于此派,而为一时之风尚"①。现代派诗人的代表性诗集有《望舒诗稿》(戴望舒,1937)、《鱼目集》(卞之琳,1935)、《汉园集》(何其芳、卞之琳、李广田三人合集,故有"汉园三诗人"之称,1936)、《预言》(何其芳,1945)、《二十岁人》(徐迟,1936)、《绿》(玲君,1937)、《石像辞》(南星,1937)、《春野与窗》(林庚,1934)等。抗战爆发后,新诗创作队伍急剧分化,现代派诗潮走向式微,其艺术风格则为 1940 年代的九叶诗人所继承和发展。

现代派诗植根于 1930 年代的社会人生。对其倾向,施蛰存曾在《又关于本刊中的诗》中作过概括:"《现代》中的诗是诗。而且是纯然的现代的诗。它们是现代人在现代生活中所感受的现代的情绪,用现代的词藻排列成的现代的诗形。"②现代派诗受益于法国象征诗的纯粹诗歌观念的影响,与李金发为首的初期象征派倡导的"纯粹诗歌"一脉相承,把田园乡愁和都市风景作为重要的诗学主题。现代派诗人注重表现"现代生活"和"现代情绪",强调诗的词藻和诗的形式要充分自由地表达现代人的情思。现代派诗人群主要由两部分构成:一部分是时代的巅峰跌落下来的弄潮儿;一部分是刚走出学院围墙、满怀愤世或梦幻之情的沉思者,他们未经革命浪潮即已跌进梦一般寂寞的深谷。这批敏感而正直的诗人,从"乌烟瘴气的社会现实中逃避过来,低低地念着'我是比天风更轻,更轻,诗行分隔线是你永远追随不到的。'(《林下的小语》)这样的句子,想象自己是世俗的网所网罗不到的,而借此以忘记"③。思想心态和审美价值取向,决定了他们创作内容的基本走向,即与

---

① 孙作云:《论"现代派"诗》,《清华周刊》第 43 卷第 1 期,1935 年 5 月 15 日。
② 施蛰存后来曾说:"五四运动以后第一代的新文学作家,所受的西方影响还是 19 世纪的。到了 30 年代,我们这一批青年,已丢掉 19 世纪的文学了。我们受的影响,诗是后期象征派,小说是心理描写,这一类都是 Modernist,不同于 19 世纪文学。"《又关于本刊中的诗》,《现代》第 4 卷第 1 期,1933 年 11 月 1 日。
③ 杜衡:《望舒草·序》,《现代》第 3 卷第 4 期,1933 年 8 月。

社会公众主体相疏离,更多聚焦于内心世界,抒写自我的情绪与感觉。例如何其芳把这时期自己写诗的道路称为"梦中道路",他的《预言》《季候病》《再赠》等诗,对美丽的梦的寻求和对爱情的怀想纠缠在一起,带着热情的甜蜜和透明的忧郁。陈江帆、金克木、侯汝华、南星和玲君的作品,都包含着浓厚的乡愁,对灵魂归宿的寻找敲响了哲学的墙壁。废名的《十二月十九夜》在"深玄的背景"下,透露出现代人的孤独感。林庚的诗风柔弱细腻,诗语晦涩而幽奇。虽然如此,我们仍能在诗中感受到时代脉搏的跃动和不甘屈服者的灵魂的闪光。

现代派诗在艺术探索上表现出强烈的现代意识和对于艺术传统的向心力,为新诗艺术的提高作出了贡献。[①] 从诗艺渊源看,现代派诗人主要受到法国象征派诗歌、美国意象派诗歌和以 T.S·艾略特为代表的现代诗潮影响;同时,现代派诗人也注意继承和发展晚唐五代李商隐、温庭筠一路"纯粹的诗"的传统。晚唐诗词不同于盛唐诗的透明清晰的情调和表现方法,很适合现代派诗人群注重隐藏蕴蓄、追求象征的审美情趣,也让他们由此找到同西方的象征派诗、意象派诗之间的艺术契合点。现代派诗在中外诗歌艺术的融汇点上建立起了属于自己的诗歌美学,其审美原则是追求隐藏自己和表现自己相结合的朦胧美;在表现方法上反对即兴创作和直接抒情,主张运用隐喻、象征、通感等手法实现情绪的意象化,把心中隐约的、难以描述的情绪,转化为具体可感的形象。现代派诗歌意象繁复、内涵丰富、组合奇特,被称为意象抒情诗。为了表达新异的诗情诗意,现代派诗尽力捕捉奇特的观念联络,表现了繁复的诗情和知性,给读者一种全新的感受。在诗体形式上,现代派创造了具有散文美的自由诗体。在那些成熟的现代派诗中,字句的节奏完全被情绪的节奏所代替,自然流动的口语准确地传达了诗人对复杂的现代生活的精微感受。

1930 年代的新诗歌运动是由中国诗歌会会刊《新诗歌》而命名的。1932 年 9 月由左联诗歌组发起组织的**中国诗歌会**于上海成立,主要发起人有黄浦芳(蒲风)、穆木天、杨骚、森堡(任钧)等。其成立"缘起"明确宣示:适应"九·一八"事变后"急雨狂风"的时代要求,受左翼大众化思想推动;不满于诗坛的沉寂,不满于某些诗人"把诗歌写得和大众距离十万八千里"的洋化和风花雪月倾向。在《新诗歌》创刊号上,刊登了同人的《发刊词》《关于写作新诗歌的一点意见》,揭起了现实的大众诗歌旗帜。随后,河北、广州等地

[①] 施蛰存:《为中国文坛擦亮"现代"的火花——答新加坡作家刘慧娟问》,新加坡《联合早报》1992 年 8 月 20 日。

相继成立分会,初步形成了以上海为中心向大江南北辐射的新诗歌运动。1934年12月,《新诗歌》因组织遭到破坏而停刊,这时,各地会员活跃起来,新诗歌运动转为散点式格局,出版了大量著作,显示了新诗歌运动的实绩。抗战全面爆发以后,新诗歌诗人在团结抗日旗帜下各自为战,形成了以广州为中心的南中国诗群为主要阵地,上海、武汉两个诗群为副翼的新格局。武汉、广东、厦门沦陷后,新诗歌运动进入尾声阶段。

中国诗歌会注重诗歌的现实性,提倡诗歌的大众化。穆木天在《新诗歌·发刊词》中提出其创作纲领:"我们要捉住现实,歌唱新世纪的意识",要使"诗歌成为大众歌调",诗人"自己也成为大众的一个"。"捉住现实",就是及时、迅速地反映现实的社会和人生,从事反帝抗日斗争;"大众歌调",就是创造大众化和通俗化诗歌,使诗歌普及到群众中去。中国诗歌会诗人创作了大量体现其诗学主张的诗歌。影响较大的诗人有蒲风、穆木天、任钧、杨骚、王亚平、柳倩等。农村题材在其创作中始终占据主要地位,展示了1930年代中国农民的生存状态。蒲风诗集《茫茫夜》大部分取材于农村生活,《茫茫夜》揭示出造成农村苦难的根源,表现了青年一代的觉醒和反抗。反帝抗日是中国诗歌会创作的又一重要主题。1935年,民族危机日益加重,诗歌会提出"国防诗歌"的口号,号召诗人把创作与民族解放运动更紧密地结合起来。他们创作了大量的长篇叙事诗,如杨骚的《乡曲》、穆木天的《守堤者》、王亚平的《十二月的风》、柳倩的《震撼大地的一月间》、温流的《我们的堡》、江岳浪的《饥饿的咆哮》等。中国诗歌会诗人创作追求大众化,缩短了诗歌与大众之间的距离,但是这些作品在内容和表达方面的公共社会特征掩饰了个人风格,导致诗歌内蕴与诗歌美学的粗疏。

1930年代还有一批以臧克家、艾青、田间等为代表的诗人,其个性意识、时代内容、艺术技巧能在创作中得到较好结合。臧克家(1905—2004,山东诸城人)是一位出自新月诗派之门又兼收各派之长的诗人。1933年自费出版诗集《烙印》,以后又出版了《罪恶的黑手》(1934)、《自己的写照》《运河》(1936)等诗集。《烙印》问世后,得到了茅盾、老舍、朱自清等的赞扬。"生活"是臧克家诗学的核心观念。[①] 他用冷峻中带有热情的笔,写出中国农民的深远的苦痛和坚忍、仇恨与不平,显示着他自称的"坚忍主义"精神,即严肃地面对现实生活中的险恶和苦难,"从棘针尖上去认识人生",带着倔强的精神,沉着而有锋棱地去迎接磨难,坚信"暗夜的长翼底下,伏着一个光亮的

[①] 臧克家这样表白:"建立了一个自己的'风格',而这个'风格'还是以生活作基石而建立起来的。"《我的诗生活》,读书生活社1943年,见《臧克家研究资料》,知识产权出版社2010年,第75页。

晨曦"。臧克家注重吸收古典诗歌凝练含蓄的特点,苦心于词句与用字的锤炼。① 臧克家诗作有着浓郁的乡土气息,被称为"乡土诗人"。正是从臧克家开始,中国现代诗歌"才有了有血有肉的以农村为题材的诗"②。田间和艾青的诗歌创作起初也是以农村生活为题材的。艾青(1910—1996)于1936年10月自费出版了第一本诗集《大堰河》,引起了很大反响。艾青吸收象征派诗歌的抒情艺术,以深邃的情感和自由的形式创作,被胡风誉为"吹芦笛的诗人"③。田间(1916—1985)在1930年代先后出版了诗集《未明集》(1935)、《中国牧歌》(1933)、叙事长诗《中国农村底故事》(1936)等。他的诗歌题材大多源自农民,诗风冷峻,形式新颖,以短促、跳荡的诗行和变形的意象传达急促而紧张的时代节奏和自己内心的热情与骚动,被闻一多称为"时代的鼓手"。叙事长诗《中国农村的故事》包括"饥饿""扬子江上""去"三部,格局阔大。

第二节　戴望舒　卞之琳

戴望舒(1905—1950,原名承,字朝安,笔名梦鸥,浙江杭州人)1923年入上海大学中文系学习,1925年秋转入震旦大学学习法文。此间开始从事文学创作。1932年赴法国留学。1929年出版第一部诗集《我底记忆》后,先后有《望舒草》(1933)、《望舒诗稿》(1937)、《灾难的岁月》(1948)等诗集出版,共存诗九十余首。戴望舒的新诗既映现了1920—1940年代的历史风云,也包含着一代知识分子曲折的思想历程,还记载着中国现代主义诗歌从幼稚到成熟的成长道路。

戴望舒的成名作是发表于1928年8月《小说月报》第19卷第8期的《雨巷》,作者也因此被称为"雨巷诗人"。这首诗典型地反映了那一年代知识青年苦闷、幻灭、彷徨而又对理想充满期盼的复杂心态。《雨巷》的诗句长短错落,音调和谐,节奏低沉徐缓,多次使用复沓手法,增强诗的抒情气氛,将诗的音乐美追求推向极致。叶圣陶称赞该诗"替新诗底音节开了一个新的纪元"④。戴望舒的新诗创作,经历了从早期浪漫感伤抒情到成为现代派代表诗人的发展过程。诗集《我底记忆》中的"旧锦囊"一辑12首可视为诗

---

① 臧克家:《〈烙印〉再版后志》,上海开明书店1934年。
② 朱自清:《新诗杂话·新诗的进步》,作家书屋1947年。
③ 胡风:《吹芦笛的诗人》,《胡风全集》第2卷,湖北人民出版社1999年,第454页。
④ 杜衡:《望舒草·序》,《现代》第3卷第4期(1933年)。

人初期创作,"雨巷"一辑6首标志着向现代派诗的过渡,"我底记忆"一辑收诗8首,显示出诗人创作开始进入成熟期。诗集《望舒草》收录了诗人最具代表性的作品,在这里,诗人找到了"新的情绪和表现这情绪的形式"。诗集《灾难的岁月》显示了诗人又一个转折点,诗集中的前9首可视为他的成熟期创作的余绪,写于1939年的《元日祝福》及其后创作的诗歌,则表明诗人的创作在思想和艺术上再次发生了新变。

戴望舒的前期作品,多写爱情苦闷和个人忧郁。忧郁、伤感的情绪,体现出诗人在现实与梦想的矛盾冲突中无所依傍的精神状态。在戴望舒的诗中始终徘徊着一个寻梦者不息的灵魂。《乐园鸟》中那不分四季昼夜,"没有休止"地做着"永恒的苦役"般飞翔的华羽的乐园鸟,是痛苦地寻求失去的梦的"天国"的诗人的自我象征。诗人的《寻梦者》写了梦的美丽和寻梦的艰辛:"当你鬓发斑斑了的时候,/当你眼睛朦胧了的时候,/金色的贝吐出桃色的珠……于是一个梦静静地升上来了。"寻梦者顽强而执着的追求精神得到了完美的体现。"从这种诗中,难以看到当时现实斗争的投影,但他所咏叹的飘零、寂寞、烦忧、痛苦和他所感受到的那种'不能喘一口气'的令人窒息的环境是与当时的社会现实相一致的。"①

戴望舒是一位富有艺术自觉意识的诗人,他的诗上接我国根基深厚的诗艺传统,外应世界现代诗艺的变化趋向。他带着晚唐温李那一路诗的美学风姿进入诗坛,纯美的追求是他的创作审美理想。在"雨巷"阶段,他主要受魏尔伦的影响,追求诗的音乐性和形象的流动性、主题的朦胧性。《望舒草》时期,他转向法国后期象征诗人福尔、果尔蒙、耶麦那种更为自由的、朴素亲切的诗风,欣赏"有着绝端地微妙——心灵的微妙与感觉的微妙"②的诗。戴望舒到法国之后,"兴趣又先后转到法国和西班牙的现代诗人"③,接受了法国诗人爱吕雅、苏佩维埃尔、西班牙诗人洛尔迦等的影响。④ 戴望舒还受到瓦雷里、波德莱尔等人的影响。他把接受种种影响后的探索同民族现实生活、古典诗歌艺术相融合,从而形成了成熟期的独特风格。

---

① 龙泉明:《中国新诗流变论》,人民文学出版社1999年,第329页。
② 戴望舒:《西莱纳集·译后记》,《戴望舒诗全编》,浙江文艺出版社1989年,第236页。
《现代》一则关于《望舒草》的广告强调指出戴诗的"特殊魅惑","不是文字的,也不是音节的,而是一种诗的情绪的魅惑"。
③ 出自施蛰存:《〈戴望舒译诗集〉序》,《施蛰存散文选集》第2版,百花文艺出版社2004年,第424页。
④ 龙泉明:《中国新诗流变论》,第346—351页。

在诗歌对象的审美选择上,戴望舒擅长在日常生活中寻觅抒情意象,在微细琐屑的事物中发现诗。无论是江南"雨巷"的凝视,一切有灵魂没灵魂的东西的"记忆",深闭而荒芜的"园子",还是相对而视的一盏"灯",都开掘出了令人深思凝想的诗意。如《秋蝇》把一只寒风中垂死的"秋蝇"作为抒情意象,逐层推进地写秋蝇垂死前的痛苦挣扎,隐喻在当时的社会摧残之下的个人痛苦,暗示了对人的生与死的思考。杜衡将戴诗特点归结为"把'真实'巧妙地隐藏在'想象'屏障里",认为"它包含着望舒底整个作诗的态度,以及对于诗的见解",对当时诗坛自我表现的狂叫和坦白奔放的直说诗风,是一种有力的反拨。戴望舒在诗的朦胧与透明、隐藏与表现之间,追求藏而不露的"半透明"的东方式的蕴蓄意境。戴望舒运用象征隐喻的意象与曲折隐藏的手法,委婉地展现主观心境,把情绪和意绪客观化,构成了诗的朦胧美。《印象》连用七个意象组合成一个虚幻缥缈的境界,来暗示某种缥缈恍惚的记忆和绵延不绝的寂寞,情思隐约,意境深邃。《古神祠前》运用扩展性的流动意象,暗示生命缥缈不定,无从捉摸,表达诗人蛰伏在心底的怅惘和怨思。从《我底记忆》后,戴望舒的诗追求"全官感或超官感"的意象,通过通感、隐喻等方式,形成出神入化的奇幻之美,给读者以新鲜的感觉。如《路上的小语》几行:"给我吧,姑娘,你底像花一样地燃着的,/像红宝石一样地晶耀着的嘴唇,/它会给我蜜底味,酒底味",注重感觉的复合性,并赋予感觉意象以丰富的心理内涵,写出内在诗情的微妙感受,显示出其与法国后期象征派诗人深厚的血缘联系。《灯》里写道:"太阳只发着学究的教训,/而灯光却作着亲切的密语。""灯光"由视觉转化为听觉,又把两种感觉相对比,构成活的情绪的表达。这类诗歌把不确定的、复杂的主题和情绪隐含在朦胧形象里,简单的形式蕴含了丰富的内容。

戴望舒为新诗语言的诗化作出了重要贡献。从开始追求格律美,努力使诗成为可吟的东西,到学习象征派诗歌独特的音节,追求回环往复的旋律,用朦胧的音乐暗示和创造迷蒙的意象,再到以口语入诗的自由体,戴望舒的诗摆脱了音乐的束缚,运用自然的现代口语,服从于诗人情绪的内在节奏,创造了具有散文美的自由体诗。这种诗"在亲切的日常说话调子里舒卷自如,锐敏、准确,而又不失它的风姿,有节制的潇洒和有工力的淳朴。日常语言的自然流动,使一种远较有韧性因而远较适应于表达复杂化,精微化的

> **声音**
>
> 诗人的思绪可不容易追踪,尽管如此,诗句所提示的一片灰蒙蒙意境,仿佛一幅印象派油画,使人不期然受到感染,悠然而兴苍茫之感。
>
> (张曼仪《卞之琳论》)

现代感应性的艺术手段,得到充分的发挥"①。如《我底记忆》选用亲切自然的口吻,叙说着诗人幽怨哀郁却真实的心境,注意情绪流动的自然,所有艺术手段都服从于娓娓诉说式的特定情调。意象物境日常生活化,诗句的排列自由化,有意识地摒弃了外在的音韵节奏和字句雕琢,这样就更加便于表达复杂精微的现代生活感受,比新月派诗人探索的新格律诗更有弹性。

1937年抗战爆发后,戴望舒诗的内容和格调发生了变化。此后写的一批诗作,关注民族国家的命运,在民族苦难中审视个人的不幸,回荡着强烈的爱国激情,格调由前期诗歌的幽玄、枯涩转变为明朗、雄健。《狱中题壁》是对抗日义士的歌颂,《我用残损的手掌》表达了对山河破碎的切肤之痛,对抗战后方的向往和礼赞,《偶成》洋溢着胜利的狂喜。《狱中题壁》《过旧居》《示长女》《赠内》等寄情于事或景,写实与象征相结合。其中《我用残损的手掌》借鉴了法国超现实主义诗人艾吕雅、苏拜维埃尔等的诗艺,创造了一个新的艺术境界。诗人不是在现实世界中写感觉,而是在感觉幻象世界中写想象。

卞之琳(1910—2000,江苏海门人)著有诗集《三秋草》(1933)、《鱼目集》(1935)、《汉园集》(1936,与人合集)、《慰劳信集》(1940)、《十年诗草》(1942)等。卞之琳创作70年间共发表了170首左右的诗,《雕虫纪历(1930—1958)》是他重要的新诗选集。"卞诗继承中国诗传统,借鉴西方现代诗新风,独辟蹊径,形式、语言、风格有一贯的个人特色,亲切、含蓄又多变化。"②

按照卞之琳自己的说法,他的创作可以1938年为界,分作前、后两期。最初,他受到了新月派诗人徐志摩、闻一多的熏陶,同时也接受了波德莱尔的影响。1932年后,他广泛接受东西方诗艺的优秀成果,如中国古代的李商隐、温庭筠、姜白石,以及西方的波德莱尔、魏尔伦、艾略特、叶芝、里尔克、纪德、瓦雷里等的创作技巧,形成了自己的现代诗风。卞之琳在1933—1937年间,诗艺臻于成熟,如《距离的组织》《尺八》《圆宝盒》《白螺壳》《断章》《音尘》等,可以视为其创作的顶峰。"卞之琳既吸收了从法国象征派到英美现代主义诗歌的营养又将中国传统哲学和艺术思想创造性地融汇一身,独辟蹊径,凝成了自己独特的诗的结晶。"③诗人的创作既"欧化",又"古化",袁

---

① 卞之琳:《〈戴望舒诗集〉序》,《戴望舒诗集》,四川人民出版社1981年,第5页。
② 《雕虫纪历》于1979年由人民文学出版社出版,1984年出版增订本。1982年,香港三联书店印行《雕虫纪历1930—1958》(增订版)。
③ 唐祈:《卞之琳与现代主义诗歌》,袁可嘉等编:《卞之琳与诗艺术》,河北教育出版社1990年,第19页。

可嘉曾用"上承'新月',中出'现代',下启'九叶'"来肯定卞之琳这一时期创作的特殊地位。①

卞之琳认为写诗是提取生活经验中那些最深沉的感受,使之结晶升华。他的克制、陶洗与提炼,都是循着这个倾向而有意为之的。就诗的内容说,诗作是诗人的人生体验与沉思的结晶。他初期的诗多写下层生活,曲折反映了当时的社会现实,用冷隽的调子掩盖着深挚的感受。《酸梅汤》写人力车夫和卖酸梅汤的老人,感叹生活的无可奈何与季节的更迭,深层意蕴是时间的流逝与生存的困窘。《几个人》写"一个年轻人在荒街上沉思",眼前几个人之生活的无聊与乖谬,一片光景的凄凉。《尺八》和《春城》等作品则体现了诗人的历史意识的深度。卞之琳在一些诗中探索宇宙和人生哲理,把深邃的思考融化在象征意象之中,隐藏在抒情结构深处。《断章》中哲理与形象巧妙融合,写出了事物的相对性。《距离的组织》把时空相对的宇宙意识,与祖国存亡的社会意识相交错,呈现出丰富的思想内涵。卞之琳有些写爱情的诗,如《无题》写一粒种子突然萌发以至含苞,预感到这是最终会落空的一段情事,是他玄思的流露。

卞之琳在诗的技巧探求上,融会传统的意境与西方的戏剧性处境,化合传统的含蓄与西方的暗示。如《路过居》传达出旧日北平低层小茶馆的典型风味,具有客观真实性。《酸梅汤》则运用戏剧独白体抒写。他的诗注意自我意识的客观化,作者的自我意识因出离了中心而遁化。有的诗中第一人称"我"非我,如《鱼化石》题下注明是"一条鱼或一个女子说";有的诗中第三人称"他"即是我,如《航海》中"多思者"就可以认为是诗人自己;有的诗中第二人称"你"即我,如《白石上》"以独白写成,但说话人和听者身份却不明确。'你'可以是任何一个人,也可以是诗人自己。如果'你'想象有人对你这样说,'你'也即是'我'了"。② 卞之琳采用主体声音的分化和对话方式,创造了中国新诗的现代文本。如《春城》通篇用说话的调子,但不是单一的调子,而是几种不同的声音。诗中所有声音都具有相对的独立性,虽是在作者的意识上展开,但诗人自己却遁化在一切声音之外。

卞之琳诗艺的另一特点是以暗示和象征手法,构成隐晦的艺术境界。由于诗人把握世界的思维方式的独特性和主体表达的复杂性,也由于诗人重意象创造而简略了意象间的关联,繁复的组织法造成了诗意表达的丰富、朦胧,给读者解读带来挑战。如《归》,把丰富的内容压缩到四行诗中,诗句

---

① 袁可嘉:《略论卞之琳对新诗艺术的贡献》,《文艺研究》1990年第1期。
② 张曼仪:《卞之琳著译研究》,香港大学中文系1989年,第33页。

简化、浓缩,表达上的跳跃同绵密的理意,增加了读解的难度。

卞之琳的诗歌"基于言语本身的音乐性",讲究格律,尤其是音顿、音韵和体式。他主张以"顿"建行:以二、三个单音字为主构成"顿"(音组);由一个或几个"顿"(音组)可以组成一个诗"行";由几行划一或对称安排,加上或不加上脚韵,可以组成一个诗"节";一个诗节可以独立成为一首诗,几个或许多个诗节划一或对称安排,可以组成一首短诗或一部长诗。卞之琳自谓除了少数自由诗,自己一直有意识地这样写诗。他以"顿"的参差均衡建构诗的节奏,以"韵"的呼应变化造成诗的音响效果。繁富的韵式是卞之琳诗的主要特点。如《白螺壳》有意识地套用瓦雷里《棕榈》一诗的复杂韵式,每节10行,韵脚排列为ababccdeed,兼用了"交韵""随韵"和"抱韵"。卞之琳进行了新诗史上最繁富的诗体实验。他的新格律诗追求,是总结了闻一多等前辈诗人、学者的研究成果,汲取其建设性意见,逐步完善起来的。

诗人到延安后,诗风趋向明朗浅白。他借鉴奥登《战时》组诗的诗质和诗形来写作《慰劳信集》20首诗。由于诗中融入了较多的文化意义和沉思,也就超越了应时应景的政治抒情诗格局而获得了现代抒情诗的品质。他建国后创作的有些诗"激越而失之粗鄙,通俗而失之庸俗,易懂而不耐人寻味"[①]。1982年诗人写出了《飞临台湾上空》和《访美杂忆》组诗6首,全是严谨的格律体,节奏韵律控制自如,创作风格呈现出向1930年代成熟期回归的趋向。

第三节　1930年代散文

1930年代的散文创作,传承了新文学散文对人生的探索和对心灵的抒写,以及风格多样化的传统。林语堂、郁达夫、丰子恺、夏丏尊等人的创作开始较早,林语堂、周作人等提倡闲适、性灵、幽默,虽遇左翼作家批评,但其创办的杂志《论语》《人间世》《宇宙风》却拥有广大读者群;还涌现出一批新进的青年作家,有何其芳、李广田、丽尼、陆蠡、缪崇群等,以清新的情感体验抒写自我。杂文因鲁迅而大放异彩。由于普罗文学的推动和倡导,报告文学成为新文体。

丰子恺(1898—1975,浙江崇德人),1922年开始白话散文创作,曾与夏丏尊等同为白马湖作家群成员,1930年代结集出版了《缘缘堂随笔》《随笔二十篇》《车厢社会》《缘缘堂再笔》等。受佛教思想影响,他在散文中着意

---

① 卞之琳:《〈雕虫纪历〉自序》,人民文学出版社1984年,第9页。

探究人生、自然的奥秘,其中浸润着佛理、玄思。这类散文以《渐》《秋》《两个》为代表。出于对"世间苦"的厌憎,他描绘直率无邪的儿童生活,神往于儿童纯真的情趣。这类散文受到日本作家夏目漱石的影响。夏目漱石的《旅宿》描绘了一个超脱世俗的美的世界,赞美"无心和稚心"。丰子恺倾心于夏目漱石的这一境界,他笔下纯真的儿童世界反映了他对理想的向往,对"彻底地真实而纯洁"的儿童生活的追求。代表作《儿女》描写了他的一群小燕子似的儿女"天真、健全、活跃的生活";《给我的孩子们》赞美儿童是真实而纯洁的"身心全部公开的真人"。佛教的玄理和儿童的天真并未使他对社会现实漠不关心,仍然写出了一些入世之作。《车厢社会》借车厢社会这幅人世间的缩图,表现了"凡人间社会里所有的现状"。他的这类散文,善于在日常生活中吟味世态人情,写出耐人寻味的人生意味。丰子恺早期散文受日本明治时代小说家德富芦花《不如归》与尾崎红叶《金色夜叉》的影响,这两位日本作家文笔畅达隽永,风格清新,他们的博爱思想也引起丰子恺的共鸣。丰子恺最喜欢读的是日本夏目漱石与英国斯蒂森的作品。尤其是前者对丰子恺影响至深,其轻快洒脱的文笔、独创的描写人生的幽默笔调、对社会恶习的抨击,以及独特的构思、新奇的视角等等,都给丰子恺很大启发。丰子恺还擅长漫画,他的散文与漫画可谓是孪生姐妹,在得到一个主题以后,宜于用文字表达的就是随笔,宜于用形象表达的就是漫画,因而他的散文具有其漫画式的独特视角与幽默表述法。作者运笔如行云流水,自然洒脱,于自然神韵中蓄含深婉情思,自成一种率真自然、清幽淡远的艺术风格。

新锐的青年散文家何其芳、李广田、丽尼、陆蠡、缪崇群等探索创新散文本体,带给文坛清新别致的抒情风格。[①]

李广田(1906—1968,出生于山东邹平)在北京大学求学时与何其芳、卞之琳结为诗友,合出过诗集《汉园集》,被称为"汉园三诗人"。但其文名盖过诗名,是京派中卓有建树的散文家。其1930年代所作散文收为《画廊集》《银狐集》《雀蓑集》三集。由于失望于污浊的都市文明,他把人性主题置放于远离都市文明的乡间"画廊"中去表现,立意于从未受都市文明浸染的乡村去发现、捕捉健康人性之光[②]。深厚的乡间情结使他在抒写个人际遇和心境时,更着意展示其乡土"画廊";清峻奇丽的山水风光和败落乡村中的人生面影又把那"画廊"装点得琳琅满目。在状写乡间风光的同时,李广田还以

[①] 参见汪文顶:《三十年代抒情散文的一个趋向》,《现代散文史论》,福建教育出版社1994年,第165—179页。

[②] 秦林芳:《乡间的"画廊"》,《李广田评传》,天津教育出版社2001年,第136—166页。

叙事散文着重描绘了乡土人物。在叙写乡土人生时,他着意挖掘蕴藏在他们身上的人性之美。从山崖采花出卖以养家的哑巴,在父兄亡命山涧后仍然"不得不拾起这以生命为孤注的生涯",他把自己的生命挂在万丈高崖之上,显得勇敢而大胆,成了"勇"的化身(《山之子》)。李广田受英国作家玛尔廷的影响,在其小品散文中追求的是"素朴的诗的静美"。写景佳作《扇子崖》多侧面多角度地描绘了泰山这一名胜"却扇一顾,倾城无色"的奇丽风光,文中穿插着风俗人情、神话故事,更浓化了静美的文化氛围。他的散文善于把抒情与叙事、写景结合起来,风格平实浑厚,感情沉郁而略带悲凉,具有较明显的柔美格调。他抗战后的散文进一步贴近现实人生,拓宽了题材领域,感情由沉郁转为泼辣,在柔美中融进了阳刚之气。

丽尼(1909—1968,湖北孝感人,原名郭安仁)的《黄昏之献》《鹰之歌》《白夜》经历了从低吟悲风到高歌抗争的嬗变。《黄昏之献》唱出了飘流者的飘流曲、悲风曲、无言之曲。《寻找》以盲人"我"寻找象征光明的姐姐为线索,虽有憧憬光明之意,但更多倾诉的是自我的无望和哀怨。《鹰之歌》描写搏击长空、歌声嘹亮而清脆的雄鹰,借此讴歌在黑夜中英勇牺牲的那位像鹰一样有着强健翅膀、会飞的少女,唱出了"我忘却忧愁而感觉奋兴"的歌声。丽尼的散文直抒胸臆,率真热烈,注意色调的搭配和音韵的和谐。后期作品侧重于写实,抒情性有所减弱。抗战爆发后,因生活所累脱离文坛,不再有创作。

陆蠡(1908—1942,浙江天台人)有《海星》《竹刀》和《囚绿记》。《海星》是对童真和自然的描写,着意探求人情美和人间爱,但时有孤寂情怀的流露。从《竹刀》开始,他关注中华民族的命运,表现了崇高的民族气节。《囚绿记》托物言志,回忆北平旧寓里一枝常青藤在被囚后仍不改"永远向着阳光生长"的习性,是一首深情委婉而又充满浩气的爱国主义的正气歌。陆蠡散文善于编织故事、勾勒画面,抒情含蓄委婉,语言凝练优美,节奏舒缓。这位有自己独特风格的散文家,后来被日本侵略者拘捕,惨死狱中。他用自己年轻的生命张扬了永不屈服于黑暗的常青藤精神。

缪崇群(1907—1945,江苏人)一生坎坷,贫病交迫,早期作品辑为《晞露集》《寄健康人》《废墟集》,大多回忆少年时期的生活,善于写儿女之情,表现的大多是孤寂、哀怨、感伤的情愫,在具体细微之处蕴含深意。

1930年代游记散文,有海外旅游散文、国内山水游记。前者有朱自清的《欧游杂记》《伦敦杂记》,郑振铎的《海燕》《欧行日记》,王统照的《欧游散记》,李健吾的《意大利游简》,刘思慕的《欧游漫记》等。这类游记采风问俗,有较强的社会性、民俗性和知识性,文风朴素。后者写景抒怀,发现自然,并在自然中发现人性,以郁达夫的《屐痕处处》《达夫游记》最有代表性。郁达夫写山水名胜,在刻画中融入感情,抒写了一个富有才情的知识分子在动乱社会中的苦闷情怀。另外还有钟敬文的《西湖漫拾》《湖上散记》等。

鲁迅是本时期最重要的杂文作家。瞿秋白的杂文也取得了一定的成就。他的杂文多收在《乱弹及其他》一书中,内容以政治批判和文化批判为主,大都具有鲜明的政治倾向性,思想犀利、深刻。他的《〈鲁迅杂感选集〉序言》是五四以来首次对鲁迅思想与杂文创作作出系统论述的文章,深刻地分析了鲁迅杂文的性质、特点和价值,并高度评价了鲁迅在现代文化史、思想史上的地位。这是鲁迅研究史上一篇重要论文。

在鲁迅杂文的影响下,1930年代出现了一批青年杂文作者。有《不惊人集》《打杂集》的作者徐懋庸和《推背集》《海天集》的作者唐弢,还有徐诗荃、聂绀弩、周木斋、巴人等。

1930年代散文的另一新收获是报告文学的兴盛。报告文学是从新闻报道和纪实散文发展而来的一种新的散文类型。1920年代初,瞿秋白的《饿乡纪程》和《赤都心史》开了中国报告文学的先河。1920年代中期围绕着"五卅"事件和"三·一八"惨案出现的纪实散文推动了它的发展。经左联的积极倡导和组织,《光明》《中流》等成为当时刊载报告文学作品的阵地。外国报告文学理论和作品的翻译[①],为中国报告文学的发展提供了范式。1932年阿英编纂的《上海事变与报告文学》对刚刚发生的"一·二八"事变作了及时反映,是我国第一部以报告文学名义出版的报告文学集。1936年,茅盾仿效高尔基主编《世界的一日》的做法,发起征文运动,在此基础上编成《中国的一日》。这本80万字、近500篇的大型报告文学集,广泛反映了同年5月21日中国各地的生活风貌。这是对群众性通讯报告写作的一次检阅,是稍后梅雨主编的《上海的一日》的先导。此外,比较重要的报告文学集还有1936年梁瑞瑜遴选通讯报告编辑而成的《活的记录》。

新闻界和文学界的许多人士也从事报告文学的写作。新闻记者邹韬奋所作的《萍踪寄语》《萍踪忆语》,萧乾的《流民图》《平绥散记》和范长江的《中国的西北角》《塞上行》等都是具有新闻性、纪实性的报告通讯,通俗明快,均产生过一定影响。1936年,夏衍的《包身工》"在中国的报告文学上开

[①] 其中较有影响者:沈端先译日本作家川口浩的《报告文学论》,贾植芳译捷克报告文学家基希的《一种危险的文学样式》,徐懋庸译法国作家梅林的《报告文学论》;周立波译基希取材于中国生活的长篇报告文学作品《秘密的中国》,阿雪译墨西哥驻沪领事馆外交官爱狄密勒的《上海——冒险家的乐园》等。

创了新的记录"①。它将群像和个像("芦柴棒")相结合,描写了包身工形象,反映了上海的日本纱厂里中国女工的悲惨生活。它借鉴电影艺术的表现手法来刻画人物,在结构上以时间为线索精心布局,纵向选取包身工一天生活中的几个场景作记叙描写,并从中生发议论。宋之的的《一九三六年春在太原》也逼真地写出了山西军阀不事抗日、专事"防共"的情景。它以第一人称"我"的见闻为线索,巧妙剪裁,将城内和城外的各种事变和情景加以展示和贯通,颇见匠心。

第四节　鲁迅　林语堂　何其芳

1932年《申报·自由谈》由黎烈文接编,在鲁迅等作家支持下,成为1930年代杂文的一个主要阵地。

鲁迅一生写下的杂文,编辑成集的共16部,以1927年为界,分为前后两个时期。前期从1918年至1926年,杂文集有《坟》《热风》《华盖集》《华盖集续编》。鲁迅前期杂文的主要内容首先是广泛而深刻的社会批评和文化批评。他从进化论出发,以个性主义和人道主义为武器,对陈陈相因的普遍性的社会现象和文化心理进行了深入的剖析,对陈旧伦理道德、专制意识形态进行了猛烈的攻击,对懦弱、卑怯、保守的国民劣根性进行了深刻的批判。如《随想录》《我之节烈观》《我们现在怎样做父亲》《说胡须》《看镜有感》《春末闲谈》《灯下漫笔》等,锋芒所指在中国延续数千年的"固有文明"。1925年前后,鲁迅杂文增加了社会批评的内容。围绕着女师大事件和"三·一八惨案"等重大事件,他猛烈抨击北洋军阀政府和现代评论派文人。《无花的蔷薇》《纪念刘和珍君》等满腔义愤地揭露了北洋军阀政府当局的凶残和流言者的下劣。

鲁迅后期杂文创作从1927年到1936年,有《而已集》《三闲集》《二心集》《南腔北调集》《伪自由书》《准风月谈》《花边文学》《且介亭杂文》《且介亭杂文二集》《且介亭杂文末编》《集外集》《集外集拾遗》等,写下了大量解剖中国社会思想与文化的杂文。这些杂文仍像前期杂文那样对中国传统文化的弊病和各种丑恶的社会现象进行了综合性的解剖,对改造国民性问题给予了一如既往的关注,表现了鲁迅对批判专制主义长期性、艰巨性的清醒认识。《二丑艺术》《爬和撞》《帮闲法发隐》《"题未定"草》等篇通过生动的形象,批判了二丑的投机艺术和小市民向上爬的市侩哲学,揭露了帮闲们的

---

① 《光明》半月刊1936年6月创刊号《社语》。

帮忙、帮凶的实质和"倚徙华洋之间,往来主奴之界"的西崽相。鲁迅这些现实性、政治性极强的杂文作为"感应的神经,攻守的手足",具有很高的认识价值和很强的批判性。鲁迅后期杂文的文艺批评是与社会批评、文化批评密切相关的。

鲁迅杂文在艺术上富有创造性,其文体形式可谓丰富多样。[1] 鲁迅杂文的主要艺术特点之一,是诗与政论的结合。他"独创了将诗和政论凝结于一起的'杂感'这尖锐的政论性的文艺形式。这是匕首,这是投枪,然而又是独特形式的诗!这形式,是鲁迅先生所独创的,是诗人和战士的一致的产物"[2]。鲁迅杂文做到了绵密的逻辑和生动的形象的高度统一、思想家的卓识和文学家的才华的高度统一。这种统一的方法就是:"论时事不留面子,砭锢弊常取类型"[3]。议论中"不留面子",针砭中"常取类型",正是他的杂文既有政论性、逻辑性,又有形象性、情感性的关键。他又善于作形象化的议论,特别是擅长从主体情感出发直接塑造形象,从而使他的杂文形象鲜明、情感浓郁。如《中国人的生命圈》从"圈"到"线"到"〇",层层推演,逻辑严密,议论深刻;但同时它又创造出了具体的形象,饱含了鲜明的爱憎之情。

鲁迅杂文的艺术特点之二,是从"砭锢弊"的立意出发,塑造出了否定性的类型形象体系。如:脖子上挂着铃铎作为知识阶级徽章、领着群羊走上屠宰场的山羊(《一点比喻》),"折中,公允,调和,平正之状可掬"的叭儿狗(《论"费厄泼赖"应该缓行》),吸人血又先要哼哼发一套议论的蚊子(《夏三虫》),发现战士的缺点和伤痕而自以为得意的"完美的苍蝇"(《战士和苍蝇》),一面受着豢养、一面又预留退路的二丑(《二丑艺术》)……鲁迅通过对这些类型形象的塑造,画出了种种黑暗势力的鬼脸,融注了作者对社会的真知灼见,对社会现实有极大的针砭意义,并且具有触类旁通的美感特征。

鲁迅杂文的第三个艺术特点是幽默讽刺和曲折冷峭的语言。他的杂文好用反语、夸张等幽默讽刺手法,亦庄亦谐,庄谐并出,往往三言两语就能画

---

[1] 巴人曾将鲁迅的全部杂文分成八种风格:第一种是"短小精悍,泼辣而讽刺的杂文",如《热风》与《伪自由书》中的大部分;第二种是"深厚朴茂显示无比的学识的杂文",如《病后杂谈》《"题未定"草》《女吊》等;第三种是"趣味浓郁引人入胜——诗意的形象化的杂文",如《说胡须》《论雷峰塔的倒掉》等;第四种是"战斗的论文式的杂文",如《"硬译"与"文学的阶级性"》等;第五种是"抒情的",如《我的态度、气量和年纪》《杂谈管闲事、做学问、灰色等》等;第六种是"质直的,搏击的",如《此生与彼生》等;第七种是"客观地暴露而不加以论断的",如《花边文学》中的一部分;第八种是"书序的一类"。但总的说来,鲁迅杂文的文字风格都"非常干净,简炼,得到语和文的高度的融化和统一,而又非常自然"。巴人:《论鲁迅的杂文》,《1913—1983鲁迅研究学术论著资料汇编》第3卷,中国文联出版公司1987年。

[2] 冯雪峰:《鲁迅论》,《雪峰文集》第4卷,人民文学出版社1985年,第13页。

[3] 鲁迅:《伪自由书·前记》,《鲁迅全集》第5卷,人民文学出版社2005年,第4页。

出论敌的"鬼脸",语言简洁峭拔,充满幽默感。如《偶成》一文针对国民党政府整顿茶馆、企图向读者灌输"正当舆论"一事而作,鲁迅运用绍兴一个名叫"群玉班"的戏班子不受看客欢迎作比:"台上群玉班,台下都走散。连忙关庙门,两边墙壁都爬塌(平声),连忙扯得牢,只剩下一担馄饨担。"用谐谑、幽默的语言讽刺了当局强行施以教育之不得人心。鲁迅杂文造语曲折,往往不直接得出结论,而采用比喻、暗示、对比等手段,通过叙述描画突出事物的内在矛盾,含不尽之意在言外,如《推背图》。《现代史》一文表面上显得文不对题,通篇都在写变戏法,实际上是以此比喻现代史,揭露了现代统治者巧立名目、盘剥人民的本质;语言曲折婉转,寓意深刻丰富,表现出驾驭语言的卓越才能。

正如瞿秋白早在1930年代初就指出的"杂感这种文体,将要因为鲁迅而变成文艺性的论文[阜利通——(feuilleton)]的代名词"①,鲁迅的杂文是中国思想和社会生活的艺术记录与文化反思,是20世纪二三十年代中国的百科全书。这正如他自己所说:"我的杂文,所写的常是一鼻,一嘴,一毛,但合起来,已几乎是或一形象的全体。"②鲁迅为中国文学创造了杂文这一文体范式,影响和造就了一批杂文作家。

林语堂提倡幽默小品,在中国现代散文发展史上产生了重要影响。

林语堂(1895—1976,福建龙溪人,原名林和乐、林玉堂)于1912年入上海圣约翰大学,毕业后到清华大学教英文,1919年入美国哈佛大学攻读比较文学,获硕士学位,后又赴德国耶那大学、莱比锡大学研究语言学,获哲学博士学位。1923年回国后先后任教于北京大学、女子师范大学和厦门大学。他是《语丝》杂志主要撰稿人之一。其"语丝"时期的散文集《剪拂集》斥国粹、张民主、倡欧化,对北洋军阀统治下的黑暗现实多有讥刺。林语堂是一个在西方文化熏陶下成长起来的知识分子,中国传统文化对他也有着深刻的影响。1932年9月,林语堂创办《论语》半月刊,嗣后又创办了《人间世》和《宇宙风》两刊,以发表小品文为主,提倡幽默、闲适和独抒性灵的创作。

林语堂将英文humour译成幽默,加以提倡。他认为,"'幽默'之所以异

---

① 瞿秋白:"谁要是想一想这将近二十年的情形,他就可以懂得这种文体发生的原因。急遽的剧烈的社会斗争,使作家不能够从容地把他的思想和情感熔铸到创作里去,表现在具体的形象和典型里;同时,残酷的强暴的压力,又不容许作家的言论采取通常的形式。作家的幽默才能,就帮助他用艺术的形式来表现他的政治立场,他的深刻的对于社会的观察,他的热烈的对于民众斗争的同情。不但这样,这里反映着'五四'以来中国的思想斗争的历史。杂感这种文体,将要因为鲁迅而变成文艺性的论文(阜利通——(feuilleton))的代名词。"《瞿秋白文集》第2卷,人民文学出版社1953年。

② 鲁迅:《准风月谈·后记》,《鲁迅全集》第5卷,人民文学出版社2005年,第402页。

于滑稽荒唐者",主要在于"同情所谑之对象","作者说者之观点与人不同而已",因此,幽默的特征即为"谑而不虐"①。这种幽默观既是美学观,也是人生观。他并非不讲面对现实,不过不想直接地针砭现实,而是以超然之姿态和"深远之心境""带一点我佛慈悲之念头",对现实中的滑稽可笑之处加以戏谑。在他看来,"幽默只是一种从容不迫达观态度"②。林语堂力主把幽默和讽刺分开,在他看来,二者的根本差别就在于作者与现实的审美距离不同:讽刺与现实的距离过近,每趋于酸辣、鄙薄;要去其酸辣、鄙薄,就必须拉开与现实的距离,做"一位冷静超远的旁观者",由此而达致的和缓、同情便是幽默的基础。林语堂的幽默观源自于西方文化特别是英国文化,他强调"参透道理""体会人情,培养性灵",是深得西方幽默之精髓的。他的幽默理论,虽然有西方文化的背景,但却是在当时中国特定的政治文化语境中发生的。在国民党政府的专制统治下,意欲苦中作乐、长歌当哭的人们往往也只能从幽默上找一条出路。而无论东、西方文化,幽默都是人生的一种高级状态,是文明与文化修养的自然流露。林语堂对幽默理论的倡导,是文化对"人"的发现,它不仅发展了中国现代幽默观,推动了1930年代幽默小品的创作,而且对改变国民"合于圣道"的思维方式和枯燥的人生方式也有所补益。正如郁达夫所说,"我们的中华民族,一向就是不懂幽默的民族,但近来经林语堂先生等一提倡,在一般人的脑里,也懂得点什么是幽默的概念来了,这当然不得不说是一大进步";因此,在"散文的中间,来一点幽默的加味,当然是中国上下层民众所一致欢迎的事情"③。

从其幽默观出发,林语堂在小品文的题材和风格上主张"以自我为中心,以闲适为格调"④;他认为,小品文要"语出性灵","凡方寸中一种心境,一点佳意,一股牢骚,一把幽情,皆可听其由笔端流露出来"⑤。由此出发,他自称提倡小品文的目的"最多亦只是提倡一种散文笔调而已"⑥。这种散文笔调的核心便是闲适和性灵,亦即通过多样化的题材和娓语式笔调,达到"个人之性灵之表现"的无拘无碍、从容潇洒的境界。这便是他所认定的小品文的本色。林语堂、周作人都特别推重明清小品。林语堂对闲适和性灵的提倡,秉承的仍然是新文化个性主义思潮;文学是怡养人的性情的,这是

---

① 林语堂:《答青崖论"幽默"译名》,《论语》创刊号(1932年9月)。
② 林语堂:《论幽默》,《林语堂文选》(下),中国广播电视出版社1990年,第79页。
③ 郁达夫:《〈中国新文学大系·散文二集〉导言》,《郁达夫文集》,第6卷,第268、269页。
④ 林语堂:《人间世·发刊词》,《人间世》1934年第1期。
⑤ 林语堂:《叙〈人间世〉及小品文笔调》,《林语堂文选》(下),第25、24页。
⑥ 林语堂:《小品文之遗绪》,《林语堂文选》(下),第27页。

其文学观内核。这一主张被提倡文学是战斗的武器的左翼作家们认为是不合时宜的,因此曾受到指责。鲁迅认为,这是"将屠户的凶残,使大家化为一笑"①,"靠着低诉或微吟,将粗犷的人心,磨得渐渐的平滑",他认为,"生存的小品文,必须是匕首,是投枪,能和读者一同杀出一条生存的血路的东西"。②

> **声音**
> 生存的小品文,必须是匕首,是投枪,能和读者一同杀出一条生存的血路的东西。
> （鲁迅《小品文的危机》）

1930年代是林语堂幽默理论的成熟期,也是他小品文创作的丰收期。从1932年《论语》创刊到1936年赴美国,他发表的各种文章(多为小品)有近300篇,其中一部分收在《大荒集》和《我的话》中。林语堂是一位富有灵性的小品文作家。他的小品文题材丰富繁杂,大至宇宙之巨、小至苍蝇之微,无所不包。《我怎样刷牙》《我的戒烟》等写日常生活琐事,津津乐道,无微不至。《论政治病》寓庄于谐,以戏谑之笔画出了政治病患者的面影,调侃了政府官僚的"养病"奥秘,话题本身却比较严肃,内容也相当充实。在他的小品之中,较有特色且具有较高文化含量的是那些中西文化对比的文章。他主张中西文化融合,从袁中郎"性灵"说

> **声音**
> 林语堂生性憨直,浑朴天真,假令生在美国,不但在文学上可以成功,就是从事事业,也可以睥睨一世,气吞小罗斯福之流。《翦拂集》时代的真诚勇猛,的是书生本色,至于近来的耽溺风雅,提倡性灵,亦是时势使然,或可视为消极的反抗,有意的孤行。周作人常喜引外国人所说的隐士和叛徒者混处一道的话,来作解嘲;这话在周作人身上原用得着,在林语堂身上,尤其是用得着。
> 郁达夫:《中国新文学大系〈散文二集〉导言》

与老庄哲学中发现中国传统文化优胜于西方文化之处,他以老庄道家思想与克罗齐哲学结合创造了自己的融合中西文化的新理念、新发现。这一文化立场使他能娴熟地用比较的新眼光来看问题,常常能在中西方文化的互参下发现中国传统文化的弊端,引发出改造国民性的思考。《谈中西文化》以柳、柳夫人、朱等三人对话的方式,探讨中西文化的差别,深入浅出,生动别致。林语堂的小品文是一种智者的文化散文,其中蕴含的文化信息丰富。同时也凸显真诚的性灵。他追慕纯真平淡,力斥虚浮夸饰,或抒发见解,切磋学问,或记述思感,描绘人情,皆出于自我性灵,绝无矫饰,显得朴素率真,这对当时文坛上的浮躁之气起过一

---

① 鲁迅在《"论语"一年》中提出,在"皇帝不肯笑,奴隶是不准笑的"时代,"可见'幽默'在中国是不会有的"。《鲁迅全集》第4卷,第582、585页。
② 鲁迅:《小品文的危机》,《鲁迅全集》第4卷,人民文学出版社2005年,第591、592—593页。

定的矫正作用。如《言志篇》洋溢着名士之逸气,直抒性灵,绝无遮掩。林语堂小品文显示出浓郁的幽默情味,这是他突出的艺术个性之所在。《鲁迅之死》在议论鲁迅的相关文章中别具思考,耐人寻味。现代散文中有过青年式的感伤气息和老年式的训诫色彩,林语堂的幽默小品则为现代散文带来了中年式的睿智通达的情味。虽然他的幽默有时还不免遭致"说说笑笑"的误解与讥议,但总的来说是有充实的生活内容和丰富睿智的人生态度的。为了传达出幽默情味,他还将谈话式的娓语笔调引入小品创作。他甚至"相信一国最精炼的散文是在谈话成为高尚艺术的时候,才生出来的",因为它们对读者含着"亲切的吸引"。① 林语堂从这种艺术追求出发而创作的幽默小品缩短了与读者的距离,对读者产生过很大的吸引力。② 作为幽默大师和现代娓语式散文开创者之一,林语堂在当时和后来都产生了相当大的影响。

林语堂因为1920年代提出"费厄泼赖"、1930年代提倡幽默小品都曾遭到鲁迅批判,所以在国内长期被视为"反动文人""帝国主义走狗"。而在国际文坛上,林语堂是知名度很高的作家和学者,被称为"高人雅士""幽默大师""一代哲人""东方文化传道者"。1935年9月,林语堂的英文著作《吾国与吾民》在美国出版,他开始向外国人比较系统地介绍中国文化和中国人的生活。1936年居留美国后,继续向西方世界介绍中国文化,所著《生活的艺术》《京华烟云》《孔子的智慧》《庄子的智慧》《苏东坡传》等二十余种著作。其中《生活的艺术》仅在美国就印行40版,还被译成多国文字。1965年林语堂定居台北阳明山后,编纂有《林语堂当代汉英词典》。"两脚踏东西文化,一心评宇宙文章",这是他晚年自撰联。林语堂致力于中西文化的交流和沟通,为中国文化走向世界作出了重要的贡献。③

何其芳(1912—1977,四川万县人)1929年后在上海中国公学、北平清华大学外文系、北京大学哲学系学习。1935年毕业后在天津、山东、四川等地从事教育工作。1938年去延安,在鲁迅艺术学院任教,任文学系主任。同年参加中国共产党,之后主要从事党的宣传工作和文艺工作。何其芳是1930年代京派重要的诗人、散文家。他最初是以写作新诗登上文坛的。何其芳还以更大的热情倾注于现代散文。他有感于中国现代散文"除去那些说理的,讽刺的,或者说偏重智慧的之外,抒情的多半流入身边杂事的叙述和感伤的个人遭遇的告白",而立志"以微薄的努力来证明每篇散文应该是一种

---

① 林语堂:《论谈话》,《林语堂文选》(下),第73页。
② 《论语》的销路曾达三四万份。
③ 参见王兆胜:《林语堂的文化情怀》,中国社会科学出版社1998年。

纯粹的独立的创作,不是一段未完篇的小说,也不是一首短诗的放大"①,表现出了独立的散文本体意识。这种意识在其 1936 年前创作的散文(收入《画梦录》《刻意集》)中有鲜明的体现。从内容上看,他早期的散文耽于幻想,刻意画梦。他自称"一片风涛把我送到这荒岛上","喜欢想象着一些辽远的东西,一些不存在的人物"②,并立意把自己温柔的玄想之梦描画下来,如白云轻盈地飘落花丛,如春雨悠然洒入绿苑,或则郁结愁思如江边空对的芦苇,或则声声叩问如梦里晨钟。它们以独语的形式抒写了青年知识分子找不到现实出路的寂寞、孤独之情和有所期待而又无从追求的苦闷心理。正如他在《独语》一文中所喻示的:

> 昏黄的灯光下,放在你面前的是一册杰出的书,你将听见里面各个人物的独语。温柔的独语,悲哀的独语,或者狂暴的独语。黑色的门紧闭着:一个永远期待的灵魂死在门内,一个永远找寻的灵魂死在门外。每一个灵魂是一个世界,没有窗户。而可爱的灵魂都是倔强的独语者。

《画梦录》共辑录包括《扇上的烟云(代序)》在内的 17 篇散文,所表述的主要是他画梦的"温柔的独语""悲哀的独语"。它们常用"独语"的调式,在孤独中玩味着孤独,在寂寞中吟哦着寂寞,探索并呈现了年轻知识者内心灵魂的颤动和对人生的独特感悟。为了在心灵探索中追求纯粹的柔和、纯粹的美丽,他力图以很少的文字制造出一种情调:有时叙述着一个可以引起许多想象的小故事,有时是一阵伴着深思的情感的波动。《梦后》低吟青春的寂寞和迟暮;《岩》玩味人生的孤独与荒凉;《黄昏》慨叹的是"我能忘掉忧郁如忘掉欢乐一样容易吗?"这些作品的情调酿制方式显然是属于后者。而《墓》则采用了前一种方式,写青年男子雪麟与已逝的女子柳铃铃进行情感交流的虚幻故事:仅仅活了 16 载的牧女柳铃铃在寂寞的快乐里长大,又在抑郁中死去,长眠在翠岩、清溪之间;"从外面的世界带回来的就只一些梦"的雪麟见了她的墓碑,在梦幻中与之神遇相悦。作品虽画出了雪麟梦幻满足后的短暂的欢欣与微笑,但却更反衬出其在人世间的无边的憔悴、孤寂和悲哀。当然,他的独语还有"狂暴"的一面。《雨前》在对大雨来临前自然景物的浓墨渲染中,表现了对甘霖的期待——但结果"雨还是没有来",失落之情

---

① 何其芳:《还乡杂记·我和散文(代序)》,《何其芳全集》第 1 卷,河北人民出版社 2000 年,第 238—239 页。

② 何其芳:《画梦录·扇上的烟云(代序)》,《何其芳全集》第 1 卷,第 72 页。

态宛然可见。

以《画梦录》为代表的这些独语体散文,一方面写出了处在边缘状态的青年知识分子孤独灵魂的独语,另一方面又表现了现代散文向散文本体的回归。他的"文艺什么也不为,只为了抒写自己,抒写自己的幻想、感觉、情感"①的文艺观加深了他对内心世界的开掘。在艺术表现上,他善于运用绚丽精致的语言、繁复优美的意象和轻灵玄妙的笔调,委婉地传达内心的复杂情愫,从而创造出幽美飘逸的艺术境界,具有秾丽精致之美。这时期,他在北京大学哲学系求学。他倾心于法国象征主义艺术,主要借助梁宗岱的译介,"对于法国象征主义派的作品入迷"②。他也迷恋于晚唐温庭筠一流秾丽精致而忧伤的诗艺。《画梦录》《刻意集》的艺术追求是与其诗歌《预言》一致的。象征的旨趣,意象的组合,音乐的和谐,色彩的秾丽,都是象征主义与唯美主义的。他说:"我不是从一个概念的闪动去寻找它的形体,浮现在我心灵里的原来就是一些颜色,一些图案。"③而那些"颜色"和"图案"蕴含的诗的境界,既是他创作的触发点,也是其散文吸引读者的亮点。作者借想象到艺术王国里去寻找艳丽的色彩和美丽的图案,去寄寓自己的情感和智慧,从而形成了一种特殊的意境。这正如李健吾所说:"他用一切来装潢,然而一紫一金,无不带有他情感的图记。这恰似一块浮雕,光影匀停,凸凹得宜,由他的智慧安排成功一种特殊的境界。"④

在1930年代散文接受其他文学样式的影响、日益向叙事化和议论化方向演变时,何其芳以其抒情散文独树一帜。其文体意义和文学史价值自然是不可低估的。《画梦录》在坚守抒情散文独立、纯正的艺术品格方面,为现代散文的发展作出了有益的探索。⑤ 正因乎此,《画梦录》与曹禺的《日出》、芦焚(师陀)的《谷》一起,于1937年获得《大公报》的文艺奖金。1930年代崛起的李广田、丽尼、陆蠡等一批新进作家,大都醉心于表现内心的苦闷、忧郁,并致力于对散文艺术美的追求。何其芳是他们中最具风格的代表。1936年以后,尤其是到了延安后,何其芳所作《星火集》等,以朴实的笔触和高昂的格调状写现实人生,风格发生了从诗意画梦到质朴写实的蜕变。

---

① 何其芳:《〈夜歌〉(初版)后记》,《何其芳全集》第1卷,第517页。
② 何其芳:《星火集·论工作》,《何其芳全集》第2卷,第9页。
③ 何其芳:《刻意集·梦中道路》,《何其芳全集》第1卷,第191页。
④ 李健吾:《〈画梦录〉》,《李健吾文学评论选》,宁夏人民出版社1983年,第128页。
⑤ 1937年5月12日《大公报》刊登评选委员会对于获奖作品的评语:"在过去,混杂于幽默小品中间,散文一向给我们的印象多是顺手拈来的即景文章而已。在市场上虽曾走过红运,在文学部门中,却常被人轻视。《画梦录》是一种独立的艺术制作,有它超达深渊的情趣。"

研习提升

1. 龙泉明:《中国新诗流变论》,人民文学出版社1999年。

2. 唐祈:《卞之琳与现代主义诗歌》,《卞之琳与诗艺术》,河北教育出版社1990年。

3. 蓝棣之:《意象象征主义浪潮:现代派》,《现代诗的情感与形式》,人民文学出版社2002年。

4. 汪文顶:《英国随笔对中国现代散文的影响》,《文学评论》1987年第4期。

5. 汪卫东:《鲁迅杂文:何种"文学性"?》,《文学评论》2012年第5期。

第十章
1920—1930年代戏剧

第一节 1920年代戏剧 田汉

中国现代戏剧(话剧)初潮,是在中国近代民主革命的推涌下产生的。与"诗界革命""小说界革命"相呼应的,是晚清戏曲改良运动。上海京剧名伶汪笑侬编新剧,创新声,演出时事新剧。1904年,陈去病、柳亚子创办的我国第一个具有革新意义的戏剧刊物《二十世纪大舞台》也应运而生。

据现有资料,中国最早的新剧演出可追溯到19世纪末20世纪初的上海学生演剧活动。据朱双云《新剧史》,1899年上海圣约翰书院的中国学生在圣诞晚会上演出了自编自演的新剧。[①] 此后,南洋公学的朱双云等人在校内编演过戊戌六君子与义和团故事。1905年汪仲贤组织文友会演出《捉拿安德海》《江西教案》,1907年组织开明新剧会公演以《六大改良》为总名的新剧。[②] 在中国戏剧发展史上,最早将源于西方的现代话剧形式比较完整地搬上舞台的,是中国留日学生组织的春柳社。曾孝谷、李息霜(李叔同)等1906年冬在日本东京成立春柳社,1907年2月演出《茶花女》第三幕;6月,演出《黑奴吁天录》。辛亥革命爆发后,发端于学生演剧的新剧演出已在上海形成气候,春柳社成员陆续回国,有新剧同志会、春阳社、进化团等,北方有南开新剧团,形成了20世纪初的新剧演出景观。

新剧,又称文明戏,是中国现代话剧的早期演出形态。新剧以写实的对话、动作替代传统戏曲的唱念做工,采用幕表制演出,并衍生出定型化的角色分配制,和为宣传鼓动而派生的"言论老生"演说,令时人耳目一新。但一

[①] 朱双云:《新剧史》,上海新剧小说社1914年,第1页。
[②] 汪优游(汪仲贤):《我的俳优生活》,《社会月报》第1卷第1—3期(1934年)。

旦失去了时代氛围与社会心理的支撑，加之演剧队伍自身素质的退化，以上海为中心的新剧运动即呈衰落之势。

中国现代话剧，在新文学革命中探索与实践。新文化的倡导者们以那时代特有的反叛性思维方式和破旧立新的革新精神，对中国传统戏曲进行了严厉的审视和批判。陈独秀、钱玄同、刘半农、胡适、周作人、傅斯年、欧阳予倩等纷纷撰文，投入对旧戏的讨伐。1918年10月《新青年》专门出一期"戏剧改良号"，基本观点是中国传统戏曲与现代话剧势不两立，他们将中国传统戏曲称为"旧剧"，指责它作为旧文化的一部分不能与新文化新戏剧两立。胡适的《文学进化观念与戏剧改良》一文论证中国旧剧中的乐曲、脸谱、嗓子、台步、武把子等属于应该随历史进化而废弃的"遗形物"，主张扫除这种"遗形物"并"赶紧灌下西方的'少年血性汤'"。① 这是激进派以西方进化论、人道主义、现实主义为武器，对以写意传神为美学特征的中国古典戏曲——旧剧的激烈批判。今天看来，这样的批评显然是粗暴的。

他们也为新剧的诞生进行理论建设和最初的尝试。翻译介绍外国戏剧理论和创作蔚然成风。从古希腊戏剧到文艺复兴、启蒙运动、古典主义、浪漫主义，以及唯美派、表现派、象征派、新浪漫主义等种种西方现代派文学创作都蜂拥而至，"匆促地而又很杂乱地出现过来"。据统计，从1917—1924年全国23种报刊、4家出版社，就发表出版翻译剧本一百七十余部，涉及16个国家七十多位剧作家。被比较集中地介绍并产生较大影响的西方戏剧家有莎士比亚、莫里哀、萧伯纳、王尔德、契诃夫等，最有影响的是易卜生。1918年6月，《新青年》精心组织了一组有关易卜生——从易卜生的传记到剧本和评论——的专稿，推出"易卜生专号"，刊登《娜拉》《国民之敌》《小爱友夫》三个剧本。胡适在《易卜生主义》中介绍易卜生的写实主义，分析易卜生的个人主义："务必努力做一个人。"②

胡适发表于1919年3月《新青年》第6卷第3期的《终身大事》是最早运用现代话剧的形式表现时代精神的剧作。剧情简单：田亚梅与陈先生的婚姻遭到父母反对，原因是"两千五百年前，姓陈的姓田的只是一家"。田亚

---

① 傅斯年的表达最具代表性："旧戏是旧社会的照相，也不消说；当今之时，总要有创造新社会的戏剧，不当保持旧社会创造的戏剧……；所以旧戏不能不推翻，新戏不能不创造。""在西洋戏剧是人类精神的表现（Interpretation of human spirit），在中国是非人类精神的表现（Interpretation of inhuman spirit）……最是助长中国人淫杀的心理。"傅斯年：《戏剧改良各面观》，《新青年》第5卷第4期（1918年10月）。

② 胡适：《易卜生主义》，《新青年》第4卷第6期（1918年6月）。

梅终于留下一纸,坐上陈先生的汽车走了。《终身大事》在内容与形式上都是对易卜生《娜拉》的仿制,胡适得风气之先,受到民主思想和易卜生写实剧的浸染。①

与新文学的问题小说同步,一批从内容到形式都借鉴于易卜生的**问题剧**应运而生,中国初期话剧中出现了众多娜拉型戏剧作品和"出走"型戏剧人物,这类戏剧故事在情节框架上,大都是以一个中年以上的人代表旧社会,以一个青年代表新社会,然后竭力显露旧社会的丑态,双方引起冲突,以新人物的出走来表明剧作家的社会理想。如胡适的《终身大事》、余上沅的《兵变》、欧阳予倩的《泼妇》、成仿吾的《欢迎会》、熊佛西的《青春底悲哀》、张闻天的《青春的梦》,甚至在浪漫主义戏剧,如郭沫若的《卓文君》和田汉的《获虎之夜》里,也分别塑造了古代的"娜拉"和出走未成的女性。站在时代高度,郭沫若将卓文君写成中国古代的"娜拉",她站在代表了封建势力的父亲卓王孙和公公程郑面前,毫无惧色,说出一番令卓王孙和程郑大惊失色的话来:

> 我以前是以女儿和媳妇的资格对待你们,我现在是以人的资格来对待你们了……你们男人们制下的旧礼教,你们老人们维持着的旧礼制,是范围我们觉悟了的青年不得,范围我们觉悟了的女子不得!

以1920年上海新舞台演出萧伯纳的《华伦夫人之职业》,和1921年民众戏剧社成立为标志,中国现代话剧进入了创作实践和全面建设时期。

1920年10月,文明戏演员汪仲贤(1888—1937,上海人,本名效增,艺名优游,笔名有陆明悔等)与戏曲名角夏月润、夏月珊、周凤文等合作,改编上演萧伯纳戏剧《华伦夫人之职业》。演出虽然失败了,但作为我国正式公演的第一个西式话剧,它促进了整个新剧界的反思。1921年1月,他署名"汪优游"发表《营业性质的剧场为什么不能创造真的新剧》,提出"非营业"的戏剧。很快陈大悲提出了内涵相同的"爱美的"戏剧,由此肇始了1920年代初期遍及南北各地的**爱美剧**运动,成为现代话剧的重要实践。

陈大悲(1887—1944,杭州人),就读于东吴大学,后赴日本学习戏剧。他提出了一个音意切合的名词翻译——"爱美剧":"我们理想中的指导社会

---

① 洪深在评论《终身大事》时说:"这时期,理论非常丰富,创作却十分贫乏。只有胡适的《终身大事》一部剧本,是值得称道的。""田亚梅是那时代的现实的人物,而'终身大事'这个问题在当时确又是一个亟待解决的问题,所以也可以说是一出反映生活的社会剧。"洪深:《中国新文学大系·戏剧集·导言》,《中国新文学大系·戏剧集》,上海良友图书公司1935年,第23页。

的戏剧家是'爱美的'（Amateur）戏剧家。（即非职业的戏剧家。）爱美的戏剧家不受资本家底操纵，不受座资底支配。"[1]1921年5月，由汪仲贤倡议，沈雁冰、柯一岑、陈大悲、徐半梅、熊佛西、欧阳予倩、郑振铎、汪仲贤、陆冰血、张隶光、陆冰心、滕若渠、张静庐等13人发起成立民众戏剧社。这个新文学革命以来第一个新的戏剧团体，仿效罗曼·罗兰在法国倡导民众戏剧活动时提出的向大众"普遍"，不受国家支配的"独立"，和戏剧为民众提供"娱乐、能力、知识"的主张，发表了民众剧社的《宣言》：

> 肖伯纳曾说："戏场是宣传主义的地方"，这句话虽然不能一定是，但我们至少可以说一句：当看戏是消闲的时代现在已经过去了，戏院在现代社会中确是占着重要的地位，是推动社会使前进的一个轮子，又是搜寻社会病根的X光镜；他又是一块正直无私的反射镜；一国人民程度的高低，也赤裸裸地在这面大镜子里反照出来，不得一毫遁形。[2]

民众戏剧社高扬民众的、为人生的、"真的新戏"的旗帜，提倡写实的社会剧，现实主义戏剧的理论观念终于成形。

蒲伯英（1875—1934，四川人）的六幕剧《道义之交》和四幕剧《阔人的孝道》，揭露讽刺上流社会虚伪的道义和孝道。陈大悲，在1920—1924年为"爱美的戏剧"写了《良心》《英雄与美人》《幽兰女士》《爱国贼》等十几部剧作，内容大多为革命党人的蜕变，伪君子的卑劣，官僚家庭的丑闻，军阀混战的灾难，妓院的陋习和妇女的悲惨命运，表现了社会生活的众多方面，成为风行一时的爱美剧目。熊佛西（1900—1965，江西丰城县人），毕业于燕京大学，是一位勤恳高产的剧作家，早期戏剧集《青春底悲哀》是问题剧的路子，1924—1926年间，戏剧创作转向反映现实中的平民生活和阶级民族矛盾，如《洋状元》《一片爱国心》《当票》等剧。汪仲贤的《好儿子》朴素地描写一个普通家庭生活，经纪人陆慎卿因失业造成家庭经济困窘，终于铤而走险，被捕入狱。1925年以后，新的写实主义戏剧创作注入了"抓住被压迫民族与阶级的革命运动的精神"和"表同情于无产阶级"的阶级观念和抗争意识。"谷剑尘底《冷饭》和胡也频底《瓦匠之家》，都是想用写实的手法，去写出那中下层社会的痛苦生活"，郑伯奇的《抗争》则是显露出"明白的反帝意识"的"反

---

[1] 陈大悲：《戏剧指导社会与社会指导戏剧》，《戏剧》第2卷第2期（1922年2月），转引自《中国新文学大系·戏剧集》，上海良友图书公司1935年，第32页。

[2] 《民众戏剧社宣言》，《戏剧》第1卷第1期（1921年5月）。

映时代的戏剧"。① 1921—1922 年初成立的戏剧社团还有应云为、谷剑尘、汪仲贤、欧阳予倩、徐半梅等组成的上海戏剧协社,前后奋斗 12 年,举行过 16 次公演。

1922 年,留学美国研习戏剧的洪深归来。1924 年他排演《少奶奶的扇子》(根据王尔德《温德米尔夫人的扇子》改编),采用写实的演剧风格,是中国第一次严格按照欧美各国演出话剧的方式,因而轰动全沪,打开新剧未有的局面。此举标志着比较完整的、具有现代意义的话剧艺术形式开始建立起来。

在 1920 年代社会问题剧的模式之外,田汉、郭沫若和丁西林的话剧创作别具一格,他们的共同特点是从文学走向戏剧,很少受文明戏的影响,他们的剧本创作取得了相当的成就。田汉、郭沫若那些标榜为新浪漫主义、本质上是浪漫主义的,又带有不同程度的现代派戏剧表现手法的剧作,比写实戏剧更具艺术光彩。田汉在 1920 年代发表了《咖啡店之一夜》《获虎之夜》等二十多部戏剧。郭沫若此时专注于历史题材的翻案剧,他在古代那些具有戏剧性和浪漫色彩的女性人物身上,发现了可以容纳现代思想的构架,融入了先觉者带有启蒙意识和批评意图的创造激情。他在 1923 年发表《卓文君》和《王昭君》,1925 年在"五卅"惨案的刺激下创作《聂嫈》,1926 年将这三部戏剧结集为《三个叛逆的女性》出版。在 1920 年代,为思想解放所激发,择取古事古诗中的著名女性予以再评价,重塑人物形象,成为一种戏剧现象。与郭沫若的翻案剧同调的,还有王独清的《杨贵妃之死》和《貂蝉》,袁昌英的《孔雀东南飞》,欧阳予倩的《潘金莲》等。剧作家重塑历史人物的创造激情,既内在地取决于他们的浪漫气质,更感应着萦绕于心胸的时代气息,所以就有了"借古人的骸骨来,另行吹嘘些生命进去",和"翻百年之陈案,揭美人之隐衷"的洋溢着浪漫主义情调和时代精神的历史翻案剧。洪深曾经指出田汉、郭沫若等人戏剧的文学性在中国现代戏剧史上的意义——"自从田郭等写出了他们底那样富有诗意的词句美丽的戏剧,即不在舞台上演出,也可供人们当做小说诗歌一样捧在书房里诵读,而后戏剧在文学上的地位,才算是固定建立了"。②

丁西林(1893—1974,江苏泰兴人)是一位出色的喜剧家,1923 年创作的第一部独幕喜剧《一只马蜂》一鸣惊人,此后又发表了《亲爱的丈夫》《酒后》

---

① 洪深:《中国新文学大系·戏剧集·导言》,《中国新文学大系·戏剧集》,上海良友图书公司 1935 年,第 71、93 页。

② 洪深:《中国新文学大系·戏剧集·导言》,《中国新文学大系·戏剧集》,第 48 页。

(1925)、《压迫》(1925)、《瞎了一只眼》(1927)、《北京的空气》(1930)等五个独幕喜剧。《压迫》针对北京租房"一要有铺保,二要有亲眷"的习俗,让一位单身男房客与房东太太争辩,又让一位女房客闯进来说:"让我做你的太太",即兴表演了一出双簧戏。男女主人公明快诙谐的台词成功地赢得了舞台喜剧效果,被洪深称为"那时期的创作喜剧中的唯一杰作"。丁西林的喜剧性不及讽刺喜剧那么尖锐辛辣,不取通俗喜剧那种朴实嬉闹,而是接近于英国的机智喜剧的雅致幽默。戏剧人物之间的思想性格差异构成了丁西林喜剧冲突的张力,在戏剧的嘲弄触发下,飘溢出沁人心脾的温馨,在会心的微笑中品味到其中的意蕴和美感。他的戏剧语言,被朱自清称为"平淡的幽默"[1]。

> **声音**
> 中国人对于戏剧,根本上就要由中国人用中国材料去演给中国人看的中国戏。
> （余上沅《国剧运动·序》）

1925年,一些留美学生,如余上沅、张嘉铸、闻一多"抱建设中华国剧之宏愿"回国,倡导"**国剧**"运动。他们在北京艺术专门学校增设戏剧系,又在徐志摩主持的《晨报副镌》上开设《剧刊》,余上沅、赵太侔、闻一多、张嘉铸、陈西滢、梁实秋、杨振声、熊佛西、邓以蛰等发表了有关戏剧理论、舞台美术及表演技巧的各种文章约40篇,提炼"国剧"的经典要义,要"在'写意的'和'写实的'两峰间,架起一座桥梁"[2]。但当时在新文化领域,学步西方的写实主义戏剧正如新潮初起蓄势奔涌,立足本土、协调中西的国剧运动被认为游离于时代,应者寥寥很快沉寂。直到1980年代,国剧运动及其理论与价值才被戏剧界再次认识。

田汉(1898—1968,湖南长沙人,原名田寿昌),1916—1922年就读于日本东京高等师范,1918年加入少年中国学会。在日本,他几乎是饥不择食地吸收各种西方文化,从莎士比亚、易卜生、托尔斯泰到歌德、王尔德、霍普斯曼,广容博纳。中国新文化运动更加激发起他改造社会的责任感和对文学艺术的爱好。1921年组织南国社。自1924年创办小型文艺刊物《南国》半月刊之后,田汉以波希米亚的方式开展"在野地"的南国戏剧运动。他在艰

---

[1] 向培良:"技术的纯熟和手段的狡猾,是没旁的剧作家可以赶得上他的。四个独幕剧,有着很一致的色彩,就是用漂亮的字句同漂亮的情节引起浅薄的趣味,在现代的民众间,是很受欢迎的东西。"《趣味的创造者》,《狂飙》第10期(1926年12月12日)。

[2] 余上沅:《国剧》,原为英文稿"Drama",发表于《中国文化论文集》,译文载《晨报》1935年4月17日,转引自洪深《中国新文学大系·戏剧集·导言》,《中国新文学大系·戏剧集》,第77页。1927年9月,余上沅从15期《剧刊》中选出二十多篇剧论汇编成《国剧运动》,由新月书店出版,并请胡适题写书名。

难困苦中以极大的热情、才华和毅力献身于中国现代戏剧运动,是 1920 年代中国戏剧创作剧目最丰、成就最高的戏剧家。

1920 年冬写成初稿的《咖啡店之一夜》,田汉自认为"事实上是比较能介绍我自己的'出世作'"①。剧作描写在弥漫感伤情调的咖啡店里做招待的白秋英与恋人——却已背弃前情并携新欢的富商子弟——猝然相遇,所激起的感情波澜,所体会到的人生孤寂与孤独。1922 年的独幕剧《获虎之夜》融进写实主义精神,描写一个"浮浪儿童爱上了一个富农的女儿"的悲剧:在莲姑被强迫的婚礼中一声枪响,被抬枪打中的却是去后山看望莲姑家灯光的黄大傻。黄大傻在伤痛和悲哀之中倾诉了对莲姑的一片痴情和自己的孤独,最后自尽。1930 年代洪深在选编《中国新文学大系·戏剧集》时称之为"本集里最优秀的一个剧本;在题材的选择,在材料的处理,在个性的描写,在对话,在预期的舞台空气与效果,没有一样不是令人满意的"。

发表于 1920 年代后期的《名优之死》的构思最早源于田汉在日本受到波德莱尔散文诗《英勇的死》的启示,决意"写一篇中国名伶之死为题材的脚本"②。1927 年冬,这部凝炼简洁、抑郁磊落的三幕悲剧在上海艺术大学

> **声音**
>
> 这是一出感伤、唯美的新浪漫主义之作。……主要是写黄大傻这个人物的"殉情的惨史"……田汉所追求的并非写实主义的社会问题剧。
>
> (董健《田汉传》)

鱼龙会上首演,以刘振声与杨大爷的三次交锋冲突为主线,刘振声与刘凤仙在人生艺术道路上的分歧和主线紧紧扣在一起,前台戏与后台戏互为烘托,均在剧情的自然发展中得到了生动表现。

田汉是波西米亚情调的诗人,他曾被象征灵肉冲突的戏剧《沉钟》(霍普德曼作)深深打动,因而在创作中也一再表现主人公在灵与肉的冲突中苦苦挣扎,"心在这一世界,而身子……在另一个世界,身子和心互相推诿,互相欺骗"(《湖上的悲剧》),"不知向灵的好,还是向肉的好?"(《咖啡店之一夜》),"想飞到个更高的灵之地带"(《灵光》),构成其早期戏剧冲突的内在张力。著名戏剧理论家陈瘦竹指出,他"以一个浪漫主义抒情诗人的敏感,来观察和体验人物内心的感情变化,并且善于渲染气氛,创造情调,使他的

---

① 田汉:《田汉戏曲集(一)·自序》,《田汉文集》,中国戏剧出版社 1983 年,第 453 页。
1920 年 9 月田汉写的第一部剧本《梵峨嶙与蔷薇》——"写一歌女与琴师之艳遇",表现出贯串他一生的"Violin and Rose"情结。

② 田汉:《田汉戏曲集(四)自序》,《田汉文集》,第 449 页。

人物用热烈的词句倾吐他们的真情或用低沉的语调诉说他们的哀愁"①。他的作品以鲜明的抒情色彩,像诗一样激动着读者和观众的心。戏剧诗本来包含抒情诗和叙事诗的成分,而田汉作品中的抒情诗成分显然多于叙事诗。他的剧中人经常情不自禁地奔放出自己的情感,因此他剧本中的台词甚至长达七八百字,有些台词与其说是对话不如说是独白。田汉对"新浪漫主义"(即现代主义)戏剧美学的感应,还表现为运用直觉、暗示、象征等手法去创造舞台"止水一般明净"的情景,以"探出潜在于现实背后的Something(可以谓之为真生命,或根本义)而表现之"。②尤其是1927年写的四个剧本《湖上的悲剧》《古潭的声音》《颤栗》《南归》,在浓郁的抒情和神秘的气氛中显示出象征主义的影响。田汉此时的戏剧艺术是诗与剧的统一,但也有一些结构上的粗疏。

感伤成了田汉早期剧作的基调。这也是那一时代青春文学的共同情调。田汉哀婉地叙写了孤独的漂泊者的形象和流浪艺术家的追求与失落。《南归》是这种漂泊人生的典型的诗意表现。漂泊既是感伤的载体,也为感伤增加力度,田汉早期剧作中的感伤的漂泊者形象具有特定的历史内容和浪漫主义的美学价值,在那个时代青年中产生了很大影响。

田汉是浪漫的热血青年,他的青春、恋爱、人生伴随着他的艺术创作。1919年他与19岁的表妹易漱瑜从长沙私奔,后得到舅父解囊相助赴日留学。易漱瑜产后病故,田汉与易的好友黄大琳结婚。1928年一封向他表爱慕的长信从南洋寄来,美丽的苏州姑娘、逃婚南洋的林维中,对青年艺术家怀着深深的痴情,两人各持对方照片在码头相会。1929年,安娥来到田汉身边。这位诗人气质的"红色女郎"在中共中央特工部工作,化名张瑛,受命结识田汉,促成田汉向"左"转。1930年4月,田汉发表著名长文《我们的自己批评》自我否定南国社时期的倾向,宣告"转向",应和着中国新文学在1928年之后的革命转型。1931年1月中国左翼戏剧家联盟成立,田汉当选为主席,投入普罗戏剧运动。

转向后的田汉注重表现工农群众所遭受的压迫剥削,从社会解放的角度表现社会的阶级矛盾和阶级斗争,如《梅雨》《乱钟》《扫射》《暴风雨中的

> **声音**
>
> 当他左倾时他想否定他本人的也是"南国"固有的艺术追求。他将会为此付出沉重的代价。
>
> (董健《田汉传》)

---

① 陈瘦竹:《田汉的剧作》,《现代剧作家散论》,江苏人民出版社1979年,第75页。
② 田汉:《新罗曼主义及其他——复黄日葵兄的思想》,《少年中国》1920年6月第1卷第12期。

七个女性》《一九三二年的月光曲》《洪水》等左翼戏剧；1930 年代田汉还创作了许多表现抗日救亡主题的戏剧，如《战友》等，这些戏剧与他描写工人农民苦难和反抗的剧本，正如他后来自己所说，多为配合政治宣传的"急就章"。田汉也努力追求在新的高度上的思想和艺术的平衡，三幕剧《回春之曲》因为回归到他所擅长的抒情风格而取得了较高的成就。剧作以恋爱悲喜剧的形式描写了一个抗日救国的动人故事，主人公健康的"回春"，爱情的"回春"和呼唤祖国抗日的"回春"，在这个传奇故事中得到了戏剧性的、诗意的表现。该剧源自他与林维中的恋爱故事。

下一个时期，田汉创作了《秋声赋》《黄金时代》《丽人行》《朝鲜风云》等剧作。

第二节　1930 年代戏剧

1930 年代中国现代戏剧的发展，首先表现在对中国的戏剧思想之路的寻找。

滥觞于新文学初期的易卜生式的写实主义与"为人生"的戏剧思想，成为 1930 年代的主流。熊佛西、欧阳予倩、洪深等人都取法写实主义戏剧，斯坦尼斯拉夫斯基的写实体验派表导演思想也在此时被介绍进中国戏剧界。[①] 洪深的戏剧思想受亚里士多德、现代剧作家贝克的影响，认为戏剧是"明显地、充分地描写人生的艺术"，他强调戏剧内容的时代性与社会性："凡一切有价值的戏剧，都是富于时代性的。"[②] 张庚在《戏剧概论》(1936 年)等著作中根据斯坦尼斯拉夫斯基的体验派表演理论，提出"心灵的化装"。熊佛西著有《佛西论剧》，他更注重"内心的动作"："一个绝妙的戏剧应该内外动作并重"，"内心的动作"就是剧中的一种"力"（Force）、"奋斗"（Struggle）或"冲突"（Conflict）。[③] 他的独幕剧《王三》（又名《醉了》）提炼剧中人酒醉之后复杂的内心冲突，形成丰富独特的戏剧性，显示出高超成熟的艺术水准。李健吾追求剖析复杂人性，他说："作品应该建在一个深广的人性上面，富有地方色彩，然后传达人类普遍的情绪。"[④] 曹禺、夏衍则以《雷雨》《日出》《上海屋檐下》的杰出成就显示出写实主义戏剧的成熟。从亚里士多德、易卜生

---

① 赵如琳：《史丹尼司拉夫斯基的剧场》，广州《戏剧》第 2 卷第 6 期(1931 年)。1937 年，郑君里据英译本译出斯坦尼斯拉夫斯基《演员自我修养》第 1、2 章，刊载于上海《大公报》。
② 洪深：《属于一个时代的戏剧》，《洪深文集》第 1 卷，中国戏剧出版社 1957 年，第 448 页。
③ 熊佛西：《佛西论剧》，朴社 1928 年，第 31、29 页。
④ 李健吾：《〈以身作则〉·后记》，《以身作则》，文化生活出版社 1948 年。

到斯坦尼斯拉夫斯基,写实论与表现论共存,显示出期待成熟的中国现代剧坛的活跃性。

1920年代崭露头角的新进戏剧家欧阳予倩、熊佛西、陈大悲、蒲伯英、白薇、袁昌英、余上沅等,大多坚守在自己的戏剧园地。天津(有南开新剧团)、北京的校园演剧活动相当活跃。而田汉带领下的南国社正以其富有青春魅力的感伤艺术激动着江南的青年,公演剧目有田汉创作的《古潭的声音》《南归》《苏州夜话》和王尔德《莎乐美》等。南国社的演出抒发了青年知识分子的"动摇与苦闷"的心声,"泪的感伤情调"引起共鸣。应云卫领导的上海戏剧协社于1927年后以单纯介绍、排演莎士比亚等西洋古典名剧为主,朱穰丞、袁牧之主持的辛酉剧社提倡"难剧运动"以钻研演技,曾上演过《文舅舅》(即契诃夫《万尼亚舅舅》)等,洪深等领导的复旦剧社排演《西哈诺》等外国名剧。循着这一注重艺术探求的路子,作为精英艺术的中国新型话剧将会迅速走上成熟正规的道路。

一股前卫、激进的戏剧思潮在上海发动,呼应着上海方兴未艾的无产阶级革命文学运动(普罗文学)。当时在上海的中共地下党员沈端先(夏衍)等人策划于1929年6月5日成立艺术剧社,参加者有冯乃超、郑伯奇、陶晶孙、钱杏邨、孟超、叶沉、许幸之、刘保罗、屈文(司徒慧敏)、朱光、石凌鹤、陈波儿、王莹等人,社长郑伯奇。艺术剧社第一次提出**"无产阶级戏剧"(普罗列塔利亚戏剧)**的口号,开始了中国共产党对现代戏剧运动的直接领导,意在使中国现代戏剧运动由起始于新文学的个性主义潮流转向无产阶级革命运动。①

1930年8月,在中共江苏文委领导下,以艺术剧社为中心,辛酉、摩登、南国社等戏剧团体联合,成立中国左翼剧团联盟,后又改组为以个人名义参加的中国左翼戏剧家联盟(简称"剧联")。这是继左联之后,又一个左翼文艺组织。左翼剧社有大道剧社、光华剧社、春秋剧社、蓝衫剧团等。

当时正处于党内李立三左倾机会主义路线时期,左翼戏剧运动带有明显的极"左"倾向,其理论与指导思想主要受当时苏联拉普、日本纳普的影响。无论艺术剧社还是左翼剧联都推行"唯物辩证法创作方法",片面地理

---

① 艺术剧社编辑出版了《艺术》月刊、《沙仑》月刊(夏衍、冯乃超主编)和《戏剧论文集》,强调戏剧要以唯物论的立场、无产阶级的目的意识,"阐明社会的矛盾,引导大众发生一种革命的热情来反抗奋斗,而达到革命的目的"。叶沉:《演剧运动的检讨》,《创造月刊》第2卷第6期(1929年1月)。收入《戏剧论文集》。

艺术剧社于1930年1月、3月上演富有革命色彩的剧目和反映工人与资本家斗争的独幕剧《阿珍》(冯乃超、龚冰庐)。

解文艺与政治、社会的关系,极"左"地理解并执行"无产阶级戏剧"口号,强调戏剧为政治斗争服务,提出演剧是"所谓一种政治的辅助工作。(参照起予君的论文)所以是武器底艺术,斗争艺术!"①剧联的《中国左翼戏剧家联盟最近活动纲领》强调革命戏剧深入工农群众,内容上强调暴露地主资产阶级与反动派的罪恶,在各种斗争中指出政治出路等。这一戏剧主张把新文学初期的社会问题剧演变为政治宣传剧,后来被视为中国现当代戏剧的主导思想与光荣传统,对中国现代戏剧的发展影响甚大。

为了建立抗日民族统一战线,1936年春左联解散,在这之前左翼剧联已于1935年冬自动解散,配合国防文学提出**国防戏剧**口号,以代替"无产阶级戏剧"口号。在"国防戏剧"高潮中出现了不少新人新作,如尤兢(于伶)、宋之的、陈白尘、凌鹤、章泯、姚时晓,剧目有《走私》《咸鱼主义》《洋白糖》《东北之家》《回声》《浮尸》《别的苦女人》《秋阳》《汉奸的子孙》等,"好一记鞭子"(《三江好》《最后一计》《放下你的鞭子》)演遍大江南北。夏衍创作了多幕剧《赛金花》《自由魂》(即《秋瑾传》)、《上海屋檐下》,其中历史讽喻剧《赛金花》曾被誉为"国防戏剧的力作"。

本时期的主要剧作家有田汉、洪深、曹禺、熊佛西、李健吾、袁牧之、宋春舫等。田汉创作了《梅雨》《月光曲》等反映工人生活的剧作,宣传社会政治斗争,已消退了他在南国社时期形成的个人风格。熊佛西在河北定县实验"农民戏剧"。在新文学革命时期以介绍西洋戏剧著称的宋春舫,创作了独幕喜剧《一幅喜神》(1932)、三幕喜剧《五里雾中》(1936)。他的喜剧在幽默中富含机智与精巧,比较讲究艺术技巧。王文显创作了三幕喜剧《委曲求全》(1929年演出)、《梦里京华》(1927年演出),幽默中透出讽刺的锋芒与尖酸辛辣的嘲弄。他的戏先以英语在美国演出,然后以中文在国内出版。他是清华大学西洋文学系主任,后以戏剧家名世的李健吾、曹禺、张骏祥、杨绛、陈铨等都曾先后在清华该系就读。沉钟社的杨晦于1933年发表五幕历史剧《楚灵王》。袁牧之擅写喜剧,《一个女人和一条狗》(1932)、《寒暑表》等构思巧妙,幽默机智、轻松活泼。丁西林、宋春舫、袁牧之受康格里夫、米林、王尔德等英国世态喜剧的影响,幽默中富含俏皮机智;王文显、李健吾、杨绛的讥嘲讽刺则较多受莫里哀、巴蕾、萧伯纳影响。徐訏在本时期开始文学创作,他的早期剧作受西方现代派尤其是未来派影响明显,有独幕剧《荒场》《鬼戏》《人类史》《女性史》等,后收入《灯尾集》,他在1940年代以写小说著称。陈楚淮主要在《新月》发表剧作,其《骷髅的迷恋者》运用象征主义

---

① 叶沉:《演剧运动的检讨》,《创造月刊》第2卷第6期(1929年1月)。

与表现主义的手法刻画一位老诗人在死神降临前哀叹生命、渴望生活的心境,闪炫着现代派的奇异光彩。

洪深与欧阳予倩、田汉被称为"中国话剧的三个奠基人"①。**洪深**(1894—1955,江苏武进人)1916年赴美,师从哈佛大学贝克教授学习编剧,成为从中国到国外专攻戏剧的"第一人"②。1922年学成归国,创作《赵阎王》。剧中赵大被迫当兵后,逐渐丧失良心。当他偷了饷银潜逃林中时,因良心受折磨而精神错乱,终被击毙。洪深要"说明'社会对于个人的罪恶应负责任':世上没有所谓天生好人或天生恶人,好人恶人都是环境造成的"③。剧作所运用的表现主义艺术手法模仿了当时正走红的美国剧作家奥尼尔的《琼斯皇》(1920年作)④。1923年秋,洪深参加上海戏剧协社。他通过排演《终身大事》,革除了文明戏中男扮女装的旧习。1924年洪深导演《少奶奶的扇子》,建立起正规的现代话剧表导演体制。

1930年代,洪深开始接受左翼革命文艺思想,他参加左翼剧团联盟,并创作了当时颇有影响的《农村三部曲》,包括独幕剧《五奎桥》(1930)、三幕剧《香稻米》(1931)、四幕剧《青龙潭》(1932)。《农村三部曲》以作者熟悉的江南农村为背景,叙述农民逐渐觉醒,进行自发斗争的情况。《五奎桥》围绕拆桥与保桥的冲突,展开了农民与地主豪绅间的斗争。这部独幕剧结构完整严密,戏剧冲突逐层展开,当冲突进入高潮,戏剧立即收结。剧中农民李全生、周乡绅的形象给人印象较深。

《农村三部曲》显示洪深的创作已从《赵阎王》时的社会问题剧转向政治宣传剧。这是1930年代初期左翼剧坛的一个趋势,与普罗小说、社会剖析小说相呼应。此时洪深以社会政治理论指导戏剧创作,他认为戏剧要"帮助他们解答目前生活中所遇到的困难问题",使他们有一个"可以领导着他们走着正路到达光明的人生哲学"⑤。左翼政治宣传剧追求理念化的创作方法,直截地将唯物辩证法化为戏剧创作方法。这当然给洪深乃至整个左翼戏剧创作带来影响。

洪深是热血爱国的艺术家,他积极倡导"国防戏剧"。他的《走私》《咸鱼主义》在当时反响强烈。卢沟桥事变后,洪深毅然辞去复旦大学教授职位,投入抗敌演剧活动。他被任命为周恩来领导的军事委员会政治部第三

---

① 夏衍:《悼念田汉同志》,《收获》1979年第4期。
② 洪深:《现代戏剧导论》(即《中国新文学大系·戏剧集·导言》),《洪深文集》第4卷。
③ 洪深:《洪深选集·自序》,《洪深选集》,开明书店1951年。
④ 不仅《赵阎王》的立意与《琼斯皇》的表层意思接近,而且两剧结构类似。
⑤ 洪深:《电影戏剧的编剧方法》,正中书局1925年。

厅所属戏剧科科长,与郭沫若、田汉等组织抗敌演剧队与救亡宣传队。这期间创作了《飞将军》《包得行》《鸡鸣早看天》。四川方言剧《包得行》(1939),写一个绰号"包得行"的无业游民转变为抗日战士的过程。三幕喜剧《鸡鸣早看天》(1945)中,作者截取横剖面,以小见大地揭示了抗战胜利后不久社会上阴暗驳杂的丑恶现象与生活的新动向,以及争自由民主的青年一代同家长发生的冲突。这部戏喜剧效果强烈,是洪深的代表作。

洪深是著名导演。他富有创造性地导演了《少奶奶的扇子》《米》《丽人行》(田汉作)、《法西斯细菌》(夏衍作)。他还是我国早期电影事业的开拓者之一。

李健吾(1906—1982,山西省安邑县人)的父亲是辛亥革命晋南领导人,1919年被北洋军阀杀害。这对李健吾倾向民主主义有深刻影响。他毕业于清华大学西洋文学系,1930年代后留学法国。他的戏剧创作基于对人性的理解:"作品应该建在一个深广的人性上面,富有地方色彩,然后传达人类普遍的情绪"①;他刻画戏剧人物重在表现人性中"善恶并存",描写人物内心的矛盾冲突。1933年他回国后,发表《这不过是春天》(1934)、《梁允达》(1934)、《村长之家》《以身作则》(1936)、《新学究》(1937)、《十三年》(1937,又名《一个没有登记的同志》)。这些剧作结构精巧严谨,语言精炼讲究,内在戏剧性丰富深刻,在当时已达到相当水平。

《这不过是春天》(三幕剧)是李健吾的代表作。剧中,北伐军革命者冯允平突然来到旧日情人、北洋军阀某警察厅厅长夫人的客厅;当冯允平即将被捕时,厅长夫人的心灵受到严重考验。《梁允达》中,贪财杀父的梁允达是作者要谴责的对象,剧作抓住梁允达的善恶并存来展开他的内心冲突,激发了戏剧高潮。《新学究》中的教授康如水、《以身作则》中举人徐守清,都是被金钱与旧礼教扭曲人性、心理变态的喜剧人物,这些被嘲弄、被讽刺的喜剧性格中也蕴含了他们是旧时代牺牲品的悲剧性因素。这是李健吾从戏剧描摹人性、刻画"善恶并存者"理念出发而创作的悲喜交融的美学品格,具有独特的美学价值。

李健吾以"刘西渭"笔名发表的文学评论,如评《雷雨》,评卞之琳诗,评《边城》等,文笔空灵精炼。② 后来他成为著名的法国文学翻译家。

夏衍(1900—1994,浙江省杭县人,原名沈乃熙,字端先)早年留学日本,1927年回到上海,加入中国共产党,成为职业革命者。1929年与郑伯奇、冯

---

① 李健吾:《〈以身作则〉·后记》,《以身作则》。
② 如《咀华集》,文化生活出版社1936年。

乃超等组织成立了上海艺术剧社,提出了"普罗列塔利亚戏剧"的口号。1930年参与筹建左联。1932年,参加电影工作,并任秘密的党的电影小组组长。他最初写了两部历史剧《赛金花》和《自由魂》。《赛金花》采用讽喻的手法,"画一幅以庚子事变为后景的奴才群像","以揭露汉奸丑态,唤起大众注意"。①

1937年夏衍创作了以现实生活为题材的剧作《上海屋檐下》(三幕剧),将笔触伸向上海市民社会的一角。三幕戏以同一个舞台场景——上海弄堂房子的一个横剖面,展示五户人家灰暗的生活和"人生的零碎"。从《上海屋檐下》开始,夏衍开始摆脱片面强调政治宣传的倾向。② 他选取平凡人物和日常生活,不追求曲折离奇的情节和尖锐激烈的矛盾冲突,自然、平实地再现生活的本来面目,揭示生活的内涵。他善于刻画戏剧人物的内心世界,流露出含蓄深沉的抒情特色。他用简洁、朴素的对话来展示人物复杂的情感、心理变化,用无言的动作,典型的细节,来透示人物心灵的秘密。《上海屋檐下》中的黄家楣夫妇,在老父面前互相责备、抢白,又互相安慰、相濡以沫的复杂情感,通过人物简洁的对话、动作来表现。

夏衍的戏剧讲究结构艺术。《上海屋檐下》在同一时间,同一地点,五户人家的故事同时展开。五股生活流,纵的线索层次分明,脉络清晰,同时又有横的线索相连接,像蛛网般纵横交织。其中匡复、林志成、杨彩玉三人的爱情纠葛为结构主线,另外四条线索交错缠绕,相辅相成。夏衍的戏剧重在描写与人物心境相契合的氛围。故事发生的时间是黄梅时节,从开幕到终场,阴晴不定,郁闷得使人透不过气来。作者将人们在自然气候和政治气候下的感受、心境融合起来,创造了富有诗意的戏剧氛围。

1930年代中期,田汉《回春之曲》、曹禺《雷雨》《日出》《原野》、李健吾《这不过是春天》、夏衍《上海屋檐下》的成功,标志着中国现代话剧文学样式的成熟。

第三节　曹　禺

曹禺(1910—1996,原名万家宝)是一位为中国现代戏剧的发展做出杰出贡献的剧作家。《雷雨》《日出》《原野》的出现,标志着从西方引进的中国

---

① 夏衍:《历史与讽喻》,《文学界》创刊号(1936年)。
② 夏衍:"这是我写的第四个剧本,但也可以说这是我写的第一个剧本。因为,在这个剧本中,我开始了现实主义创作方法的摸索。"《上海屋檐下·后记》,《上海屋檐下》,中国戏剧出版社1957年。

现代话剧的成熟。

曹禺出生于一个没落的官僚家庭。曹禺后来说,"《雷雨》《日出》《北京人》里出现的那些人物,我看得太多了,有一段时期甚至可以说是和他们朝夕相处"①。他母亲生下他三天即患产褥热去世,继母把他抚养大。曹禺少年时代跟随继母观看了京戏、昆曲与河北梆子、蹦蹦调、唐山落子等。1922年曹禺进入南开中学。1925年参加南开新剧团,先后演出过《压迫》(丁西林)、《玩偶之家》《国民公敌》(易卜生)、《织工》(霍普特曼)等剧,改编并参加演出了《财狂》(莫里哀《吝啬鬼》)、《争强》(高尔斯华绥作,与张彭春合作改编)。这使他懂得了舞台。1930年,曹禺升入南开大学,旋又转入清华大学西洋文学系。在张彭春的引导下,他开始熟悉西方戏剧,通读了英文版《易卜生全集》,研读了希腊三大悲剧家、莎士比亚、奥尼尔、霍普特曼等的剧本。再后,他又接触到契诃夫戏剧。经过五年酝酿,他终于在1933年完成了四幕悲剧《雷雨》。那年他大学毕业。之后接连发表了《日出》(1936)、《原野》(1937)。《雷雨》《日出》在当时中国剧坛上产生了巨大影响,为中国现代戏剧的成熟做出了决定性贡献。

曹禺于1936年应聘到南京的国立戏剧专科学校任教。抗战爆发后,他随剧专辗转到重庆,后又到四川江安。1938年他与宋之的合作改编抗战剧《黑字二十八》(又名《全民总动员》),1939年创作《蜕变》,1940年创作《北京人》。1942年,他离开国立剧专到重庆,任中央青年剧社、中国电影制片厂编导,据巴金小说改编了话剧《家》。他还以诗体翻译了《柔蜜欧与幽丽叶》,曾先后改编了《正在想》(据尼格里《红法兰绒外套》)与《镀金》(据法国拉比什《迷眼的砂子》)两个独幕剧。1946年,曹禺与老舍应邀赴美讲学。次年归国后,在上海任文华影业公司编导。1948年发表电影剧本《艳阳天》。

1949年后,曹禺历任中央戏剧学院副院长、北京人民艺术剧院院长、中国戏剧家协会主席、中国文联主席等职。他先后创作有《明朗的天》、《胆剑篇》(与梅阡、于是之合作,曹禺执笔)和《王昭君》。《明朗的天》是曹禺参加一系列思想改造运动后,以北京协和医院为背景,来揭露美帝国主义文化侵略罪行的。它曾获得全国话剧观摩一等奖。这个表现知识分子思想改造的剧作不可避免地受当时流行的"左"的思潮的影响。1960年代,曹禺创作历史剧《胆剑篇》。十年动乱后,他以70高龄创作《王昭君》,表现王昭君"乃请掖庭令求行"的坚毅性格。在孙美人这位富有光彩的悲剧女性形象和充满

---

① 《曹禺谈〈雷雨〉》,《人民戏剧》1979年第3期。

诗情画意的抒情方面,仍展露出剧作家的艺术才华。

四幕话剧《雷雨》(1934)是曹禺的代表作,这是一部杰出的现实主义的家庭悲剧,通过血缘伦常纠葛与性爱冲突,探索人性的复杂与人的悲剧。故事集中于一天时间内(上午到午夜两点钟),两个舞台背景(周家客厅、鲁家住房),从周朴园家庭内、外各成员之间前后30年的错综纠葛深入进去,写出了旧家庭中人性的悲剧。剧情被安放在长达30年的背景上展开,悲剧冲突建筑在历史的积累与酝酿中,从历史发展的角度探索人性的复杂与人的生存的悲剧。他是《雷雨》的中心人物。周朴园内心的复杂性,在对蘩漪与梅侍萍的态度中被揭示得淋漓尽致。30年前,侍萍的年轻美丽确能牵动这位青年的心。但是为了娶一位有钱有门第的小姐,周家人逼使侍萍投河自尽。他后来的内疚、忏悔是必然的、真诚的。但活着的侍萍再次出现在他面前时,他立即逼问:"你来干什么?"这暴露出他的本性。对待妻子蘩漪等人的态度,支配着周朴园在剧中的主要动作。通过周朴园威逼蘩漪"喝药"这个典型的戏剧动作,让人们看到他作为家长的威严。周朴园在剧中的贯穿动作就是维持家庭的固有秩序,"我的家庭是我认为最圆满,最有秩序的家庭"。但这就形成了对他人精神意志的压抑。历来的评论都认定周朴园是一个封建家长的典型,在"仁义道德"之下的冷酷、专制是其个性特征。曹禺在剖析周朴园的灵魂时,始终把他作为一个"人"来写,写他与侍萍年轻时的真情,写他深深的内疚与沉痛的回忆。剧终,周朴园以沉痛的口吻命令周萍去认生母,并向侍萍忏悔。作者的这一笔曾不断受到批评和指责,实际上正体现出剧作者对人物心灵深处的探察。这是周朴园这一形象塑造成功的关键。

蘩漪的悲剧灵魂中响彻着受到现代个性解放思想影响的一代妇女的抗议与追求的呼声。在这个悲剧女性身上,闪发出曹禺艺术才华的独特光辉。剧作家对蘩漪倾注了深厚的同情,怀着诗人的充沛激情塑造了这个形象。在话剧的经典演出中,蘩漪被塑造成在绝望中抗争、爆发的悲剧女性,她的阴鸷忧郁、她的歇斯底里在这个理论定型中被渲染得淋漓尽致。这个形象定型的理论支撑是强调《雷雨》主题的反专制意义,蘩漪是现代中国的"娜拉",是"反封建的斗士"。在传统的阐释中,周朴园与梅侍萍的关系被强

> 声音
>
> 《雷雨》构思的独特性与结构的复杂性更表现为:剧本是通过蘩漪与周萍的冲突来反映与推动蘩漪与周朴园冲突的,并且以这组冲突来勾联上述两条线索;尤其在戏剧结构上,是以蘩漪与周萍冲突为中心来组织全剧事件,决定其他矛盾发展,推动总的戏剧情节进展的。
>
> (朱栋霖《论曹禺的戏剧创作》)

化为阶级压迫与阶级斗争,周朴园与蘩漪的冲突被政治化为反专制斗争,蘩漪就是为了反对周朴园这个封建家长的专制独断,周萍之于蘩漪也是资产阶级纨绔子弟所为。确实,蘩漪在挣扎,但挣扎是表象,情感压抑无望的痛苦是她的内心,她因为情感欲望遭压抑而挣扎,因为无爱、痛苦而歇斯底里。剧中,蘩漪在双重的悲剧冲突中走完她人性欲望挣扎的全过程。作为一个追求情感自由的女性,蘩漪在家庭生活中陷入了情感压抑与精神折磨的悲剧;周萍背弃爱情的行径,又使这位要求摆脱压迫的女性在爱情追求中遭到抛弃,又一次陷入绝望。双重的打击与折磨,使蘩漪成为一个忧郁阴鸷的女性,终于从她那颗枯寂的心灵中升腾起不可遏压的力量。在第一幕"喝药"时,她痛苦地忍受了周朴园的威压,想到的是她与周萍的特殊关系;随着她与周萍关系的渐趋紧张,她对周朴园始而顶撞,继而嘲弄,最后爆发为报复。蘩漪精神上的主要对立面是周朴园,她与周萍的冲突反映了她与周朴园的冲突。但是,《雷雨》之构思的独特处在于,将蘩漪与周萍的冲突作为结构全剧冲突的主线。她在剧中的贯穿动作是抓住周萍不放。戏剧着力表现她不顾一切地追求周萍的爱,因而不顾一切地抗争。正是这个女性的心灵觉醒与所爆发出来的力量,在"最残酷的爱和最不忍的恨"[①]的交织中,她的内心向变态发展。爱变成恨,倔强变成疯狂。作者对蘩漪情欲悲剧进行了深入的发掘。她绝望中的反抗,充满了一个遭压抑的女性的血泪控诉,表现出对传统势力及其道德观念的勇敢蔑视与反叛。她反驳周萍:"我不反悔","我的良心不叫我这样看"。作者要赞颂的是蘩漪决绝反叛的勇气。她的"雷雨"式的激情摧毁了周朴园的家庭秩序,也毁灭了自己。蘩漪这一悲剧形象,是曹禺对现代戏剧的一大贡献,深刻地传达出个性解放的现代性主题。

　　在蘩漪悲剧的形成中,周萍是重要因素,但造成他人悲剧的周萍,自己也是个悲剧,尽管他的悲剧不同于蘩漪。周萍空虚、忧郁、卑怯、矛盾的灵魂始终被笼罩在周朴园精神威压的阴影中。这是一个在专制主义环境里,人的灵魂被压抑的悲剧。剧中年轻的周冲的追求,寄寓着作者的憧憬。他的死亡,流露出曹禺这位探索人性问题、寻求人生出路的艺术家面对社会现实的苦闷、悲愤、茫然之情。

　　当剧作家把鲁侍萍引进周公馆,重提30年前的旧事,而四凤又在重演母亲的悲剧,这就从历史的角度揭露了女性所受的欺凌,令读者深思人性的悲哀。《雷雨》让罢工工人鲁大海出现在董事长周朴园面前,将中国

---

① 曹禺:《序》,《雷雨》,文化生活出版社1936年。

1920年代劳资斗争的风云卷进周朴园家庭的内部,意在将鲁大海与周萍同时置放在其生父面前,演示人性与社会的复杂。在剧本的初版中,鲁大海的结局是走向渺茫。该剧1934年的初版本序幕、尾声中,鲁妈、繁漪两人发疯,周公馆成了教会医院,周朴园成了基督徒,他去看望这两个病人。

曹禺透过现实世界的错综复杂来思考人性,运用形象鲜明独特的戏剧艺术表现自己对人生和人性的感受与思考。剧中人物的血缘纠葛与命运巧合更真实、深刻地反映了人性的复杂与人生的残酷,结局引人思索,并在思索中探究人性与人的生存的悲剧性。曹禺创作的形象思维过程具有情感与形象的直觉性特点。他说:"我并没有显明地意识着我是要匡正、讽刺或攻击什么。也许写到末了,隐隐仿佛有一种情感的汹涌的流来推动我,我在发泄着被抑压的愤懑,毁谤着中国的家庭和社会。然而在起首,我初次有了《雷雨》一个模糊的影像的时候,逗起我的兴趣的,只是一两段情节,几个人物,一种复杂而又原始的情绪。"①青年曹禺的思想的复杂、探索与直觉,使他所创造的戏剧人物形象是浑圆的,《雷雨》主题因此呈现出多义性与多种阐释的可能性。《雷雨》问世后,周扬高度评价其反封建意义,②从此确定了《雷雨》的反封建主题。八十多年来《雷雨》历演不衰③,已成为中国话剧舞台的经典剧目。

> **声音**
>
> 我并没有明显地意识着我是要匡正、讽刺或攻击什么。
>
> 《雷雨》对我是个诱惑。与《雷雨》俱来的情绪蕴成我对宇宙间许多神秘的事物一种不可言喻的憧憬。
>
> (曹禺《雷雨·序》)
>
> 作者看出了大家庭的罪恶和危机,对家庭中的封建势力提出了抗议,一个沉痛的,有良心的,但却是消极的抗议。
>
> 反封建是这剧本的主题,那么宿命论就成了它的Sub—Text(潜在主题)。
>
> (周扬《论〈雷雨〉和〈日出〉》)

1936年,曹禺发表了四幕剧《日出》。从家庭悲剧《雷雨》到社会悲剧《日出》,曹禺在思想和艺术上都有新的发展。《雷雨》主要是从家庭内部关系出发来剖析人性,《日出》则揭示出现代都市社会中上层社会与下层社会之间"损不足以奉有余"④的不合理现象,进一步剖析人性的复杂与异变,探索人生出路。

曹禺在《日出》中把"鬼"似的人们生活的天堂与"可怜的动物"生活的地狱加以对照,剖析形形色色的人在此中

---

① 曹禺:《雷雨·序》,《雷雨》。
② 周扬:《论〈雷雨〉和〈日出〉》,《光明》第2卷第8期(1937年)。
③ 据刘克蔚《〈雷雨〉首演春晖中学始末》,1934年12月2日浙江上虞春晖中学高中部学生首演《雷雨》于春晖中学校庆晚会,《杭州师范学院学报》1997年第1期;1935年4月27日,由中国留日学生组织的中华同学新剧公演会在日本东京的神田一桥讲堂公演《雷雨》,导演是吴天、刘汝醴、杜宣。当时在日本的郭沫若为《雷雨》日译本作序。
④ 曹禺:《跋》,《日出》,文化生活出版社1936年。

的人性迷失。剧作围绕着银行家潘月亭与李石清斗法的三个回合,对上流社会内部勾心斗角的丑态进行了淋漓尽致的描写。剧中金钱万能的原则也体现在其余人身上。庸俗愚蠢、故作多情的富孀顾八奶奶,油头粉面、下流卑污的面首胡四,以为有了金钱就可以随心所欲地结婚离婚的洋奴张乔治,狡黠势利的茶房王福升,凶狠残忍的流氓打手黑三,这些人物凑在一处,形成了旅馆里污浊、糜烂、混乱的生活场景。剧作出色地塑造了拼命向上爬而终于被摔下来的银行襄理李石清这一人物形象。这一形象的成功之处,在于曹禺痛楚而悲悯地揭示了人物复杂的内心,他卑污的灵魂内还未完全消尽人性与自我认识,在他身上,作者也揭示了金钱的诱惑如何腐蚀、扭曲人性。剧本还安排了一个不出场的人物金八,通过这个人物,体现了作者对社会揭露的深度。曹禺为了刻画这类人的生活,曾在张彭春带领下冒着危险深入下三等妓院观察、了解,发现像翠喜一样的人有着金子似的心。

方达生是《雷雨》中周冲形象的发展,表现了作者的心灵追求(当然也包含着作者对他天真、幼稚、不谙世事的微讽)。全剧四幕的剧情时间是:黎明前,黄昏,午夜,凌晨日出。作者如此构思都是有寓意的。

虽说《日出》没有主角,但陈白露处于舞台中心,她的悲剧形象是剧本的灵魂。《日出》的主题诗是陈白露呼喊出来的,她内心的悲剧性冲突搭起了《日出》戏剧冲突的基本骨架。陈白露曾是"天真可喜的女孩子",但是灯红酒绿的刺激,锈蚀了她纯洁的灵魂,以致她与诗人的遇合以分手而告终,再次投入金丝笼而无力飞翔。陈白露拒绝方达生的挽救时,似乎玩世不恭、傲慢自负,但又不由自主地泄露了她心灵的颤抖。她为出卖自己的美丽与青春、断送人生希望而痛苦。在方达生面前,她发现了自己的"孩子时代",也发现了自己的悲剧。当人生道路与命运的抉择又一次摆在她面前时,她产生了"竹均"与"白露"的激烈内心冲突。在第一幕中,她与方达生谈话,赞美洁白的霜,呼唤自己少女时代的名字;她挺身而出,怒斥黑三,救下小东西;她欢呼太阳,欢呼春天,读起心爱的"日出"诗。"旧我"——她内心的要求、意志,要突破"新我"顽强地表现。[①] 第三幕,陈白露尽管没有出场,但翠喜、小东西的遭遇同陈白露的命运遥相呼应,并且这一幕的直接结果导致陈白露的希望与追求落空。因此第四幕一开始,陈白露已是泪流满面,陷入了深深的绝望与痛苦。她从小东西的遭遇终于明白无法掌握自己的命运,这时,诗人的形象又一次出现在她的眼前,唤醒她的"竹均"意识;过往的隐痛同时也被血淋淋地挑了出来,她绝不愿再过这种出卖心灵与肉体的生活。陈白

[①] 朱栋霖:《论曹禺的戏剧创作》,人民文学出版社1986年,第106—126页。

露的悲剧体现了她内心对人的价值的坚守。这是剧作家继蘩漪形象之后，为中国现代戏剧创造的又一杰出艺术形象。《日出》于 1937 年 2 月 2 日由上海戏剧工作社首演于卡尔登大剧院，导演欧阳予倩。

《雷雨》《日出》的卓越艺术成就，是同曹禺多方面吸收西方戏剧艺术，又能融会贯通分不开的。两剧的艺术形式基本上都取自西方戏剧。曹禺的悲剧观受到希腊命运悲剧与西方传统悲剧的影响。他的戏剧观接近易卜生。《雷雨》和《日出》，都是从一个非常性的紧急事变中提取戏剧冲突与中心动作，紧张激烈，全剧贯穿激变与危机，从中产生激荡人心的戏剧性。易卜生的社会问题剧对曹禺有深刻影响。《雷雨》与易卜生的《玩偶之家》《群鬼》等剧有许多若隐若现的精神联系。① 《雷雨》的回溯式戏剧结构，主要得力于易卜生戏剧与古希腊悲剧。易卜生将希腊悲剧家惯用的回溯式结构艺术发展到极致。《雷雨》与《群鬼》在舞台时间、地点、基本事件、人物关系和三一律、回溯式结构等方面，有许多相似之处。② 《雷雨》要表现的故事时间跨度长达 30 年。曹禺从 30 年来的矛盾着眼，就一天之内的冲突落笔，从戏剧激变的中心单刀直入。大幕拉开，已是危机降临前夕，周家 30 年来惊心动魄的故事都在这一天内暴露，悲剧的发生仅仅是过去一系列罪恶的结果。这些相似但并非简单模仿的手法，主要出自曹禺的创作意图和强化剧本紧张激荡风格的需要。话剧是外来艺术形式，在反映中华民族生活方面，几十年来的努力有成功也有失败。曹禺的《雷雨》《日出》出色完成了以现代话剧反映中华民族的现代人生的任务。

曹禺在第三个剧本《原野》(三幕剧)中将对人性的剖析进一步向深层开掘。《原野》表现的是八年后仇虎逃出牢狱来到焦家报一家两代之仇。冲突在仇虎与焦母之间展开。曹禺刻画了仇虎这个农民复仇者那满蓄着仇恨与反抗力量的灵魂。焦母的暴戾、凶残、诡计多端也被刻画得入木三分。他刻画了一个在宗法思想影响下的农民复仇者的心理悲剧。

剧本通过内、外两种冲突来塑造仇虎形象。③ 戏剧的外部冲突——仇虎为复仇而同焦母展开的冲突，表现出农民的反抗；人物的内心冲突——仇虎杀人前的矛盾心理，杀人后的恐惧、自责，深入一步体现出悲剧的成因。《原野》的戏剧动作在这里得到了统一，两种冲突没有造成仇虎形象的前后隔离。仇虎复仇杀人的对象是焦大星与小黑子，而他们是无辜的。仇虎之所

---

① 弗朗茨·梅林:《亨利克·易卜生》，《易卜生评论集》，外语教学与研究出版社 1982 年。
② 陈瘦竹:《现代剧作家散论》，江苏人民出版社 1979 年，第 219—248 页。
③ 朱栋霖:《论曹禺的戏剧创作》，第 157—159 页。

以忍心下手,就在于他认为焦大星是焦阎王的儿子。这种"父债子还"的传统宗法伦理观念,其实是十分愚昧的。不幸者的惨叫触动人性的神经。仇虎奋起一击,没有触动对方,却使自身陷入了自责与痛苦,掉进了恐惧的心狱而不能自拔。焦母深夜叫魂的鼓声,使他神经错乱。愚昧、迷信将他的心灵推进幻觉引起的恐怖中。序幕中,他敲掉了焦阎王给他戴上的镣铐,但却无法挣脱精神镣铐的束缚,最后仍然回到十天前挣脱的镣铐面前。实际上,肉体与精神的两种镣铐他都没有挣脱。

在描写仇虎形象的同时,剧本还出色地塑造了花金子与焦大星的形象。金子与焦母针锋相对而勉强自我克制,她满怀狂热的青春激情,对大星这窝囊废既同情又厌恶,她风流、泼野,以女性的诱惑力吸引着仇虎,并将这种肉体的欲望升华为精神的爱恋。焦大星也是曹禺长于描写的人物形象。这个善良人的懦弱无能,源于焦阎王夫妇的淫威与刚愎意志,他的忧郁痛苦的灵魂也系其父母铸成。

在《原野》中,曹禺塑造了仇虎这位因杀人而心灵分裂的悲剧英雄,完成了一次对人性潜在深度的探索。这受到莎士比亚悲剧《麦克白》的影响。第三幕中,作者对仇虎在森林中逃跑时的幻觉的描写,则是吸收了美国剧作家尤金·奥尼尔《琼斯皇》的表现主义艺术手法。[1]《原野》问世后,褒贬毁誉不一。1980年代,《原野》被搬上银幕与舞台,获得普遍赞誉。

曹禺在清华大学演剧时与名门闺秀郑秀相恋,《雷雨》就是他在与郑秀热恋时完成的。从清华毕业后,曹禺在南京的国立剧专任教,与郑秀结婚。不久因抗战,随剧校内迁到四川江安。剧校一位学生的姐姐方瑞从重庆到江安养病,这位姑娘温柔娴静,能诗善画。曹禺与方瑞互相爱慕,产生了爱情。这使他本就不协调的家庭生活更起波澜。他就怀着如此心境与情感,写下《北京人》,继而改编了巴金小说《家》。曹禺的戏剧创作在这两部剧作中达到新的高度。

三幕剧《北京人》继续展开旧家庭中情感的冲突与人性的纠葛,深入剖析身处其中的人们压抑的精神生活,以及这种精神统治的破产。1941年10月24日,该剧由中央青年剧社首演于重庆抗建礼堂,导演张骏祥。

曹禺选取一个没落士大夫家庭作为典型来描写。曾皓是旧家庭权势与精

---

[1] 表现主义理论认为,人的根本的真实在于他的心灵内部,在他的精神、情感、欲望、幻想、潜意识里。表现主义理论重人的主观冲动甚于客观现实,将人的主观感觉外部化、戏剧化,强烈地表现出人物(也是作者)的内心感情,被称为"灵魂的戏剧"。洪深1922年借鉴《琼斯皇》的手法创作、演出的《赵阎王》,没有获得观众的理解。曹禺继洪深之后,再次探求艺术新路。刘海平、朱栋霖:《中美文化在戏剧中交流——奥尼尔与中国》,南京大学出版社1988年,第59—63页。

神统治的代表。作者尤其通过他与愫方的关系,将他的心灵刻画得入木三分。曾家的管家奶奶曾思懿干练泼辣、能说会道,但她的精力却放在控制丈夫、与家人的倾轧上,对曾家实际上是败事有余。

曾文清与愫方是曹禺倾心塑造的两个艺术形象。他们的内心悲剧冲突与不同命运构成了戏剧冲突的主线。曾文清聪颖清俊,善良温厚,不乏士大夫阶级所欣赏的潇洒飘逸。他的悲剧在于,他所长期生活其间、受其多年陶冶熏染的文化、思想和教养,腐蚀了他的灵魂。精致细腻的生活剪去了他翻飞的健翮。他身上理应得到健全发展的真正的人的因素、人的意气,被消耗、吞噬了。"重重对生活的厌倦和失望甚至使他懒于宣泄心中的苦痛。懒到他不想感觉自己还有感觉,懒到能使一个有眼的人看得穿:'这只是一个生命的空壳'","不说话"的曾文清的悲剧在剧中似乎悄无声息,然而令人惊心动魄。

曹禺在愫方与瑞贞这两位受欺压的女性身上投射了一线光辉,昭示出人性的向往终于忍受不了黑暗的摧折。他细致、深入地塑造了愫方这位女性形象,让她受苦受难的灵魂在周围的黑暗中闪烁出光辉。在愫方那富有人情美的忧伤而坚韧的闪光灵魂中倾注了作者的审美理想。在愫方这个形象上,蕴含着作者个人的一段爱情生活经验,融汇了后来成为他夫人的方瑞的品性。愫方爱上了曾文清这样一个废人,她的忍受顺从,是她的人格道德力量与丰富的人性美的表现。尽管充当了无价值爱情的殉情者,但她把对生活的向往和着深挚的爱注入到废人曾文清身上,却闪动着心灵的光辉。愫方、瑞贞的出走,是剧作家投注给黑暗王国的一线光明。

根据巴金同名小说改编的话剧《家》(四幕剧),是曹禺又一个出色的创造。改编本以觉新、瑞珏、梅小姐三个人物的关系为剧本的主要线索,小说中描写觉慧的部分、他和许多朋友的进步活动都删去了。[①] 与巴金小说奔放激昂、沉郁悲伤的抒情不同,曹禺式的戏剧诗风格是情思凄婉、缠绵悱恻,又潜动着一脉春温。

曹禺为中国现代戏剧的发展作出了杰出贡献。

曹禺是卓越的悲剧艺术家。他笔下最成功的人物形象,是心灵受到压抑的悲剧女性,如繁漪、侍萍、陈白露、愫方、梅、瑞珏;是内心忧郁矛盾的悲

---

① 《曹禺同志漫谈〈家〉的改编》:"他觉得剧本在体裁上是和小说不同的,剧本有较多的限制,不可能把小说中所有的人物、事件、场面完全写到剧本中来,只能写下自己感受最深的东西。他读巴金小说《家》的时候,感受最深的和引起当时思想上共鸣的是对封建婚姻的反抗。当时在生活中对这些问题有许多感受,所以在改编《家》时就以觉新、瑞珏、梅小姐三个人物的关系作为剧本的主要线索,而小说中描写觉慧的部分、他和许多朋友的进步活动都适当地删去了。"《剧本》月刊1956年第12期。

剧性男子,如周萍、曾文清、觉新。他们都具有浓郁的抒情性,各各是某种复杂情感的化身。他们每一颗心灵都会燃烧起感情欲望的热火。曹禺笔下的人物,他们忧郁的心灵处于压抑的而不是激昂、奔放的状态。《雷雨》呈现出紧张、热烈、激荡、郁愤的风格,《日出》总的气氛是紧张嘈杂、惶惶不安,给人一种室热躁动的感觉。《北京人》于忧郁哀伤中表现出明朗的色调。平淡而深沉,忧郁而明朗,是曹禺戏剧风格的新特色。

曹禺处理戏剧冲突,能深入剧中人的内心世界,或表现人物与人物之间的心灵交锋,或刻画剧中人内心的自我交战。《雷雨》是在激烈紧张的戏剧冲突中展现人物的心灵交锋。《北京人》则在隐约闪烁、迂回曲折的冲突中展开人物内心同样错综复杂、严重尖锐的搏击。在他们平淡的、看似无心的言词中,都有无形的刀枪你来我去。

曹禺戏剧的语言富有心灵动作性与抒情性。《雷雨》与《原野》中的人物由于各怀着深仇宿怨,语言的进攻性更强烈。那种感情的巨大冲击力使得全剧呈现出紧张激荡的浓郁风格。《北京人》中人物的语言更为简洁凝炼,有着委婉深长的抒情诗意;作者往往只用一两个词,一句简短的话,甚至几个语气词,来表现人物的复杂情致与内在动作,用无声的语言即停顿来抒情。

《雷雨》《日出》《北京人》以卓越独特的艺术成就,高度满足了话剧作为舞台艺术所提出的关于人物、冲突、结构、语言等方面的艺术要求,成为我国话剧创作的典范。曹禺戏剧在吸收外来艺术,形成个人风格的同时,能从剧本的精神风貌与艺术表现方面体现出深厚的民族特色,奠定了现代话剧这一新生样式在中国现代文学史、戏剧史上的地位。

研习提升

1. 曹禺:《〈雷雨〉序》,《雷雨》,文化生活出版社1936年。
2. 陈瘦竹:《现代剧作家散论》,江苏人民出版社1979年。
3. 朱栋霖:《论曹禺的戏剧创作》,人民文学出版社1986年;(《曹禺:心灵的艺术》,北京大学出版社2010年。
4. 朱栋霖:《论曹禺戏剧与我国话剧文学样式的发展》,《文学评论丛刊》第15期,中国社会科学出版社1982年。
5. 朱栋霖:《经典〈雷雨〉:从话剧到苏州评弹》,《文学评论》2011年第2期。

文学大事记(1928—1937)

1928 年

1 月　郭沫若《英雄树》发表于《创造月刊》第 1 卷第 8 期。蒋光慈、钱杏邨、洪灵菲、孟超等组成太阳社,创办《太阳月刊》,创刊号发表蒋光慈《现代中国文学与社会生活》。

1 月 15 日创造社后期重要理论刊物《文化批判》月刊创刊(共出 5 号),发表冯乃超《艺术与社会生活》(创刊号)等文章,提出作家"转换方向","建设无产阶级文学"等口号,该刊第 5 号封面改署"文化",内页仍作"文化批判"。闻一多《死水》集由新月书店出版。茅盾《动摇》连载于《小说月报》第 19 卷第 1 至 3 号。叶绍钧《倪焕之》连载于《教育杂志》第 20 卷第 1 至 12 号。

2 月　成仿吾《从文学革命到革命文学》发表于《创造月刊》第 1 卷第 9 期。李初梨《怎样地建设革命文学》发表于《文化批判》第 2 号。丁玲《莎菲女士的日记》在《小说月报》第 19 卷第 2 号发表。

3 月　《流沙》半月刊创刊,出至第 6 期停刊。综合性月刊《新月》在上海创刊,发表徐志摩执笔的《〈新月〉的态度》及梁实秋《文学的纪律》。钱杏邨《死去了的阿 Q 时代》发表于《太阳月刊》第 3 期。鲁迅《"醉眼"中的朦胧》发表于《语丝》第 4 卷第 11 期,回应创造社的攻击,从此开始了无产阶级革命文学的论争。

6 月　梁实秋《文学与革命》发表于《新月》第 1 卷第 4 期。鲁迅译《苏俄的文艺政策》于《奔流》(鲁迅、郁达夫主编)创刊号开始连载。

7 月　彭康《什么是"健康"与"尊严"》发表于《创造月刊》第 1 卷第 12 期。

8 月　杜荃(郭沫若)《文艺战线上的封建余孽——批评鲁迅的〈我的态

度气量和年纪》》发表于《创造月刊》第 2 卷第 1 期。《思想》月刊创刊。

10 月　茅盾《从牯岭到东京》发表于《小说月报》第 19 卷第 10 号。

12 月　"文艺理论小丛书"开始出版,包括苏联弗里契及日本左翼作家的论著,共 6 册,由鲁迅、陈望道等翻译。

1929 年

1 月　巴金《灭亡》连载于《小说月报》第 20 卷第 1 至 4 号。同年 10 月由开明书店出版。

4 月　张天翼《三天半的梦》发表于《奔流》第 1 卷第 10 期。戴望舒《我的记忆》集由上海水沫书店出版。《文学周报》第 364 至 368 号合刊"苏俄小说专号"出版。

5 月　田汉《名优之死》(三幕剧)发表于《南国月刊》第 1 期。《科学的艺术论丛书》开始陆续出版,包括普列汉诺夫、卢那察尔斯基等人的论著,共 8 种,由冯雪峰、柔石等翻译。

6 月　茅盾《虹》开始连载于《小说月报》第 20 卷第 6、7 号;1930 年 2 月开明书店出版。

7 月　《小说月报》第 20 卷第 7、8 号"现代世界文学专号"(上、下)先后出版。

8 月　叶绍钧《倪焕之》由开明书店出版。

11 月　郑伯奇、夏衍等组织成立上海"艺术剧社",《新思潮》月刊创刊,第 7 期改名《新思想》。

12 月　梁实秋《文学是有阶级性的吗?》《论鲁迅先生的"硬译"》分别发表于《新月》第 2 卷第 6—7 号合刊。《文学周报》出至 380 期自动停刊。

1930 年

本年　3 月 2 日中国左翼作家联盟成立于上海。

1 月　鲁迅与冯雪峰等合编的《萌芽》月刊创刊,至第 1 卷第 3 期改为左联机关刊物。

2 月　成文英(冯雪峰)译《论新兴文学》(即列宁《党的组织和党的出版物》节译)发表于《拓荒者》第 1 卷第 2 期。时代戏剧社在上海成立。

3 月　田汉《我们的自己批判》(论文)发表于《南国月刊》第 2 卷第 1 期。鲁迅《"硬译"与"文学的阶级性"》发表于《萌芽》月刊第 1 卷第 3 期,收入《二心集》。2 日中国左翼作家联盟召开成立大会,鲁迅做《对于左翼作家联盟的意见》的讲话。

4月　刘呐鸥《都市风景线》集由水沫书店出版。

5月　周作人、俞平伯等主持的《骆驼草》半月刊创刊。茅盾《蚀》(《幻灭》《动摇》《追求》三部曲)由开明书店出版。阳翰笙(华汉)《读了冯宪章的批评之后》发表于《海燕》第4—5期合刊，批评蒋光慈的《丽莎的哀怨》和《冲出云围的月亮》。

6月　王平陵、邵洵美、黄震遐、朱应鹏等署名的《民族主义文学运动宣言》发表于《前锋周报》第2、3期。

7月　王平陵、钟天心、左恭等主持的中国文艺社在南京成立，宣传三民主义文学。

8月　中国文艺社主办的《文艺月刊》创刊。

11月　世界革命作家第二次会议在苏联哈尔柯夫召开，萧三代表左联参加，并加入普罗作家国际联盟。

12月　国民党政府颁布《国民政府出版法》。张恨水《啼笑因缘》由三友书社出版。剧联领导的大道剧社成立。

本年根据《江湖奇侠传》改编，由郑正秋编剧、张石川导演的电影《火烧红莲寺》上映，引起轰动。

1931年

本年"九·一八"事变发生。

1月　李伟森、柔石、胡也频、冯铿、殷夫五位左联成员被国民政府秘密逮捕，并于2月7日被秘密枪杀。国民党政府颁布《危害民国紧急治罪法》。徐志摩主编的《诗刊》创刊(本年9月移交陈梦家主编)，创刊号发表梁实秋《新诗的格调及其它》。

4月　巴金长篇小说《家》连载于上海《时报》4月18日至1932年5月22日，发表时题名为《激流》，1933年5月由开明书店出版。

7月　鲁迅《上海文艺之一瞥》发表于《文艺新闻》第20期，至21期(8月)载毕。

8月　《革命作家国际联盟为国民党屠杀中国革命作家宣言》发表于《文学导报》第1卷第3期。

9月　陈梦家编《新月诗选》由上海新月书店出版，附陈梦家长篇序言。丁玲主编左联机关刊物《北斗》创刊。丁玲《水》连载于《北斗》第1卷第1至3期。

10月　鲁迅《"民族主义文学"的任务和运命》发表于《文学导报》第1卷第6—7期合刊。

11月　左联执委会通过《中国无产阶级革命文学的新任务》决议。

12月　胡秋原《阿狗文艺论》发表于《文化评论》创刊号。

1932年
本年日本侵犯上海,"一·二八"事变发生。
1月　穆时英《南北极》集由湖风书局出版。
5月　施蛰存主编《现代》月刊创刊。
6月　瞿秋白《大众文艺的问题》发表于左联机关刊物《文学月报》创刊号。洛扬(冯雪峰)《"阿狗文艺"论者的丑脸谱》发表于《文艺新闻》第58号。
7月　苏汶(杜衡)《关于〈文新〉与胡秋原的文艺论辩》发表于《现代》第1卷第3期。《北斗》第2卷第3—4期合刊发表周起应(周扬)、何大白(郑伯奇)、田汉等讨论文艺大众化问题的文章。华汉(阳翰笙)《地泉》再版,易嘉(瞿秋白)、茅盾、郑伯奇、钱杏邨和阳翰笙分别作序,总结"革命文学第一期"创作的经验教训。
9月　中国诗歌会在上海成立,负责人有蒲风、穆木天、任钧、杨骚等。林语堂等主办《论语》半月刊在上海创刊。自17期之后,先后由陶亢德、郁达夫和邵洵美主编,抗战时期停刊,抗战后复刊,1949年5月出至177期停刊。
10月　易嘉(瞿秋白)《文艺的自由和文学家的不自由》发表于《现代》第1卷第6号。全苏作家同盟组织委员会在莫斯科召开第一次代表大会,批判"拉普"的唯物辩证法创作方法,并提出社会主义现实主义创作方法。
11月　鲁迅《论"第三种人"》发表于《现代》第2卷第1期。
12月　黎烈文接编《申报》副刊《自由谈》,鲁迅、茅盾、郁达夫等为主要撰稿人。

1933年
1月　何丹仁(冯雪峰)《关于"第三种文学"的理论与倾向》发表于《现代》第2卷第3期。茅盾《子夜》由开明书店出版。兰衫剧社、三三剧社在上海成立。中国诗歌会机关刊物《新诗歌》旬刊创刊(后改为半月刊、月刊)。
3月　施蛰存《梅雨之夕》集由新中国书局出版。
4月　瞿秋白为其所编《鲁迅杂感选集》作序,《选集》于7月由上海青光书局出版。
6月　穆时英《公墓》集由现代书局出版。
7月　臧克家《烙印》集自印出版,闻一多作序。傅东华、郑振铎、王统照等先后主编的《文学》杂志创刊,发表鲁迅《又论"第三种人"》。

8月　戴望舒《望舒草》由上海现代书局出版,附有杜衡序言。

9月　沈从文与张兆和结婚。开始主编《大公报·文艺》。

夏秋之间曹禺在清华园作《雷雨》(四幕剧)。

10月　沈从文发表《文学者的态度》,引起京派与海派的论争。

11月　周起应(周扬)《关于"社会主义的现实主义的与革命的浪漫主义"》发表于《现代》第4卷第1期。

12月　沈从文主编《大公报·文艺副刊》。

年底　巴金任《文学季刊》编委。

1934年

1月　郑振铎、靳以主编的《文学季刊》在北平创刊,共出6期。沈从文《边城》在《国闻周报》第11卷第11期连载,至第16期止,单行本9月由上海生活书店出版。

3月　艾芜《山峡中》发表于《青年界》第5卷第3号。

4月　林语堂等主办的《人间世》半月刊在上海创刊。1939年12月终刊,共出142期。

5月　汪懋祖发表《禁止文言和强令读经》,提倡读经,反对白话。国民党政府在上海设立图书杂志审查委员会。艾青《大堰河——我的保姆》发表于《春光》第1卷第3期,收《大堰河》集。

6月　陈望道、胡愈之、夏丏尊、傅东华、黎烈文、陈子展、曹聚仁、赵元任、沈雁冰等集会,决定掀起反对文言、保卫白话的运动,展开关于大众语的讨论。

7月　曹禺《雷雨》(四幕话剧)发表于《文学季刊》第1卷第2期。穆时英《白金的女体塑像》集由现代书局出版。

9月　鲁迅、茅盾、黄源等编辑的《译文》创刊。陈望道主编《太白》半月刊在上海创刊。

10月　卞之琳、巴金等在北平主编《水星》月刊创刊,至1935年6月停刊,共出9期。周扬以"企"为笔名在2日《大晚报》发表《国防文学》,首次提出"国防文学"口号。伍蠡甫编的《世界文学》创刊。沈从文《边城》由生活书店出版。

1935年

本年　中国共产党发表《为抗日救国告全体同胞书》(即《八一宣言》),号召全国人民团结起来,停止内战,抗日救国,组织国防政府和抗日联军。

7月　李劼人《死水微澜》(长篇)由上海中华书局出版。

8月　萧军《八月的乡村》(长篇)由容光书局出版,为"奴隶丛书"之一。

秋　赵家璧主持的《中国新文学大系》由良友图书公司分册出版。

9月　林语堂主编《宇宙风》半月刊在上海创刊,1947年8月出至152期终刊。

10月　戴望舒主编《现代诗风》创刊号出版。

本年梁实秋主编的《自由评论》创刊。本年张恨水《金粉世家》由世界书局出版。

1936年

本年春　中国左翼作家联盟解散。

1月　周扬和胡风就现实主义"典型"问题展开论争。鲁迅《故事新编》由上海文化生活出版社印行,为文学丛刊第1集之二。曹禺《雷雨》(三幕剧)由文化生活出版社出版单行本。

2月　周立波《"国防文学"与民族性》发表于《大晚报·火炬》副刊。

4月　夏衍《赛金花》发表于《文学》第6卷第4号。

6月　巴金、靳以主编的《文季月刊》创刊,发表曹禺《日出》,至第1卷第4期载完,单行本本年11月由上海文化生活出版社出版。夏衍《包身工》发表于《光明》创刊号。周立波译基希《秘密的中国》选载于《文学界》月刊。胡风《人民大众向文学要求什么》发表于《文学丛报》第3期,提出了"民族革命大众文学"的口号。周扬《关于国防文学》发表于《文学界》创刊号。中国文艺家协会在上海召开成立大会。由洪深、沈起予主编的《光明》半月刊创刊。洪深《农村三部曲》(戏剧集)由上海杂志公司出版。

7月　鲁迅《论现在我们的文学运动》发表于《现实文学》月刊第1期与《文学界》第1卷第2号。

8月　茅盾《关于引起纠纷的两个口号》发表于《文学界》第1卷第3号。鲁迅《答徐懋庸并关于统一战线问题》发表于《作家》月刊第1卷第5号。

9月　鲁迅、郭沫若、茅盾、巴金、王统照、夏丏尊、叶绍钧、谢冰心、包天笑、周瘦鹃等21人签名于《文艺界同人为团结御侮与言论自由宣言》。

10月　沈从文发表《作家间需要一种新运动》,引起关于当前创作、关于反"差不多"运动的争论。全国14个诗歌团体组成的中国诗歌作者协会机关刊物《诗歌杂志》创刊。卞之琳、孙大雨、梁宗岱、冯至、戴望舒等为编委的《新诗》月刊创刊。蒲风《钢铁的歌唱》集由诗歌出版社出版,为"国防诗歌"丛书之一。

11月　路易士(纪弦)、韩北屏编辑的《诗志》双月刊创刊。艾青诗集《大堰河》自印出版。

12月　刘西渭批评论集《咀华集》由文化生活出版社出版。李劼人《暴风雨前》由上海中华书局出版。夏衍《自由魂》(《秋瑾传》)发表于《光明》第2卷第1号。

1937年

7月7日,卢沟桥事变发生;8月13日,日军进攻上海;8月14日,国民政府发表抗战声明。

1月　巴金、靳以编辑的《文丛》月刊创刊,《文学》第8卷第1号刊出新诗专号;10日《中央日报·诗刊》创刊(至8月1日第14期终刊);16日《时代文艺》出刊;胡风诗集《野花与剑》由文化生活出版社出版。本月周文的长篇小说《烟苗季》《在白森镇》、芦焚《里门拾记》集先后出版。李劼人的长篇《大波》(上)出版,4月中卷、7月下卷出版。

4月　熊佛西《戏剧大众化之实验》由正中书局出版。

5月　朱光潜主编的《文学杂志》创刊。《大公报·文艺副刊》公布文艺评奖结果,芦焚《谷》、曹禺《日出》、何其芳《画梦录》获奖。欧阳予倩、马彦祥主编的《戏剧时代》在上海创刊。

6月　章泯、葛一虹编的《新演剧》半月刊在汉口创刊。

7月　曹禺《原野》(三幕剧)发表于1937年《义丛》第1卷第2至5期;1937年8月文化生活出版社出版。

15日,上海剧作者协会扩大改组为中国剧作者协会。会上决定由夏衍、张庚、尤兢(于伶)等16人集体创作《保卫卢沟桥》(三幕剧),在沪话剧界编导和演员一百余人参加了这一活动。28日上海文艺界救亡协会成立。

第十一章
1940年代文学思潮

以1937年7月7日卢沟桥事变为标志,日本全面发动侵华战争,中国进入了长达八年的全民族抗日战争时期。在争取民族独立与解放的背景下,国共两党合作,成立抗日民族统一战线。1945年8月15日,日本无条件投降。从1945年8月开始,中国共产党领导展开了推翻国民党统治、解放全中国的解放战争。

由于持续的战争和国内政治格局的不断变化,中国文学在1940年代处于一个不同于以往的历史时空。民族危机与政治分裂,使中国社会分割为国统区、沦陷区和解放区(根据地)。这一时期,整体上形成了国统区(包括抗战时期的沦陷区)和解放区(抗战时期称根据地)两大文学、文化体系。国统区文学基本延续了1930年代以来的多元文化状态,并在民族危机的大背景下呈现新的变化与发展。解放区文学则在无产阶级革命主导下呈现政治化的文学规划与实践。1942年文艺整风运动之后,以毛泽东《在延安文艺座谈会上的讲话》为指导,文学的政治功能被进一步强化。

第一节 国统区文学思潮

在动荡、苦难与危机的战争背景下,民族、时代与个体这三个命题——三种文学精神的激荡、互渗与转换,驱动着本时期文学的生成与发展。国统区文学一方面形成了以深沉悲郁为主色调的、开放的审美格局,另一方面,又由于处于民族危亡的特殊时代,文学以各种方式与现实政治相绞结,不同的文学观念、文学价值取向引发了广泛而复杂的论争。

一 战争背景下文学审美的多样化

民族和民主是本时期文学参与现实的两大主题。从参与方式来看,则经历了两个阶段,即全面抗战初期与现实相配合的高亢激愤阶段,与 1940 年代以后趋于深沉凝重、风格多样化的阶段。全面抗战爆发后,作家们普遍自觉地以强烈的民族意识回应着救亡的时代主题。1938 年 3 月 27 日,中华全国文艺界抗敌协会(简称"文协")在武汉成立,老舍负责协调文协日常工作。文协的成立,标志着民族意识召唤下的文化统一战线的形成。1930 年代的左翼革命文学、自由主义文学和其他文学派别实现了汇流。1938 年 5 月,文协会刊《抗战文艺》创刊,至 1946 年 5 月终刊,共出版 73 期。文协成立时提出"文章入伍、文章下乡"的口号,号召作家们以笔代枪,参与到民族独立战争中。"尽量鼓起民众抗战的情绪,唤起民族意识,鼓吹民族气节,描叙抗战实况"[①],成为文学的中心任务和作家们的共同诉求。抗战初期,街头剧、活报剧、朗诵诗、通讯、报告文学等能够快捷参与、配合民族解放战争的文学形式异常活跃。文学在凸显战斗性和时代性、张扬爱国主义激情的同时,也暴露出公式化、概念化的倾向。随着抗战进入相持阶段,以及皖南事变后国内政治局势的复杂化,高昂激愤的社会情绪开始落潮,作家们开始更冷静地观察和思考危机重重的社会与人生,文学的表现趋于深沉、多样。

本时期,国内民主运动高潮迭起,以讽喻现实、暴露问题的文学张扬人文主义、民主精神与社会意识,成为相当一部分作家自觉的选择。张天翼、沙汀等的小说,曹禺、陈白尘、丁西林、宋之的、吴祖光等的戏剧,以及袁水拍的诗歌和冯雪峰、聂绀弩的杂文,都体现出鲜明的讽刺特色,寄沉痛于嘲谑,在笑声背后传达对社会与人生的严肃思考。

中国新文学的人文主义传统在战争中深化,战争带来的动荡促使作家们更深入地体察人生,文学因而呈现出沉郁、沧桑与焦灼相交织的审美色调。以巴金、老舍等为代表,20 世纪二三十年代已经成名的一些作家,本时期创作出一些堪称圆熟的作品。在年轻一代小说家那里,与战争带来的漂泊流寓的人生际遇相联系,个体性的体验、追忆小说成为一个突出的文学主题,既有路翎《财主底儿女们》那样激愤振荡的心灵史诗,也有萧红《呼兰河传》那样凄婉幽长的抒情,以及师陀《果园城记》那样冷暖交织的怀旧。新诗领域,在艾青的影响下,以胡风为中心形成的七月派是这一时期影响较大的诗歌流派。一批年轻的诗人用燃烧的主观精神突入生活,以激荡的情感力量将诗与人民、时代紧密结合,将民族精神与民族自信力的热血注入对人的探索中。

智性审美因素的加强与凸显是作家艺术观念深化的体现,拓展了文学

---

① 张申府等:《抗战以来文艺的展望》,《自由中国》第 2 号(1938 年 5 月 10 日)。

的审美格局。钱锺书的《围城》具有鲜明的学者小说色彩,是一出用智慧写出的人生悲喜剧。冯至的小说从伍子胥的历史故事中,提炼出一种富有存在主义哲思意味的人生感受。在昆明西南联大汇聚着一个致力于开掘现代诗智性审美因素的诗人群,成为诗坛新生力量,这就是后来被称为"九叶诗人"的穆旦等。

在民族危机的大背景下,纯文学与通俗文学两大体系之间的对立渐趋消解。在1938年成立的全国文艺界抗敌协会上,以通俗小说闻名的张恨水也被推举为理事之一。这时,不仅纯文学作家在民族化、大众化旗帜下,主动创作了很多面向广大民众的通俗性文艺作品,通俗文学作家也显示出严峻的现实主义态度,表现出对现代审美资源的主动吸纳、转化。以通俗小说闻名的张恨水,本时期创作了《八十一梦》,表达针砭时弊、感时忧国的现实关切。1940年代,从美学的意义上突破雅俗边界的作家作品越来越多,诸如徐訏、无名氏、黄谷柳、苏青、施济美等,也包括解放区的赵树理。其中最重要的是张爱玲,以一种富有现代气息又不乏传统韵致的新小说文体,寻找到一种感应时代与超越时代相结合的艺术,成为体现中国现代文学的审美创新力的代表。

二 复杂的文学论争,表现了左翼文学对于文学政治化的要求

这一时期,在文学艺术领域的不同理念常常被处理为文学的政治问题;文学论争与政治斗争相结合,再一次成为本时期文学思潮的特征。围绕文学如何参与现实、文学与政治的关系这类命题,论争与批判持续发生。全面抗战开始后,上海文坛的左翼人士一部分奔赴延安,另一部分抵达陪都重庆或昆明、桂林。国统区的文艺论争或批判都有左翼阵营的参与,或者发生于左翼内部。1930年代的左翼革命文学潮流,此时已经渡过了新兴的成长期,开始同无产阶级革命政治体制结合,并逐步纳入革命政治实践。在这个过程中,革命文学内部也发生了深刻的矛盾。这不仅表现为一部分进入解放区的作家在改造过程中的不适应、他们已经形成了的文学观念与新的革命要求的不协调,也表现为身处国统区的一部分左翼文人对于革命文学目标与实践方式的不同理解与追求。另外,在大动荡、大转折的社会现实中,坚持独立的自由主义文学实际上也不可能真正实现"为艺术而艺术"。在当时的语境下,超离常常不可避免地被视为是一种特殊方式的介入,也被赋予政治属性。

关于"民族形式"问题的论争 "民族形式"问题的核心是新文学如何实现民族化与大众化。这一早在左联时期就曾多次被讨论的问题此时再起论

争,既与抗战背景下重视文学对现实的参与有关,也是新的时代重新反思五四新文学之"新"(即"西化")、强调革命文学的民族化的政治需要。"民族形式"较早是作为强调将马克思主义中国化、反对教条主义的政治口号,由毛泽东于1938年在中共六届六中全会上提出的。① 1940年,关于"民族形式"的讨论在国统区展开。向林冰强调"民间形式"是民族形式的"中心源泉",提出五四新文学是"畸形发展的都市的产物",是与资产阶级、小资产阶级趣味和思想相"适切的形式"②。与他的观点针锋相对的是葛一虹。他在《民族形式的中心源泉是在所谓"民间形式"吗?》等文中,视民间形式为封建"没落文化",并高度评价新文学的历史功绩。郭沫若、茅盾、胡风等也都撰文参与了讨论。

批判"战国策派" 1940年4月,西南联大教授林同济、陈铨、雷海宗、贺麟等在昆明创办《战国策》半月刊,后又于1941年12月在重庆《大公报》办《战国》副刊,因此得名"战国策派"或"战国派"。他们视二战为"战国时代的重演",受尼采哲学的影响,崇尚权力意志与英雄,意在重建抗战时期的中国文化;在文学观念上,认为"恐怖""狂欢""虔恪"是文学的"三大母题",提倡"表现民族意识"的"民族文学",即"那种肯定人生、表现人生伟大精神的壮美的盛世文学"。创作上以陈铨的四幕剧《野玫瑰》为代表。左翼文化界批判"战国策派"思想是"一派法西斯主义的,反民主的为虎作伥和谋反的谬论"③,《野玫瑰》则被指为"美化汉奸""美化国民党特务"。

关于《清明前后》和《芳草天涯》的讨论。毛泽东《在延安文艺座谈会上的讲话》发表后,何其芳、刘白羽从延安到重庆。1945年11月,重庆《新华日报》组织左翼文学界展开对茅盾《清明前后》和夏衍《芳草天涯》两个话剧的讨论。王戎、邵荃麟、画室(冯雪峰)、何其芳等人发表文章,一致肯定政治倾向性较强的《清明前后》,批评表现小资情调与婚恋的《芳草天涯》。可以说这是为了贯彻"讲话"精神,在国统区文艺界组织的第一次讨论。

关于文艺与政治、时代关系的论争 对于文学的政治性与艺术性、现实服务功能与审美功能的关系的不同理解,使得文艺与政治、时代、生活的关系问题,成为贯穿整个1940年代的矛盾焦点。1938年12月1日,梁实秋在《中央日报》副刊《平明》发表《编者的话》,反对"空洞的'抗战八股'"。沈从

---

① 毛泽东在《中国共产党在民族战争中的地位》中指出,为"使马克思主义在中国具体化","教条主义必须休息,而代之以新鲜活泼的,为中国老百姓所喜闻乐见的中国作风和中国气派",实现"国际主义的内容和民族形式"的紧密结合。《毛泽东选集》第2卷,人民出版社1991年,第534页。
② 向林冰:《论"民族形式"的中心源泉》,重庆《大公报》1940年3月24日。
③ 汉夫:《"战国"派对战争的看法帮助了谁?》,《群众》第7卷第14期,1942年7月31日。

文则撰文提出"反对作家从政",强调要重视能够推动"社会真正的进步"的"专门家"的作用。①他们的主张在当时被批评为"抹杀了今日全国文艺界的共同努力的一个目标:抗战的文艺"②。1942年,沈从文再次主张超功利的文学③;施蛰存则提出"文学的贫困"说,呼唤"纯文学"④。左翼和自由派的分歧,一直延续至抗战结束后的国内战争时期。沈从文、朱光潜、萧乾等京派文人反对内战,倡导不依附党派的独立自由的文学⑤。1948年郭沫若发表《斥反动文艺》一文,斥责"反动文艺"代表人物沈从文、朱光潜、萧乾。邵荃麟执笔的《对于当前文艺运动的意见》(1948)等文也表达了类似的立场。

关于胡风文艺理论的论争 胡风(1902—1985,湖北蕲春人,原名张光人)在日本留学期间曾加入日本共产党。1933年在上海参加左翼文化运动,任左联宣传部长、行政书记。20世纪三四十年代,胡风主编《七月》《希望》,成为左翼文学运动的重要阵地。

胡风的现实主义理论以"主观战斗精神"为中心。他主张"主观精神和客观真理的结合或融合"的"为人生"的现实主义,强调创造主体对现实的"搏斗""突入""扩张"和体验,认为这是一种主客观化合的"相生相克"的过程。关于人民群众,胡风认为:"他们底精神要求虽伸向着解放,但随时随地都潜伏着或扩展着几千年的精神奴役底创伤",并因此强调"作家深入他们要不被这种感性存在的海洋所淹没,就得有和他们底生活内容搏斗的批判的力量"。⑥ 胡风对"主观"的强调,张扬了作家的主体意识与文艺创作的自主精神,其"精神奴役底创伤"说与鲁迅改造国民性的思想一脉相承,体现出鲜明的启蒙精神与知识分子精英意识。他关于创作心理、方法与过程的阐释,受到了厨川白村《苦闷的象征》的启发,吸收了一些现代主义的因素。

> **声音**
>
> 更主要的,是地主大资产阶级的帮凶和帮闲文艺。这中间有朱光潜、梁实秋、沈从文之流的"为艺术而艺术论",有徐仲年的"唯生主义文艺论"和"文艺再革命论",有顾一樵的"文艺的复兴论",以及君左、萧乾、张道藩之流一切莫名其妙的怪论。这些人,或则公然摆出四大家族奴才总管的面目,或者扭扭捏捏化装为"自由主义者"的姿态,但同样遮掩不了他们鼻子上的白粉。
>
> (荃麟执笔《对于当前文艺运动的意见》)

---

① 沈从文:《一般或特殊》,《今日评论》第1卷第4期,1939年1月22日。
② 罗荪:《再论"与抗战无关"》,《国民公报》1938年12月11日。
③ 沈从文:《文学运动的重造》,《文艺先锋》第1卷第2期,1942年10月25日。
④ 施蛰存:《文学的贫困》,《文艺先锋》第1卷第3期,1942年11月10日。
⑤ 主要文章有沈从文的《从现实学习》(1946)、《〈文学周刊〉编者言》(1946),萧乾的《中国文艺往哪里走?》(1947)、《自由主义者的信念》(1948),朱光潜的《自由主义与文艺》(1948)等。
⑥ 胡风:《人道主义和现实主义的道路》(1945)、《给为人民而歌的歌手们》(1948)、《置身在为民主的斗争里面》(1944),《胡风评论集》(下),人民文学出版社1984年,第66、237、21页。

胡风的文艺理论与当时周扬等提出的革命现实主义理论产生了分歧，引发了关于现实主义和"主观"问题的论争。冯雪峰、周扬、邵荃麟、何其芳、乔冠华、林默涵等都曾撰文参与。他们代表革命文学主流的观点，批判胡风的文艺思想是"强调自我，拒绝集体"的个人主义意识的表现，是"小资产阶级文艺思想"在革命文艺阵营中的反映[1]，是"对于马克思主义与毛泽东文艺思想的曲解"[2]。

第二节　解放区文学思潮

以 1942 年延安文艺界整风为界，以毛泽东发表《在延安文艺界座谈会上的讲话》为标志，解放区文学思潮可以分为前后两个时期。

抗战爆发后，一批知识分子、艺术家奔赴延安并受到了欢迎。当时中共中央主管文艺工作的是张闻天，他主张实行宽松自由的文艺政策。一时间，各种文艺团体纷纷成立，文艺界呈现出活跃的气氛。1936 年，从国统区辗转而来的丁玲创办了根据地第一个文艺团体"中国文艺协会"，并创办会刊《红色中华·红中副刊》。1938 年 9 月，根据地第一个文艺联合会性质的文艺团体"陕甘宁边区文艺界抗战联合会"（1939 年 5 月改名为"中华全国文艺界抗敌协会延安分会"）成立，简称"文抗"，以丁玲、萧军、舒群、艾青、白朗、罗烽等为中心，主办有《大众文艺》《中国文艺》《谷雨》等刊物。延安的另一重要文艺机构是 1938 年 4 月成立的鲁迅艺术学院（1940 年代曾先后改名为"鲁迅艺术文学院""鲁迅文学院"），简称"鲁艺"，副院长周扬主持日常工作，主要有何其芳、周立波、陈荒煤、沙可夫、沙汀、刘白羽、林默涵、贺敬之等。周扬后来说：当时的延安文艺界有两派，一派以鲁艺为代表，包括何其芳，"当然是以我为首"，主张歌颂光明；另一派以"文抗"为代表，"以丁玲为首"，主张暴露黑暗。[3] 而实际情况有其复杂性。

根据地文艺界主要由三方面构成。其一是从中央苏区和南方各根据地随红军长征到达陕北的文艺家，他们有着较深的革命资历，大多从事文艺领导工作，如成仿吾、李伯钊、危拱之、徐梦秋、洪水、陆定一、肖华、莫休等；其二是来自国统区和沦陷区的知名作家，如丁玲、何其芳、周扬、艾思奇、李初梨、萧军、艾青、王实味、周立波、徐懋庸、陈学昭等，他们的文学观念和价值

---

[1] 邵荃麟（执笔）:《对当前文艺运动的意见》,《大众文艺丛刊》(第 1 辑),1948 年 3 月。
[2] 邵荃麟:《论主观问题》,《大众文艺丛刊》(第 2 辑),1948 年 5 月。
[3] 赵浩生:《周扬笑谈历史功过》,《新文学史料》1979 年第 2 期。

取向并不一致,随着时势的发展变化,在革命文学阵营中的处境也呈现出很大的分化和落差;其三是鲁艺等根据地艺术院校培养的文学新人,以及在根据地成长起来的作家,如赵树理、孙犁、西戎、孔厥、西虹、孙谦、贺敬之、黄钢、李卜、韩起祥等人,他们构成了解放区文艺界的新生力量。

20世纪三四十年代之交,与作家队伍来源的广泛相联系,延安文艺界也一定程度上呈现出文化构成的多元。为党领导的革命斗争服务的革命政治文化,五四知识分子文化,以及地域色彩浓厚的民间乡土文化同时并存。在党的领导和组织下,以革命宣传、教育与鼓动为目的的通俗化、大众化文艺活动,诸如群众性的诗朗诵活动与街头诗运动,以及农村演剧活动等,十分活跃。当时曾先后发起组织过多次群众性的报告文学写作活动,如"长征记""十年来红军战史""苏区的一日""五月的延安""晋察冀一周""冀中一日"等。另一方面,更加注重艺术性、主张知识分子独立思考的文艺创作也在展开。1940年元旦,根据毛泽东提议,在延安公演了曹禺名剧《日出》,之后解放区兴起"演大戏"的潮流。《雷雨》《上海屋檐下》《雾重庆》《复活》《马门教授》《钦差大臣》《婚事》《伪君子》《悭吝人》等中外名剧八十多部纷纷上演。这些具有较高艺术水准的"大戏",不是为广大农民所喜闻乐见,游离于以秧歌剧、活报剧、地方戏等为主要形式的普及性文艺运动。① 当时还集中出现了一批体现知识分子批判精神,对革命队伍内部存在的问题和群众落后意识进行暴露、批评的文章,如丁玲《三八节有感》、艾青《了解作家,尊重作家》、萧军《论同志之"爱"与"耐"》、罗烽《还是杂文的时代》、王实味《野百合花》《政治家·艺术家》等杂文,丁玲《我在霞村的时候》《在医院中》和严文井、马加、雷加、陆地、方纪等人的小说。② 丁玲主张发扬"为真理敢说,不怕一切"的精神;艾青称作家不是娱人的"歌妓"或"百灵鸟",领导者要"给艺术创作以自由独立的精神";王实味则认为政治家"偏于改造社会制度",文艺家"偏于改造人的灵魂",二者是"相辅相依的",并提出"大胆地但适当地揭破一切肮脏和黑暗,洗清它们,这与歌颂光明同样重要,甚至更重要"。

---

① 1942年6月27日,陕甘宁边区文委临时工作委员会召开延安剧作者座谈会,"演大戏"受到批评;同年9月,张庚发表《论边区剧运和戏剧的技术教育》(《解放日报》1942年9月11日),系统地对"演大戏"进行批评。

② 严文井《一个钉子》、鸿迅《厂长追猪去了》、马加《距离》《间隔》、雷加《沙湄》《躺在睡椅里的人》、陆地《落伍者》、方纪《意识以外》等;讽刺画方面,主要有延安美协于1942年2月15至17日,在军人俱乐部展出张谔、华君武、蔡若虹的六十多幅讽刺画,及《轻骑队》《矢与的》《西北风》等墙报、壁报上的漫画等;戏剧方面,主要有1942年3月21日青年艺术剧院在延安演出暴露延安日常生活中的缺陷与病象的短剧《延安生活素描》(包括《多情的诗人》《友情》《无主观先生》《小广播》《为了寂寞的缘故吗?》)等。

> **声音**
>
> 奇就奇在以革命者的姿态写反革命的文章。鼻子灵的一眼就能识破，其他人往往受骗。
>
> （毛泽东《〈再批判〉编者按》）

1942年2月，在毛泽东领导下，中共开展党内整风运动，清算以王明为代表的教条主义和宗派主义。整风很快延展至文艺界，"利用整风运动来检查文化人的思想，检查我们对文化人的工作"。1942年5月2日至23日，中共中央在党内整风运动的基础上召开了延安文艺座谈会。在座谈会第一、三次全体会议上，毛泽东分别作"引言"和"结论"的发言，后以《在延安文艺座谈会上的讲话》（以下简称《讲话》）为题发表于1943年10月19日《解放日报》。《讲话》既是对党所领导的革命文艺运动的历史经验的总结，也是规划革命文艺发展方向、构建无产阶级革命文化与文学形态的纲领性文件。在战时环境中，《讲话》具有集中思想、统一认识的重大意义，有力地推进了解放区文艺的革命化，加强了文艺为党所领导的无产阶级革命斗争服务的作用，并开辟出一个持久、宏大的工农兵文艺的历史潮流。长期以来，《讲话》成为党制定和实施各种文艺政策的指导思想，不仅对当时的解放区文学具有直接的作用，对后来中国文学的历史发展也产生了深远的影响。

第一，《讲话》确立了文艺的工农兵方向。《讲话》立足于革命斗争的历史与现实，并着眼于未来，从无产阶级革命政治的立场系统阐述了革命文艺的方向与方式问题。《讲话》的理论核心与出发点，是从阶级与革命的"人的观念"出发，解决革命文艺"为什么人"和"如何为"的问题。毛泽东说："什么是我们的问题的中心呢？我以为，我们的问题基本上是一个为群众的问题和一个如何为群众的问题。"[1]群众是指构成无产阶级革命主要力量的工人、农民和士兵，其中占绝大多数的是农民。由此《讲话》明确提出文艺的"工农兵方向"，"首先是为工农兵服务"。在"如何为"即服务的方式方法环节，由服务对象的接受水平与趣味决定，主张"向工农兵普及"和"从工农兵提高"的结合，而第一位的是普及。因此为老百姓所喜闻乐见的传统民间文艺样式，作为一种文化资源，受到特别重视，成为新文学学习和借鉴的对象。同时，在五四新文化运动中引进的西方现代文学样式被视为不合时宜的，甚至是"异端"。

第二，主张对知识分子实施脱胎换骨的改造。在保障文艺为工农兵服务这一方针的落实上，如何处理作为知识分子的作家、艺术家与群众的关

---

[1] 这里所引《讲话》文字，均据人民出版社1991年版《毛泽东选集》（第3卷）所载《在延安文艺座谈会上的讲话》。

系,是一个至关重要的问题。《讲话》以由阶级归属所判定的革命性为依据,也鉴于革命文艺与群众结合尚不充分的历史与现实状况,指出知识分子必须深入群众、向工农兵学习,同时知识分子也是被改造的对象,需要转变其阶级立场、思想与感情。新文化运动以来形成的知识分子作为大众的启蒙者的文化身份至此开始被颠覆。《讲话》指出:"知识分子出身的文艺工作者,要使自己的作品为群众所欢迎,就得把自己的思想感情来一个变化,来一番改造。没有这个变化,没有这个改造,什么事情都是做不好的,都是格格不入的。"毛泽东还特别以自己的经验为例,现身说法地提出知识分子改造完成的标志:只有"情感起了变化",才实现了"由一个阶级变到了另一个阶级",因此,他要求"中国的革命的文学家艺术家,有出息的文学家艺术家,必须到群众中去,必须长期地无条件地全身心地到工农兵群众中去,到火热的斗争中去,到唯一的最广大最丰富的源泉中去,观察、体验、研究、分析一切人,一切阶级,一切群众,一切生动的生活形式和斗争形式,一切自然形态的文学和艺术,然后才有可能进入加工过程即创作过程"。

第三,主张文艺服务于政治。《讲话》指出:"在现在世界上,一切文化或文学艺术都是属于一定的阶级,属于一定的政治路线的。为艺术而艺术,超阶级的艺术,和政治并行或相互独立的艺术,实际上是不存在。""无产阶级的文学艺术是无产阶级根本革命事业的一部分,如同列宁所说,是整个革命机器中的齿轮和螺丝钉。"由此明确提出"把政治标准放在第一位,艺术标准放在第二位"的艺术评判原则,要求"革命的政治内容与尽可能完美的艺术形式的统一"。

第四,批判了各种"错误"或"糊涂"的文艺观念。毛泽东从阶级论出发,批判了"人性论"和"文艺的基本出发点是爱,是人类之爱"的文艺观念。"从来的文艺作品都是写光明和黑暗并重,一半对一半","从来的文艺的任务就在于暴露","还是杂文时代,还要鲁迅笔法","我是不歌功颂德的;歌颂光明者其作品未必伟大,刻画黑暗者其作品未必渺小","不是立场问题;立场是对的,心是好的,意思是懂得的,只是表现不好,结果反而起了坏作用","提倡学习马克思主义就是重复辩证唯物论的创作方法的错误,就要妨害创作情绪"等也被视为"糊涂"观念,受到严肃批评。

通过确立以普及为第一位的工农兵文艺方向,改造知识分子,要求文艺为政治服务,批判各种"错误"或"糊涂"的文艺观念,解放区文艺的创作规范得以形成:站在无产阶级革命立场上,以反映党领导的革命斗争和解放区的工农兵生活为中心,以历史乐观主义的态度写光明,注重塑造、歌颂先进典型和英雄形象;分清敌我关系,对于解放区内部存在的不足与问题,不得讽刺、暴露,对于"中国的反动派和一切危害人民群众的黑暗势力","需要尖锐地嘲笑""冷嘲热讽";在表现形式上,主张通俗化、大众化,在解放区"可以大声疾呼",必须通俗、明朗,反对"隐晦曲折,使人民大众不易看懂"。

延安文艺整风过程中,一些文章被视为政治毒草受到批判。王实味被冠以"反革命托派奸细分子""五人反党集团头目"等罪名被逮捕,后来被处决。丁玲经历了整风运动,经过改造,后来写出了《太阳照在桑干河上》那样典范性的革命小说。艾青、萧军等则逐渐被边缘化。延安文艺整风,对于后来党的文艺领导方式以及中国文学的发展具有深远的影响。1947年,萧军在哈尔滨创办了鲁迅文化出版社和《文化报》,宣传和弘扬鲁迅的文艺思想和杂文的战斗精神。1948年8月至1949年上半年,中央东北局对萧军展开批判,冠之以"诬蔑苏联是赤色帝国主义"的罪名,以组织处理的方式将其逐出文坛。以《讲话》发表为标志,解放区文艺进入一个新的阶段。

研习提升

1. 毛泽东:《在延安文艺座谈会上的讲话》。
2. 袁盛勇:《"党的文学":后期延安文学观念的核心》,《中国现代文学研究丛刊》2005年第3期。
3. 赵卫东:《延安文学体制的生成与确立》,《世界文学评论》2008年第2期。

第十二章
1940年代小说

第一节　1940年代小说

本时期的小说创作,因国民政府统治区、沦陷区和中共领导的以延安为中心的地区(亦称延安地区,或解放区)不同的政治经济文化环境,而呈现出不同的面貌。

抗战小说　抗战初期,许多作家走上前线,深入抗战,写出了一批反映抗日战场和战区社会生活的作品,时称"前线主义"小说。这些作品具有很强的纪实性和新闻性。诸如《华北的烽火》[1]、《刘粹刚之死》(萧乾)、《螺蛳谷》(端木蕻良)、《萧连长》(奚如)、《乌兰不浪的夜祭》(碧野)、《北运河上》(李辉英)、《东战场别动队》(骆宾基)。七月派作家丘东平的《第七连》《一个连长的战斗遭遇》等,在残酷的战争环境中努力透视中国军人的不屈的灵魂,富有悲壮美。姚雪垠以《差半车麦秸》成名,小说叙述绰号为"差半车麦秸"的农民在战斗中成长为游击队战士的故事。生动的口语、浓郁的乡土气息、故事化的叙述方式,是这篇小说在抗战文艺大众化方面成功的经验。

经历了抗战初"以笔代枪"的短暂昂奋期之后,文学家们逐渐接受了战争环境这个新常态,沉潜下来,写出了一批体现时代氛围、具有历史感和文化意识的作品。大体上看,在延安地区之外更广袤也更显驳杂的国统区及沦陷区,主要形成了五种小说形态:干预现实的讽喻、剖析小说,社会与文化反思小说,以都市或乡土生活为背景的体验小说,与流徙经验相联系的漂泊者小说,契合大众趣味的都市浪漫传奇小说。其中,以老舍、巴金为代表的

---

[1] 此作品是沙汀、艾芜、周文、舒群、蒋牧良、聂绀弩、张天翼、陈白尘、罗烽等人的合集,1938年2月8日至4月28日连载于《救亡日报》。

家族小说的拓展,以张爱玲为代表的都市女性写作的兴起,以路翎为代表的七月派小说的初步形成,以及钱锺书的现代"智者小说"《围城》的出现,是1940年代四个突出的文学现象。

对现实的讽喻与剖析　左翼作家在民族抗争主题中重振批判意识,犀利的现实讽喻、社会剖析与抗日军民的叙事相交融,透露了社会、心理、政治和文学之间复杂的互动关系。有的通俗小说家(比如张恨水写出了《八十一梦》《五子登科》)的加入,则进一步显示出多难兴邦之中华历史精神的强大聚合力与文学折射的多样性。

张天翼在左联时期形成的在"重写阿Q"[①]方向下剖析国民性、刻画小人物的艺术才华,在危难现实里再次焕发光彩。1938年在《文艺阵地》创刊号发表的《华威先生》,由一幅幅人物剪影的速写连缀而成,塑造了一个"包而不办"的抗战文化小官僚的典型。华威匆忙游走于各个抗战会场与团体,到处插一腿,强调"要认定一个领导中心"。这个打着抗战幌子追逐私利、扩张个人权欲的丑类,折射出国难当头背景下沉渣泛起的复杂社会现实。作品批判的矛头也显现出社会文化心理的丰厚意蕴。在当时昂奋激越的社会氛围里,张天翼辛辣犀利的暴露,显得"不合时宜",曾在国统区引起持续两年之久的"抗战文艺要不要暴露"的争论。[②]　不过,华威身上无孔不入、无缝不钻的权力欲望,却是中国漫长专制历史所形成的官本位文化心理的折射,这正是这部应时而发的小说所具有的超越性价值。《华威先生》前后,作家还写有《谭九先生的工作》和《"新生"》,后一并收入《速写三篇》。

左翼作家的暴露讽刺,沿着鲁迅"批判国民性"的方向展开,而叙事更多措意于社会政治经济制度层面。沙汀(1904—1992,四川安县人)创作的特色是在浓郁的民俗、鲜明的川味中,通过对乡村社会生活的描绘,揭露讽刺那些把持乡村政治的土豪劣绅的丑态。家乡川西北农村的乡风民俗、积弊痼疾是孕育沙汀小说艺术的生活土壤。《丁跛公》《代理县长》《凶手》《兽道》等都透视出当地的世态人情和社会黑暗。《防空——堪察加的一角》描写某县粮绅们为了防空协会会长的小小位子而勾心斗角的丑剧。1940年的《在其香居茶馆里》是其短篇代表作。小说在一个"吃讲茶"的世俗画场面里,让小镇各色人等轮番上场,揭开国统区兵役的黑幕,暴露大后方基层的弊政。联保主任方治国和粮绅邢幺吵吵,围绕邢二少爷服兵役事件而各怀

[①]　张天翼在《我怎样写〈清明时节〉的》一文中说:"我们常见阿Q这种人。现代中国里有许多都是在重写《阿Q正传》。"(载上海文学出版社1936年版《清明时节》)

[②]　参见苏光文:《"暴露与讽刺仍旧需要"——关于〈华威先生〉所引起的争论》,重庆地区中国抗战文艺研究会、四川省社科院文学所编:《国统区抗战文艺研究论文集》,重庆出版社1984年。

鬼胎,展开斗骂,直至大打出手,一个要讨好上级,一个要包庇儿子,最后因获悉县长更黑,要通吃两边,而哑然收场。小说在乡土气息扑人的生活场景中,让两个丑类通过窝里斗来展开自我暴露,斗到不可开交处又戛然而止,构思上颇有果戈理讽刺戏剧《钦差大臣》之妙。1940年代中后期,沙汀通过长篇"三记"《淘金记》《困兽记》《还乡记》,走向了写实主义的厚重。其中《淘金记》①较出色,以四川北斗镇筲箕背金矿的开采为线索,叙述基层各股恶势力抢发国难财的内讧。小说突出的是人物刻画,诸如地主婆子何寡妇的悭吝精细,失势的袍哥头子林幺长子的贪鄙凶顽,尤其是工于心计、阴险毒辣的没落绅士白酱丹,都能穷形尽相。

茅盾在本时期重要的作品是1941年夏的日记体长篇小说《腐蚀》。这首先是一部具有鲜明现实批判色彩的"政治暴露书",如作家在"后记"中所言,"《腐蚀》是通过了赵惠明这个人物暴露了一九四一年顷国民党特务之残酷、卑劣与无耻";同时这又是一部探询人物灵魂挣扎的"心理暴露书","暴露了国民党特务组织中的不少青年分子是受骗、被迫,一旦陷入而无以自拔的"。小说用女特务赵惠明内心独白的日记形式,展现一个失足难拔的女性如何在挣扎中走向忏悔自新的崎岖心路。尖锐的政治暴露和深刻的心理剖析,是茅盾在《腐蚀》中的艺术追求。

社会与文化反思 "一个文化的生存,必赖它有自我的批判,时时矫正自己,充实自己;以老牌号自夸自傲,固执的拒绝更进一步,是自取灭亡。在抗战中,我们认识了固有文化的力量,可也看见了我们的欠缺——抗战给文化照了'爱克斯光'。"②老舍写于1942年的这段话,可视为那一时代一种普遍的文化意识与眼光的代表。战争在促发作家们关切现实的忧患感和民族意识的同时,民族文化的优与弊、常与变,也成为作家们必须要反省的问题。

渗透着文化反思的家族小说的崛起,是1940年代突出的文学现象之一。王西彦的《古屋》通过孙家大屋这个"古屋"里黯淡而荒唐的人生,反省古老的乡土文化与颓败的家族制度;吴组缃的《山洪》(原名《鸭嘴涝》)描写一个聚族而居的皖南村落里的守全自保与奋起进击,剖析民族危难时局下家庭意识的双重性。师陀的中篇《无望村的馆主》书写三类富家的败落,隐含民族衰亡的忧思,也是此类小说中的力作。战争带来的动荡,并未掩盖中国社会转型过程中产生的现代与传统的矛盾冲突,有一批作家以超离但不脱离

---

① 1943年5月重庆文化生活出版社出版,曾以《筲箕背》《北斗镇》为名分别在《文艺阵地》第7卷和《文学创作》第1卷发表,出版单行本时始题名为《淘金记》。
② 老舍:《大地龙蛇·序》,《文艺杂志》第1卷第2期,1942年2月15日。

现实的眼光展开文化的探询与反省。沈从文的《长河》追索在现代文明冲击之下的湘西世界的社会历史之"变"与乡野生命形式之"常",可视为另一种形式的对家族的思考与忧患之情。

《四世同堂》是老舍历时五年完成的史诗性巨构,原计划写三部,共100段。第一部《惶惑》、第二部《偷生》写于抗战时期,第三部《饥荒》在1945年赴美后完成。①

这是一部具有深刻的民族文化自省意识的大著。小说以北平城小羊圈胡同祁家为中心,展开了1937年"七七"事变至1945年日本投降八年间北平市民生活的广阔画卷,在古都人民国破家亡的苦难历史中彰显不可征服的中华民族魂。小说中写道:"在这样一个四世同堂的家庭里,文化是有许多层次的,象一块千层糕。"祁老者是宗法制家庭里的长者和尊者,战乱中谨小慎微地固守家门,维系家族的秩序与法规,抗战结束后,他的生活理想依然未变。第二代中的祁天佑是有气节的,但只能在凌辱中沉河自尽。第三代的分化,显示出旧式家庭在大转折、大动荡时代里分崩离析的必然。瑞全刚烈果敢,辍学从戎;瑞丰浮滑不肖,是"洋派青年",也是市民中的败类;长孙瑞宣"好像是新旧文化中的钟摆,他必须左右摆匀,才能使时刻进行得平稳准确"。这位作者着墨最多的人物,体现了衰退的北平市民文化与传统家族文化在现代新潮冲击下的震荡与矛盾。小说在深刻透视家族文化的沉滞、市民阶层的国民劣根性这些民族积弱的根由的同时,也表现了民族文化凛然不可摇撼的精魂:杀身成仁的气节与骨气。在"想作奴隶而不得"的时代里,祁老者最后迸发出捍卫尊严的正义,闭户于诗书花草的老夫子钱默吟也"是会为一个信念而杀身成仁的",祁瑞宣经历了长期的"惶惑"与"偷生",最终投身抗日宣传,那些城市贫民也用各种方式显示着自己的硬骨头。与此形成鲜明对照的,则有国难中出卖灵魂、"有奶便是娘"的汉奸冠晓荷,以及粗鄙不堪、俗不可耐的大赤包。《四世同堂》是一幅恢弘的北平社会生活全景图,街头巷尾,三教九流,头绪繁多,多向辐射,却又组织得浑然一体、舒卷自如,在艺术上已然臻于宏大圆融。

巴金此时已经渡过了热情奔放的"激流"阶段,笔调转为沉静深潜,在一贯的抒情性风格中又注入了忧郁的沉思,这体现在他本时期的一系列作品

---

① 其中《饥荒》写了36章(比原计划多出3节)。老舍回国后,交与上海《小说》月刊出前1至20章,后16章并未发表,手稿在"文革"中失去。在美国出版的英文版,后16章中有整章删去的,也有将两章删改后合并的。1982年人民文学出版社出版此书,系从《四世同堂》节译的英文版回译了这一部分。最近赵武平找到了在美遗失的《饥荒》英文原稿,《收获》2017年第1期全文刊载《饥荒》被遗失的13段译文,计10万多字。

中,如《还魂草》(1942)、《小人小事》(1943)、《憩园》(1944)、《第四病室》(1945)和《寒夜》(1946)等。中篇小说《憩园》以一座易主的花园为中心,将杨、姚两家的命运相交织映衬,剖析福荫后代、"长宜子孙"的传统大家庭文化对人性的腐蚀。旧主杨梦痴是一个"靠祖宗吃饭"的浪荡子,吃喝嫖赌,终沦为乞丐,最后在牢里染病死去。新主人姚国栋也是一个慵懒的寄生虫,在父辈的纵容娇惯下,他的儿子小虎也成为一个骄横的纨绔子弟。巴金在批判封建文化固有的腐朽性的同时,也在小说中灌注了深沉的悲悯情怀;杨老三在堕落中尚有未泯灭的良知,姚国栋身旁还有继室无助无奈的苦口良言。小说以一位作家回乡见闻的视角展开叙述,氤氲着一缕遥深悲凉的挽歌情调。

与"激流"三部曲和《憩园》对时代变迁中大家庭的崩塌进行透析不同,《寒夜》(1946)谛视寒悲时世中小家庭的磨毁。汪文宣和曾树生毕业于大学教育系,满怀"教育救国"的理想,但投身社会后,汪文宣只能拖着肺病之身在一个半官半商的图书文具公司小心维持一个看校样的编辑职位,曾经的理想与锐气,只使他越加感受到现实中卑微人生的刺痛。无休止的婆媳矛盾令他身心备受煎熬,曾经相爱的人渐行渐远更令其失去慰藉,当重庆街头传来抗战胜利的消息时,汪文宣郁愤地死去。曾树生也是一个悲剧性人物,而且她身上更显人性的复杂。这个曾经热情洋溢的新派女性,在内遭遇到家庭的寒酸、老派守旧婆婆的鄙夷、丈夫的孱弱无能,在外又不过是为了生计而陪笑的洋行"花瓶"。她努力想恪守人妻人母之道,却又看不下儿子那未老先衰的模样,她备受压抑而又不甘,只能混迹于灯红酒绿之中来填充空虚的内心,后来随情人远走兰州,无果而归,寒夜里已经找不到丈夫与故家。《寒夜》笔调蕴藉绵密,是一部关于小人物、小家庭的悲凉史诗;日常琐屑生活对于身心的煎熬与磨杀,庸常灰色中小人物的无力挣扎,"寒夜"冷酒馆里失意人借酒浇愁的凄凉悲郁,处处都力透纸背、感人肺腑。小说结尾处借曾树生之耳让读者听到的街谈巷议——"胜利了两个多月,什么事都没有变好,有的反而变坏""我们没有发过国难财,却倒了胜利楣"——则透露出作家对现实的悲愤与忧患。

声音

(《寒夜》)读者在目击男主角一步步走向身心交瘁的境地时,简直不忍卒读。因为和一般中国家庭生活太过逼肖,所有柔和、伤痛的场面,遂具备了动人的力量。凭着这一小说,巴金成为一个极出色的心理写实派小说家。

(夏志清《中国现代小说史》)

都市与乡土生活体验　　在离乱动荡的境遇中,无论固守还是流徙,偏安抑或流亡,都会给人们的城乡经验注入痛楚的味道。而咀嚼和消化这种痛楚,关于家国,关于自我,关于身与心,会荡起愤激,也会酿出乡愁,能积淀思索,也能孕育心灵的沧桑,这构成了1940年代体验者小说的多样与丰富。此类文学中最引人注目的,一是来自上海"孤岛"①—沦陷区的一些作家的创作,一是在东北沦陷区成长起来的"东北作家群"的新开拓。抑或又与女性敏感的身心体验相关,本时期最具特色的女性写作也在这两个区域。不同于五四那代女作家多浸染于个性解放、张扬自我的时代风潮,这时期的女作家更侧重于发现日常生活中平凡的诗意,在人生的"安稳"而不是"飞扬"中感受生命的传奇,显示出中国现代女性文学的触角已从社会解放潜入了生活本身。

　　从抗战爆发至1940年代末,上海经历了三个时期,即"孤岛"时期(1937年11月12日至1941年12月7日)、沦陷时期(1941年12月8日至1945年8月14日)和光复时期(1945年8月15日至1949年5月27日)。1940年代的上海是中国现代小说史上一个特别的历史空间,虽经战乱,但文脉不断。其中最杰出的是张爱玲,与之呼应的则有苏青、施济美等,共同开拓出雅俗共赏的女性写作新路向。苏青的代表作是自传体长篇《结婚十年》,以浅白流利却并不俚俗的纪实笔调,讲述女性涉世的甘苦,具有浓郁的世俗气息和人情味道,刻画女性心理尤为直率透彻,一度成为畅销书。当时有评论认为:"除掉苏青的爽直以外,其文字的另一特色是坦白。那是赤裸裸的直言谈相,绝无忌讳。在读者看来,只觉得她的立笔的妩媚可爱与天真,决不是粗鲁与俚俗的感觉。"②华北沦陷区的梅娘也是当时颇受瞩目的女作家,时人将她与张爱玲并称为"南玲北梅",主要作品有所谓"水族系列",即中篇《蚌》、短篇《鱼》和中篇《蟹》,都是写大家庭里女性的困境与命运、欲望与抗争,笔触细腻舒展,颇得大众读者欢迎。

　　在孤岛的特殊环境中,京派的师陀(1901—1988,曾用笔名芦焚,河南杞县人)也写出了代表其艺术高度的作品。短篇集《果园城记》包含18篇系列小说,在浓郁的风俗人情背景上,书写一个叫果园城的小城里各种小人物的历史、性格和命运,或深婉悲凉,或亲切温馨,带点喟叹,渗着思悟。"我有意把这小城写成中国一切小城的代表,它在我心目中有生命、有性格、有思想、

---

① 1937年11月,国民党军队西撤,上海租界外围地区被日军占领。当时日本尚未向美、英、法等国宣战,由他们所控制的公共租界和法租界宣布"中立",苏州河南岸地区一度与外隔绝,史称"孤岛"。
② 谭正璧:《当代女作家小说选·叙言》,《当代女作家小说选》,上海太平书局1944年,第8页。

有见解、有情感、有寿命,像一个活的人。"① 师陀还写有长篇《结婚》,以战时上海为背景,展现一个小知识者在罪恶都市洋场里的浮沉堕落。小说的重要特色在于复调叙述,上部用第一人称限制视角,由主人公胡去恶的六封长信组成,弹出一组扭曲的都市心灵鸣奏曲;下部转用第三人称全知视角,展开一幅光色斑驳的洋场浮沉图。

路翎(1923—1994,生于江苏南京,原名徐嗣兴)是七月派最重要的小说家,在现代小说史上,也因为其高强度的心灵搏斗的艺术而成为极具特色与个性的一位。路翎首先引起文坛注目的,是对于矿区苦难生活与人物悲苦心灵的开掘,以短篇集《青春的祝福》和中篇《饥饿的郭素娥》为代表。在作家笔下,出现了具有鲜明个性印记的两类人物:"农民型工人"和"流浪者型工人"。② 作家显然更倾心于放荡不羁甚至散发着野性的后者,这体现了他所竭力寻求的"人民底原始的强力"。诸如逃难流落至矿区的郭素娥,从肉体到精神都陷入极度的"饥饿",却又健壮而狂野。她所狂恋着的流浪工人张振山,则狞猛强悍,乖戾暴烈,他对郭素娥的爱也注满毒辣的欲望。如果说路翎的中短篇是搅动心灵的巨浪,长篇《财主底儿女们》则奔泻着精神的狂潮。这部曾被称为是"中国的《约翰·克里斯朵夫》"的小说,上半部描写苏州巨富蒋捷三家族的分崩离析,下半部展现第二代蒋纯祖的漂泊颠沛生活与心灵挣扎历程。企图"在自己内心里找到一条雄壮的出路"的蒋纯祖,孤傲叛逆,处处碰壁。他经历过浮士德式的灵与肉的自我交战,在城市参加革命工作又不能忍耐"左"的专制教条,到"民间"去又痛苦于死水般的沉滞愚昧。这是一个孤独的叛逆者、挑战者,以困兽犹斗的姿态去"独战众数",却什么也不能改变。路翎对于人物悲怆心灵的深层拷问近乎残忍,大起大落,波澜震荡,不乏陀思妥耶夫斯基式心理小说的味道。抗战胜利后,路翎的创作更多集中于农村和农民题材,延续着他"突进"生活、"扩张"自我的风格,视角则更集中于揭示中国农民身上"精神奴役底创伤"。他的作品,重要的有长篇《燃烧的土地》、中篇《罗大斗的一生》和《蜗牛在荆棘上》等。路翎小说受以"主观"为核心的胡风理论思想的影响十分明显,在心理挖掘、情感幅度等方面显示出特色与才华,也留下了恣意有余、缺乏节制的遗憾;他的很多作品读来有滞重或散漫感。

诗人冯至除了创作富有哲理意味的《十四行集》,还创作了小说《伍子胥》,留下了关于漂泊的深沉思悟。据作者回忆,这部取材于历史故事的象

---

① 师陀:《果园城记·序》,《果园城记》,上海出版公司1946年,第5页。
② 杨义:《中国现代小说史》第3卷,人民文学出版社1998年,第172页。

征体诗化小说经过了16年的酝酿,最初是受里尔克《旗手里尔克的爱与死》所触发。小说没有写实性的故事,也不作直接的心理剖析,而是用一个个散文片段连缀各种人事、风物,来映照一路漂泊中伍子胥的感受与体验,传达具有存在主义意味的生命的被"抛掷"感:"因为这一段美的生活,不管为了爱或是为了恨,不管为了生或是为了死,都无异于这样的一个抛掷:在停留中有坚持,在陨落中有克服。"①小说的特色与价值,如诗人卞之琳后来所指出的:它"无意中符合了现代世界严肃小说的诗化亦即散文化(不重情节)这样的创作潮流"②。

主要从事文学编辑工作的章靳以(1909—1959)有《洪流》《众神》《生存》等短篇集,长篇《前夕》写一个旧家庭众多成员不同的经历遭遇,反映抗战爆发前动荡的中国社会生活。曾就读于西南联大的汪曾祺(1920—1997,江苏高邮人)1949年出版了小说集《邂逅集》,收录初期作品8篇。《复仇》等篇如笔记小说,表现诚朴、自然的小城人生,氤氲着怀旧气息,初现京派小说传人的艺术才华与个性。

东北作家群成员此时也有新的开拓。萧红于1940年12月完成《呼兰河传》。萧红1927年考上哈尔滨东省特区区立第一女子中学当寄宿生,1930年中学毕业。1932年于困顿中结识萧军。1933年以悄吟笔名发表第一篇小说《弃儿》。同年10月,在舒群等人的帮助下,萧红、萧军合著的小说散文集《跋涉》自费出版。1934年萧红、萧军相携到达上海,结识鲁迅。1935年12月《生死场》以"奴隶丛书"出版,署名"萧红"。鲁迅为之作序,胡风为其写后记。1940年,与同居的端木蕻良抵香港,之后发表中篇小说《马伯乐》《小城三月》、长篇小说《呼兰河传》等。1942年1月22日,因肺结核和恶性气管扩张病逝于香港,年仅31岁。《呼兰河传》是萧红代表作。小说以细腻的抒情笔调展开童年的回忆,带着乡愁为读者叙说她心中的"城与人"。她笔下的那个北方小城宁静美丽,又好像蒙了尘、打着盹,单调、沉滞而久远。这里没有惊心动魄的矛盾冲突,有的只是一出出平凡的人生悲喜剧在静静上演,每个人物的故事都在为读者翻开一幅乡间浮世绘。在各色人物的吃睡劳作、嬉乐哀哭、生生死死间,有愚昧、麻木、无情的冷漠,也不乏默默的执着与坚韧,平凡的美丽与善良,其中固然寄寓着国民性剖析的痛切,然而这痛切又弥散在怅惘无奈的喟叹之中;这是蒙了尘的生命的永恒。《呼兰河传》体现了作家文体探索意识的自觉,正如茅盾当年所言:它"不象是一部严格意

---

① 冯至:《伍子胥·后记》,《伍子胥》,文化生活出版社1946年,第108页。
② 卞之琳:《诗与小说:读冯至创作〈伍子胥〉》,《中国现代文学研究丛刊》1994年第2期。

义的小说",但"它于这'不象'之外,还有些别的东西:——一些比'象'一部小说更为'诱人'的东西:它是一篇叙事诗,一幅多彩的风土画,一串凄婉的歌谣"①。1941年萧红还写下了自己最好的短篇《小城三月》,以儿童"我"的视角,在三月春色的掩映中,吟叹一曲传统东方女性爱情被窒息的生命悲歌,笔调凄婉动人。一往情深的长短悲吟,确定了萧红在现代诗化小说领域的重要席位。

抗战爆发后,东北作家群的年轻成员端木蕻良(1912—1996,满族,辽宁昌图人)创作了长篇《科尔沁旗草原》(1939),以关外大草原的恢阔雄浑与鸳鹭湖的苍凉瑰丽给文坛注入一股激情澎湃的雄奇之力。小说以史诗般的笔触展开草原首富丁府由盛而衰的历史纠葛,以对照手法重点塑造了丁宁和大山这两个年轻的草原之子,前者是受新思潮浸染、试图更新故乡却委顿无力的"寂寞者,独语者,畸零者",后者体现了大草原的原始强力,从复家仇走向救国难,参加了义勇军。小说在文体上跳荡开阖,上半部是"直截面"的线性奔泻,下半部为"横切面"的宽幅铺展。如果说萧红在抒情性诗化小说的创造上显得圆熟,年轻的端木则是在尚力的史诗小说追求中崭露锐气。他是另一种诗小说的探索者,难怪曾有评论家对其作这样的答问:"我们作者是个小说家吗?不,他是拜伦式的诗人。"②

骆宾基(1917—1994,原名张璞君,祖籍山东平度,生于吉林珲春)在1940年代的重要创作是短篇集《北望园的春天》。与小说集同名的短篇《北望园的春天》以作者所寓居的桂林市里一个不大的北望园为窗口,探视众生百相,传达幽深绵渺又富有悲凉意味的人生体悟。《贺大杰的家宅》注目于桂林火车南站附近一座家宅,写一个被革职的东北籍军官的闲淡生活,流露出恋乡的淡淡苦涩。集子里也不乏社会关切,如《老爷们的故事》以冷隽的喜剧笔调讥嘲一个卑微小官员的扭曲心理,同时折射艰难时世。本时期骆宾基还有自传体长篇《混沌——姜步畏家史》,采用儿童视角,以"作者的幼年与少年两个时期的天真而纯洁的心灵",来"反映着通过家庭而显现出来的一个东北三等小县城的社会风貌。记载了'九·一八'事变之前这座满、汉、回、朝四个民族杂居共处的边境城镇的风俗、人情"③。骆宾基走的是萧红式的抒情性小说路向,也丰富了现代小城、边城文学的色彩。

黄谷柳(1908—1977,祖籍广东防城,生于越南海防市)的《虾球传》在浓

---

① 茅盾:《〈呼兰河传〉序》,1946年10月17日上海《文汇报》副刊《图书》第24期。
② 王任叔:《直立起来的〈科尔沁旗草原〉》,《巴人文艺论集》,人民文学出版社1984年。
③ 骆宾基:《幼年·自序》,《混沌》第一部曾以《幼年》为题在桂林出版,后来又在上海合并第一、二部出版,题为《混沌》。

郁的华南地域色彩与生活气息中叙述城市流浪少年的苦难人生。少年虾球（原名夏球）从香港流浪到广州等地，苦难漂泊，历经曲折艰险，终于成为一名游击战士，走上革命道路。《虾球传》于1946—1948年在香港《华商报》副刊连载。① 小说打破了五四以来文学创作西化的模式，吸收民间文学营养，故事曲折跌宕，情节引人入胜，语言朴素生动，在华南地区产生了广泛影响。而以流浪少年为主人公的长篇小说，在现代文学中这是第一部。

雅俗融合的趋向 1940年代以来，通俗文学界一批新作家出现在文坛。主要作家有秦瘦鸥、苏青、徐訏、无名氏，以及东吴系女作家、复旦系作家。张爱玲早期作品也刊登在《紫罗兰》《万象》。这些作家创作风格各异，但是有一个共同特点，他们都或在国内或在国外接受过现代高等教育，没有什么雅俗的概念，而是吸取了数十年来中国雅俗文学的优点，根据自己的美学观进行创作，因此，他们的作品将通俗文学创作推向了一个新的境界。

秦瘦鸥（1908—1993，原名秦浩，上海嘉定人）1926年开始发表作品，代表作品有《秋海棠》《梅宝》等。创作于1941年底的《秋海棠》最初在《申报》上连载，后由多家书店出版，曾被改编为话剧、沪剧、粤剧、评弹、电影、电视，译成多种外文，产生了广泛影响。《秋海棠》写的是美的毁灭、人性的控诉。前半部分写秋海棠爱情的毁灭，将批判的矛头指向军阀，后半部分写秋海棠亲情的毁灭，将批判的矛头指向社会。人物在爱情、亲情的沉浮中从欢乐走向悲剧，情节传奇，文字缠绵。

1943年徐訏的《风萧萧》连载于《扫荡报》，连载完旋即出版，列当年"全国畅销书之首"，1943年因此曾有"徐訏年"之称。徐訏（1908—1980，浙江慈溪人），1933年从北京大学哲学系毕业，后转北大心理学系学习。1936年到法国巴黎大学修哲学，获博士学位。他虽然学的是哲学和心理学，酷爱的却是文学，并笔耕不辍，创作繁富。徐訏主要创作戏剧和小说。戏剧主要有《母亲的肖像》《生与死》《黄浦江头的夜月》《兄弟》等，小说主要有《鬼恋》《吉布赛的诱惑》《荒谬的英法海峡》《精神病患者的悲歌》《阿拉伯海的女神》《风萧萧》等，另外还有小品、散文等。1949年以后，徐訏定居香港，继续创作了《江湖行》等作品。

《风萧萧》是中国现代谍报小说的先驱。小说写抗战中中国、日本、美国三方间谍的争斗，题材新颖，贴近现实，具有较强的时代气息。小说中三位具有特殊背景的漂亮女性都爱着青年哲学家徐，靓女与俊男的多角恋爱构成了小说的结构，谍战的生死争斗构成了小说的情节线索，人物背景的神

---

① 《虾球传》单行本分《春风秋雨》《白云珠海》《山长水远》三部。

秘、感情纠葛的波澜、哲学心理的分析、人生价值的思考构成了小说的悬念和情调。以现实社会生活为舞台，演绎一场传奇浪漫的爱情故事，再将爱情故事上升到心理和哲学层面，这是徐讦作品的基本思路；《风萧萧》最具代表性。

无名氏（1917—2002，出生在南京，祖籍扬州，原名卜宝南），早年曾就读于北平俄文学校。无名氏成名于1943年创作的《北极风情画》（连载在《华北新闻》上时名为《北极艳遇》）。小说反响很好。他接着创作了《塔里的女人》。在"文革"后期，这部小说曾有近十万册手抄本在青年中流传，引起一股地下阅读热。两部小说的故事情节基本一致，都描画了一对青年男女的爱情悲剧。《北极风情画》写抗日战争中退守到西伯利亚托木斯克小镇的韩国军官林偶遇俄罗斯少女奥蕾利亚，他们相恋相爱，然而部队开拔，两人不得不分手。分离之后的奥蕾利亚在痛苦中死去，同样痛苦的林则陷入自责不能自拔。《塔里的女人》写外科医生、提琴手罗圣提偶遇校花黎薇，他们相恋相爱，却因为世俗的成见不能结合。黎薇在不幸的婚姻中神经错乱，罗圣提则在痛苦和自责之中隐匿华山。这种由纯情走向变情，再由变情走向惨情，是言情小说的基本模式。小说的动人之处在于，它淋漓尽致地展现了恋爱的感情波澜。初恋时的矜持，热恋时的热烈，分离时的痛苦，诀别时的惨痛，作者以相当坦率而富有感情的语言将它们推到了无以复加的地步。从纯情的角度上说，这两部小说可以看作后来的琼瑶小说的前奏。缠绵悱恻的爱情故事当然动人，使读者唏嘘不止的还有小说中所表现出的那种忏悔意识。两部小说中的两位男主人公不仅"负罪"地忏悔，还有"赎罪"的行动。一个在冰天雪地的华山之巅狂歌祭拜；一个遁入空门终身伴随古刹孤灯。作为一名北平俄文学校的毕业生，无名氏在小说中显示出了他的文学修养以及俄罗斯文学式的忏悔文化。

1946—1960年，在时代大变革中，无名氏隐居杭州，历经艰难困顿而潜心创作《无名书稿》。《无名书稿》共6卷，分别名为《野兽、野兽、野兽》《海艳》《金色的蛇夜》《死的岩层》《开花在星云之外》《创世纪大菩提》。6部小说分别以革命、爱情、罪恶、宗教、禅宗、乌托邦为主题，注重对人类生活形式的表现，尤其是对人类心灵世界的深入探索。这是深寓生命哲学的一部"大书"，作者企图于外来思想和中国传统思想外，为中国乃至整个地球的文化生命寻找一条拯救和改造之路。全书写法多样，表达形式丰富，是介于诗体小说、哲理小说、散文小说之间的混合文体。杨义在《中国现代小说史》中，称《无名书稿》为"颇有分量的现代主义巨著"。汪应果教授评价："他为中国现代文学提供了一部人类心灵探索的史诗性作品，塑造了一个浮士德式的人物——印蒂"。①

　　1943年周瘦鹃说："近来女作家人才辈出，正不输于男作家，她们的一枝妙笔，真会生出一朵朵的花儿来，自大可不必再去描龙绣凤了。"②这段话除了是赞美张爱玲、苏青，主要也是赞美在他主编的《紫罗兰》上发表小说那些女性作家。这些女性作家大多毕业于东吴大学或东吴附中，因此被称为"**东吴系**"。东吴系成员主要有施济美、汤雪华（汤雪华未上过东吴大学，但其寄父胡山源当时正在东吴大学任教。胡山源被视作为东吴系的精神领袖）、俞昭明、邢禾丽、郑家瑷、杨琇珍、程育真、陶岚影、叶枚珍等人。她们的创作介于雅俗之间，不是纯粹的通俗文学作品。对于东吴系作家的小说风格，谭正璧在《当代女作家小说选前言》中说："她们的作品既有一种柔婉的力，同时也可说是一种柔婉的风格。""柔婉的力"比较准确地概括了她们小说的风格。她们的小说有一股浓浓的感伤气息。婚恋嫁娶、生离死别是主要的故事情节，例如施济美的《永久的蜜月》写一位蜜月中的女子的遐想。她的另一篇小说《死灰》写一个立誓不嫁的自由人，在40岁时终于明白了一个女人没有夫妻之爱和母子之爱只能是"死灰"的生活。俞绍明的小说《三朵姑娘》写开饭店的三朵姑娘与三位大学生似恋非恋的浪漫故事。再说"力"。1940年代的中国社会处于动荡之中，生活在这个时代中的作家躲避不了动荡的现实。她们也会写出一些具有批判色彩的小说。例如汤雪华《红烧猪蹄与小蹄膀》、俞昭明《黑芍药》、邢禾丽《上帝的信徒》等，这些小说对上层社会有嘲讽，对小人物充满同情。仔细分析就会发现，尽管她们对爱情抱着一种追求又莫名的态度，却始终表现出一种执着、刚毅的精神状态。看似柔弱，却刚强，只不过刚强被柔婉包裹着而已。

　　东吴系女作家大都有良好的家庭教育背景。作为五四时期的弥洒社的领军作家，胡山源强调的是作品的美和灵感，注重作家的才气和表现力。东吴系可看作弥洒社在1940年代的女弟子。这些闺秀小姐都是女大学生，"穿着入时，打扮漂亮，多数是秀发垂肩，风姿翩翩"，"举止大方，谈吐风雅"③，被戏称为"上帝的女儿"。因为这样的风格，东吴系女作家又被称为"小姐作家"④。

　　东吴系之外，此时还有一批男性作家。他们主要来自于复旦大学，因此有"复旦系"之称。复旦系的主要成员有周楞枷、刘春华、心期、旅江等，他们的作

---

① 汪应果：《无名氏传奇》，上海文艺出版社1998年，第9页。
② 周瘦鹃：《写在紫罗兰前头》，1943年《紫罗兰》复刊号第1年第3期。
③ 汤雪华：《汤雪华自传之二·十年笔耕》，《苏州杂志》1993年第2期。
④ 陶岚影：《闲话小姐作家》，《春秋》第1年第8期，1944年5月。

品主要发表在《小说月报》上。这些男性青年作家不写婚恋心理,多写性爱生活。在他们笔下,性爱具有超自然的力量,好像人类的一切活动都围绕着性爱展开。这些为数不少的小说,给1940年代的文坛带来了不良的影响。

第二节　张爱玲　钱锺书

张爱玲(1920—1995,原名张煐,祖籍河北丰润)出身名门,祖父张佩纶是清末名臣,祖母是李鸿章的长女。父亲是大家庭的公子哥,抽大烟,狎妓,赌钱,母亲却是新潮女性,家里争吵不断。母亲后来出洋留学去了。张爱玲童年时期就开始阅读古典文学,父亲的书房里既有《红楼梦》《三国演义》等,也有《歇浦潮》《醒世姻缘》等,《海上花列传》曾经让她特别着迷。由于母亲的影响,她从小有机会接触毛姆小说、萧伯纳戏剧等西方文学名著。也曾和母亲一起阅读《小说月报》等新文学刊物。张爱玲后来曾回忆,当年从《小说月报》上读到老舍的《二马》,令她忍俊不已。从上海教会学校圣玛利亚女校毕业后,1939年,张爱玲入香港大学,后因日军侵占香港,不得不中止学业,1942年回到上海,就读于圣约翰大学,不久因经济来源断绝而辍学,卖文为生。1943年5月,张爱玲投稿《紫罗兰》,获主编周瘦鹃赏识,在第2期隆重推荐《沉香屑 第一炉香》,在上海文坛崭露头角。此后张爱玲在《杂志》《万象》《古今》等刊物接连发表《茉莉香片》《到底是上海人》《心经》《倾城之恋》等小说、散文。1944年小说集《传奇》出版,9月再版,12月散文集《流言》出版。张爱玲如璀璨新星升起在上海文坛。一方面她自小受中国古典文学与传统文化浸润,在教会学校受到西方文学滋养,另一个方面沦陷区特殊的文化环境,给了她这样擅长写婚姻家庭爱情的女性以文学表现的空间。1947年张爱玲编剧的两部电影《不了情》与《太太万岁》公映。1952年,张爱玲到香港,完成小说《秧歌》《赤地之恋》。1955年到美国。在美国期间,张爱玲为香港电懋公司写了《南北一家亲》《南北喜相逢》《小儿女》《六月新娘》等电影剧本。张爱玲还有感于社会对《海上花》与《红楼梦》这两部中国古典小说的价值认识不够,花十多年时间执着地介绍与研究,1975年完成英译《海上花列传》,1977年台湾皇冠出版社出版了她的考据著作《红楼梦魇》。1993年完成家族介绍性的作品《对照记》。1944年初,张爱玲与胡兰成相识,一见倾心。不久两人签了婚约,1947年离异。1956年张爱玲与美国剧作家赖雅结婚(1967年赖雅去世)。1995年9月8日中秋节,房东发现张爱玲已病逝于洛杉矶西木区公寓,终年75岁。2009年,张爱玲的遗作长篇小说《小团圆》在尘封三十余年后出版,再度引发广泛关注。

现代人生日常的审美发现　《传奇》卷首题词说:"书名叫传奇,目的是在传奇里寻找普通人,在普通人里寻找传奇。"所谓"普通"自然指饮食男女一类的日常生态,而寻找"传奇"则是要发现其中蕴含着的人性恒常与浮世苍凉。张爱玲的文学寻找在现世生活体验与历史沧桑的交融中展开,即在新旧文化冲突与现实动荡的环境中,通过两性关系、家庭关系中的人情风俗,来表现城市男女于"虚伪之中有真实,浮华之中有素朴"的日常人生与人性真实。诸如《沉香屑》《茉莉香片》《金锁记》《倾城之恋》《红玫瑰与白玫瑰》等等,此中人物如葛薇龙、聂传庆、长安、白流苏、范柳原、佟振保等,有挣扎、纠缠、犹豫、痛楚和不甘,但又不得不委身于现实。他们的希冀超越不了现实,只是被小小的梦想、欲望或虚荣所驱动,其人生大多具有悲剧因素,但称不上被毁灭,而是缓缓地一点一点沉下去。张爱玲的小说,虽场景偶尔也会搬到香港,但她的故事主要是描写了一个又一个从传统到现代,或者说传统与现代交织的上海家庭,展现了三四十年代上海社会各阶层中的家庭故事与日常生活,写她们找男朋友(《花凋》《心经》《创世纪》《半生缘》)、嫁女儿(《琉璃瓦》)、妯娌姐妹之间的明争暗斗(《鸿鸾禧》《金锁记》)、夫妻关系的微妙(《红玫瑰与白玫瑰》)、旧家庭的家长里短(《倾城之恋》《金锁记》),等等。通过这些琐碎又令人唏嘘的故事,将上海的世情层层揭示。张爱玲在《自己的文章》一文中吐露过她的文学观念:"文学史上素朴地歌咏人生的安稳的作品很少,倒是强调人生的飞扬的作品多,但好的作品,还是在于它是以人生的安稳做底子来描写人生的飞扬的。没有这底子,飞扬只能是浮沫,许多强有力的作品只予人以兴奋,不能予人以启示,就是失败在不知道把握这底子。……我发觉许多作品里力的成分大于美的成分。力是快乐的,美却是悲哀的,两者不能独立存在。"[①]她有意疏离于五四启蒙文学的精英立场,更和左翼革命文学的激进追求判然有别,也同刘呐鸥、穆时英等老一代海派作家炫示都市生活奇观的创作面貌截然不同,她对于现代生活日常的审美开掘,构成了中国现代文学历史发展中一种新的审美动向。

人性幽冥与隐秘心理的探询　张爱玲是中国现代文学史上独具个性的女性作家。她独特的女性意识,是建立在对传统女性写作的解构之上,与1920年代以来的女性写作形成对话关系。与五四女性作家大多从个性解放角度讴歌爱情的文学书写不同,在张爱玲的笔下,女性在面对"谋生"与"谋爱"的选择时,生存始终被放在第一位。在现实的生存面前,爱情只能成为神话。"谋爱"是本然的内在渴求,"谋生"又是不得已的必然选择。爱的幻

[①] 张爱玲:《自己的文章》,《流言》,北京十月文艺出版社2006年,第13页。

梦在谋生的庸常过程中渐渐褪去美丽的色彩,少女心被妇人性所侵蚀却又有几许真心犹存。五四新文学以来形成的灵肉冲突书写模式,在张爱玲笔下被改铸为以世俗人性为底色的复杂心理版图。她对婚恋爱情的世俗生活有着异乎寻常的敏感体验,深入地探询了在情欲中挣扎、浮沉的男男女女的内在心理。她的都市世情描摹与女性命运观照不是采用外位的社会化视角,而是深入到女性心理的纵深地带,洞幽烛微地呈现出令人唏嘘、感伤的世界,呈现出男女婚恋挣扎与情欲倾轧过程中人性心理的幽冥变化,那种种隐秘与复杂。

《金锁记》是一个关于病态社会与家庭的悲剧,又是心灵被物欲所驱遣直至畸形的人性悲剧,体现了张爱玲对于世俗人性和女性心理的特别敏感与通彻体悟。小说写麻油店老板的女儿曹七巧嫁到了高门大户,可丈夫是个害骨痨的废人,在身心都不能满足的压抑中她爱上丈夫的弟弟姜季泽,曾经主动暗示他,不过姜季泽至多捏她一把脚就止乎礼了。曹七巧终于熬到丈夫、婆婆都死了,得到了一大笔遗产和家庭地位。这时,荡尽了钱财的姜季泽又来接近她。当发觉这个自己曾心动过的男人只是来算计她的钱时,曹七巧暴怒地溅了他一身的酸梅汤。到这里,小说拉开了一个套上了黄金枷锁的女人的悲剧序幕。真正惊心动魄的悲剧开始上演了——身心扭曲的曹七巧开始残忍地磨杀自己的儿女。她折磨媳妇,让他们无法有正常的夫妻生活。女儿长安的青春在吞云吐雾中一点点黯淡下去。曹七巧最后以"一个疯子的审慎与机智",轻描淡写地把女儿说成个鸦片鬼,断送了她的婚姻。这个30年来"戴着黄金的枷"的女人,"用那沉重的枷角劈杀了几个人",同时也劈杀了自己的人性。这是病态社会与家庭的悲剧,又是心灵被物欲所驱遣直至畸形的人性悲剧。

《金锁记》的魅力,不仅在于客观上呈现出的深刻的社会与道德批判,更重要的是女作家以倾向于自然主义的态度,对于女性心理与人性展开感性体悟与追问时所达到的深彻。一碗打翻的酸梅汤溅走了姜季泽,也滴落了几十年煎熬中世俗卑微却又只能如此的爱梦——"酸梅汤沿着桌子一滴一滴往下滴,像迟迟的夜漏—— 一滴,一滴……一更,二更……一年,一百年。真长,这寂寂的一刹那。"曹七

> **声音**
>
> 她写人生的恐怖与罪恶,残酷与委曲,读她的作品的时候,有一种悲哀,同时是欢喜的,因为你和作者一同饶恕了他们,并且抚爱那受委曲的。饶恕,是因为恐怖,罪恶与残酷者其实是悲惨的失败者,如《金锁记》的曹七巧,上帝的天使将为她而流泪,把她的故事编成一只歌,使世人知道爱。
>
> (胡兰成《永远的张爱玲》)

巧在烟榻上与长白吞云吐雾,狡黠地咀嚼儿媳的床笫隐私,她杀戮了女儿长安一生的幸福,这都是令人恐怖的心理扭曲与病态,但又是她对儿女的最残忍的爱的表现。她的近乎孱弱病态的儿女,是她一生的处心积虑、步步为营、煎熬了自己全部青春后留存的唯一可靠的私产。任何别的女人都不能占有她的儿子,她更不信任任何男人。曹七巧淡淡闲谈中毁灭长安一生幸福的瞬间,是小说故事的高潮,而内在情感的高峰,却是之后她一个人静静独处时,"摸索着腕上的翠玉镯子,徐徐将那镯子顺着骨瘦如柴的手臂往上推,一直推到腋下"。小说在不动声色之间一点一滴地把一个世俗女子的生命风干耗尽过程写了出来。张爱玲用"花凋"来命名她的另一部小说,其实,她的绝大多数小说都是写"花凋"的故事——少女在如花般年纪却生命凋零。薇龙、曼桢、翠远、小寒、紫薇、长安、二乔与四美、家茵,她们的少女时代都是伴随着无助、伤害、焦虑……张爱玲不断解构着爱情神话,让她们中的很多人直接跨入世俗庸常的妇女生活,冷酷,残忍,令人唏嘘。

以苍凉为底色的现世人生悲剧　　张爱玲曾说,她不是"采取善与恶、灵与肉的斩钉截铁的冲突那种古典的写法",而是用能"衬出人生的素朴的底子"的"参差的对照的手法"来写。这源自她对于人生的独特体验和理解。她的小说里,几乎"全是些不彻底的人物。他们不是英雄,他们可是这时代最广大的负荷者。因为他们虽然不彻底,但毕竟是认真的。他们没有悲壮,只有苍凉。悲壮是一种完成,而苍凉则是一种启示"[①]。沧桑的历史感、切实的现世感与现代都市的日常人生和心灵相融会,构成张爱玲小说最主要的审美取向与特色,也形成她以苍凉为底色的独特的悲剧感——不是表现为走向顶点的激烈冲突,而是在一个个黯淡、哀挽的平凡故事里,以既悲观又享乐的态度去体味现实人生的浮世悲欢与苍凉。她把世俗庸常的男女,置于新旧交杂的社会与战乱动荡的时局中,呈现他们在种种诱惑中的惶惑、经营中的虚无、追求中的无可附着。

中篇《倾城之恋》展开的是出身于式微世家的白流苏与华侨富商子弟范柳原之间的情感纠葛。被丈夫离弃多年的白流苏,经历过许多世事炎凉,既孤傲清高又有着小女人的心计。妹妹相亲时,她故意吸引范柳原的眼光,后又不断施展小手段来吊住他的心,只为牟取安稳的人生。正如苏青分析白流苏时说的:"我知道一个离过婚的女人,求归宿的心态总比求爱情的心来得更切,这次柳原娶了她,她总算可以安心的了,所以,虽然知道'取悦于柳

[①] 张爱玲:《自己的文章》,《流言》,北京十月出版社 2006 年,第 13—14 页。

原是太吃力的事',但她还是'笑吟吟'的。"①不过,范仅是一时沉迷于她身上传统东方女性的情调,要她做"金屋藏娇"的情人。就在他们互相博弈,多少有些错了位的迎躲拉扯之间,战火燃起,二人只能一起避难,然后发现彼此谁也离不了谁,种种认真的算计和真真假假都自然就抛却了。范柳原最后在一堵灰墙前对流苏说道:"有一天,我们的文明整个的毁掉了,什么都完了——烧完了,炸完了,坍完了,也许还剩下这堵墙。流苏,如果我们那时候在这墙根下遇见了……流苏,也许你会对我有一点真心,也许我会对你有一点真心。"小说所呈现的,正是张爱玲式的"传奇"与"普通人"的双向寻找——既困守又享受于生活的凡人性,这种日常性是人生的底色,在此之上,交织融会着"逝者如斯"的古典沧桑意味与文明末世的现代历史感。

　　《沉香屑　第一炉香》是张爱玲发表的第一篇小说,表现一个曾经纯洁的女学生最后如何堕落到"不是替乔琪乔弄钱就是替梁太太弄人"的过程。来香港求学的上海小姐葛薇龙,本来是清高孤傲的,却渐渐在姑母梁太太所安排的洋场交际生活中沉溺,沦为那个富孀吸引男人的诱饵。这两代女子间,彼此算计又相互倚赖,相互排斥又相互认同、理解。葛薇龙不是没有自省,却又无法摆脱物质享乐与虚荣的诱惑。她知道自己的被利用,却又在被利用的过程中一点点释放出固有的女人性。这就像那霉绿斑驳的铜香炉里点燃的沉香屑,袅袅香烟,一旦飘起来就收不回去了。小说流露出的情感态度是悲观而又无可奈何的,但这主要不是来自理性的价值否定,而是有一种感性的理所当然弥漫其中。《封锁》似一则日常生活的寓言,戒严时刻停驶的一列电车上,一对不相识的都市男女攀谈起来,可是电车再次当当地不紧不慢开起来时,又好像什么也没发生过。"整个的上海打了个盹,做了个不近情理的梦。"小说通过一个富有包孕性的瞬间,恰到好处地点染出平凡都市男女的情欲冲动与失落,这并非一般所谓的稍纵即逝,而是自然而然地留不住,且又无心无力去留,只是一种日常凡庸状态的偶尔释放,其中的偶然与必然,正体现了张爱玲对日常人生的本然性的探索与洞彻,由此成就了小说隽永的审美意味。

　　张爱玲认为:"中国文学里弥漫着大的悲哀。只有在物质的细节上,它得到欢悦……细节往往是和美畅快,引人入胜的,而主题永远悲观。一切对于人生的笼统观察都指向虚无。"(《中国人的宗教》)"细节往往是和美畅快","而主题永远悲观",这是张爱玲对中国文学精神的认知,而她的写作无疑也深深受到这一传统的影响,她的作品同样是繁复、华美的细节与悲哀的

---

① 苏青:《读〈倾城之恋〉》,见陈子善编:《张爱玲的风气》山东画报出版社2004年。

人生主题相缠绕的结晶,也同样具有悲哀的主题和欢悦的细节相融合的特点。她的小说与散文,无不是意象繁复、辞藻华美,而气质苍凉、主题悲哀。

环珮叮当、衣香鬓影的世界 "生命是一袭华美的袍,爬满了蚤子。"(《天才梦》)她认为:"对于不会说话的人,衣服是一种言语,随身带着的一种袖珍戏剧。"(《童言无忌》)张爱玲是一位擅长用衣饰让人物说话的艺术家。她小说中繁富的细节描写、唯美优雅的文笔,这无疑是传承了《红楼梦》的遗韵逸香。《沉香屑 第一炉香》是一个以衣衫作道具的人生寓言。故事开始,葛薇龙初进梁太太家,在玻璃门里瞥见她自己的影子,"她穿着南英中学的别致的制服,翠蓝竹布衫,长齐膝盖,下面是窄窄的裤脚管,还是满清末年的款式;把女学生打扮得像赛金花模样,那也是香港当局取悦于欧美游客的种种设施之一。然而薇龙和其他的女孩子一样的爱时髦,在竹布衫外面加上一件绒线背心,短背心底下,露出一大截衫子,越发觉得非驴非马。"自惭形秽的薇龙在心理上就先输了。她终于留在了香港。第一天住进姑母家,薇龙被姑母为她准备的满橱子的漂亮衣服所震慑,一天天下来,衣橱里的漂亮衣服像被施了魔法,葛薇龙穿上了竟然就无法再脱去,逐渐对这种生活"上了瘾"。美丽的衣衫使曾经天使般的少女堕落,这真是都市里悲凉的人生寓言。在张爱玲的作品中,有多处描写到戒指、镯子、项圈等首饰。这些圆形的饰品,本是象征着团圆、喜庆与永恒,但在张爱玲的笔下,曹七巧戴的"黄金枷"、葛薇龙手上脱不下去的金刚镯子、扼住郑川嫦颈项的项圈……却成为控制、死亡、悲剧的象征。这是张爱玲对人性的悲哀表达——尽管时间在流逝,可是女人自觉不自觉地成为物质的奴隶的历史并没有改变。这种不安感是张爱玲笔下女性共同的心理特征。

兼具古典韵味与现代气息的意象化小说文体 环珮叮当、衣香鬓影是张爱玲独特的女性眼光与体验的表征,也是她意象化的小说文体特色。感性物象的丰富与流动,是张爱玲小说的显著特色之一。在她的笔下,不仅有各色男女的服饰、街道、房屋、家具,还有各种声响、色彩与动势,以及自然景物,她都能以特有的女性敏感来捕捉和描摹,涉笔成趣,却又包蕴深沉。物象在张爱玲小说中具有多重功能。一方面,物象是人物心态与生态的映照,譬如"月亮",清寒的,明洁的,朦胧的,梦幻的,感伤的,悲悯的抑或冷笑的,甚至还有蛊惑的,像《红玫瑰与白玫瑰》中娇蕊剪下的小红月牙样的指甲屑。《金锁记》以月亮开篇,月亮的起落圆缺贯穿整部小说,呼应着人物心理与境遇的阴晴变幻。《十八春》中,月色也随世钧和曼桢的悲欢离合而流转。还有镜子,见证着白流苏被范柳原第一次亲吻时既缠绵又不安的心理状态——"流苏觉得她的溜溜转了个圈子,倒在镜子上,背心紧紧抵着冰冷的镜子。他的嘴始终没有离开过她的嘴。他还把她往镜子上推,他们似乎是跌倒镜子里面,另一个昏昏的世界里去,凉的凉,烫的烫,野火花直烧到身上来。"镜子既真又幻,跌到另一个昏昏的镜子的世界,是既把着又把不住。另一方面,在张爱玲笔下,各种物象又被赋予了变动中的社会"景观"意义,构成了一种意象化的小说叙述与整体性结构方式。《桂花蒸 阿小悲秋》中,从乡下进城来的阿小眼里的"公寓",流动穿梭着各种都市的面影。《沉香屑 第一炉香》里,一个来到香港的上海女孩子的眼光和身影,折射出东方殖民地华洋交杂的文化斑驳与错位。张爱玲的意象创造,常常是在古老与现代的无痕转化中完成的。"也许就因为要成全她,一个大都市倾覆了"——白流苏的"倾城之恋",是李延年《佳人曲》"一顾倾人城,再顾倾人国"的现代剥用;小说还借范柳原之口引述《诗经》"死生契阔,与子相悦,执子之手,与子偕老","倾城"联系着战争体验所产生的文明的末世感,"执手"则是沪港传奇的现世人生。这并非一般文化想象意义上的激活或注入传统,而是在历史与现实的共通体验中探询并求证一种亘古不变的人生恒常性,即如作家的自述:"为要证实自己的存在,抓住一点真实的,最基本的东西,不能不求助于古老的记忆,人类在一切时代之中生活过的记忆,这比瞭望将来要更明晰、亲切。"[①]

张爱玲是一位堪称文体家的小说作者,她具有独树一帜的个性化语言艺术。杨义评论:"她对语言的颜色、情调、动静与意蕴多有极其敏慧的体悟,写肖像,写神态,写氛围,不乏笔致轻灵,才华闪烁,潇洒自如。"[②]她的苍凉,她的独特的悲剧感,她的意象化的氛围与情调,以及古典韵味与现代气息,都与她的语言风格互相生发着。诸如,讲述一个哀婉却世俗的故事:"请您寻出家传的霉绿斑斓的铜香炉,点上一炉沉香屑,听我说一支战前香港的故事。您这一炉沉香屑点完了,我的故事也该完了"(《沉香屑 第一炉香》);速写无助少女无力却倔强的自卫:"她觉得她这牺牲是一个美丽的,苍凉的手势"(《金锁记》);关于新旧交错:"上海为了'节省天光',将所有的时钟都拨快了一小时,然而白公馆里说'我们用的是老钟',他们的十点钟是人家的十一点。他们唱歌唱走了板,跟不上生命的胡琴"(《倾城之恋》);关于生命的欢悦与小烦恼:"生命是一袭华美的袍,爬满了蚤子"(《天才梦》);关于躁动而不敢动的欲望:"宗桢捻灭了电灯,手按在机括上,手心汗潮了,浑身一滴滴沁出汗来,像小虫子痒痒地在爬。他又开了灯,乌壳虫不见了,爬

[①] 张爱玲:《自己的文章》,《流言》,北京十月文艺出版社2006年,第14页。
[②] 杨义:《中国现代小说史》(3),人民文学出版社1998年,第472页

回窠里去了。"(《封锁》)张爱玲文笔细腻传神,又流利轻盈,她对一个个通俗言情或日常家庭故事的讲述异常生动诱人,也成就了她创造的新旧华洋交杂、雅俗兼赏的新小说样式。

钱锺书(1910—1998,江苏无锡人,字默存,号槐聚)出生于江南一个教育世家,其父钱基博是著名学者。1933年毕业于清华大学外文系,1935年起赴英国牛津大学、法国巴黎大学留学。1938年回国后,在西南联大等学校任教。1953年起任中国科学院文学研究所研究员,其《谈艺录》和《管锥编》出版后在学界引起很大反响。学术研究之余,钱锺书还于1941年出版了散文集《写在人生的边上》,1946年出版了短篇小说集《人·兽·鬼》。长篇小说《围城》于1946年2月在《文艺复兴》1卷2期上开始连载,2卷5期停了一期后,至1947年1月2卷6期连载结束,并于1947年由晨光出版公司作为"晨光文学丛书"之一出版。由于《围城》生动地刻画了众多现代知识分子形象,而被誉为"新儒林外史",钱锺书也因此书奠定了他在现代文坛上的重要地位。

《围城》以杰出的讽刺艺术,描摹在国难家仇的社会背景与华洋交杂的文化环境中知识分子众生相,展示他们的卑琐、迂腐、空疏与虚伪无聊。这里有买假文凭回国陷入彷徨失路的方鸿渐,有贩卖私货的留法女博士苏文纨,有外表小鸟依人、内里工于心计的女助教孙柔嘉,有外形木讷、内心龌龊的假洋博士韩学愈,有实为竖子俗物的"新古典主义"诗人曹元朗,有逃难时在大铁箱里一半装卡片一半装准备高价倒卖的西药的市侩教授李梅亭,有表面道貌岸然却实为酒色之徒的伪君子高松年……还有湖南三闾大学内部的人事纷争,排挤、倾轧、打击、拉拢与利诱,是官场化、商场化了的中国知识界的缩影。钱锺书在"自序"中道明初衷:"在这本书里,我想写现代中国某一部分社会,某一类人物。写这类人,我没忘记他们是人类,只是人类,具有无毛两足动物的基本根性。"那些西化了的中式读书人,中国化了的西方文明样本,以及裹着现代洋装的传统身影与人心,构成一幅华洋交杂、斑驳错乱的文化、历史与社会图景。该书被称为"新儒林外史",也隐含着作家对转型期中国文化危机与困境的批评与反思。

幽默讽刺戏谑之下,是钱锺书对人类的悲悯情怀,对战争期间忧世伤生的人生的慨叹。小说共九章,写了夏、秋、冬三季,这也是对主人公方鸿渐几个人生阶段的象征与暗示。小说从火热的夏季开始,写了方鸿渐与同船归国的鲍小姐、苏文纨小姐以及唐晓芙之间或火辣、或微妙、或热烈的情感,也让他见识了围绕在苏小姐身边的上海所谓的新派知识分子;秋季,与赵辛楣、孙柔嘉等启程赴三闾大学任教,更是见识了大学中各色教授同侪的不同面目;与孙柔嘉结婚后回到上海,熙熙攘攘的都市,挤挤挨挨的大家庭,二人不仅要疲于奔命地应付双方家庭,更有可怕的生存压力,龃龉渐生,方鸿渐在一个寒冷的夜晚离家出走。

方鸿渐是一位矛盾的人物。他出生于一个乡绅家庭,传统大家庭的规训与他到大城市以及欧洲留学后所感受到的现代气息常常格格不入,以至于他每每陷入尴尬的境地。为了哄骗老丈人和父亲,让他们高兴,他在国外买了一个野鸡大学的文凭,但羞于拿出来继续骗人。他有人性的诸多弱点。他既接受了父母之命,媒妁之言,可是又抵挡不住鲍小姐火辣的诱惑。他心仪于纯洁的唐晓芙,可是软弱的意志让他最终与孙柔嘉共筑婚姻"围城"。在生存压力与个人尊严的夹缝中,方鸿渐时时闹出诸般笑话。赵辛楣一句"不讨厌,可是全无用处"准确地概括了方鸿渐软弱的个性。但无论在怎样的环境中,他都始终保持知识分子的尊严和正义感。他聪明、善良、有正义感,可是又不免犹疑、怯懦。钱锺书透过方鸿渐,道尽了一个大时代的知识分子保持人格操守的犹豫与艰难。

小说写了方鸿渐身处的三个家庭。一个是小县城里父亲的家。父亲方遯翁是前清举人,在县里做大绅士。战争爆发后,方家举家避难到上海。一个前未婚妻的家,丈人是点金银行的周经理,大都市中的商人家庭。一个是他与孙柔嘉共同组建的小家。另外还描写了方鸿渐曾经经常出没的官绅家庭——苏文纨的家,以及与孙柔嘉结婚后不得不经常出入的孙家。这些家庭,既有传统的,也有现代的,既有官绅的,也有平民的。传统家庭的诸多规矩,现代家庭的表面平等,商人家庭与官绅家庭或显或隐的势利,让方鸿渐尝尽人生百味。同时《围城》通过这些人物以及家庭生活的描写,将现代中国社会更深入、更立体地展示出来。小说的第九章尤其精彩,描写方鸿渐、孙柔嘉回到上海后的家庭生活,尤其是他们二人应付两边的大家庭时的狼狈不堪,以及大家庭中错综复杂的人际关系。作者对人物隐秘心理的发掘,对人情世态细致入微的观察和表现,令人叹为观止。方鸿渐在这几个家庭里周旋越久,越感到"家里真跟三闾大学一样是个是非窝"。这一个个看似和睦却让人不想回去的家,使方鸿渐感到了无比的孤独。小说的结尾写那只祖传的老钟从容自在地打起来,仿佛积蓄了半天的时间,等夜深人静,搬出来一一细数。这个滞后的老钟无意中包含着对人生的讽刺和感伤,深于一切语言、一切啼笑。

除了讽喻批判和文化省视,《围城》又是一部富有哲理意味的漂泊者小说。方鸿渐虽经历众多人生驿站,如法国邮轮、上海"孤岛"、内地大学、婚恋家庭,但一直都彷徨无主、无所归宿,可谓处处"围城"。他回国后从上海出发又复归上海,在南半个中国兜了个圈,整体上也构成一个大大的"围城"。通过方鸿渐的人生旅程,作者写尽了人类不断寻找、不断失落、不断失望乃至于绝望的过程。特别围绕方鸿渐和数位女性的关系:死去的未婚妻、鲍小姐、苏文纨、张小姐、唐晓芙、孙柔嘉,从欲望到爱情,从爱情到婚姻,来描写人生不过是从一个"围城"进入到另一个"围城"。小说将人生状态、地理空间与精神空间相互映照、阐发,在刻画现实的同时又具有哲理性的反讽意味,传达出对存在困境的深切体悟。这也是小说中人物从英国谈到法国的古老谚语时所点明的:"结婚(即人生——引者按)仿佛金漆的鸟笼,笼子外面的鸟想住进去,笼内的鸟想飞出来","(结婚)是被围困的城堡fortresse assiegee,城外的人想冲进去,城里的人想逃出来"。婚姻的"围城",其实也就是人生的象征。方鸿渐是一个永远在找寻精神依附的人,但每次找到新归宿后,他都会发现这其实不过是一种新的束缚,并最终感到失望。小说中关于孤岛的描写,象征着方鸿渐的孤独茫然心境。"鸿渐为哈巴狗而发的感慨,一半是真的。正像他去年懊悔到内地,他现在懊悔听了柔嘉的话回上海。在小乡镇时,他怕人家倾轧,到了大都市,他又恨人家冷淡,倒觉得倾轧还是瞧得起自己的表示。就是条微生虫,也沾沾自喜,希望有人搁它在显微镜下放大了看的。拥挤里的孤寂,热闹里的凄凉,使他像许多住在这孤岛上的人,心灵也仿佛一个无凑畔的孤岛。"诚如夏志清所言:"《围城》是一部探讨人的孤立和彼此间的无法沟通的小说。"[①]这也是"围城"深刻的意蕴。

《围城》的魅力,离不开它的夹叙夹议、取喻设譬、犀利隽永、旁逸斜出又涉笔成趣的语言特色。作者挥洒其渊博的知识,比喻、讽刺、反语等手法信手拈来。整部小说在人物性格、心理分析、细节描写、氛围营造上,无不体现出作者高超的讽刺艺术。例如描写小孩子的相貌:"孩子不足两岁,塌鼻子,眼睛两条斜缝,眉毛高高在上,跟眼睛远隔得彼此要害相思病。"令人忍俊不禁。他往往将现代化的历史进程中传统文化与现代文化之间的对立与冲突、文化价值的混乱与尴尬结合起来,使讽刺具有张力。例如描写假洋鬼子张先生,"说话里嵌的英文字还比不得嘴里嵌的金牙,因为金牙不仅妆点,尚可使用,只好比牙缝里嵌的肉屑,表示饭菜吃得好,此外全无用处"。而在这妙趣横生的语言的深处,又始终流淌着一种深沉悲凉的人生况味。这构成了《围城》独特的艺术风格——犀利俏皮中不乏睿智沉思,笑趣盎然处又见悲凉底蕴,描摹世相百态融入知识才学,关切现实的同时又渗透文化辩难与哲性体悟。虽说小说整体上渗透着悲感,但这种悲感又不断被各种机趣盎

[①] 夏志清著,刘绍铭等译:《中国现代小说史》,复旦大学出版社2005年,第286页。

然的穿插所漾开,而漾开后又在嬉笑中悄然回流。这不是那种主情性的悲喜剧,而是凭借智慧在笑与悲之间从容游走的智慧型悲喜剧。《围城》可谓是一部现代智者小说。

研习提升

1. 茅盾:《〈呼兰河传〉序》,《文汇报》副刊《图书》第24期,1946年10月;《茅盾论创作》,上海文艺出版社1980年。

2. 夏志清:《张爱玲的短篇小说》,台湾《文学杂志》1957年6月号。

3.《张爱玲评说六十年》,子通、亦清主编,中国华侨出版社2001年。

4. 范智红:《在"古老的记忆"与现代体验之间——沦陷时期的张爱玲及其小说艺术》,《文学评论》1993年第6期。

5. 温儒敏:《〈围城〉的三重意蕴》,《中国现代文学研究丛刊》1989年第2期。

第十三章
1940年代新诗

第一节 1940年代新诗

中国现代新诗到1940年代进入了一个成熟的季节,在多元艺术的融合中找到了现代民族诗歌发展之路。

全面抗战爆发以后,1930年代各流派对峙的局面消失,为民族解放而歌几乎成为所有诗人的共同信念。诗歌作品多以短诗为主,大多是宣言式的战斗呐喊,忠实地记录了那一年代昂奋的民族情绪和时代气氛。1938年前后,在武汉、重庆等地兴起了朗诵诗运动的热潮。高兰是国统区朗诵诗运动的主要推动者,他的《我的家在黑龙江》《哭亡女苏菲》等诗,采用自由的形式,融进了戏剧中抒情独白的某些特点,深受人们的欢迎。光未然的《黄河大合唱》组诗,是名副其实的民族史诗,民族形象、民族命运和民族感情得到了强有力的表现。与此同时,解放区开展了街头诗运动。街头诗是通俗易懂、短小精悍、押韵顺口、易写易诵的政治鼓动诗。朗诵诗运动和街头诗运动推动了新诗形式与语言向通俗化、散文化方向发展。

抗日战争进入相持阶段以后,艾青、田间、何其芳等诗人突破重重封锁奔赴革命根据地,在解放区新的天地中放声歌唱。仍然生活在国统区的诗人,面对苦闷、抑郁的社会氛围,诗歌创作中的沉思因素渐渐增强,并出现了一些以沉思著称的诗人和诗作。

田间(1916—1985,安徽省无为县人,原名童天鉴)是抗战时期最受欢迎的诗人之一,其抗战创作结集为《给战斗者》和《抗战诗抄》等。田间善于以精短有力的诗句来表现战斗的激情,鼓点式的节奏,雄壮的声势,与时代精神正相契合。他的诗创作受到俄罗斯诗人马雅可夫斯基"未来派"诗歌的影响。闻一多称田间为"时代的鼓手","鼓舞你爱,鼓动你恨,鼓励你活着,用最高限度的热与力活着,在这大地上"。① 解放战争时期,田间还创作了长篇叙事诗《戎冠秀》《赶车传》(第1部)等,但艺术个性已大为弱化。

冯至(1905—1993)在1940年代初期创作了诗集《十四行集》(1942年桂林明日社初版),在充满生死考验的时代背景下,深沉地思考着个体生命的意义和人类的前途,并在存在的自我承担和生命的相互关怀中找到了肯定的答案,极富生命存在哲学的深度和宽广的人文情怀。他在德国诗人里尔克影响下采用十四行的变体创作,保持了语调的自然。这表明中国现代诗人的感受力、表现力和消化外来艺术营养的能力,都已经达到了成熟的境界。

力扬写出了长篇叙事诗《射虎者及其家族》(1942年《文艺阵地》第7卷第1期)。作品以一个射虎者家族的遭遇作为民族命运的象征,在历史的深刻反省中,严肃地探索着民族的出路。作品形象丰满,感情深挚,语言沉实有力,具有鲜明的个性。

冯雪峰在皖南事变后被国民党政府投入上饶集中营。在囹圄中,他作诗明志,遥寄对党和战友的思念,后来结集为慷慨沉郁的《真实之歌》。《灵山歌》歌颂了革命战士的铮铮硬骨和坚定的信念,《雪的歌》《爱,一个接界?》礼赞了深广博大的爱,《孤独》《醒后》呈现了自我心灵搏斗的严峻历程。这些诗作曲折地抒发了他对人生和生命的多侧面思考,显示出"思想家型的诗人"和"诗人型的思想家"相互结合的鲜明特点。

从抗战胜利前夕到新中国成立这一阶段,由于国民党政权的腐朽面目日益暴露,不同风格流派的进步诗人都有政治讽刺诗发表。郭沫若的《进步赞》《猫哭老鼠》、臧克家的《宝贝儿》《生命的零度》、邹荻帆的《幽默的人》等,都是政治讽刺诗中的力作;诗的喜剧性品格在这一时期得到了发展。

袁水拍(1916—1982,江苏吴县人,笔名马凡陀)的《马凡陀的山歌》是这个时期影响较大的政治讽刺诗集。诗人"善于从政治上把市民阶层里某些司空见惯的社会生活现象,用漫画式的手法和讽刺语言予以鞭挞,寓讽刺于叙事之中;并汲取民歌、民谣、儿歌中的艺术经验,采用为群众喜闻乐见的五言、七言等诗歌形式"②,语言通俗易懂,可诵可唱。其中《主人要辞职》《这个世界倒了颠》《发票贴在印花上》和《万税》等都是代表性作品。如《一只猫》:"军阀时代:水龙、刀,/ 还政于民:枪连炮。/ 镇压学生毒辣狠,/ 看见

---

① 闻一多:《时代的鼓手——读田间的诗》,《闻一多全集》第3卷,开明书店1948年。
② 臧克家:《中国新文学大系 1937—1949·序》,《中国新文学大系 1937—1949》(第14集),上海文艺出版社1990年。

洋人一只猫：/妙呜妙呜,要要要！"以强烈对比和漫画手法,给国民党画了一幅逼真的像。这些诗政治性很强,但不是标语口号式的,是新诗民族化、大众化的重要成果。

臧克家创作了《胜利风》《人民是什么》《枪筒子还在发烧》《宝贝儿》和《"警员"向老百姓说》等诗,辛辣地嘲讽了国统区的丑恶现实。与《马凡陀的山歌》重叙事性不同,臧克家的讽刺诗更带抒情性。臧克家的《泥土的歌》,是他继《烙印》之后又一部成功的抒情诗集。

此外,1940年代出版的长篇叙事诗1000行以上者约30部,其中斯因的《伊兰布伦》(1940)、老舍的《剑北篇》(1942)、臧克家的《古树的花朵》(1942)、玉杲的《大渡河支流》(1947)、唐湜的《英雄的草原》(1948)、李洪辛的《奴隶王国的来客》(1948)等均各有特色。

1940年代的国统区先后出现了两个重要的诗歌流派：七月诗派和九叶诗派。七月诗派沿着现实主义道路把自由体新诗推向了一个新的高峰；九叶诗派以现实主义为基础,在借鉴西方现代派技巧方面取得了新的突破。这两个诗派都是希望与痛苦并存、光明与黑暗拼搏的战斗时代的产儿,又都是诗界对诗的个性自觉追求、对诗美深入探索的结果。

七月诗派是以胡风主编的《七月》和《希望》等刊物为主要阵地而形成的抒情诗流派。代表诗人有鲁藜、绿原、阿垅、曾卓、芦甸、孙钿、化铁、方然和牛汉等。七月诗派以胡风的文艺理论为依据,坚持现实主义创作原则,主张发扬"主观战斗精神",要求作者"突进"到现实生活中去,并要表现出主客观的密切融合；他们强调艺术性而不作唯美的追求,要求诗人在生活、斗争中去发现诗意,创造诗美。这是七月诗人创作的共同出发点和美学标准。

七月诗派诞生和成长在中华民族灾难动荡的年代,因此在诗人们的情感世界和艺术世界里充满了深重的忧患意识和浓烈的郁愤情绪,他们的感伤和忧郁凝结着对民族与人民的深厚感情和深切关注。无论是邹荻帆的《走向北方》,还是阿垅的《琴的献祭》,都流贯着一股苍凉悲壮的气息。同时,七月诗人又是诞生在一个民族意识与群体意识觉醒、高扬的时代,"他们几乎是吸吮着五四新文化的营养成长",心灵中涌动着强烈的个性意识和主体意识,更具有创造精神和战斗品格。[1] 胡风的《为祖国而歌》、阿垅的《纤夫》、孙钿的《行程》等,都凸现出一种强劲的生命感和力度。有人称他们的诗是"时代激情的冲击波"[2]。他们以具有鲜明个性的歌唱,表达了普遍的时

---

[1] 贾植芳：《在这个复杂的世界里——生活回忆录之二》,《新文学史料》1992年第3期。
[2] 周良沛：《七月诗选·序》,《七月诗选》,四川人民出版社1984年,第25页。

代情绪和人民群众的心声。

七月诗派创作普遍采用喷发式的抒情手段,同时注意意象的新颖明确,想象的丰富奇丽,象征的确切深刻。在形式上,以诗情的内在旋律为依据,呈现出自由体式多姿多态的特征,充分显示了这个流派的创造活力。既有大体整齐押韵的小诗,如鲁藜《泥土》、牧青《牢狱篇·我愿越过墙去》等,又有鼓点式短句的"田间体",如胡风《给怯懦者们》等;既有长句诗行体,如化铁《暴雷雨岸然轰轰而至》《解放》等,又有句式长短的"艾青体",如绿原《憎恨》、杜谷《泥土的梦》等。在诗的语言上,重视运用灵活自然、充满生活气息的口语,简洁有力,色彩强烈。正如艾青所评价的那样,是"明朗与正确的语言,深沉与强烈的语言,诚挚与坦白的语言,素朴与纯真的语言,健康与新鲜的语言,是控诉与抗议的语言"[①]。七月诗派为自由体新诗发展作出了重要贡献。

绿原是七月诗派最有成就的诗人之一。从充满浪漫憧憬的诗集《童话》,到社会视野开阔、振聋发聩的《给天真的乐观主义者们》等政治抒情诗,以放胆的探索、磅礴的气势,表达了他政治上的思考。《终点,又是起点》《你是谁?》等都是传诵一时的名篇。这些诗视野开阔,感情激越,形象繁复,极富现实主义的战斗精神。

鲁藜有诗集《醒来的时候》《锻炼》等。他的诗大都是朴实而清新的短诗,抒写了诗人在抗日民主根据地的新鲜感受。《泥土》是表现新的人生哲学的名篇。其他如阿垅的《纤夫》、牛汉的《鄂尔多斯草原》等都是充满力度和激情,足以显示七月诗派风格的代表作。

九叶诗派在本章第三节有专门论述。

第二节 艾 青

艾青(1910—1996,原名蒋海澄,浙江金华人,笔名有莪伽等)生下后被父母送往本村一个贫苦农妇"大叶荷"(即大堰河)家里寄养,这使他从小就感染了农民的纯朴和忧郁。5岁始回家,进本村蒙馆开蒙。他自幼喜爱美术,1928年初中毕业后,考进杭州国立西湖艺术学院绘画系。在院长林风眠鼓励下,于翌年赴法国留学,专攻绘画艺术。此间他接触了大量的西方哲学著作和外国文学作品,受到惠特曼、马雅可夫斯基、叶赛宁、兰波、凡尔哈仑、波德莱尔等著名诗人的影响,学习绘画之余试验写诗。艾青于1932年初回

---

① 艾青:《论抗战以来的中国新诗——〈朴素的歌〉序》,《文艺阵地》第6卷第4期,1942年4月。

国,加入左翼美术家联盟,不久以"颠覆政府"的罪名被投进监狱,狱中开始诗歌创作。1933年,他写下了《大堰河——我的褓姆》,发表后一举成名。茅盾称赞此诗是"用沉郁的笔调细写了乳娘兼女佣(《大堰河》)的生活痛苦"①。该诗表达了诗人对中国广大农民遭际的同情与关切,以及对那个不公道世界的诅咒。诗人说,从此"诗成了我的信念,我的鼓舞力量,我的世界观的直率的回声"②。

《透明的夜》是艾青入狱后写的第一首诗。这时期的作品大都收入诗集《大堰河》和《旷野》集中的《马槽集》内。这是艾青从欧罗巴带回芦笛、歌唱"大堰河"的时期,是诗人的准备期也是成名期。抗日战争时期,可称"向太阳"时期,是艾青创作的高潮阶段,计有《北方》《他死在第二次》《旷野》等诗集,还写有长诗《向太阳》和《火把》。他还根据丰富的创作经验,写了《诗论》及其他诗学论文,建立起了一个诗歌美学体系,其核心是真善美的统一。艾青在《诗论》中开宗明义地指出:"真,善,美,是统一在先进人类共同意志里的三种表现,诗必须是它们之间最好的联系。""我们的诗神是驾着纯金的三轮马车,在生活的旷野上驰骋的。那三个轮子,就是真、善、美。"作为现代杰出诗人,艾青的创作和理论对同时代和后起的诗人产生了广泛而深远的影响。

艾青是在西方象征派、印象派熏陶下走上诗坛的,这使他的诗歌创作从一开始就表现出与世界现代诗歌艺术的联系;但同时他也没有忘记自己是"大堰河"的"儿子",始终为这块多难的土地和贫苦的人民唱着自己深情的歌。艾青自觉地担负起创造性地综合多种诗潮、推动新诗发展的历史使命。他的诗歌一方面深植于民族的深厚土壤,既表现出五四时期感情炽烈、富于战斗精神的革命浪漫主义诗风,又具有革命现实主义的本色;另一方面,他又广泛地采撷世界诗艺之营养,吸收了象征主义等诗歌艺术的精华。现实主义、浪漫主义和现代主义互相吸收融合,使艾青的诗呈现出无比的丰富性。

艾青认为:"最伟大的诗人,永远是他所生活的时代的最忠实的代言人;最高的艺术品,永远是产生它的时代的情感、风尚、趣味等等之最真实的记录。"③艾青的诗,总是能把个人的悲欢融合到时代的悲欢里,反映民族和人民的苦难与命运,反映现实的生活和斗争,鲜明地传达出时代的呼唤和人民

---

① 茅盾:《论初期白话诗》,《茅盾文艺杂论集》(上),上海文艺出版社1981年。
② 艾青:《母鸡为什么下鸭蛋》,《艾青谈诗》,花城出版社1982年。
③ 艾青:《诗与时代》,《诗论》,人民文学出版社1980年,第160页。

的心声。"土地"和"太阳"以及与此相关的意象,是艾青诗的主导意象。"土地"类意象,凝聚了艾青对祖国和人民最深沉的爱,对民族危难和人民疾苦的深广忧愤。"为什么我的眼里常含泪水?因为我对这土地爱得深沉……"(《我爱这土地》)真实而朴素的诗句,道出了诗人内心深处永恒的"土地"情结。艾青是一个吃着农妇大堰河的奶长大、深深地"感染了农民的忧郁"的人,这种源自土地耕殖者的忧郁又强化了他对土地的永恒忧患。诗集《北方》中的诗,如《雪落在中国的土地上》《北方》《乞丐》《复活的土地》等,真切深沉地表现了这块古老土地的苦难和复活,以及土地上那些普通农民和士兵的生活、斗争。《大堰河——我的褓姆》成功地塑造了一个光辉动人的贫苦农妇大堰河的形象。倾注对被侮辱受损害的劳动者特别是农民的关怀,是艾青土地意象象征义延伸的归结点。骆寒超认为:"生存的至真境界是永恒的忧患,是深深潜存在他的创作心态中的",这正显示了他由土地系列意象延伸出来的象征义。[①] 艾青热情地礼赞"太阳",执着地讴歌着太阳、光明、春天、黎明和生命。他的太阳礼赞是人类不朽的向上精神的体现,"波德莱尔对异域阳光的梦想,兰波对晨曦的追逐,凡·高对太阳的神一般的崇拜,马雅可夫斯基与太阳的对话,叶赛宁对太阳光辉永存的信念,就全部汇入艾青毕生不倦的'光的赞歌'之中"[②]。那些以"太阳"为中心意象的诗歌和以"土地"为中心意象的诗歌,互相映衬,既有不同格调,又和谐统一,二者的完美融合,既意味着现实与理想的交汇,也意味着民族感情与现代世界进步思潮的统一。《向太阳》以"我"奔向太阳作为"太阳"系列意象推延的线索,所推延出来的"太阳"既是为反抗日本帝国主义的侵略而全民觉醒、同仇敌忾、奋起救亡的一个伟大民主时代,更是人类不朽的进取精神的象征。《火把》叙写的是一对女青年参加火炬游行的故事;浩浩荡荡的火把洪流,热气腾腾的群众集会,使她们冲破了个人主义的精神藩篱,跟着光明的队伍前进。诗中写火把游行的场面,用声、光、色等物象组成了一个个充满活力的美的意象。那富有象征意义的光的河流、火的队伍奔腾着昂奋的激情,显示出恢宏的气魄,将礼赞光明的主题,升华到一个新的高度。

艾青诗歌有着深沉的忧郁情调。杜衡认为,悲哀和忧郁对于艾青来说是很难拂去的,一方面他从苦难的农民和凋敝的农村那儿感染了忧郁,另一方面,他从欧洲带回的芦笛里就有忧郁。忧郁对于艾青是气质性的,是他的

[①] 骆寒超:《论艾青诗的意象世界及其结构系统》,《文艺研究》1992年第1期。
[②] 黄子平:《艾青·从彩色的欧罗巴带回一支芦笛》,《走向世界文学》,湖南人民出版社1985年,第492页。

特色、他的魅力和他的力量所在。"我耽爱着你的欧罗巴啊，／波德莱尔和兰波的欧罗巴。"(《芦笛》)艾青曾以虔敬的语气表达对波德莱尔与兰波的"耽爱"。艾青诗的忧郁情调又与凡尔仑、普希金、叶赛宁、马雅可夫斯基、莱蒙托夫等的忧郁气质和格调有着联系。在艾青诗中，不仅《我爱这土地》等诗郁积着深深的忧伤，甚至在歌颂光明的诗如《向太阳》中，也交织着忧郁悲怆之情。这种抒情基调是诗人敏感的心灵对民族苦难现实和人民悲苦生活的回应。对于艾青来说，"农民的忧郁""流浪汉的心态"是他情感世界的主要特征。他的忧郁不是空虚和绝望，"他的忧郁里包含着悲哀、包含着愤怒、也包含着希望；他的忧郁是充满了生活实感的严肃痛苦，是一颗坚强有力的心灵的震动，是和战斗的愤怒掺和在一起的更深沉的情绪力的升华"①。他的忧郁悲怆的诗情总是将人引向一种庄严、崇高的境界，含蕴着催人奋发的巨大力量。这在《吹号者》和《他死在第二次》等诗中表现得尤为强烈。因此，艾青诗的忧郁之情和崇高之美，既是对民族悲剧性境遇的反映，又是它的升华和超越。

艾青追求感受力的统一，即感觉、情绪、想象和思想(理性)的综合。他反对浪漫主义的情感泛滥与直抒胸臆，反对"把感情完全表露在文字上"，其诗中的诗情、诗思不是抽象空洞的，而是被丰富敏锐的生活感受所充实。他常常把个人的思考自然地融入描写对象中，诗中的人物形象都带着诗人的个性和感情色彩。贯穿艾青1940年代诗作的抒情主人公是一个充满了沉重的忧国忧民意识、热切追求光明并甘愿为正义事业献身的人物形象。艾青说他的诗中都是知识分子，即使"有时也写到士兵和农民，但所出现的人物常常是有些知识分子气质的，意念化了的"②。他曾说:《吹号者》"好像只是对于'诗人'的一个暗喻，一个对于'诗人'的太理想化了的注解"。那号兵即使倒在了血泊中，"那号角好像依然在响"，显然是对诗人的暗喻。艾青的创作受到印象派绘画的影响，从而形成了自己感知世界和表现世界的基本方式：迅速而准确地把握感觉印象，并将之清新而明晰地再现为视觉形象；善于捕捉意象，且意象是他的主观感情与客观形象的契合。如《雪落在中国的土地上》不仅是写自然景观，它也包含着诗人一颗忧国忧民的赤子之心，引发人们由"雪落"想到"寒冷"，进而想到这是被侵犯者占领的中国国土，想到我们民族的命运。诗人以此为主体意象，不断地穿插进"带着皮帽、冒着大雪"的农夫、蓬发垢面的少妇、蜷伏着的年老的母亲……诗的形象因此更

---

① 范伯群、朱栋霖主编:《1898—1949中外文学比较史》下卷，第1076页。
② 艾青:《艾青选集·自序》，《艾青全集》第3卷，花山文艺出版社1994年，第279页。

加丰富,从而成为沦陷的国土、被奴役的时代的绝妙写照。艾青深受象征主义诗歌的影响,一方面,他善于准确地捕捉意象,并赋予意象以广阔的象征意义,使诗意更加深沉浓郁。艾青说过:"象征是事物的影射;是事物互相间的借喻,是真理的暗示和譬比。"①他的许多诗如《吹号者》《火把》等,形象本身带有一定象征色彩,所写的人、物、生活含蓄丰富,主题内涵深邃。另一方面,他注重通过声音和色彩的融合来构筑意象,以达到诗的特有情境。他善于用色彩的渲染以至构图线条的安排来增加形象的鲜明性。"Orange——/象拉丁女的眼瞳子般无底的/热带的海的蓝色/那上面撩起了/听不清的歌唱/异国人的 Melancholic。"(《ORANGE》)这种由色彩和声音组合的世界,给人的感觉确实奇特又美妙。

艾青诗歌的宏伟风格和激情基调,是与其具有散文美的自由诗体紧密结合着的。"艾青将诗歌文体、形式和语言的变革的探索的成果与新的诗歌内容成功地结合在一起,使他的诗歌创作显出了独特丰采,为中国新诗开创了一个新的天地。"②关于艾青诗的散文美,主要有两方面内涵:一是形式的自由,二是语言的口语美。艾青诗歌在散文化的自由奔放和诗歌艺术所必需的规范约束之间保持恰当的平衡,将绘画的光彩和音乐的律动融汇到高度精微的语言艺术中。艾青的诗具有散文美,他所追求的是"努力把自己所感受到的世界不受拘束地表达出来"③。但他又运用有规律的排比、复沓造成变化中的统一,参差中的和谐,运动中的均衡,使奔放与约束显得非常协调。如《大堰河——我的褓姆》,诗节、诗行长短不拘,全诗也不押韵,但递进排比的句式,首尾呼应的手法,又使全诗于自由奔放中见和谐统一。艾青还注意让诗的旋律感通过现代语言的自然音节、应合感情的内在节奏呈现出来。这一切都极大地丰富和提高了现代诗歌艺术;自由体诗在艾青手中真正成熟起来。"中国的自由诗从'五四'发源,经历了曲折的探索过程,到三十年代才由诗人艾青等人开拓成为一条壮阔的河流。"④

第三节 九叶诗派

九叶诗派,是在1940年代中后期形成的一个追求现实主义与现代主义相结合的诗流派。以《诗创造》(1947年7月创刊)和《中国新诗》(1948年6

---

① 艾青:《诗论》,人民文学出版社1980年,第201页。
② 龙泉明:《中国新诗流变论》,第599页。
③ 艾青:《艾青选集·自序》,《艾青选集》,开明书店1951年。
④ 绿原:《白色花·序》,《白色花》,人民文学出版社1981年。

月创刊)等刊物为主要阵地,聚集了一群以辛笛、陈敬容、杜运燮、杭约赫(曹辛之)、郑敏、唐祈、唐湜、袁可嘉、穆旦(查良铮)为代表的"自觉的现代主义者"[①]。这个诗派过去被称为现代诗派或新现代诗派,直至 1981 年江苏人民出版社出版了 1940 年代九人诗选《九叶集》后,才有"九叶诗派"之称。九叶诗派除了辛笛和陈敬容在抗战前就开始创作外,其他诗人都是战时西南联大或西北联大的学生。作为一个诗歌群体,九叶派崛起于抗战后期及解放战争时期。九叶诗派对西方现代主义的融汇和创新,对中国诗歌传统的继承和发扬,为推动中国新诗的现代化提供了宝贵的经验和教训。

艾青概括九叶诗派的特点:"接受了新诗的现实主义的传统,采取欧美现代派的表现技巧,刻画了经过战争大动乱之后的社会现象。"[②]九叶诗人具有强烈的社会责任感和历史使命感,他们共同的思想倾向是不满于国统区的黑暗现实,反对内战,对理想光明的新社会怀着热烈的憧憬和追求,因此能走出艺术的象牙之塔,以现实精神为内核,用诗歌忠实地传达中国人民诅咒黑暗、渴望光明的时代情绪。同时,他们又深受 20 世纪西方文化的熏陶和影响。辛笛、穆旦、杜运燮、袁可嘉、唐湜等分别是清华大学外文系的学生,辛笛、穆旦、郑敏等曾先后留学攻读英国文学。九叶诗人不仅阅读过大量的西方文学作品,而且他们大多数是优秀的外国文学翻译者。从古希腊的《荷马史诗》到 20 世纪的现代主义的西方诗歌传统,是九叶诗歌生命的重要支撑点之一。

九叶诗人感受到新文学诞生以来各种思潮的交汇和西方最新文学思潮的冲击,他们的文学观念、诗歌理想表现得更具综合性、现代性。他们对中国新诗的发展有着较为客观、清醒的认识。"中国新诗虽还只有短短一二十年的历史,无形中却已经有了两个传统:就是说,两个极端。一个尽唱的是'梦呀,玫瑰呀,眼泪呀,'一个尽吼的是'愤怒呀,热血呀,光明呀,'结果是前者走出了人生,后者走出了艺术,把它应有的将人生和艺术综合交错起来的神圣任务,反倒搁置一旁。"[③]因此,他们在文学观念上首先主张的就是"人的文学""人民的文学"和"生命的文学"的综合。他们既反对逃避现实的唯艺术论,也反对扼杀艺术的唯功利论,而企图在现实和艺术之间求得恰当的平衡。

九叶诗人与西方现代主义最直接也最深刻的联系,是对人的精神世界

---

① 唐湜:《诗的新生代》,《诗创造》第 8 期,星群出版公司 1948 年。
② 艾青:《中国新诗六十年》,《艾青全集》第 3 卷,花山文艺出版社 1991 年。
③ 陈敬容(默弓):《真诚的声音》,《诗创造》第 12 期,星群出版公司 1948 年。

的关注。对于现代人精神世界的探索是西方现代主义诗人思想和艺术的集合点。九叶诗人接受了这一传统,把诗歌审美建构在内心世界和外在世界的重叠点上,从而实现了对现实主义和浪漫主义的超越。"在他们的诗中,极少看到有狂喊乱叫式的情感渲泄和漫无边际的现实世界的杂陈,而多的是对人生经验的深刻总结,对宇宙哲学的沉思默想。他们将思想的焦点集中到对人类精神世界的探索上。"[①]郑敏的《时代与死》赞颂生命的永恒,表现"生"和"死"的价值和意义。陈敬容的《划分》抒写的是对生命的不可捉摸的感觉。辛笛的《识字以来》、穆旦的《活下来》、唐祈的《三弦琴》等,都是通过对人的精神世界的展示,来完成对人类命运的种种探索。九叶诗人的诗中也常常流露出悲观失望的情绪,但在他们心中,理想并没有破灭,面对黑暗现实,他们在和"全人类的热情汇合交融／在痛苦的挣扎里守候／一个共同的黎明"(陈敬容《力的前奏》)。他们在诗中不仅抒发对生活的感受、对人生的感悟,而且突入现实,期待着一个新的社会秩序到来。这使他们的精神境界与西方现代主义诗人判然有别。

九叶诗人致力于新诗的"现代化"建设和"感受力的革命",旨在使诗成为现实、象征和玄学的融汇。这种诗学追求以现代主义为主导,但又吸收了现实主义乃至古典主义成分。九叶诗人袁可嘉总结了他们的创作经验:"他们在古典诗词和新诗优秀传统的熏陶下,吸收了西方后期象征派和现代派诗人如里尔克、艾略特、奥登的某些表现手段,丰富了新诗的表现能力。"[②]九叶诗派强调反映现实与挖掘内心的统一,这与七月诗派接近;九叶诗派主张现实、象征、玄学的综合,这表明其与1930年代的现代派之间有着承接关系,但在使西方现代派技巧具有中国特色方面,则又超过了1930年代的现代诗派。

作为上述诗学理想的实践,九叶诗派在内容和艺术上也更具现代性。

九叶诗派的诗歌既具有强烈的现实感甚至政治关切,又富于超越性的形而上沉思。正如他们自己所述,"在内容上更强烈拥抱今天中国最有斗争意义的现实,纵使自己还有着各式各样的缺陷,但广大的人民道路已指出了一切复杂的斗争的路,我们既属于人民,就有强烈的人民政治意识"[③]。从辛笛誓作"中国人民的代言者","要以全生命来叫出人民的控诉"(《布谷》),到杭约赫描写国统区人民苦难斗争的抒情长诗《复活的土地》,从杜运燮揭

---

① 范伯群、朱栋霖主编:《1898—1949中外文学比较史》下卷,第1097页。
② 袁可嘉:《九叶集·序》,《九叶集》,江苏人民出版社1981年,第16页。
③ 参见《中国新诗》第2辑,森林出版社1948年。

露国统区通货膨胀的《追物价的人》,到唐湜反饥饿、反内战的《骚动的城》,均体现出九叶诗派强烈的时代感和现实感。

九叶诗派的诗歌既有丰富的感觉意象,又表现出鲜明的智性特征。袁可嘉在《新诗戏剧化》中主张,写诗应"尽量避免直截了当的正面陈述而以相当的外界事物寄托作者的意志与情感;戏剧效果的第一个大原则即是表现上的客观性与间接性"①。这一主张,正反映了九叶诗派"思想知觉化"的创作特点。他们在创作中往往将深切的个人感受通过非个人性的客观化方式表现出来,注意捕捉、描绘具体感性的诗歌形象,并依靠它来暗示诗人抽象的思想和情绪,而读者则是从诗人创造的新颖丰富的意象中去感知作者的思绪。如陈敬容《鸽》中所写:"暗红色的旧瓦上 / 几只鸽子想飞 / 又停下了 / 折叠起灰翅膀伫望",对鸽子的描写实际是对人生前行途中徘徊观望的表现。他们诗中的许多意象都是有深邃意蕴的象征体,如郑敏《金黄的稻束》中"金黄的稻束"象征着"疲倦的母亲",也象征着"历史"。这样,把意象从平凡的现实感升华到更为广阔的历史感,这种理性力量的介入,增加了诗的表现力度。

九叶诗派的另一个特点是,语言清晰准确,而诗意朦胧含蓄。艾略特曾经一再声称,诗人的重要职责就是要用新的表现手法使陈腐的语言重新充满生机。这也正是九叶诗人所追求的。他们的诗虽富有深潜的哲理内涵,但语言上却少有那种玲珑剔透的诗句,更少那种流光溢彩的辞藻。他们借鉴了西方现代诗歌的表现技巧,增强了诗歌语言的韧性和弹性。像辛笛的"列车轧在中国的肋骨上 / 一节接着一节社会问题"(《风景》),杭约赫"人与人之间稀薄的友情 / 是张绷紧的笛膜:吹出美妙的 / 小曲,有时只剩下一支嘶哑的竹管"(《复活的土地》),这种自由联想式的意象组合,省略了意象和意象之间的锁链,表达方式与传统诗歌有明显差异。这种语言更确切地表现了诗人的现代型情绪和对事物的新感受、新体验。由于很多诗在情绪表现上不是传统的"直陈"式,而是通过具体意象来"暗示"的,所以诗意的明确性被削弱,变得朦胧含蓄,让读者回味无穷。

九叶诗歌的出现,使中国新诗中的现代主义诗歌之流进入了一个总体上成熟的阶段。当然,他们也有不足的地方,一些诗句有过分欧化的倾向,有些诗过分照顾形式的需要,而忽视了思想内涵,这也是很值得反思的。

九叶派诗人有共同的思想艺术倾向,也有各自的风格与个性。**穆旦**(1918—1977,祖籍浙江海宁,生于天津,原名查良铮)是九叶诗派中流派风

---

① 袁可嘉:《新诗戏剧化》,《诗创造》第 12 期,星群出版公司 1948 年。

格最浓烈且最有成就的诗人。他先后有《探险队》《穆旦诗集》《旗》等诗集问世。穆旦是一位具有强烈民族意识的诗人,"是中国最早有意识地采取叶慈、艾略特、奥登等现代诗人的部分表现技巧的几个诗人之一"[1]。现代主义者所关心的人本困境问题,中华民族的苦难与希冀,在他的诗作中交叠出现。穆旦的许多诗都致力于展现自我的心灵搏斗和种种痛苦而丰富的体验,"我们做什么?我们做什么?/呵,谁该负责这样的罪行:/一个平凡的人,里面蕴藏着/无数的暗杀,无数的诞生。"(《控诉》)穆旦对生命意识的自觉感悟与理性沉思中,又交织着他对人类命运、历史沉浮和民族忧患的沉思,使他的诗以痛苦的丰富和感情的严峻著称。《赞美》等诗,表现出他对黑暗现实的忧愤和对大时代的内在感应。面对满目疮痍的国土和灾难深重的人民,诗人并没有沮丧颓废,而是"以带血的手和你们一一拥抱",以激动的心情欢呼着"一个民族已经起来"。穆旦一方面关注着对生命存在的意义的探讨,另一方面又表现出对民族命运的忧思。生命体验的庄严感、历史厚重感、现实人生的时代感的结合,使他的诗具有了中国特色的现代主义精神品格。

研习提升

1. 骆寒超:《论艾青诗的意象世界及其结构系统》,《文艺研究》1992年第1期。
2. 龙泉明:《艾青:新诗的第三次整合》,《中国新诗流变论》,人民文学出版社1999年。

---

[1] 杜运燮:《穆旦诗选·后记》,《穆旦诗选》,人民文学出版社1986年。

第十四章
1940年代戏剧散文

第一节 1940年代戏剧

1937年7月15日,中国文艺界第一个抗日统一战线组织中国剧作者协会(原上海剧作者协会)成立。章泯、尤兢等集体创作、上海戏剧电影界近百人参演的三幕话剧《保卫卢沟桥》,拉开了抗战戏剧的大幕。"八·一三"淞沪会战爆发后,中国剧作者协会与上海剧团联谊社联合发起组织上海戏剧界救亡协会,成立了13支救亡演剧队伍(第十、十二队驻守上海,其他各队奔赴前线、农村和内地),投入抗敌宣传。流离失所的孩子们组成孩子剧团、新安旅行团,进行演剧运动。1938年初,中华全国文艺界抗敌协会成立,响应"文章下乡""文章入伍"的号召,新兴中国话剧艺术"从锦绣丛中到了十字街头;从上海深入了内地;从都市到了农村;从社会的表层渐向社会的里层"①。战前以城市为中心,以市民、学生、知识分子为主要观众,原先以细腻生活描摹、深邃心理刻画为主要内容的话剧,向时事化、大众化方向倾斜。街头剧、活报剧、茶馆剧、朗诵剧、游行剧、傀儡剧、灯剧等趋于轻型、通俗、灵动的戏剧形式,顺应戏剧"游击战""散兵战"式的斗争策略,在抗战初期广泛呈现。"好一计鞭子"(短剧《三江好》《最后一计》《放下你的鞭子》)就是当时盛演大江南北的三个短剧。以"卢沟桥事变"为题材的《保卫卢沟桥》(中国剧作者协会集体创作)、《卢沟桥》(田汉)、《卢沟桥之战》(陈白尘)、《血洒卢沟桥》(张季纯)等,以台儿庄战役为题材的《台儿庄》(罗荪、锡金等)、《台儿庄之战》(韩北屏)等,以淞沪会战为题材的《八百壮士》(崔嵬、王镇之)等,以及洪深的《飞将军》、夏衍的《咱们要反攻》、尤兢的《省一粒子弹》、沈

---

① 欧阳予倩:《戏剧在抗战中》,《抗战独幕剧选》,戏剧时代出版社1938年。

西苓的《在烽火中》、荒煤的《打鬼子去》、章泯的《夜》、易扬的《打回老家去》等，这些剧作热血沸腾地表达了炎黄子孙团结一致抗御日伪的激情，号召全国人民同心协力保卫自己的家园。

　　随着抗战转入相持与稳定阶段，较大规模的戏剧演出开始出现。1937年12月31日，中华全国戏剧界抗敌协会在汉口成立，来自上海、南京等全国各地数十个进步戏剧团体、千百位戏剧人汇聚一堂，确定了每年戏剧节的日期（中华全国戏剧界抗敌协会定10月10日为中国戏剧节，1943年国民党政府改为11月10日，次年又改为2月15日）。此后，重庆雾季（11月至次年5月间，因大雾弥漫，敌机不能来轰炸而成为演戏良机）演剧活动，和上海"孤岛"戏剧，成为抗战时期中国的两个戏剧活动中心。成立于1935年的国立戏剧专科学校，因战争爆发，由南京经长沙、重庆，迁至四川江安，在长江上游的一个县城开始了战时的戏剧人才培养。这是中国第一所现代正规的培养话剧艺术人才的高等学府，校长余上沅曾力倡国剧运动，带领剧专学生排演抗战剧《全民总动员》《蜕变》和中外名剧一百多出。剧专先后汇聚曹禺、吴祖光、洪深、杨村彬、焦菊隐、陈治策、应方卫、黄佐临、张骏祥、陈瘦竹、陈白尘、章泯等，毕业生中有凌子风、严恭、叶子、吕恩、谢晋、徐晓钟等导演演员。田汉、洪深、曹禺、夏衍、郭沫若、阳翰笙、阿英、于伶、陈白尘、宋之的、吴祖光、李健吾、杨绛、杨村彬、姚克、黄佐临、柯灵等剧作家寻找到了一个在峥嵘岁月中支撑起政治与艺术的平衡点，一切都蕴蓄在勃然兴盛的现代剧、历史剧与喜剧创作之中。在1930年代已经成名的剧作家继续贡献出一批名剧，田汉有《秋声赋》《丽人行》，洪深有《飞将军》《包得行》《鸡鸣早看天》，曹禺有《蜕变》《北京人》《家》，夏衍有《法西斯细菌》《芳草天涯》。另外还有郭沫若的《棠棣之花》《屈原》《虎符》《高渐离》《孔雀胆》《南冠草》等历史剧，阳翰笙的《李秀成之死》《天国春秋》，欧阳予倩的《忠王李秀成》，陈白尘的《翼王石达开》等太平天国史剧，阿英的《碧血花》《海国英雄》《杨娥传》等南明史剧，杨村彬的《清宫外史》、姚克的《清宫怨》等清宫戏。陈白尘、丁西林、李健吾、老舍、洪深、宋之的、吴祖光、张骏祥、沈浮、杨绛等人的喜剧创作，借着"笑的幌子"将华夏大地上那些肮脏、污腥、破碎、狡诈、猥琐、卑劣、懦弱和屈服暴露于舞台。1940年代剧坛创造了中国话剧的黄金时代。

　　在"孤岛"与陪都这两个特殊区域与文化空间，历史剧风行起来。

　　阿英（1900—1977，安徽芜湖人，原名钱德赋，又有笔名钱杏邨、魏如晦等）于上海"孤岛"时期创作了历史剧《碧血花》（又名《葛嫩娘》）、《海国英雄》（又名《郑成功》）、《杨娥传》，被称为"南明史剧"，轰动"孤岛"剧坛。四幕剧《碧血花》（1939）将桐城名士孙克咸、秦淮名妓葛嫩娘置于对整个中华民族之爱的大背景中来描绘。剧本结尾处葛嫩娘"断舌、喷血、喷面"的英勇就义行为尤为鼓舞人心。在四幕剧《海国英雄》(1940)中,作者于君臣、父子、夫妻人世情感纠葛中,于忠孝、生死、胜败激烈矛盾交织下,较细腻地刻画了儒将郑成功血肉饱满的形象。四幕剧《杨娥传》(1941)截取杨娥一生斗争中几个重要片段,尤以"梦刺"吴三桂场景最为壮观,将云滇奇女子的复仇个性展现得尽致淋漓。历史剧《洪宣娇》(1941)试图以太平天国革命"成长与毁灭的过程"①来隐喻国民党制造"皖南事变"的行径。五幕剧《李闯王》(1944)以宁武关战役始,以奉天玉和尚(李闯王)"坐化"终,展开一幅长长的历史画卷。从牛金星提出"十八子,主神器"、讨伐吴三桂的争论,兵败平阳,罗织李岩"有异志"罪名及宣称"二李并称,天无二日",到李闯王最终从"参禅"中领悟自身的"罪愆"等冲突演变行进过程中,李闯王矛盾复杂的内心世界逐步呈现出来。这些在人物内心矛盾激荡中发展而来的微妙思想变化,凝结了李闯王这位草莽英雄汹涌的成王欲念,也展露了这位马上天子孤意独行的帝王生涯,曾经叱咤风云的李闯王最终只能将未尽之心愿消解于暮鼓晨钟。《李闯王》在阿英辛勤耕耘的历史剧园地里绽放开了一朵饱蕴"重大历史战斗意义"②的戏剧之花。

阳翰笙(1902—1993,四川高县人,原名欧阳继修,笔名华汉)在抗战时期的历史剧创作有《李秀成之死》《天国春秋》等。五幕剧《李秀成之死》(1937)以太平天国革命中天京保卫战为依托,粗线条地勾勒出了天王洪秀全昏聩愚顽、洪氏诸王堕落败朽、朝廷重臣罪恶腐化等艺术形象。剧作家把李秀成置于一个内外交困的险恶环境中加以描摹,大致刻画出了一个鲜活的悲剧英雄形象。六幕剧《天国春秋》(1941)寄托了对国民党制造"皖南事变"的义愤。③剧本以杨韦事变为主要线索,塑造了杨秀清、韦昌辉、洪宣娇、傅善祥等人物形象,呈现出一个同当时现实世界相对应的世态格局。东王杨秀清运筹帷幄,是太平天国正确路线代表和革命中坚力量。北王韦昌辉是个混入革命阵营企图窃取实权和利益的阴谋家,最终他残杀了杨秀清和二万多名天平军将士,致使太平天国内部严重分化。西王娘洪宣娇是一个误入歧途但最终醒悟的人物形象,当她看到"杨韦事变"所带来的严重后果时,终于觉醒了:"大敌当前,我们不该自相残杀!"那一声呐喊表达了剧作家真正的创作意图。阳翰笙试图通过这个悲剧,说明天平天国革命失败的主

---

① 魏如晦:《洪宣娇·公演前记》,《洪宣娇》,上海国民书店 1941 年。
② 于伶:《默对遗篇悼阿英》,《阿英剧作选》,中国戏剧出版社 1980 年,第 18 页。
③ 阳翰笙:"当时我为了要控诉国民党反动派这一滔天的罪行和暴露他们阴险残忍的恶毒本质,现实的题材既不能写,我便只好选取了这一历史的题材来作为我们当时斗争的武器。"《阳翰笙剧作选·后记》,《阳翰笙剧作选》,人民文学出版社 1956 年。

要原因在于内部自相残杀。这里隐含一道火辣辣的政治批判。阳翰笙还有五幕剧《草莽英雄》(1942)、五幕剧《槿花之歌》(1944)。

陈白尘(1908—1994,江苏淮阴人,原名陈增鸿)最初参加南国社,以擅写讽刺喜剧著称。《虞姬》(1933)、《除夕》《街头夜景》《两个孩子》《大风雨之夜》(1934)、《父子兄弟》(1935)等"狱中札记",《征婚》《二楼上》(1935)、《中秋月》《恭喜发财》《演不出的戏》《石达开的末路》(1936)、《金田村》(1937)等"亭子间"剧作,表明陈白尘开始舍弃早年罗曼蒂克情调而逐步走上革命现实主义创作道路。含泪微笑式的揶揄逐渐被更为凛冽的讽刺艺术所替代(以四幕讽刺喜剧《恭喜发财》为代表),浪漫化历史剧亦逐步向历史真实、艺术真实、现实倾向性相统一的方向倾斜(以五幕历史剧《金田村》为代表)。抗战期间,陈白尘的《乱世男女》(1939)和《结婚进行曲》(1942)受到各界好评。《结婚进行曲》通过女知识青年黄瑛在国统区求职过程中所遭受的种种挫折,暴露出了现实的黑暗无门,黄瑛最终无可奈何地舔舐着现实生活的困苦与艰辛。抗战胜利前后,以《岁寒图》和《升官图》为标志,陈白尘的戏剧创作出现了一个艺术高峰,他将"笑的艺术"打磨得更加成熟、削刻得更为尖锋。三幕正剧《岁寒图》(1945)是一首悲壮深沉的知识分子"正气歌"。剧作家将一代名医黎竹荪置于一个低俗不堪的市侩社会中来描思摹形,将他矢志不移、刚正不阿的凛然正气嵌入一个吞噬人的黑暗环境中来雕刻对比,将他一片爱国赤诚和黑暗政府冷酷如铁这两个完全不同的冷热世界并置来演进戏剧冲突。完稿于1945年的三幕讽刺喜剧《升官图》借鉴了果戈理名剧《钦差大臣》的构思与讽刺手法。戏剧围绕两个强盗的一夜升官梦展开,将一群官僚大员同时置于一个古宅梦境中恣意表演,淋漓尽致地展现出了官僚集团内部寡廉鲜耻的权钱黑幕关系,可称为国民党统治时期活生生的"官场现形记",取得了良好的讽刺效果。

吴祖光(1917—2003,原籍江苏武进县,生于北京)最早以《凤凰城》引人注目,有《正气歌》《风雪夜归人》《牛郎织女》《林冲夜奔》《少年游》等。吴祖光戏剧创作大致有三种风格。一种是《凤凰城》《孩子军》《正气歌》之力烈,另一种是《风雪夜归人》《牛郎织女》《林冲夜奔》《少年游》之隽永,还有一种是《捉鬼传》《嫦娥奔月》之尖锋。历史剧《正气歌》(1940)以深沉凝炼的笔锋、清新自然的笔调细腻地刻画出了文天祥这一悲剧英雄形象,透溢出一道君子自强不息磅礴于天地间的浩然正气,场景描写和气氛渲染富有优美的画意诗情。五幕剧《风雪夜归人》(1942)于若淡若疏、简练抒情中写出了一个沉痛隽永的人生寓言。该剧以浪漫主义手法描写了京戏名伶魏莲生和官僚宠妾玉春之间的爱情故事。剧作家以两个边缘小人物对自我价值的审视、拷问、觉醒与追求的心理变化过程,来展现个人追求自由、幸福生活的合法性与本真性价值,闪耀着一道灵动的人性旖旎风光。新文学的"人"的主题在吴祖光剧作中获得了浪漫主义的表现。三幕剧《少年游》(1944)以较浓的生活气息勾勒了一幅北平五名性格各异的女大学生的艺术素描;处在沦陷区的险恶环境里,于毕业前后的几个月中,她们各自经历了一次人生道路的抉择,她们各自内心的波澜,亦透露出大时代的风云。三幕剧《捉鬼传》(1946)是讽刺喜剧的力作。剧本借民间传说中钟馗捉鬼的故事,呈现出一个鬼蜮世界依然如故的寓言。① 吴祖光以"笑的幌子"将民间传说故事的现实意义发挥得酣畅淋漓,剧中人随时会说出诸如"四项诺言泡了汤""全国实行戒严令""如今做官要条子、洋房、汽车"等时代性标语,嬉笑怒骂、挥洒自如,于荒诞之中见出真实。

杨绛(1911—2016,江苏无锡人,原名杨季康)先后在东吴大学、清华大学就读,1935年与钱锺书婚后一起留学英法,1938年回到上海任教于大学。她的风俗喜剧创作有《称心如意》《弄真成假》,于上海"孤岛"时期另筑起一道"含泪的喜剧"风景,"笑得明净,笑得蕴藉,笑里有橄榄式的回甘"。② 四幕喜剧《称心如意》(1944)写青年女学生李君玉在父母双亡后,从北平来上海投靠舅舅和舅老爷,却遭遇一连串推脱敷衍的喜剧性遭遇。该剧采用西方流浪汉体小说的架构方式(以李君玉来上海投亲的遭遇贯穿全剧),行云流水般展开了一幅现代都市社会人情冷暖、世态炎凉的世俗风情画。杨绛以温婉幽默的姿态掀起都市绅士家庭的虚伪面纱时,也将人生中虚伪卑鄙、庸俗浅薄、冷酷无情的阴湿死角剖析了出来,微笑的笔底不乏一道揶揄、嘲讪、批判和否定之光。这个戏直到2014年还在校园演出。五幕喜剧《弄真成假》(1945)描写破落穷苦人家的子弟周大璋和张燕华为追求金钱婚姻而费尽心机,到头来弄真成假一场空的可笑和可悲。《称心如意》和《弄真成假》都带有几分讥刺与嘲讪,然而面对世事的参差和愚谬,杨绛给予更多的是原宥和理解,她是取"微笑否定"的喜剧态度。

活跃在1940年代剧坛上的历史剧作家中,擅写清宫史的杨村彬与姚克也颇具影响。**杨村彬**(1911—1989,北京人,原名杨瑞麟)的代表作是《清宫外史》三部曲:《光绪亲政记》(1943)、《光绪变政记》(1944)、《光绪归政记》(1946)。五幕剧《光绪亲政记》再现了中日甲午战争前后中国社会风云变幻

---

① 吴祖光:"举国之内一片哀哭与垂危的呼救。胜利的果实不属于吃苦受难的人民;只看见那些狐鼠与猪狗炙手可热,骄横不可一世。"《〈清明〉创刊号题记》,《清明》创刊号,1946年5月。

② 柯灵:《上海沦陷期间戏剧文学管窥》,《剧场偶记》,百花文艺出版社1983年。

的历史,揭示了古老的中华民族所面临的巨大危机。该剧以丰富翔实的史料、整饬磅礴的场景、精炼风趣的语言塑造了光绪帝优柔寡断、翁同龢刚正迂腐、珍妃贤惠善良、寇连材赤诚耿直等艺术形象,对慈禧、李鸿章、李莲英等人的祸国殃民,进行了揭露与批判,字里行间蕴藏着剧作家深沉的民族义愤和爱国精神。在中国面临民族危机的1940年代,《光绪亲政记》的演出产生了很大影响。

姚克(1905—1991,福建厦门人,原名姚莘农)就读于东吴大学,代表作《清宫怨》(1942)当年在上海公演时,轰动剧坛;后改编为电影《清宫秘史》。四幕剧《清宫怨》以光绪皇帝和珍妃的爱情悲剧为经,以甲午战争、戊戌变法、庚子事变的广阔背景为纬,通过宫廷的日常生活来表现清廷内部维新派和守旧派之间的政治斗争。这与杨村彬《光绪亲政记》所写内容相似。值得称道的是,《清宫怨》对光绪皇帝和珍妃的爱情关系的描写有其自身独到的视角与感悟。"历史家所讲究的是往事的实录,而戏剧家所感兴趣的只是故事的戏剧性和人生味。"①剧作穿透人物形象的外壳,渗入人物内心隐幽,直逼人物灵魂。譬如,光绪帝软弱郁愤的背后积聚着一股励精图治之坚强,珍妃倔强凛然的背后包孕着一丝相濡以沫之柔情,西太后专横跋扈的背后亦蕴藏着一道情心流淌之真实。"大选""辱妃""梦猿""政变""舟盟"等场景以其简劲、典雅、优婉笔调,以其性格化、生活化、诗化成就了《清宫怨》的诗意抒情。1954年毛泽东点名批判电影《清宫秘史》,姚克赴美国定居。

夏衍继《上海屋檐下》(1937)之后,又写了《一年间》(1938)、《心防》(1940)、《愁城记》(1940)、《水乡吟》(1942)、《法西斯细菌》(1942)、《离离草》(1944)、《芳草天涯》(1945)。《法西斯细菌》主人公俞实夫潜心搞科研,希望用自己的科研成果为国家民族服务,但最终认识到"人类最大的传染病——法西斯细菌不消灭,要把中国造成一个现代化的国家,不可能……"俞实夫的觉醒转变过程,被写得真实可信,颇具感染力。《芳草天涯》以细腻地刻画了知识分子的恋爱婚姻心理而显示出夏衍戏剧创作的独特魅力,但也因此遭到批评。

> **声音**
>
> 被人称为爱国主义影片而实际是卖国主义影片的《清宫秘史》,在全国放映之后,至今没有被批判。
>
> (毛泽东《关于"红楼梦研究"问题的一封信》,1954年10月16日)

---

① 姚克:《清宫怨·独白》,《清宫怨》,世界书局1947年。

> **声音**
>
> 在恋爱和家庭的问题上消费乃至浪费最大限度的精力者,不过是知识分子,在劳苦人民中这类问题并不是这样麻烦的……《芳草天涯》把一个小问题夸张成为很大的问题,而又企图用一个不能从根本上解决它的方法去解决。
>
> （何其芳《评〈芳草天涯〉》）

田汉创作了《秋声赋》(1941)、《风雨归舟》(1942,又名《再会吧,香港》,与洪深、夏衍合作)、《黄金时代》(1942)、《丽人行》(1946—1947)、《朝鲜风云》(1948)等剧作。《丽人行》打破幕的分割,运用多场次结构,全剧分为21场,报告员串联全剧,全景式行云流水般地展开广阔画面。这是田汉对话剧结构形式的创新。剧中女工刘金妹、地下革命工作者李新群、资产阶级女性梁若英三位女性的不同经历,牵引出三条情节线,分别展开,又交织穿插,全景式地反映了抗战胜利前后正义与邪恶的搏斗,人物的挣扎、奋斗,和对光明的渴望。

宋之的(1914—1956,河北丰润人,原名汝昭)有《武则天》(1937)、《小风波》(1940)、《雾重庆》(1940,又名《鞭》)、《刑》(1940)、《祖国在呼唤》(1942)、《戏剧春秋》(1942,与夏衍、于伶合作)、《春寒》(1944)、《群猴》(1948)等剧作。五幕剧《雾重庆》通过一群由北平逃难到重庆的青年学生挣扎、沉沦的悲剧,揭露了大后方社会的黑暗和腐败。五幕剧《祖国在呼唤》继续《雾重庆》的知识分子主题。独幕讽刺喜剧《群猴》以国民党"国大代表"选举为背景,借各派系傀儡小丑们"耍猴式"的拉票表演直刺时政。

于伶(1907—1997,江苏宜兴人,原名任锡圭,笔名尤兢)有《夜光杯》(1937)、《女子公寓》(1938)、《花溅泪》(1938)、《夜上海》(1939)、《长夜行》(1942)、《杏花春雨江南》(1943)等剧作。五幕剧《夜上海》围绕江南开明士绅梅岭春一家在"孤岛"上海屡遭打击的悲剧命运展开,较为广阔地表现了旧上海社会各阶层人物的生活状态与人生态度。四幕剧《长夜行》描写上海沦陷前后知识分子的觉醒和斗争,赞颂其贫贱不移、威武不屈的节操品行。

老舍继《残雾》(1939)之后,写了《国家至上》(1940,与宋之的合作)、《张自忠》(1940)、《面子问题》(1941)、《大地龙蛇》(1941)、《归去来兮》(1942)、《谁先到了重庆》(1942)、《桃李春风》(1943,又名《金声玉振》,与赵清阁合作)等。其中,五幕剧《归去来兮》藉剧作家擅长的幽默讽刺手法于人物性格潜流中发掘出戏剧性来。茅盾写于1945年的五幕剧《清明前后》以"黄金案"事件为中心,分开来两条线索,一条线索写民族工业资本家林永清挣扎、摇摆、失败、初醒的艰辛心理历程,另一条线索写大时代里小人物们的可怜与可悲,蕴蓄着剧作家的怜悯与愤激之情。

沈浮有《重庆二十四小时》(1943)、《金玉满堂》(1943)、《小人物狂想曲》(1945)等,这些剧作都是通过平凡的故事,反映大后方城镇生活的真实风貌。情节穿插紧凑,气氛渲染浓烈,性格刻画鲜明,具有丰富的戏剧性。从美国学习戏剧归来的张骏祥(1910—1996,江苏镇江人,笔名袁俊)于1944年创作的四幕剧《万世师表》,也是当时有影响的剧作;该剧塑造了一位大学教授的形象,于平平淡淡的生活流里呈现林桐兢兢业业、坚贞自守的知识分子品格。此外,他还创作有《小城故事》(1940)、《边城故事》(1941)、《山城故事》(1944)等。张骏祥的戏剧语言多俏皮机智,常富有讽刺意味,但人物形象有时不够明朗,累于不必要的噱头。

抗日战争爆发以后,郭沫若从日本回国,在周恩来直接领导下从事抗日救亡运动。郭沫若以历史事件和人物为题材,借古讽今,从1941年12月至1943年春,先后创作了《棠棣之花》(1941)、《屈原》(1942)、《虎符》(1942)、《高渐离》(1942)、《孔雀胆》(1942)、《南冠草》(1943)六部历史剧。郭沫若将历史事件与现实精神巧妙地结合起来,以对历史人物的再创造来表达他对于时代的忧愤。

所谓历史剧,其本质是艺术家凭借舞台实现创作主体与历史、现实之间的对话。五四时期《女神》中的历史题材诗剧已经反映了郭沫若处理历史题材的浪漫主义特色。郭沫若作于抗战时期的《屈原》等则更将浪漫主义历史剧与席勒式的政治剧结合起来,形成了他独具风格的历史剧创作。他取材于古代的人和事,但都面对现实发言。他说:"我主要的并不是想写在某些时代有些什么人,而是想写这样的人在这样的时代应该有怎样合理的发展。"[1]他是以现代人的眼光去观照历史人物和事件,让人们从古代联想到现代。通常认为,反侵略、反投降、反分裂、反独裁,彰扬历代志士仁人为国家和民族的利益而不怕流血牺牲的悲剧斗争精神,是郭沫若历史剧的共同主题,正如他所说:"历史还须得再向前进展,还须得有更多的志士仁人的血流洒出来,灌溉这株现实的蟠桃。因此聂嫈聂政姐弟的血向这儿洒了,屈原、女须也是这样,信陵君与如姬,高渐离与家大人,无一不是这样。杀身成仁舍生取义,是千古不磨的金言。"[2]

《屈原》是郭沫若抗战时期历史剧的代表作,也是当时最有影响的戏剧之一。剧本写于1942年1月,正是震惊中外的"皖南事变"之后。郭沫若借古讽今,揭露、抨击了国民党政府的统治。剧本取材于战国时代楚国爱国诗

---

[1] 郭沫若:《献给现实的蟠桃——为〈虎符〉演出而写》,《郭沫若全集》(文学编)第19卷,人民文学出版社1992年,第342页。
[2] 郭沫若:《献给现实的蟠桃——为〈虎符〉演出而写》,《郭沫若全集》(文学编)第19卷,第342页。

人屈原的故事,通过楚国统治集团内部爱国与卖国两条外交路线的斗争,表现了他热爱祖国、反抗侵略、光明磊落的崇高品质。他怒斥南后的卖国行为:"你陷害了的不是我,是我们的楚国,是我们整个儿的赤县神州呀!"郭沫若将"这时代的愤怒,复活在屈原的时代里",剧中屈原的爱国热情和反抗精神,代表了当时反专制、反迫害、反投降,要求民主、自由的时代心声,在当时产生了巨大的影响。

由仁义观念而来的"杀身成仁,舍生取义"的献身精神和悲剧精神,是郭沫若历史剧创作的一个贯穿始终的主题。① 与之并行的是另一主题——"人"的主题:"人的尊严","把人当成人"。这个主题反映了郭沫若作为一个杰出的新文学人文主义作家的一贯思考。人的价值与对自我的追求,是五四时期因"人"的发现而产生的现代观念。郭沫若五四时期的新诗与翻案剧表现了这一主题,在抗战时期六大史剧中,"人"的主题被他具体演绎为杀身成仁、舍生取义精神,并在这种悲剧精神中注入具有时代特色的反专制独裁、反强暴的思想。

以《虎符》为代表,郭沫若历史剧的现代人文主义精神以新的内涵焕发出时代色彩。五幕史剧《虎符》取材于战国时期信陵君窃符救赵的故事。戏剧以窃符为中心,通过叙述如姬不惜以王妃之尊付出生命的代价窃符,揭示生命的崇高意义。如姬的墓前独白与"匕首颂",是全剧思想的表达。郭沫若认为,"战国时代,整个是一个悲剧时代","是人的牛马时代的结束",是"大家要求人的生存权"的时代。②《虎符》中反复张扬"把人当成人"这一"仁义"思想,如姬也因具有这一思想而被作者看作"时代之先驱者"③。"仁义"思想也不同程度地表现在其他五部史剧中。《高渐离》(五幕史剧,又名《筑》)取材于《史记·刺客列传》,描写荆轲刺秦王失败后,其友高渐离不畏秦王淫威继续行刺的故事,显示其为正义而斗争的惊人意志与杀身成仁的悲壮人生。剧作因为"存心用秦始皇来暗射蒋介石",所以秦始皇的形象是漫画化的,再版时,作者修改了那些"过分毁蔑秦始皇的地方"。

郭沫若的历史剧以历史事实为依据,但不拘泥于历史。这是他作为一个浪漫主义诗人的特点。他的史剧观:"历史研究是'实事求是',史剧创作是'失事求似'。史学家是发掘历史的精神,史剧家是发展历史的精神","古

---

① 最早提出这一观点的,见王淑明《论郭沫若的历史剧》,《文学研究》1958年第2期。
② 郭沫若:《献给现实的蟠桃——为〈虎符〉演出而写》,《郭沫若全集》(文学编)第19卷,第342页。
③ 郭沫若:《虎符·写作缘起》,《沫若文集》第3卷,人民文学出版社1961年,第454页。

人的心理,古书都阙而不传,在史学家搁笔的地方,便须得史剧家来发展"。①根据剧情和主题的需要,他遵循"失事求似"的创作原则,往往虚构人物和事件。例如,如姬为何要舍身为信陵君窃符？她与信陵君的报恩关系与对信陵君的感情,纯是郭沫若想象虚构。

郭沫若是个感情激越、充沛奔放的浪漫主义诗人,他的历史剧和他的诗一样,具有浓烈的诗意与优美的抒情;他的史剧有浪漫主义诗剧的特征,"剧诗人与剧中人融为一体,套用他的话,即剧中人'就是我自己'"②。他的创作主体与他所挚爱的历史人物交流沟通、融为一体,他的浪漫主义诗人的触感与热情,"惯会突进"剧中人物的心灵,一如他所赞赏的歌德创作诗剧《浮士德》的情形一样。③"雷电颂"是屈原当时可能发出的心声,更是郭沫若对于当下黑暗现实的诅咒与对理想未来的渴望。他是借屈原之口,吐胸中块垒。《屈原》一剧是以屈原情感的发展来构思全剧与结构剧情的。④ 剧中"雷电颂"是一首气势磅礴、高亢激越的诗,称这是屈原与郭沫若这两位浪漫主义诗人会心的合奏曲,一点也不为过。《虎符》中,他以全副心智塑造了一位贤淑、智慧、刚毅的女性形象,并且在墓前吟诵出"墓前颂"与"匕首颂"两首诗。"屈原的独白是雷电的诗,惊涛骇浪的诗;如姬的独白是月夜的诗,明净深邃的诗。屈原的独白震撼人心,如姬的独白发人深思"⑤。两者都是郭沫若的抒情诗。

郭沫若的浪漫主义史剧都是英雄悲剧,悲剧人物都是杀身成仁、舍生取义的英雄和志士仁人。他的史剧创作传承了索福克勒斯、莎士比亚、歌德、席勒和我国元杂剧等古典悲剧美学传统,冲突庄重严肃,格调高昂悲壮,富有悲剧崇高感。

---

① 郭沫若:《历史·史剧·现实》,《沫若文集》第3卷,第16页。
郭沫若:"剧作家的任务是在把握历史的精神而不必为历史的事实所束缚","他可以推翻历史的成案,对于既成事实加以新的解释,新的阐发,而具体地把真实的古代精神翻译到现代。"《我怎样写〈棠棣之花〉》,《沫若文集》第3卷,第164页。
② 陈瘦竹:《再论郭沫若的历史剧》,《现代剧作家散论》,江苏人民出版社1977年,第44页。
③ 范伯群、朱栋霖主编:《1898—1949中外文学比较史》下册,第1114—1124页。
④ 郭沫若:"第三第四两幕的作用,都为的是要结穴成这一景。在第二幕中一度高潮了的愤懑,借第三幕的盲目的同情——而其实等于侮辱,加以深化。在第四幕中借诗歌的力量本已有可能陷入陶醉而得到解脱,又借着南后与张仪的侮辱而更加深化。这深深的精神伤害,仅仅靠责骂了张仪是不能平复的。而在骂了张仪之后,终竟遭了缧绁,我是存心使他所受的侮辱增加到最深度,彻底蹂躏诗人的自尊的灵魂。这样逐渐逼进到雷电独白。"《〈屈原〉与〈厘雅王〉》,《郭沫若全集》(文学编)第6卷,第406页。
⑤ 陈瘦竹:《郭沫若的历史剧》,《陈瘦竹戏剧论集》下册,江苏教育出版社1999年,第1337页。

第二节 1940 年代散文

报告文学作为一种迅速反映时代面影的散文次文体,在抗战初期曾一跃而为文学创作的主流。七月派作家丘东平的《第七连》和《我们在那里打了败仗》在战火纷飞的惨烈背景中表现国民党抗日军队下层官兵的爱国精神,同时也揭露了国民党长期以来所奉行的对日妥协政策的恶果。同为七月派作家的亦门(1907—1967),即阿垅,以 S. M. 笔名在《七月》上发表了《闸北打了起来》等系列战役报告。曹白(1909—2007)的报告文学集《呼吸》描写上海战时难民的困苦和抗争,记叙了上海失陷后江南游击队的抗日斗争。骆宾基有《大上海的一日》和《东战场别动队》。萧乾作为《大公报》的记者,在国内外进行了广泛采访,出版有《见闻》和《人生采访》等。他的《血肉筑成的滇缅路》在不到五千字的篇幅里,描绘了两千多万民工"铺土、铺石,也铺血肉"的惊天动地的事迹。萧乾善于剪裁和绾结,语言洒脱而富有激情。

作家碧野的视野集中在华北战场,《太行山边》《北方的原野》和《在北线》中描绘了北方游击健儿在八路军影响下转战北方原野的动人画面。范长江的《西线风云》、白朗的《我们十四个》等也是反映华北战况的名篇。

在抗日根据地和后来的解放区,丁玲的《彭德怀速写》、沙汀的《我所见的 H 将军》(又名《随军散记》,建国后改名《记贺龙》)、卞之琳的《第七七二团在太行山一带》、周立波的《晋察冀边区印象记》及何其芳《星火集》中所收的近十篇报告等,是他们在体验新的生活后写出的最早一批报告文学作品。在群众性的通讯运动中,出现了《冀中一日》和《渡江一日》等大型报告文学集。解放区涌现出了一批报告文学的新进作家。周而复(1914—2004,南京人,原名周祖式)此期以报告文学知名,1945 年发表的《诺尔曼·白求恩断片》是其代表作。黄钢(1917—1993,湖北武昌人)的代表作是《开麦拉前的汪精卫》(1939),讽刺性地凸现了汪精卫虚伪丑恶的嘴脸,其中"画外音"似的点评,深刻剖析了其灵魂的肮脏丑陋。华山、刘白羽作为随军记者,以战地报道的形式忠实记录了人民解放战争的光辉历程。华山有《踏破辽河千里雪》《解放四平街》《英雄的十月》等长篇报导,刘白羽有《环行东北》(1946)、《时代的印象》(1948)和《历史的暴风雨》(1949)等。曾克也写出了《千里跃进》(后改名《挺进大别山》)等战地报告。

1940 年代杂文。随着大批文化人向内地和香港转移,1930 年代以上海为中心的杂文创作格局被打破,在香港,在国统区的桂林、重庆、昆明、成都等地杂文创作活跃,在抗日民主根据地延安也于1940年前后出现了杂文创作的高潮。作者队伍壮大,出现了田仲济、王力、丁易、秦牧、黄裳、秦似等杂文新人。许多杂文作家继承以鲁迅为代表的1930年代杂文的传统,针砭时弊,犀利深刻;也出现了许多鼓动性、思辨性、知识性、趣味性的杂文。

  1940年代,形成了两个重要的杂文流派:"鲁迅风"和"野草"。"**鲁迅风**"杂文流派出现于"孤岛"时期的上海,主要作者有巴人(王任叔)、周木斋、唐弢、柯灵、孔令境等。1939年1月,《鲁迅风》杂志创办,是这一流派最终形成的标志。1941年,周木斋病逝,巴人奉调印尼,"鲁迅风"杂文流派解体。这一流派以继承鲁迅精神为己任,强调以杂文为武器进行战斗。同人们合出过杂文集《边鼓集》《横眉集》,个人集主要有《生活、思索与学习》《窄门集》(巴人)、《消长集》(周木斋)、《投影集》《短长书》(唐弢)、《市楼独唱》(柯灵)、《秋窗集》(孔令境)等。

  "**野草**"杂文流派因《野草》而得名。《野草》是一个专登杂文的小型刊物,由夏衍、宋云彬、聂绀弩、孟超、秦似等五人合编,1940年8月在大后方桂林创刊,1943年6月出至第5卷第5期休刊。1946年10月,在香港复刊,续出11集,另有新集2本。"野草"杂文作家在反抗日寇、反对投降,在批判周作人、战国策派等方面,较为集中地发表了笔锋犀利的文章。夏衍是"野草"派重要的杂文作家,擅写政论。《旧家的火葬》《论"晚娘"作风》等是他这一时期的代表作。聂绀弩(1903—1986)是其中影响较大的杂文作家,杂文集有《历史的奥秘》《蛇与塔》等。他的杂文常常将历史与现实相互错综、相互映照,在开阔的视野中显示纵横恣肆、雄辩幽默的风格。写于抗战时期的《韩康的药店》是传诵一时的名篇,作者以荒诞的喜剧手法,有意将汉代的韩康与小说《金瓶梅》中的西门庆糅合在一起,影射和讽刺了国民党的文化专制。

  与报告文学和杂文相比,由于缺乏相对宽松的环境和相对余裕的心境,此期叙事、抒情散文不算发达。在国统区,茅盾、巴金、李广田、冯至、梁实秋等以风格不同的叙事、抒情散文描画了动荡时世的面影,抒写了自己的现实感兴。茅盾此期的叙事、抒情散文主要收入《见闻杂记》《时间的记录》等集。巴金写下了大量散文,收入《无题》《龙·虎·狗》《废园外》《旅途杂记》等集中。李广田1940年代写作的散文辑录成册的有《圈外》《日边随笔》等。他从1930年代狭窄的乡土画廊中走出,走向了现实世界。诗人冯至于1943年出版了游记集《山水》(1947年再版,篇目有所增加);与1942年出版的诗集《十四行集》一样,《山水》也表现出一种"沉思"的哲理品格。集中各篇所写之山水,都不是世人所谓之名胜。这一选择包含着作者对大自然的独特理解。他以"树下水滨明心见性的思想者"的姿态，于平凡的山水自然中发掘出诗意美，并从沉思、感应中汲取到生命的滋养。梁实秋从1940年开始写作《雅舍小品》。他的散文创作执意规避抗战题材，专注于日常人生。他继承1930年代论语派的余绪，以达士情怀苦中寻乐、苦中作乐，善于以亦庄亦谐的幽默笔触营造闲适通脱的艺术境界。

在沦陷区，以张爱玲、苏青为代表的新进青年作家，则大多以日常生活为题材抒写一己的人生感悟，并在艺术上作些打磨，像张爱玲的《流言》和苏青的《浣锦集》就是这类作品。钱锺书有散文集《写在人生边上》。

在抗日民主根据地和解放区，报告文学的兴盛遮掩了叙事、抒情散文的光焰。尽管如此，还是出现了像孙犁、吴伯箫这样的比较注重艺术锤炼的散文作家。何其芳1938年与沙汀、卞之琳一起奔赴延安，在鲁迅艺术学院工作，并随贺龙部队赴晋西北和冀中根据地。他从画梦中醒来，宣称："我把我当做一个兵士，我准备打一辈子的仗。"孙犁散文后编于1958年出版的《白洋淀纪事》第2集中。它们以浓郁的诗情画意，反映了冀中地区人民的斗争生活，热情讴歌了普通民众的美好心灵。《采蒲台的苇》《织席记》等篇章，文字清新朴素，"往往善于在概括的叙述中见出气氛，在具体的描绘中见出情感，舒徐自如而又感情浓郁"①。

研习提升

1. 郭沫若:《献给现实的蟠桃》,《郭沫若全集》文学编第19卷,人民文学出版社1992年。

2. 陈瘦竹:《再论郭沫若的历史剧》,《现代剧作家散论》,江苏人民出版社1977年。

---

① 林非:《中国现代散文史稿》,中国社会科学出版社1981年,第151页。

第十五章
解放区文学

第一节　解放区文学

　　解放区文学的发展以1942年延安文艺整风为界,可划分为前后两个阶段。抗战初期,解放区文学汇入了抗战文学的时代潮流。活报剧、通俗小说、街头诗等宣传鼓动效应显著的通俗文艺样式十分活跃。与此同时,大批作家和文艺青年从国统区奔赴延安,他们的文艺观念与革命体制并不完全一致,这带来了解放区文艺的多元状态。一批体现知识分子独立思考和人性关怀的创作涌现出来,一度引起很大的关注和争议。小说方面,主要有丁玲的《我在霞村的时候》《在医院中》,严文井的《一个钉子》,鸿迅的《厂长追猪去了》,马加的《距离》《间隔》,雷加的《沙湄》《躺在睡椅里的人》,陆地的《落伍者》,方纪的《意识以外》等。丁玲备受争议的《在医院中》(1942),以年轻女医生陆萍的眼光,透视并批判了解放区革命阵营中的小生产者习气和官僚作风,表现出一个具有现代思想和意识的知识分子与新的环境、体制的不协调、不相融。《我在霞村的时候》(1941)则是一部视角独特的女性意识小说,以一个曾沦为日军慰安妇的少女贞贞为主人公,她背负着肉体和心灵的双重创伤来到根据地,在种种异样的眼光和不平遭遇中,却能够坚强地投身革命、走向新生。戏剧方面,主要有青年艺术剧院1942年3月演出的《延安生活素描》(包括《多情的诗人》《友情》《无主观先生》《小广播》《为了寂寞的缘故吗？》)等。杂文方面,主要有丁玲的《三八节有感》《干部衣服》《我们需要杂文》,王实味的《野百合花》《政治家·艺术家》,罗烽的《还是杂文时代》《非由缀造而成的散文》《嚣张录》,萧军的《纪念鲁迅:要用真正的业绩》《作家面前的"坑"》《论同志之"爱"与"耐"》,艾青的《坪上散步——关于作者、作品及其他》《了解作家,尊重作家——为〈文艺〉百期纪念而写》等。

1942年延安文艺整风后,在"工农兵文艺"旗帜的指引和规范下,解放区文学整体上呈现出与现实革命斗争紧密结合,力求通俗化,强调对民间形式、传统形式的利用和改造,主动适应以农民为主体的基层群众的欣赏习惯、趣味和接受水平的特点,成为战时中国一个独特的区域性文学存在。以"诉苦"和"欢唱"相结合的方式展开鼓动、宣传,则形成了解放区文学以明朗、乐观为基调的审美风貌。

戏剧　解放区文艺实践中除了大量独幕剧、活报剧等轻便灵活的小型话剧外,融合歌舞表演的传统戏剧形式更因为群众的喜闻乐见而特别活跃。其中既包括对传统戏曲进行"推陈出新"的旧剧改造,也包括利用民间形式的小歌剧以及民族新歌剧的创演。

1942年10月10日,延安平剧研究院成立,毛泽东专门给剧院的题词"推陈出新",成为旧剧改造的指导方针。1944年初,新编京剧《逼上梁山》(杨绍萱、齐燕铭执笔)依据阶级斗争思想来演绎水浒故事,重新处理了林冲的个人英雄行为和群众革命运动的关系,被毛泽东誉为"旧剧革命的划时期的开端"。1944年的《三打祝家庄》(李纶、任桂林、魏晨旭),则"根据毛主席关于三打祝家庄故事的分析,描写梁山农民起义军攻打城市战争中的策略斗争",被认为是"对抗日战争后期的政治形势具有重大的政治意义",该剧因此也具有"巩固了平剧革命的道路"的历史意义。①

在陕北民间秧歌基础上加工而成的《兄妹开荒》风格清新活泼,欢快诙谐,歌唱劳动生产,是较早出现的颇受欢迎的小歌剧作品。同样以秧歌为基础并吸收京剧、话剧等各种形式的大型新歌剧《白毛女》(贺敬之、丁毅执笔),则以农村姑娘喜儿的悲喜命运,表现农民与地主之间的尖锐阶级斗争,揭示"旧社会把人变成鬼,新社会把鬼变成人"的主题,成为贯彻《讲话》精神、创造新的民族形式的重要代表作品之一。当时有较大影响的新歌剧还有《兰花花》《刘胡兰》《王秀鸾》《赤水河》等。

通讯　由于对配合革命斗争的及时性和直接性的强调,新闻通讯在当时是被当作一个文艺种类来看待的,而且成为与戏剧相并立的两项中心工作之一。② 当时的政策极大推动了通讯报告一类文体的写作。其中较有影

---

① 魏晨旭:《"巩固了平剧革命的道路"——〈三打祝家庄〉的创作是在毛主席指示下进行的》,《中国戏剧》1978年12期。

② 1943年11月7日中共中央宣传部发布的《中央宣传部关于执行党的文艺政策的决定》指出:"在目前时期,由于根据地的战争环境和农村环境,文艺工作各部门中以戏剧工作与新闻通讯工作最有发展的必要与可能,其他部门的工作虽不能放弃或忽视,但一般地应以这两项工作为中心。"(《解放日报》1943年11月8日。)

响的有报告文学集有《一面光荣的旗帜》(白朗)、《英雄的十月》(华山)、《环行东北》和《光明照耀着沈阳》(刘白羽)等,主要是书写战争和部队生活,歌颂光荣事迹,及时反映胜利,高扬着革命英雄主义精神。在解放区文艺实践中,新闻性与文学性相结合作为一种具有特别政治意义的写作方式被强调,这对1949年后散文的发展产生了重要而特别的影响。

诗歌　　重视对民间形式的利用和改造,甚至将其视为唯一的合法性文学资源,是解放区文学的一个突出特点,这直接导致了解放区诗歌的民谣化。其特色首先是注重运用比兴手法和民间口语,朴素自然,活泼流畅。另外,为了实现通俗明了、让农村读者"易懂"的效果,诗的叙事功能被突出和强化,在"诉苦""翻身"的叙事中解说革命道理、抒发阶级感情,成为解放区诗歌思维的模式。

解放区的一个突出现象是群众写诗的活跃。一类是短篇的新民歌,内容上主要是"诉苦"和"翻身",如《赵清泰诉苦》《翻身歌唱》等,风格流畅明快,具有质朴的生活气息。其中也有的歌颂伟大革命领袖,最有名的是陕北农民李有源写的《移民歌》(又名《毛主席领导穷人翻身》),民歌第一段就是《东方红》的前四句歌词。再一类是快板诗。写有诗集《运输队长蒋介石》的战士诗人毕革飞曾提出:"如果说文艺是一种阶级斗争的武器,那么,快板诗歌正是这种武器中的刺刀和手榴弹。……从它的群众基础上看,能够掌握快板诗歌这种武器的人最广泛,指战员们很喜欢运用这一武器进行思想战,因为快板诗最容易普及发展。"[①]

在深入群众、与工农兵相结合的过程中,专业诗人的写作也普遍追求民谣化,这尤其体现于长篇叙事诗的繁荣。李季的叙事长诗《王贵与李香香》采用信天游的民歌形式,叙写陕北三边一对觉悟的农村青年的革命与爱情故事,传达阶级斗争与人民翻身解放的主题思想,是当时备受推重的一部作品,郭沫若和陆定一都曾为之作序。张志民的《死不着》《王九诉苦》,阮章竞的《漳河水》,严辰的《新婚》,李冰的《赵巧儿》等也都是当时较为重要的叙事诗。抗战爆发后由国统区奔赴根据地的艾青和田间也写有叙事诗。艾青的《雪里钻》借一批名为"雪里钻"的战马来表现敌后根据地的武装斗争,在摒弃忧郁情调的同时,也在丰满意象的营构上显示出自己的个性与特色。田间则有书写贫农石不烂通过"找路"实现"翻身"的《赶车传》等,采用短小断裂的诗行和迫促快速的节奏,延续"擂鼓的诗人"一贯的激情风格,同民谣体的叙说调子是有一定距离的。

---

① 毕革飞:《谈快板诗创作的点滴经验》,《解放军文艺》1950年第1期。

小说 反映党领导下农民翻身解放的新生活和革命武装军事斗争,是解放区小说的两大题材,由此分别形成"新农村故事"与"新英雄传奇"两种基本的写作模式。

抗战时期党在根据地实行减租减息政策,抗战胜利后又在解放区开展了土地改革运动,农民被动员和组织起来发展生产、参加革命斗争。反映农民翻身解放的新生活、农村翻天覆地的大变革,成为此时此地小说创作的主要内容。其中较突出的有两类。一是以赵树理等解放区作家为主的乡土通俗型,其短中篇最有特色。其中除以赵树理为中心的马烽、西戎、束为等"山药蛋派"作家外,康濯也是较重要的一位。他的风格、取材也和赵树理有所接近,通俗平易,通过家庭生活观察农民精神心理的变化,表达新旧变迁的主题,《我的两家房东》是一时的名篇。

第二类农村小说是丁玲、周立波等从国统区来的左翼作家所代表的社会写实型,以反映土地改革的长篇引人瞩目。与赵树理侧重讲故事、评书体的传统叙述形式相比,左翼作家所运用的现代小说体式,显然更适应于反映大规模的社会变动,深广地揭示复杂的阶级关系与矛盾。丁玲1946年的《太阳照在桑干河上》是最初出现的写土改运动的长篇,1951年获苏联斯大林文学奖二等奖。小说气势宏大,运用阶级分析的观点,写出了土改运动背景下中国农村复杂的阶级关系与斗争。在华北一个叫暖水屯的普通村庄里,地主、富农、中农、贫农、革命战士与干部在社会身份之间呈现差别,又因家庭婚恋关系错综复杂地绞结在一起,呈现犬牙交错、互相渗透的局面。而且每一个阶层的成员,对待革命的心理态度、应对变化的策略也各不相同,层次分明地显示出变革中的历史与社会复杂性。小说在透视人性、刻画心理的深度和敏锐性上超越了当时的同类作品,是作家自身艺术优势与新的时代内容、时代精神相结合的产物。延安文艺整风之前,丁玲曾写有备受争议的《在医院中》《我在霞村的时候》等,《太阳照在桑干河上》显然是作家接受了《讲话》精神洗礼之后,站在新的立场上自觉"融入"新生活的结果。周立波的《暴风骤雨》也是反映土改斗争的一部代表性作品,1951年获苏联斯大林文学奖三等奖。作家从阶级分析的观点出发,描写了发生于东北元茂屯的一场地主与农民之间敌我阵线分明的严酷斗争。小说的语言单纯、明快,有浓郁的农村生活气息和乡土风情,善于描摹一些幽默、有趣的细节。

在形象塑造上,《太阳照在桑干河上》最有特色的是一些作为革命对象的反派人物和有传统因袭的农民。如恶霸钱文贵与地主李子俊的老婆,以及那个分到了田地又悄悄还给过去的主人的农民侯忠全。《暴风骤雨》中最精彩的是农民形象,尤其那位赶车的把式老孙头。他胆小怕事又口无遮拦,风趣幽默中总透出民间的智慧。相比之下,像郭全海这样有坚定立场和革命觉悟的正面人物形象却显得单薄。先进与落后、现代与传统之间的艺术落差,折射出规范化了的革命文学中观念与艺术想象、思想与生活之间的裂痕。土改小说中所呈现的两条路线斗争、两种阶级对立的思维,1949 年以后作为一种写作模式被广泛应用,这种模式所暴露的思想与艺术的矛盾也更普遍了。

反映革命武装军事斗争的新英雄传奇,主要借鉴传统演义小说的叙述形式,多用章回体,故事性强,情节曲折,语言通俗明快,人物刻画主要通过行动描写,较少运用现代小说的心理分析手法,充满高昂的革命英雄主义和乐观精神。柯蓝的中篇《洋铁桶的故事》①是解放区最早出现的章回体小说,讲述晋东南沁源地区一个民兵小分队打鬼子的惊险传奇故事。影响更大的是长篇《吕梁英雄传》(马烽、西戎)和《新儿女英雄传》(孔厥、袁静),分别描写山西吕梁山区和河北白洋淀的农民游击战斗故事。《新儿女英雄传》艺术上更显丰富,反映军事斗争的同时也交织有家庭伦常,不乏人情气息,而且富有荷花淀的地域风情色彩。把传统演义小说形式与革命英雄主义精神相结合,反映党领导的革命武装斗争,作为一种写作模式直接影响了 1949 年后革命历史题材的小说创作,成为《林海雪原》《敌后武工队》一类革命英雄传奇小说的先导。

孙犁(1913—2002,生于河北平安县,原名孙树勋)的小说创作综合了"新农村"与"新英雄"两种视角,侧重书写战争背景下农村生活的新变化。他不太表现激烈的斗争,而是在平凡中发现美好心灵的闪光,站在新的时代精神的角度挖掘农民尤其是农村女性的人情美和人性美,形式上多采用淡化情节的散文式结构,以清新明净的语言,在舒卷自然、娓娓道来的抒情笔调中谱写一篇篇富有诗意美的小说。白洋淀水乡湖光芦影的风景画、风俗画的描写与新时代劳动妇女的精神美相映照,使他的小说呈现着荷花出水般的清新明丽,给泥土气和硝烟味甚为浓重的解放区文学平添了一缕馨香和润泽,成为与赵树理相并立的最有特色的两位解放区小说家之一。水生嫂(《荷花淀》《嘱咐》)、吴召儿(《吴召儿》)、小梅(《老胡的故事》)、尼姑慧秀(《钟》)、浅花(《藏》)、小鸭(《纪念》)、二梅(《麦收》)……这些在战争艰苦环境下成长和觉醒了的农村女性,坚韧、善良、淳朴、健康、勤劳、顾大体、识大义,构成了孙犁小说中最富魅力的人物形象系列。《荷花淀》

---

① 1944 年 7 月至 1945 年 6 月连载于《边区群众报》。

是最能体现孙犁小说特色与风格的名篇。这是战火硝烟中的儿女情长,没有缠绵,只有不动声色中的淳朴牵挂与毅然决绝。孙犁小说在创作方法上以现实主义为主,也具有浪漫气息。① 以他为首,后来形成了"荷花淀派"小说群落。

第二节　赵树理

赵树理(1906—1970,山西省沁水县人,原名赵树礼)曾说:"我不想上文坛,不想做文坛文学家。我只想上'文摊',写些小本子夹在卖小唱本的摊子里去赶庙会,三两个铜板可以买一本,这样一步一步地去夺取那些封建小唱本的阵地。做这样一个文摊文学家,就是我的志愿。"②将"文坛"与"文摊"相区别,体现了赵树理对新文学在很大程度上与农民相隔膜的历史状况的反省,他要追求另一种文学道路,即采用农村读者所乐于接受的形式,真正反映他们的生活变化,他们的希冀、要求、思想情感与心理。赵树理将自己的文学志趣付诸实践,创造出一种可称为"新评书体"的乡土通俗小说样式,用清新活泼、散着泥土气息的生活化语言,真实细腻地展现了新的变革时代中国农民的生活与精神世界。这不仅使他成为解放区文学杰出的代表,也在整个中国现代文学史上显出独特的光彩。赵树理小说的适时出现,应和了党在解放区所推行的文学路线,很快引起重视,被视为实践《讲话》精神、体现"工农兵文艺"方向的代表。他因此被誉为"一位具有新颖独创的大众风格的人民艺术家"③。

> **声音**
>
> 正值延安整风和毛泽东《在延安文艺座谈会上的讲话》发表期间,把赵树理小说归结为政治运动和《讲话》指导的结果,似乎也就顺理成章了。换句话说,肯定赵树理的艺术成就,毋宁是一份关于艺术理念的政治宣言。
>
> (董之林《关于"十七年"文学研究的历史反思》)

短篇小说《小二黑结婚》(1943)是赵树理的成名作。小说通过一对农村"小字辈"争取婚姻自主的故事,描写了中国农村新旧变革中新生力量与愚昧落后观念及反动封建势力间的冲突,揭示了农民翻身解放的历史必然性与复杂性。小二黑和小芹是作者着

---

① 孙犁在《论战时的英雄文学》(1941)中提出:"浪漫主义适合于战斗的时代,英雄的时代。这种时代,生活本身就带有浓烈的浪漫主义色彩。"《论战时的英雄文学》,《孙犁文集》第4卷,百花文艺出版社1982年,第335页。
② 李普:《赵树理印象记》,《长江文艺》第1卷第1期,1949年6月。
③ 周扬:《论赵树理的创作》,《解放日报》1946年8月26日。

力刻画的"新人"形象,他们对婚恋自由的勇敢追求突破了父母的旧观念,也战胜了以金旺、兴旺兄弟为代表的农村封建恶势力的破坏。二诸葛和三仙姑作为老一代农民形象出现,是新人的陪衬,却成为小说中最富特色和艺术魅力的人物。二诸葛凡事总要看一看阴阳八卦,谈一谈黄道黑道,因为"命相不合"而反对小二黑的婚事,还给儿子收个童养媳,并请区长"恩典恩典",是愚昧迂腐意识的代表。三仙姑不仅装神弄鬼,而且好闲贪懒,喜欢搽脂抹粉,甚至还有点和女儿争风吃醋,那张脸好像"下了霜的驴粪蛋",是刘家峧一道独异的风景。作家用乡间的传统眼光对三仙姑投以更多的嘲弄,却也写活了一个乡间妇女的心理微妙。《小二黑结婚》风格清新质朴,充满喜剧色彩,读来趣味盎然,又不失观察生活的细致和深入,具有很好的"寓教于乐"作用。1943年9月在华北新华书店出版后,"半年间销行三四万册,创出了新文学作品在农村流行的新纪录"①。

"问题小说"的追求　　中篇《李有才板话》(1943)是赵树理的早期代表作之一,标志着赵树理"问题小说"意识的确立。小说围绕村政权改选和减租政策施行,展开农民和地主间的复杂斗争,并对革命工作的群众路线和主观主义、官僚主义展开辨析。地主恶霸阎恒元的老奸巨猾,县农会主席老杨的稳健务实,以及章工作员的浮泛教条,这些描写体现了作家对农村工作的艰巨性和复杂性的深刻了解。劳苦辛勤、忍辱负重又满脑子等级观念的老秦,充满民间机智和乐天精神的李有才,以及成长中的农村新人小顺、小元等,则体现出赵树理对中国农民的历史性的深刻理解与坚定信念。关于《李有才板话》的创作,赵树理后来曾说:"我的作品,我自己常常叫它是'问题小说'。为什么叫这个名字,就是因为我写的小说,都是我下乡工作时在工作中碰到的问题,感到那个问题不解决会妨碍我们工作的进展,应该把它提出来。例如我写《李有才板话》时,那时我们的工作有些地方不深入,特别对于狡猾地主还发现不够,章工作员式的人多,老杨式的人少,应该提倡老杨式的作法,于是,我就写了这篇小说。"②赵树理所主张的"问题小说"不同于五四时期的"社会问题小说",而是"农村工作问题小说",他自觉地以革命工作者的立场和身份去解决革命工作中的实际问题。他的"问题小说"不是为了"立言",而是为了"立行",是革命工作的一种方式。为了破除农村里"出租土地不纯是剥削"的错误观念,赵树理写了《地板》;关于解放区改造二流子问题,他写了《福贵》;关于农业合作化中短缺文化人才问题,有《小经理》;关

---

① 杨义:《中国现代小说史》第3卷,人民文学出版社1998年,第534页。
② 赵树理:《当前创作中的几个问题》,《火花》1959年6月号。

于农村家庭和人际关系中的旧观念,有《传家宝》;关于土改中的干部队伍不纯和工作偏差,有《邪不压正》。立足于"问题"的小说意识,让赵树理的小说显得扎实而恳切,但也限制了他向深广的美学高度跃升。赵树理这一时期的长篇《李家庄的变迁》(1946),试图以"村史"的形式反映1920年代末至抗战中国农村的大跨度历史风云,艺术上的局促是显见的。

新评书体的小说样式　赵树理胜于一般革命文艺工作者的地方,是其"文摊文学家"的自觉意识与出色才华,他的"问题小说"没有流于简单的说教或宣传,而是充分适应农民读者(也包括基层干部)的阅读习惯和欣赏趣味。鲜活的口语,浓郁的生活气息,幽默轻快的笔调,赵树理深受我国传统小说和民间说唱艺术的影响,并将其创造性地加以改造,创造了一种新评书体的小说样式。其特点主要有四:第一,结构上讲究完整性、连贯性和戏剧性,有头有尾,环环相扣。第二,写人物注重行动性,让人物在自己的语言和行动中鲜活起来,少展开外位静止的心理刻画。第三,将描写融于叙述,但不像传统评书那样大力渲染小趣味,而是节奏更快一些,适应现代的阅读需求。第四,运用经过提炼的生活化语言,笔调幽默轻快,有田间讲古、炕头谈心般的亲切感。

民间化的幽默艺术　赵树理是解放区和根据地土生土长的作家,有地道的农民气质,对农民满怀深情,了解中国农民的痛苦与愿望,也洞悉中国农村的历史复杂性。不同于鲁迅站在启蒙知识者的高度,用凝重的悲剧眼光去透视"老中国的儿女们"的精神因袭与重负,并流露出难以启蒙的无奈、隔膜与孤独感,赵树理是自觉贴近农民,努力怀着乐观的期待,用喜剧的笔调去书写他们在变革时代里的成长。但又不是对生活的美化与简化,赵树理真诚地正视着农民成长过程中不可避免的新旧矛盾和冲突,在他的笔下,这主要不表现为你死我活的尖锐斗争,而是生活本身和人情世态。面对农民身上的缺点和落后意识,赵树理总抱着同情和理解去认真地批评,而不是严厉批判。所以他的小说不是讽刺喜剧,而是幽默喜剧。幽默区别于讽刺的最大特点是面对负面性时,不纵容但有包容,否定态度里有情感的美化,有同情和理解。这不是俯看人生、显示精神优越感的知识分子式的幽默,而是贴近普通人、闪烁着民间智慧的乡土幽默。富有时代感的民间幽默,是赵树理富有个性的美学特色。

浓郁的地域民俗色彩　赵树理的小说都以家乡晋东南农村为背景,浓郁的地域民俗色彩也是他显著的创作特色。禾场炕头,男耕女织,节庆葬敛,敬神驱鬼,婚俗礼仪,吹拉弹唱,家长里短,都能娓娓道来,鲜活生动又贴切自然。这种生趣盎然的乡风民俗色彩,与民间幽默美学、新评书小说体式相得益彰,铸就了赵树理小说世界的独特性。

研习提升

1. 宋剑华:《从民间传奇到红色经典——〈白毛女〉故事的历史演绎》,《南京师范大学文学院学报》2011 年第 1 期。
2. 黄科安:《文本、主题意识与意识形态诉求——谈歌剧〈白毛女〉如何成为"红色"经典作品》,《文艺研究》2006 年第 9 期。
3. 李扬:《赵树理方向与〈讲话〉的历史辩证法》,《文学评论》2015 年第 12 期。
4. 朱栋霖:《中国现代文学本土潜在传统》,《文学争鸣》2003 年第 3 期。
5. 朱栋霖:《经典的流动》,《中国现代文学研究丛刊》2000 年第 4 期。

文学大事记(1937—1949)

1937年

本年　日本帝国主义发动侵华战争。8月14日国民政府发表抗战声明；9月22日国民党中央通讯社正式发表《中国共产党为公布国共合作宣言》，同日，国民政府军事委员会正式发布命令，将红军改编为国民革命军第八路军。23日蒋介石发表实际承认中国共产党合法地位的谈话，国共两党第二次合作正式形成。

8月　上海戏剧界救亡协会主持成立了13个救亡演剧队到各地开展抗日救亡宣传活动。24日《救亡日报》创刊。郭沫若任社长。25日茅盾、巴金主编的《呐喊》在上海创刊。第2期起易名为《烽火》(《文学·中流·文季·译文》战时联合刊物)。

9月　11日胡风主编的《七月》在上海创刊。10月16日迁武汉出版，并由月刊改半月刊。由22个流离失所的孤儿组成的孩子剧团在上海成立。

10月　延安成立以丁玲为团长的西北战地服务团。

11月　田汉、洪深、马彦祥主编的《抗战戏剧》在武汉创刊。

12月　30日中华全国戏剧界抗敌协会在汉口成立。

本年　街头剧《放下你的鞭子》由各地剧团演出，反响强烈，收入1938年1月星星出版社《街头剧》第1集。

本年　蒲风主编(后由雷石榆主编)的《中国诗坛》创刊。

1938年

1月　11日《新华日报》在武汉创刊，10月25日迁重庆出版。

2月　中华全国戏剧界抗敌协会会刊《戏剧新闻》创刊于汉口。国民政府军事委员会政训处改为政治部，周恩来出任副部长；其下属第三厅于同年

4月设立,负责抗战宣传工作,郭沫若任第三厅厅长。10日鲁迅艺术学院在延安成立。沙汀、艾芜、周文、舒群、蒋牧良、聂绀弩、张天翼、陈白尘、罗烽等合著《华北的烽火》,连载于8日至4月28日《救亡日报》。

3月 27日中华全国文艺界抗敌协会(文协)在汉口成立,老舍被推选为总务部主任,后迁重庆。文协《宣言》发表于《文艺月刊·战时特刊》第9期。

4月 张天翼《华威先生》发表于《文艺阵地》第1卷第1号;此后引发关于抗战文学暴露问题的讨论。16日茅盾主编的《文艺阵地》在广州创刊;同时,编香港《立报·言林》。

5月 4日中华全国文艺界抗敌协会会刊《抗战文艺》在武汉创刊,初为三日刊,自第1卷第5期起改为周刊,第2卷第5期起迁重庆出版,第4卷第1期起改半月刊,第6卷第1期起改月刊,1946年5月终刊,先后出版71期。

8月 延安战歌社和西北战地服务团在延安发起街头诗歌运动。

9月 陕甘宁边区文艺界抗敌联合会在延安成立。

10月 7日重庆庆祝第一届戏剧节,公演《全民总动员》(曹禺、宋之的编剧)。会后举行为期三天的大规模街头剧演出。

12月 梁实秋在《中央日报》副刊发表《编者的话》,提出文学创作"与抗战无关"论,由此引起"与抗战无关"论的讨论。

本年穆木天、蒋锡金合编《时调》诗月刊于武汉创刊。

1939年

年初 延安展开"民族形式"问题的学习讨论,周扬、艾思奇、何其芳等先后发表文章。

1月 沈从文发表《一般或特殊》,引起关于"反对作家从政"的讨论。

2月 周扬主编的《文艺战线》月刊在延安创刊。

4月 国立戏剧专科学校由南京辗转迁至四川江安。

5月 陕甘宁边区文艺界抗敌联合会改名为文协延安分会。

6月 作家战地访问团从重庆出发前往华北。12月访问团归重庆。

1940年

1月 陕甘宁边区文协代表大会开幕。茅盾被选为陕甘宁边区文协代表大会名誉主席。罗荪编辑的《文学月报》在重庆创刊。

2月 陕甘宁边区文化协会主办的《中国文化》月刊在延安创刊。创刊号发表毛泽东《新民主主义论》(当时题为《新民主主义的政治与新民主主义的文化》)。

3月　向林冰在重庆《大公报》副刊《战线》发表《论"民族形式"的中心源泉》，引起国统区文艺界关于民族形式问题的讨论。《中国诗坛》月刊在桂林复刊。

4月　国立剧专赴重庆公演《蜕变》（曹禺编剧）。陈铨、林同济、雷海宗等人在昆明创办综合性理论刊物《战国策》半月刊，1941年停刊，共出17期。

7月　《野草》月刊在桂林创刊。

9月　郭沫若为抗议集体参加国民党脱离第三厅，同年11月在重庆另成立文化工作委员会，郭沫若任主任，至1945年3月30日被勒令解散。

1941年

1月　宋之的等组织的旅港剧人协会成立，演出《雾重庆》《心防》《马门教授》等剧。

5月　16日《解放日报》在延安创刊。9月16日开辟《文艺》副刊。

7月　《万象》创刊。胡风主编《七月诗丛》第1辑由南天出版社出版。

10月　邹荻帆、曾卓、绿原、冀汸、姚奔等编辑的《诗垦地》丛刊第1辑《黎明的林子》出版，先后共出6辑。中华剧艺社在重庆成立。

11月　杜宣、瞿白音等组织的新中国剧社在桂林成立。

12月　3日重庆《大公报》副刊《战国》创刊，共出31期。

本年　《诗创作》在桂林创刊。

1942年

本年5月2日至23日延安文艺座谈会召开，毛泽东在结束会议上讲话。

2月　进步戏剧家在桂林举办8省区三十多个演剧队参加的西南戏剧展览会。邹荻帆、绿原、曾卓等创办重庆《国民公报》《诗垦地》副刊。

3月　丁玲在《解放日报》文艺副刊上发表《三八节有感》（9日），接着艾青发表《了解作家，尊重作家》（11日），罗烽发表《还是杂文时代》（12日），王实味发表《野百合花》（13日、23日），萧军发表《论同志之"爱"与"耐"》（4月8日），此外，王实味还在《谷雨》上发表《政治家·艺术家》。这些文章在延安文艺界引起了关于歌颂与暴露等问题的讨论。23日《新华日报》发表批评《野玫瑰》的文章。

4月　中华剧艺社公演郭沫若《屈原》，《新华日报》出《屈原公演特刊》。延安平剧院成立。11日周扬《马克思主义与文艺·序言》在《解放日报》发表。

5月　2—23日延安文艺座谈会召开。毛泽东作《在延安文艺座谈会上的讲话》。冯至《十四行集》由桂林明日社出版。

7月　夏衍、司徒慧敏、金山、宋之的等创办的中国艺术剧社在重庆成立。周扬《王实味的文艺观与我们的文艺观》发表于《解放日报》28日和29日。

11月　《大众》创刊。

1943年

本年　毛泽东《在延安文艺座谈会上的讲话》10月19日在《解放日报》发表。

1月　夏衍、陈鲤庭、刘念渠、吴祖光等主持的大型戏剧刊物《戏剧月刊》创刊。

2月　延安举行春节秧歌演出活动。鲁艺演出《兄妹开荒》等。

5月　赵树理作《小二黑结婚》,9月由华北新华书店出版。

6月　郭沫若主编的《中原》在重庆创刊。

7月　陈铨主编的《民族文学》在重庆创刊。

9月　延安党校和大众艺术研究社集体创作演出京剧《逼上梁山》。

10月　赵树理《李有才板话》开始连载于《群众》第11卷第13、14期,第12卷第11、12期,第13卷第1—3期。由华北新华书店编入"晋冀鲁豫边区文艺创作小丛书",1943年12月出版。

11月　洪深、吴祖光编辑的《戏剧时代》在重庆创刊,创刊号上发表夏衍《论正规化——现阶段剧运答客问》。

1944年

2月　15日西南第一届戏剧展览会在桂林开幕,23个戏剧团体参加,历时九十余天。

3月　周扬《表现新的群众的时代》在《解放日报》发表。

4月　11日周扬《马克思主义与文艺·序言》在《解放日报》发表。

10月　范泉主编的《文艺春秋》创刊,1945年12月改为定期月刊,1949年4月停刊。

1945年

本年　8月10日本帝国主义宣布投降,台湾光复。8月28日毛泽东赴重庆谈判;10月10日,签署《双十协定》。

1月　胡风主编的《希望》在重庆创刊。创刊号发表了胡风《置身在为民主的斗争里面》和舒芜的《论主观》。这两篇文章引起了关于现实主义以及"主观"问题的论争。

4月　歌剧《白毛女》在延安上演。

5月　孙犁《荷花淀》发表于15日《解放日报》。

6月　马烽、西戎合著的长篇《吕梁英雄传》开始连载于晋绥《大众报》（原题《民兵英雄传》，后改名《吕梁英雄传》），全文用1年4个月的时间载完。贺敬之、丁毅执笔的歌剧《白毛女》由鲁艺工作团演出。

10月　艾青任华北文艺工作团团长，带领一批文艺工作者随部队进驻张家口，并入华北联合大学，成立文艺学院，任院长（后改任副院长）。

11月　路翎《财主底儿女们》（上）（长篇）由重庆希望社出版。茅盾《清明前后》与夏衍《芳草天涯》在重庆上演，《新华日报》组织座谈讨论（纪录发表于本月28日《新华日报》），引起关于政治性与艺术性之关系及现实主义等问题的讨论。

12月　29日发表王戎《从〈清明前后〉说起》，由此展开关于政治与文艺关系的论战。

1946年

本年1月政治协商会议在重庆召开，其后，国民党六届二中全会及蒋介石在四届二次国民参政会议所作的政治报告相当于公开撕毁政协决议，6月内战全面爆发；6月，八路军陆续改称中国人民解放军。

1月　郑振铎、李健吾编辑的文学月刊《文艺复兴》在上海创刊。

2月　钱锺书《围城》（长篇）开始连载于《文艺复兴》第1卷第2—6期，第2卷第1、2期和第4—6期。

8月　26日周扬《论赵树理的创作》发表于《解放日报》。

9月　李季长诗《王贵与李香香》发表于《解放日报》。

1947年

2月　9日《人民日报》发表茅盾《论赵树理的小说》。

4月　周立波《暴风骤雨》上卷由东北书店出版，下卷次年5月出版。

5月　萧军主编的《文化报》在哈尔滨创刊。

7月　臧克家、曹辛之、林宏等合作组织星群出版公司，出版《诗创造》丛刊，至1948年10月，共出16辑，主编《创造诗丛》（12种）。

8月　10日《人民日报》发表《进一步明确创作方向交流经验，文联召开座谈会,一致认为应向赵树理创作方向学习》,发表陈荒煤的《向赵树理方向迈进》。

10月　中华全国文艺协会编辑的《中国作家》季刊创刊。

1948年

3月　《大众文艺丛刊》第1辑在香港出版。

6月　曹辛之、唐湜、陈敬容、辛笛等出版《中国新诗》丛刊,共出5辑,并出版《森林诗丛》(8种)。

8月　丁玲《太阳照在桑干河上》由东北书店出版。

1949年

本年　中华人民共和国成立

7月　2日中华全国文学艺术工作者代表大会在北京召开。

第三版后记

本教材初版于2007年，十多年来受到许多高校教师、学生的欢迎。由于我们对中国现当代文学的认识不断深入，教师、学生在使用过程中对教材的科学性、合理性不断提出新要求，也由于互联网技术为高校的教材建设提供了新的平台，并促成了教学方式的大革新，所以本教材有了这个第三版修订。修订工作从2014年4月开始，到最终定稿，前后花了三年时间。第三版修订篇幅较大，重新撰稿与新写的章节有：上册绪论第五节、第一章、第二章、第三章、第八章、第十一章、第十二章、第十五章，下册第一章、第二章、第六章、第八章、第十章、第十一章第一节、第十二章，讲述新世纪文学的第十三章、第十四章、第十五章、第十六章基本是新撰而成。其余章节也作了内容调整、观点提炼与篇幅压缩。

第三版由清华大学、武汉大学、南京大学、吉林大学、浙江大学、厦门大学、苏州大学、南京师范大学、福建师范大学、江苏师范大学、安徽师范大学、扬州大学、河北大学、浙江工业大学和中国作家协会、中国现代文学馆、中国艺术研究院等专家、学者合力撰写。

朱栋霖是全书的总策划，兼指导章节修订、新撰，并承担全书定稿；以及主持专家的专题讲座，遴选被纳入二维码中的提升性学术论文。

第三版初稿执笔如下：

上册执笔：绪论：朱栋霖、徐德明、汤哲声；第一章：商昌宝；第二章：朱晓进、汪卫东；第三章：张全之；第四章：龙泉明、闵抗生、汪卫东；第五章：朱栋霖；第六章：秦林芳；第七章：王中忱、谢昭新、汪应果、秦林芳、张全之；第八章：汤哲声；第九章：许霆；第十章：朱栋霖；第十一章：张晓玥；第十二章：刘祥安、李晓红；第十三章：骆寒超、许霆；第十四章：朱栋霖、秦林芳；第十五章：张晓玥。文学大事记：刘祥安、闻彦。

下册执笔：第二章、第四章第一节、第五章：张晓玥；第三章、第四章第二节：方忠；第六章：陈子平；第七章：陈霖；第八章：吴义勤、陈黎明、方忠；第九章：骆寒超；第十章：宋宝珍；第十一章：陈子平、方忠；第十二章：钱文霞；第十三章：张未民；第十四章：刘智跃、陈霖、陈黎明、江腊生；第十五章：汤哲声；第十六章：陈黎明、刘智跃、宋宝珍。文学大事记：陈南先、陈霖、吴义勤、房伟、刘婧婧、刘进军。

陈黎明、张晓玥制作与本教材配套的多媒体课件。

先后承担具体工作的人员有：张福贵、白杨、王俊秋、吴秀明、汪文顶、丁晓原、丁玉芳、孙莉、张鑫、金红、李蓉、南志刚、张浦蓉、卢炜、马潇、程丽华、王雪荣、陈晓东、刘潇、杨新敏、谭飞、李东晓、李玲玲、刘征、曹原、张雅娟、庞林春、倪金艳、吴加勤、裴雪莱、孙伊婷、浦海涅、王锦泉、张心田、蒋莉、王永健。

在此，向所有参加本书编著的学术同仁，向历来关心与支持本书工作的领导、专家、朋友，表示由衷的感谢！特别感谢：教育部高教司杨华杰处长等长期的支持与关心、帮助，北京大学出版社领导杨立范、刘方的有力支持和责任编辑张雅秋的精心工作。

我们热诚期待各高校教师同仁、大学生在使用这部教材时提出宝贵意见，俾使中国现代文学史的研究与教学臻于新的境界。

朱栋霖

2018年2月28日

教师反馈及课件申请表

　　北京大学出版社以"教材优先、学术为本、创建一流"为目标，主要为广大高等院校师生服务。为更有针对性地为广大教师服务，提升教学质量，在您确认将本书作为指定教材后，请您填好以下表格并经系主任签字盖章后寄回，我们将免费向您提供相应教学课件。

书号/书名	
所需要的教学资料	教学课件
您的姓名	
系	
院/校	
您所讲授的课程名称	
每学期学生人数	_____ 大学___年级　学时　36
您目前采用的教材	作者：_____　出版社： 书名：
您准备何时用此书授课	
您的联系地址	
邮政编码	联系电话（必填）
E-mail（必填）	
您对本书的建议：	系主任签字 盖章

我们的联系方式：

北京大学出版社文史哲事业部

北京市海淀区成府路 205 号，100871

联系人：安静

电话：010-62757065

传真：010-62556201

电子邮件：zhangyaqiu@263.net

网址：http://www.pup.cn